KB100190

달밤 외

이태준 전집 1

지은이

이태준(李泰俊, Lee Tae-jun) 호는 상허(尙虛). 1904년 강원도 철원에서 태어났다. 1909년 부친 사망, 1912년 모친 사망으로 친척집에서 성장하였다. 1921년 휘문고등보통학교에 입학하였으나 동맹 휴교의 주모자로 지목되어 퇴학하였다. 일본으로 건너가 고학하면서 쓴 「오몽녀」로 1925년 등단하였다. 도쿄 조치대학 예과에 입학하여 수학하다가 1927년 귀국하였다. 개벽사, 『중외일보』, 『조선중앙일보』 기자, 『조선중앙일보』 학예부장을 지냈고, 이화여자전문학교, 경성보육학교 등에서 작문을 가르쳤다. 1933년 정지용, 김기림, 박태원, 이상 등과 구인회활동을 하였고, 1939년 『문장』지를 주재하였다. 해방 이후 조선문학가동맹에서 활동하다가 1946년 월북하였다. 북조선문학예술총동맹 부위원장을 지내기도 하였으나, 구인회 활동과 사상성을 이유로 숙청되었다. 소설가, 수필가, 문장가로서 한국 문학의 발전에 기여하였다.

엮은이(가나다 순)

강진호(姜珍浩, Kang Jin-ho) 성신여자대학교 교수
김준현(金埈顯, Kim Jun-hyun) 성신여자대학교 초빙교수
문혜윤(文惠允, Moon Hye-yoon) 고려대학교 교수
박진숙(朴眞淑, Park Jin-sook) 충북대학교 교수
배개화(裵開花, Bae Gae-hwa) 단국대학교 교수
안미영(安美永, Ahn Mi-young) 건국대학교 교수
유임하(柳王夏, Yoo Im-ha) 한국체육대학교 교수
정종현(鄭鍾賢, Jeong Jong-hyun) 인하대학교 HK교수
조윤정(趙胤姃, Jo Yun-jeong) 카이스트 교수

달밤 외 – 이태준 전집 1

초판 1쇄 발행 2015년 6월 10일
초판 2쇄 발행 2020년 4월 30일
지은이 이태준 **엮은이** 강진호·김준현·문혜윤·박진숙·배개화·안미영·유임하·정종현·조윤정
펴낸이 박성모 **펴낸곳** 소명출판 **출판등록** 제13-522호
주소 06643 서울시 서초구 서초중앙로6길 15, 1층
전화 02-585-7840 **팩스** 02-585-7848 **전자우편** somyungbooks@daum.net

ISBN 979-11-86356-19-7 04810
       979-11-86356-18-0 (세트)

값 19,800원 ⓒ 상허학회, 2015

잘못된 책은 바꾸어드립니다.
이 책은 저작권법의 보호를 받는 저작물이므로 무단전재와 복제를 금하며,
이 책의 전부 또는 일부를 이용하려면 반드시 사전에 소명출판의 동의를 받아야 합니다.

이태준
전집

1

THE MOONLIT NIGHT AND OTHER WORKS

달밤 외

상허학회 편

소명출판

『이태준 전집』을 내며

    상허(尙虛) 이태준(李泰俊)은 20세기 한국 문학의 상징적 지표이다. 이태준은, 1930년대에 순수 문학단체이자 모더니즘 운동의 중심지로 평가받는 구인회(九人會)를 결성하여 활약한 소설가로서, '시의 정지용, 소설의 이태준'이라는 평가를 받으며 한국 근대문학의 형태적 완성을 이끈 인물이다. 그가 창작한 빼어난 작품들은 한국의 소설을 한 단계 발전시켰을 뿐만 아니라 대중의 폭넓은 지지를 얻었다. 이태준이 가지고 있던 단편과 장편에 대한, 그리고 소설 창작에 대한 장르적 인식은 1930년대 후반 『문장(文章)』지의 편집자로서 신인작가들을 등단시키는 데 큰 영향력을 행사하였다.

    이태준이 소설을 발표하던 당시부터 그의 소설에 대해 언급하는 논자들은 공통적으로 그가 어휘 선택이나 문장 쓰기에 예민한 감각을 소유하고 있다는 점을 인정하였고, 소설은 물론 수필에서도 단정하면서 현란한 수사를 구사하는 '스타일리스트'로 평가하였다.

그런데 이태준의 작가적 행보를 따라가다 보면 그가 제기했던 문학에 대한 인식에 모순되는 문제들과 마주치게 된다. 근대적인 언어관·문학관과 상충되는 의고주의(擬古主意)라든지, 문학의 순수성에 대한 발언과 어긋난, 사회 참여적인 작품 창작과 해방과 분단 이후로까지 이어지는 행적(조선문학가동맹 부위원장, 월북, 숙청) 등은, 이태준의 문학 경향을 일관성 있게 해명하는 데 여러 가지 난점을 제공한다. 이태준의 처음과 중간과 끝의 작가적 행보를 확인하는 일은 한국 소설, 나아가 한국 문학이 성립·유지되었던 근거를 탐색하는 일이라 할 수 있다.

1988년 해금 이후 이태준에 대한 연구가 활발하게 집적되었고 이태준 관련 서적들의 출판도 왕성하였다. 이태준 전집이 발간된 지도 20년이 지났다. 상허학회가 결성된 1992년 이후 전집 간행의 필요성이 본격적으로 제기되면서 총 17권의 전집이 기획되었고, 1994년부터 순차적으로 전집이 간행되기 시작하였다. 그렇지만 여러 요인들로 인해 전집은 완간을 보지 못한 채 현재 절판과 유실 등으로 작품을 구하기 힘든 상황에 이르렀다. 이런 현실에서 상허학회는 우선 상허의 문학적 특성을 잘 보여주는 작품들만이라도 묶어서 간행할 필요를 절감하였다. 작가의 생명력은 독자를 통해서 유지되기에 전집의 간행은 더 이상 지체할 수 없는 일이었다.

상허학회는 이런 문제의식을 바탕으로, 기간(旣刊) 『이태준 전집』(깊은샘)을 전면적으로 재검토하고 체제와 내용을 새롭게 구성하였다. 원본 검토와 여러 판본의 대조를 통해서 기간 전집의 문제점을 최소화하고자 했고, 또 새로 발굴된 작품들을 추가하여 한층 온전한 형태의 전집을 만들고자 하였다. 총 7권으로 기획된 『이태준 전집』은 이태준의 모든 단편소설, 중편소설, 수필, 기행, 문장론을 대상으로 삼았다. 『이태준 전집』 1권과 2권은 이태준의 첫 번째, 두 번째 단편집인 『달밤』과 『가마귀』 및 그 시기 전후 발표한 모든 단편소설을 모았고, 3권과 4권은 해방 전후 발표한 「사상의 월야」, 「농토」 등 중편소설을 모았다. 5권과 6권은 『무서록』을 비롯한 수필과 소련기행·중국기행 등의 기행문을 묶었고, 마지막 7권은 『문장강화』와 여타 문장론들을 모두 실었다. 이 전집은 한국 문학을 연구하는 전문 연구자들뿐만 아니라 문학을 사랑하는 일반 독자들에게도 유용하고 의미 있는 텍스트가 될 것이다.

어려운 여건에도 불구하고 전집 간행에 뜻을 같이 해 준 상허학회 여러 선생님들께 감사의 말씀을 전한다. 특히 물심양면으로 도움을 주신 이태준 선생의 외종질 김명렬 선생님과 상허학회 안남연 이사께 감사의 말씀을 드린다. 그리고 작지 않은 규모의 전집 간행을 흔쾌히 수락해 준 소명출판 박성모 사장님과 전집 간행을 위해 정성을 쏟은 편집부 한사랑 님의 수고도 잊을 수 없다. 이분들의 정성과 노고가 헛되지 않도록 이 전집이 일반 독자들과 연구자들에게 널리 사랑 받기를 소망한다.

2015년 6월
『이태준 전집』 편집위원 일동

차례

1. 『이태준 전집』은 이태준의 단편소설(1~2권), 중편소설(3~4권), 수필 및 기행(5~6권), 문장론 (7권)으로 구성되어 있다. 새롭게 발굴된 이태준의 작품을 모두 수록하였다. 일문소설은 번역 문을 실었다.

2. 이태준의 해방 전 최초 단행본을 원본으로 삼았고, 단행본에 수록되지 않은 작품은 잡지나 신문 에 게재된 텍스트를 원본으로 하였다. 단행본에 수록되었음에도 검열 등의 이유로 삭제·수정 되어 원본의 훼손이 심한 경우 잡지나 신문의 판본을 확인하여 각주에 표시하였다. 단행본에 수록되었던 작품은 단행본의 순서를 따랐고, 단행본에 게재되지 않았던 작품은 발표순으로 배 열하였다. 작품마다 끝부분에 본 전집이 정본으로 삼은 판본의 출전을 밝혔다.

3. 띄어쓰기는 현대 표기법에 따라 교정하였다.

4. 맞춤법은 원문을 따르되, 원문의 의미가 훼손되지 않는 경우 현대 표기법으로 교정하였다. 그 러나 대화에서는 당시의 말투를 최대한 전달하기 위해 원문을 따르는 것을 원칙으로 하였다. 북한식으로 두음법칙이 적용되지 않은 경우는 우리 표기법에 따라 교정하였다.

5. 한자어·사투리·토속어·외래어의 경우도 원문을 따르되, 오늘날 잘 쓰이지 않아 이해가 어 려운 경우에는 각주로 설명을 붙였다. 일본어와 중국어 인명·지명의 경우 당시의 일반적인 상 용어라는 점을 감안하여 원문의 표기를 따르되, 필요한 경우 현대의 표기 및 의미를 각주로 표 시하였다.

6. 작가가 의도적으로 채택했다고 판단되는 사투리는 원문에 따르되, 오늘날 일반적으로 통용되 는 낱말의 사투리 및 토속어는 현대 표기법에 따랐다.
   - '가시었다', '흔들리어' 등은 '가셨다', '흔들려'로 축약하지 않고 그대로 두었다.
   - '눈에 뜨이다'의 경우도 '눈에 띄다'로 축약하지 않고 가능하면 그대로 두었다.
   - 대화 속 '정칠 놈'의 경우 '경칠 놈'으로 바꾸지 않고 그대로 두었다. 대화 안에서는 '어데'를 어 감을 살리도록 그대로 두었고, 본문에서는 표준어 표기인 '어디'로 고쳤다. 대화 속 '웨'는 그 대로 두고 본문의 '웨'는 표준어 '왜'로 바꾸었다.
   - '열어 제치고'의 경우 '열어 젖히고'로 바꾸었다.

7. 한글 표기를 원칙으로 하여 원본의 한자는 모두 한글로 고쳤다. 필요한 경우에는 ( ) 안에 넣어 표기하였다. 본문에는 없으나 뜻이 통하지 않는 부분에 글자를 부기한 경우 [ ] 안에 넣었다.

8. 장음의 표기 구분을 하지 않는 현대 표기법에 따라 장음 기호 '—'는 생략하였다.

9. 책·잡지 부호는 『 』, 책 속 작품명은 「 」, 희곡, 영화명은 〈 〉, 대화·인용은 " ", 생각·강조는 ' '으로 표시하였다.

단편

오몽내(五夢女)[1]

이 작품은 오직 나의 처녀작이란 애착에서 여기 거둔다. 모델소설이 아닌 것, 여기 나오는 현실도 지금은 딴판인 십오륙 년 전 옛날임을 말해 둔다.

서수라(西水羅)라 하면 저 함경북도에도 아주 북단, 원산, 성진, 청진, 웅기를 다 지나 마지막으로 붙어 있는 항구이다.

이 서수라에서 십 리쯤 북으로 들어가면 바로 두만강 가요 동해변(東海邊)인 곳에 삼거리라는 작은 거리가 놓였다. 호수는 40여에 불과하나, 주재소가 있고 객줏집이 사오 처나 있고 이발소 하나 있고, 권연(卷煙), 술, 과자, 우편 절수[2] 등을 파는 잡화점이 하나 있고 그리고는 색주가 비슷한 영업을 하는 집 외에는 모두 농가들이다.

그런데 이 사오 처 되는 객줏집의 하나인 제일 윗머리에 지참봉(池參奉)네라고 있다.

이 지참봉은 벼슬을 해서 참봉이 아니라 젊었을 때부터 실명이 되어서 어느 때부터인지 참봉참봉 하고 불러온다. 그는 부업으로 점도 치

---

1 『이태준단편선』에 실린 제목은 한자로만 표기된 五夢女이다. 1925년 발표된 원본과는 달리, 『이태준단편선』에서 한글 '오몽내'를 쓰고 있어 여기서도 그렇게 표기했음을 밝혀둔다.
2 切手. 일제 강점기에, '우표'를 이르던 말.

고 푸닥거리도 하고 하지만 워낙 작은 곳이라 그런 것이 많지 못하고, 객주를 한대야 철도 연변도 아닌 두메 국경이라, 보행객(步行客)이 많아야 한 달에 오륙 인에 지나지 못한다. 그러니 눈먼 지참봉이 가난뱅이로 살 것은 사실이다. 식구는 단둘인데 그는 사십이 넘은 이 지참봉과 갓 스물에 나는 오몽내(五夢女)다.

누구나 오몽내는 지참봉의 딸인 줄 안다. 그러나 기실은 총각으로 늙어온 지참봉이 아홉 살 된 오몽내를, 점치러 다닐 때 길잡이로 삼십 몇 원에 사다 길러온 것이다. 그런데 벌써 오륙 년 전부터 혼례는 했는지 안 했는지 이웃사람들도 모르건만 지참봉과 오몽내는 부부와 같은 생활을 해온다.

이렇게 단둘이 살아오므로 지참봉은 오몽내를 끔찍이 사랑해오건만 오몽내는 그와 반대였다. 어째서 팔려는 왔든, 자기는 앞길이 꽃같은 젊은 계집이요 같이 살아갈 남편이란 아버지뻘이나 되는 늙은 소경이라 불만할 것도 무리는 아니다.

오몽내는 어쩌다 좋은 반찬이 생기더라도 남편을 먹이는 법이 없다. 한자리에 마주 앉아 먹건만 보지 못하는 남편은 먹든 못 먹든 저만 집어먹으면서도 조금도 미안해하지 않는다. 그런 때문이라고 할지 모르나 지참봉은 북어처럼 말랐다. 두 눈이 퀭엥하게 붙은 얼굴에는 개기름이 쭈르르 흐르고 있다. 풋고추만 한 상투에는 먼지가 하얗게 앉고, 그래도 망건은 늘 쓰고 앉았다.

그러나 오몽내는 그와 반대로 낫살이 차갈수록 살이 오르고 둥그스름한 얼굴은 허여멀정고 뺨에는 늘 혈색이 배어 있었다. 미인이라기보다 거저 투실투실하게, 복성스럽게 생겼다 할까. 그러나 이 조그마한 두멧거리에선 일색인 체 꼬리를 치기에는 넉넉하였다.

이렇게 인물은 훤한 오몽내건만 자라나기를 빈한하게 자랐고, 눈먼 남편을 속여 오는 버릇이 늘어 남까지 속이기를 평범히 하게 되었다. 남의 것이라도 제 맘에만 들면 숨기고 훔치고 하였다. 어쩌다 손님이 들 때나 자기가 입덧이 날 때는 돈 들이지 않고 곧잘 맛난 반찬을 장만 하였다.

×

때는 팔월 중순, 어느 날인지는 모르나 내일이 오몽내의 생일이다. 그래서 오몽내는 입쌀 되나 사고, 미역오리나 뜯어 오고 이제는 어두웠 으므로 생선 장만을 하러 나오는 길이다. 으스름한 달밤에 바구니를 끼 고, 맨발로 보드라운 모래를 사뿐사뿐 밟으며 바닷가로 나왔다. 뭍에 대어 있는 배 앞에 가서는 우뚝 서더니, 기침을 한번 하고는 뒤를 획 돌 아보고 아무도 없음을 살핀 다음에 고기잡이배 속으로 날름 들어갔다.

오몽내는 생선이나 백합(白蛤)이 먹고 싶은 때면 늘 이 배에 나와 주 인 없는 새 들여갔다.

이 배 주인은 한 이태 전에 웅기서 들어왔다는 금돌(金乭)이라는 총각 인데 워낙 어부(漁夫)의 자식이라 바다에 익숙해서 혼자 여기 와서도 어 업을 하고 있었다. 금돌이는 종일 잡은 생선과 백합을 그날 저녁과 이 튿날 아침에 별러서 파는 까닭에 그가 저녁에 팔 것을 지고 거리로 들 어오면, 그 배에는 다음날 아침에 팔 것들이 남아 있고, 금돌이는 다 팔 고 나오느라면 늘 밤이 으슥했었다. 오몽내는 늘 이 틈을 타서 생선과 백합을 훔쳐 들였다.

오늘 밤에도 마음을 턱 넣고, 배 안에 들어와 생선을 바구니에 주워 담을 때, 아차 배가 갑자기 움직이었다. 오몽내는 질겁을 해 뛰어나와 본즉, 배는 벌써 내리지 못할 만큼 뭍을 떠났다.

이것은 여러 번이나 도적을 맞은 금돌이가 하필 그날은 고기도 한 번 팔 것밖에 더 잡지 못하여, 누가 훔쳐가나 한번 지켜볼 겸, 나가지 않고 있었던 것이다. 금돌이는 오몽내임을 알 때, 이 거리에선 화초로 여기는 오몽내임을 알 때, 그는 큰 생선이 절로 안에 떨어진 듯 즐거웠다. 우선 배를 띄우는 것이 상책이라 하고, 몰래 배부터 뭍에서 떼어놓고 노를 젓기 시작한 것이다. 오몽내는 눈이 똥그래 어쩔 줄을 몰랐다. 소리도 못 칠 형편이다. 어스름한 달빛 속에서 오몽내와 금돌을 실은 배는 뭍에서 보이지 않을 만치 나와 돛을 내렸다.

금 "앙이 아즈망이시덤둥?"

오 "……."

금 "놀래지 마십경이. 어찌헐 쉬 있음둥?"

오몽내는 얼른 안색을 고치고 생긋 웃어준다. 그리고

오 "생원(生員)에? 어찌겠음둥, 배르 대랑이."

금돌이는 싱글거리면서 오몽내의 곁으로 다가서더니, 부들부들 떨리는 손을 오몽내의 어깨로 가져간다. 그리고 엷은 구름 속에 든 달을 가리켜 보인다. 오몽내도 피하려 하지 않고 같이 달을 쳐다보고 나직한 소리로,

오 "배르 대랑이, 배르 대구선 무슨 노릇이 못될 게 있음둥? 이왕지 새에……."

그러나 배는 움직이지 않았다.

×

오몽내는 금돌이를 안 뒤로 지참봉에게 대한 불만이 더욱 커갔다. 저도 모르게 가끔 금돌이와 지참봉을 비교해 보는 버릇이 박혔다. 비교해보고 날 때마다 금돌이 생각이 났다. 그날 밤 금돌이가 "또 오랑이, 뉘 알겠음둥? 낼나주(내일밤)에두 고대하겠으꼬마. 꼭 나오랑이" 하던 말이 자꾸 생각났다. 오몽내는 생일이 지난 지 십여 일 후에 기어이 바구니를 끼고, 이번에는 배가 비지 않고, 금돌이가 있기를 오히려 바라면서 다시 바다로 나왔다.

세 번째부터는, 오몽내는 금돌이 배에 다니기를 심심하면 이웃집 말 다니듯 하였다. 지참봉이 점이나 쳐서 잔돈푼이나 생기면 오몽내는 그 돈을 노리었다가는 병을 들고 술집으로 갔다. 그러면 그날 밤엔, 지참봉은 술 냄새도 못 맡아도, 금돌이는 얼근해서 뱃전을 장구삼아 치면서 오몽내의 등을 어루만졌다.

×

이곳은 국경이라, 무장단(武裝團)과 아편, 호주(胡酒), 담배 등의 밀수입자들 때문에 경관의 객줏집 단속이 엄한 곳이므로 객이 들면 그 밤으로 주재소에 객보(客報)를 써가야 한다. 만일 한 번이라도 잊어? 영업중지는 물론, 주인은 구금이나 벌금을 당한다.

지참봉네도 객이 들면 그날 저녁으로 객보책을 내어 객에게 씌어가지고 오몽내가 늘 주재소로 가지고 간다. 그 주재소엔 소장(所長) 외에 순사 두 명이 있다. 그중에 남 순사(南巡査)는 늘 오몽내를 볼 때마다 공연히 여러 말을 걸고 이내 놓아 주지 않았다.

구월에 들어서 어느 날 저녁이다. 어떤 보행객 하나가 지참봉네 집에 들어 자고 갈 양으로 저녁을 시켜 먹고 누웠다가 서수라(西水羅)에 들어오는 뱃고동 소리를 듣고 그 배를 타러 그 밤으로 서수라(西水羅)로 가버린 일이 있다. 그래 객보를 할 새가 없었다. 그때 마침 주재소엔 소장은 어느 촌으로 총사냥을 가고, 다른 순사는 청진서(淸津署)로 출장가고, 남 순사 혼자 있었다. 남 순사는 좋은 기회로 여기고 오몽내를 객보 안한 죄로 유치장에 갖다 넣었다. 그리고 지참봉에게 가서는

"무쉴에 객보르 앙이 함둥? 쇠쟁(所長)이 뇌했습데. 아무렇거나 내 좋을 대루 말하겠으꾸마. 쉬얼히 뇌히겠습지. 과히 글탄으 마십껑이."

하여 지참봉은 절을 백 배나 하고 소장에게 말을 잘해서 속히 나오게 해달라고 애걸하였다.

밤이 어서 으슥해서 거릿집들이 불을 다 끄기를 기다려 가지고 남 순사는 주재소로 돌아왔다. 그리고 유치장 문을 열어놓았다. 그리고 고르지 못한 어조로

"오몽내? 내 쇠쟁 모르게 특별히 숙직실에 재우능 게야 …… 나오랑이."

이렇게 자기가 자야 할 숙직실에 오몽내를 들여보내고, 자기는 저희 집으로 간다고 하면서 쇠를 밖으로 잠그고 저벅저벅 가버렸다.

싼싼한 유치장에서 쪼그리고 앉았던 오몽내는 남 순사의 친절함을 퍽 감사했다. 조그마한 단칸방이나 새로 도배를 하고, 불을 덥지도 춥

지도 않게 알맞추 때에서 봄날같이 훈훈하다. 게다가 푸근푸근한 삼동
주 이부자리가 펴져 있는 것이다. 오몽내는 아무렇게나 이불 위에 쓰
러져 보았다. 잠이 도리어 달아날 만치 편안하였다. 게다가 남포가 놀
란 것처럼 크게 켜 있는 것이다.

'남 순사레 어째 나르 여기다……?'

오몽내는 마음이 싱숭생숭해졌다. 무슨 소리가 나면 남 순사가 오나
해서 벌떡 일어나 보기도 하나 남 순사는 나타나지 않았다.

'오늘 나주엔 금돌이레 고대할 게구마…….'

오몽내는 뒤숭숭한 대로 얼마 만에 잠이 들고 말았다. 잠든 지 그리
오래지 않아서다. 오몽내는 무엇인가 입술에 선뜩함을 느끼었다. 불은
꺼진 채로 완연히 찬 기운이 끼치는, 밖에서 들어온 사람이었다.

"내랑이…… 쉬이……."

남 순사의 목소리가 틀리지 않았다.

✕

그 후 남 순사는 오몽내를 으레 만나야 할 것으로 생각했으나 주재소
숙직실은 으레 조용한 처소는 아니었다. 하룻밤은 술이 얼근한 김에 남
순사는 용기를 얻어 지참봉네 집으로 들어섰다. 바깥방을 엿들으니 여
러 사람의 소리가 난다. 매가 동으로 갔느니 서로 갔느니 하고 지참봉
은 매를 날려버린 사냥꾼들과 점을 치고 있었다. 남 순사는 숨을 죽이
며 정지를 지나 정지 윗방으로 갔다. 오몽내는 마침 집에 있었다.

점이 끝나 사냥꾼들은 가고, 지참봉은 복전을 받아 주머니에 넣으며

뜨뜻한 정지로 자러 내려왔다. 더듬더듬 목침을 찾다가 지참봉의 손은 웬 구두 한 짝을 붙들었다. 처음엔 그것이 무엇인지 몰라 한참이나 어루만져 보았다. 바닥에 척척한 흙이 묻은 것으로 신발이 틀리지 않은 것, 구두라는 것이 틀리지 않은 것, 이 거리에서 이런 신발이면 순사가 틀리지 않을 것을 믿었다. '순사!' 지참봉은 구두를 떨굴 뻔하게 놀랐다. 그리고는 다음 순간엔 구두가 으스러지게 꽉 붙잡았다. 동자 없는 눈이 몇 번이나 희번덕거렸다. 입가엔 쓴웃음이 흘렀다. 오몽내가 요즘 와 밤이면 자기 옆에 있기를 꺼리는 것, 골방에도 가보면 베개뿐, 오몽내는 자리에 없다가 밝으면 어디서 목소리부터 나타나는 것, 진작부터 의심은 했지만 이렇게 그 증거를 손에 움켜본 적은 없다. 지참봉은 가만가만 정지 윗간으로 가 귀를 솟구었다. 지참봉은 두 팔을 부들부들 떨었다. 곧 더듬으면 식칼이 잡힐 것 같았으나 눈 없는 자기가 잘못하다가는 어느 놈인지도 모르고 퉁기기만 할 것 같다. 지참봉은 다시 그 골방문 밑을 물러나 구두 한 짝만 움켜쥐었다. 두 짝 다 찾아볼까 하는데 문 열리는 소리가 난다. 방안에서 나오던 사람들은 정지에 지참봉이 앉았는 바람에 주춤 물러서는 눈치다. 성큼성큼 앞을 지나 달아나려는 눈치에 지참봉은 소리를 질렀다.

"뉘구요? 구뒤 있어사 뛰지비?"

남은 그제야 구두 한 짝을 찾아봐야 소용없을 것을 알았다. 맨발로라도 뛰지 못할 바는 아니지만 지참봉 손에 잡힌 그 구두 한 짝은 너무나 뚜렷한 증거품(證據品)이 된다. 남 순사는 할 수 없이 지참봉의 입부터 막고 돈 장이나 집어 주지 않을 수 없게 되었다.

그 뒤에는 오몽내가 없기만 하면 지참봉은 으레 남에게 간 줄 알게 되었다. 그런데 금돌의 마음도 점점 달게 되었다. 오몽내가 자기 배에 나오는 도수가 점점 줄어가는 때문이다. 적어도 사흘에 한 번씩은 나오던 오몽내가 닷새, 엿새를 항용 건너는 것이다. 금돌은 오몽내에게 의심을 품기 시작하던바, 하루아침은 해뜰머리인데, 소장네 집으로 생선을 팔러 가다가 오몽내가 주재소 숙직실 쪽에서 나타나는 것을 보았다. 못 본 체하고 숨어 섰던 금돌은 그제야 오몽내의 다른 소행을 알았다. 금돌은 지참봉만 못지않게 주먹을 떨었다. 그리고 금돌은 이날 쌀을 대엿 말 싣고, 간장, 된장, 나무, 먹을 물, 쟁개비 해서 배에 두둑이 실었다. 그리고 오몽내가 나오기를 기다렸다.

기다리던 오몽내는 그 이튿날 밤, 그리 깊지 않아 역시 바구니를 끼고 나타났다. 금돌은 오몽내가 배에 오르기가 바쁘게 배를 띄웠다. 배는 밤으로 한 십리밖에 없는 무인도(無人島)에 닿았다.

✕

지참봉은 젊은 아내를 아무리 기다리나 들어오지 않는다. 그날 밤이 그냥 새고, 밝는 날이 그냥 지나고, 이틀 사흘 감감하다. 화가 치밀어 점통도 흔들어 볼 여유가 없다. 여유가 있다 치더라도 점까지 쳐볼 필요가 없다.

'남가의 농간이다! 틀림없다!'

더 생각해 볼 필요도 없다 하였다. 그래 오몽내가 나간 지 사흘 만엔 지참봉은 남 순사를 기별해 오게 하였다. 남이 들어서자 지참봉은 날쌔게 그의 절그럭거리는 칼자루를 붙들었다. 그리고 악을 썼다.

"이놈! 오몽내 내놔라. 네놈 짓이지비 뉘―짓이갱이……. 이 칼루 네 죽구 내 죽구……."

하고 붉은 눈을 부릅뜨며 덤비었다. 남은 꼼짝없이 뒤집어쓰게 되었다.

남은 우선 지참봉의 입을 막아놔야겠기에 모두 자기의 짓이라 거짓 자백하였다. 그리고 정말 자기도 오몽내가 아쉽다. 어떤 놈의 짓인지 이 밤으로, 거리의 술집들을 뒤지고 서수라나 웅기까지 가더라도 기어이 오몽내를 찾아내고 싶었다. 남 순사는 지참봉에게 오늘 밤으로 오몽내를 데려온다고 장담을 하고 나왔다. 나와서는 거릿집들을 이 잡듯 하였으나 오몽내가 나타날 리 없다. 지참봉은 점점 남 순사만 조리게 되었다. 남 순사는 급했다. 오몽내가 기껏해야 서수라나 웅기로 나간 것이 틀리지 않은 것 같은데 거기까지 다니며 찾자니 일자가 걸린다. 그동안을 지참봉이 묵묵히 앉아 기다려 줄 것 같지 않다. 이런 소문이 소장의 귀에 들어만 가면 순사도 떨어지고 낯을 들고 다닐 수도 없다. 오몽내는 생각할수록 아쉽다. 지참봉 이상으로 분하다. 고작해야 서수라나 웅기, 어떤 술집에 들어박혔을 것만 같다. 가기만 하면 단박 뒤져낼 자신이 생긴다. 뒤져내어서는 우선 오몽내를 며칠 데리고 지내고 싶다. 오몽내는 그새 분도 바르고 물색옷도 입고 탯가락 내는 것도 좀 배웠을 것 같다. 그런 때벗은 오몽내를 찾아다 다시 지참봉에게 더럽히고 싶지가 않다.

"지참봉만 없으면 찾아놓는 오몽내?"

남은 입속에 걸쭉한 침을 삼킨다.

남은 밀수입자들에게서 압수한 독한 호주(胡酒)를 한 병, 역시 압수품인 아편을 얼마 떼어 넣고 밤늦어 지참봉을 찾아간 것이다.

지참봉은 여편넨 달아나고, 눈은 멀고, 재물은 없고, 누구든지 자살할 것으로 알게 되었다. 남은, 이젠 오몽내는 찾기만 하면 내 것이라 하고 서수라로 웅기로 싸다녔으나 허탕만 잡고 오륙 일 만에 돌아왔다. 돌아와 보니 오몽내는 어디선지 하루 앞서 멀쩡해 돌아와 있는 것이다. 남은 오몽내를 만나자 잠깐 어쩔 줄을 몰랐다. 그간 자기가 범죄 중에 가장 큰 것을 범하면서까지 애먹은 생각을 하면, 또 어떤 놈과 어디로 가 그렇게 여러 날씩 파묻혀 있다 온 생각을 하면 당장 잡아다 족치고 싶으나 이왕 지나간 것보다는 앞으로의 욕심이 목 밑에서 꿀꺽거린다. '인전 내 해다!' 하는 느긋한 손으로 유들유들한 오몽내의 볼을 꾹 찝었다 놓으면서

"앙이 어디루 바람이 났읍데?"

"요 아래 방진으 좀……."

"방진은 무썰에?"

"히히……."

남 순사는 슬그머니 오몽내를 위협하였다. 너의 남편이 죽은 것은 너 때문이니까 너는 살인자나 마찬가지다. 네가 잡혀가지 않을 길은 하나밖에 없다. 그 길은 내 첩이 되는 것이다, 하고 달래기도 하였다.

그러나 오몽내는 남 순사의 첩노릇보다는 금돌의 아내 노릇이 이름부터도 나은 것이요 정에 들어서도 그랬다. 오몽내는 우선 남이 쌀말부터, 이부자리부터 끌어들이는 대로 받아들였다. 그리고는 금돌이와 내통을 해 동산(動産)이란 것은 놋숟갈 한 가락까지라도 모조리 배로 빼

내었다. 그리고 남 순사가 오마던 자정이 가까워 올 임시에 오몽내까지 배로 뛰어나왔다.

　이들의 배는 이 밤으로 돛을 높이 달고 별빛 푸른 북쪽 하늘을 향해 달아났다.

『이태준단편선』, 1939.12

구장(區長)의 처
어떤 여자의 편지

윤마리아 선생님? 저를 아직껏 선생님께서 전과 같이 마음속에 품어 두고 계신지는 모르겠습니다. 그러나 이 글을 쓰는 제가 옛날 고명숙 (高明淑)임을 아실 때는 아마 두 눈을 꼭 감으시고 사 년 전에 옛일을 새삼스럽게 생각하여 내실 줄 압니다.

아─ 선생님? 선생님께서는 그때 그 길로 태평양을 건너가시었지요? 저는 그 뒤로 선생님의 소식을 알아 볼 길이 없었고 또 알아보려고 애써보지도 못하였습니다. 그러다가 사 년이나 지나간 이즈음에 선생님께서 높으신 학위를 받으시고 금의환향하셨단 소식은 간단한 신문기사로 알았습니다. 그리고 곧 서울로 올라가 선생을 찾아 뵈오려 하였으나 아직 떠나지 못하였습니다. 구월 달도 며칠이 안 남았으므로 시월 달에나 틈을 얻을 것 같습니다. 그동안이 급하도록 저는 그 뒤에 죽지 않고 살아온 나의 경과를 간단하게나마 선생님께 알려드리고 싶어서 이 붓을 들었습니다.

아─ 선생님? 사 년 전 그때에 이 고명숙! 그 얼마나 더러운 년이었습니까! 그렇게 열렬하게 사랑하던 이 씨를 버리고 이놈에게 속고 저놈에게 속으면서……. 이렇게 할까 저렇게 할까 하고 시원한 길을 찾지 못해서 울며불며 헤매고 있을 때 선생님께서 저를 데려다 선생님과 같이 있게 하시었지요. 그리고 아무 남자하고도 교제를 끊게 하셨지요.

그때는 저도 남자라곤 다시 대하기도 싫었습니다. 석 달 동안이나 밖에 한 번 나가지 않고 마음을 가라앉히기에 애를 썼으나 그것은 풍랑 만난 작은 배가 돛을 내림에 지나지 않았습니다. 그러므로 저는 그때 깊은 산 속으로 들어가서 몇 해 동안이든지 내 심서[1]가 가라앉고 적더라도 내 한 몸은 이 세상에서 이끌어 갈 만큼 의지에 중추가 서는 날까지는 수양이 필요하다 하였습니다. 그러던 차에 선생님의 소개로 H 서양부인을 알게 되어 선생님과 같이 그에게 시집 안 가기를 맹세하고 신학을 배우러 미국 길을 떠났던 것이지요. 그러나 아— 그러나 선생님? 왜 제가 횡빈(橫濱)까지 가서 배는 내일 아침에 떠나려 하는데 선생님께 말 한마디 없이 편지 한 장 써놓지 않고 그만 종적을 감추었으리까?

아— 그때 이 명숙을 얼마나 고약한 년으로 아셨을까요! 저의 생사를 몰라 애 쓰실 것도 저를 찾으시느라고 그 이튿날 배에 못 가실 것도 깨닫지 못하였던 그때의 나의 마음을 나로도 어떠하였었다고 가리킬 수 없습니다. 그때 선생님께서 물론 그 배로 떠나시지 못하셨겠지요. 두 주일 동안이나 다음 배를 기다리시며 저의 종적을 아시려고 얼마나 애를 쓰셨을까요.

아— 선생님 제가 어서 선생님 앞에 가서 울면서 모든 것을 감사하고 사죄하여야지요.

아— 선생님? 이 말랑말랑한 사람의 몸속에는 굳은 것이라곤 오직 뼈 만인 줄 알았더니 강철보다 더 굳은 무엇이 있습디다. 내가 싫어서 차버린 사람이 어쩌면 그렇게도 그리워지리까. 첫사랑! 그의 힘은 참

---

1   심회(心懷). 마음속에 품고 있는 생각이나 느낌.

으로 위대한 것이에요. 가는 모래에 덮이었던 바위가 비와 바람이 지나갈수록 그의 형체를 점점 더 크게 나타내는 것과 같은 것이에요.

부산을 떠날 때에도 눈물이 흐르고 너무 안타까워서 연락선이 떠나기 전에 그만 내리고 말고 싶었으나 옆에 선생님이 계셔서 그도 못하였습니다. 시집 안 가기를 맹세하고 신학을 배우러 미국 가기로 결심한 것이 내가 한 일 같지 않고 누가 강제로 시키는 것 같이 원망스러웠습니다. 참다참다 산양선(山陽線)을 지날 때는 엉엉 울고야 말지 않았습니까. 그때 선생님께서는 나의 마음을 달래시느라고 엄도(嚴島)를 가리키시며 해금강 이야기도 하시었지요. 그러나 선생님 말씀은 한마디도 들리지 않고 우르릉거리는 찻소리에 울음 울기만 좋았습니다.

그 이튿날 저녁 때! 횡빈(橫濱) 어느 여관에서 내일 아침이면 끝없이 넓은 물나라로 떠나갈 생각을 하니 설움이 복받쳐서 견딜 수가 있어야지요. 그래서 저녁을 잡숫고 편지 쓰시는 틈을 타서 어디든지 나가 실컷 울기나 하려고 나왔습니다. 그러나 여관을 나와 보니 눈물이 앞을 가리나 길거리에서 울 수도 없고 이렇게 마음이 진정되지 않고는 미국에 가서도 견딜 것 같지 않아서 에라! 안타까운 이 세상을 하직하리라 하고 물결치는 부둣가로 나왔습니다. 이렇게 울려고 나온 길이 죽으러 가는 길이 되었습니다. 여기 저기 매여 있는 검은 배들도 무엇을 근심하고 있는 것 같았고 어스름한 안개 속에서 외로이 뻔쩍거리는 등대도 무슨 하소연을 하는 것인가 했습니다. 뿌연 구름 속에 잠긴 달무리며 물결치는 소리며 갈매기 울음소리며 아ㅡ 선생님? 저는 '아이고' 소리를 치고 물속에 뛰어들어야 할 때 누가 뒤에서 내 팔을 꼭 붙들었어요. 돌아보니까 아ㅡ 분명히 그 이 씨! 나는 '아ㅡ 당신이' 하고 그에게 뛰어

안기려 하니까 안타깝게도 그는 사라지고 말고 저는 그만 부두 위에 넘어지고 말았습니다. 이것이 꿈이나 아닌가 하고 살을 꼬집어 보았으나 꿈은 분명히 아니었습니다. 그때 저는 정신을 가다듬고 이렇게 생각하였습니다. 죽었다는 말도 있고 러시아로 갔다는 말도 있는 그가 참말 죽었다면 나도 어디서 죽으나 일반이지만 그렇지 않고 그이가 어디서든지 살아만 있다면 러시아가 아무리 넓은 나라라도 나는 그를 찾아서 다만 한번이라도 그를 만나 모든 나의 죄악을 사과나 하고 죽어도 죄 없는 몸으로 죽으리라 하였습니다. 그래서 그 길로 아무 행장도 없이 정거장으로 나가 하관(下關) 가는 급행차를 탔습니다.

아— 선생님— 간교한 것은 계집의 마음이에요, 그러면서도 이 씨가 그동안 혹시 다른 여자와 맺은 관계나 있지 않을까 하고 그것을 근심하며 갔었습니다.

선생님? 하늘은 무심한 것 같아도 자비하심뿐이에요. 죄 많은 저를 위해서 그 이 씨를 이 세상에 살려 두셨어요. 이 씨는 그때 나에게 버림을 당하고, 일 년 동안이나 번민으로 지내가며 나의 회심(回心)을 직접으로 간접으로 애원하다가 제가 그 K라는 놈하고 동래에 갔을 때 그는 아무 여망이 없음을 깨달았던지 몇 번이나 죽으려 하다가 그는 어떤 사상의 충동을 받아 새로운 기개를 품고 들리던 말과 같이 러시아로 갈 계획이었다고 합니다. 선생님께서도 아시는 바와 같이 그가 다니던 C 전문학교를 중도에 폐하고 활연히 선상(線上)에 나서 얼마나 열렬하게 싸우던 민중운동자이었습니까? 몇 번을 죽으려다 못 죽은 것도 첫째 자기 사상이 부끄러웠고 자기 등 뒤에 많은 무리를 잊을 수 없었음이 그의 원인이었겠지요. 만일 그가 죽었던들 저는 이 씨 한 분에게 만 죄인이 아니요 몇 천 몇 만 사람에게 큰 독물(毒物)이 되었을 것이외다. 그러면 이 씨가 지금 러시아에 가 있으나 하면 그렇지도 않습니다. 그가 여비를 변통하러 집으로 갔다가, 그의 아버지 말씀 한마디로 그의 사상은 또 일변하고 말았습니다. 얼른 보면 그의 의지가 약한 것 같으나 약한 자로는 하지 못할 것을 하는 의지 강한 진실한 일군이외다. 그것은 넉넉지 못한 가세에 늙은 아버지가 친히 밭에 나가 육칠 년 동안 피땀을 흘려 학비를 당해 오다가 거의 끝을 보려할 때 그가 학교를 중도에 폐했고 무슨 짓을 하는지 늘 경찰의 주목을 받는다는 소문만 들리고 방학 때도 집에 오지 않고 돈은 전보다 더 재촉이오니 시대에 대한 이해가 적으신 그의 아버지는 그를 한갓 부랑자로 해석할 수밖에는 없을 것이외다. 그래서 집에 돌아온 그 아들에게 "일하지 않고는 먹지 못한다 나가거라 냉큼 나가거라" 하고 그를 내여 쫓았다고 합니다.

선생님? "일하지 않고는 먹지 못한다." 똑같은 이 말을 가지고 공공연하게 마치 전장에 나선 장사가 칼을 들은 듯 전 민중(民衆)을 향하여 큰 소리로 부르짖으며 선언하고 돌아다니던 그가 도리어 이 말의 선언을 받게 될 그때 어째서 그가 이 모순됨에 대한 깊은 사색이 없을 수가 있겠습니까?

선생님? 그는 단연히 호미를 들고 밭으로 나섰습니다. 아무 것도 보이지 않던 그 산간 농촌이 다시없는 자기의 활무대임을 그는 발견하였습니다. 사오천 명의 군중을 앞에 앉힌 연단보다도 다만 한 덩어리나마 굳은 흙덩어리 그것이 더 먼저부터 자기의 호미 끝을 기다리고 있음을 깨달았음이외다.

그 후에 이 씨는 칠십 호에 불과한 작은 촌락이나마 자기의 이상껏

건설하여 보려고 물불을 가리지 않고 마음과 힘을 다하였으나 모르는 것이 많은 만큼 의심이 많은 촌사람들이라 청년 이 씨의 의견을 따르려는 사람이 적었습니다. 따라서 간민일치(澗民─治) 하여 무슨 큰일을 손쉽게 할 수가 없었습니다. 이 씨는 여러 가지 방책을 생각하다가 그 동리에 구장(區長)운동을 하였습니다. 그래서 그는 구장이 된 것입니다.

선생님? 그가 구장이 되었다고 물론 보통 관속으로 해석치는 않으시겠지요. 그 후부터는 구장이란 직권을 가졌으므로 동인 집합이라든지 자기의 의안(意案)을 실행하기에 그리 힘들지 않게 되었습니다.

선생님? 그가 고향에 돌아온 지 사 년이 되는 오늘날이 동리엔 초가집들이나마 온돌과 기타 일체를 개량하여 혹은 새로 짓고 혹은 고쳐지은 문화적 주택들뿐이요 도로나 하천도 수시로 수축하여서 해마다 당하던 수재도 이상촌에서는 멀리 떠나갔습니다. 그리고 공동 수출이 있어서 이 동리에서 생산된 화물은 섶나무 한 단이라도 이 조합을 거쳐서 나가고 다른 곳에서 들어오는 물품은 성냥 한 곽이라도 개인이 시가(市價)로 사오지 않고 조합에서 도매하여다가 실비로 나누어 씁니다. 그럼으로 비용은 적어지고 생산은 늘어가니 이 동리가 점차로 부유하여짐을 따라 이 동리에 사는 사람들이 부족(不足)에서 만족(滿足)으로 나가고 불안(不安)에서 안녕(安寧)으로 나가며 거친 곳에서 아름다운 곳으로 나가게 되니 이것이 얼마나 큰 개혁이며 얼마나 큰 예술입니까?

올 봄에는 학교도 하나가 설립되었습니다. 배우러 오는 어린이가 육십여 명이나 되고 가르치는 선생님도 세 분이나 모셔 왔습니다. 그리고 혼인 제사 같은 일반 풍습에도 그 예식의 본의(本意) 표현만을 주장(主張)으로 하고 돈이라곤 일문(一文)을 드리지 않고라도 하도록 힘쓰는 중입니다.

선생님? 구장 이 씨는 이렇게 이상세계의 모형(模型)이라고 할 만한 조그마한 이상촌을 건설하고 있습니다.

선생님? 남들은 박사의 처가 되느니 학사의 처가 되느니 혹 미술가의 처 문사(文士)의 처 하는데 저는 이 이구장의 처가 되었습니다. 일개 촌구장의 처된 저로도 이 세상에 나의 남편같은 남편을 가진 처가 또 있을까? 합니다. 저는 저와 같이 행복된 가정을 소유한 주부가 또는 없을 것 같이 생각됩니다.

이와 같이 아름다운 마음에서 그리움을 참지 못하여 죽으려고까지 하던 그와 내가 부부가 되어 사는 저는 이 세상에선 더 바랄 것도 없고 더 되고픈 것도 없습니다. 선생님? 만일 이 씨와 나 사이에 그와 같은 중간에 변괴가 없었던들 지금 와서 오히려 이만한 단란을 맛보지 못할 것이외다. 죄 없이 십자가에 달리는 예수 씨의 눈물보다도 그 옆에 두 죄수의 죄를 뉘우치는 눈물이 더 아름답다고 하시던 선생님의 말씀이 생각납니다. 동편 산머리에서 금실 같은 아침 햇빛이 빛나게 되면 남편은 소를 몰고 밖으로 가고 저는 집안일을 거두다가 점심때가 되면 들의 점심을 지어 들고 밖으로 가서 우거진 녹음 아래에 흘러가는 옥수를 퍼마시면서 함께 먹지요. 그리고 그와 같이 일을 하다가 저녁놀이 청산 위에 꽃필 때 되면 걸음 느린 소를 앞세우고 옛날의 노래를 같이 부르며 피곤한 몸을 쉬려 집을 찾아 들어옵니다. 밤이면 일주일에 사흘 밤씩이나 저의 남편은 남자들을 가르치고 저는 여자를 가르칩니다. 지금은 이 동리에 국문 모르는 사람이 없고 세 집이 한 가지씩 신문을 봅니다.

아― 얼마나 아름다운 마을입니까. 길 위에는 흰 모래를 펴고 양 가에는 가진 화초를 심어 서늘한 석양에 나서기만 하여도 그 길이 끝난 대로 가고 싶도록 아름답습니다. 작년부터는 십리 밖에 있는 읍에서 보통학교 학생들이 춘추로 원족을 나옵니다.

선생님? 이렇게 아름다운 마을을 이제부터 일 년만 더 살다가 우리는 떠나가려 합니다. 또 이와 같은 미향(美鄕)을 건설하려 다른 촌으로 가려합니다.

선생님? 지금 내 옆에서는 두 살 먹은 아들아이가 자고 있습니다. 그애 아버지는 윗방에서 버들가지로 의자를 틀고 있습니다. 저도 제 손으로 누에를 치고 명주를 짜서 남편이 심은 면화를 따다 두둑하게 이부자리 한 벌을 꿰맸습니다. 봄부터 오늘까지 일곱 달 동안 내 정성을 다한 이 작품으로 찬바람이 불어오는 오늘 밤부터는 내 사랑하는 남편과 내 귀여운 아들과 더불어 육(肉)과 혼(魂)이 편안히 쉬게 할 잠터가 될 것입니다.

선생님 밤도 퍽이나 깊었습니다. 얼마 안 있다가 찾아가 뵈올 것이므로 이만 끝을 놓습니다.

『반도산업』 창간호, 동경 : 반도산업사, 1926

만찬

"어머니, 골이 좀 아파서 누워야겠어……."

꽃분이는 아픈 표정을 한다는 것이 신 살구 먹는 양을 하면서 어머니의 눈치를 훔쳐 보았다.

"눕든지 자빠지든지 뒈지든지 하렴 경칠년……."

어머니가 부엌으로 나가자 꽃분이는 미지근한 아랫목에 아랫배를 깔아 붙이며 땀내 나는 이불을 뒤집어 썼다. 그리고 얇은 벽을 통하여 부엌에서 풀 끓는 소리가 풀럭풀럭 울려오는 것이 자동차의 모터 소리 같아서 자동차면 이렇게 흔들리겠지 하고 궁둥이를 겁실겁실 놀려도 보았다.

꽃분이는 정말 골이 아파서는 아니었다. 한잠이라도 낮에 미리 자놓아야 밤에 정신이 나고 더욱 눈을 샛별처럼 빛낼 수 있기 때문이었다.

그러나 프로그램대로 잠은 날래 오지 않았다.

"어서 어두웠으면! 얼른 보았어도 꽤 잘생긴 사내야! 안집 아들 녀석 따위는 피ㅡ. 그런데 요전 그 녀석처럼 영어나 자꾸 지껄이면 어쩌나?" 하고 속으로 글탄[1]을 하면서 머리맡을 더듬어 핸드백을 끌어들였다. 그리고 그 속에서 꼬깃꼬깃한 종이쪽 하나를 찾아내었다. 그리고 연필

---

1 '끌탕'의 방언(평북). 속을 태우는 걱정.

로 흘려 쓴 글을 다시금 읽어보았다.

— 저는 당신을 아는 지가 오랩니다. 여기다 길게 말씀드릴 수 없어 우선 저녁이나 한때 조용한 데 모시고 가 먹을 기회를 청하오니 실례지만 내일 오후 다섯 시까지 제 주인집으로 와주시기 바랍니다. 주인집은 KK동 일번지입니다 —

꽃분이가 어제 저녁에 D극장에서 어떤 남자와 눈이 맞았다가 파해 나오는 판에 그에게서 받은 종이쪽이었다.

꽃분이는 안집 시계가 네 시를 치는 것을 듣고는 일어나 바들바들 떨면서 찬물에 세수를 하였다.

윤곽은 고왔으나 빈혈을 상징하는 그의 누런 얼굴빛은 늘 그의 자존심을 상해 놓았기 때문에 꽃분이는 아무리 추운 날이라도 독에서 찬물을 떠다 하였다. 그리고 세수라기보다 마찰식으로 비비고 닦는 것이었다.

단발한 머리였으나 그가 경대에서 일어서기는 한 시간 뒤였었다. 그리고 바깥날이 추워서라기보다 체면상 털양말이 생각나서 어머니의 주머니를 뒤져 보았으나, 그 속에는 풀 팔아 넣은 동전 몇 푼뿐이라 전차비로 다섯 닢밖에는 집어내지 못하였고, 종아리가 시릴 것 같았으나 모양을 보자니 인조견 양말을 안 신을 수가 없었다.

풀 바가지를 걸어놓은 대문간을 나설 때마다 케이프²를 두른 꽃분이는 몹시 불쾌하였다.

제 집을 나서면서도 남의 집에를 몰래나 들어왔던 것처럼 밖에 인기

---

2 cape. 어깨 · 등 · 팔이 덮이는, 소매가 없는 망토식의 겉옷. 추위를 막거나 멋을 내기 위하여 입는다.

부터 살피고 살짝 뛰어나서는 것이었다. 그리고는 곧 어머니를 위해서 마음 아픈 우울이 큰 길에 나올 때까지 그를 따르는 것이었다.

"아들도 없으신 우리 홀어머니! 어떻게 해서나 내 힘으로 저 풀장사 노릇을 고만두시게 해드렸으면!"

하는.

꽃분이는 KK동이 서대문 밖 독립문 근처인 줄은 알기 때문에 개명 앞까지는 전차로 나왔다. 그리고 서대문 우편국 안에 시계를 엿보았다.

"다섯 시 이십 분!"

하고, 그는 벌써 이십 분 동안이나 자기를 기다리고 앉았을 그 사나이의 마음이 눈에 보이는 듯 반갑고 만족스러웠다. 더구나 자기를 여왕으로 하고 열리어질 조그만 밤의 나라, 밤의 낙원을 상상해 볼 때, 그는 종아리가 시린 것도, 귀가 차가운 것도 깨닫지 못하였다.

속으로 '어디쯤이나 될까?' 하고 독립문을 바라보는 때였다. 벌써 해는 떨어지고 불이 들어와 어스름한 거리 위에는 파출소의 붉은 전등이 유난히 두드러졌다.

"옳지!"

하고 파출소로 가서 드르르 하고 유리창을 밀었다.

"KK동 일번지가 어디쯤 될까요?"

"뭐요? KK동 일번지라뇨? 뉘 집을 찾는 셈이오?"

하고 순사는 지도도 보지 않고 퉁명스럽게 반문하는데, 꽃분이는 말문이 막히어 어물어물하고 섰으려니까,

"KK동 일번지는 저어기 저 감옥소요, 서대문 형무소 말요. 그런데 뉘 집을 찾는 셈이오?"

"감옥이야요? KK동 일번지가……."

꽃분이는 그 핏기 없는 얼굴이 그만 냉수마찰 이상으로 붉어져서 파출소를 나왔다. 그리고 그제야 자기가 헛물켠 것을 비로소 깨달았다.

바람을 등지고 들어오니 몸은 그리 춥지 않아도 종아리와 귀는 얼음이 닿는 것처럼 차갑다 못해 쓰라리었다. 그리고 집으로 바루 돌아왔으면 어머니가 잡숫는 찬밥 끓인 것이라도 한술 먹었을 것을 공연히 마음은 그대로 달아 C백화점으로 갔다. 그리고 몸이 훈훈히 녹도록 한 시간 동안이나 백화점의 층층을 오르내리었다. 그러나 추운 몸은 녹이었으나 고픈 배는 돈 없이 채울 재주가 없었다.

늦게야 집에 돌아오니 어머니는 내일 팔 풀을 쑤어 놓고 부뚜막에 앉아 그것을 뜨고 있었다.

김이 무럭무럭 떠오르는 풀가마! 그리고 구수한 풀 누룽지 냄새! 꽃분이는 양식집에서 먹어 본 끄레비 생각이 나서 발을 그냥 지나치지 못하였다.

"어머니, 내가 좀 뜨리까?"

"그래라. 것두 허리가 아프고나……."

꽃분이는 숟가락을 들고 와 우선 풀을 한옆으로 밀어 놓고 누룽지를 긁어다 입에 넣어보았다. 아무 맛도 없었다. 오직 찬 입 속에 따스한 맛뿐 그리고 코에는 구수한 냄새뿐, 그러나 그의 입술은 따스함과 구수함만으로라도 꼭 다물고 숟가락을 빨지 않을 수 없었다. 그리고 숟가락이 다시 풀가마로 내려갈 때는 부엌이 어두우나 꽃분의 눈에는 눈물이 반짝하였다.

그러나 풀 누룽지 숟갈이 두 번째 입으로 올라갈 때는 속으로,

'설탕이나 있었으면!'

하면서 눈물을 씻었다.

『달밤』, 1934.7

행복

대구 정거장을 나서 큰길 바른편으로 파출소가 있는 것은 대구역을 한번 내려 본 사람이면 누구나 기억할 것이다.

그리고 그 파출소 옆엔 초가을부터 군밤 장사들이 서너 곳에 벌여 앉은 것도 군것질을 좋아하는 사람들은 기억할는지도 모른다.

이 서너 곳이나 되는 군밤 장사들 속에 아침마다 제일 먼저 나와서 밤마다 제일 늦게 들어가는, 그 파출소에서 제일 가까이 벌여 놓은 늙은이가 하나 있다.

때는 벌써 가을이 지나고 초겨울이라도 동지 때와 같이 추운 어느 날 아침, 아직 해도 안 퍼진 길 위에 이 늙은 군밤 장사는 벌써 나앉았던 것이다.

석유 상자 하나를 가로 눕혀 놓고 그 위에 신문지를 펴놓고 그리고 그 위에단 배꼽 딴 생률을 한 무더기 쏟아놓고 그 뒤에 구부리고 앉아 지금 불을 피우고 있는 것이다.

반이 쩍 갈라진 질화로를 새끼로 밖을 동이고 진흙으로 안을 바른데다 모아 놓은 숯 부스러기를 두 손으로 움킬 듯이 휩싸고 불을 불고 있는 것이다.

그 털이라고는 다 닳아 떨어지고 때에 전 가죽오리만 남아 붙은 남바위,[1] 그 밑에서 서너 오리씩 바람에 날리는 서리 앉은 머리털, 얼굴엔 거미줄을 그린 것같이 가로 세로 엉킨 주름살, 그 뿌연 눈알 밑에 추위서 질벅질벅한 눈물, 또 콧물, 그 우긋하고 흠 많고 시퍼런 힘줄이 고깃뱀같이 엉킨 손등과 손가락, 혹은 빠지고 혹은 시커멓게 멍이 박힌 손톱들, 누가 보든지 그가 나이 육십에 가까운 것이나 그의 과거 일평생 거친 의식과 힘든 일에 이날 이때까지 죽지 못해 살아가는 불행한 신세인 것을 일견에 판단할 수 있을 것이다. 또 만일 찬찬한 아낙네가 그의 앞에 발길을 멈춘다면 저고리는 헌 양복때기를 겉에 입었으니 그만두고 그의 바지만 보더라도 해지고 떨어진 구멍을 기워 입지 못하고 이오리 저 오리 맞동인 것이나, 그가 묶은 대님이 짐 동이는 새파란 노끈인 것을 보아서 그에겐 자식도 마누라도 없는 외로운 홀아비 늙은인 것까지도 추측할 수 있을는지도 모른다.

그는 과연 외로운 늙은이다.

눈이 어두워 부엌 심부름도 제대로 못하던 그의 마누라는 벌써 오륙년 전에 주인집 애기 첫돌 때 고깃점이나 집어먹은 것이 체해서 그날 저녁으로 급사하고 말았다.

자식은 만석(萬石)이라고 하는 삼십에 가까운 장정 아들이 하나 있으나 이 영감은 어디 가서나 결코 자식 있는 체하지 않을뿐더러 누가 "자식이나 있소" 하고 묻더라도 "내 팔자에 무슨 자식이 있겠소" 하고 한숨을 쉴 뿐 아니라 "자식이 있고 없고 댁이 무슨 걱정이오" 하고 대들고 싶도록 그 소리가 불쾌하였다. 이 불쾌가 자식 없는 사람들과 같이 자격지심에서 일어나는 불쾌도 아니었었다. 자식이라도 하나밖에 없는

---

1   추위를 막기 위하여 머리에 쓰는 쓰개.

자기 아들이 남과 같이 오륙이 성하거든 한 푼 벌이라도 착한 마음으로 벌어먹지 못하고 절도질, 강도질, 그러다가 이태씩 삼 년씩 징역이나 살고 돌아다니는 것을 생각할 때 차라리 자식이나 없었던들 하고 얼굴에 똥칠이나 한 것처럼 불쾌하였다.

그러나 마누라가 죽은 뒤부터 더구나 이번은 만석이가 붙잡히지도 않고 종적을 감춘 때부터는 몇 해 후면 놓여나오리라는 희망도 없는 것이라 남이 듣는 데는 "이전 그놈이 종신 징역 살지요. 살아 나오면 무엇 하오. 내 단매에 때려죽일 걸……" 하면서도 속으로는 은연히 그 자식이 그리웠다. 그러면서도 만석이를 기다리지는 않았다. 이왕 달아난 놈이요, 젊은 놈이니 어디 가서든지 붙잡히지나 말고 제 한몸이나 잘 살아갔으면 하는 부모 된 애정뿐이었다.

그러므로 그는 바람 찬 길거리에 나와 앉아 군밤을 팔고 앉았는 것도 남과 같이 살아가기 위한 장사가 아니었다. 임자도 없을 송장이라 단 몇 푼이라도 주머니가 비지 않아야…… 하고 죽으려는 준비요, 죽기 위한 벌이였었다.

이 늙은이가 불도 다 피우기 전이다.

"만석 아버지?"

하고 뛰어오다 뒷짐 지고 우뚝 섰는 계집애가 하나 있었다.

"밤 많이 궜수?"

영감은 본 체도 안 하고 불을 붙였다.

그 계집애는 주인집 부엌 어멈의 딸로 불도 붙여 주는 체하고 밤 껍질도 까 주는 체하다가 부스러진 밤이나, 너무 타서 팔지 못할 것이나 이런 것을 바라고 틈만 있으면 나오는 계집애다.

"만석 아버지?"

"왜, 요년이 방정을 떠나⋯⋯."

"만석 아버지한테 편지 온 것두 모르고⋯⋯."

그 계집애는 우표가 두 장이나 붙고 여기저기 도장 찍힌 편지 한 장을 내들었다.

글 모르는 이 영감이 받아들기는 하였으나 '내한테 편지라니⋯⋯' 하고 망설이고 섰을 때 마침 밤을 사려는지 손님 하나가 기웃거리고 있었다.

"미안하외다. 아직 군 것이 없어서. 그런데 여보시우."

"왜요."

"수고스럽지만 이거⋯⋯ 이 편지 피봉 좀 봐 주시구려."

그 양속 두루마기에 방한모에 삼팔목도리에 노란 구두에 금테안경에 이 밤 사러 왔던 젊은 신사는 친절히 편지를 받아 들었다.

"황××가 누구요."

"그건 내지요."

"서울서 서일권이란 사람한테서 온 것이구려."

"서일권이요 서일권이라⋯⋯ 아무튼 속두 좀, 이거 황송하외다만⋯⋯ 선심이시니."

"그러나 이게 영감에게 온 서류 편지니 영감이 뜯으시우."

영감은 다 낡은 기계와 같이 흔들흔들 흔들리는 손으로 편지 피봉을 뜯었다. 피봉 속에서는 인찰지 편지 한 장과 불그스름한 다른 종이 한 장이 나왔다.

"이건 십 원(拾圓)짜리 돈표요."

"돈이라뇨?"

"가만 게시우."

그 친절한 신사는 편지를 다 읽고 아래와 같이 사연을 말하여 주었다.

"영감님의 아들이 한 편진데요, 그동안 문안하구요, 자기는 북간도로 가서 그간 장가도 들고 그곳에 가게도 벌여 영감을 데려가려고 지금 서울 와 있다오. 그러니 이 돈으로 서울 와서 다른 데 가지 말고 꼭 정거장 대합실에 앉았으면 자기가 찾을 것이니 이 편지 받는 즉시로 서울 오라는 사연이구려."

영감은 아지 못할 서일권이가 자기 아들 만석인 것과 그가 변성명한 이유며, 대구까지 오지 못하는 까닭도 우둔한 머리나마 넉넉히 짐작할 수 있었다.

"그래, 이 돈은 어디서 찾소?"

"이리 오슈. 요 앞이 우편국이니 내 찾어 드리다. 도장이나 이리 내시우."

영감은 꿈속과 같았다. 그러나 자기 아들이 그렇게 된 것이나 오늘 이렇게 하는 것이 결코 이치에 없을 일은 아니었다. 다만 놀라움이 꿈속과 같이 의심도 일어났다.

"영감의 아들이……" 하는 소리에 뒤에 무슨 말이 나올까 하고 가슴이 선뜩하였으나 그 놀람은 그때뿐이요, 우편국을 나설 때는 끝없는 감개에 사무쳐 그만 눈물이 앞을 가리고 말았다.

'그렇게 불량한 자식이라도 애비는 버리지 않는구나! 예로부터 천륜은 있는 게지……'

*

오전 열한 시 오십팔 분에 서울 가는 특급열차는 길게 소리 지르고 대구역을 떠났다.

그 열차 삼등 찻간에는 오십여 년 동안 살아오던 대구 개명을 주인도 보지 않고 친한 친구도 찾지 않고 도망가듯 급급히 떠나가는 한 영감이 있으니 그는 묻지 않아도 황만석의 아버지였다.

그가 기차를 타 보기는 해마다 여름이면 한 번씩 있었으니 그것은 꽁무니에 낫을 차고 경산(慶山) 있는 주인집 산소에 금초(禁草)하러 다닌 것이요, 그 외에 자기 일로 기차를 타고 다닌 적은 한 번도 없었다.

그렇다고 이 영감이 오늘은 자기 주머니에서 돈을 내어 자기 손으로 표를 사고 자기 마음대로 찻간을 골라 탄 것이나, 평생을 깃들이고 살아온 고향 산천이 창 밖에서 핑핑 돌아 멀리 뒤로 사라지고 이 산 저 산이 가로막아 나가는 것을 바라보아도 그것에 대한 감상이라곤 조금도 일어나지 않았던 것이다.

다만 그의 가슴 속엔 즐거운 눈물이 차 있었고 빛나는 새 기운이 울렁거리고 있었던 것이다.

어서 만나 어렸을 때 안아 보듯 끌어안고 싶은 아들의 모양, 불쌍하게도 하룻밤에 죽어 간 마누라의 모양, 이제부터 자기 앞에 펼쳐질 행복스러운 생활, 지나간 날의 모든 슬픈 기억과 오늘 당하는 새로운 즐거움이, 이 우둔한 늙은이의 감정은 모든 것이 오직 눈물로만 통일되고 말았던 것이다. 차가 컴컴한 굴속으로 들어가거나, 우르렁 우르렁하고 철교를 건너가거나, 어디를 쉬었다 어디를 떠나거나 이 영감에겐 모두가 상관없는 일과 같았다.

점심을 먹지 않아도 배고픈 줄 모르겠고 담배 한 대 피지 않아도 심심하지 않았다. 다만 눈물 고인 눈을 껌벅거리는 것이나, 이따금 눈물이 흐를 듯하면 손등으로 씻는 것까지도 자기는 의식하지 못하였다.

어떤 술집에서 친구들을 만나 술을 마시다가도 그들이 "자네는 그래도 자식이나 있지……" 할 때에는 그것이 자기를 비웃는 말 같아서, "흥, 이 사람 뻔히 알면서 그러나 난 자식 없네. 그게 자식이야……" 하던 자기 말이 후회도 났다. 왜 내가 그리 경망하였나 자식이 있는 내니 이런 날도 돌아오지 그 사람들이야 백 년을 산들 며느리 손에 밥상을 받아 보며 자식 손에 묻혀 볼 텐가.

황 영감은 자기 친구 가운데 자식 없는 사람 두엇이 생각났고 그들의 말로를 생각하여 측은한 마음을 금할 수 없었다. 그리하여 다른 사람은 못 찾아보아도 주인 댁 노마님과 자식 없는 친구들은 조용히 찾아보고 술이라도 몇 잔씩 나누고 왔다면 하는 생각도 일어났다.

또 자기는 그렇게 고생하면서도 죽지 않고 살아 후일에 자식 덕을 보거든 불행히 먼저 죽어 간 마누라 생각에 제일 몹시 가슴이 아팠다. 자기보다도 몇 배나 힘을 들여 기른 자식에게 끝끝내 낙을 보지 못하고 죽어 간 것을 생각하면 오늘 살아 있어 자기 혼자 그 낙을 누리는 것이 미안한 생각도 일어났다.

어서 아들을 만나 서울 구경이나 잠깐 하고 그를 따라 북간도로 가면 그곳엔 며느리도 기다리고 따뜻한 아랫목과 더운 조석이 나를 위하여 있겠구나. 좀 더 있으면 손자도 안아 보겠구나…… 황 영감은 자기 손등을 내려다보았다.

두꺼비 잔등같이 그 흠 많은 손등은 자기 일생을 다시금 회억하게 하였다. 단지 한마디로 말하자면 육십 평생을 행랑살이. 그에게 낙이 있었다면 어떠한 낙이었나. 날 부러진 도끼로 물먹은 장작을 패느라고 애쓰다가 새로 벼린 도끼로 물 마른 장작을 패어 보는 맛, 그러한 쾌락은 혹간혹간 그에게도 있었을는지 모른다.

황 영감은 다시 자기 얼굴을 번듯번듯 달려가는 유리창 위에 비춰보았다.

얼기설기한 주름살, 서리가 하얗게 앉은 머리털, 그는 아직껏 느껴본 적이 없는 새 슬픔을 느끼게 되었다. 이 모진 목숨이 왜 죽지 않나 하고 자기 자신이 저주하던 그 목숨이 오늘 와서 한없이 아까운 것과 백 년 이백 년이라도 오래오래 살고 싶은 욕망이 새삼스럽게 일어나자 이렇게 시들어 늙은 것을 슬퍼하지 않을 수 없었던 것이다.

어느덧 해는 서산에 뉘엿뉘엿 지려 할 때 창 위에는 우르렁 소리와 함께 시뻘건 쇠기둥이 황 영감의 얼굴을 때릴 듯이 번듯번듯 지나갔다.

여러 사람들은 제각기 행장을 수습하고 의관을 차리기에 분주하였다.

황 영감은 다시 마주앉은 사람에게 물어보았다.

"여보 여기가 어디요?"

"이게 한강이요."

"서울 가는데요."

"이번은 용산이요 그 다음이 서울이니 같이 내립시다."

황 영감은 깜짝 놀랐다. 벌써 서울을 오다니 하고 깜짝 놀랐다. 대구서 서울까지 오는 일곱 시간 동안 그렇게 지리한 시간을 그는 깜짝 놀라는 그만치 짧게 가진 것이다. 그가 일곱 시간 동안이나 긴 동안을 밥을 잊고 옷을 잊고 담배까지 잊어버리도록 그렇게 행복스러운 일곱 시간 동안은 그가 철난 이후 오십여 년 간 한 번도 없는 일이다.

그때에 이 황 영감은 유복한 사람들이 늙지 않는 약을 구하는 욕심도 잘 느껴 보았다.

행장은 별로 없으나 담뱃대도 집어 들고 여태 쓰고 앉았던 남바위도 만적만적하여 보았다.

마치 마라톤 경주에 첫 번 들어오는 선수가 목을 뒤로 제치고 두 활개를 펴들며 달려 들어오듯 먼 길이 끝나는 이 열차도 소리소리 지르며 호기 있게 경성역에 달려들었다.

황 영감도 호기 있게 차를 내려 남에게 묻지도 않고 여러 사람이 하는 대로 구름다리를 넘어 나와 차표를 내어주고 밖으로 나왔다.

이 황 영감이 밖으로 나서자마자 물결치는 사람 속에서 "아버지" 하고 미칠 듯이 부르고 만석이가 뛰어 나섰다.

"오!"

"아버지!"

이때다. 이 황 영감이 눈을 씻으며 만석이를 만나 보게 되는, 즉 그가 행복된 새 천지에 첫걸음을 들여놓으려는 이 순간이었었다.

남모르는 클클한 정이 가슴속에 가득한 이 아버지와 아들이 서로 손을 잡아 보기도 전에 이 두 사람 사이를 썩 가로막으며 나서는 사람이 있다.

"아!"

황 영감은 그 사람을 바라볼 때 오늘 아침 대구에서 편지를 보아 주고 돈까지 찾아 주던 그 친절한 신사가 틀리지 않았으나 만석의 눈에는 그 독사같이 무서운 낯익은 형사가 틀리지 않았던 것이다.

"이놈, 네 애비 손을 잡기 전에 여기다 먼저 손을 넣어."

"아, 아버지⋯⋯."

하고 만석이는 아버지의 옷깃을 잡으려 하였으나 그의 손은 벌써 자유
롭지 못하였다.

황 영감이 무서운 꿈을 깨듯 눈을 비비며 다시 아들을 찾아볼 때는
벌써 만석의 그림자는 간 곳이 없었다.

다만 형사에게 묶여 가는 죄인을 구경으로 따라가는 그림자들만 검
은 이리떼와 같이 어물거리며 멀어 갔을 뿐이다.

『이태준단편집』, 1941.2

그림자

추석(秋夕)은 내일이나, 달은 내일 밤에 뜰 달이 내라는 듯이 지금도 대낮같이 밝은 밤이다.

막차도 떠나간 지 오래고 전차도 끊어진 때라 청량리(淸凉里)만 하더라도 문안과 달라 이렇게 밝은 달밤에…… 어서 자고 내일 추석을 즐기려 함인지…… 거리는 벌써 빈 듯이 잠들었다.

고요한 달 아래 고요한 밤길이다.

그러나 이렇게 고요하고 아름다운 달밤에 나뭇잎들은 가지에서 흩어지는 슬픔도 있다. 이것을 자지 않고 길 위에서 굴리고 있는 심술궂은 바람도 있다.

나는 홀로 멀리 희미한 윤곽만 떠 있는 동대문을 바라보며 조그마한 생각 하나, 아무 쓸데없는 지나간 일 하나를 추억하면서 이 길을 걸어간다.

내가 그를 첫번 만나 보기는 지금으로부터 사오 년 전 어느 비 내리는 여름날 밤에 몇몇 친구와 같이 명월관 본점에서다. 내가 요릿집에 들어가 보기나 기생들과 무릎을 한자리에 하여 보기나 다 그때가 처음이었었다.

그날 밤 우리는 모두 네 사람이서 두 기생을 불렀다. 첫 번에 부른 기생은 향화(香花)라 하는 평양 기생이었고 다음에 부른 기생은 소련(小蓮)이라 하는 남도(경주) 기생이었었다.

우리 네 사람 중에 K군 한 사람을 제하고는 모두 학생복을 입은 만치 기생과 놀아 본 적이 없을 뿐 아니라, 소위 '나지미'라는 기억하고 있는 기생 이름도 없었으므로 소련이니 향화니 하고 그들의 장기를 알아서 부른 것은 K군이었었다.

우리는 옆방에서 흘러오는 노래와 애교 있는 기생들의 농담에 귀를 기울이며 어서 우리 방에도 기생이 들어서기를 궁금히 기다렸었다.

향화의 수심가가 좋고 소련의 가야금이 좋다는 K군이야 그렇지 않았겠지만, 향화니 소련이니 할 것 없이 기생을 처음 기다려 보는 우리는 얼마나 고운 그림자가 들어서나 하고 궁금한 생각이 대단하였다. 그러므로 슬리퍼 소리가 문 앞을 지날 때마다 우리는 긴장하였고 가슴이 두근거리던 것까지 나는 잊지 않는다.

이렇게 긴장하여 있는 우리 방안에 먼저 들어선 것은 수심가 잘한다는 향화였으니 그의 연분홍 저고리와 초록치마는 하늘하늘하는 비단들이어서 젖가슴이 흐늘거리는 향화에게는 잘 조화되는 복색이었다고 기억한다. 그는 우리를 향하고 허리를 구붓하고 잠깐 앉는 듯이 하더니 한 손으로 버선 뒷목을 잡아당기며 서슴지 않고 K군의 곁으로 가 앉았다.

"방학 때니까 나오셨으려니 하였지만."

이상스런 눈초리로 K군을 바라보는 향화의 첫말이었다.

소련이가 들어올 때는 벌써 향화가 우리 방에 있는 때라 그리 긴장되지는 않았다. 살며시 미닫이를 닫고 그 자리에 도사리고 앉아 조심조심하여 좌중을 돌아가며 목례하는 소련의 태도는 범절이 숙달한 향화를 보고 보아 너무 어색한 곳이 있어 보였다. 단조한 흰 모시저고리 흰 모시치마, 머리엔 흑각비녀가 더욱 쓸쓸하여 보였다.

나는 어디서 저런 촌기생이 들어오나 하고 처음엔 다소 불만했으나 자리를 사귈수록 정이 끌리기는 이 초초한 소련이었었다.

향화는 얼마 가지 않아 그 음란하고 천박한 품이 드러났다. 가리마를 한 편으로 몰아 탄 것이라든지 조선 복색엔 당치않은 루바슈카 끈으로 중동매끼[1]를 한 것이라든지 치마폭은 좁게 하여 일부러 속곳 가랑이를 내놓는 것이라든지 소리도 수심가란 입내뿐이요, 유행 창가밖에는 못하였었다.

소련은 이와 반대로 조예 깊은 기생이었었다. 첫째 옷매무새와 말솜씨가 여염 부녀와 같이 단정하였다. 그러나 그 단정한 것이 결코 객의 흥취를 상하지 않을 뿐만 아니라 도리어 좌중이 손을 잡고 노는 것과 같이 화락하였다. 그의 주름을 잘게 잡은 모시치마라든지 그 속에서 은은히 빛나는 수염낭이라든지 아무튼 향화를 닭이라고 하면 소련은 학과 같은 기품이 있는 여자였었다.

그러므로 지금이라도 향화를 생각할 때는 그 빈정거리는 길다란 입술과 버그러지는 치마 속에서 엷은 비단 속곳 가랑이가 볼기의 윤곽을 따라 그리고 있는 곡선, 이러한 인상이나 소련은 그렇지 않았다. 그 청한 눈알이었었다. 일요 학교에서나 볼 수 있는 천진한 소녀와 같은 그 천진한 눈알이었었다. 또 그의 흥취 깊은 남도 소리와 능란한 가야금은 나 같은 서생으로서 감히 평할 바 아니라고 생각한다.

---

1 중동끈. 치마 따위가 거치적거리지 아니하도록 그 위에 눌러 띠는 끈.

아무튼 그날 저녁에 그 구슬픈 소련의 가야금은 행인지 불행인지 오늘 내가 이 글을 초하게 된 인연이었다고 할 수 있는 것이다.

그 구슬픈 가야금 소리. 지금도 그때 소련의 눈물 젖은 눈초리가 눈앞에 사라지지 않는 것이다. 한 무릎에 가야금 머리를 뉘어 놓고 아미를 수그리고 타 낼 제, 귀로 듣는 노래뿐이 아니라 줄과 줄 위에서 강동강동 춤을 춘다. 찌긋찌긋 미끄러도 지는 그 열 손가락의 노는 재주도 바라보는 흥미가 깊었었다.

그러나 노래는 슬펐었다. 줄도 울고 사람도 우는 무슨 한 있는 노래였었다. 노래하는 소련이 제가 슬픈 사람이었었다. 가야금은 물려 놓을 때 그의 손은 눈으로 먼저 올라갔다. 눈물 고인 눈초리를 보이지 않으려 그는 웃어 보이기까지 하였으나 지어 웃는 웃음이니 창밖에 빗소리만 높을 뿐이요 좌중은 다 같이 침묵하였었다.

"왜 어디가 불편하시오?"

하고 K군이 물었으나 소련은 자기 신세타령이나 펴놓을 곳이 아닌 것을 잘 알고 있었다.

나도 슬펐었다. 아마 그날 저녁에 소련이 자신 이외에 제일 슬퍼한 사람은 나였을 것이다. 나도 슬픈 사람이었기 때문이다. 사실 그날 저녁에 명월관에 모인 것도 K군의 주선으로 그때 나의 설움을 위로해 주려는 놀음이었었다.

소련의 눈물과 나의 눈물이 사정에 있어서는 비록 다르다 할지라도 남이 다 즐거이 사는 세상에 우리만 슬픈 사정을 가지고 울기는 마찬가지였었다.

나는 옛날 시인 백낙천(白樂天)의 비파행(琵琶行)을 생각하면서 새로운 슬픔과 동정으로 소련의 애달픈 노래를 다시 한 곡조 청하였다. 그는 사양함이 없이 가야금을 들어 안았었다.

나는 나중에 소련의 소복한 이유를 물으니 지난 삼월에 돌아간 양모의 거상이라 하였다. 친부모는 계시냐고 다시 물었으나 그는 머뭇거리며 얼른 대답하지 않다가,

"다 없으셨어요…… 왜 선생님은 유쾌하게 놀지 않으시고."
하면서 향화가 치던 장구를 뺏어 안았다.

시간이 지나 소리는 하지 못하고 이야기판이 벌어졌을 때 감상적인 학생들의 놀음이라 이러한 자리에서 사랑 이야기가 일어난 것도 그리 이상스런 일은 아니었었다.

"…… 무얼 나는 사람이 제일이야. 당사자 하나만 마음에 들면."
하는 향화의 말에,

"그렇지도 않아. 만나는 날 서로 껴안고 죽고 만다면 고만이지만 사람 잘난 것 고르는 것부터 오래 살려는 것 아니야. 단 하루를 살더래도 돈이 있어야지. 우리가 이렇게 매일 저녁 여러 손님을 모시고 놀 때, '저 어른이면' 하는 손님이 없는 것은 아니나 결국 돈 때문이 아니야."

소련은 이 말을 하면서 K군의 담뱃불을 붙이고 있는 것을 볼 때 나는 가벼운 질투가 일어나던 것도 기억한다.

그러나 소련이와 나 사이에는 시선이 부딪칠 때마다 단순히 눈과 눈이 보는 것이 아니요, 마음과 마음이 서로 의지해 보려 눌러도 보고 기대어도 보는 것 같았다.

이렇게 벌써부터 그와 나 사이에는 남모르게 소통하는 무엇이 있어 내가 청하는 것이면 무엇이고 되리라는 자신이 생겼던 것이다.

그러다가 소련은 모두가 주의하지 않는 틈을 타서 걸려 있는 양복에서 만년필을 하나 뽑아,

"선생님, 이런 글자 아세요."

하고 내 손바닥을 자기 무릎으로 이끌어 갔다. 그가 쓰는 글자는 한자가 아니었었다. 나는 나의 손바닥에서 '서린동 ××번지'라 읽을 수 있었던 것이다.

나는 그 이튿날 아침 서린동 ××번지를 찾아 나섰다. 서린동을 찾고 ××번지를 찾고 소련의 문패까지 틀림없이 찾았다. 그러나 그 집 문 앞을 닥치고 보니 이상한 것은 그 집 문 안을 들어설 용기가 나지 않던 것이다.

집은 기와집이나 옆에 큰 집과 한데 붙은 집인지 따로 떨어진 집인지 아무튼 몇 칸 안 되어 보이는 다 쓰러져 가는 헌 집이었었다. 그렇다고 그것이 나의 들어가지 못할 이유는 아니었겠지마는 그들의 내면 생활이 얼마나 곤궁하다는 것은 화류계를 모르는 나로서 새삼스러이 느낄 수 있었던 것이다.

'무얼 그도 기생이지. 내가 동경 가 있다니까 돈푼이나 있는 줄 알은 게지. 또 그가 자기 방 열쇠나 주는 듯이 은근히 번지를 적어 주었지만 그로서는 직업적으로 상용하는 수단인 만큼 이 집 문 앞을 찾아오는 친구도 나뿐이 아닐 테지. 번지를 적어 준다고 탐탁하게 생각하고 찾아오는 내가 어리석지' 하는 생각이 새삼스러이 일어났다.

그때 마침 뒤에서 낯익은 사람 하나가 오는 것을 보고 나는 기어이 그 집 문 안을 들어서지 못한 채 발길을 돌리고 말았던 것이다.

나는 그 후 다시 소련을 만나볼 기회도 없었고 며칠 안 되어 동경으로 가고 말았다.

그러나 나의 동경 생활이 단조했던 탓이던지 소련의 생각이 무시로 떠올랐다.

그 가을꽃과 같이 아담하고 적막해 보이는 소련의 모습을 그려 볼 때마다 나는 일어나는 정열에 맡기어 편지도 여러 장을 써 보았다. 그러나 소련의 집을 찾고, 들어가지 못한 것과 같이 한 장도 부친 적은 없었다.

이러한 소련이와 다시 만나 보기는 일 년이 지나서 그 이듬해 여름 방학 때였었다.

이번도 K군과 몇몇 친구로 국일관에 놀러갔었다.

그날 밤에 소련을 부른 것은 나 자신이었고 소련의 가야금이나 들으려는 평범한 손님이 아니었던 것은, 소련을 부르고 나서 나의 가슴에 울렁거리던 것과 문 앞에 누가 오는 듯할 때마다 내 얼굴이 화끈 달아올랐던 것으로도 알 수 있을 것이다. 뒤에서 알려니와 나의 첫사랑의 대상이 이 소련이었던 것을 미리 말하여 둔다.

아— 첫사랑! 소련이도 나에게 그러하였다. 철도 나기 전부터 애욕에 눈이 붉은 그 많은 남자들과 밤낮을 교접해 오는 그로도 완전히 자기 의욕에서 사랑이라고 할 만한 사랑은 나에게 처음 품었던 것이다.

그도 꿈에 본 듯한 나를 일 년 동안이나 잊지 않았다. 놀음에 불려올 때마다 내가 있지 않나 하고 은근히 찾아왔다. 첫사랑이 아니고야 서로 찾고 있던 사람이 아니고야, 어찌 그같이 긴장된 시선으로 마주볼 수가 있었을 것인가. 그가 우리 방에 들어서 좌중을 돌아보다 그의 시선이 나에게 머무르던 순간, 그의 의식과 나의 의식이 서로 폭발되는 순간, 나는 일찍이 이와 같은 뜨거운 순간을 체험한 적이 없었다.

나는 무안하여 얼른 밖으로 나왔다.

얼굴을 식히려 밤하늘을 바라보고 섰을 때 등 뒤에서, "언제 나오셨어요" 하는 소리가 있었다.

그는 소련이었다.

그 후 소련이와 나 사이에는 남모르는 상종이 빈번하여졌다.

내가 돈 없는 탓에 남과 같이 버젓이 보고 싶은 대로 요리점에서 불러 보지 못하고 삼청동(三淸洞) 막바지에 있는 주인집에서 밤 두 시 세 시까지 그를 기다렸던 것이다.

그때만 하더라도 소련은 자유스러운 몸이 아니었다. 양모가 돌아간 후 셋집 살림살이에 빚만 늘어 가고 하여 서린동 집을 내어놓고 새로 빚을 쓰고 포주(抱主)의 집으로 들어간 때이다. 그러므로 가기 싫은 놀음에도 가야 하고 만나고 싶은 사람이라도 돈을 받아 오지 못하는 곳에는 갈 수 없는 매인 몸이 되었다.

그러나 요릿집에서 두 시 세 시에 파해 가지고도 소격동을 넘어 인력거도 들어오지 못하는 그 어둡고 좁은 삼청동 막바지를 비가 오나 바람이 부나 자지 않고 기다리고 있는 나에게 실망을 준 날은 없었다. 또 밤 깊도록 여러 손님에게 시달리고 온 몸이건만 하룻밤을 나에게서 편히 쉬어 본 적이 없었다. 그는 늦어도 네 시까지는 포주의 집으로 돌아가야 하는 것이요, 만일 밖에서 밤을 지내고 들어가면 그만한 보수를 들고 들어가야만 남의 피로 돈을 모으며 살아가는 포주의 매를 면하는 것이다.

이러한 소련의 신세이므로 그가 나에게서 밤을 샌 적은 없었으나 시간비(時間費)는 적은데다 매일 네 시에 들어오는 소련의 눈치를 모르고 지나갈 포주가 아니었었다.

하루는 해도 지기 전인데 나의 방문 앞에 여화(女鞋) 한 켤레가 놓였었다. 늘 어두운 밤중에나 왔다가는 소련이니 그의 신발을 내가 알아볼 수도 없는 것이요, 또 아직 어둡기도 전이라 인력거나 기다리고 있을 그가 나에게 올 리도 없으므로 나는 몇 번 주저하다가 기침 소리와 함께 문을 열어 보았다. 그 신발 임자는 과연 햇빛에서 처음 만나 보는 소련이었었다.

그러나 그는 자리를 펴고 누웠었고 내가 들어가 앉자마자 그의 울어서 부성부성한 두 눈에선 새로운 눈물이 걷잡을 새 없이 쏟아져 나왔다.

한 편 눈두덩엔 시퍼렇게 멍이 들었을 뿐만 아니라 머리채를 끄들리어 머릿속이 온통 부어오르고 전신이 불덩어리같이 달아 입에서 단김이 확확 끼쳐 나왔다.

그도 하는 말이 없었고 나도 묻지 않았다.

방안이 어두워 올 때까지 우리는 말없이 울었을 뿐이다.

나는 소련이가 명월관에서 하던 말을 생각하지 않을 수 없었다. 그렇게 목이 말라 애쓰는 것을 보면서도 과일 한 개 내 손으로 권하지 못한 것이 오늘도 생각하면 가슴 아픈 일이다.

그러나 소련은 자기 옆에 내가 있어 간호해 주는 것과 내일은 내일이라 하더라도 그날 저녁 하루만은 시간에 몰림 없이 마음 놓고 나와 같이 지내는 것을 무한히 좋아하는 것 같았다.

그러나 어찌 내일을 생각하지 않을 수 있으랴. 밤이 깊어 가면 깊어

갈수록 닥쳐오는 내일은 이 무력한 두 사랑의 포로를 시시각각으로 위협했던 것이다.

그러나 어찌하랴. 소련이 자신만 하더라도 아직 사오 개월은 포주에게 있어야 할 빚진 몸이요, 나의 졸업이라야 그 이듬해 봄에 할 수 있으나 실업 방면과도 달라 취직이나 날래 되려니 믿을 수나 있으랴. 그러나 이것을 믿지 않고는 하루라도 더 살아갈 수 없는 우리였었다.

그렇다. 소련은 나를 믿었다. 나의 사랑을 믿고 나의 힘을 믿었다. 나도 나를 믿었다. 남이 나를 믿고 바라듯이 나도 나를 믿고 바랐었다.

오늘 와서 생각하면 나의 사랑으로는, 나의 힘으로는 도저히 그에게 줄 수 없는 것을 호기 있게 약속하였고 선언하였던 것이다.

그리하여 소련은 그동안 인천(仁川) 같은 곳으로 가서 새로 포주를 정하고 빚을 얻어 지금 포주의 남은 빚을 갚고 내가 취직하여 셋방살이라도 할 수 있는 날까지는 인천에서 지내기로 언약하였다.

이와 같이 우리도 옛 사람의 말과 같이 하룻밤에 만리성을 쌓아 보았었다.

나는 밝을 녘에 잠시라도 눈을 붙여 보았으나 소련은 그저 원수의 궐련으로 밤을 새웠다.

조반이라고 밥 한 상을 둘이서도 남기고 밤에 취하고 잠에 취하여 다시 누워 있을 때였다. 누군지 여자의 목소리로 나를 찾는 이가 있었다. 소련이가 목소리를 듣고 같이 있는 기생이 찾아온 것 같다고 하였다.

밖에 나가본즉 과연 기생 같은 여자 하나가 사오 세 된 계집애를 데리고 서 있었다.

나는 물을 것도 없이 내 방으로 인도하였다.

"아니 언니, 어떻게 왔수. 저년이 다 오구. 아주멈 죽었을까봐 왔니?"

"몹시 다친 데나 없어. 그런 죽일 놈의 할미."

손님은 다시 나에게,

"동생이 이렇게 와 폐를 끼쳐서⋯⋯."

기생다운 익숙한 말솜씨로 방 안을 한번 휘 돌아보더니 소련의 손을 잡으며 마주 앉았다.

그들은 한참 동안이나 다른 말이 없이 네 설움 내 설움 다 같다는 듯이 자기네가 빨아내는 담배 연기만 물끄러미 바라보고 앉아 있었다.

"참, 인사하서요, 같이 있는 우리 언니예요."

소련은 그제야 명옥(明玉)이라는 그 기생을 나에게 소개하여 주고 내가 명옥이와 이야기하는 동안 자기는 명옥의 딸이라는 계집애와 무어라고 중얼거리고 있었다.

계집애는 별로 말이 없고 고개만 끄덕끄덕하고 앉았던 것이 오늘 새삼스럽게 생각난다.

명옥이도 소련이와 같이 남도 기생으로 소련이와 알기는 같이 있기 전부터도 놀음에서 가끔 만나 형아 아유야 하고 지내던 터라 하며, 포주 치고 안 그런 사람이 어디 있겠느냐고 나이 많은 만큼 세상 풍파에 속이 터질 대로 터진 계집이었었다.

"돌부리 차면 내 발만 아팠지. 어서 이따 인력거라도 타고 내려와⋯⋯ 누웠더래도 집에 와 누워야지."

명옥이는 온 지 한 시간도 못 되어 일어섰다. 그러나 따라온 계집애는 소련의 손을 잡고 어리광만 부리고 갈 생각은 하지 않았다.

"어서 너의 엄마 따라가. 아주머닌 이따 갈게…… 이년은 저의 엄마보다 나를 더 좋아해."

내가 밖에 나와 손님을 보내고 들어가니 소련은 자리에 누운 채 방긋이 웃으며 나의 손을 이끌어 자기 이마 위에 갖다 대었다.

"열은 이전 없지요. 퍽 곤하실 텐데 여기 누워 한잠 주무세요. 내 자장자장 해 주께."

나는 그와 가지런히 누웠다.

"선생님?"

"응."

"이제 명옥이 언니도 퍽 팔자가 사나워…… 남자들은 모다 남의 사정을 생각할 줄 몰라."

"왜, 나두?"

"당신두 아마 그럴 걸."

"무언데?"

"명옥이 언니도 우리처럼 사랑하는 남자가 있었는데…… 있었는 데가 아니라 명옥이 언니는 지금도 그 사람을 생각하고 있는데 지금 데리고 왔던 계집애 말이야…… 자우? 남 말하는데."

"아니야. 어서, 그래서?"

"첫번엔 남자 측에서 명옥이 언니에게 아이가 달린 줄을 몰랐거든……."

"첫번엔 속이었나, 그럼?"

"속인 것도 아니지. 애비 모를 자식이니 어떡하우. 길러야지. 그렇다고 죽자사자하던 사람이 계집애 하나 때문에 틀어진다는 것은 너무도 남의 사정을 몰라주는 것이 아니우."

"그렇지."

"너무 그 남자가 속이 좁은가 봐……."

"그렇지만 그 남자만 나무랠 수도 없지. 나도 사실 말이지 기생 생활한 사람에게서 처녀를 찾는 것은 아니지만 만일 자식이 있어 보우. 저게 남의 자식이거니 하는 생각이 볼 때마다 새삼스럽게 날 것 아니오. 그것도 일이 잘 되느라고 남편 되는 사람이 고아원 같은 자선 사업에 나선 사람 같으면 그 애에게 대한 감정이 보통 이부(異父)와는 다르겠지만 그렇지도 않은 사람이라면 하로 이틀 아니고 자기 자식도 낳을 테니 하후하박할 수 없고 어째 문제가 안 되우."

"…… 그렇기도 하지."

"그렇기도라니. 꼭 그렇지."

"요새 세상에 더구나 젊은 사람으로 그런 것을 문제삼지 않을 만한 군자가 어데 있소……."

"서울두 고아원이 있나."

"있지 아마……."

여기까지 와서 나는 남의 일인 만큼 대수롭지 않게 알아 그만 잠이 들고 말았다.

소련이는 그날 저녁 때 천근같이 무거운 몸을 포주의 집으로 이끌고 내려갔다.

그 고르지도 못한 언덕길을 타박타박 내려가는 소련의 뒷모양을 바라 볼 때 나의 눈엔 설명하기 어려운 눈물이 핑 싸고돌았다.

그러나 그는 벌써 나의 아내로 거리에 잠깐 볼일이 있어 곧 다녀오마 하고 나가는 것 같았다. 한참 가다 한 번씩 돌아서는 그와 멀리서 나는 바라보며 진심으로부터 행복스러운 웃음을 그에게 보내주었다.

서러운 매를 맞고 화풀이삼아 하소연삼아 이렇게 처음으로 나와 같이 하룻밤을 지내고 간 소련이. 그는 과연 나에게서 얼마만한 위안을 얻고 갔던가. 선생님, 만일 내 가슴 속에 당신의 그림자가 없었던들 나는 벌써 이 땅 위에서 떠난 지가 오랠 것입니다. 그는 한 손으로 눈물을 씻으며 한 손으론 옆에 누운 나의 굵은 손목을 부르르 떨면서 붙들었었다.

나는 그를 위로하였었다. 아니 위로에 그치지 않고 나는 그가 나의 앞에서 눈물 흘리는 약자라 하여 그가 나를 믿듯이 내가 나를 믿었고 그에게 주지도 못할 것을 모두 약속했던 것이다.

그러나 내일 다시 오마 하고 간 소련은 삼사 일이 지나도록 오지 않다가 그에게서 편지 한 장이 들어왔다.

"용서하십시오. 총총히 떠나는 길이라 뵙지도 못하고 왔습니다. 그러나 가까운 인천이니까…… 모시고 싶겠지만 제가 자리를 잡고 주소를 통기해 드릴 때까지는 기다리셔야 합니다."

이러한 사연이었었다.

그러나 소련에게선 다시 소식이 끊어졌다. 날고 기는 장정들이라도 제가끔 살길을 찾기에 눈이 붉어 날뛰는 인천 같은 항구 바닥에서 아무리 격란은 있다 하여도 연연한 계집의 몸이라 새빨간 주먹으로 헤매는 정상이 보지 않아도 본 듯하였다.

아침부터 진종일 방안에서 어정거리다 그의 소식을 받지 못하고 해가 저물려고 할 때 나의 궁금한 생각은 미칠 지경이었다.

이렇게 지리한 날이 그대로 십여 일이 지나가니 나에겐 추후 시험(追

後試驗) 치르러 갈 날이 닥쳐오고 말았다. 아침차로 떠나려던 것은 저녁 차로 미루고 저녁차로 떠나려던 것은 다시 아침차로 미루다가 기어이 그의 소식을 받지 못한 채 주인집에 나의 동경 주소를 적어 두고는 하릴없이 떠나가고 말았었다.

　동경에 가서도 두어 주일이나 지나가도록 그의 소식을 들을 길이 없다가 하루는 서울 있는 K군에게서 뜻하지 않은 편지 한 장을 받았다.

　이 편지였었다. 몸서리가 끼치는 소련의 그 불길한 소식과 첫사랑에 열중하여 잊어버렸던 나의 모든 관념 의식(觀念意識)을 다시 활동시킨 경고는.

　몸서리 끼친 소련의 불길한 소식이란 이러하다.

　소련이가 나와 같이 삼청동에 있던 날 명옥이가 데리고 왔던 계집아이는 명옥이 딸이 아니라 소련의 딸이었고, 따라서 그들이 돌아간 뒤에 소련이가 나에게 한 이야기는 명옥의 것이 아니라 소련이 자신의 신세 타령이었었다. 만일 그때 자기의 딸인 것을 솔직하게 말하여 주었던들 나는 그처럼 곧이곧대로 무뚝뚝한 대답은 하지 않았을 것이요, 소련이 도 그처럼 낙망하여 문제를 크게 잡아 비밀을 품지는 않았을 것이다.

　딸아이를 독살(毒殺)하려던 혐의로 잡혔다는 간단한 신문 기사 외에 더 자세한 소식을 얻을 수 없다는 K군의 편지만으로는 사건의 진상은 알 수 없으나 소련이가 달포가 지나도록 나에게 소식 없는 것만으로도 일이 저질러진 것만은 사실로 믿지 않을 수가 없었다.

　또 K군의 이 편지가 잊어버렸던 나의 모든 관념 의식을 다시 깨쳐주었다는 것은 이러하다.

　나는 무서웠다. 살인! 하고 생각할 때 소름이 끼쳤다. 만일 소련의 입으로부터 나와의 관계가 토설되는 날이면 나에게 미칠 혐의가 무서 웠고 나는 처음으로 소련이를 미워할 수 있었다. 나에게 첫 번부터 솔 직하게 통사정해주지 않은 것이 미웠고 이후에도 내가 뜻하지 않은 새 사건이 얼마나 일어날까 하는 불안으로 많은 남자와 관계있는 그의 과 거 생활이 미웠고 나중엔 통틀어 그가 기생인 것이 미웠다.

솔직하게 말하자면 내가 그 전해 가을같이 소련이에게 대한 인상(印 像)만으로도 그를 그리워했을 것 같으면 그가 살인을 범하는 독부라 하 더라도 나는 서슴지 않고 찾아갔었을 것이다. 그러나 이때엔 벌써 바 닥이 드러나도록 소련의 고운 것이라고는 다 향락해 본 때였었다.

이와 같이 나의 정열이란 벌써 꺼지려는 촛불과 같이 흔들리고 있는 틈을 타서 뿌리 깊이 자라고 있던 얼음 같은 이지(理智)는 나의 전 의식 력(意識力)을 지배할 수 있었다.

그래도 처음에는 소련이에게 대한 다소의 의분(義憤)과 내 욕심으로 만 독단하려는 이지와의 서로 갈등(葛藤)이 나를 괴롭게 하지 않은 것은 아니나 흘러가는 세월은 나의 그 마음을 한 자리에 두고 가지 않았다.

더구나 나의 가슴 속에 벌써 다른 여성의 그림자가 어른거리기 시작 한 때에는 벌써 옛날에 지나간 한 로맨스로 친구들이 자기네의 추억(追 憶)을 이야기할 때 나도 지나가 버린 옛날의 한 추억으로 소련의 이야 기를 그리 흥분도 하지 않고 이야기하였었다.

어떤 때는 소련의 웃는 얼굴과 어떤 때는 소련의 우는 얼굴을 우연 히 만나 보는 적이 없지 않으나 그것은 나의 실생활에 아무런 변동도 일으키지 못하는 때면 고만인 꿈이었었다.

이렇게 일 년이 지나가고 이 년이 지나가는 동안 소련의 그림자는 꿈에 다니는 길이라도 천리만리로 멀어지고 말았다.

내가 삼청동에서 내일 다시 오겠다던 소련이와 흩어진 지도 어언 삼 년이 지나갔다.

내일은 추석이다. 오늘도 달이 밝다.

나는 지금 추석 쇠러 친정집으로 가는 아내를 청량리역(淸凉里驛)까지 전송 나왔다 가는 길이다. 밤중에 가는 차라 타는 사람도 그리 많지는 않았으나 나는 아내의 바스켓을 들고 차가 아주 멈추기도 전에 뛰어 올랐다.

이리 기웃 저리 기웃 하다 빈자리 하나를 발견하고 짐부터 갖다 놓았다.

그제야 찻간에 들어서는 아내를 데리고 와서 나도 그 자리에 같이 앉아 잠이 들면 지나쳐 가기 쉽다는 것이며 급행이라고 급히 내리다가는 실수하기 쉽다는 것을 어린아이에게와 같이 설명하였다.

아내는 말없이 빙긋이 웃었다.

가까운 경성역(京城驛)에서 떠나오는 차이나 하루 종일 먼 길을 오다가 다시 계속하여 탄 사람들인지 벌써 곤히 잠든 사람도 많이 있었다.

우리 앞에도 젊은 부인 하나가 동생인지 딸인지 계집애 하나와 같이 곤히 잠들어 있었다. 창 밑으로 붙여 세운 때 묻은 가방 위에 고개를 거북스럽게 틀어 베고 그 편 팔은 힘없이 무릎 위에 늘어뜨리고 한편 팔로는 자기 옆구리에 기대고 자는 계집애의 어깨를 맥없이 끌어안았다. 그리고 곤히 숨소리를 내며 자고 있었다.

"저렇게 하고 거북해서 잠이 올까."

하고 아내가 걱정스럽게 하는 말에 손수건으로 눈을 가리고 자는 그 부인의 얼굴을 나는 다시 한번 살펴보았다.

손수건에 덮여 겨우 코 아래로 입과 턱밖에는 보이지 않는 얼굴이었으나 나는 그의 가는 입술이 어찌 낯익은지 몰랐다. 그 입술이 매우 낯익다 생각되는 순간에 준비하고 있었던 것처럼 선뜩하고 나의 가슴을 찌르는 것이 있었다.

그 갸름한 턱 밑에서 깨알만한 기미 하나를 찾아볼 수 있을 때 나는 그가 소련인 것을 더 의심하지 않았다.

이때 소련의 어깨 밑에 고개를 틀어박고 자던 계집아이가 눈을 떴다. 명옥이가 삼청동으로 데리고 왔던 소련의 딸이다. 몰라보게 컸으나 소련을 닮은 모습은 완연하다. 어머니의 잠을 깨지 않으려 함인지 고개를 틀어박은 채 말똥말똥하는 눈알은 '내가 여태 살아 있다' 하고 나를 원망하는 것같이 무서웠다.

소련은 고운 때 묻은 흰 옥양목저고리, 옥색 치마, 그래도 딸아이는 물든 비단 것으로 거둬 입힌 것이 얌전스러웠다.

아내가 심상치 않은 내 눈치를 보고,

"아는 사람이에요."

하고 물었으나 나는 아무런 대답도 하지 않았다.

얼굴까지 소련을 타고 나온 계집애, 소련은 이제 늙어 가더라도 젊은 소련이의 그 기구한 운명은 다시 그의 딸의 손목을 이끌고 나가는 것 같았다.

오늘 여기 앉아 남의 일같이 바라보고 측은해하는 내 자신이 저들이 오늘 이 모양에 이르게 한 한 간섭자였던 것을 깨달을 때 나는 소련이가 마저 잠을 깰까 봐 무서웠다.

마침 호각 소리가 들려오기에 나는 허둥허둥 차를 내리고 만 것이다.

아아 소련이! 소련이가 저기 간다.

어디로 갈까! 지금도 나를 찾아다니는 것이나 아닐까?

때가 여름과도 달라 원산으로 해수욕 갈 리도 없는 것이요, 삼방이나 석왕사로 약물에 가는 길도 아닐 것이다. 벌써 찬바람이 옷깃을 치는 이때 경원선 밤차에서 졸고 있는 것이 결코 유쾌한 여행이리라고는 생각할 수도 없는 것이다.

푸파 소리와 함께 달빛 희미한 언덕 너머로 사라져 가는 차를 바라볼 때 가엾은 소련이가 죽어서나 나가는 상여를 바라보듯 나는 울음이 복받쳐 나왔다.

이 세상엔 소련이와 같은 계집이 얼마나 많으며 또 나와 같은 사나이는 얼마나 많을까. 나는 오늘에 있어서도 나보다 약한 사람, 나보다 어리석은 사람, 그들에게 그들의 행복을 약속하며 그들의 장래를 보증하는 것이 아닌가?

과연 나에게 그만한 힘이 있는 것인가?

아아 소련은 얼마나 나를 원망할 것인가?

값싼 동정심이 많은 나의 아내라 앞에 앉은 소련이가 잠을 깨어 이런 말 저런 말 서로 하여 가다가 소련의 신세도 물어서 알게 되는지도 모른다. 따라서 그가 그 후 어찌되어 무사했는지, 어디서 어떻게 지내왔으며 지금은 어디로 가는 것과 그래도 나를 잊지 않고 있는지, 이제라도 나를 한 번 만나보고 싶어 하는지 모든 것을 자세히 들을 수가 있을는지도 모른다.

그러나 무엇하랴. 내가 듣고 싶은 소식이면 아내가 그대로 전해 줄 리가 없는 것이다. 또 오늘 소련이에게서 내가 들어 반가울 소식을 어찌 바라며 오늘 나에게 그를 위로할 만한 무슨 말이 있으랴.

어느 날 어느 곳에서 그가 나의 옷깃을 스치며 지나간들 내가 무엇으로 그의 걸음을 막을 수 있으랴.

모두가 한낱 그림자로다.

차는 지금 어디를 쉬었다 다시 떠나가는지 멀리 들판을 건너 뚜 하고 한마디 울려왔다.

바람은 그저 자지 않고 길 위에 낙엽을 굴리고 있다.

『근우(槿友)』, 1929.5

온실 화초

그때 그 집에는 두 여학생이 있었다. 그들은 한 어머니의 딸로 형은 열여덟 살 아우는 열네 살 되는 봄이었었다.

그들이 자기네 집에서 빌어먹고 있는 나를 오빠라고 불러 준 것은 첫 번부터 나에게 대한 호의라는 것보다 무관하게 터놓고 잔심부름이나 시키려는 것이요, 그것보다도 저녁이면 산술이나 영어 같은 것의 풀기 어려운 문제가 나를 찾았기 때문이었었다.

이와 같이 그들이 나에게 대한 호의가 일종의 정책이란 것을 나도 모르는 것은 아니었으나 나는 시험공부를 제쳐놓고라도 A(형을 A, 아우를 B라 하자)에게 불리어 그 A의 냄새나는 A의 방에 들어가 한 책상 위에 그와 머리를 마주대고 있게 되는 시간은 나로서 가장 행복스러웠었다. 그가 모르는 영어를 내가 아는 것, 그가 풀지 못하는 산술을 내가 가르쳐주는 그 우월감(優越感)이란 내가 A에게 대해서 나의 존재를 뚜렷하게 하는 유일의 무기를 지닌 것 같았다. A는 글자 하나를 몰라도 자전을 찾지 않고 나를 찾았다. 나는 어떻게 하여서라도 A가 묻는 것이면 모른다는 대답을 하지 않기에 애를 썼다. 이러는 동안 A와 나는 정이 들었다.

"오빠, 할머니가 물으시거든 책값이 그만큼 든다고 그래요."

A는 공책이나 연필을 사러 가도 할머니 몰래 나의 것까지 사다 주었다. 그때 아우 B는 일본 소학교에 다니었고 나이 어린 만큼 나의 방에

도 나와서 책상도 뒤지고 어리광도 부리었었다. 그러다가 B는 그의 어머니가 계신 시골로 가 있게 되어 학교까지 옮겨갔으므로 A의 방에는 A 혼자 있게 되었다. 혼자 있게 된 A는 처음 며칠 동안은 나를 부를 용기가 없었으나 그도 일주일을 지나지 못하였었다. B가 있을 때보다 무엇인지 자유스러운 것 같았으나 도리어 서먹서먹해지는 것 같았고, 그의 할머니도 전에 하지 않던 감시(監視)가 있게 되었다. 아홉 시만 되어도 '애들아 늦었다' 하는 소리가 건너왔다. A는 '네' 하면서도 그가 나를 바라보는 눈은 '할머니가 암만 그리셔도……' 하는 것 같았다.

그러나 과연 A가 나를 생각하는지 그의 심정을 알아차릴 기회는 아직 없다가 한번은 나에게 학우회 관계로 같은 시골 여학생에게서 편지 한 장이 오게 되었다. 이것을 A가 알고, 이것이 단서가 되어 A와 나 사이에는 남모르는 말다툼이 일어났고, 또 A가 처음으로 그의 눈물을 나에게 보여 주었으며, 따라서 자기 가슴속에 품었던 것을 그때 처음으로 이름지어 내 귀에 불어 넣어 주었던 것이다.

그러나 우리의 사랑이 병 없이 자라기에는 너무나 부자연한 역경이었다. A를 공주라 하면 한 개 상노의 지위에 있는 나로서 그렇게 서로 거리가 먼 사람끼리 한 번이라도 러브 신을 가져 보기는 하늘에 별 따는 격이었다. 그의 할머니의 감시는 점점 심하여 내가 A에게 들어가서 그의 산술문제를 풀고 있을 때는 그 할머니의 주먹구구가 반드시 옆에서 간섭하게 되고 말았다.

이와 같이 우리의 입이 없고 손이 없는 사랑은 숨소리도 내지 못하고 숨어서 자라다가 한번 꽃피어 볼 기회는 뜻하지 않은 곳에서 떨어지게 되었다. 언제든지 즐거운 소식은, 슬픈 소식을 앞뒤 하여 오는 것이다.

아침마다 해돋이에 A를 데리고 남산 위에 갔다 오라는 것이었었다. 그러나 그것은 A가 폐병이라는 것을 슬퍼하지 않을 수 없는 일이었었다.

A는 그의 마음과 같은 몸이 약한 여자이었었다. 사꾸라는 흩어진 늦은 봄 아침, 서울은 아직 안개와 어둠에 덮이었을 때, A의 숨찬 손목은 언제든지 나에게 이끌려 이슬에 젖은 남산을 오르내리었었다.

그때 우리는 A의 병든 폐가 신선한 산 공기에 심호흡을 하듯 우리의 사랑도 자유스러운 언약과 즐거운 희망에서 기운껏 심호흡을 할 수 있었던 것이다.

여름이 지나고 가을이 지나가고 다시 그 이듬해 봄이 돌아오도록 우리의 비밀은 역시 우리의 비밀이었었다. A와 내가 가지런히 섰는 것을 보기는 역시 가지런히 섰는 A와 나의 그림자뿐이었었다. 한 번도 기를 펴보지 못하고 숨어서 자라는 우리의 사랑은 온실 속에서 자라나는 화초였었다. 신기하고 아름답기는 하였으나 유리로 지은 집이요 창 하나만 깨어져도 그만 얼어 죽고 말 온실 화초와 같은 것이었었다.

A의 건강은 거의 회복된 것 같았다. 그러나 의사의 권고로 학교는 지난 이 학기부터 다니지 않고 들어앉아 있었다. 그러니까 A와 나는 한 집 속에서도 며칠에 한 번이나 볼지 말지 하였고 서로 할 말이 있으면 한 집 속에서도 우편으로 편지를 보내고 받았다. 그러면서도 우리는 서로 그리울 때마다 어서 남산에 눈이 녹기만 기다렸었다. 그것은 날이 다시 따뜻해지면 다시 심호흡을 핑계하고 아침 산보를 다닐 수 있기 때문이었었다.

그러나 남산 위에는 아직도 흰 눈이 남아 있을 때, A는 나에게 그 불길한 소식을 전해 주었다 ― 자기의 혼담이 있어 어머니가 일간 상경한다는 ―.

　과연 며칠 후에 A의 어머니는 B와 함께 상경하였다. 서울 어떤 대갓집 아들로 신부의 인물 하나만 보고 취택하다가 무슨 연분으로 A의 사진까지 구해보고 등이 달아 덤비는 판이었었다. A와 나는 황황하였다. B의 이름으로 A에게 편지를 보내던 나는, B까지 오게 되니 편지할 자유까지 잃어버리고 말았다.

　그러나 A는 나에게 편지하였다. 어디로 달아나자는 편지였었다. 자기가 무슨 핑계로든지 시골집에 내려가 돈을 만들어 가지고 올 것이니 기다리라는 편지였었다. 과연 A는 그 이튿날 시골로 내려갔다. 중매 마누라는 매일 몇 번씩 드나들었다. 벌써 날까지 받아 놓고 예장이 들어오고 잔치 준비에 집안이 들썩거렸다. A가 시골 간 날부터 나의 번민은 밤을 새웠다. ― 달아날까? 죽을까? A가 하는 대로 두고 볼까? 나는 살고 싶다! A는 폐병이 있다! 그러나 A가 다른 남자와 결혼하면? ― 나는 괴로웠다. 하룻밤을 꼬박 샌 나는 그 이튿날 저녁 때 벽에 기댄 채 어렴풋이 잠이 들어 있었다. 그때다. 누구인지 나의 어깨에 손을 얹으며 내 입술에 키스하는 것을 나는 알았다. 눈을 번쩍 뜨고 보니 붉은 얼굴을 돌이키며 나의 방을 뛰어나가는 것은 B였었다.

　A의 동생 B였었다. 나는 가슴이 두근거렸다.

　B가 나에게 그렇게 하기에는 벌써 일 년이나 늦은 때였다. 비극이었었다.

　나는 그만 A에게 대한 긴장도 풀어지고 말았다. 나의 머리는 모든 의식력을 상실한 것 같았다.

　에라, 되는 대로 바라보리라 하는 자포심밖에는 없었다.

A는 오지 않았다. 닷새 엿새가 되어도 오지 않았다. 이레째 되는 날은 이른 아침에 A의 어머니가 시골로 내려갔다.

날마다 붉은 얼굴을 돌이키면서라도 나의 방에 놀러 나오던 B가 그날은 얼씬도 하지 않았다.

필경 무슨 일이 나고 만 것 같았다. 그날 밤이 되어서 A의 할머니가 나의 방문을 열고 들어섰다.

"…… 큰애 혼인이나 치르고는 집을 팔고 시골로 가든지 또 서울서라도 작은 집을 사고 —."

A가 시골에서 무슨 일을 꾸미다가 어찌되었는지 아무튼 우리의 비밀은 발각되고 말았던 것이다. 유리로 지은 온실 지붕에는 그만 커다란 뭉어리[1] 돌멩이가 떨어지고 만 것이다.

나는 A가 원망할 것도 미처 생각지 못하고 B도 다시 만나보지 못하고 그 집을 나오고 말았다. 그리고 나는 될 수만 있으면 모든 것을 잊어버리려고 애를 썼다.

A의 혼인날은 오고 말았다. A가 왔는지 또 무사하게 혼인이 될는지 무슨 일이 터지고 말는지 나는 몹시 궁금하였다. 그리하여 아침부터 그 집 근처를 어정거리며 그 집 동정을 살펴보았다. 마치 폭발탄 심지에 불이나 대려놓고 이제나 저제나 하고 기다리듯. 그러나 그 집 문전에는 벙거지 쓴 사인교꾼들만 희희낙락하여 드나들었고 높이 솟은 굴뚝에서는 연기만 쉬지 않고 흘러나왔을 뿐이다. 나는 그날 저녁에 처

---

1   덩어리.

음으로 남의 행복을 저주하여 보았다.

　나는 A가 혼인한 지 사흘 되는 날 저녁 A의 부부가 아직 그 집에 있을 것을 알면서도 A의 할머니를 뵈러 갔었다. 이삼 년 동안이나 신세진 댁에 혼인대사가 있음에도 불구하고 얼굴 한 번을 내어놓지 않는다는 것은 도리에 부당하다는 것보다도 일이 벌써 기울어진 이상 뒷자리나 없도록 씻어버리려는 것이었었다. A의 할머니도 A의 어머니도 반가이 맞아주었다. 나는 보지 않으려 하였으나 A의 방문 앞 신랑의 '구쓰'부터 눈에 띄었었다. A의 할머니는 울긋불긋한 과물을 얹어 나의 상을 친히 들어다 주었다. 그리고 나에게 은근한 부탁이 있었다. 그것은 다른 것이 아니라 신랑 친구들이 신랑을 달아먹으려 엊저녁부터 와서 야단들이니 오늘 저녁에는 신랑을 내어주겠다는 것과 이편에서 갈 사람이 없으니 나더러 가서 간조도 많이 나지 않게 하고 나중엔 셈도 치러 주고 신랑은 될 수 있는 대로 일찍이 보내달라는 부탁이었다.

　나는 사내 사람 귀여운 그 집안 사정을 아는 이상, 그 어른의 부탁을 선선히 맡았다. 그리고 그 어른의 소개로 신랑을 안방으로 오게 하여 점잖이 인사한 후에 그와 같이 그의 친구들이 가자는 대로 영흥관까지 어슬렁어슬렁 따라갔었다.

　내 눈에는 앞에 앉은 기생들이 모두 다 A로만 보였다. 아양 떠는 얼굴이 접시를 들어 때리고 싶도록 불쾌하였다. 그러는 한편으로도 지금 A가 자기 신랑과 내가 한자리에 앉은 것을 생각하고 그의 마음은 반드시 괴로울 것이다. 괴롭다면 나를 위하여 괴로움일까, 신랑을 위하여 괴로움일까, 또는 내가 A를 버린 것인가? A가 나를 버린 것인가 이러한 부질없는 생각에 나는 옆엣사람이 술잔을 받으라고 할 때마다 놀래 깨고 놀래 깨고 하였다.

신랑은 열 시도 못 되어 나의 옆구리를 꾹 찔렀다. 그리고 자기는 먼저 가게 하여 달라고 하였다. 나는 쓴침을 삼키며 그 뜻을 좌중에 말하였다. 반대하는 사람은 물론 한 사람도 없었다. 나는 그를 데리고 문밖까지 나와 인력거에 태워 A에게 보내 주었다.

그때 달아나는 인력거 뒤만 바라보고 우두커니 섰던 내 모양이 얼마나 가련하였으랴.

나는 그날 저녁처럼 술 먹는 사람을 부러워한 적이 없었다.

나는 그 후 얼마 안 되어 동경으로 갔다. A가 시집가서 잘 사는지 못 사는지 알 수 없었다. 그의 아우 B가 나에게 편지를 가끔 보내 주었으나 A의 말은 한 번도 없었다. B는 A와 나의 과거를 알고도 모르는 체 여전히 흉허물 없이 편지하였다. 그러나 나로서는 그의 호의를 그의 호의대로 받을 수는 없었다.

나는 무시로 A를 꿈꾸었다. 그를 꿈에 본 날 아침은 학교에도 가지 않고 늘 울적한 시간을 방 속에서 보냈던 것이다.

내가 그 후 A를 한 번 다시 만나 보기는 A가 시집가서 일 년 반이 되는 여름 방학하여 나오는 도중에서다.

B와 그의 할머니는 그때 TK에서 살았고 TK는 경부선에 있는 도시다. 그러므로 B와 그의 할머니는 늘 방학에 들러 가라는 편지가 있어 왔고 나도 그의 할머니에게 인사도 인사려니와 A의 소식이 공연히 알고 싶었다. 쓸데없는 호기심인 줄은 알면서도 나는 TK에서 내려 B의 집을 찾아갔다.

가슴을 두근거리며 그 집 안마당을 들어설 때 마루 끝에 걸터앉아서 나를 먼저 본 사람은 B의 할머니도 아니요 B도 아니요 뜻하지 않은 A였었다. 머리 쪽진 얼굴을 처음 보는 A였었다.

A는 나를 피하지 않았다. 그도 물론 반가웠을 것을 나는 믿는다.

B는 부엌으로 우물로 드나들며 세숫물을 떠온다, 마실 것을 만든다, 제일 반가워하는 것 같았다.

해가 질 때까지 나는 B와 같이 이야기하였다. B의 말을 들으면 형이 시집가서 무사하게 살았고 지금은 여름을 나러 친정을 온 것이라고 말하였다. 그러나 사실은 그렇지 않았다. 그날 밤이었었다. B는 동무들이 찾아와서 나가고 없을 때 마루에는 저쪽 끝으로 A가 걸터앉았고 이쪽 끝으로 내가 걸터앉았을 뿐이었었다. 하늘에는 뿌연 달빛 속에 구름들이 지나갔고 등 뒤에선 그윽한 소리로 돌아가는 선풍기 바람이 A와 나를 번갈아 불어 주고 있었다.

우리는 말없이 하늘만 바라보았다. A의 입에서는 한숨이 흘러나왔다. 그는 울고 말았다. 선풍기 소리에 울음소리를 감추면서도 그의 어깨를 들먹거리며 울고 있었다. 그의 할머니가 나와 그를 달래고 일으키려 하였으나 A는 기둥을 끌어안으며 그냥 울고 있었다.

그의 할머니가 A에게 해주는 말을 들으면 A가 그날 처음으로 우는 것 같지는 않았다.

나는 B의 만류도 듣지 않고 그 이튿날로 TK를 떠나오고 말았었다.

이것도 벌써 오륙 년 전 옛날이다.

『조선일보』, 1929.5.10~12

누이

이 집에 세 들어온 지 오륙 개월 동안 나는 심심할 때마다 유리창 위에 혹은 담벼락과 반반한 기둥 위에 나중엔 뒷간 벽과 아침저녁으로 쌀 씻을 때마다 바라보는 부엌 당반 밑에까지도 나의 호기심과 나의 손재주가 자라는 데까지 별의별 나체(裸體) 데생을 그려 놓았었다.

나는 이것들을 며칠 전날 밤엔 자다 말고 일어나서 모조리 돌아가며 지워 없애버린 것이다.

그중에는 모사(模寫)라도 하여 두고 싶은 훌륭하게 된 것이 없지도 않았으나 그렇게 잘된 것이면 먼저 찾아가며 지워버렸던 것이다.

내가 입맛을 제쳐놓은 것이나, 한동안은 잊었던 불면증으로 다시 고생하는 것이나, 모두가 벌써 달포 전부터 이웃집에 새로 젊은 부처가 이사 온 때부터이다.

말이 이웃집이라 하여도 한 지붕 안일 뿐만 아니라 지진할 때마다 벽이 흔들리어 손가락이라도 드나들 만큼 이 구석 저 구석에 틈이 벌어져 이 집과 저 집이라는 것은 고사하고 이 방과 저 방의 경계라 하더라도 아주 허수한 것이었었다.

이와 같이 나의 집과 저들의 집이 서로 경계가 희박한 만큼 저들의 생활 내용은 나의 생활에 밀접한 영향을 주고 있던 것이다.

나는 아침마다 늦어도 여덟 시 반까지는 밥이면 밥, 고구마면 고구마, 조반이라고 한 가지 만들어 먹고 '오일 박스'를 둘러메고 나서는 때면 우리 집 문간과 가지런히 붙어 있는 이웃집 현관(玄關)에는 아직도 아침 신문이 문틈에 끼어진 채로 매달려 있었다.

그들이 늦잠을 자거나 낮잠을 자거나 나에게 알은 것이 없을 것이다. 그러나 나는 매일같이 일부러 문짝을 세차게 밀어 닫치며 덜거덕 소리를 요란하게 내어 쇠를 잠그고 나서는 것이다. 이와 같이 나의 심청이 벌써 그들에게 짖궂은 탓인지는 모르나 아무리 내외 간 살아가는 단가살림[1]이라 하더라도 그다지 식탁과 잠자리에만 충실한 것은 이웃 사람들의 손가락질이 마땅하다고 생각하였다.

안주인은 첫 번 볼 때부터 언젠가 스크린 위에서 본 듯한 육감적이요 요부(妖婦) 타입이어서 어느 활동사진 배우가 아닌가 하고 며칠 동안 그의 출입을 눈여겨보았으나 두 내외가 다 같이 별로 출입이 없을 뿐만 아니라 그의 남편 되는 사람도 학생은 물론 아니요, 내외가 똑같이 모양내는 품이나 시간에 그같이 자유스러운 것을 보더라도 무슨 월급쟁이도 물론 아닌 것 같았다. 이 이상한 우리 이웃집에 젊은 내외는 조석으로 우물가에 모이는 아낙네들의 수다스런 이야깃거리가 되는 듯하나 나는 사내 사람이라 한 번도 그 축에 끼어 보지는 못하였었다.

아무튼 장지문 한 겹으로 칸을 막은 아래 윗방과 같이 모든 음성이 그대로 울려오고 별별 냄새가 그대로 풍겨오는 우리 이웃 방에 그 염치없는 젊은 내외의 생활은 간난하고도 고독한 나에게 정신상으로나 육

---

1 단가살이. 식구가 적어 단출한 살림.

체상으로나 여간한 악영향을 주는 것이 아니다.

아침에는 그들이 고요하게 잠들어 있을 때이므로 서로가 몰간섭이 겠지마는 저녁을 먹을 때부터는 나의 단출한 생활이란 여지없이 그들에게 타격을 받게 되는 것이다. 매일같이 옆방에서 흘러오는 고기 지지는 냄새엔 씹어 삼키려던 '다꾸앙' 쪽이 그만 장작개비처럼 굳어지는 것 같았다. 냄새도 냄새려니와 전등 불빛까지도 우리 방 것보다는 몇 십 배나 더 밝은 것이어서 버그러진 벽 틈으로 쏘아 나오는 그 맹렬한 광선은 마치 적군의 탐조등(探照燈)과 같이 쓸쓸한 나의 식탁 위에 어른거리는 것이 밉살머리스러울 뿐더러 마주 앉아 서로 ○○○ ○○○것과 야금야금 고깃점을 씹어 삼키는 소리가 애총²을 파먹는 짐승같이 알미운 생각도 일어나는 것이다.

그러나 나는 이것만이라면 오히려 다행으로 알 뿐만 아니라 공연히 남의 젊은 부처에게 무례스런 잡담을 내어 놓지 않을 것이다.

그○ ○○○ 작은 ○○○ ○○ ○ 시작되어 이달치 말까지는 끝이 난다. 설거지하는 소리도 ○○○ ○○○○○○ 그 이튿날 아침에야 마지못해 하는 것 같다. 대체로 내외분이 똑같이 게으른 편인 것은 쓰레기통을 보아서도 짐작할 수 있는 것이다. 부엌문 밖에 가지런히 놓여 있는 두 개의 쓰레기통은 무엇보다도 우리 두 집안 식구의 성격으로부터 생활 정도에까지 통계적으로 설명하고 있는 것이니 우리 쓰레기통엔 언제나 낯익은 쓰레기로 고구마 껍질, 다마네기 껍질 그리고 보리차 건더기 같은 것에 불과하였다. 그러므로 한 달이 지나가야 석유통

---

2 애총(兒塚). 어린아이의 무덤.

만 한 쓰레기통에 다 차보는 적이 없었다. 그러나 우리 이웃집 쓰레기통은 두 식구가 살기도 하려니와 아무튼 일주일이 머다 하고 그득그득 차고 넘치는 것이니 이름 모를 간쓰메통들과 과일껍질과 그중에도 '콘비후'[3] 통 같은 것과 닭 뼈다귀 때문에 근처에 있는 개새끼들이 아침저녁으로 모여들어 쓰레기를 파헤쳐 놓고 가는 것이다. 그러면 쓰레기라도 남의 눈에 띄지 않아야 할 수치스러운 것이 길 위에 나둥그러져서 장사치들이 발로 툭툭 차고 다녀도 그 집 사내 사람이나 안사람이나 비 한번 드는 것을 보지 못하였다.

그들은 저녁이 끝나면 늘 유성기를 틀어 놓았다. 이 유성기만은 옆방에 있는 나에게까지 공통되는 쾌락이었었다.

그러나 내가 제일 괴롭기 시작하는 때는 이 유성기 소리를 듣고 나서부터이다.

'옳지 오늘은 목욕을 가지 않고 집에서 닦달을 하는구나.'

'사내만 어데로 나가는구나.'

나는 하루도 몇 번씩 벽에 붙어서 그들의 쾌락을 훔쳐보기도 하였다. 계집이 화장하느라고 젖가슴에 손길이 찰싹거리는 소리를 들을 때마다 나는 일정한 벽 틈으로 가서 눈을 맞추고 섰는 것이다.

계집은 웃통을 벗어젖히고 돌아앉았으나 그와 마주앉은 거울 속에 그의 그림자는 나와 정면으로 대하게 되는 것을 그는 물론 모를 것이다.

'미미가꾸시'[4]한 머리는 빗질만 몇 번 하고 나서 끓는 물에 짜낸 낯수건으로 얼굴에서 귓속까지 목덜미에서 젖가슴까지 살이 빨개지도록 문

---

3   corned beef. 소금에 절인 고기를 잘게 썰어 조미료를 곁들인 통조림.
4   みみかくし(耳隠し). 귀를 덮어 감추는 여자의 머리형(일본에서 1920년대 초반에 유행).

대기고 나서는 김이 구름 피듯 하는 자기 얼굴이 어스름하게 거울 속에 숨어 있는 것을 자기도 한참이나 모르는 사람처럼 바라보는 것은 아마 '내가 이만하니까' 하는 얼굴 고운 계집의 자존심이리라고 생각한다.

거울 속에 그는 나를 보고 한번 생긋 웃으며 다시 화장을 계속한다.

붉은 병, 푸른 병, 흰 병, 모조리 마개를 뽑아서 늘어놓고 이것 바르고 저것 바르고 하는 분주한 틈에서도 한 가지를 바르고 날 때마다 한 가지씩 표정을 연습하는 것이 더욱 흥미 있는 일이다.

'베니'로 그린 입술이 갑자기 옴츠러지고 먹으로 그린 아미가 좁혀지며 가라앉은 눈결을 깜빡거리는 것은 아마 '아이 귀찮아' 하고 새침을 떼며 초조한 사내의 간장을 말리는 장면이리라고 생각한다. 입술에 '베니'를 다시 그리다가는 아랫입술을 살짝 깨물어 흰 이를 자랑하는 듯 포동포동한 뺨 위에 홈을 파면서 보는 것은 말은 하지 않아도 아마 그 속살거리는 눈알을 보아 '어서 내 입술에……' 하는 허락이 아니면 그러한 주문일 것이다.

그러나 그가 자기 남편을 위하여 연구에 제일 고심하는 표정은 면화 송이 같은 새털 뭉치에 가루분을 묻히어 젖가슴 위에 풍겨 놓는 때부터 인가 한다.

오뚝한 고개를 갸우뚱거리며 눈을 뜨는 듯이 감는 듯이 거울 속에 제 그림자를 팔을 벌려 희롱하는 것이나 어깨를 뒤로 젖히어 불룩한 젖가슴을 제 손으로 쓰다듬는 듯이 받들어 보는 것이나 이와 같이 가지각색으로 그가 연구에 초심하는 밤 화장과 더구나 남달리 타고난 그의 '섹슈얼 차밍'은 그만 이웃집 방에 섰는 당치않은 사나이의 전신에 불을 붙여 놓고 마는 것이다. 더구나 벽 틈으로 새어 나오는 그 살 냄새와 가루분 냄새가 엉크러진 강렬한 성욕적 향기는 마치 몽혼약과 같이 나의 다리를 그 자리에 주저앉힌 적이 여러 번이다.

'옳지 이제 사내가 들어왔구나.'

'무얼 먹는 소린가. 입술이 닿는 소릴까.'

나는 의미심장한 침을 한번 꿀꺽 삼킨다.

이때엔 벽 틈으로 쏘아 나오던 전등불이 껌벅 꺼지며 다시 무지개와 같은 푸른빛으로 빛을 바꾼다. 바깥 날이 좀 침침한 밤엔 ○은 빛으로 울려 나오나 그들은 푸른빛을 더욱 사랑하는 것 같았다.

나는 으레 땀내 나는 이불을 뒤집어쓰고 만다. 가슴이 두근거리고 진땀이 쏟아지는 속에서도 도적을 지키는 개 모양으로 전신의 신경은 귀로만 모여드는 것이다.

나는 그만 벌떡 일어나서 뜻하지 않은 밤중 산보를 나가버리게 되는 것이다.

어젯밤에도 나는 이와 같은 모욕적 산보를 아니 나설 수가 없었다.

우리 집 근처에는 잡사곡 묘지(雜司谷墓地)가 있다. 묘지라 하여도 거리 안에 있을 뿐만 아니라 무덤이란 생각보다도 공원의 정서를 일으키는 아름다운 한길이 있는 곳이어서 나는 여기서 스케치도 몇 장을 그린 적이 있는 곳이다. 나는 밤중마다 이곳에 나와 어정거렸다. 월담이나 하여 달아나오듯 헐떡거리고 처음 나서는 때에는 어둠 속에 히끗히끗 서 있는 비석(碑石)들이 모조리 벌거벗은 계집으로 보이다가도 차가운 밤바람에 머리가 차츰 식어들고 저것들이 다 사람 죽은 비석들이거니 하고 묘지에 대한 의식이 새삼스러워질 때에는 다시 센티멘탈한 인생관으로 그만 아까의 그 흥분되었던 기분을 일소(一掃)하고 들어가기도 하는 것이다.

어젯밤 내가 지금 '누이'라고 부르는 그 이름도 나이도 집도 모르는 그 여자를 만난 곳이 역시 이 길 위에서요, 우뚝우뚝 서 있는 비석들이 모조리 계집으로만 보이는 아직도 그 미친 정열이 가라앉기 전이었었다. 물론 그 불붙듯 하는 미친 정욕이 아니면 나의 숫기로는 도저히 운도 떼지 못할 일을 했던 것이다. 평시 같으면 으슥한 밤중에 외딴 길을 걸어오는 젊은 여자가 무서워선들 말도 붙이지 못하였을 것을 나는 다짜고짜로 들이덤벼 그의 손목을 붙들었던 것이다. 그러나 붙들고 나서 나는 뱀이나 움킨 듯이 새 정신이 번쩍 들고 손목에 맥이 풀리고 만 것은 그 알지 못할 여자의 태도가 너무도 침착한 데 놀라지 않을 수 없었던 것이다.

그는 자기의 찬 손을 녹이려 함인지 내 손에서 빼려 하지 않았다. 그뿐 아니라 나의 얼굴을 물끄러미 쳐다보는 그의 눈에는 놀라는 빛조차 찾아볼 수 없었다. 그의 핏기 없는 입술이 가늘게 떨리었으나 그것은 도리어 나에게 동정을 감추지 못하는 연민(憐憫)인 듯하였고 어찌 보면 그 편에서 나와 만나려던 사람같이 무슨 하소연을 하려는 것 같기도 하였다.

그러나 나의 정욕은 그렇게 날래 가라앉지 않았다. 나는 그의 두 손을 움켜잡은 채로 그를 비석이 서 있는 잔디밭머리로 이끌었다. 그는 아무런 반항도 없이 묵묵히 따라와 앉아 주는데 나의 가슴은 다시 한번 섬찟하였다. 그러나 그는 사람이었었다. 틀림없이 계집이었었다. 나의 경련되는 두 팔은 어느 틈에 벌써 그의 젖가슴과 겨드랑을 싸고돌았다. 따라서 그의 귤쪽같이 싸늘한 입술 위에는 나의 불덩어리 같은 입술이 염치를 돌아볼 새 없었던 것이다. 그러나 그의 입술까지가 조금도 반항하여 돌이킴이 없이 천연스러움에 나도 그제는 더욱 이상스러운 생각이 들어갔다. 그래서 얼른 무슨 말이고 이 이상한 계집의 말소리를 듣고 싶었다.

"이 근처에 계십니까?"

내가 먼저 떨리는 입을 열었다. 그리고 만일에 이 이상한 계집에게서 아무런 말소리도 없다면 이것이 무엇일까 하고 두려운 생각이 번듯 떠돌았으나 그는 아까 말한 것과 마찬가지로 틀림없이 사람이었었다. 그는 머뭇거리지도 않고 그러나 침중한 어조로 대답하였다.

"아니예요. 한참 가야 해요."

잠깐 동안 우리 사이엔 서로 조화되지 않는 불안스러운 침묵이 지나갔다.

그는 멀리 밤중 하늘을 바라보고 있다가 손수건을 내어 눈물을 씻었다. 그리고 자기에게 그같이 무례스러운 사나이가 어떠한 사람인가를 보려고도 안하고 다시 먼 하늘가를 바라보는 것이었었다.

그는 나를 만나기 전부터 울고 있는 사람이었었다. 그의 손수건은 벌써부터 많이 젖어 있었다. 그의 눈이 그의 수건과 같이 젖어 있었으나 꼭 다문 입술이며 수억 만 리를 바라보는 얼굴이었었다.

"저는 고독한 사람입니다."

나는 이러한 의미 막연한 말을 어색하게 흘리었다.

"저도……."

그는 말을 내다 말고 흐리마리하게 끊어버리고 말았다. 그리고 몸을 잠깐 소스라치며 나를 한번 정답게 쳐다보고 고요히 내려 까는 눈에는 '피차에 신세타령 같은 것이야 설명해서 무엇합니까' 하는 듯한 빛이 어리었었다.

그리고 그는 여전히 먼— 하늘가만 바라보고 있었다.

그렇다. 고독하니 괴로우니 하는 것도 잠시 고독한 사람, 잠시 괴로운 사람들이나 하는 말일 것이다. 허구한 날 이것을 한 반려(伴侶)로 아는 사람에게는 신세타령이나 넋두리조차 귀찮을 것이다.

그러면 이 알지 못할 여자도 나와 같은 사람이었던가. 나는 이 며칠 동안 그 비열한 정욕을 못 이겨 이 쓸쓸한 밤중 한길을 거닐었었다. 그러나 그것만으로써 내가 고독하다면 그 고독은 도야지나 개에게도 있는 그러한 고독에 지나지 않았을 것이다. 나에겐 도야지나 개의 고독과 같을 수 없는 고독이 있었다. 우리 이웃집에 그 젊은 부처가 이사 오기 전에도 나는 몇 번이나 몇 번이나 이 밤중 묘지의 한길을 나 홀로 어정거리었었다.

나는 그의 손길을 다시 한번 잡아 보았다. 아직도 그 어린 손에 손마디가 굳은 것이라든지 그 좋은 젊은 얼굴의 윤곽을 망치게 한 쪽 빠진 뺨이라든지 무어라 형언할 수 없는 슬픔에 빛나는 두 눈은 아무래도 심상한 운명을 타고난 사람은 아니었었다.

어쩐지 그 모든 동작까지도 행복의 이슬에 젖은 사람은 아니었다. 그러면서도 그 태도가 상스럽지 않은 것이 더욱 내 가슴을 무직이 찔러 준 것이다.

세상엔 우리 같은 사람도 얼마나 많을까. 더구나 그는 남자와도 달라 한창 피려는 봉오리가 벌써 세상 물결에 시달리다가 이렇게 쓸쓸하게 가라앉으려는가. 내 가슴은 더욱 쩌릿하였다. 우리는 비록 하는 말은 없었다 할지라도 예서 더한 통사정과 위안이 어디 있으랴. 나에게 대한 그의 침착하고도 반항 없던 태고의 수수께끼도 이 침묵 가운데서 나는 풀어 볼 수 있었던 것이다.

그는 몇 번이나 이런 걸음을 내쳤던가. 그는 얼마나 사람을 원망하며 사람을 그리기에 못 견디었던고! 나는 그의 손을 잡은 손에 다시 힘을 주었다.

"용서하시오."

"아뇨……."

이때 저편으로부터 두런두런하는 말소리와 함께 두어 사람의 그림자가 나타났다.

나는 말없이 옷깃을 고치며 먼저 일어서고 말았다. 그도 따라 일어섰다. 이번은 그가 먼저 나의 손을 꼭 붙들고 흔들어 주었다. 그리고 아래와 같은 말 한마디를 내 앞에 속살거리고 표연히 자기의 길을 계속하였다.

나는 이 말 한마디만은 번역하지 않고 그 입술에 울려나온 대로 적어 두려 한다.

"妾もこれから淋しい人人の味方になりますね。"[5]

이 한마디 말을 생각할 때마다 나는 더욱 그가 감추고 있던 모든 수수께끼를 풀어낸 듯이 기쁘면서도 한편으로는 마치 섧게 자라난 남매끼리 다시 만날 기약도 없이 흩어지고 만 것과 같이 사라진 그의 그림

---

5   저도 이제부터 쓸쓸한 사람들의 친구가 되겠군요.

자가 몹시도 그리워지는 것이었다.

『문예공론』, 1929.6[6]

---

6   ○표는 원본이 온전치 못해서 해독하지 못한 부분임.

산월(山月)이

산월이는 오늘 저녁에도 잊어버렸던 것처럼 제 나이를 따져 보았다.

"흥, 스물일곱! 기생은 갓 스물이 환갑이라는데……."

산월이는 머리맡을 더듬어 자루 달린 거울을 집어 들었다. 그리고 스물일곱은커녕 서른 살도 넘어 보이는 제 얼굴을 한참이나 훑어보다가 화가 나는 듯이 거울을 내던지고 거의 입버릇처럼,

"망한 녀석!"

하고는 한숨을 지었다.

이 산월이의 '망한 녀석!'이란 늘 두 녀석을 가리킨 것이다. 한 녀석은 지금으로부터 오륙 년 전에 산월이에게 미쳐서 다니다가 산월이가 그렇게 말리는 것도 듣지 않고 아편을 찌르기 시작하여 마음씨 착한 산월이의 알돈 사천 원을 들어먹고 나중에는 산월이 집에서 독약을 먹고 죽어 송장 감장도 감장이려니와 죄 없는 산월이를 수십 차례나 경찰서 출입을 시킨 윤가(尹哥)라는 녀석이요, 다른 한 녀석은 산월이가 스물네 살 되던 해 봄인데, 제법 화채 한 푼 이렇다 못 하는 뚝건달 녀석 하나가 꿈결같이 하룻밤 지내고 간 뒤에 산월이의 그 매부리코만은 그냥 붙여 두었을지언정 육자배기 하나로 굶지는 않을 만큼 불려 다니던 그의 목청을 그만 절벽으로 만들어 놓고 간 이름도 성도 모르는 녀석이다.

산월이는 이 두 녀석 논래(論來)를 안 하자면서도 제가 제 신세타령을

하려니까 자연 그 두 녀석이 뛰어나오는 것이었다.

　말하자면, 기생의 돈이라 무슨 성명이 있으리오마는, 다른 기생과는 달라 박색한 탓이었던지 제법 큼직한 녀석이라고는 한 번도 건드려 보지 못한 산월이에게 있어서는, 사천 원 돈이라는 것도 일조일석에 생긴 것이 아니라, 십여 년 동안 그야말로 뼛골이 빠지도록 목청을 팔아서 푼푼이 모았던 돈이었었다. 그러나 설사 그것은 몇만 원의 큰돈이었다 하더라도 한때 즐기던 정남이나 위해 써버린 것이니 산월이 같은 마음에 누구를 칭원할 것도 아니지만 그 녀석, 그 듣도 보도 못하던 뚝건달 녀석으로 말미암아 자기에게는 둘도 없는 밑천인 목청을 결딴낸 것을 생각하면 그만 그 녀석을 찾아서 당장에 육시를 내고 싶도록 치가 떨리었다.

　아닌 게 아니라 산월이는 목청 하나뿐이 재산이었었다. 그의 목이 한번 그 몹쓸 병에 잠겨 버린 뒤에는 그의 생활이 너무도 소상스럽게 변천하여 왔기 때문이다. 전세집은 사글셋집으로 떨어지고, 사글셋집은 다시 사글셋방으로 내려앉아, 지금은 머릿장[1] 하나도 없이 여관집 빈방으로 떠돌아다니니 쓸데없는 줄은 알면서도 왜 넋두리가 나오지 않을 수 있으랴.

　산월이는 열 시 치는 소리를 듣고 자리에서 일어났다. 아침 열 시가 아니라 밤 열 시기 때문이다.

　어젯밤에도 새로 세 시까지나 미친년처럼 싸다니다가 손발이 꽁꽁 얼어 가지고, 혼자 들어서고 말 때에는 울고 싶도록 안타까웠던 것을

1　머리맡에 놓고 물건을 넣기도 하고 그 위에 쌓기도 하는 단층으로 된 장.

생각하니 오늘 저녁도 또 헛수고가 되면 어쩌나 하고, 보는 사람은 없어도 무안스러운 생각부터 들어 갔다. 그리고 그저께 밤에 당한 일도 다시 눈앞에 떠올랐다. 거의 문 앞까지 곧잘 따라오던 양복쟁이가 쓰단 달단 말도 없이 휙 돌아서서 가버리던 것과,

"여봐요, 날 좀 보세요."

하고 두어 번이나 불러 봤지만,

"쑥이다 쑥이야."

하면서 뺑소니를 치던 것을 생각하니 다시금 얼굴이 화끈거리기도 하였다.

그러나 이왕 막다른 골목에 나선 길이라, 산월이는 새끼손 끝으로 방울지려는 눈물을 지우며 경대 앞으로 다가앉았다. 그리고 언제나 마찬가지로 머리맡에 놓여 있는 알코올 등잔에 불을 댕기고, 그 위에단 머리 지지는 가위를 걸쳐 놓았다.

이것은 다른 기생들과 같이 남과 맵시를 다투려는 경쟁심에서 아이론을 쓰는 것은 아니다. 천생으로 보기 싫게 벗겨진 이마를 머리털을 내려 덮어 가리려니까, 언제든지 그에게는 아이론이 필요했던 것이다. 더군다나 요새 와서 컴컴한 골목을 찾아나가는 그에게는 분 바른 이마 위에 새까만 앞 머리털의 농간이 얼른 잘 드러나는 유혹의 손이 되는 것을 알았기도 때문이다.

눈 온 지는 오래나 바람이 지나칠 때마다 어느 구석에 쌓였던 눈인지 얼굴과 목덜미가 선뜻선뜻하였다.

산월이는 종로 네거리에 나서서는 우선 어느 길을 잡아야 할지 몰랐다. 그래서 전차 타려는 사람처럼 안전지대에 올라서 보았으나, 황금

정 편으로부터 전차가 오는 것을 보고는 얼른 찻길을 건너 종각 뒷골목으로 들어섰다.

산월이는 몇 걸음을 가지 않아서 중년신사 두 사람과 마주쳤다. 둘이 다 인버네스²를 입은 큰 키를 꾸부정하고 산월이 얼굴을 들여다보았다. 산월이도 한 사람과 닥뜨린 것만큼은 반갑지 않았지마는 아무튼 해죽해죽 웃어 보였다. 그러나, 그만 웃음은 아무 데서나 볼 수 있다는 듯이,

"나는 누구라구……."

하면서 다시는 돌아보지도 않고 저희끼리 수군거리며 밝은 큰길로 나가 버렸다.

산월이는 또 얼굴이 화끈하였다. 한참 동안은 지나치는 사람도 끊기었다. 백합원 앞을 지나려니까 한 자는 시궁창에 소변을 보고 섰고, 한 자는 가만히 섰는 것도 몸을 가꾸지 못하고 흔드적거리더니, 노는 계집 같은 것이 제 앞을 지나가는 것을 보고 성난 소처럼 씨근거리고 산월이가 미처 망토에서 손을 빼기도 전에 달려들었다.

"이런…… 이게 무슨 짓이야……."

술내가 후끈거리는 사나이 입술은 어느새엔지 산월이의 입 가장을 스치고 지나갔다.

"뭐야, 이년! 더러운 년! 쌍년! 개딸년! 투엣!"

"이 사람 보게. 고…… 고걸 먹구 이래, 이…… 이런."

하는 딴 녀석도 같은 바리에 실을 녀석이었었다.

---

2 Inverness. 소매 대신에 망토가 달린 남자용 외투.

산월이는 그 녀석과 입 맞춘 것쯤은 그다지 분한 일이 아니었다. 그것보다는 그 녀석은 술김에 아무에게나 해버리는 주책없는 욕설이겠지만,

"더러운 년! 쌍년!"

하고 하필 더러운 년이라고 박는 것이 자기 밑구멍을 들쳐 보고 하는 욕처럼 살을 에는 듯한 모욕을 느끼었다. 그러나 마침 그때에 우미관이 파하여 골목이 뿌듯하게 사람이 쏟아져 올라왔다. 산월이는 새 정신이 번듯 돌았다. 그는 물결같이 올려 쏠리는 사람 틈을 쑤시고 한가운데 들어섰다. 그리고 입으로 부르지만 않을 뿐이지 눈이 뒤집히도록 찾아보았다. 외투를 입었거나 인버네스를 입었거나 나카오레³를 썼거나 캡을 썼거나 나이가 이십이 되었거나 사십이 되었거나 기름기만 도는 사내 사람으로 자기의 눈웃음을 알아채는 사람이면 누구든지의 그 누구를 우미관 앞이 다시 비어지도록 찾아보았다. 그러나 산월이의 발등을 밟고 퉁명스럽게,

"잘못됐소."

하고 힐끔 쳐다보던 노동자 한 사람밖에는 그를 아는 체하는 사람이 없었다.

산월이는 그 길로 조선극장 앞으로 갔다. 거기는 벌써 파한 지 한참 되어 더욱 쓸쓸하였다. 산월이는 그제야 우미관 앞에서 밟힌 발등을 톡톡 털고 나서 다시 종로 큰 한길로 나서고 말았다.

산월이는 밝은 골목이나 컴컴한 골목이나 바람만 마주치지 않는 골

---

3   なかおれ(中折れ). 중절모.

목이면 발길 내치는 대로 다녔다. 순경꾼의 딱딱이 소리에 공연히 질겁을 하고 돌아서다가 얼음 강판에 무릎을 찧기도 하면서 이놈이 그럴듯하면 이놈도 따라 보고 저놈이 그럴듯하면 저놈의 옆도 서보며 밤이 어느덧 새로 두 점에나 들어가도록 싸다녀 보았다.

그러나 사내들은 계집이라면 수캐 떼 몰리듯 한다는 것도 산월이에겐 거짓말 같았다. 서울 바닥에 이처럼 사내가 귀할까 하고 산월이는 이날 밤에도 낙망하지 않을 수 없었다.

산월이는 피곤하였다. 돈! 돈보다도 이제는 악에 받쳐서 사람이, 사내 사람이 몸이 닳도록 그리워졌다.

"돈 없는 녀석이라도!"

하고 굵다란 팔로 제 몸을 끌어안아 줄 사내 사람이 못 견디게 그리움을 느끼었다. 그래서 산월이는 동관 앞으로 와서 색주가 집들이 많이 있는 단성사 맞은편 골목으로 들어섰다.

이렇게 산월이가 제 몸이 달아서 아무 놈이라도 걸리어라 하는 판이어서 그랬던지, 의외에도 훌륭한 신사 하나가 산월이를 기다렸던 것처럼 어디서 불거졌는지 열빈루 앞을 들어서는 산월의 길을 딱 막고 서 있었다. 검은 외투에 검은 털모자에, 수염은 구레나룻이나 살결이 흰, 어떤 방면으로 보든지 중역이나 간부급에 속할 사십 가까운 신사였다.

"오래간만입니다. 혼자 이런 데를 오셔요…… 저 모르시겠어요?"

구레나룻 신사는 산월이에게서 벌써 말인사를 받기 전에 서로 눈으로 문답이 있은 뒤라 왕청스런 대답은 나올 리가 없었다.

"왜, 모르긴…… 어디서 이렇게 늦었소?"

"난봉이 좀 나서요, 호호…… 그런데 벌써 전차가 끊어졌구면요……

어느 쪽으로 가시는지 저 좀 데려다 주셨으면!"

"가만있자, 집이 어디더라?"

"다옥정이지 어디예요. 좀 바래다 주세요, 네?"

산월이와 구레나룻은 말로는 아직 여기까지밖에 미치지 않았으나 걸음은 벌써 큰 한길까지 가지런히 붙어 나왔다.

구레나룻은 자동차를 불렀다. 그리고 자동차 속에서 산월이의 언 손을 주물러 주며,

"집이 조용하우?"

하고 운전사는 안 들릴 만치 은근하게 물었다. 구레나룻의 입에서는 약간 서양술 내가 퍼져 나왔다.

"나 혼자예요…… 혼자."

구레나룻은 산월이의 목을 끌어안아 보았다. 산월이는 눈치를 따라 하자는 대로 비위를 맞춰 주었다.

자동차는 어느 틈에 작은 광교에 머물렀다. 산월이는 먼저 차를 내리었다. 그리고 차 속에 앉은 채 찻삯을 꺼내 주는 구레나룻의 지갑 속엔 푸른 지전장이 여러 갈피나 산월이 눈에 비칠 때 산월이는 뛰고 싶도록 만족하였다.

산월이는 구레나룻을 데리고 가운데 다방골로 들어섰다. 걸음이 날아갈 듯이 가뜬하였다. 구레나룻도 그러하였다. 그들은 정말 나는 사람처럼 이리 성큼 저리 성큼 뛰며 걸었다.

"길바닥에 이게 웬 흙물이에요?"

산월이가 물었다.

"글쎄…… 어디 수통이 터졌을까……."

"아이, 흙물이라니까 그래요."

"아까 참 이편에 불이 난 모양 같더니……."

"불이요?"

산월이는 그리 놀랍지도 않았다. '이 가차이서 불이 났든 물이 났든, 내 방만 그대로 있으면' 하고, 깔아 놓고 나온 자리가 따뜻할 것밖에는 더 행복스러울 것이나 더 불행스러울 것이나 더 상상할 여지가 없었다.

"어딜 자꾸 면첨 가세요. 호호, 이 골목인데."

산월이는 수통백이 골목을 들어서면서 벌써 습관이 되어 속곳 허리 띠에 달린 자기 방 열쇠부터 더듬었다.

그러나 웬일일까? 주인집 대문간에 달린 전등 때문에 세 밤중에 들어서도 대낮같이 환—하던 골목 안이 움 속처럼 캄캄할 뿐 아니라 발을 내어놓을 수가 없이 물천지였었다. 산월이는 그만 가슴이 덜컹 하고 내려앉았다.

구레나룻 말이 옳았다. 불이 났던 것이다. 바로 그 집에서, 바로 그 방에서, 산월이의 앞머리나 지질 줄 알던 알코올 등잔은 산월이의 몇 가지 안 남은 방세간을 태우고 두 달치나 세도 못 낸 남의 집 방까지 홈 싹 태운 후에 대문간과 행랑을 태우고 다시 안채로 옮아 붙다가 소방대 펌프질에 꺼지고 만 것이다.

산월이는 눈앞이 캄캄하였다. 그는 전신주를 끌어안고 생각하여 보았다. 아무리 생각하여도 알코올 등잔에 불을 댕긴 생각은 나도 끈 생각은 나지 않았다.

이때다. 죽은 듯이 컴컴하고 고요하던 주인집 안채에서는 그 호랑이 같은 주인영감의 평안도 사투리로 억센 욕설이 울려 나왔다.

"죽일 놈의 에미나이! 방세도 싫으니 나녀라 나녀라 해두 안 나니더니 남의 집을…… 체…… 이놈의 에미내가 들어나 와야 가랑머리라도 찢어 놓지그리……."

산월이는 다시 사지가 오싹하였다. 뒷걸음질을 치며 큰 골목을 다시 나왔다. 그리고 속으로 '아 — 그이!' 하고 좌우를 둘러보았다. 구레나룻은 보이지 않았다.

"여보세요?"

하고 나직이, 그러나 힘을 주어 불러 보았으나 대답도 들려오지 않았다. 또 한번 불러 보았다. 그래도 보이지 않고 대답도 들리지 않았다. 산월의 입술은 더 움직이려 하지 않았다.

그제야 산월이는 제 방에서 불이 난 것도 처음 안 것처럼 울음이 복받쳐 나왔다. 산월이는 그만 살얼음이 잡히는 진창 위에 그대로 주저앉았다. 그리고 꺼이꺼이 소리를 내어 울고 말았다. 몇십 년이나 정들이고 살아오던 제 남편이나 달아난 것처럼 구레나룻이 없어진 것이 무엇보다도 산월이의 가슴을 찢어 놓는 것처럼 쓰라림과 외로움을 주었던 것이다.

『달밤』, 한성도서, 1935

백과전서

  신여성!

  그는 이 말 한마디를 전과 같이 공상에서 아니라 확실한 체험에서 불러 보는 것만으로도 얼마나 만족한지 몰랐다.

  그는 차에서도 벌써 세 번째나 그 편지를 집어내었다. 사연은 알아보기 어려운 순한문이었으나 몇 번을 곱새겨 보아도 아래와 같은 사연임에 틀리지 않았다.

  "네 처는 사리를 알아듣도록 일러서 친정으로 보냈으니 네 마음대로 이혼이 성취되리라는 것과, 요새 마침 네 누이의 친구 되는 한 신여성이 어떤 기회로 집에 와 유숙하고 있는데 인물과 학식이 놀라울 뿐 아니라 네가 늘 말하는 음악에도 용하다 하니 네가 즉시 나려와 신식으로 만나보고 혼사를 정하도록 하라는 것과, 네 애비가 인물은 비록 구식이로되 나만큼 신청년들에게 이해 있는 애비도 드물리라"는.

  그는 차를 내려 집에 들어오자마자 아버지에게 손목을 잡히다시피 건넌방인 자기 방으로 끌려 들어갔다.

  "신여성! 흥, 네가 나만큼 신여성을 찾을 줄 알겠니. 저기 문갑 위에 것은 백과전서(百科全書) 한 질이다. 신여성이 벨 게 아닐라. 학식 학식 하니 대학을 졸업해 보렴, 백과전서만큼 아는 여자가 어디 있나! 또 음악? 그렇게 알베 열두 섬을 팔았다. 저 유성기 한 틀 사놓기에……

어서 옷 벗고 앉아라. 네 처가 상을 채려 오나부다. 오래간만이니 좋은 낯으로 대해서 좀 먹어보렴……."

그는 이 자리에서 두 가지의 환멸을 한꺼번에 느끼었다. 신여성에 대한 환멸과 신여성에 대한 환멸의 환멸과를.

그는 저녁상을 공손히 들여다 놓고 윗목으로 돌아서서 치마고름에 눈물을 씻는 아내를 볼 때, 자기도 화끈하는 얼굴을 떨어뜨리지 않을 수가 없었다. 그리고 자기 눈에도 눈물이 어리어서 바라볼 그때에야 비로소 아내의 아름다운 모습을 첫 번 보는 사람처럼 반할 수 있었고, 세상에 다시없는 가엾은 여자라는 생각이며 또는 자기에게 그처럼 녹록한 사람이 다시 어디 있으랴 하는 감사한 생각까지도 가슴이 쓰라리게 솟아올랐다.

『구원의 여상』, 1937.6

은희 부처(恩姬夫妻)

　은희! 그렇습니다. 나는 서슴지 않고 은희라 부르겠습니다.

　이 은희란 이미 남의 아내의 이름이 되고 말았습니다. 그러나 나는 서슴을 필요 없이 은희는 은희 하고 전과 같이 부르겠습니다.

　은희 자신이 이것을 탄할 여자가 아니요, 은희의 남편이란 그 자가 역시 이만한 것은 눈곱만치도 꺼리지 않을 위인인 것을 나는 잘 알았기 때문입니다.

　은희와 나는 지금으로부터 사 년 전 초가을에 알았습니다.

　은희와 나는 두 번째 만날 때부터 우리끼리의 비밀을 품게 되었습니다.

　그리고 은희와 나는 사귄 지 석 달 만에 흩어지고 말았습니다.

　이 이야기는 흩어지게 된 동기부터를 시초로 꺼내겠습니다.

　눈이 부슬부슬 내리는 훗훗한 겨울밤이었습니다.

　은희는 저녁 일곱 시까지 나에게 오기로 약속한 밤이었습니다. 나는 저녁밥도 설치고 여섯 시 때부터 귀를 밝히고 기다렸습니다. 바람 소리만 나도 그가 오지 않나 하는 마음을 태웠습니다.

　그러나 일곱 시가 그냥 지나갔습니다. 일곱 시는커녕 아홉 시, 열 시, 열두 점을 땅 땅 칠 때까지 나의 방문을 여는 사람은 없었습니다.

　그 이튿날 아침 물론 은희의 편지는 왔습니다. 편지 사연이란 이렇게 허무한 말이었기 때문입니다.

저녁을 먹고 나에게 올 차비로 막 문 밖을 나서려니까 자기 고향 사람 하나가 찾아오더라나요. 그 남자는 은희에게 "남산이나 같이 한 바퀴 돌아오자"고 청하였다고 합니다. 은희는 눈은 내리나 어스름한 달빛이 있으므로 이것을 허락하였다구요. 그리고 자기 딴은 그 길로 나에게 오려던 심속이었으나 길이 미끄러워 남산에서 여러 번이나 넘어졌었고 밤도 어느 틈에 열한 시나 된 것을 보고는 그만 집으로 돌아오고 말았다는 것이었습니다.

나는 이 편지를 받고 은희와 절교한 것을 지금도 나의 무리였다고는 생각지 않습니다.

나는 그 이튿날 은희가 올 것을 알고 집에 있지 않았습니다. 그의 편지도 오는 대로 돌려보냈습니다. 나중에 온 편지 한 장만은 엽서이니까 읽어보았으나 그것도 도로 보냈다고 기억합니다. 그 엽서의 사연은 "당신은 나를 사랑하기에 너무 어리오" 하는 간단한 사연이었습니다.

나는 이렇게 은희와 절교하고 말았습니다.

그러나 절교의 형식을 밟기에는 이처럼 간단한 경로였으나, 사실에 있어 은희를 단념한다는 것은 나의 용기로는 거의 절망이었습니다.

나는 괴로웠습니다. 나는 며칠이 못 되어 오는 족족 돌려보내던 은희의 편지를 목이 말라 기다리게 되었습니다.

은희의 편지는 올 리가 없었습니다. 편지를 기다리다 못해 그 다음엔 내가 먼저 편지를 써 부쳤더니 이번에는 은희가 나의 편지를 도로 쫓아 보내고 말았습니다.

그러나 은희가 그저 그 주소에 있으면서 나의 편지를 받지 않은 것은 아니었습니다.

나는 은희가 일본 갔다는 말을 들었습니다. 그리고 행여나 하고 무시로 은희의 편지를 기다렸습니다. 어디 그것뿐입니까, 방학 때면 저녁 소나기에 옷을 맞히면서도 부질없이 부산 차 마중을 다녔더랬습니다.

그러던 은희에게서 사 년이란 세월이 흘러간 오늘에 한 장 편지가 날아왔으니 얼마나 끔찍한 일입니까. 나는 이 길지 않은 편지도 여기다 공개하겠습니다.

"나는 이번 길에 서울 들르려 합니다. 당신이 그동안 얼마나 자랐는지 한번 만나보고 싶습니다. 폐스럽지만 하룻밤만 묵어가게 해 주십시오."

어젯저녁입니다. 나는 은희 마중을 나갔습니다. 이발을 하고 양복에 솔질을 하고 눈이 부실 은희의 얼굴을 가지러 나갔습니다.

은희는 과연 부산 차에서 내렸습니다. 새까만 외투 소매 끝에 달린 은희의 흰 손은 장갑을 벗고 내 손을 꼭 붙들어 주었습니다.

그러나 나는 내가 필요한 은희 한 사람만을 맞이한 것이 아닙니다. 은희에게는 그 일행이 있었습니다. 일행이라야 단 두 사람이니 은희 자신과 은희 남편 되는 사람 말입니다.

은희에게는 굵다란 대모테 안경을 쓰고 키가 후리후리한 대학생 한 분이 은희의 차표까지 자기 주머니에서 내어주며 따라 나왔던 것입니다.

은희는 어젯밤 나의 방에도 얼굴빛도 붉히지 않고 이 대학생을 자기 남편이라고 나에게 소개하였습니다.

이러고 본즉 은희가 무슨 뜻으로 나를 찾아온 것일까요. 자기의 행복을 자랑시키려? 아닙니다. 나를 그다지도 모욕하기에는 은희의 마음은 너무 악하지 않은 것을 나는 믿습니다. 그러나 도시 요령을 잡을 수가 없었습니다. 더구나 그들은 서울서 다른 볼일도 없었습니다. 그들은 나의 방에 들어서는 길로 여관이나 잡은 듯이 한 트렁크 속에서 제각기 낮수건과 비누를 꺼내들고 목욕들을 나갔습니다. 나는 그동안 그들의 저녁이나 준비하고 있는 수밖에 없었습니다.

그네들은 아주 침착하였습니다. 저희끼리도 하는 말이 별로 없었습니다. 저녁을 먹고 나더니 피곤하니 일찍 자게 하여 달라고 하였습니다.

나는 무슨 영문인지 몰랐습니다. 도깨비에 홀린 사람처럼 나는 그들이 하자는 대로 하였습니다. 그래 자리를 깔았지요. 의레히 — 의레히라는 것보다는 마땅히 그래야 할 순서대로 — 은희의 자리를 아랫목으로 따로 펴고, 그 자리와 조금 새를 두고 큰 자리를 폈습니다. 물론 이 자리에는 은희의 남편과 내가 눕되 은희의 옆을 그의 남편의 자리로 하였습니다.

그러나 그의 남편이란 어떻게 된 사람인지, 이 사람의 속은 은희의 속보다 더 갈피를 잡을 수가 없었습니다. 그는 은희 자리로 깔아 놓은 아랫목으로 내려가 누우며 이런 말을 하였습니다.

"나는 어제 배에서 자지 못해서 먼저 자겠습니다. 저보다도 은희와 전부터 아신다니 말동무나 하시지요."

은희도 서슴지 않고 웃옷을 활활 벗더니 두 팔과 두 다리와 젖가슴이 그냥 드러나는 속옷 바람으로 큰 이불 속으로 들어갔습니다. 그리고는 이불 섶을 제끼며 나에게 하는 말이었습니다.

"어서 드러누시죠."

나는 얼굴이 화끈거려 불부터 껐습니다. 그리고 나도 속옷만 입은 채 은희의 이불 속으로 들어가고 말았습니다.

얼마 동안 방안은 빈 듯이 고요하였습니다.

그러다가 아랫목에서 코고는 소리가 높아 올 때였습니다. 은희는 이불 밑으로 손을 더듬어 내 손을 찾더니 정거장에서와 같이 꼭 붙들고는 아랫목에서도 알아들을 만치,

"참 오래간만이지요?"

하고 소리를 내었습니다.

나는 대답하는 대신에 그의 손을 가만히 뿌리치고 말았습니다.

얼마 있다 은희는 또 소리를 내었습니다.

"벌써 주무세요?"

하고.

나는 은희의 말을 한마디도 대답하지 않았습니다.

은희의 부처는 오늘 아침 차로 평양까지 가는 그들의 길을 계속하여 떠났습니다. 그들은 나에게 틈 있는 대로 자기네 집을 한번 다녀가라고 신신당부하며 은희는 손수건을 내어 흔들며, 그의 남편은 모자를 벗어 흔들며 유쾌하게 떠나갔습니다.

이야기는 여기서 그칩니다.

은희와 그 대학생은 틀림없이 결혼한 지 첫돌이 된다는 금실 좋은 부부 간이었습니다.

나는 그들에게 대한 비판이 막연합니다. 다만 은희가 나를 그냥 한번 보고 싶어서 위정 들러 주었다는 것만은 감사하게 생각됩니다. 그리고 과연 나는 은희의 말과 같이 은희를 사랑하기에 너무 유치했었는

지도 모릅니다.

『달밤』, 1934.7

어떤 날 새벽

쿵―

무엇인지 안마당에서 이렇게 땅을 울리는 소리가 나는 것을 나만 들은 것이 아니었다.

아내도 눈을 번쩍 뜨더니 베개에서 머리를 들었다.

"무에 쿵했지?"

"가만⋯⋯."

아내는 놀란 눈을 껌벅거리며 바깥을 엿들었다.

둘이 똑같이 듣고 잠을 깨었을 때엔 분명히 꿈은 아니다. 나는 머리 맡에서 시계를 집어 보았다. 그때는 새벽 네 시 십 분이었다.

아내는 그새 또 무슨 소리를 들었다. 그는 얼굴이 백지장처럼 해쓱해지며 나의 허리를 허둥허둥 넘어서 아랫목으로 내려가 박혔다. 그리고 내 손에서 시계를 집어다 이불 속에 넣으며 겨우 내 귀에 들리리만치,

"도적놈야 도적놈."

하고는 얼굴을 이불 속에 감추었다.

그때에 내 귀에도 완연히 묵직한 우람스런 신발이 마루 끝을 우쩍 디디고 올라서는 소리가 들렸다.

― 도적놈!

그는 또 잠잠하였다. 아마 한 발만 올려 디딘 채 마루 위에 세간을 살

피는 것 같았다. 그러더니 한참 만에야 또 우쩍 하고 마저 한 발을 올려 놓는 것 같았다. 그리고,

뿌드득

뿌드득

아마 신발에 눈이 묻은 듯 그는 조심성스럽게 발소리를 삼가며, 마 룻방으로 되어 있는 윗방 문 앞으로 가더니 다시 까딱 소리가 없다.

그것은 마룻방 문이 조용히 다루기 힘드는 유리창임에 낭패한 듯하 였다.

한 이 분 동안이나 그렇게 쥐죽은 듯이 서 있던 그는 유리창에는 손 도 대 보지 않고 '이왕 사람을 깨어 놓을 바에는, 즉 강도질을 할 바에 는' 하고 용기를 얻었음인지 불이 켜 있는 우리 방 앞으로 뿌드득뿌드 득 다가왔다. 이번에는 서슴지 않고 덧문 고리를 꼭 잡는 소리가 났다. 그리고 지그시 힘을 들여 당겨 보더니 안으로 걸린 고리가 떡 하고 문 설주에 맞히는 것을 알고는 슬며시 놓는 소리까지 소상히 났다.

이번에는 어찌할 셈일까. 윗방 유리창문은 걸려 있지 않았다. 윗방 과 우리 방과는 장지문으로 칸을 막았으니, 그가 윗방의 유리창만 한 번 밀어 보는 날이면 우리는 별수 없이 이 무서운 밤사람과 대면하지 않을 수 없는 운명에 있는 것이다.

그는 덧문 고리를 놓은 후 방안을 엿듣는 모양인지 꼼짝도 하지 않 고 서 있었다. 그러나 우리 귀에는 그의 세찬 숨소리가 사뭇 바람처럼 문풍지를 울리고 있었다. 그리고 그 불덩어리 같은 시뻘건 눈깔이 어 느 틈으론지 우리를 노리고 있는 것만 같아서 문을 바로 쳐다볼 용기가 없었다. 어서 무슨 소리라도 났으면 하고 숨도 크게 못 쉬고 있노라니

까 쿵 하고 마루를 내려서는 소리가 났다.

"내려섰지?"

이불 속에서도 들은 아내가 물었으나 나는 작은 말조차 옮겨지지 않았다.

저 녀석이 들어올 때에는 담을 넘어 들어오기가 쉬웠지만, 나갈 때에는 어떻게 나가나 하고 우리의 귀는 그의 발밑에 깔리다시피 그의 발소리만 지키고 있었다.

그랬더니! 웬걸! 그는 무슨 생각이 들어갔던지 제법 툇돌 위에다 쿵쿵 눈을 떨더니 덤뻑 마루 위에 다시 올라섰다.

어느 틈에 마루방 유리창이 드르르 열리었다.

나는 그제야 번개같이 나도 모르는 힘에 벌떡 일어났다.

그러나 옷도 집어올 새 없이 장지문이 쫙 열리었다.

"이놈! 꼼짝하면……."

그는 이렇게 위협하며 눈투성이 된 발 하나를 우리 방에 썩 들여 놓았다.

"이놈……."

그는 방안을 휙 둘러보더니 시꺼먼 외투 품속에서 날이 번쩍하고 빛나는 단도를 뽑아들었다.

그러나 이 순간, 누구나 질겁을 하고 눈을 뒤집었어야 할 위급한 순간에 있어 나는 오히려 정신을 가다듬을 만치 아까의 겁과 아까의 긴장을 풀어뜨리고 말았다.

강도? 쿵하고 마당에 들어서던 그 강도, 우쩍우쩍 마루청이 빠질 듯한 육중한 발을 가지고 이 툇마루에서 거닐던, 그 숨소리가 바람처럼 문풍지를 흔들던, 그 우람하고 감때사나운 강도는 어디로 가고 뜻밖에 사람이 들어선 것 같았다.

그는 칼을 들었으나 어딘지 성경책이나 들어야 어울릴 사람처럼 보면 볼수록 인후한 인상밖에 주지 못하는 위인이었기 때문이다. 그는 너무도 우리의 상상과 어그러지는 인물이었다. 그는 복면도 하지 않았다. 그의 써늘한 눈방울엔 살기도 들어 있지 않았다.

"너도 구차한 살림인 걸 알았다. 시재[1]만 있는 대로 털어⋯⋯."

나는 머리맡 경대 서랍에서 아내가 맡아 가지고 쓰던 지갑을 집어내었다. 그 속에는 얼마나 들었는지도 나는 몰랐으나 돈 소리가 나기는 하였다. 지갑째 그에게 준즉, 그는 냉큼 받아서 지갑 속을 뒤지더니 일 원 한 장을 집어내었다. 그리고 다시 불 밑에 갖다 대고 절렁거리며 들여다보더니, 그대로 이불 위에 탁 내어던지고는 뒷걸음을 쳐서 성큼 마루방으로 올라섰다. 그리고 칼을 집어넣고 회중전등을 내어 마루방을 한 바퀴 돌아보더니 그대로 쏜살같이 바깥으로 나갔다.

그리고 그는 버젓이 삐걱 소리 나는 대문을 열고 나가 버렸다.

"아 아니, 그이 이마 자세 못 봤수?"

이불 속에서 땀에서 젖어 나오는 아내는 왕청 같은 말을 물었다.

"그이라니?"

"아휴, 십 년 살 건 감수했네, 그런데 꼭 그이야⋯⋯."

"그게 무슨 소리요? 그이라니?"

우리는, 눈이 쌓여서 마당이 훤하긴 하였으나 컴컴한 대문간에 나가

---

[1] 時在. 당장에 가지고 있는 돈이나 곡식.

기가 싫어서 마루방 유리창만 닫아걸고, 그 자가 섰던 자리에 눈 녹은 물을 훔치고는 다시 자리에 드러누웠다. 그리고 아내는,

"정말 그인지는 몰라두 아무튼지 그이 같애."

하면서 아래와 같이 '그이'를 이야기하였다.

이 '그이'라는 윤 모(尹某)는 황해도 어느 산읍 사람이었다. 그가 나의 아내가 다닌 소학교(강원도 C군에 있는) 신흥학교에 오기는 지금으로부터 육칠 년 전, 나의 아내가 육 학년이 되던 첫 학기였다고 한다.

그때 신흥학교에는 교원이라야 그 동리에서 일없이 노는 졸업생 몇 사람과, 신경쇠약으로 정양 삼아 교장 집에 와 묵고 있던 일본 어느 여자 전문에 학적을 두었다는 서울 여자 한 분과 이 윤 선생뿐이었다. 그중에서도 졸업생들이라야 교편을 잡기에는 원체 상식으로 부족할 뿐 아니라, 어느 면소에 서기 한 자리만 비었다는 소문이 와도 제각기 이력서를 써 가지고 달아나는 무열성이었고, 여선생이라야 그야말로 시간을 하다 말고라도 획 떠나가면 그만인 교장 집 손님에 불과하였다. 더구나 교장이 없었다. 설립자요 교주인 교장은 기미년 이후부터 감옥에 가 있었다. 윤 선생은 신흥학교가 이와 같은 비운에 빠져 있는 것을 아주 모르고 온 것은 아닌 것 같았다고 한다.

학교는 지은 지가 오래고 거두는 사람이 없어서 눈 녹는 물이 교실마다 새었다. 그중에도 어떤 반은 비가 오는 날이면 방 안에서 우산을 받을 지경이었으므로 날만 흐리는 것을 보아도 쉬는 시간도 없이 공부를 몰아치는 형편이었다.

그러나 이것을 본 졸업생들이나 학부형들이나 모두 자기 집 아랫목

만 비가 새지 않는 것을 다행히 알 뿐이었었다.

윤 선생이 와서 일 학기가 지났다. 여름 방학이 된 이튿날부터 윤 선생은 새벽조반을 지어먹고 점심을 싸가지고 어디론지 나갔다가 어두워야 돌아오곤 하였다. 며칠 후에 이렇게 소문이 났다.

— 윤 선생은 학교에서 생기는 것이 없으니까, 고향에 있는 자기 어머니에게 부치려 수리조합공사에 품팔이를 다닌다는, 윤 선생은 효자라는—

과연 윤 선생은 골을 동이고 수리조합 봇둑을 쌓는 데 가서 모꾼 일을 하였다. 불덩어리 같은 돌멩이도 져 나르고 물이 흐르는 진흙 짐도 졌다.

윤 선생은 이 일을 만 한 달 동안 하였다. 두 번 간조에 삼십여 원을 타 가지고 그는 읍으로 들어갔다.

그러나 그것은 소문과 같이 자기의 늙은 어머니에게 돈을 부치러 우편국을 찾아간 것은 아니었었다. 그는 철물점에 가서 함석을 사고 못을 샀다. 그것을 자기 등에 지고 십 리를 꾸벅꾸벅 나왔다.

물론 그 후부터 신흥학교는 비가 새어 공부를 못하게 되지는 않았다.

그해 겨울이 왔다. 산골이므로 학부형들이 장작은 대었으나 난로가 모자랐다. 삼사 학년을 한데 모으고 오륙 학년을 한데 모아도 난로가 모자랐다.

동짓머리 제일 추운 때가 왔다. 윤 선생은 자기가 담임하여 가르치던 오륙 학년에 일주일 동안 재가 복습을 주었다. 그리고 그날부터 윤 선생은 자기 아내에게도 자세히 이르지 않고 어디로인지 없어지고 말았다.

일주일째 되는 날 오후였다. 집으로 돌아가던 학생들은 읍길에서 윤 선생을 발견하였다. 윤 선생은 짐꾼에게 난로 하나를 지워 가지고 타박타박 따라오고 있었다. 참말 그때 윤 선생은 오륙십 된 노인처럼 다리에 힘이 없이 타박거렸다. 학생들은 그때와 같이 피곤한 윤 선생을 본 적이 없었다. 그러나 무심한 어린 학생들은 그 윤 선생이 푹 눌러쓴 방한모 속에 피묻은 붕대가 감겨 있는 것은 발견하지 못하였다.

윤 선생은 짐꾼에게 학교를 가리키고 자기는 바로 집으로 와서 그 추운 날 냉수부터 찾으며 쓰러지고 말았다.

이마에는 끌에 찍힌 것처럼 가죽이 뚫어졌다. 두 손바닥에는 밤톨만큼씩한 못이 박히고 손등이 성한 데가 없이 터져 있었다. 그리고 몸이 불덩어리처럼 뜨거웠다.

어디서 무슨 고역을 하고 왔을까?

어쩌다가 이마를 다치었을까?

윤 선생은 결코 말을 하지 않았다.

"선생님? 난로 어디서 났어요?"

학생들이 물어도,

"응, 그거 내가 사왔지. 새게 돼서 좋지?"

하고, 더 물으면 다른 말을 하였다.

그러나 동리 사람들은 며칠이 안 돼서 소문을 들었다. 읍에서 멀지 않은 곳에서 금강산 가는 전찻길을 닦느라고 산 허무는 일터가 있는데, 윤 선생이 거기 와 일을 하다가 엿새째 되는 날엔 남포에 터져 나가는 돌조각에 맞아 이마가 뚫어졌다는 것과 삯전 육 원과 치료비 삼 원을 탔다는 것까지.

그 후로는 윤 선생은 학교를 위하여선 몸으로나 마음으로나 자기를 아끼지 않았다. '어떻게 하여서든지 교장이 나오는 날까지는' 하고 전

심전력하였다.

그러나 신흥학교의 운명은 윤 선생의 노력 여하에 달린 것은 아니었다. 이미 결정된 때가 있었고 결정한 것이 있었다. 신흥학교는 자격 있는 교원 세 사람 이상을 쓰지 못한 지가 오래다. 해마다 새로 나는 교비품(校備品)을 장만하지 못하는 지가 오래다. 윤 선생은 졸업생들을 찾아다니고 청년회원들을 찾아다니고 경찰서와 군청을 드나들며 '신흥학교 후원회'를 조직하였다. 그리고 기부금 허가원을 제출하였다. 그러나 이 신흥학교에는 기부금 허가 대신에 '학교를 유지할 재원이 없는 것을 인정한다'는 이유로 학교 허가 철회와 해산 처분이 내리고 말았다.

윤 선생은 눈이 뒤집히어 군청으로 달려 들어갔다. 그러나 윤 선생의 열성을 알은 곳이 있으랴. 그날 밤 학교 가까이 있는 사람들은 모두 첫잠을 울음소리에 놀라 깨었다. 그것은 윤 선생이 술이 취해서 학교 마루청을 두드리며 우는 소리였었다.

그 이튿날 아침엔 윤 선생이 미쳤다는 소문이 퍼졌다.

그것은 윤 선생이 학교 마당에 서서 십 리, 이십 리 밖에서 멋모르고 모여드는 학생들에게 마치 채마밭에 들어간 닭이나 개를 쫓듯이, 조약돌을 집어 가지고 팔매질을 하여 쫓아 보낸 것이다.

윤 선생은 자기도 그날로 아내와 젖먹이 딸을 데리고 그 동리를 떠나가고 말았다는 것이다.

"그래 꼭 그 사람입디까?"

"글쎄 말야, 말소리가 익으니까 이불 속에서 잠깐 몰래 보기는 했지만…… 꼭 그이 같애. 그러나 윤 선생님이 어쩌면 강도질을……."

이때다. 밖에서,

"도적놈야."

"저놈 잡어라."

"이놈……."

"도적놈……."

하는 여러 사람들의 아우성이 났다. 그리고 쿵쿵쿵 하고 달음질치는 소리가 몰려오더니 바로 우리 방 들창 밑에서 꽝- 하고 나가떨어지는 소리가 나자

"이놈!"

"아이쿠!"

하는 소리가 났다.

우리는 어느 틈에 들창을 열어 젖혔다. 벌써 날은 새었다. 눈이 한 자 깊이나 쌓인 길바닥에 한 사람이 자빠진 것을 세 사람이 둘러쌌다. 이 세 사람 패는 모두 자다가 뛰어나온 속옷 바람들로 한 사람은 자빠진 녀석의 머리를 끄들어 쥐고 담벼락에 짓찧으며, 한 사람은 팔을 비틀어 쥐고 다른 한 사람은 한걸음씩 물러섰다 달려들며 곧은 발길로 앙가슴과 넓적다리를 들이잡는다. 벌써 자빠진 녀석은 코피가 터져 나오고 발길이 들어갈 때마다 킥킥 하고 사지를 뒤틀었다.

그는 틀림이 없었다. 자빠져 맞는 그는 아까 우리 방에 들어왔던 강도가 틀리지 않았고, 또 여태 우리가 이야기한 그이, 윤 선생이 틀리지 않았다.

"여보, 저 이마에 흠집을 봐요, 윤 선생이에요. 좀 나가 말려요. 저런…… 저런……."

나는 옷을 주워 입었다. 그리고 조금 전에 그가 열어놓고 나간 대문을 나섰다.

그러나 그는 도적이었었다. 그는 벌써 도적이 밟을 길을 걸어가고 있었다. 먹살을 잡히고 머리털을 잡히고 팔을 잡히고, 그리고 어느 틈에 이 집 저 집서 몽둥이를 들고 뛰어나온 사람들의 우락부락한 경계(警戒)에 싸여 큰 한길로 끌려 나가고 있었다.

그가 붙들린 자리는 마치 미친개를 때려잡은 자리 같았다. 발등이 덮이는 눈 위에 몽둥이들을 끌고 모여든 자리며, 더구나 그의 코피가 여기저기 떨어져 번진 것은 보기에도 처참하였다.

나는 금세 아내에게서 들은 그의 교원 생활을 생각하고 망연히 그 자리를 바라보고 섰노라니까, 아까 그 세 사람 패 중에 한 사람이 헐레벌떡거리고 다시 이리로 왔다. 그리고 이리저리 두리번거리더니 도랑 속에서 검은 '나까오리'² 하나를 집어내더니 묻지도 않은 것을 씨근거리며 설명하여 주었다.

"이게 그놈 모자죠. 아, 우리는 우리는 요 앞 자동차부에 있는 사람들인데, 글쎄 우리가 자는 방엘 들어와서 철궤를 들구 달아나니 하마터면 우리가 주인한테 도적놈 될 뻔하지 않았나요…… 지금 순살 불러 댔죠. 아, 쥑일놈 같으니…….”

그는 굉장히 신이 나서 그 '나까오리'를 헌신짝처럼 꾸겨들고 우쭐렁거리며 달아났다.

『달밤』, 1934.7

---

2   なかおれ(中折れ). 중절모.

결혼

'내가 만일 시집을 간다면?'

이것은 그네들의 처녀 시대에 있어 무엇보다도 제일 귀중한 공상의 하나일 것이다.

시집을 간다면? 얼마나 아름다운 꿈이랴. 그것은 그네들의 모든 공상 중에 꽃일 것이다. 가장 아름답고 가장 빛나고 가장 유쾌스러운 정신 향락임에 틀리지 않을 것이다. 그네들이 몸치장을 낸다거나 구경을 나가는 것은 동무들의 속삭임과 선생님이나 부형들의 경계가 있을 것이지만 남모르게 지나가는 공상의 거리! 그것은 누구에게 있어서나 새가 공중을 나는 것 같은 자유일 것이다.

물론 S에게도 그러한 공상이 있었다. 길지는 않으나 그러한 '꿈의 시대'가 있었다. 멀리 그가 열칠팔 세 때의 꽃다운 과거에서 이러한 공상으로 밤을 밝히던 며칠 저녁을 아직도 그는 기억할 수가 있는 것이다. 더욱 그는 앨범 속에서 호수돈 때의 사진을 볼 때마다 그 생각이 뚜렷하게 떠오르곤 하였다.

S가 호수돈을 졸업하기 두어 달 전 일이었었다.

어느 날 오후 학교에서 돌아오려니까 어머니가 지전 두 장을 던져주었다. 그것은 사진값으로였다. 외가에 보내겠다니까 계집애다운 날카로운 예감이 없지도 않았지만 여러 말 묻지 않고 저고리를 갈아입고 나가서 독사진을 박았던 것이다.

S는 자기 사진을 찾아온 이튿날 저녁에야 어머니가 귀만 떼어 주는 말씀에 자기 사진의 용도를 알게 되었다.

"서울 재상가의 자손이요, 일본 가서 법률을 공부한다니까 공부도 더 바랄 것 없고 재산이야 부모 철량만 하더래도 저이 당대는 먹을 테니까……."

S는

"그럼, 어머니 그 남자를 보았수?"

하고 사진이라도 와 있나 묻고 싶었으나 자기도 모르게

"누가 시집가겠다나."

하고 마음과 다른 응석만 부리고 자기 방으로 뛰어 건너왔었다.

그날 저녁이었었다.

S는 수틀을 안았으나 손이 떨리는지 수틀이 떨리는지 바늘 끝이 제자리에 박히지를 않았다.

이상스런 흥분이었었다. 평소에는 침착한 때보다도 어머니에게 꾸지람이나 듣고 마음이 흥분된 때일수록 수틀을 끼고 앉던 그였지만, 그날 저녁 흥분만은 평소에 체험하던 흥분과는 성질과 정도와 같지 않은 것을 느끼었다.

S는 기어이 수틀을 옆으로 밀어 놓고 책상 서랍 속에서 두 장 남은 자기 사진을 집어내었다. 그리고 혼자 마음속으로 안타까운 듯이 이런 생각도 하여 보았다.

'그럴 줄 알았더라면 머리도 빗고 박을 걸! 같은 사진이라도 흐린 것과 더 똑똑한 것이 있는데⋯⋯. 어떤 남자일까? 우리 체조 선생과 같은 그렇게 우락부락한 사내나 아닐까? 그렇다구 ×× 선생님처럼 그렇게 간사스런 사내면 어쩌나?

S는 자리에 누웠으나 잠이 오지 않았다. 밤이 깊어 억지로라도 눈을 감았으나 감은 눈앞에는 오히려 불빛보다 더 밝은 광명이 있어 무엇인지 얼른얼른하고 S의 눈을 끌며 지나가는 것이 있었다.

그것은 무엇이었던가?

S는 그날 저녁으로 그 남자를 만나 보았다. 이마가 희고 넓고 골격이 늠름한 대학생, 자기 같은 것은 한 팔뚝에 끼고 바다라도 건너뛸 만치 건강한 사내였었다.

S는 또 그날 저녁으로 자기 양주가 장차 사랑의 보금자리를 틀 아늑한 주택까지 찾아보았다. 그림같이 조용한 양관, 각색 화초가 우거지게 핀 정원을 가진, 하얀 벽 위에 푸른 나무 그늘이 어룽거리는 아름다운 집이었었다.

그뿐만 아니라 그날 저녁으로 결혼 생활의 행복까지도 느껴보았다. 굵은 남편의 손가락을 만지며 가지런히 서서 정원을 거닐기도 하였다. 달 밝은 저녁에 우뚝한 남편의 그림자 앞에서 피아노를 열고 소나타도 울려 보았다.

이것이 어찌 죄 있는 야심이리오.

그러나 S는 이와 같이 아름다운 꿈속에서 아무런 의문도 없이 '이대로 실현해지이다' 하고 자기의 운명만을 기다리기에는 너무도 영리한 신경이었었다.

S의 어머니에게 있어 S의 아버지는 너무나 폭군(暴君)이었었다. 이것을 보고 어려서부터 남성(男性)을 무서워하는 한편 반항심이 싹트며 자라난 S, 그였었다. 또

"남들은 내가 부잣집으로 시집간다고 부러워들 했지, 내가 이렇게 속 썩는 줄은 모르구……."

하는 어머니의 넋두리에 귀가 젖으며 자라난 S, 사람의 행복은 재물에 있지 않다는 관념이 뿌리박히며 자라난 S였었다.

아버지와 말다툼을 하시고 조반도 못 잡숫는 어머니를 보고 나올 때마다 S는 평화스런 학교 뜰에 나서서 학생들의 공순한 인사를 받는 교장 선생의 웃는 얼굴이 다시 보이곤 하였었다. 그런 때마다 자기도 그 무지스런 사내들에게 시집을 가서 남의 종으로 일생을 보내느니보다 교장 선생님과 같이 일생을 처녀대로 깨끗이 늙으며 교육 사업에나 몸을 바치고 싶은 생각이 희미하게나마 가슴속에 지나가곤 하였었다.

그러므로 소낙비 같은 처녀의 정열에서 생전 처음 듣는 혼인 말이라 며칠 저녁은 밤도 새워 보았으나 그 머릿속에 그려졌던 신랑이나 스위트 홈이란 허공에 떴다 사라지는 한 가닥의 무지개와 같은 환멸의 것이었었다.

S는 어머니가 그 조심스럽게 옮기던 말씀이 점점 불쾌하게만 해석이 되었다.

"홍, 재상의 자식! 그 똥물에 튀할 조선 재상들! 그런 불명예를 명예라고! 돈 돈 하시니 자기도 돈만 보고 보낸 친정 부모를 뻔적하면 쳐들면서! 일본 유학이면 고만인가, 리상이니 긴상이니 하고 돌아다니는 꼴들을 보면!"

S는 구역이 나는 듯이 가슴을 부여안았다.

S는 무엇보다도 자기의 사진이 모르는 남자에게 가 있는 것이 견딜수 없는 불쾌였었다. 저편에서는 보내지 않는데 이편에서만 응모(應募)가 되어, 그 썩어진 재상이니 돈이니 하는 바람에 몰려든 더러운 계집애들의 수많은 사진 속에서 자기의 사진도 이리 구르고 저리 구르고 하며 당선(當選)의 처분만 바라고 있다는 것이 여간 모욕이 아니요 여간치사스런 짓이 아니라 생각하였기 때문이다.

다소 자존심이 눈뜬 S는 기어이 그 남자의 주소를 알아 가지고 편지를 보내어 어머니도 모르게 자기 사진을 찾아오고 말았던 것이다.

S는 호수돈을 졸업하고 곧 서울 이화전문에 와서 음악을 공부하게되었다.

그는 음악에 천재가 있어서가 아니요, 음악을 듣는 시간이 자기에게있어 제일 행복스럽고 가치(價値)있는 시간으로 생각하기 때문에 음악을 좀 더 깊이 이해하겠다는 데서였다.

S의 혼인 문제는 서울 와서도 가끔 일어났었다.

한번은 집에서 급히 내려오라는 전보가 왔다.

S는 어머니가 늘 편지 않으시니까 놀라 내려갔다. 그랬더니 혼인 문제였었다.

"너도 이젠 나이 이십이 아니냐. 철없이 굴지 말구 지금 나에 시집을가야 한다. 음악 같은 것은 시집이 넉넉한데 풍금을 못 사 놓겠니 피아노를 못 사 놓겠니…… 외삼춘이 위정 왔구나. 황주서 제일가는 부자란다. 무에니 무에니 해두 지금 세상엔 돈이 있어야 산다. 네 사진을 보고 저쪽에서는 네 대답만 기다리고 있다. 인물도 잘났더라는데⋯⋯."

S의 귀에는 대뜸 어디서 제일가는 부자란 말이 솜방망이처럼 걸리어 다른 말이 들어오지를 않았다.

"왜 조선서 제일가는 부자는 못 구하슈?"

"있다면야 좀 좋으냐, 그런 데는 신랑깜이 없지."

"아, 돈만 보고 가는 데야 신랑깜이 아니면 어떠우. 늙은이한테라도 가지, 첩으로라도 몇째 첩으로라도."

S는 전보를 받고 어머니 병환인 줄만 알고 코러스 연습도 빠지고 온 것이 분하여 오래간만인 외삼촌 앞에서도 제법 대담스런 짜증이 곧잘 나왔던 것이다.

"나 거기 시집 안 가."

"왜?"

"부자니깐."

S는 그날 밤차로 학교로 오고 말았다.

S의 어머니는 그 후에도 친히 학교로 와서 여러 번 조르다가 종시 듣지 않으니까, 저희끼리 아는 남자나 있지 않은가 하는 추측에서 새삼스런 기대와 궁금증으로 돌아가고 말았었다.

그러나 사실인즉 그때까지도 S의 가슴속은 빈 채로 있었던 것이다.

그 이듬해 봄이다.

하루는 먼 시골에서 개업하고 있는 의사인 S의 형부가 위정 S를 학교로 찾아왔다.

그것은 S에게 있어 세 번째의 혼인 문제요, S의 마음도 적지 않게 움직여진 큰 사건이었었다.

신랑 될 인물은 S의 형부와 세브란스 시대의 동창생으로 미국까지 가서 박사의 학위를 얻고 당시 모교에 나와 어느 과 과장으로 있는 젊은 의학자였었다.

그는 미국통의 신사인 만치 이화전문에 친지가 많았고, 따라서 상처한 후로는 의식적으로 그곳 사람들과 사귀기를 많이 하였다. 그래서 나중에는 드러내 놓고 새 아내 될 사람을 이화전문에서 고른 것이었었다.

S는 그 속에서 자기가 누구보다도 먼저 제일 후보자로 드러난 것을 남모르게 기뻐도 하였다. 그렇게 남자라면, 지나가다 옷고름만 서로 닿아도 똥이나 묻은 것처럼 질겁을 하고 뛰던 S였건만 이 의학 박사에게만은 이성에 대한 동경을 어느 정도까지 품게 되었던 것이다.

그것은 첫째로 자기 형부는 자기 어머니나 외삼촌과 같이 재상의 아들이니 몇째 가는 부자니 하는 투로, 제삼자로서 먼저 평가(評價)하면서 덤비지를 않고, 그냥 이러이러한 사람이 결혼을 하고 싶어 하니 얼마 동안 서로 성격을 알도록 사귀어 보라는 신사적 권유가 S의 마음을 샀던 것이요, 둘째는 S가 중학부터 미션 학교에서 자라난 만치 미국식 남녀 관계를 엿보아 미국 가서 훌륭히 되어 온 사람, 즉 젠틀맨은 부녀를 존경한다는 것이 S에겐 커다란 희망을 주는 조건이었었다.

S는 이 의학 박사에게서 학위보다도 그의 수입보다도 오직 젠틀맨을 믿는 데서 속마음을 허락했던 것이다.

박사는 처음에 S의 형부와 같이, 다음부터는 자기 혼자 혹은 조그맣고 아름다운 과자 상자와 함께 S의 기숙사를 찾아왔었다.

S는 행복스러웠었다. 자기 동무들은 물론 선생들까지도 그가 아직 미스인 분은 부러워하는 정도를 지나쳐 시기들을 하였으니까.

그러나 그때 S의 행복은 남들이 부러워하는 행복은 될지언정 S 자신이 만족할 행복은 아니었었다.

S는 박사가 찾아온 면회실에서 두 번째 나설 때부터 벌써 감출려야 감출 수 없는 불안이 그의 양미간을 싸고돌았다.

S는 박사와 세 번째 면회를 마치고 돌아설 때엔 그만 박사와 지면한 것을 후회하고 말았다.

애초부터 S가 박사에게 바란 것이 그리 위대한 것이기 때문도 아니었었다. 위에서 말하였지만 그가 먼저 젠틀맨이기만 하면 다른 것은 그 다음 문제였었다.

그러면 박사는 젠틀맨이 아니었던가?

박사는 과연 S가 처음 상상한 대로 젠틀맨임엔 틀림이 없었다. 머리카락 한 오리 허수하게 날리지 않았고 더운 때라도 백설 같은 장갑을 끼고 왔었다. 그는 S가 면회실에 들어서기도 전부터 자리를 일어섰으며 S가 앉으려는 의자에는 자기 손수건을 내어 아낌없이 먼지까지 털어 주었다.

그러나 박사의 이처럼 고등한 사교술은 자기의 목적은 잊은 듯이 자기 자신을 산 표본으로 하고 젠틀맨이란 얼마나 위선(僞善)덩어리요, 변조(變調)된 인간이란 것을 S에게 분명히 가르쳐 준 것뿐이었었다.

간단히 말하자면 결국 S는 젠틀맨이었기 때문에 사귀었던 박사를 젠틀맨이었기 때문에 절교하고 만 것이다.

S의 동무들을 또 선생들까지도 S의 정신 상태를 의심할 만치 놀라지 않을 수 없었다.

"그런 훌륭한 자리를?"

"그런 훌륭한 신랑깜을!"

그중에서도 S와 친한 동무는 조용히 S를 찾아보고 억지로 권고까지 하여 보았다.

그러나 동무들의 이러한 놀람과 충고는 주관성이 강한 S의 비판력을 점점 더 밝혀 주는 한 방울의 기름 두 방울의 기름이었었다.

S는 생각하였다. 사랑을 움키려는 투기(投機)는 천재라 할 수 있으나, 재물이나 명예를 움키려는 투기는 아름다워야 할 처녀의 행동이 아니라 하였다. 결혼은 장사도 아니요, 정치도 아니니 값이 많이 나간다 하여, 이권(利權)이 크다 하여 그것을 좇아 결정할 행동은 아니라 하였다.

"그래두 그만한 학문과 지위를 가진 사람도 드물지 않니? 닥터 아니냐?"

"난 닥터니까 더 싫다."

이렇던 S였었다.

이 S가 그해 겨울이 되어 어떤 남자를 사랑하는 것이 드러났다.

한 주일에 두 번씩은 그 남자에게서 편지가 왔다. 편지를 받는 날 아침이면 S의 얼굴은 웃음과 희망으로 빛이 났다. 두 주일에 한 번쯤은 그 남자가 면회도 하러 왔었다. 그 남자를 보내고 난 S는 언제든지 음악실로 나비처럼 날아갔다. 그리고 자기가 좋아하는 쇼팽의 왈츠를 울리곤 하였다.

그 남자가 누구일까? 아니 어떤 사람일까?

"너는 아니?"

"나두 몰라."

"넌 한 방에 있으니깐 알겠구나?"

"그래두 모르겠어······."

기숙사 안에서는 방마다 수군거렸다.

"어떤 신사일까?"

그중에도 나 어린 학생은 아마 S가 박사를 퇴하였으니까 이 사람은 박사보다도 더 높은 학위를 받은 꿩장한 사람이거니 추측도 하였다.

"어떤 부자일까?"

S의 어머니는 황주서 제일가는 부자를 부족해한 딸이라, 아마 이 사람은 전 조선 안에는 몇째 안 가는 큰 부자려니 추측도 하였다.

그러나 사실인즉 그렇지 않았다. 제삼자들의 추측과는 너무나 비슷도 하지 않았다. 박사보다 더 훌륭한 학위를 가진 사람이거니, 이 사람은 전 조선적으로 굴지하는 부자이거니, 이처럼 호의로 추측해 주는 S의 동무에게나 S의 어머니에겐 너무나 면목이 없으리만치 그네들의 추측과는 어긋났다.

T라는 그 남자는 학위나 재산에 들어서는 백지였었다. 그는 자랑할 아무것도 없었다. 세속적 미스들의 그 구름장 위에 가 있는 눈을 끌기에는 너무나 존재가 낮았다. T에게 있는 것이 있다면 그것은 육신의 건강을 들 수 있고 예술적 정열을 말할 밖에 없다. 그렇대야 아직 문명(文名)도 나지 못한 한개 문학청년에 불과하지마는 T 자신은 오직 그것을 자기의 생명처럼 여기기 때문이다. 그래서 진실히 살려는 번민과 그 노력이 있을 뿐이니 결혼에 들어서 학위를 말하고 돈을 말하는 사람들에게 있어서야 이 따위는 서푼짜리 값에도 나갈 리가 없을 것이다.

그러나 S만은 S의 눈에만은 T는 백지는 아니었다. 명예나 재물에 들어 백지듯이 자기 남편 될 자격에 들어서도 백지는 아니었었다. 오히려 S 자신으로서는 처음 발견한 백지 아닌 남자였던 것이다.

"무엇 때문에 내가 하필 T를?"

S는 가끔 자기에게 묻기도 하였다. 그리고 눈을 감고 T의 그림자를
불러내기도 하였다.

"당신은 무엇이 있소?"

"······."

T의 그림자는 언제든지 침묵하였다.

"아무것도 없다!"

S는 언제든지 T의 대답을 대신하곤 하였다. 속으로는,

"당신에겐 나만이 아는 무한한 부귀가 있습니다."

하면서도 T에게 아무것도 없다는 그것이 동무들에게라도 소리쳐 자랑
하고 싶은 떳떳함이었었다.

동무들이,

"너 어디 편지 쓰니?"

하고 물을 때 S는 우물쭈물하지 않았다.

"너 어디 가니?"

하고 물어도,

"나 T에게."

하고 꿀리지 않고 대답하였다. 그럴 때마다 T에게 만일 세상 여자들이
눈을 휘번덕거리는 명예나 돈이 있었던들 나는 이렇게 떳떳하게

"T에게······."

하고 대답이 나오지 않으리라 하였다. S는 돈이나 명예에 끌려 사랑을
허락하는 것은 마치 매음이나 하는 것처럼 더럽게 안 것이다.

'진실하게 살려는 노력! 그것만이면 고만이라 하였다. 오늘의 조선 사람들과 같이 인격적 자존심을 헌신짝처럼 굴리고 사는 비열한 생활 자들이 어디 있으랴. 하늘을 싸덮은 검은 구름장 같은 한 거대한 굴욕 아래에서 누구가 명예를 가진 자이며 누가 부귀를 가진 자이냐, 바람 같은 거짓 것에 배불리지 말자'

하는 것이 T와 S의 공통된 신념이었다.

S는 T를 알면서부터 그는 베토벤과 같은 고난 많은 예술가의 일생을 자주 생각해 보곤 하였다. 처음부터도 자기가 한 음악과 학생으로서도 베토벤을 숭배하였거니와, 나중엔 한 남성을 동경하게 된 처녀의 정욕에서도 그 심각하고 장엄스런 베토벤의 성격을 마치 남성의 전형처럼 숭배하였다. 그는 집에서 어머니가

"얘, 아무개는 시집두 잘은 갔더라. 뒤에는 이층을 세우고 여름이면 양실에서 살구……."

하는 소리나 학교에서 동무들이

"얘, ××의 신랑 될 사람은 파리 갔다 왔다지. 돈두 상당하다는데……."

하고 부러워하는, 이따위 소리를 들을 때마다 그는 어머니나 그런 동무들 얼굴에 침이라도 뱉고 싶은 가볍지 않은 멸시와 분노를 느끼었었다. 그럴 때마다 S는 베토벤을 생각하곤 하였다. 베토벤이 자기 동생에게서 지주(地主)의 아무개라고 박아 가지고 다니는 명함을 받고, 그 아니꼬움에 분노하여 그 명함 뒤에다 "나는 두뇌(頭腦)의 소유자 루드비히 반 베토벤"이라고 적어서 면회도 거절하고 돌려보낸, 그 베토벤의 분노와 자존심을 다시금 통쾌하게 생각하곤 하였다. 그리고 여기서는 이런 생각도 하여 보았다.

"만일 나에게 두 T가 있다면? 즉 지주의 T와 두뇌의 T가 나의 양편에 서서 서로 한 팔씩을 잡아끈다면?"

S는 그럴 때마다 어렵지 않게 지주의 T에게서 손을 뿌리칠 수가 있었던 것이다.

'분노가 있이 살자, 진정한 분노는 진정한 평화를 위한 것일 것이다. 자존심이 있이 살자, 진정한 자존심은 진정한 겸손을 위한 것일 것이다.'

이렇게 S는 T를 사랑하기에 노력하였다. 자기의 사랑, 자기의 생활 전부를 좀 더 정신화시키기에 노력하였다.

S는 T와 결혼하였다. 학교를 졸업하는 즉시로 어느 아름다운 봄날 저녁에 향기 높은 라일락을 한 아름 안고, 만인의 축복을 받으며 T와 결혼하였다. 그들은 행복스러웠다. S 자신이 그러하였고 T 자신이 이처럼 빛나는 시간을 가진 적이 없었다. 그들 자신뿐이 아니라 식장에 온 손님들 속에서도 아직 결혼하지 않은 사람은 누구나 다 결혼의 아름다움을 새삼스럽게 느끼었다. 결혼이란 오로지 웃음과 노래만이 있는 낙원의 문을 여는 예식과 같았다.

그러나 결혼이란 얼마나 무서운 것이랴. 얼마나 마(魔)가 많은 것이랴. 얼마나 눈물이 많은 것이랴. 얼마나 많은 천진한 젊은 남녀를 시험에 들게 하는 것이랴!

무엇? 아름다운 처녀 시대가 잘림을 슬퍼함인가?

아니다.

결혼은 연애의 무덤이라 했으니 연애의 죽음을 슬퍼함인가?

그것도 아니다.

결혼엔 마가 많다 하니 남의 시기하는 눈을 두려워함인가?

그것도 아니다.

결혼 그것이 가지고 있는 정치(政治)다. 머리를 숙이는 듯하면 어느새 등덜미까지 내리누르는 무력적 정치 그것이다.

돈이라면 침을 뱉던 S에게 돈 욕심에 눈을 뜨게 한 것은 결혼임에 틀리지 않다. 이십여 년 동안 어머니의 입으로도 넣어주려다 넣어주려다 넣어주지 못하고 만 돈의 욕심을 일조일석에 깨쳐 준 것은 결혼이다.

'더두 말구 집 한 채 살 돈만 있었으면!'

'더두 말구 T가 한 달에 백 원 벌이만 했으면!'

'더두 말구 천 원짜리 피아노만 하나 샀으면.'

이렇게 S는 갑작스럽게도 돈의 필요를 느끼었다. 여러 사람을 생각하는 마음보다 내 자신과 내 남편을 생각하는 마음으로 조바심을 하게 되었다. 만나는 사람마다 "언제 시가로 가느냐"고 물었다. 그럴 때마다 S는 눈앞이 아뜩하였다. 평생 우리 집이라고 부를 것 같던 우리 집을 남들이 "친정에 그대로 있다"고 수군거리기 시작하였다. 부잣집으로만 가라던 어머니에게 얼굴을 바로 들 기운이 없었다.

'어서 친정을 떠났으면!'

이 생각에 밤잠이 편히 들지 않았다. S는 결혼한 지 두 달이 못 되어 서울 있는 T에게 "그까짓 월급도 못 주는 신문사를 나오라"고 편지를 쓰기 시작하였다.

"수입만 상당한 데가 있으면 아무런 곳이라도 톺아보라"[1]고까지 하였다. T는 S보다 몇 곱절 괴로웠다. 그런데다가 S는 열 번을 더 찍어 보

---

1 톺아보다. 샅샅이 톺아 나가면서 살피다.

았다. T는 안 넘어 갈 재주가 없었다.

"살구 보자! 지조라는 것이 무슨 소용이냐, 내 속뜻 하나만 변치 않으면 고만 아니냐?"

이렇게 돈에는 노근노근하여졌다. 월급 안 나오는 신문사를 나오고 말았다.

원고료 주는 바람에 그 앞을 그냥 지나기도 싫던 ×신문사 문턱을 부리나케 드나들기 시작하였다. S나 T의 머릿속에는 아무것도 없었다. '어서 셋집일지언정 남과 같이 안락한 가정을 이루자, 남이야 조밥을 먹든 진흙을 파먹든 내 식구만은 이밥과 고기를 먹도록 하자' 이 생각뿐이었었다.

T는 모든 자존심을 희생하였다. 나중에는 어느 친구가 관청자리 하나를 소개하는 데까지 귀를 솔깃하였다. 그래서 T는 개성으로 이것을 S와 의논하러까지 왔다.

"경찰서는 아니지만 아무튼 조선 사람을 이 모양대로 다스리는 데지……."

T는 풀이 죽어 이런 소리를 하였다.

"아무튼지 난 몰라…… 난 따러갈 터야……."

S는 그런 사정은 오불관언이라는 듯이 대답하였다.

T는 전보지만 주물럭거리고 앉아 있었다. 그날 오전 중으로 좌우간 전보를 쳐야 그 자리도 놓치지 않는다. 지금 T의 진퇴만을 노리고, 마치 뒷간 앞에서 서로 으르렁거리는 주린 개들처럼 모여 섰는 학사짜리들이 암만이나 있는 것이다. T는 다시 한 번 이런 소리도 내어 보았다.

"여보 그렇지만 어떻게 눈앞만 보구 살우?"

S는 주일날이라 뾰루퉁하여 찬송가책을 싸들고 일어서고 말았다. 그러면서도 그는 T의 얼굴에서 그때처럼 처참한 빛을 엿본 적은 없었다.

무서웠다.

'나 때문이 아닌가? 결혼 때문이 아닌가?'

S도 괴로웠다. 예배당에서 인사하는 사람마다 "어디가 아프냐"고 하였다. S는 그날도 피아노를 열어 놓고 찬송가를 인도하였으나 T의 그 처참한 모양이 자꾸 건반을 가리었다.

S는 눈을 건반에서 떼었다. 그리고 여러 사람을 둘러보았다. 그때다. S의 눈은 화경처럼 빛이 났다. 그의 눈을 새삼스럽게 찌르는 것이 있던 것이다. S의 가슴속까지 피가 나라 하고 찌르는 것이 있었다. 개성과 서울 예배당에서 십여 년 동안 보아오던 똑같은 광경이었으나 그때 S의 눈엔 너무나 새삼스럽게 드러나 보이는 것이 있었으니 그것은 같은 찬송가를 부르고 섰는 속에서 서양 사람의 모양과 조선 사람의 모양이 같지 않은 것이었었다.

그 값진 의복을 입고 살진 목청을 울리고 섰는 서양 사람들과 후적지근한 두루마기를 걸치고 그 주름살 잡힌 얼굴을 비통스럽게도 움직이고 있는 조선 사람의 꼴들은 너무나 조화되지 않는 억지스러운 광경이었었다.

또 S의 머릿속에는 그 뒤를 따라 지나가는 것이 있었다. 그것은 서양 사람들의 생활과 조선 사람들의 그것과의 비교였었다. 저들에겐 앞을 막는 것이 없다. 추우면 스팀이 있다. 더우면 선풍기나 명사십리가 있다. 밤이 오면 찬란한 별밭을 누워서 바라보는 아름다운 이층의 침대가 있으며, 아침이 오면 몇 만 리 밖에서도 뉴욕이나 파리에서 만든 햄이나 소세지가 있다. 어느 곳을 가든지 저들을 개인적으로나 민족적으로나 멸시하는 곳이 없다. 자식을 낳으면 학교가 있고 벌이터가 앞서 있다. 어째서 진정으로 하느님의 은혜를 찬송하지 않을 수가 있으랴. 그러나 조선 사람에게 무슨 은혜가 있는가. 다 같은 햇발과 다 같은 샘물을 마신다 치더라도 오늘 조선 사람으로서 저들이 부르는 찬송가의 가사를 그대로 번역해 가지고 그것을 외우고 섰을 때는 아닌 것 같은 생각이 들었다.

'모두가 속임수!'

S는 건반 위에 달리던 손을 저도 모르게 우뚝 멈추고 부르르 떨었다.

'진실히 살려는 번민과 노력! 그것이다. 나는 애초부터 T의 그것을 믿었다. 그것을 사랑하였다. 결혼으로 말미암아 나나 T나 인간으로서의 향상은 있을지언정 타락이 있어서는 안 된다. 결혼으로 말미암아 청춘의 의기와 인생의 신선함과 향기를 잃어서는 안 된다!'

S는 속으로 이렇게 부르짖었다. 그리고 기도하는 틈을 타서 예배당을 나왔다.

'그새 T가 전보나 쳤으면 어쩌나!'

S는 종종걸음쳐 집으로 향하였다.

'T는 나의 남편이다. 나의 노예가 되어서는 안 된다!'

하면서.

『달밤』, 1934.7

고향

1

벌써 동경은 픽으나 멀어졌다. 차는 조그만 시골 정거장이야 있거나 말거나 무인지경처럼 달아나고 있었다.

'육 년 만이로구나…… 모레 아침에는 오래간만에 조선 산을 바라보겠구나…….'

김윤건은 속으로 이렇게 중얼거리며 몇 번이나 눈을 감았으나 잠이 올 것 같지 않았다. 선뜻하는[1] 유리창에 이마와 코끝을 대고 바깥을 내다보았으나 어둠에 싸인 벌판에는 아무것도 분별하여 보이지 않았다. 도로 자리에 바로 앉아 책을 집어내었으나 그것도 몇 줄 읽지 못하고 덮어 놓고 말았다.

그는 고향에 돌아가는 것이 아니라 전장(戰場)에 나가는 것이라 생각하였다. 그렇게 궁리가 많았다.

'고향! 나는 지금 고향으로 돌아간다. 그러나 나의 고향은 어데냐?

윤건은 막상 동경을 떠나고 보니 생각했던 것보다 앞길이 너무나 막연하였다. 그에겐 고향이 없었다. 누가 "고향이 어데시오?" 하고 물으

---

1   동작이 빠르고 시원스러운.

면 그는 서슴지 않고 "강원도 철원이오" 하고 대답하지만 강원도 철원에는 김윤건의 집은커녕 김윤건의 이름조차 알 만한 사람이 몇 사람 없었다. 그가 나기는 강원도 철원이었으나 개화당(開化黨)의 한 사람이었던 그의 아버지가 밤을 타서 집에 들어와 처자를 이끌고 망명의 길을 떠나던 때는 윤건이 겨우 네 살 되던 이른 봄이었었다.

그 후 윤건은 아라사 땅인 해수애(海蔘威)에 가서 이 년 동안, 그곳에서 아버지를 잃고 다시 홀어머니를 따라 조선 땅인 함경북도 배기미(梨津)라는 곳에 와서 사 년 동안, 그곳에서 어머니를 마저 잃고 혈혈단신으로 원산 올라와서 삼 년 동안, 평양으로 가서 일 년 동안, 서울서 오 년 동안, 동경서 육 년 동안, 이것이 김윤건이가 오늘까지 한 때씩 정들이고 살아온 인연 있는 고장들이었었다. 그러고 보니 윤건에게는 일정하게 그리운 고향이랄 것이 없었다. 어떤 때는 어린 서당 동무들과 조개껍질을 줍고 놀던 배기미의 해변도 꿈에 보였다. 어떤 때는 오 년 동안 약과 만주를 팔러 다니며 W고보를 졸업한 서울의 거리 거리도 꿈에 보였다. 남이 물으면 강원도 철원이라 하였지만 강원도 철원에는 윤건의 꿈자리를 찾아오는 아무것도 없었다. 오직 철원이란 곳은 자기가 출생지라는 그런 관념밖에는 아무것도 없었다. 가서 산 햇수로 따진다면 동경의 육 년이 제일 긴 곳이긴 하였으나 같은 객지라도 그는 어느 곳보다 동경의 객지에서 제일 몹시 타관의 고적과 슬픔을 맛보곤 하였었다.

'나의 고향은 어데냐?'

윤건은 심사가 울적할 때마다 보던 책을 다다미 위에 집어 내던지고 그리운 곳을 톺아보곤 하였다.

함경북도 배기미냐, 서울이냐, 철원이냐, 그저 막연하게 조선 땅이냐, 그러면 배기미나 서울이나 철원에 누가 나를 기다리고 있느냐, 아무도 없다. 배기미 같지도 않다. 서울도, 철원도 아닌 것 같다.

그러나 그는 이 말 끝에 연달아 "조선 땅이 아니다"라는 말은 해 본적이 없었다.

"어서 졸업하고 조선 가자."

이 일념에서 그는 비가 오나 눈이 오나 남 다 자는 새벽 거리를 뛰어다니며 어떤 때는 신문을 돌리고 어떤 때는 우유 구루마를 끌기에 육년 동안 제 잔등에 채찍질을 하여 왔었다.

윤건은 그 형설의 공을 이루었다. M대학 정치학부에서 교수들이 혀를 차는 훌륭한 논문을 써 들여놓고 누구보다도 빛나는 졸업장을 받아들었다. 그래서 오늘은 막연하나마 내 고향 산천임엔 틀림이 없는 조선 땅을 향하여 동경을 떠난 것이다.

"김 형, 나가 많이 싸워 주시오. 우리는 김 형의 전투력을 믿습니다."

이것은 김윤건을 보내는 여러 친구들의 부탁이었었다. 그중에 어떤 친구는 윤건을 조용히 불러 가지고,

"어떻게 어데 자리나 정하고 나가시오?"

하고 걱정하는 이도 있었으나, 윤건은,

"취직이요, 나가 보아야지요, 내 일이니까……."

하고. 그러나, 조금도 걱정하는 빛이 없이 유쾌한 웃음으로 대답하였다.

윤건은 참으로 유쾌하였다. 남들은 사오천 원씩 돈을 쓰고도 저마다 못 가지고 나가는 대학 졸업장이라는 것보다 육 년 전에 동경까지 오는 차표 한 장만을 쥐고 와서 방학 때 한 번을 남과 같이 놀아 보지 못하고, 제 손으로 신문을 돌리며 제 손으로 우유 구루마를 끌어서 그 나무껍질

같이 굳어진 손바닥에 떨어지는 졸업장이길래 유쾌스러웠다. 소리쳐 자랑하기에 떳떳한 것이길래 유쾌스러웠다.

2

그러나 동경도 벌써 멀어졌다. 차는 조그만 시골 정거장들은 있거나 없거나 본 체 안 하고 무인지경처럼 달아났다. 동경역에서 그 굵은 팔들을 내밀어 힘 있게 악수하여 주던 친구들도 벌써 제각기 하숙으로 흩어져 자기를 잊고 잠든 때이려니 생각하니 새삼스러운 고독감이 윤건의 가슴을 엄습하게 되었다. 더구나 조선으로 가는 것은 이미 정한 일이나 차표는 서울까지 샀으면서도 서울 어디로 가나 하는 데는 적지 않은 불안이 떠올랐던 것이다. 윤건의 행장 속에는 그가 육 년 전 동경 올 때보다 책 몇 권이 더 들어 있는 것과 졸업장 하나를 더 넣은 것 외에 다른 나은 것이 없었다. 그는 거뿐한 돈지갑을 내어 손바닥 위에 털어보았다. 그리고 다시금 예산을 세워 보았으나 서울까지 가려면 벤또 값도 빠듯할 지경이었었다.

그러나 윤건은 더 오래 이맛살을 찌푸린 채 있지 않았다. 그에게는 '이런 것은 껑청 뛰어넘으면 고만인, 눈앞에 조고만 진창이다' 하는, 그가 오늘까지 믿고 살아온 처세술이 있기 때문이다.

윤건은 담배를 내어 피워 물었다. 조그만 잔 근심거리들은 담배 연기처럼 사라지라는 듯이 가슴을 우쩍 펴고 다부지게 몇 모금 빨아내면서 이런 생각을 하였다.

'내 고향은 철원도 아니요, 배기미도 아니요, 서울도 아니다. 부산 부두에 발을 올려 딛는 때부터 내 고향이다. 내 고향은 나에겐 편안히 쉴 자리를 줄 리가 없다. 그것을 바라고 그것을 꾀할 나도 아니다. 그곳에는 여러 동무들이 있을 것이다. 어서 신 들메[2]를 끄르지 말고 그대로 뛰어나오시오. 당신만은 몸을 사리고 저편에 붙지 말고 용감하게 우리 속에 와 끼어 주시오. 이렇게 부르짖는 힘차고 씩씩한 친구들이 나를 맞아 줄 것이다. 오! 어서 닥뜨려다고!'

윤건은 차 속이 좁고 갑갑한 듯이 땀에 전 학생복 저고리는 벗어 걸어 놓고 셔츠바람으로 몇 번이나 승강대에 나와서 날아가는 이국의 밤 경치를 내다보곤 하였다.

그 이튿날 아침, 차가 신호(神戶) 플랫폼에서 쉬게 되었을 때 윤건은 벤또를 사러 나왔다가 어떤 낯익은 조선 청년을 만나게 되었다. 그 청년도 윤건을 얼른 알아보고 마주 와서 손을 잡았다.

"귀국하시는 길입니까?"

"네."

"저는 이 찻간에 탔습니다."

그 청년은 윤건이가 벤또 사려는 것을 보고 말리었다. 윤건은 그에게 끌리어 식당차로 올라갔다. 윤건은 그 청년의 성명을 기억하지는 못하였으나 그가 W대학 학생이었던 것과 그가 고학은 하나 자기와 같이 험한 일을 하지 않고도 어떻게 좋은 하숙에 있으며, 학비를 넉넉하게 쓰는 사람이란 것으로 그의 낯을 익혀 둔 기억만은 있었다.

2　신이 벗어지지 않도록 신을 발에 동여매는 끈. 또는 그렇게 동여매는 일.

"이번이 졸업이시든가요?"

그 곤색 세비로를 새로 지어 입은 청년이 보이에게 조반을 시키고 윤건에게 물었다.

"네, 졸업하고 나갑니다."

"저도 이번에 아주 나가는 길이지요. 동경 길을 다시 못 다닐 것을 생각하면 퍽 섭섭해요. 돈만 모으면 얼마든지 또 올 수야 있겠지만…… 실례지만 어데 취직되셨습니까?"

"아직 못했습니다."

"그럼, 매우 걱정되시겠군요. 놀지들은 말어야 될 터인데…… 어떤 방면을 희망하십니까?"

윤건은 얼른 대답이 나오지 않았다. 그 청년의 말이 몇 마디 내려가지 않아서 윤건의 비위를 건드려 놓았다. 돈만 모으면 또 동경 길을 다닐 수 있다느니, 놀 지들은 말아야 한다느니, 어떤 방면을 희망하느냐 등 몹시 윤건의 귀에 거슬리는 말들이었기 때문이다. 꽤 달랑거리는 친구로구나 하고 대뜸 멸시를 느끼었으나 윤건은 곧 그것을 후회하였다. '길동무다! 단순하게 한 차를 타고 한 조선으로 간다는 것보다도 더 큰 운명에 있어서 길동무가 아니냐?'

윤건은 곧 안색을 고치고 그에게 대답하였다.

"글쎄, 걱정이올시다. 아즉 어떤 방면으로 나갈는지 생각중이올시다. 노 형은 어데 작정되셨습니까?"

"네, 무어 신통한 곳은 아니에요. 그래두 여간 힘들지 않은 곳이에요. 더구나 조선 사람은 좀처럼 가 볼 생각도 못 먹는 곳인데 어떻게 유력자 하나를 만나서 한 일 년 졸랐더니 다행히 됐습니다.

"어딘데요?"

"××은행 본점이오."

"좋은 데 취직하셨습니다."

3

윤건은 속으로 아니나 다르랴 하면서도 상대자가 상대자인만치 마음에 없는 좋은 대답을 하여 주었다.

"무얼이요…… 하기는 큰일을 못 칠 바에야 내 사람이 헐벗지 않도록 하는 것도 작게 보아 조선 사람 하나가 헐벗지 않는 것이 되니까요……."

"좋은 해석이십니다."

윤건은 또 꿀걱 참고 마음에 없는 거짓 대답을 하여 주었다.

"수염이 석자라도 별수 없겠어요. 똥이라도 씻으랴면 씻는 체라도 하고 사는 사람들이 그래도 제 체면이라도 꾸리고 살지…… 어서 이 잔마저 들어요. 삐루나 한 병 더 가져오랠까요. 염려 마십시오. 이등 차비로 부임비를 받고 삼등으로 나가니까 잔돈은 넉넉합니다."

"아뇨, 그만두시오."

윤건은 딱 거절하였다. 아니꼬운 생각대로 한다면 삐루병을 들어 그 친구의 상판을 갈긴 지가 오랠 것이나 말 같지 않아서 모든 것을 귀 너머로 흘려듣고 말았다.

윤건은 될 수 있는 대로 얼른 그 ××은행 새 행원과 흩어졌다. 그리고 자기 자리로 와서 다시금 생각할수록 그자에게서 조반 얻어먹은 것이 불유쾌스러웠다. 무슨 미끼(餌)나 받아먹은 것처럼 꺼분하고 무슨 전염병자와나 식탁을 같이하였던 것처럼 불안스러웠다.

"이번에는 저따위 금의환향하는 친구가 몇 명이나 되나……."

윤건은 손등과 이마에 굵다란 힘줄을 일으키며 혼자 중얼거리었다.

그날 저녁 윤건은 하관역에 내리어 한 시간 반이나 지체하는 동안 다시 그 ××은행원을 만났다.

"저녁 어떻게 하셨습니까?"

"벤또 사먹었습니다."

윤건은 대답하기 싫은 눈치를 보였으나 득의양양한 그는 눈치에 둔하였다.

"오늘 밤배로 가십니까?"

"그럼요. 노 형은 안 가십니까?"

"글쎄요. 시모노세키 조로야가 유명하다니까 하루 저녁 놀고 내일 낮배에 갈까 합니다…… 그럼……."

그는 윤건에게 악수를 청하고 까불까불 산양 호텔 앞으로 사라졌다.

윤건은 하관역에서부터는 많은 조선 사람을 보았다. 조선 솜바지저고리를 입은 사람도 까마귀 떼에 비둘기처럼 끼어 있었다. 오래간만에 보는 조선옷은 더구나 석탄 연기에 그을은 노동자의 바지저고리는 아무리 보아도 어울리는 구석이 없이 어색스러웠다.

'저 옷이 찬란한 문화를 가진 역사 있는 의복이라 할 수 있을까? 그러나 내일부터 조선 땅에서 보는 저 옷은 여기서 보는 것처럼 저렇게 보기 싫지는 않겠지…….'³

4

윤건은 여러 사람의 행렬에 끼어서 배를 탔다. 여러 사람이 뛰는 바람에 윤건도 손가방을 들고 삼등실 있는 편으로 뛰어갈 때 누가 조선말로 "여보시오?" 하고 부르는 이가 있었다. 양복은 입었으나 조선말을 한 것은 물론 얼굴 생김이 어디다 갖다 놓아도 일견에 조선 사람의 모습이었었다. 윤건은 반가워하였다.

"저 부르셨습니까?"

그러나 그 신사는 의외에도 불손스러웠다.

"거기 좀 섰어."

윤건은 그때 그가 무엇하는 사람인지를 알아채었다. 심히 불쾌스러웠다.

윤건은 그 형사에게 선행지(先行地)가 불분명한 점으로 유다른 조사를 받았다. 갑판 위에다가 손가방을 열어 젖히고 책갈피마다 털어 보인 뒤에 선실로 들어간즉 윤건을 위해서 남겨 놓은 자리는 없었다. 아무 데나 남의 발치가리에 쑤시고 누웠다. 옆에는 대판서 돌아온다는 조선 노동자들이 자리 잡고 있었다. 그들 가운데선 이런 말이 나왔다.

"인전 다 왔소, 이 배만 타면 조선 땅에 오나 다름없소……."

윤건도 과연 그렇다 하였다. 이 배만 타면 조선이란 그립던 땅을 밟는 것이나 다름없는 반가움도 앞서거니와, 그와 반면에는 선실로 들어

---

3   134쪽 11번째 줄 '윤건은'부터 136면까지의 내용은 영인본 『한국근대단편소설대계』(태학사, 1988)의 326~327쪽과 『동아일보』(1931.4.23)를 대조해 본 결과, 신문스크랩하여 영인본을 내는 과정에서 오류가 있었음을 확인하였음을 밝혀둔다.

서기도 전부터 조선다운 울분과 불안이 앞을 막는 것도 벌써 조선 땅의 분위기라 하였다.

"돈들 많이 벌어 가지고 오시오?"

윤건은 울분한 심사를 가라앉혀 가지고 배가 떠난 지 한참 만에 옆에 누운 조선 노동자와 말을 건네었다.

"돈이 뭐요. 벌이가 좋으면 나가겠소."

"조선보다야 돈이 흔하지 않소?"

"그 사람네 흔한 게 상관있나요."

"그래, 노 형은 무슨 일을 하셨소?"

"길에 산스이(撒水)했지요. 일본 와서 큰길에 물만 몇 달 동안 뿌려주고 가오."

"하루 얼마씩이나 받으셨소?"

"첨에는 조선 사람도 일 원 이십 전씩은 주었다는데 내가 갔을 때는 팔십 전 줍디다. 그것도 요즘은 오십 전씩 주니 무얼 모아 보는 수가 있어야지요."

"고향은 어데시오?"

"대구 지나 김천이올시다. 우리 다 한 고향 사람들이지요."

"그럼, 고향에 가시면 농사하십니까?"

"농사니 농토가 있어야죠, 우리 제가끔 저 한 몸만 같으면 조밥보다는 나으니 일본서 뒹굴겠지마는 돈들도 못 벌 바에야 첫째 처자식 그리워 허턱대구 나오지요."

윤건은 더 묻지 않았다. 배는 쿵쿵거리며 엔진 소리가 높아갔다.

밤이 새었다. 윤건도 벌써 두어 번 갑판 위에 나갔다가 추워서 들어오고 말았다. 엊저녁 윤건과 지껄이던 노동자 세 사람은 추워도 하지 않고 신이 나는 듯 드나들었다. 그러다가 한 사람이 입을 실룩거리며 뛰어 들어왔다.

"벌써 산이 뵈네."

"산이 봬?"

"흥! 돈이나 몇백 원 지녔다면 반갑겠네만……."

배가 부산 부두에 닿았을 때다. 삼등객들은 엊저녁 탈 때와 같이 줄을 맞춰 섰다. 윤건의 앞에는 부부 같은 일본인 남녀가 섰고 뒤에는 예의 그 노동자들이 지껄이고 섰다.

"혼또－니 항에야마[4] 바까리데쓰와(참, 나무 없는 산들뿐이야)."

이것은 조선을 처음 들어서는 듯한 일본 여자의 말이었었다.

"어째 저리 보이노. 길다란 대통을 물고 흰옷 입고 섰는 것들이 벌이꾼들 같지 않네."

"일본 있다 와 보니 참 사람들이 어찌 저리 심심해 보히노."

이것은 윤건의 뒤에 섰는 조선 노동자들의 이야기였었다. 아닌 게 아니라 윤건의 눈에도 제일 먼저 띄는 것이 흰옷 입은 사람들의 그 눈먼 사람들처럼 어릿어릿하는 무기력한 꼴들이었었다.

"인전 조선 왔다!"

윤건은 정거장 대합실에 들어서서 가방을 내려놓고 길게 기지개를 켜보았다. 그러나 윤건은 무슨 죄나 진 사람처럼 갑자기 움찔하였다. 그것은 엊저녁 배가 하관에 있을 때 자기를 취조한 형사가 부산 와서도

---

4   はげやま(はげ山). 민둥산.

자기 눈앞에 버티고 섰기 때문이다.

"이 차에 가시오?"

윤건은 그것은 미처 대답하지 않고 이렇게 물었다가 코를 떼었다.

"아니 당신도 저 배에 오셨소?"

"묻는 것은 대답 안 하고…… 이 차에 가냐 말이야?"

"네."

형사는 더 묻지 않고 어디론지 사라졌다. 그 대신 윤건이가 차에 자리를 잡고 앉으니 웬 일본 사람 하나가 앞에 와서 "안따 긴산데쇼(당신이 긴상이죠)" 하고 아는 체하였다. 그것은 일본 형사였었다.

그는 초량까지 따라오면서 조선 형사처럼 우르딱딱거리지는 않는 대신 진땀이 나도록 시시콜콜히 캐어물었다. 나중에는 보는 것이 무슨 책이냐고 엄두를 내어 가지고 가방을 들고 저리 가자고 하였다. 윤건은 시렁에 얹었던 가방을 내려 가지고 그의 뒤를 따라 변소 앞 손 씻는 데로 가서 그가 하라는 대로 가방 속을 털어 보였다.

5

윤건은 참말 땀을 흘렸다. 참말 자기가 무슨 범인이나 아닌가 하고 의심하리만치 불안을 품지 않을 수가 없었다. 옆에 앉은 사람들 중에도 일본 사람들이 눈이 휘둥그레 가지고 자기를 무슨 간사한 밀수입자나 무슨 포악스럽게 생긴 흉한이나 바라보듯 이리저리 인상(人相)을 뜯어보는 것이 몹시 불쾌스러웠다. 윤건이가 만일 육 년 만에 처음 나오는 사람이 아니요, 남들과 같이 방학 때마다 드나든 사람 같아도 그까짓 취조쯤은 심심풀이로 알았을 것이다. 그러나 그는 육 년 만에 처음 길이다. 윤건은 그만치 조선에 생소해졌다. 생소해진 그의 이목에는 그만치 조선의 현실이 선명하게 감각되었다. 그래서 윤건은 의례로 그만한 취조쯤은 차장이 차표 조사하는 것 같은 예상사로 알고 다니는, 이미 중독된 사람들과 같이 무신경 무비판적으로 당하고 지나칠 수는 없었다. 윤건은 유리같이 맑은 조선의 봄 하늘을 오래간만에 바라보면서도 마음속에는 폭풍우와 같은 울분이 뭉게거리고 있었다.

차가 대구 와서 쉴 때도 윤건은 점심도 살 겸 차를 내리었고, 그리고 벤또를 사다가 김천까지 간다는 예의 그 노동자 일행이 쑤군거리며 귤을 사는 것을 보았다.

"체, 일본 갔다 온다고 대구 와 미깡 사네."

"허, 이 사람 이거라도 사들고 들어갈 돈이 남았으니 용하네……."

윤건은 차에 올라서도 그들의 꼴이 얼른 잊혀지지 않았다. 그래도 저네들은 몇 시간 안 되면 그립던 처자를 만나 몇 알 안 되는 귤 망태나마 그것을 끌러놓고 즐길 것을 상상해 보았다. 그리고 자기는 서울 가도 역시 속없는 주머니로 쓸쓸한 여관방을 찾아 들어가야 할 것을 생각할 때 저 한 몸을 싸도는 고적과 불안도 더욱 새삼스러워지는 듯하였다.

'그러나 처자식을 만나보는 저들의 기쁨인들 얼마나 긴 것이랴?'

윤건은 다시 생각하였다. 배에서 "농토가 있어야죠…… 돈도 못 벌 바에야 첫째 처자식이 그리우니 허턱 나가지요……" 하던 그들의 말이 생각났었다.

윤건은 어두워서 경성역에 내리었다. 전차 차장이 "어데요?" 하고 물을 때 그는 허턱 "종로요" 하고 찍었다. 그는 종로서 내려 종각 뒤로 들어가서 우선 사관을 정하였다.

그는 목욕을 하고 와서 오래간만에 김치 깍두기와 고추장 맛을 보고 조선 신문을 보다가 잠이 들었다.

이튿날 아침에는 일찌거니 일어나서 '오늘부터다!' 하고 뚫어진 학생복이나마 먼지를 털어 입고 나섰다. 거리는 안국동에도 전차가 다니고 예전과 달라진 곳도 있지마는 생각던 바와는 너무도 변함이 없었다. 그는 안국동 큰 한길로 올라섰다. 윤건으로서 서울에 찾을 곳이 있다면 W고등보통학교에 모교라는 인연이 있을 뿐이다.

학교는 아직 방학 전이었으나 시간에 들어간 선생들이 많아서 교원실에는 몇 분 남아 있지 않았다.

그중에도 낯모르는 선생이 많았고 낯익은 선생도 윤건의 성명도 생각나지 않는 듯이 그리 반가워하지 않았다. 교장실로 가 본즉 그 방의 의자에는 윤건이 다닐 때 평교원으로 있던 수학 선생이 걸어앉아[5] 있었다. 그는 윤건을 졸업생 대우라는 관념에서 교장다운 관대를 보이며 반가워하는 듯하였다. 그러나 윤건은 수학 성적이 제일 떨어졌던 점과 동맹 휴학 때에 그 선생과 정면충돌까지 있었던 것을 잊지 않고 깨달을 수 있었다. 윤건은 그 방에서도 얼른 나와 버렸다. 그리고 운동장을 나와 거닐다가 그도 모교를 찾아온 동창생 한 명을 만났다.

"오래간만일세."

"참, 오래간만일세. 자네도 동경 있지 않았나?"

---

5 걸어앉다. 높은 곳에 궁둥이를 붙이고 두 다리를 늘어뜨리고 앉다.

"그럼, 나 엊저녁에 왔네. 자넨 작년에 마치지 않았나?"

"아냐, 중간에 병으로 일 년 놀았어…… 그래 나도 온 지 며칠 안 되네. 그래 어데 정했나?"

"무얼?"

"취직 말일세."

윤건은 속으로,

'이건 모다 취직밖에 모르나, 일본 사회나 무에 다르게?' 하였다.

"아니, 자넨 정했나. 자넨 미술 학교지?"

"그럼…… 어쩌면 평양으로 갈 듯하이. 도화 선생이란 모다 시간 교사니까 몇 푼 돼야지…… 큰일 났네."

"그게 큰일인가?"

"아 그럼, 이 사람 남들은 백여 원짜리로 턱턱 나가 앉았는데…… 강군 만나 봤나?"

"강 군이라니……?"

"강××군 말야. 여기 와 있네. 작년에 고사를 마치고 모교에 와서 영어를 가르키네. 지금 시간에 들어갔나 보이. 백이십 원씩 또박또박 받네."

"응… 강×× 군!"

윤건은 강×× 군을 지금 교장 선생으로 있는 수학 선생과 아울러 야릇한 기억에서 찾아낼 수 있었다. 동맹 휴학 때 스파이질하고 윤건의 주먹에 단단히 얻어걸리어 여러 반우들 앞에서 울면서 사과장을 쓰던 강×× 군이다.

"자네 마×× 군과 친했드랬지?"

"그래……."

"자네 배×× 군 짐작하겠나?"

"그럼, 마 군 지금 어데 있나?"

"마 군 배 군 다 훌륭하게 됐네. 마 군은 보전 졸업하고 자기 고향으로 가서 금융조합 이사로 있고, 배 군은 작년에 경도제대를 나와서 총독부 식산국에 들어갔데. 상여금까지 치면 평균 이백 원은 된다데……."

"참 굉장히들 출세했네 그려. 허허."

윤건은 강 군을 보고 가자는 그 친구 말을 거절하고 부리나케 운동장을 건너 모교 대문을 나서고 말았다.

"참 맹랑들 하구나!"

윤건은 탄식하였다.

'나만 쓸개 빠진 놈인가 저놈들이 쓸개 빠진 놈인가?'

윤건은 자기만이 어리석은 것이나 아닌가 하고 자기의 인식을 의심도 하여 보았다.

'그러나 모든 사실은 하나도 나의 착각이 아니다. 지금 내 눈에 보이는 대로 지금 내 귀에 들리는 대로 엄연한 큰 사실이 아니냐?'

6

윤건은 술취한 사람처럼 얼굴이 붉어졌다. 흥분하였다. 강××나, 마××나, 배××나, 일본 동해 도선에서 만났던 ××은행원 같은 것들은 천 명 아니야 만 명이 눈앞에 닥뜨려도 그까짓 것들은 자갯돌 밭을 밟고 나가듯 문질러 나가고 멸시하고 침 뱉으리라고 결심한 것이다.

'사람의 하루를 갖자. 구복(口腹)에만 충실한 개의 십 년은 나는 싫다. 사람의 하루를 갖자.'

아침불도 안 땐 싸늘한 여관방으로 돌아오니 앞길이 막연하였다.

'어데를 가야 사람이 있을까?'

윤건은 A신문사를 방문하였다. 사장을 찾으니 수부에서 명함을 달랜다. 명함이 없다 하니까 어디서 온 누구냐고 묻는다. 윤건은 동경서 왔는데 만나볼 일이 있다고 뻗대었다. 사장을 만나 인사한즉 사장은 찾아온 요건을 물었다. 윤건은 사무적 요건이 아니라 싱거운 꼴만 보이고 나왔다. B신문사를 찾아갔다. 이번에는 편집국장을 찾아갔다. 역시 명함 달라는 급사에게 동경서 왔다고 내여 대고 편집국장을 만나 보게 된 바 편집국장은 방문객의 차림채리가 학생복이란 말을 듣고 무슨 기사에 관한 일인 줄 알고 수십 명 직원이 둘러앉은 편집실에 앉은 채 들어오라 하였다. 윤건은 두 번째이니까 좀 나을 줄 알았던 말문이 아까보다도 막혀 버렸다. 좌우전후에 둘러앉아 붓만 놀리던 사람들이 힐끗힐끗 쳐다보았다. 윤건은 또 쑥스러운 꼴만 보이고 나오고 말았다.

그 다음날 아침에는 신간회를 찾아갔다. 그러나 그곳에는 명함 달라는 수부도 없이 문이 잠겨 있었다. 다시 모모 잡지사를 찾아다녔으나 '김윤건'이란 가십거리 성명도 못 되기 때문에 한 군데서도 탐탁하게 응접해 주는 데가 없었다.

윤건은 다시 모교 W고보로 찾아갔다. 그것은 이창식이라는 동창생 중에 한 사람을 생각해냈고, 그 사람의 현주소를 알아볼 수 있을까 함이었다. 이창식이란 윤건이가 자별하게 지내던 동무 중에 꼽을 친구는 아니었었다. 오 년 동안 늘 반이 달라서 자주 사귈 기회는 없이 지냈지만 오 학년이 되던 해 봄 아랫반들에 맹휴 사건이 일어났을 때 오 학년 두 반은 맹휴에 참가 여부 문제로 한 반에 모여 토의해 본 일이 있었다. 그때 이창식은 참가하자는 주장으로 그의 존재가 처음 크게 드러났다. 윤건은 그 후부터 이창식과 만날 때마다 악수하고 지냈던 것이다.

윤건은 학교에 들어서자 운동장에서 체조 선생을 만났다. 그는 윤건을 반가워하였다. 윤건이도 반가운 선생이었었다.

"선생님도 많이 달러지셨습니다그려."

"왜?"

"담배를 다 피시구, 저런 길단 바지를 다 입으시구……."

윤건이가 다닐 때는 일본 사관학교에서 새로 나와 가지고 언제든지 가죽 각반 아니면 장화를 신고 칼은 없을망정 서슬이 푸르던 젊은 장교였었다.

"선생님, 저 이창식 군 생각나십니까?"

"알구 말구."

"지금 어데서 무엇합니까?"

"무엇하느냐고? 모르나?"

"모릅니다. 졸업하고 흩어지고는……."

"그 사람 감옥에 간 지가 언제라고……."

윤건은 조금도 놀라지 않았다. 그리고 그 선생과 손을 놓고 학교엔 들어가지도 않고 바로 나와 버렸다.

'그럴 것이다. 오죽한 것들이 남아 있으랴!'

그는 얼마 전 동경서 "올 같은 불경기에 조선서는 감옥 증축에 삼십여만 원을 예산한다"는 기사를 신문에서 읽은 생각이 났다.

윤건은 배가 고팠다. 오늘부터는 십삼 전짜리 설렁탕 값도 떨어지고 말았다. 해는 아직도 저녁때가 멀었다. 그는 허리띠를 졸라매고 경운동 큰 한길을 내려오던 길에 파고다 공원으로 들어섰다.

공원 안에는 양지쪽마다 사람들이 한 무더기씩 둘러앉았다. '무슨 구경일까?' 윤건은 모조리 돌아가며 들여다보았다. 하나같이 영양 부족에 걸린 골동품 같은 중노인들이 토정비결과 마의상서 따위를 펼쳐 놓고 갑자을축을 꼽고 앉았는 사주쟁이 관상쟁이들이었었다.

"노 형, 신수 안 보시려우? 요즘은 학생들도 취직 때문에 신수 보러 많이 오는데……."

7

윤건은 대답도 않고 팔각정으로 올라갔다. 팔각정 층대에도 그따위 한 패가 모여 앉았다.

"잘 좀 보아 주시우, 집 떠나온 지가 벌써 일 년인데 여태두 벌이를 못 잡았어요, 올에나 어떻게."

"여보, 자기 신수 대접을 해야 하는 게지…… 돈 십 전이 무에요…… 어서 십 전 한 푼만 더 노오, 내 패가 잘 나오면 평생신수까지 봐 드리리다."

"아따, 피차에 섭섭지 않게 오 전 한 푼만 더 놓구 보구려."

"돈이 있으면야 참, 타관 객지에 났다가 하두 갑갑해서 이런 곳을 찾어 왔는데 돈 십 전을 애끼겠사와요……."

윤건은 뒤에서 이런 소리를 모두 들었다. 그리고 그네들이 측은하기도 하지만 한편으로 한없이 밉기도 하였다. 살아서 무엇하니 하고 침을 뱉고 발길로 차 버리고 싶으면서도 그들을 끌어안고 울고 싶은 것이 누를 수 없는 그때 감격이었었다.

'알뜰하게도 좋은 꼴만 보인다…… 빠고다 공원도 오늘은…….'

윤건은 여관으로 돌아왔다. 방에 들어와 보니 손가방이 없어졌다. 윤건은 사환을 불렀다.

"네 저…… 이 방엔 전에 계시던 손님이 오신대서 방을 내셔야겠습니다. 다른 방도 나지 않아서…… 가방은 사무실에 갖다 뒀습니다."

윤건은 눈치를 채었다. 아니나 다를까 사환애가 쪼르르 사무실로 가서 쏙닥거리더니 가방과 함께 숙박료 이 원 육십 전이란 청구서를 갖다 내어놓는 것이었었다.

윤건은, "그러면 언제든지 숙박료를 가져오시고 가방을 찾아가십시오" 하는 주인 말대로 다른 방엔 저녁상들이 나오는 것을 보면서 빈손으로 그 여관을 나섰다.

그는 서울의 거리를 방황하였다. 간 곳마다 눈에 띄는 것은 음식점이었었다. 음식점 앞을 지나칠 때마다 입을 악물었다.

'오늘 저녁에 저녁을 굶는 놈이 나뿐이냐? 아니다! 오늘 저녁에 한데서 밤을 샐 놈이 나뿐이냐? 아니다! 이곳엔 너무나 그런 사람이 많다. 나도 이 땅에 났으면 이 땅 사람이 당하는 괄세를 달게 받자!'

이튿날 아침 윤건은 어디서 잤는지 더부룩한 머리를 손으로 쓸면서 A신문사 수부에 나타났다. 그것은 사회 운동 이론가로 조선서는 제일 오랬고 제일 쟁쟁하다는 박철이라는 사람의 주소를 물으러 왔던 것이다.

혹시 감옥에나 가지 않았을까 하였으나 최근에도 신문과 잡지에서 그의 이름을 본 기억이 있기도 하거니와 A신문사 수부에서는 의외에도 친절하게 편집실에 전화를 걸어서 손쉽게 박철의 주소를 적어 주었다.

그러나 배고픈 것도 잊고 찾아간 박철은 집에 있지 않았다. 윤건은 해가 저물녘에 세 번 찾아가서야 겨우 박철을 만날 수 있었다.

"나 배고프니 밥 좀 주시오."

윤건은 돌 만에 밥구경을 하였다. 그리고 박철과 이야기를 시작하였다. 두 사람의 말소리는 얼마 안 가서 어세가 높아 갔다. 결국은 양편의 이론이 통일되지 않는 듯하였다. 나중엔 김윤건은 그 소댕[6] 뚜껑 같은 손으로 박철의 귀쌈[7]을 욱지르게까지 되었다.

"이놈아, 입만 까가지고 네 이놈, 네 후진들은 모조리 감옥으로 갔는데 너는 떠들기는 허투루 떠드는 놈이 어째 오늘까지 남아 있니?"

박철은 답변 대신에 "아이쿠!" 소리를 지르고 나가 넘어졌다.

윤건은 박철의 집을 표연히 나왔다. 그리 추운 저녁은 아니었으나 윤건의 뜨거운 얼굴에는 스치고 지나가는 바람이 찬물처럼 선듯거리었다. 하늘에는 별이 총총하였다. 윤건은 컴컴한 뒷골목에서 큰 한길로 나섰다.

큰 한길은 번잡하였다.

자동차 헤드라이트가 여기저기서 번쩍거리었다. 누가 등덜미에서 무슨 소리를 '꽥' 하고 지르는 바람에 윤건은 걸음을 움찔하고 오던 길을 둘러보았다. 그야말로 자동차의 헤드라이트 같은 두 눈을 부릅뜬

---

6 솥을 덮는 쇠뚜껑.
7 귀싸대기.

교통 순사였었다. 윤건은 얼른 한 옆으로 물러나서 걸었다. 이번에는 윤건의 옆을 휙 하고 지나가던 자동차 한 대가 갑자기 속력을 줄이느라고 한참이나 미끄러져 나가며 정거를 하더니 문이 열리었다.

"어딜 이렇게 혼자 가십니까?"

차 안에서 머리를 내민 사람은 예의 ××은행원이었었다.

"바쁜 일 없으시면 여기 타십시오. 어느 친구 하나를 만나 놀러가는 길인데 의외에 잘 만났습니다."

8

그 자가 관청이나 다름없는 ××은행에 취직한 것이 조금은 마음에 켕기는 듯 김윤건 같은 사람과 힘써 정분을 맺으려는 눈치가 보였다. 그것이 더욱 얄미웠으나 윤건은 그렇지 않아도 술에라도 좀 취해보고 싶은 생각이 부쩍 일어나던 김이라 거절하지 않고 자동차 안에 들어앉았다. 차 안에는 은행원의 친구까지 세 사람 한 패가 되어서 어느 큰 요릿집 문 앞에 다다랐다.

그 요릿집에서도 윤건은 꼬랑지로 서서 보이의 뒤를 따라 들어가다가 어느 슬리퍼 많이 놓인 방 앞을 지나며 공석(公席)에서 하는 듯한 이런 말소리를 들었다.

"참, 이번 우리 졸업생은 칠할 이상 이십여 명이나 관공서와 기타 저명한 회사로만 취직하게 된 것은 첫째 우리 모교의 빛나는 권위도 권위려니와 무엇보다도 여러 선생님의 진력을……."

"흥, 장하겠다. 벨 빠진 자식들! 사은회로구나……."

윤건은 혼자 뒤에서 중얼거리며 보이가 문 열어 주는 방으로 들어갔다.

은행원은 자기 친구와 의논하여 기생 두 명을 부르고 얼교자 한 상을 시키고 우선 급하니 맥주 몇 병을 가져오라 하였다.

윤건은 박철의 집에서 한 주발 밥을 둘이서 나누어 먹기는 하였지만 여러 끼를 굶었던 속이라 삐루 몇 잔에 그의 악만 남았던 몸속에서는 커다란 혁명이 일어나게 되었다.

"아이구! 으흐…… 으."

윤건은 몹시 흥분하였다. 여러 날 참았던 울분이 맥주병 속에서 맥주거품이 끓어오르듯 하였다.

"윤건 씨 벌써 왜 이러시오. 참, 성씨가 김 씨라 하셨지요?"

그들은 구면 신면 할 거 없이 새로 통성명을 했던 것이다. 그리고 ××은행원은 자기가 김가이기 때문에 김윤건의 본관이 알고 싶었던 것이다.

"그렇다. 김윤건이다. 김가다…… 으흐……."

"그럼 본관이 어디시오? 벌써 이렇게 취해서는 안 될 텐데."

"나 김해 김가요. 취하지 않았소……."

"무어요, 김해요, 나도 김해요 어허……."

은행원은 들었던 맥주 곱뿌를 놓고 소리를 지르며 윤건에서 손을 내밀어 악수를 청하였다. 윤건도 그가 소리 지르는 바람에 휙 하고 맑은 정신이 지나갔다. 그때 마침 아까 지나오던 방에서 박수하는 소리도 울려왔다. 윤건의 가슴 속에서는 뿌지뿌지하고 타들어가던 폭발탄이 터지고 말 듯 소리 크게 터지는 것이 있었다. 윤건은 은행원의 손을 잡는 대신 맥주병을 거꾸로 잡았다.

"이놈아, 같은 김가 중에도 김해 김가끼리다. 반가운 줄 아는 놈이면…… 이놈!"

은행원은 단번에 "아이쿠" 하고 쓰러졌다. 윤건은 문짝을 차고 나갔다. 옆엣방 문을 열었다. 한 패가 둘러앉아 마작(麻雀)들을 하다가 눈이 둥그레 일어섰다. 그 방에서도 도망간 사람만 꺼꾸러지지 않았다. 윤건은 덤벼드는 보이들을 검불처럼 밀어 던지고 그 슬리퍼 많이 놓인 큰 방으로 뛰어들었다. 방안에는 전문 학생들 이삼십 명과 교원 십여 명이 둘러앉아 간담의 꽃이 피다가 이 무례스런 침입자에게 놀래어 모두 우르르 일어섰다. 윤건의 맥주병은 생도와 교원을 가리지 않았다. 닥치는 대로, 그러나 그 방에는 힘세고 날랜 스포츠맨 여러 사람이 있었다. 결국은 그 방안에서 윤건의 사지는 묶여지고 만 것이다.

이리하여 육 년 만에 돌아온 고향이나 의탁할 곳이 없던 김윤건의 몸은 그날 저녁부터 관청의 신세를 지게 되었다.

『동아일보』, 1931.4.21~29

아무 일도 없소

A "에로가 빠져서는 안 될 턴데……."

B "그럼요, 지난번 ×× 신년호를 봐요. 그렇게 크게 취급한 재만동포 문제니, 신간회 해소 문제니 하는 것은 성명이 없어도 침실 박람회는 간 데마다 화제에 오르내립디다."

C "참 ×× 신년호는 그 제목 하나로 천 부는 더 팔았을 걸. 그렇지만 너무 노골적입디다."

D "그래두 글쎄 그렇게 안 하군 안 돼요. 잡지란 무엇으로든지 여러 사람 화두에 오르내릴 기사가 있어야, 그거 어느 잡지에서 봤느냐 어쨌느냐 하고 그 책을 찾게 되지……."

E "사실이야, 아무래도 번쩍 띄는 큰 에로 제목이 하나 있어야 돼, 더구나 봄인데."

이것은 M잡지사의 편집회의의 한 토막이었다.

그네들은 이와 같이 에로에 치중하자는 데 의견이 일치하였다. 그래서 한편 구석에서 약간 얼굴이 붉어진 여기자만이 입을 다물고 앉았을 뿐이요, 그 외에는 저마다 우쭐렁하여 다투어 가며 에로짜리 제목을 주워섬기었다.

그러나 이번에도 결국 예정 목차에 오른 것은 역시 눈을 딱 감고 남의 말은 못 들은 체하고 앉아 있다가 제일 나중에 제일 자신이 있어 내어 놓은 편집국장의 것이 되고 말았으니 그것은 '신춘 에로 백경집'이란 그들의 용어를 빌려 말한다면 과연 '센세이션 백 퍼센트'짜리 제목이었다.

그날 저녁 K는 열한 시가 되는 것을 보고 주인집을 나섰다. 그는 못 먹는 술이지만 얼굴만이라도 물들이기 위해서 선술집을 들러 나와 광화문 가는 전차를 올라탔다.

K는 M잡지사 기자다. 물론 편집국장이 지정해 준 자기 구역으로 '에로 백경'을 구하여 나선 길이다.

K는 몹시 긴장하였다. 먹을 줄 모르는 술을 곱빼기로 두 잔이나 마신 것보다도, 처음으로 유곽이란 데를 찾아가는 것이 더 가슴을 두근거리게 하였고, 또 M사에 입사한 지 두 주일도 못 되는 자기로서는 이것이 자기의 수완을 드러내 보일 첫 과제인 것에 더 신경이 초조하였다. 그래서 그의 머릿속에는 벌써 아무런 다른 생각이 나부낄 여지가 없었다.

저녁을 먹을 때만 하여도 그는 밥주발과 함께 자기 자신에게 가볍지 않은 멸시와 분노를 느끼며 모래알 같은 밥알을 씹었다. 그것은 자기가 M사에 처음 입사하던 날 저녁과 그 이튿날 아침 처음으로 출근하러 가던 때의 감상을 추억해 본 때문이다. 그때 자기는 M사에서 단순히 직업 하나를 구한 것으로만 해석하지 않았다. 그래서 길 위에서 낯모르는 사람들과 지나치면서도 그 사람들에게 새삼스러운 우의(友誼)와 악수(握手)를 느낀 것이다.

'나의 붓은 칼이 되자. 저들을 위해서 칼이 되자. 나는 한 잡지사의

기자가 된 것보다는 한 군대의 군인으로 입영한 각오가 있어야 한다.'

이러한 감격으로 가슴이 울렁거리던 것을 생각하고 오늘 저녁에 유곽으로 에로 재료를 찾아나설 것을 생각할 때 K는 자기 자신과 M사에 대한 적지 않은 실망과 분노를 느끼지 않을 수가 없었다.

'이런 간상배(奸商輩)의 짓을 하면서도 어디 가서 조선 민중을 내세우며 떳떳이 명함 한 장을 내어놓을 수가 있을까?'

K는 썹은 밥이 목구멍으로 잘 넘어가지를 않았다.

그러나 그것도 잠깐이었다. K는 이렇듯 델리킷한 번민은 자기의 조그만 현실 앞에서도 그리 목숨이 길지 못하였다.

"반찬이 없어서…… 방이 더웠는지, 오늘은 풍세¹가 있길래 석탄을 두 덩이나 더 넣었지만……."

하면서 문을 열어보는 주인마님의 상냥스러워진 얼굴, 밥값도 싫으니 방이나 내놓으라고 밀어내듯 하다가 취직이 되었다는 말을 듣고부터는 갑자기 딴 사람처럼 상냥스러워진 그 주인마님의 얼굴을 마주칠 때 K의 그 델리킷한 번민은 봄바람 앞에 눈 슬 듯 사라지고 만 것이다. 석 달 치 밥값! 뒤축이 물러앉은 구두! K는 벌써 아직도 여러 날 남은 월급날을 꼽아 보았다. 그리고 편집국장이 자기만 따로 불러 가지고 특별히 주의시켜 주던 것이 생각났다.

"그런 데 가서는 창부나 밀매음녀를 만나더라도 문학청년 식으로 센티멘털한 인도감(人道感)을 일으켜서는 실패합니다."

하던.

---

1 바람의 기세. 바람세.

K는 벌써 다른 여념이 없었다. 어떻게 하여야 크게 센세이션을 일으킬 기발한 에로를 붙들어서 제각기 우월감으로만 가득찬 편집실 안에서 자기의 존재도 한몫 세워 볼 수 있을까 하는 직업적 야심밖에는 아무것도 없었다.

K는 전차를 내려 어두컴컴한 병목정 거리를 톺아 올라갔다. 거리는 들어갈수록 불이 밝고 번화하여 이곳은 다시 초저녁이 오는 것 같았다. 바람은 잦았으나 이른 봄이라 하여도 귀가 시릴 만치 쌀쌀하였다. K는 추운 것보다 아는 사람을 만날까 하여 모자를 푹 눌러 썼다.

불 밝은 이집 저집 대문간에는 젊은 사내들이 두루마기짜리, 양복쟁이 할 것 없이 수캐 떼 모양으로 몰려섰다. K는 무시무시하였다. 그리고 어디쯤 가서 걸음을 멈춰야 할지 몰라서 무슨 딴 볼일이 있는 사람처럼 간지러운 얼굴을 숙이고 쏜살같이 올라만 갔다. 이집 저집 대문간에서 혹은 들창 안에서 계집애들이,

"여보, 여보세요."

하고 완연히 K를 불렀다. 어떤 것은 술 취한 사람 모양으로 목이 잠긴 소리로,

"여보, 모자 숙여 쓰고 가는 양반?"

하고도 불렀다. 그런 때면 K는 더 걸음을 자주 놀렸다. 그리고 보니 얼마 안 가서 K의 앞에는 커다란 한길이 나오고 말았다.

그 한길은 보통 평범한 거리 같았다. K는 실소하지 않을 수가 없었다.

그러나 가만히 좌우를 살펴본즉 산 밑으로 올라가며, 보통 상점 집과는 다른 일본식 이층집 삼층집들이 즐비하게 놓여 있었다. 그때에 K

는 옳구나 저기가 정말 유곽인가 보다 생각하였다. 그리고 가까이 가서 본즉 과연 집집마다 문안에 으슥하게 들어설 곳을 만들어 놓고, 마치 활동사진관 문 앞에 배우들의 브로마이드를 걸어놓듯 창기들의 인형 같은 사진을 진열해 놓았다. K는 아까 지나온 조선집 거리처럼 그렇게 난잡스럽지 않은 것을 다행으로 모자는 숙여 쓴 채 너덧 집이나 문간에 들어서서 다른 사람과 함께 사진 구경을 하였다. 그러나 별로 붙잡을 것이 없었다. 그 모양으로 다니다가는 밤을 새워도 기사 될 재료는 하나도 없을 것 같았다. 그래서 K는 다시 용기를 내어 각오하였다. 이것도 기자 생활의 수난인가 보다, 나선 길이니 철저히 한번 활약해보자 하고, 다시 아까는 곁눈질도 못하고 지나온 좁은 거리로 되들어섰다.

K는 무엇보다 창부들 속에 소녀가 많은 것을 놀래었다. 소녀라니까 정동녀(貞童女)를 의미함이 아니라, 몸으로써 사내를 꾀이기에는 너무나 털도 벗지 않은 살구처럼, 이제 열오륙 세짜리들이 머리채를 땋아 늘인 채로 대문간에 나서서 노랫가락을 흥얼거리며, 이 녀석 저 녀석에게 추파를 보내는 꼴은 K가 보기에는 너무나 비극이었다. K는 고 또래 중의 하나에게 어느 틈에 손목을 붙잡히었다. 그리고 어느 집 안마당으로 끌려 들어갔다.

K는 얼굴이 화끈거리고 그 계집애의 하는 양에 흥분을 느끼기보다 측은하게만 보였으나, 아까 편집국장의 주의가 이런 때의 나의 심리를 경계함이거니 하고, 그 계집애가 하라는 대로 따라 하여 보았다. 그러나 방문을 열고 들어가자는 데는 생각할 일이었다.

이런 때에 쓰라고 준 것인지는 모르나 아무튼 사에서 밤참 값으로 몇 원씩 받아 넣은 것이 있기는 하지만 그 돈을 쓸 목적으로는 그 방에 따라 들어갈 용기가 없었다. K는 그만 툇마루에 걸터앉고 말았다.

그때 마침 빈 듯이 조용하던 옆방에서 문이 열리더니 동저고리 바람 노동자 하나가 얼굴을 들지 못하고 후닥닥 뛰어나왔다. 그리고 제 뒤를 따라 나와 간드러지게,

"안녕히 가서요. 또 오세요."

하고 인사하는 계집을 한번 돌아다보지도 않고 무안이나 당한 것처럼 뛰어나갔다.

K는 도적놈이나 본 것처럼 가슴이 서늘하였다. 그리고 얼마 멀지 않은 곳에서 전차 소리가 울려오는 것을 듣고 '불과 지척인데 이런 세상이 있었구나!' 하는 것을 새삼스럽게 느끼었다.

계집애는,

"어서 들어와요."

하고 입술을 생긋하였다. 어느 틈에 다른 계집들이 모여들어 K의 모자를 벗기고 K의 구두끈을 끄르고, 말이나 도야지를 몰아넣듯 K를 몰아넣었다. 그리고 방문까지 닫아 주고는 모두 흩어졌다.

계집애는 K의 모자를 집어 걸었다. 그리고 경대 앞으로 가더니 물 건너온 구렁이처럼 기름이 번지르르한 머리채를 올려 어예머리²를 틀고 나서는 서슴지 않고 저고리를 벗었다. 그 몇 푼짜리 안 되어 보이는 인조견 저고리가 대단한 것처럼 소매들을 맞추어 개켜 놓더니, 다른 저고리를 갈아입지도 않고 벗은 채로 K에게 마주 나섰다. K는 그 계집

---

2   어여머리. 조선시대에 부인이 예장할 때 머리에 얹던 큰 머리.

애의 속 몸을 보고 다시 한 번 놀라지 않을 수 없었다.

"너, 몇 살이냐?"

"그렇게 노려보지 말아요. 무서워요. 호호……."

그 계집애는 제 손으로 K의 눈을 가리며 어리광을 떨었다. 그 애티 있는 목소리엔 그렇게 어리광을 부리는 것만은 천연스러웠다.

"너, 몇 살이냐?"

계집애는 나 암만 살이오, 하고 묻는 대로 대답하는 것은 싱거운 줄을 알았다.

"나, 몇 살 같아 뵈우? 알문 용―치?"

K는 계집애의 나이를 짐작할 수가 없었다. 말소리와 얼굴을 보면 많아야 열대여섯밖에 안 되어 보이나, 그의 젖가슴을 보면 스무 살도 훨씬 넘을 것 같았다. K는 귀신에게 홀린 것 같았다. 애티 있는 얼굴을 보고 불쌍하게만 생각하였던 K도 그 계집애의 속 몸만은 완전히 계집의 한몫을 당할 만한 것을 볼 때 묵살하기 어려운 새로운 흥분으로 전신이 흔들리었던 것이다.

그러나 K는 그 계집애가 치마끈까지 끄르며 정식으로 흥정을 걸려할 때 다시는 그의 나이도 물어 볼 용기 없이 일 원짜리 지전 한 장을 빼어놓고 그대로 나오고 말았다.

집집마다 문간과 들창문 앞에 왁자지껄하고 모여 섰는 어중이떠중이들은 아까와 다름없었다.

K는 우선 정신을 가다듬으려 어두운 골목으로 들어섰다. 그리고 그 어두운 골목, 남의 집 담장 밑에서 새 에로 하나를 발견한 것이다.

어두운 골목에서도 다시 그늘 속에서 창부 같지도 않은 흰 두루마기 입은 여자 하나가 분명히 K를 불렀다. K가 가까이 다가선즉 그는 또 분명히,

"이리 좀 오세요."

하고 앞을 서서 걸었다. K는

"옳다, 이런 것이 도꾸다네[3]로구나."

하고 그의 뒤를 쫓아 섰다. 호리호리한 키와 몸맵시가 있었다. 몇 걸음 가지 않아서 그는 돌아보곤 하였다. K의 눈에도 이상스러운 것은 이런 짓을 하는 여자 쳐 놓고 머리 매무새가 거친 것과 걸음이 빠른 것이었다. K는 무섭기도 하였다. 그러나 기사 재료로는 다시없는 흥미에 부지런히 쫓아갔다.

골목은 점점 어둡고 좁아졌다. 오막살이들만 모여 앉은 골목을 몇 번을 꼬부라졌는지 유곽촌과는 완전히 경계를 벗어났을 즈음에 그 계집은 다 쓰러져 가는 오막살이 앞에서 발을 멈추며 K를 돌아보았다.

"누추하지만 좀 들어오세요."

"들어가도 괜찮소?"

"네, 염려 마시고……."

그러나 K는 주저하다가 자기의 목적과 정체가 다른 것을 생각하고 용기를 얻었다. K는 그의 뒤를 따라 행랑도 없는 문간에 들어서니 이내 마주치는 것이 그 여자가 문을 여는 건넌방이요, 손바닥 만한 마루를 건너 안방은 불이 켜 있기는 하였으나 덧문이 닫혀 있었다. 벌써 새

---

3 とくだね(特種). 신문기사의 특종.

로 한 점은 되었을 때라 빈민촌의 밤은 죽음과 같이 고요하였다.

K는 머리끝이 쭈뼛쭈뼛하는 것을 참고 주인이 인도하는 대로 방 안에 들어섰다. 방안은 전기도 아니요, 촛불인 것이 더 그로테스크하였다.

"여기 앉으세요."

K는 앉으라는 대로 하였다.

"모자 벗으셔요."

K는 그것도 하라는 대로 하였다.

방 안에는 경대 하나 없었다. 그 값싼 인조견 이불 한 채 놓이지 않았다. K는 이 여자가 너무도 살림이 구차해서 이 짓을 하는구나 추측하였다. 고생살이에 쪼들리긴 한 얼굴이나 나이 이제 이십사오 세밖에는 안 돼 보이는 때라, 워낙 바탕이 동그스름한 얼굴이 곱다기보다 어딘지 품이 있어 보였다.

"저 방에는 누가 있소?"

K는 안방 쪽을 가리키며 넌지시 물었다.

"상관없는 사람이에요."

K는 이왕 이만치 발전한 이상 풍부한 내용을 과작하기[4]에 노력할 것을 잊지 않았다. 그래서 싸늘한 그 여자의 손을 잡아 보며 수작을 건네었다.

"마음 놓고 앉았을 수 있소?"

웬일일까 방긋 웃고 대답할 줄 알았던 그 여자의 입에서는 길다란 한숨만이 흘러나왔다. 방안은 더욱 쓸쓸해졌다. 그제야 K의 눈에 뜨이

---

4 작품 따위를 적게 짓다.

는 것은 그 여자의 붉은 눈알과 부성부성한 눈꺼풀이었다. 그 여자는 울음에 피곤한 사람이 틀리지 않았다.

"당신도 남정네시니 노여하진 마시고 그냥 돌아가세요. 네……?"

K는 점점 의아하였다. 무슨 영문일까? 자기가 먼저 유인한 것인데…… 아무튼 단순한 에로는 벌써 깨어지고 말았다. 그렇지만 이것도 흥미 있는 재료다. K는 그 여자의 눈치만 보고 앉았노라니까 그 여자는 얼굴을 반만 치 외면하면서 이런 말을 하였다.

"이렇게 된 바에야 내 몸을 애끼는 게 아니라요, 병이 있어요 저에겐…… 그냥 가세요. 와 보시니까 아시겠지만 너무 절박한 사정이 있어 이렇게 나섰습니다."

그의 말끝에는 또 길다란 한숨이 따라 나왔다.

"대강 짐작은 하겠소."

그러나 K는 센티멘털은 금물이라는 편집국장의 부탁을 잊지 않았다. 그리고 이렇게 하는 것이 M사에서 파견한 사명인 줄 느끼며, 잔인한 것을 참고 그 여자의 손목을 잡아당겨 보았다. 그러니까 그 여자도 허물없이 끌려오며 외면하였던 얼굴까지 갖다 대어 주었으나, 그러나 금수가 아닌 다음에야 어찌 그 눈물 젖은 얼굴 위에서 향락을 구할 수가 있으리오. K는 선뜻 손을 놓고 뒤로 물러앉고 말았다. 그리고는 바람벽을 둘러보다가 촛불 가까이 걸려 있는 때 묻은 사진 한 장에 눈이 머물렀다. K는 가까이 들여다보았다. 어떤 기골이 청수한 중년 노인의 사진인데 관을 쓰고 중치막을 입고 행전을 치고 병풍을 배경으로, 걸어앉은 것이 보통 서민 같지 않은 사람이다.

"누구의 사진이오?"

그 여자는 눈물을 씻을 뿐이요, 얼른 대답하지 않았다. K는 진정으로 물었다. 진정으로 집안 사정을 물음에 그 여자도 K의 사람된 품을 믿음인지, 다음과 같이 대강은 이야기하였다.

"아버지 사진이에요. 전에 합방 전에 충청도 서산 고을 사실 때 사진이래요…… 그래 이런 세상이 있어요?"

그는 설움에 말문이 막히곤 하였다.

"아버진 만세 때 대동단에 끼어서 해외로 가셨습니다. 두 달 만에 북경서 한 번 편지가 있은 후로는 십여 년이 되도록 소식이 없을 때야 노래[5]에 생존해 계시리라고는 믿지도 못합니다. 어머니와 나는 지금도 수송동에 있지만, 그 집을 팔아서 오륙 년 동안 먹어 오다가 그 후에는 내가 유리 공장에 다니었지요…… 거기서도 어디 내가 잘못해서 나왔나요, 감독 녀석이 내게다 눈을 두니까 말썽이 일어나서 못 댕기게 됐지요……."

K는 그 여자의 얼굴을 다시 한 번 뜯어보았다. 그리고 행복스러울 때의 그 청초한 맵시가 있을 그 여자의 풍모를 상상하여 보았다.

"……식구는 단 두 식구지만 버는 사람 없이 어떻게 견딥니까. 그래서 요 앞에서 싸전 하는 녀석이 있어요. 그 녀석이 상처를 하고 나서 자꾸 사람을 보내길래 하는 대로 가만뒀지요."

그는 상기한 얼굴이 더 한 겹 붉어졌다.

"글쎄, 이불 한 자리 하지 않고 쌀 몇 말 갖다 놓구는…… 목구멍이 보두청[6]이지요…… 남의 몸을 더럽혀 놓고 그뿐인가요, 휴……."

---

5 老來. '늘그막'을 점잖게 이르는 말.
6 '포도청(捕盜廳)'의 변한말.

그는 청아에 맞은 날짐승처럼 고개를 떨어뜨리고 흐득흐득 느껴 울었다. K도 눈이 뜨겁고 콧잔등이 뻐근해 오는 것을 누르기 어려웠다.

"글쎄, 그 못된 병을 올려 주고는 발을 뚝 끊습니다그려, 그런 놈이 있어요? 세상에 약값이나 좀 물어 달래도 못 들은 체하지요."

"그놈을 고소를 하지요?"

K도 분해하였다.

"고소요? 그렇잖아도 고소들을 하라고 그래요. 그래서 경찰서엘 갔더니 이런 동리에 사는 때문인지 되레 나를 글쎄 밀매음을 했다고 이뺨 저 뺨 때리며 가둡디다그려……."

그는 눈을 섬벅거리며 입을 비죽거리었다.

"그러니 호소무처 아냐요, 엊저녁에 일주일 만에 유치장을 나왔습니다. 밀매음을 하고 돈 못 받았다고 고소하러 왔다가 도리어 잡힌, 뱃심좋은 밀매음녀라고 신문에도 났다구들 합니다. 몹쓸 놈의 세상 같으니……."

K도 며칠 전에 두 신문에서나 그 기사를 본 생각이 났다.

"난 유치장에서 굶지나 않았지요. 글쎄, 육십 노인이 며칠을 굶으셨는지 말씀도 못하고 누워 계십니다그려. 그러니 내가 어떡합니까? 힘이 세니 강도질을 합니까? 무슨 잡혀 먹을 것이나 남았습니까? 생각다 못해 나섰지요…… 그랬더니…… 어젯밤에 내가 웬 사내 하나를 데리고 이 방으로 들어오는 것을 어머니가 아신가 봐요. 무슨 이상스런 기척이 있길래 곤두박질을 해서 건너가 봤더니 벌써 어머니는 눈을 치뜨고 양잿물 그릇만 뒹굴고 있습니다그려. 사람 살리라고 소리도 쳐 보고 싶었지만 말이 나와야죠. 어머니 시체는 지금 저 방에 계십니다. 저

안방에…… 이러고 내 목숨이 살아서 무엇합니까마는 내 어머니 시체나 내 손으로 감장해야 안 합니까…….”

그는 여기까지 말을 하더니 갑자기 입술을 바르르 떨고 상기되었던 얼굴이 백지처럼 질리면서 쓰러지려 하였다.

“왜 아프시오?”

“아뇨…… 아뇨.”

할 뿐 더 기신을 차리지 못했다.

K는 그만 자기 동기간의 일처럼 울음이 터져 나오려 하였다. 그를 끌어안고 같이 소리 내어 울고 싶었다. 방바닥은 얼음같이 차 올라왔다. 그러나 K는 얼굴이 화끈하였다. ‘저들을 위해서 나의 붓은 칼이 되리라 한 그 붓을 들고 자기는 무엇을 쓰러 나섰던 길인가? 고약한 놈이다!’ 하고 K는 얼마 안 되는 시재[7]를 털어놓고 사람 살리라고 소리나 지를 것처럼 주먹을 쥐고 서두르며 그 집을 뛰어나왔다.

그러나 세상은 얼마나 고요하랴. 얼마나 평화스러우랴. 어디선지 야경꾼의 딱따기 소리만이 ‘불도 나지 않았소, 도적도 나지 않았소, 아무 일도 없소’ 하는 듯이 느럭느럭하게 울려왔을 뿐이다.

『달밤』, 1934.7

---

7   時在. 당장에 가지고 있는 돈이나 곡식.

봄

바깥날이 어찌 밝고 따듯한지, 그리고 한길에서 사람 소리들이 어찌 번화스러운지 방 안은 해가 높아갈수록 굴속처럼 음산해지고 갑갑하였다. 여간 몸살쯤으로는 누워 배길 수가 없었다.

박은 그만 어뜩어뜩 현기증이 나는 머리를 반동적으로 흔들며 일어나고 말았다.

"정칠, 비나 쏟아지지 않구……."

날은 새벽녘에 든 듯하였다. 이슬비라 빗발 소리는 나지 않아도 챙에서 떨어지는 낙숫물 소리는 밤이 깊도록 멎지 않았다. 그래서 서울 사람들은 내일 하루 날이 궂을까 하여 몹시 애들을 태우는 듯 라디오는 밤중까지 내일 천후[1]를 예보하느라고 거리를 시끄럽게 했던 것이다.

월급으로 모두 주머니들이 묵직묵직해진 월말인데다 벚꽃이 반 넘어 피려는 때에 날이나 받은 듯이 알맞게 끼어 있는 일요일이니, 자연과 절연되어 사는 서울 사람들로서는 이날 하루의 청명을 바라는 것이 그리 과분한 욕망은 아니었다.

엊저녁 라디오는 무어라고 예언하였는지 모르거니와 날은 씻은 듯이 개었다.

---

1 기후.

그러나 박에게는 차라리 비 오기만 못하였다. 그는 굴속 같은 방안에서 이마를 찌푸리고 뒷짐을 지고 서서 갇혀 있는 사람처럼 혼자 어정거리었다.

박은 서울 사람은 아니다. 어느 시골에선지 월급 생활을 바라고 먼 서울을 기어 올라오기는 오륙 년 전이었다. 그때는 그래도 제 고장에서는 일색이라 치던 젊은 아내도 데리었었고, 경매된 땅값에서 빚을 제하고 나머지도 천여 원이나 되는 것을 손에 넣고 올라왔던 것이다.

그러나 은행이 많은 서울이라 하여 박의 돈을 저금한 채 늘어나게만 두지는 않았다. 박이 지금 다니는 인쇄소에도 들기 전 삼 년 동안 그 돈 천 원은 절그럭 소리도 한번 크게 나 본 적이 없이 연기처럼 사라졌다. 정말 그 변변치도 못했던 굴뚝 연기에 사라지고 만 것이다.

서울은 박을 몹시 쓸쓸하게 하였다. 자기 이름으로 있던 일 원짜리 천여 장이 뿔뿔이 달아났다는 그것보다도, 그를 더 외롭게 하고 한심스럽게 한 것은 그 의좋던 아내의 죽음이었다. 빈민촌에 사는 덕으로 앞집에 들었던 장질부사에 내 집사람을 가로채인 것이니, 박은 그 뒤부터 그만 방울을 잃은 매처럼 어디 가 앉든 소리 없는 사람이 되고 말았다.

박은 아내 죽던 해, 열 살 나는 딸년을 그냥 두고 보다 못해 학교는 단념하고 제가 하자는 대로 담배 공장에라도 다니게 하였다. 그래서 그 후 몇 달 동안은 그 어린 손끝에서 빚어지는 푼전으로 연명을 하다가, 다행으로 자기도 인쇄소에 업을 얻은 것이니, 인쇄소에 다니면서부터는 죽은 아내 생각이 더욱 간절해지곤 하였다. 찬 없는 상이나마 아내가 그 옆에 앉아 딸을 기다려 주고 자기를 기다려 준다면 얼마나 행복스러우랴 하였다. 종일 그 완강한 기계의 종이 되어 시달리다가, 집이라고 찾아들면 써늘한 아궁이 입을 벌리고 기다릴 뿐, 딸이나마 먼저 와 있어도 나을 것이, 딸은 언제든지 자기가 불 때는 밥솥이 끓을 때쯤 되어야 "아버지!" 하고 들어서는 것이었다.

"아버지!"

박은 하루 한 번 이 명랑한 말소리에 모든 피곤과 우울을 씻어 버리곤 하였다.

잡지 인쇄가 몰리면 흔히 밤일이 있었다. 밤일이 있을 때마다 박은 슬펐다. 동료들은 색다른 저녁을 얻어먹고 야근비가 생기는 바람에 자진하여 밤일을 청하였으나 박만은 밤일이 큰 고통이었다. 워낙 자기 체질도 하루 열네 시간 노동을 감당하리만치 튼튼하지도 못하거니와, 제 몸보다도 딸을 생각하여서다. 아버지가 밥을 짓고 있으려니 하고 "아버지!" 하며 뛰어들었다가 컴컴한 부엌이 텅 비어 있으면 어린 것이 얼마나 허전하리, 얼마나 쓸쓸하리, 고픈 배를 졸라 가며 물을 떠다 밥이라고 지어 놓고 혼자 앉아 떠먹을 때 어찌 어미 생각인들 나지 않으리, 이런 것들이 박을 밤일에 슬프게 하는 것이었다.

그러나 박은 "나 야근비 싫소, 밤일 안 하려오" 할 그런 자유스런 노동자는 아니었다.

어젯저녁 박은 그런 밤일을 사흘째나 거푸 한 피곤한 몸에 찬비를 그냥 맞으며 돌아왔다.

딸은 저녁 먹은 그릇들을 머리맡에 밀어 놓은 채 네 활개를 벌리고 잠이 들어 있었다. 박은 그 옆에 가만히 앉아 정신없이 자는 딸을 들여다보았다.

딸의 얼굴은 커 갈수록 어미의 모습이 떠돌기 시작했다. 그 감았으면서도 싱글거리는 듯한 눈모와 오뚝한 콧마루와 약간 오므린 듯한 입 모습까지…… 그러나 딸의 얼굴에서 잡힐 듯 말 듯하는 그전 아내의 엷은 모습은 마치 어두운 그늘 속에서 나타나는 박꽃과 같이 희미하였다. 그렇게 애달프게 보였다. 딸의 얼굴이 그다지 창백한 것은 박도 처음 느끼는 듯하였다. 쌔근쌔근하는 힘에 가쁜 숨소리, 거기에서 피어오르는 그윽한 담배 향기, 그것은 어린 딸의 눈물겨운 직업의 냄새라 생각할 때 박은 코허리에 강렬한 자극을 느끼며, 딸에게서 눈을 돌리고 말았다.

'이렇게 살면 무얼 하나? 몇 해를 가야 햇볕 한 번 못 보는 시멘트 바닥에서 종 치면 일하구 종 치면 집에 오구, 집에 와선 저렇게 곯아떨어져 자구…… 또 내일도, 모레도, 일평생을…… 그런다고 돈이 뫼길 하나…….'

박은 몇 번이나 혀끝으로 입술을 축이었다. 몸이 고달픈 정도를 지나쳐 열이 오르고 골치가 뛰기 시작했다. 그는 딸이 깔아놓은 이불 속으로 들어갔다. 그리고 딸이 어디서 꺾어 왔는지 벚꽃 두어 송이를 어울리지도 않는 맥주병에 성큼하니 꽂아 놓은 것을 보고 새삼스레 고향 산천이 그리워도 졌다.

자기 고향은 인근에서는 산수 좋기로 치는 곳이었다. 이만 때가 되면 진달래가 앞 뒷산에 불붙듯 피어올라 강물과 동리가 온통 꽃밭에 붉어 있었다. 자기는 개울에서 고기를 잡다가, 아내는 둔덕에서 나물을 캐다가

"꽃도 되운 폈소……."

하고 앞뒷산을 번갈아 바라보던 생각도 났다.

이런 생각 저런 생각에 몸은 점점 달았다. 더구나 가까이 있는 한길 시계포에서 심술궂은 아이처럼 찢어지는 소리로 창경원이니, 벚꽃이라니, 저기압이니 하고 떠드는 라디오 소리에 박은 짜증이 더욱 났다.

"꽃구경? 정철, 비나 더 쾅쾅 쏟아져라……."

박은 지금 같아서는 비도 올 듯하니, 내일 하루는 일을 쉬고 몸조섭을 하리라 하였다. 그랬던 것이 날은 씻은 듯이 개었다.

어찌 바깥날이 밝고 따뜻한지, 그리고 한길에서 사람 소리들이 번화스러운지 방 속이 음울하여 여간해선 누워 배길 수가 없었다. 뚫어진 창구멍으로는 비 머금은 훈훈한 흙내가 꽃처럼 향기롭게 흘러들었다. 서울 천지는 꽃향기에 절은 듯 느끼어졌다.

박은 몇 번이나 바깥날의 유혹을 받지 않으려 이불을 써 보았으나, 땀에 전 이불 이끼는 다른 때보다 더욱 코를 찔렀다. 그래서 그만 이불을 밀어 던지고 일어선 것이다. 딸이 공장에 가기 전이라면 딸도 오늘 하루는 꽃구경이나 하게 같이 데리고 나갈 것이나, 딸은 벌써 공장에 간 지 한 시간이나 되었다. 그렇다고 누워 배기기에는 도리어 병을 살 것 같았다.

박은 어슬렁어슬렁 집을 나섰다. 인쇄소로 갈까? 남산으로 갈까? 박은 남대문 옆에 가서 한참 망설이다가 이렇게 날 좋은 날 딸은 지금도 전깃불 밑에서 궐련이나 말고 섰을 것을 생각하고는, 그만 뚜벅뚜벅 아침마다 가는 발에 익은 길로 들어서고 말았다.

그러나 박이 들어서야 할 공장 문은 이날, 박이 몸이 좀 아픈 날이요, 벚꽃이 반 넘어 핀 날이요, 날 좋은 일요일이라 하여, 시계의 숫자를 잊을 리가 없었다. 박은 그 절벽처럼 굳게 닫혀진 문 밖에서 기계 소리에 우릉우릉하는 육중한 건물과 함께 한참이나 불안스런 가슴만 흔들리곤 돌아서고 말았다.

박은 남산으로 갔다. 남산도 꽃과 사람 투성이였다. 박은 자기의 핏기 없는 얼굴을 남에게 보이기 싫어 꽃은 없더라도 조용한 양지쪽을 찾아갔다.

참말 아름다운 날이었다. 하늘은 가을처럼 맑고 해는 여름처럼 빛난다고 할까, 게다가 밤새도록 가는 빗발에 촉촉이 눅은 땅은 꽃처럼 훈훈하고 향기로웠다. 구석구석이 키를 다투듯 자라나는 풀잎들이며 그윽한 벌의 소리, 나비 날음, 누구에게 안 그랬으랴마는 박에게는 온전히 경이의 세계였다.

'참, 세상은 아름답구나. 이렇게 좋은 봄날을 우리는 우리 것으로 누려보지 못하는구나. 풀 한 포기 없는 시멘트 바닥에서 윤전기나 돌리구…… 어디 새 소리 한마디 들을 수가 있나, 왼종일 오장육부가 뒤흔들리는 엔진 소리에 귀가 먹먹해 사는 것밖에…….'

박은 세상이 원망스럽다는 듯이 보지도 않고 손이 던져지는 대로 풀한 움큼을 잡아 뜯었다. 잡아 뜯은 풀을 가까이 갖다 보니, 그냥 풀만인줄 알았던 것이 좁쌀 알만 한 꽃들이 무수히 달려 있었다. 그것을 본 박의 마음은 더욱 다감하였다.

'그러니 시원한 구석이 무어야? 공장 감독의 말처럼 이것도 나에겐 다행이거니 하고, 더 높은 처지는 애초부터 바라지도 않는 것이 착한 사람일까? 흥, 착하단 말이 그리 귀한 것일까. 그렇지 않으면 또 무슨 순가?…….'

박은 벌떡 일어섰다. 놀란 짐승처럼 날래게 일어섰다. 그러나 무슨 생각, 무슨 기운에 일어섰든 간에 그는 이내 나무토막처럼 쓰러지고 말았다. 빈혈한 그의 머리는 갑자기 흥분하여 격동하는 그 육신을 지배할 능력이 없었다.

박이 정신을 차리기는 가까이서 터지는 오정 소리에 놀라서다. 그는 멍하니 하늘만 쳐다보고 누웠다가 죽은 아내 생각이 나서 아이처럼 엉엉 울었다. 상배[2]를 당하여야 지촉 한 자루 사들고 오는 이 없던 것이 새삼스레 외로웠고, 그렇게 알뜰하던 아내를 양지 좋은 선산 머리에 묻지 못하고, 송장 쓰레기통 같은 이태원 공동묘지에 내다버리듯 던져둔 것도 생각할수록 가슴이 아팠다.

박은 점심도 굶고 해가 기울 녘까지 한 자리에 누워 있었다. 그가 누운 언덕 아래로는 수많은 사람들이 지나갔다. 어린아이들의 손을 잡은 가족들도 지나갔고, 남자끼리 여자끼리 그리고 남녀가 작반하여 지나가는 패도 많았다. 그러나 혼자 지나는 사람도 적지 않았다. 혼자 지나는 사람들도 대개는 묵묵히 지나지 않았다. 어떤 사람은 휘파람 소리로, 어떤 사람은 콧소리로 슬프거나 즐겁거나 모두 저희 정서를 노래하며 지나갔다.

박은 그만 내려올 채비로 신궁 앞 큰 마당으로 갔다. 거기는 장난감과 음식 장사들이 저자를 이루고 있었다. 어떤 사람은 딸을 데리고 와서 풍선을 사 들리고 어떤 사람은 아들을 데리고 와서 왜떡을 사 먹이

---

2   喪配. '상처(喪妻)'를 높여 이르는 말.

었다. 박은 같이는 오지 않았지만, 이내 딸의 생각을 하고 풍선이라도 하나 사다 줄까 했으나 빈 주머니 속에서 주먹만 몇 번 쥐었다 폈다 하였을 뿐, 그냥 그 앞을 지나고 말았다. 그 대신 박은 아무도 없는 구석 길로 내려오다가, 큰마음을 먹고 보기 좋게 핀 벚꽃 한 가지를 우지끈하고 꺾어서 얼른 두루마기 속에 넣었다. 맥주병이나마 딸의 그 쓸쓸한 화병을 장식해 주려 함이었다.

그러나 우지끈하는 소리는 몰래 꺾는 박의 귀에만 큰 소리가 아니었던지, 박이 다섯 걸음도 옮기기 전에,

"이놈아, 게 섰어."

하는 거센 소리가 다우쳐 왔다. 피할 수 없는 봉변이었다. 봉변이라야 여러 사람 앞에서 산지기 손에 귀때기 몇 개를 맞은 것과 빼앗긴 꽃가지로 목덜미를 몇 번 맞은 것뿐이지만.

박은 다리가 후들후들하는 울분으로 남산을 어청어청 내려왔다.

오래간만에 일찍 들어서 보는 집이건만, 어둡고 써늘하고 빈방은 일찍 오는 보람이 없었다.

"정칠……."

박은 방에 들어서는 길로 무슨 분풀이나 하듯 딸이 신주처럼 위하는 꽃병을 발길로 차 던지었다. 아랫목 벽을 부딪고 나가떨어지는 맥주병은 피나 토하듯 쿨쿨거리며 물을 쏟았다. 쏟아진 물은 밀어 놓은 누더기 이불 섶을 적시며 뚫어진 박의 양말 바닥에까지 스며들었으나, 박의 발은 물이 찬 것도 느끼지 못하는 듯 좀처럼 움직이지 않았다.

『이태준단편집』, 1941.2

불우선생

    H군과 나는 그를 '불우선생(不遇先生)'이라 부른다.

    불우선생을 우리가 처음 알기는 작년 여름 돈의동(敦義洞) 의신여관에 있을 때다. 하루는 다 저녁때 늙은 손님 하나가 주인을 찾았다.

    "이리 오너라."

    부르는 소리만은 아마 그 집 대문간에서 나던 소리 중에는 제일 점잖고 위풍이 있었으리라고 생각한다.

    눈딱부리 주인마님은 안마루에 앉아, 저고리 가슴을 풀어헤치고 콩나물을 다듬고 있다가 너무나 놀라워서 허겁질을 해 일어섰던 것이다.

    객실이 너절한 만치 우리 같은 무직자들이나, 유직자들이라 해도 무슨 보험회사 외교원 같은 입심으로 사는 친구들만 모여들어, 그악[1]은 혼자 부리면서도 늘 밥값은 받는 것보다 떼이는 것이 더 많은 마나님이라 찾아온 손님이 그 목소리만 점잖은 듯하여도 게서 더한 반가움은 없는 듯하였다.

    주인마님은 저고리를 여미고 가래 끓는 목청을 다듬으며,

    "네에."

    소리를 거듭하며 달려 나왔다.

---

1   모질고 사나움.

그때 문간방에 있던 H군과 나는 '저 마누라의 능청떠는 걸 좀 보리라' 하고 잠잠히 문간 쪽을 엿듣고 있었다. 그랬더니 우리의 상상과는 딴판으로 주인마님의 목소리는 고분고분하지가 않았다.

고분고분은 그만두고 무뚝뚝한 것도 지나쳐 반 역정을 내는 데는 너무나 의외였다.

"당신이 찾소? 누구를 보료?"

"아니 누구를 보러 온 게 아니오, 여관 영업 패가 붙었으니 묵으러 온 것이지……."

"무슨 손님이 보따리 하나 없단 말요?"

"허! 이게 여관업자로 무슨 무례한 말씀이오. 보따리가 밥값 내오?"

주인마누라는 겉보기와 속마음은 딴사람이었다. 아니 겉과 속이 다르다기보다 H군의 말마따나 금붕어에다 비긴다면 그 마나님은 겉과 속이 꼭 같은 사람이었다.

눈알이 불거진 것도 금붕어요 얼굴이 붉고 궁둥이가 뒤룩뒤룩하는 것도 금붕어요 또 마음이 유순한 것도 금붕어 같은 마님이었다. 팔자타령과 함께 역정이 날 때는 집을 불이라도 지르고 끝장을 낼 것 같다가도 그는 오래 성내고는 자기 속이 견디지 못하는 성미였다.

밥값들을 안 낸다고 방마다 문을 열어젖히고 야단을 친 그날일수록 오히려 옷가지를 잡혀다가라도 반찬을 특별나게 차려 내놓는, 인정 많은 마나님이었다.

그래서 그날도 처음 나가 말 나오듯 해서야 그 손님이 어딜 문안에 들어서다니, 단박 쫓겨 나가고 말 것 같았으나 결국은 우리 있는 옆방으로 방을 정해 들여앉힌 것이다.

과연 그 손님은 목소리만은 점잖스러웠다. 의복이 초췌해 그렇지 신수도 좀스럽거나 막된 사람은 아니었다. 그는 후줄근한 모시 주의에 맥고모자는 삼년상을 그 모자로만 치르는지 먼지가 더께로 앉고 베 형겊조차 땀에 얼룩이 져 있었다. 툇돌 위에 벗어 놓았다가 다시 집어 툇마루 위에 올려놓는 신발도 그리 대단스럽지는 못한 누르퉁퉁한 고무신이었다.

이 새로 든 손님은 우리 방에서 같이 저녁상을 받게 되었다. 그가 든 방은 겨우 드나드는 문 하나밖에 없어 낮에도 어둡고 바람이 통치 않아 웃돈을 받고 있으래도 못 견딜 방이다.

그래서 주인마님도 여름만 되면 아예 휴등을 해두고 말기 때문에 늦은 저녁을 불 있는 우리 방에서 같이 먹게 된 것이다.

우리는 밥상을 받기 전에 이웃방 손님과 통성을 하였다. 그는 우리에게 존장뻘이 훨씬 넘는 중노인으로 이름은 송아무개라 하였다. 그는 별로 말이 없어 한 손으로 부채질만 하면서 밥만 급한 듯 퍼먹었다. 우리는 반 그릇도 못 먹었을 새에 그의 밥사발은 밑바닥이 긁히는 소리가 났다. 그리고 그는 밥숟갈을 놓자마자 자기 손으로 밥상을 든 채,

"실례했소이다."

하면서 우리 방에서 나갔다.

그날 밤이다. 우리는 저녁 후에 가까이 있는 파고다공원에 가서 두어 시간을 보내고 오니까, 우리 옆방 굴 속 같은 어두운 방 속에선 왕-왕- 글 읽는 소리가 났다. 물론 새로 든 그 방 주인의 소리겠지만 그렇게 청승스럽게 잘 읽는 소리는 처음 들었기 때문에 우리는 귀를 빼앗기고 듣고 있었다. 그때는 무슨 글인지는 몰랐으나 '굴원이 기방에'니 '행

음택반할 새 안색이 초췌'니 하던 마디를 생각해 보면 도연명(陶淵明)의 「어부사(漁父辭)」를 읽었던 모양이다.

우리는 무조건하고 글소리만에 그에게 경의를 느꼈다. 그리고

"송 선생님."

하고 그를 찾아 그 방은 더우니 우리 방에 와 자자고 청하였다. 그는 조금도 사양 없이 우리 방으로 왔다. 그리고 우리가 한 가지를 물으면 두 가지 세 가지씩 자기의 신상담을 비롯하여 조선의 최근 정변이며 현대 사상문제의 여러 가지와 일본엔 백년지계를 가진 정치가가 없느니 중국에 손일선(孫逸仙)이가 어떠했느니 하고 밤이 깊도록 떠벌렸다. 그때 그의 말 중에 제일 선명하게 기억되는 것은, 자기는 십여 년 전만 하여도 천여 석 추수를 받아먹고 살던 귀인이었다는 것과 그 재산이 한말(韓末) 풍운 속에서 하룻밤 꿈처럼 얻은 것이라 불순한 재물인 것을 깨닫던 날부터는 물 퍼내버리듯 하였다는 것과 한동안은 『시대일보(時代日報)』에도 중요 간부였고 최근에 『중외일보(中外日報)』에도 자기가 산파역을 한 사람 중의 하나였다던 것과, 오늘의 자기는 이렇게 행색이 초췌해서 서울을 객지처럼 여관으로 돌아다니지만 여섯 식구나 되는 자기 집안이 모두 서울 안에 있다는 것과 이렇게 여관으로 다니는 것은 집에선 끼니가 간데없고 친구들의 신세도 씩씩할 뿐만 아니라 친구들이라야 모두 신문사 간부급의 인물들이라 그들의 체면도 생각해야겠고, 또 그네들이 요즘 와선 전날의 기상(氣象)들이 없어지고 무슨 은행이나 기업회사의 중역처럼 아니꼬움 부리는 것이 메스꺼워 찾아가지 않는다는 것과, 또 이렇게 여관으로 다니면 동지라 할까 나 같은 사람을 알아주는 사람을 만날까 함이라는 것, 이런 것들이다.

"그러면 송 선생은 송 선생을 알아주는 사람을 만나면 무슨 일을 하시겠소?"

우리가 물었더니 그는,

"알아만 주는 것으로 일이 되오. 돈이 나올 사람이라야지."

하였다.

"돈도 많이 낼 사람이라면 말입니다."

"나 그럼 신문사 하겠소. 요즘도 셋이나 있긴 하지만 그것들이 신문사요? 조선서는 그런 신문사 백이 있어도 있으나마나요……."

하였다.

"선생님 댁은 서울이시라면서 이렇게 다니시면 댁 일은 누가 봅니까? 자제분이 봅니까?"

"나 철난 자식 없소. 어머니가 아직 생존해 계시고 여편네하고 과수된 제수 하나하고 딸년 두울하고 아들이라곤 이제 열둬 살 나는 것 하나하고 모두 여섯 식구가 집에 있지만 난 집안일 불고하지요. 불고 안 한댔자 별도리가 무에요만!"

"그럼 댁에서들은 달리 수입이 계십니까?"

"수입이 무에요. 굶는 데 졸업들이 돼서 잘들 견디지요. 몇 달에 한 번 혹 그 앞을 지날 길에 들여다보아야 그렇게 굶고들도 한 명 축가는 법도 없지요. 정히 굶다 못 견디면 도적질이라도 하겠지요."

"그러면 도적질이라도 하게 두신단 말씀입니까?"

그때 H군이 물어 본 말이었다. 그는 늙었으나 정력이 가득 차 보이는 눈이 더 한층 빛나며 태연히 이렇게 대답하였다.

"내가 내 식구들만 먹이기 위해서 도적질을 한다면 그것은 죄가 되지요. 그러나 제각기 제 배가 고파서 훔치는 것은 벌 받을 만한 죄악은 아니겠지요. 나는 그렇게 생각하고 아무런 책임감도 없이 다니오."

그날 저녁 그는 우리 방 윗목에서 잤다. 드러누워서 어찌 방귀를 뀌는지 H군이 견디다 못해 '무슨 방귀를 그렇게 뀌느냐' 하니 그는 '호랑이 방귀'라 하였다. '그게 무슨 말이냐' 하니까 '끼니를 규칙적으로 못먹고 몇 끼씩 굶었다가 생기면 다부지게 먹으니까 창자 속에 이상이 일어난 표현이라' 하였다.

그 이튿날 아침도 주인마나님은 이 허줄한 손님에게 조반을 주었다. 그리고 조반상이 끝나자 나와서,

"어서 두어 끼 자셨으니 다른 여관으로 가시우."

하였다. 그러나 손님도 손님이라 노염도 타지 않고,

"여관에서 객을 마대다니 참……."

하였다.

"왜 객을 마다오, 누가? 그럼 선금을 내시구려."

"돈 잡히고 밥 사먹는 녀석이 어디 있소?"

"그럼 어서 나가시오. 나 두 끼 밥값도 안 받을 테니 어서 가시오. 별꼴 참 다 보겠군…… 댁이 내게 무슨 친정붙이나 되시오? 무슨 턱에 내집에 와 성화요? 암만 있어야 밥 나올 줄 아오?"

"안 내보내면 굶구 견데 보리다……."

그날 저녁은 정말 우리 밥상만 나왔다. 그러니 덥다는 핑계로 (사실 그의 방엔 들어앉아 있을 수도 없었지만) 우리 방에 와 있으니 똥과 달리 사람을 옆에 두고, 더구나 우리는 점심이나 먹었지만 그는 긴긴 여름날 하루를 그냥 앉아 박힌 사람을 모르는 체하고 우리만 먹을 수가 없었다.

"같이 좀 뜨십시다."

"아니오, 나는 노 형네와 달러 잘 굶소. 아무렇지도 않소. 노 형네가 미안할 것이니 저녁상이 끝나도록 나는 내 방에 가 있으리다."

하고 일어섰다. 그러나 우리는 일어서는 그를 잡아 앉히었다. 그리고 수저를 내오라고 어멈을 부르려니까 그는 여기 있노라 하며, 조끼에서 커다란 칼을 집어내었다.

그 칼은 이상한 칼이었다. 철물전에 가면 혹 그 비슷한 것은 있어도 그와 똑같은 것은 나는 아직 보지 못하였다. 어찌 생긴 칼인고 하니 칼은 칼 모양으로 되었는데 칼만 달린 것이 아니라 병마개 뽑는 것, 국물 떠먹기 좋은 움푹한 숟가락, 서양 사람들이 젓가락 대신으로 쓰는 사시 창까지 달린 칼이었다.

그는 숟가락을 잡아 뽑고 사시 창을 잡아 뽑고 하더니 한끝으론 밥과 국을 떠먹고 한끝으론 김치 쪽을 찔러 먹는데, 젓가락을 들었다 놓았다 하는 우리보다 더 빨리 더 편리하게 먹었다. 그리고 오이지가 긴 것이 있으니까 칼날까지 열어젖히더니 숭덩숭덩 썰어 가면서 먹었다. 그 칼은 그에게 없지 못할 무기 같았다.

그는 그 이튿날 아침에도 우리 조반상에서 그 완비한 무기를 사용하였다. 그리고 우리가 밖에 나갔다 저녁에 들어오니 그는 자기 방에도 우리 방에도 있지 않았다. 주인마님에게 물어 본즉 '내어 쫓았다' 했다.

H군과 나는 그가 없어진 것을 적이 섭섭하게 느끼었다. 그래서 며칠 동안은 그의 인상을 이야기하며 그를 '불우선생'이라 부르기 시작한 것이다.

우리가 이 불우선생을 다시 만나 보기는 그 후 한 달쯤 지나 삼천동에서다. 그는 석양이 가까운 그늘진 삼천동 골짜기에서 그 곡선미도 없는 비쩍 마른 몸뚱이를 벌거벗고 서서 돌 위에서 무엇을 털럭털럭 밟고 있었다.

가만히 보니 두루마기는 빨아서 풀밭에 널어놓고 적삼과 중의를 말리다 말고 구김살을 펴느라고 밟고 섰는 꼴이었다.

"저런 궁상 좀 보게."

하고 우리는 웃었으나 그가 불우선생인 것을 알고는 반가워 그냥 지나쳐지지가 않았다.

"허허, 이게 웬일들이시오?"

하고 말은 그가 먼저 내었다.

"네, 송 선생을 여기서 뵙겠습니다그려."

하고 우리가 바투 가지 못하고 머뭇거리니까,

"허허, 이거 실례요."

하고 껄껄 웃었다. 그러면서도 여전히 털럭털럭 빨래를 밟는다.

"왜, 댁에 들어가 빨아 입지 않으시고 손수 이렇게 하십니까?"

"빨래 좀 해 입으려고 두어 달 만에 들어갔더니 집이 없어졌구려!"

"없어지다니요?"

"잡혀먹고 삼사 년이 되도록 이자나 어디 물어 왔소."

우리는 벌거벗은 그와 마주 섰기 민망하여 길게 섰지는 못하고 이내 헤어졌다. 우리는 그의 곁을 지날 때 땅바닥에 펼쳐 놓은 조그만 손수건 위에서 그의 전 소유물을 일별할 수 있었다.

전 소유물이라야 노랗게 전 참대 물부리 하나, 유지 부채 하나, 반 넘어 닳은 빨랫비누 하나 그리고는 예의 그 칼인데 역시 그 칼이 제일 값나가는 재산 같았다.

그 후 우리는 불우선생을 거의 잊고 있었다. 그러다가 내가 어제 우연히 한길에서 그를 만난 것이다.

"허! 이거 이공이 아니시오? 참 반갑소이다."

그가 먼저 나를 알아보고 손을 내어밀었다. 나도 반가웠다. 그러나 그를 초췌한 행색 그대로 다시 만나는 것은 조금 섭섭하였다.

"그간 어떻게 지내셨습니까, 무슨 사업이나 잡으셨습니까?"

"사업이라니요…… 그저 그렇지요…… 그런데 이공? 내가 시방 시장하오. 어디 좀 들어가 앉읍시다. 그리고 내 이야기도 좀 들어 주시오."

나는 그와 어느 청요릿집으로 들어갔다.

"이공! 허!"

그렇게 낙관이던 그의 눈에는 눈물이 핑그르 어리었다.

"네?"

"사람 목숨처럼 치사하고 더럽고 질긴 게 없구려……."

"왜 그렇게 언짢은 말씀을 하십니까? 더운 걸 좀 자시겠습니까?"

"아무게나 값싼 것으로 시키슈…… 내가 죽을 걸 살지 않았소!"

"글쎄, 신상이 매우 상하셨습니다."

"상하다뿐이겠소. 월여 전에 전찻길을 건느다가 그만 전차에 뒤통실받혔지요. 그걸 그 당장에 전차쟁이들이 하자는 대로 못난 체하고 쫓아가 병원에 입원을 하고 고쳤드면 그다지 생고생은 안 했을 것인데 그 녀석들 욕을 몇 마디 하느라고 고집이 나서 따라가질 않고 그저 바람을 쐬고 다녔구려…… 아! 그랬드니 골속이 붓지 않나요. 이런 제기, 그러니 벌써 며칠 뒤라 전기회사로 찾아갈 수도 없고 병원으로 가자니 돈이 있길 하오, 그냥 그러고 쏘다니다가 어떤 친구의 집엘 갔더니 그 친구의 아들이 의학교에 다닌다게 좀 봐달라고 하지 않았겠소. 그랬드니 골이 썩기를 시작하니 다른 데와 달러 일주일 안에 일을 당하리라는구려. 허! 일이 별일이오. 죽는 것 아니겠소? 슬그머니 겁이 듭디다그려. 그래 그 길로 몇몇 친구를 찾아다녔으나 한 사람도 만나 주지를 않아 그냥 돌아서니 그젠 눈물밖엔 나는 게 없습디다. 골은 자꾸 뜨겁고 쑤시긴 하고…… 그제는 그 끔찍할 것도 없는 집안사람들 생각이 간절해집디다그려. 그래서 뉘 집 뜰아랫방이란 말만 듣고 가본 적은 없는 데를 두루 수소문을 해서 찾아가지를 않았겠소. 그러나 출출히 굶주리는 판에 돈 한 닢 들고 들어가지는 못하나마 병신이 돼서 죽으러 들어가구 보니 누가 반가워하겠소?"

"참, 댁에서도 경황없으셨겠습니다."

"경황이 무어요, 그래도 남 아닌 건 어머니밖엔 없습디다! 눈 어두신 어머님이 자꾸 붙들고 밤새 울으셨지요. 참 내가 불초자요……."
하고 그의 눈엔 눈물이 다시 핑그르 돈다.

"그래 어떻게 일어나셨습니까?"

"그저 죽을 날만 기다리고 있는데 하루는 어느 친구가 어디서 들었는지 알고 인력거를 보냈습디다그려. 그땐 그만 자격지심에 그까짓 그냥 죽어 버리고 말려고 하는데 집안사람들이 기어이 끌어내서 병원으로 가지 않았겠소. 그러나 병원에선 보더니 한다는 소리가 때가 늦었으니 가만히 나가 있다가 죽는 것이 고생은 덜 한다고 그러는구려. 그러니 꼴만 점점 더 사납게 되지 않았소? 그래 죽더래도 칭원을 안 할 테니 수술을 하라고 했지요. 뭐 내가 살구파서 수술을 하라고 한 건 아니오. 정칠 놈의 세상 사람을 너무 조롱을 하는 것 같더라니 악이 나서 대든 셈이지요, 허! 그래서 이렇게 다시 살아났구려. 그때 죽었으면 편했을 걸 다시 이렇게 욕인 줄 모르고 살아 다니는구려!"

"참 머리에 험집이 크게 나셨군요."

"고생한 데다 대면 험집이야 아주 없는 셈이죠."

"아무튼 불행 중 다행이십니다."

"욕이죠. 이렇게 살아나서 이 선생을 또 만나는 건 반가워도 이렇게 신세지는 게 다 욕이 아뇨?"

"원, 별말씀을……."

음식이 올라왔다. 나는 배갈병을 들어 그의 잔에 가득히 부었다.

"드십시오."

"네…… 그런데 요즘 일중 문제가 꽤 주의를 끌지요?"

한다.

"글쎄요, 저는 그런 방면엔 문외한이올시다."

하니

"그럴 리가 있소. 저렇게 발발한 청년 시기에…… 요즘 극동 풍운이 맹랑해지거든……."

하는 데는, 불우선생은 돌연히 지난 여름 의신여관에서 보던 때와 같이 형형(炯炯)한 정열에 눈이 빛나기 시작하였다. 그리고 그는 나의 음식을 먹으면서도 나를 자기가 먹이는 듯 무엇인지 나를 압박하는 것이 있었다.

청요릿집을 나와서

"송 선생, 어디로 가시렵니까?"

하니

"허! 아무 데루나 가지요. 어서 먼저 가시오."

하고는 물끄러미 서서 내가 전찻길로 나오는 걸 바라보았다.

『달밤』, 1934.7

천사의 분노

P부인은 크리스마스를 앞두고 여러 날 전부터 서울 거리거리, 골목골목을 헤매었다. 그것은 다른 교인들 모양으로 친구들에게 보낼 선물을 준비하느라고가 아니요, 불쌍한 인간 거지들을 찾아다니느라고 하였다.

'어떻게 하면 불쌍한 사람들에게도 탄일날에 기쁨을 알릴 수가 있을까?'

이런 생각으로 자비한 P부인은 단 하룻저녁만이라도 불쌍한 이들을 위해 따스하고 맛있는 음식이 있는 자기 집을 열어 놓고 싶었다. 그래서 리빙룸과 식당을 한데 터놓고 난로에 불을 많이 피고, 좋은 그림을 걸고, 크리스마스트리를 만들어 세우고, 뜨끈한 국과 밥을 장만하고, 포근포근한 융으로 만든 속옷 한 벌씩을 주고…… 이렇게 할 준비를 해놓은 다음에 용기 있게 거리에 나와 불쌍한 사람을 찾아 다녔다.

불쌍한 사람은 한이 없었다. 또, 거지 중에도 여러 모양이었다. 문둥이 같은 것을 만날 때에는 아무리 불쌍하긴 해도 우리 집으로 오란 말이 나오지 않았다. 그래서 불쌍한 사람 중에서도 비교적 몸이 깨끗한 것을 붙들고 이야기하였다. 첫째, 자기 집 골목을 자세히 가리키고 다음엔, 크리스마스가 몇 밤만 자면이라고 일러주고, 그리고는 그날 저녁에 이 표를 가지고 부디 오라고 친절히 이르곤 하였다.

P부인은 어느 사회사업 기관에 자선부장으로도 있거니와, 자선을

선천적으로 즐겨하였다. 그래서 이번 거지들에게 나눠준 표지에도 뜻은 맞든 안 맞든 '자선표'라 하고 도장까지 새겨 찍은 것이다.

크리스마스 날 저녁, P부인 집 문어귀에는 아직 해도 지기 전부터 거지들의 더부룩한 대가리들이 기웃거리기 시작하였다. 그러나 P부인은 약속한 일곱 시가 되기를 기다렸다가 나와 문을 열었다. 그리고 절름발이, 곰배팔이, 소경, 늙은 것, 어린 것, 할 것 없이 모두 손수 맞아들였다.

거지들은 여러 달, 혹은 여러 해, 혹은 생전 처음으로 더운 물에 비누 세수를 해보았다. 그리고 속옷 한 벌씩을 얻어 입고 눈이 부신 식탁에 둘러앉아, 보기만 하여도 입에 침이 서리는 새로 지은 흰 이밥, 갈비 곰국, 그만 그네들은 P부인의 기도하는 것도, 유성기 소리도, 모두 그런 것엔 절벽이었다. 다만 전신의 신경은 혀끝에 모였을 뿐이었다.

P부인은 부인대로 만족하였다. 밥이 끝난 뒤에도 과자도 나눠 주고 옥수수 튀긴 것도 나눠 주고, 차를 주고, 이야기를 하고, 피아노를 쳐 들려주고, 밤이 깊도록 손님 대접을 유감없이 했다. 그리고 나중에는 사진사를 불러다가 쾅 하고 사진까지 박고 손님들을 보낸 것이다.

어떤 거지는 흑흑 느껴 울며 은혜를 백골난망이라 하였다. 어떤 거지는 말은 없이 허리만 수없이 굽실거리고 나갔다.

P부인은 자기 방으로 올라오는 길로 침대에 엎드려 하나님께 감사하였다. 이렇게 기쁘고 의의 있게 크리스마스를 지내보기는 처음이라고 스스로 감격해 눈물까지 흘리었다. 그리고 사진을 많이 만들어 여러 친구들에게 자랑삼아 보낼 것을 기뻐하며, 천사같이 평화스럽게 잠을 얻은 것이다.

그러나 이튿날 아침, 우리 천사 같은 P부인의 가슴속엔 뜻하지 않은 분노의 불길이 폭발하였다.

그것은 다른 때문이 아니라, 그가 자기 몸뚱이처럼 끔찍이 아끼고 사랑하는 새 자동차 안에서 엊저녁에 왔던 거지 중에도 제일 보기 흉한 늙은것 하나가 얼어 죽은 때문이었다.

『달밤』, 1934.7

실낙원 이야기

나는 동경서 나올 때 오직 한 줄기의 희망이 있었을 뿐이다.

그것은 '어느 한적한 산촌, 차에서 내려 며칠을 걸어가도 좋고, 전신줄(電線)도 아직 이르지 않은, 신작로 하나 나지 않은, 그런 궁벽한 산촌이 있다면 거기 가서 원시인의 양심과 순박한 눈동자를 그대로 지니고 있는 숫된 아이들을 상대로 그들을 가르치고 나도 공부하고, 이 상업문명과 거의 몰교섭한 그 동리의 행복을 위해서 수공업(手工業)의 문화를 일으키리라.' 이것이 나의 유일한 이상이었다. 이것을 생각할 때만 나의 팔뚝에는 힘줄이 일어섰던 것이다.

그래서 나는 P촌을 발견하였을 때, P촌에 있던 K교사가 그만두고 그 자리가 나에게 물려질 때, 나의 기쁨은 형언할 수 없었다. 나 혼자 유토피아에 든 듯했었다.

P촌은 그 촌의 자연부터 아름다웠다. 동남이 터지어서 볕이 밝고, 강 있는 벌판이 눈앞에 질펀히 깔리었으며, 서북으론 큰 산이 첩첩이 둘려 아늑하고, 물 좋고 꽃 많고 짐승 많고 나무 흔한 곳이었다. 이 동리에는 팔십 몇 호의 초가집과 두 기와집이 있는데, 큰 기와집 하나는 그 동리에서 제일가는 부자 이진사네 집이요, 다른 기와집 하나는 내가 가 있게 된 학교 집이었다.

학교 이름은 신명의숙(新明義塾)이란 간판이 걸려 있었다. 이 신명의 숙은 그 동리에서 여러 대 전부터 학계(學契)를 모아 경영해 오던 서당으로서, '아이우에오' '가감승제' 같은 신학문을 가르치기 시작한 지는 기미년 이후부터라 한다.

학생은 남아 사십 명, 여아 십여 명, 모두 오십이삼 명인데 세 학급으로 나뉘어 있으며, 그것을 모두 혼자 맡아 가르치는데 봉급은 일 년 회계로 백미 일백사십 두이다.

나는 만족하였다. 그 학교에는 이름은 교장이 있으나 실지에 나 혼자가 교장이요, 교원이었다. 교원도 나 한 사람뿐이니 내 마음대로 모든 것을 실행할 수 있었다. 나는 홀몸이라 밥은 어느 학생 집에 붙여 먹고 자기는 학교 안에서 잤다.

교장 이하로 모든 학부형들이 다 나를 좋아하였고 학생들도 나를 따랐다. 그래서 나는 신명학교의 선생뿐이 아니었다. 앞집, 뒷집에서 다 나에게 와서 편지를 썼다. 편지뿐만이 아니라 집안일까지 의논하러 왔다. 집안일뿐만 아니라 동리에 젊은 사람들, 구장과 동장, 그네들은 동리 일까지 나와 의논하였다. 아니, 의논이라기보다 나에게 재가를 받고 실행하게끔, 그 동리 온통이 나를 믿어 주었다. 나는 그들에게 정성을 다하였다. 그들의 무지와 그들의 빈곤을 위해 나의 지혜껏 활약하였다.

"선생님이 오신 뒤로 우리 동리에 돈이 행결 흔해졌습니다."

"선생님이 우리 동리에 십 년만 계셔 주었으면 우리 동리는 모두 제 땅만 갈아먹고 살게 되겠습니다."

"십 년이 무어야 선생님? 선생님은 고향으로 가실 생각 마시고 우리

촌에서 장개까지 들고 아주 우리 동리 어른이 되어 주십시오."

"어디 우리 동리에 선생님 배필이 될 만한 색시가 있어야지……."

동네 사람들은 모이면 흔히 이런 소리들을 했다.

아닌 게 아니라 나는 그 동리에서 영주하고 싶었다. 장가도 가고 싶었다.

정 서방네 큰갓난이! 나는 그를 퍽 좋아하였다. 그도 그랬다. 나는 서울과 동경에서 장미꽃 같은 계집애는 많이 보았다. 그러나 정갓난이처럼 박꽃같이 희고 고요하고 순박한 처녀는 처음 본 것이다. 그 장식함이 없이, 진정 그것이 향기를 풍기는 듯한 눈알, 뺨, P촌은 틀림없이 나의 낙원이었었다. 나는 왜 이 낙원에서 쫓기어 나왔는가?

하루는 (내가 P촌에 간 지 다섯 달쯤 되어서다) 삼십 리 밖에 있는 주재소에서 소장이 나왔다. 그동안 순사는 몇 번 와서 이런 이야기 저런 이야기 물어 갔지만 소장이 오기는 처음이라, 더구나 온전히 나 때문에 경관이 오기는 처음이었다. 그는 나 보기에는 좀 무례스러웠다. 아무리 시골 학교기로니, 그는 교수 중에 문을 열고 좀 나오라 하였고, 처음 말부터 '기미'라 불렀으며, 내 방으로 가서는 나의 허락도 없이 책상에 놓인 책들을 끌어내어 가지고 뒤지었다. 나는 눈이 휘둥그레서 코를 훌쩍거리고 섰는 아이들과 같이 그저 그에게 겸손했을 뿐이다.

"이런 책이 무슨 필요가 있소? 저런 아이들에게 이런 것 가르치오?"

그는 대삼영(大杉榮)의 『선구자의 말』이란 책을 뽑아들고 물었다.

"가르치는 데 참고하는 것은 아니오 그저 내가 보는 것이요."

"그저 보다니? 목적이 없이 본단 말이오?"

"반드시 목적이 있어야만 봅니까? 경관도 경찰 이외의 책을 보는 것과 마찬가지로, 나도 교재 이외의 것으로 보는 것이지요."

"그런 말이 어디 있나? 우리가 다른 책을 보는 것은 소설이나 역사 같은 책을 취미로 보는 것이지만, 이런 것이 어디 취미란 말이야?"

"사람 따라 취미도 다르지요. 나는 그저 취미로 보는 데 불과하오."

"알었다!"

그는 이전에 다른 사람이 와서 묻던 것보다 더 깐깐하게 내 원적과 이력을 캐고는 결국 『선구자의 말』 이외에도 세 책이나 새끼로 묶어 들고 갔다.

그 이튿날 호출장이 왔다. 아침 열 시에 출두하라 하여 나는 새벽밥을 지어 먹고 시간을 대었다.

부장은 대뜸 이렇게 물었다.

"수신 시간 있지?"

"있소."

"국어로 하나? 조선말로 하나?"

"학생들의 국어 정도가 유치하여 조선말로 하오."

"유치하니까 자꾸 국어로 해서 국어 사용 습관을 길러 줘야지. 네가 국어를 잘 못하니까 국어로 못 가르치는 것이 아니냐?"

"썩 잘은 못해도 아이들에게 수신 책을 설명할 정도는 되오."

"그래—."

그는 잠깐 생각하더니 하인을 시켜 자기 딸애 형제와 또 이웃집 애들까지 다섯 아이를 불러왔다. 그리고 나더러, 학교에서 가르치듯 이 애들을 상급반 학생들로 가정하고 수신을 가르쳐 보이라는 것이었다.

물론 이것은 견딜 수 없는 모욕이었다. 그러나 나는 요행으로 얻은 내 낙원을 잃지 않으려 혀를 깨물고 공순히 말했다.

"이것은 나를 모욕하는 것 같소? 내가 당신한테 교사 시험을 치러야 하오?"

하니 그는 대답이 없었다. 한참 만에 아이들을 나가라 하고 딴 이야기를 꺼냈다.

"너는 선생 노릇으로 온 것이 아니라 어떤 비밀한 계획을 실행하러 왔지?"

"아니오, 나는 아무런 비밀한 계획이 없소. 무엇을 보고 그렇게 생각하오?"

"비밀한 계획이 없다? 그러면 왜 백성이 경관을 우대하는 미풍을 없애 버리느냐 말이야, 응?"

"나는 그런 일을 한 적이 없소."

"없어? 바루 저기 앉은 저이가 김 동장네 집에 갔을 때 김 동장이 술을 사다 대접했다고 벌금을 받았지?"

"내가 받은 것도 아니거니와, 그것은 동회에서 작정하고 제사에까지도 술은 금해서 술을 사거나 먹는 사람에겐 그렇게 벌금을 받는 규칙이오. 내가 한 것이 아니오."

"말 마라, 네가 오기 전엔 그런 일이 없었다. 네가 모두 시켜서 하는 것인 줄 우리가 다 알고 있다. 너는 상식이 없는 사람이야. 술이란 것은 정부에서 공공연하게 허가해서 제조 판매하는 음식물이 아니냐. 손님이 와서 음식물을 대접하였는데 벌금을 받는다? 그러면 음식을 먹고 온 사람이 그 주인에게 무슨 낯이냐 말이다. 그것은 경관과 백성의 사이를 친밀하게 못하게 하는 음모가 아니냐?"

"아무튼 그 점은 나에게 질문하실 바 아니오. 내가 그 동회의 회장도 아니요, 나는 다만 그 동리에 있는 한 청년의 자격으로 보통 회원이 된 것뿐이오."

"옳지, 네가 무슨 임원이 안 되고 보통 회원의 자격만 가지는 것부터 너의 음모란 말이야. 조종은 네가 하고 책임은 선량한 시골 청년들에게 씌운단 말이지……."

그는 조서를 꾸미는 것처럼 무엇을 적는 체도 하였다. 그러다가 그는 안색을 고치더니 이런 말을 했다.

"강 선생? 우리네 생활을 어떻게 생각하시오?"

"훌륭한 줄 아오."

"정말이오?"

"그렇소."

"그러면, 그까짓 촌에서 쌀섬이나 받고 지낼 것이 아니라 경관이 되시오. 어떻소?"

"글쎄요, 아직 그런 문제를 생각해 본 적은 없소."

"그러면 가서 생각해 보시오. 나는 이렇게 촌 주재소에 와 있지만, 은급[1]이 두 가지요. 시험 같은 것은 내가 잘 통과되게 할 수단이 있소. 가서 잘 생각해 보시오. 그리고, 대답하도록은 이 책들은 여기 두시오."

나는

"그렇게 생각해 주니 고맙소."

---

1   恩給. 일제 강점기에, 정부 기관에서 일정한 연한(年限)을 일하고 퇴직한 사람에게 주던 연금.

하고 나오는 수밖에 없었다.

 그러나 너무 심하지 않은가 고지식하게 나의 대답을 기다렸다는 것은. 더구나 두 주일 후에 위정 그 때문에 순사를 보내어 대답을 독촉하는 것은! 나는
 "그럴 생각이 없소."
하고 대답을 해 보냈더니 그는 노발대발한 모양이었다. 그 후 이내 P촌 구장이 불리어 갔다. 그 다음엔 교장으로 있는 이진사의 아들이 불리어 갔다. 그네들은 갔다 와서 모두 나더러 머리를 깎아 버리라고 권하였다. 그리고 그에게 가서 덮어놓고 사과하라고 권하였다.
 나는 그네들의 괴로운 입장을 알았다. 그리고 형식으로 하는 일이면 무엇이고 달게 받으려 하였다. 긴 머리를 가진 청년은 주의자가 틀리지 않다는 소장의 의혹을 풀어 주기 위해 나는 머리를 덧빗도 대지 않고 빡빡 밀어 깎았다. 그러나 덮어놓고 사과를 하라는 것은 어려운 일이었다. 나의 자존심에서가 아니라 무엇을 잘못했다고 사과할 것인지 알 수 없기 때문이다. 이것은 사과를 권하는 교장이나 구장도 알지 못하는 점이다.
 아무튼 그 후 공일날을 타서 그에게로 갔다. 그리고 "당신이 나를 여러 가지로 오해하는 것 같으나 사실인즉 그렇지는 않다"는 것을 말해 보았다. 그러나 그는 이미 자기의 복안을 결정한 듯, 비웃을 뿐만 아니라 이런 소리를 하는 데는 나는 견딜 수 없었다.
 "남을 가르치는 사람은 비겁하여서는 못쓴다. 네가 머리까지 빡빡 깎고 와서 나에게 하는 태도가 얼마나 비겁하냐?"

나는 문을 꽉 닫고 나오고 말았다.

여름 방학 때였다. 나는 방학 동안에도 P촌을 떠나지 않았다. 더구나 교장이 정갓난이와 나의 사이를 짐작하고 즐기어 문제를 표면화시켜 주었다. 정갓난이 집에서는 엄청나게 귀한 사위나 얻는 것처럼 황송해서 나의 눈치만 기다리었다.

한번은 비오는 날, 갓난이 아버지와 동생은 벌에 나가고 없는 새, 갓난이 어머니가 닭을 잡고 나를 청했다. 그리고 갓난이와 나를 한방에서 먹게 하고 자기도 이내 어디로 나가 버리어 조용히 이야기할 기회도 주었다.

나는 그날 정갓난이의 그 불덩이같이 달은 볼 가까이 가서 분명히 그의 귀에 속삭이었다. "가을에 쌀을 받는 대로 우리 잔치합시다"라고.

나는 그날처럼 아름다운 행복을 내 손에 붙들어 본 적은 없었다.

그 후 얼마 안 되어서다. 어떻게 소문이 퍼지었던지, 주재소에서 오라 해 갔더니 소장이 나의 큰 약점이나 붙잡은 듯이 발을 구르며 심문하기를

"왜 시골 어진 부녀자를 농락하느냐?"

하는 것이었다. 나는 세 시간 동안이나 힐난을 받았다. 정갓난이와 정식 중매인 것을 증인으로 교장과 구장을 불러 대이기로 하고 겨우 놓여 나오니, 공교히 비가 무섭게 쏟아지기 시작하였다. 할 수 없이 그 거리에서 자는데 산골물이라 하룻밤 쏟아진 것이 이 거리를 둘러막은 봇둑이 위험하게 되었다. 그래서 날도 밝기 전인데 이 거리에선 소동이 일어났다.

나도 주인집에서 헌옷을 얻어 입고 봇둑으로 나가 여러 사람들과 같이 응급 공사를 했다. 두어 시간이나 물속에서 떨다가 돌아와 옷을 갈아입고 거리로 나섰을 때다. 그때,

"오이!"

하고 노기등등하여 부르는 소리가 났다. 소장이 다른 두 순사와 긴 장화를 신고 날도 다 밝았는데 등을 들고 헐떡거리고 지금 물로 나가는 길이었다. 그는 다시 나에게 소리 질렀다.

"너는 교사가 아니냐? 교사가 되어 가지고 왜 공익을 모르느냐. 지금 이 동리가 위험한 상태에 있는데 너는 네 동리가 아니라고 그렇게 가만히 뻗치고 섰느냐. 못된 놈이다!"

나는 하도 어이가 없었다. 웃고 말았을 것이나 "못된 놈이다!"라고 평소에 품었던 미움으로 여러 사람이 보는 데서 욕을 보이는 것은 견딜 수가 없었다. 나도 버럭 소리를 질렀다.

"무에라고? 그 말은 내가 그대에게 할 말이다. 그대는 이 동리를 경비하는 책임자가 아니냐. 누구보다도 제일 먼저 이 동리의 안위를 알고 있어야 할 그대가 남이 벌써 나가서 두세 시간 동안이나 다 막아 놓고 온 때에 이제 일어나 나오면서 누구를 보고 공익을 모른다고? 누가 그 욕을 먹어야 할 사람이냐?"

그는 자기가 늦은 것을 비로소 알고 얼굴이 푸르락 붉으락 했을 뿐, 말에 궁하여

"지금은 바쁘니 이따 보자."

하고는 달아났다. 그는 아마 그 거리에 와서 이와 같이 여러 사람 앞에서 말이 막혀 보기는 처음이었을 것이다. 따라서 그의 하늘같은 자존

심은 길바닥에 깔리어진 것 같은 모욕감과 앙심을 품었을 것은 물론이라 나는 그가 "이따 보자" 하였으나 P촌으로 돌아오고 말았다.

한 사날 후이다. 교장이 또 불리어 갔다 왔다. 교장의 말을 들으면 '학교에 그와 같은 사람을 두면 이 학기부터는 군 학무계에 말하여 강습허가를 철회하겠다'는 것이었다.

교장이 다시 가고, 학부형 대표가 가고, 구장이 가고 하여 진정, 애원하였으나 막무가내였다.

이리하여 나는 표연히 P촌을 떠나고 만 것이다.

P촌을 떠날 때, 동리는 온통이 끌어 나와 나를 보내기에 섭섭해 했다. 학생들과 청년들은 이십 리 밖에까지 따라 나왔다. 이 집 저 집서 수군거리고, 부녀자들도 거적문 틈으로 울 너머로 내어다보는 것이었다. 어디서든지 정갓난이도 내어다보았을 것이다. 그리고 울었을 것이다. 학생들이 엉엉 소리쳐 울었지만 소리 없이 운 정갓난이의 마음은 더 아팠을 것이다.

나는 정갓난이를 잊지 못한다. 그러나 그에겐 나를 단념하라고 이르고 온 것이다. 왜? 나는 P촌과 같은 낙원을 잃어버린 이상, 내 한 입도 건사하기 어려운, 경제적으로 철저한 무능자인 조선 청년의 하나인 것을 깨닫기 때문이었다.

『달밤』, 1934.7

서글픈 이야기

동경이지만 한적한 시외의 가을이었다.

우리가 있던 집 부엌 쪽에는 조그만 지름길이 있었다. 큰 한길이 앞에 따로 있으니까 이 길로는 별로 다니는 사람이 없었다. 아침저녁으로 두부 장사가 한 번씩 지나갈 뿐 낮이고 밤이고 늘 시들어가는 풀숲에서 벌레 우는 소리만 일어나는 쓸쓸한 길이었다.

그런데 한번은 저녁마다 이 길을 한 번씩 지나가는 사람이 있는 것을 깨달았다.

그 사람은 '게다' 소리도 내지 않았다. 구두 소리도 내지 않았다. 다만 울음소리 같은 휘파람 소리를 날리며 지나다녔다.

그의 휘파람 소리는 퍽 구슬펐다.

어떤 사람일까?

나는 한번 일부러 부엌문으로 가서 내어다 보았다. 그런데 그 사람이 의외에도 강 군이었다.

"강 군 아닌가? 이거 참 의욀세그려."

나는 뛰어나가 그를 맞았다.

강 군도 나를 반가워하였다. 그러나 나처럼 감격은 없었다. 그는

"의외 될 것 뭐 있나."

하면서 늘 다니던 집에 들어오듯 방안을 한번 둘러보는 일조차 없이 심

상스레 우리 방으로 들어왔다.

그는 자라는 머리털, 수염, 손톱을 그냥 내버려두어 그런지 몹시 신색이 초췌해 보였다.

"자네, 동경 와 있기가 고생되는 걸세그려?"

그는 머리를 흔들었다. 그리고

"나, 고생 집어던진 지 오라이."

하였다.

"고생을 집어던지다니?"

이리하여 강 군은 자기의 허무설(虛無說)을 우리에게 들려주었다. 노자(老子)를 말하고 장자(莊子)를 말하고 그들의 어려운 학설까지 설명해 주었다. 그는 마르크스를 비롯하여 현실적인 모든 인물, 운동을 조소하였다. 나중엔 옆에 앉았던 마르크시스트이던 김 군과 논전까지 있었는데 이론은 별 문제거니와, 아무튼 강 군은 저보다 몸이 배나 강대하고 목청이 또한 그러한 김 군을 끝끝내 입기운으로도 자기의 자리를 따르지 못하게 하였다.

그는 가끔 우리에게 놀러오기 시작하였다. 김 군은 그를 싫어하나 그는 김 군을 좋아하는 데 그의 너그러움이 있었다.

나는 그를 좋아하였다. 아니 존경하였다. 답답한 때 그가 와서 몇 마디 이야기만 하고 가면 속에 샘물이 지나간 듯 시원하였다. 나중에는 그를 보기만 하여도 물처럼 시원하였다. 나는 그에게 높은 덕이 있는 것을 느끼며 그를 친구 이상으로 존경하였다.

그러나 한 가지 딱한 것이 있었다. 우리는 차츰 그를 '딱한 친구'라 부르게 되었다. 그는 몇 끼니씩 굶어 다니었다. 그냥 볼 수가 없었다.

와서 자고 가면 온 집안에 이(虱) 소동을 일으켰다. 차츰 와서 자는 것을 달갑게 여길 수가 없었다. 어떤 때는 값나가는 책이 없어졌다. 그러면 으레 강 군이 그 다음날 들러서,

"자네 책 한 권 갖다 잽혔네."

하였다. 딱한 친구였다.

강 군의 집은 부자란 말을 들었다. 또 그는 외아들이란 말도 들었다. 그러나 그는 아버지와 상극이라 하였다. 그는 가끔 밤중에 자는 아버지를 일으켜 앉히고,

"이 괴로운 세상에 왜 나를 낳았소?"

하고 따지었다 한다. 그러면 아버지가 어떤 때는 하도 어이없어

"이 자식아, 낸들 아느냐."

하고 웃고, 어떤 때는 하도 귀찮아서

"이놈아 애비한테 이게 무슨 버릇이냐?"

하고 역정을 내면 강 군은 오히려 기가 막히는 듯이 껄껄껄 소리쳐 웃고

"흥, 애비! 그것은 그대가 나를 이십 년 동안 길러 준 그 정실 관계를 말함이었다. 어서 그 아둔을 버리고 좀 더 무연(無然)한 대국(大局)에 나서 생각해 보라. 애비는 무엇이고 아들은 무엇인가. 내 그대를 더불어 벗하여 이야기하지 못할 조건이 어디 있는가?"

하고 탄식하였다 한다.

강 군은 이런 투로 자기 부모와 이웃과 가까워지려던 것이 오히려 인연을 끊게까지 멀어진 것이었다. 이것을 가리켜 탈속이라 할까. 아무튼 풍속을 무시하는 강 군은 ― 자기로선 각오한 바이겠지만 ― 처세상 너무 불편한 점이 많았다.

한번은 나는 그를 어떤 서양인 교수의 집에 소개하였다. 영어를, 아니 교수의 일을 돕고 책이나 보고 있게 하였다. 그랬더니 강 군은 나흘 만에 그 집에서 나왔다. 그는 나온 까닭을 이렇게 설명하였다.

"내 손에 헌디 하나 난 걸 보구 자꾸 병원엘 가라네그려. 그까짓 것으로 죽을 배도 아니요, 그것으로 죽을 것을 과학의 힘으로 산다 치세, 그렇기로니 내 명에서 얼마를 더 살겠나. 그냥 둬도 낫는다니까 날더러 상식이 없다 하데그려. 그래 너야말로 몰상식한 자로다 하고 서양문명의 그릇된 출발을 한참 떠들었더니 듣기 싫여 하데그려. 그래, 너이 까짓 것들이 고층 건축이나 세울 줄 알지 무얼 아느냐 하고 욕해주구 나왔네."

나는 '이 사람, 내 낯을 봐서라도 어찌 그렇게 하고 나오나?' 하려다가 강 군의 태도가 너무도 언어도단이어서 아무 말 하지 않았다.

그 후에 서양인 교수를 만난즉 그는 강 군을 정신병자라 하였다. 같은 동양인인 그의 부모까지도 강 군과 정색하여 말하지 않거늘 하물며 서양인이 그를 미친 사람으로 인정해 버리는 것은 결코 무리가 아니었다.

나는 몇 번이나 그에게 어느 정도까지는 현실에 관심하기를 바랐다. 그러나 그의 고집은 듣지 않았다. 자기의 주린 창자를 남의 신세로만 채우려드는 것 같아서 어떤 때는 밉살머리스럽기도 하였다.

그러나 강 군은 딱한 친구로만 전부는 아니었다. 그에겐 늘 맑음과 서늘함과 향기가 있었다. 그의, 사상의 최고봉을 어루만지는 듯한 빼어난 기골을 나는 한결같이 존경하여 마지않았다.

그는 그 후 이내 어디로 갔는지 모르게 우리 주위에서 사라졌다. 나는 퍽이나 적막을 느끼었다. 사오 년이 지나는 동안 만나고 싶은 그는 한 번도 나타나지 않다가 오늘 뜻밖에도 차 중에서 그를 만난 것이다.

참말 뜻밖이다. 그를 만나보는 것만도 뜻밖이려니와 그가 이렇게 다시 변한 것도 뜻밖이다.

우리는 만나자 이내 그가 먼저 내리게 되어 긴 말을 주고받지는 못하였지만 잠깐 보아도 그는 너무나 달라졌다.

강 군이 안경을 쓰다니! 이것만도 나로서는 놀라지 않을 수 없는데 더구나 금니를 박은 것, "지금 같아서는 풍년인데 가을에 곡가가 어떨는지" 하던 말, 동서남북 표가 달린 금시계 줄, 아들애에게 줄 것이라고 세발자전거를 사 들은 꼴, 그는 참말 몹시도 변해 버리었다.

나는 그를 작별하고 가만히 생각하니 몹시도 서글프다. 차라리 저렇게 된 강 군이라면 만나지 않았던들 어떠리! 그를 만난 것이 차라리 그의 죽었다는 소식만 못하구나 하였다.

인생의 무상이란 생사에만 있는 슬픔이 아닌 것을 나는 새로 알았다 할까. 나는 강 군으로 말미암아 인생의 새로운 슬픔, 인생의 새로운 미움을 깨달은 듯하다. 그 고치기 쉬운 손에 헌디 하나도 고치려 하지 않던 그가 자개 물린 말처럼 아가리를 떡 벌리고 앉아, 금니를 박았을 광경을 상상해 보니 몹시 강 군의 얼굴이 미워지는 것이다.

강 군은 차를 내릴 때 나더러 부디 자기 집에 한번 와 달라 하였다. 자기 아버지가 돌아간 후 자기가 집에 돌아와 과수원을 하고 있으니 얼마든지 와서 쉬라는 호의였다. 동경에서 나에게 진 약간의 신세를 도로 갚으리라는 의기까지 보였다.

나는 몹시 불쾌하다. 차라리 강 군이 전날의 그 면목으로 밥값에 붙잡힌 누추한 여관방에서 나를 기다린다면 나는 얼마나 반가워 뛰어가랴. 그러나 강 군은 지금 금시계를 차고 금니를 박고 시원한 사랑을 치고 맛난 음식으로 나를 기다리겠노라 한다.

허허! 얼마나 서글픈 일인가!

『이태준단편집』, 1941.2

코스모스 이야기

흔히 거죽이 아름다우면 속알이 아름답지 못한 것이 사람이라 한다. 사람 중에도 여자는 더욱 그렇다고들 한다.

어떤 사람은 명옥이가 어진 남편을 배반한 것도 명옥이의 외모가 곱기 때문에 교만에서 나온 짓이라 하였다.

얼굴이 고우면 마음이 모질다. 일리도 있는 말이겠지만 명옥이겐 당치 않은 말이었다. 명옥이는 얼굴만 아름답지 않았다. 그와 지내보는 사람은 누구나 그의 뜻갈을 못 잊어했다. 그가 자라는 동안 그의 집엔 여러 식모 안잠자기가 들어났지만, 어느 식모 어느 안잠자기 하나 명옥을 얄밉다거나 눈 한번 흘겨본 일이 없었다 한다.

"우리 댁 명옥이 아가씨 같은 색씨는 없어……."

이렇게 하인마다 명옥을 칭찬하였다.

학교에서도 그랬다. 학교 안에서 제일 이쁜 애가 '최명옥'이요, 학교 안에서 제일 얌전한 애가 역시 '최명옥'이었다 한다.

이만치 명옥이는 외모가 아름다웠다.

이만치 명옥이는 심덕이 착했다.

이런 명옥이가 왜 시집에서 달아났는가?

이런 명옥이에게 왜 세상은 화평한 생활을 주지 않았는가?

나는 이 점에서 명옥이 이야기를 써 보고 싶다.

아름다운 몸과 아름다운 혼과 아름다운 청춘의 향기를 지닌 명옥이에겐 정열에 불타는 젊은 남자들의 화경 같은 눈알이 사방에서 번뜩이었다. 혹은 아름다운 사연을 적어 편지로 그의 사랑을 낚으려 하였고, 혹은 명옥의 선생을 통하여 또 직접 명옥의 부모를 통하여 청혼도 하여 보았다. 그리고 길에서, 전차에서 쓸쓸한 노력을 하는 무리들은 수가 없었다.

그러나 명옥의 가슴속에 희미하게나마 제 그림자를 세워 보는 사람은 다만 한 사람밖에 없었으니, 그 사람은 명옥이에게 편지한 사람도 아니요 중매를 보낸 사람도 아니요 한번이나 명옥의 뒤를 따라 본 사람도 아니다.

명옥이가 중학 다닐 때, 현정자라는 동무가 있었다. 시골서 와서 자기 오빠와 셋방을 얻고 있던 학생인데, 흔히 점심을 못 가지고 왔다. 여행 같은 것을 가면 으레 차비가 없어 빠졌다. 명옥이는 가끔 그 동무를 데리고 집에 와 맛난 것을 같이 먹었다. 그러는 동안 부모 없는 정자는 아버지처럼, 어머니처럼 믿고 사는 오빠 이야기를 명옥이에게 가끔 들려주었다.

"너이 오빠가 몇 살인데 저도 고학하면서 너까지 벌어 먹이니?"

"나보다 네 살 우야…… 그리게 새벽에 나가 우유 돌고, 저녁이면 서양 집에 가 그릇 부시고 그리고도 공일날은 막일까지 다닌단다."

"막일이 뭐냐?"

"노동자들 하는 일 말야, 왜 요즘 개천에 돌 쌓지 않던…… 그런 일도 다닌단다."

"그럼, 공부는 어떻게 되니?"

"그래도 우리 오빠 언제든지 평균 팔십 이상이야."

"어쩌면!"

명옥이는 정자에게서 그의 오빠 이야기를 들을 때마다 무슨 영웅의 이야기처럼 감격해 하였다. 이름이 현홍구라는 정자의 오빠를 한번 보았으면도 하였다.

한번은 정자가 이틀이나 결석하였다. 명옥이가 무슨 일인가 하고 처음으로 정자네 집을 찾아가니 정자는 명옥이를 보자 눈물이 그렁그렁하여 내달으며 말을 잘 이루지 못했다.

"정자야, 왜 어디 아팠니?"

"아니, 오빠가 앓어……."

"어딜?"

정자는 얼른 설명하지 않았다. 명옥이가 몇 번이나 달래서 물으니, 자기 오빠가 지난 공일날도 개천 일을 하다 유리가 발바닥에 들어갔다 한다. 들어간 유리는 병원에 가 빼내었으나 앞으로 세 주일 동안은 누워 있어야 낫겠다는 것이었다.

"세 주일 동안 먹을 것 있니?"

정자는 말은 없이 떨어뜨린 얼굴을 좌우로 흔들었다.

"너 왜 나한테까지 무얼 부끄러워하니?"

명옥이는 처음으로 가난한 사람의 우울을 느끼어도 보고, 절박한 불행을 눈앞에 보기도 했다.

'왜 사람에겐 빈부의 차가 있을까? 부모가 일찍 죽고 안 죽는 것은 사람의 마음대로 못하는 것이겠지만, 돈 모아 부자가 되는 것은 사람의 힘으로 될 터인데…….'

이것은 정자의 슬픔을 보고 돌아오는 명옥의 의문이요 탄식이었다.

명옥은 집에 오는 길로 어머니에게 성화하여 쌀 몇 말을 정자에게 보내 주었다. 그리고 아버지에게 여러 번 정자의 사정을 이야기하고, 정자만이라도 집에 와서 같이 있으며 학교에 다니게 애원하여 허락을 받았다.

그러나 정자는,

"오빠에게 말했더니 고맙기는 하나 내 발이 다 나았으니까 남의 신세를 더 질 필요가 없다 하고 못 가게 해."

하고 서글퍼하였다.

명옥이도 서글펐다. 자기가 정자의 오빠를 만나보고 졸라보고도 싶었다. 그래서 한번은 학교에서 바로 정자를 자기 집으로 데리고 왔다.

"너이 오빠가 찾아오면 내 말하마."

그러나 정말 그날 저녁 홍구가 정자를 찾아왔을 때는 명옥은 혼자 나가지 못했다. 어머니를 앞세우고 그나마 한번 보았으면 하던 그 사람이 왔길래 어머니 그늘에 숨어 따라 나갔다.

홍구는 명옥이가 생각하던 것처럼 그렇게 어른답게 숙성한 사람은 아니었다. 여태 어딘지 "홍구야" "명옥아" 하고 서로 장난하고 놀고 싶은 연연한 애티가 남아 있었다. 그것이 명옥이에게 명랑하고 다정한 첫인상을 주었다.

"감사합니다. 그러나 구차한 대로 저이끼리 지낼 수가 있는데 하필 댁에 폐를 끼치겠습니까?"

명옥이는 뒤에서 어머니를 꾹꾹 찔렀다. 어머니는 딸의 갸륵한 심덕을 기특히 여겨 여러 말로 정자를 자기 집에 두려 하였다. 그러나 홍구는 듣지 않았다.

"오늘 밤은 이왕 왔으니 댁에서 자게 해주십시오. 그러나 왜 댁에 신세를 끼치겠습니까. 저는 부족하나마 내 힘으로 누이 공부까지 시키는 것이 돌아간 부모님께도 떳떳하고 저도 다행으로 압니다."

명옥이는 할 수 없이 정자를 그의 오빠에게 돌려보내고 말았다. 그러나 홍구를 존경하는 마음은 이 일로 말미암아 더욱 높아졌다.

'지금은 고생하여도 저런 남자는 반드시 훌륭해지리라.'

이것이 명옥이가 홍구에게 가진 신앙이었다.

그해 가을 이학기가 시작되는 날 아침 학교에서다. 명옥은 현정자가 여름 동안에 죽은 것을 처음 알았다. 빈민들이 많이 사는 불결한 거리에서 여름을 나다가 전염병에 죽은 것이었다.

명옥은 남을 위해, 아니 제 자신을 위해서도 그렇게 뼈아프게 슬퍼한 적은 없었다. 죽은 정자도 가엾거니와 하나밖에 없던 식구 누이를 잃고 혼자 지낼 홍구의 외로움도 가슴 아프게 동정되었다.

명옥은 마음 같아서는 곧 홍구를 찾아가 위로해 주고 싶었다. 그래서 학교에서 나오다가 갈랫길에 서서 몇 번이나 망설여 보았다. 그러나 가지는 못했다. 만일 명옥이가 홍구를 그저 평범하게 동무의 오빠로만 여겨 왔던들 그렇게 가고 싶은 것을 못 가지는 않았을 것이다. 명옥이는 저도 분명히 모르게 홍구를 사랑하는 때문에 부끄럼이 앞섰던 것이다.

명옥이에게 혼인 문제가 났을 때, 명옥은 불현듯 몇 해 전에 본 현홍구를 생각하였다. 현홍구 외에 그의 가슴 속에 그림자라도 머물러 보는 사나이는 아무도 없었다.

그러나 명옥은 '이쁜 학생' '착한 아가씨'뿐이 아니요 명옥은 또 '착한 딸'이었다. 아버지께서

"내 팔자가 좋아 이런 귀인에게 딸을 주게 되었다."

하고 어머니와 함께 즐거워 덤비시는데 지금 어디 있는지도 알지 못하는 현홍구를 생각하고, 더구나 현홍구는 자기를 알기나 하는지도 모르고 부모님의 기대만을 깨뜨릴 수는 없었다. 자기 생각에도 현홍구처럼 존경하는 사나이가 아닌 것만은 유감이라도 흠은 없는 신랑이었다. 아니 세상에서는 굉장히 우러러보는 사나이였다.

모두 명옥의 팔자를 부러워하였다.

"너는 복도 많이 타고났다!"

이웃 어른들의 말이었다.

"얘, 너는 굉장한 데로 시집간다더구나?"

동무들의 말이었다.

"아가씬 전생에 무슨 적덕을 해서 저렇게 팔자가 좋으실까!"

하인들의 말이었다.

명옥은 호사스럽게 시집갔다.

명옥의 시집은 부자였다. 그전 같으면 재상의 자손이라 세도가 있어 귀하기도 했겠지만, 오늘날은 부하기만 하였다. 부하기만 한 것도 저마다 있는 복은 아니라 사람마다 명옥의 시집을 부러워하였다. 솟을대문이 있고 줄행랑이 있고, 작은사랑 큰사랑엔 상노 차인들이 욱실욱실하였다. 시부모는 맏아들 집에 있으므로 이백여 간 큰 집 속에서 명옥이가 여왕이었다.

"새마님!"

"우리 마님!"

대청 아래에는 남녀 하인들이 조석으로 굽신거리었다.

명옥의 비위를 맞추는 것은 하인배만이 아니었다. 그의 남편은 명옥을 끔찍이 사랑하였다. 끔찍이 사랑하기 때문에 늘 명옥의 비위를 맞추었다.

"왜, 날이 더워 지치었소? 삼을 좀 다리래지?"

어떤 때는

"오늘 저녁은 나가 먹읍시다. 당신 청목당 정식이 맛나다고 그랬지?"

어떤 때는

"우리 여행 갑시다. 당신 가보고 싶은 데면 어디든지……."

명옥은 가끔

"정말 나는 팔자가 좋은가 보다!"

하고 혼자 제 복을 소근거려도 보았다.

그러나 마음 아름다운 명옥이, 좋은 선생님들에게서 여러 해 동안 정신생활의 훈련을 받은 명옥이는 풍부한 듯한 자기 생활 속에서 차츰차츰 공허를 느끼기 시작했다.

'잘 먹고 잘 입고 여러 사람을 부리고 남편의 사랑을 받고…… 아니다. 내가 잘 먹고 잘 입는 것만은 사실이다. 그러나 내 남편의 사랑은 사랑이 아니다. 진정한 사랑과는 거리가 먼 행동이다. 내 얼굴이 어여쁘기 때문에 나를 좋아하는 것뿐이다. 그는 나의 젊은 살덩이 외에는 아무 교섭이 없다. 이 분을 발러라 이 향수를 뿌리어라 이 비단을 감어라 웃어라 덧니가 뵈게 웃어라 이런 것밖에 더 다른 것을 나에게 요구

할 줄 모르는 남편이 아니냐!'

명옥은 차츰 자기의 생활을 비판해 보기 시작했다. 생각해 볼수록 자기의 생활은 공허하다 했다. 창부의 생활이나 다름없다고까지 생각되었다.

하루는 낮도 익지 않은 행랑어멈 하나가 어떻게 뒤뜰 안까지 찾아들어왔다. 그리고

"새마님!"

하고 목메 우는 소리로 명옥이 앞에 구부렸다.

"새마님! 다 큰 자식 하나가 그저께부터 갑자기 앓아 다 죽게 됐습니다. 약이나 한첩 써 봐도 한이나 없겠사와서……."

이때 상노가 명옥의 약을 짜오다가 이것을 보고 그 무례한 행랑어멈을 더러운 버러지나처럼 쫓아내었다.

명옥은 견디기 어려운 괴로운 경험이었다. 자기는 몸에 아무런 병도 없으면서 행여 몸이 축갈까 하여 한 첩에 몇 원 하는 보약을 마신다. 한 집 속에서도 행랑것의 자식은 목숨이 경각에 달렸으되 일이십 전 하는 상약 한 첩을 못 먹는다. 이 엄청난 대조를 생각해 볼 때 양심에 눈멀지 않은 명옥은 손이 떨리어 약 그릇을 놓고 말았다.

명옥은 남편이 들어오면 얼마간 돈을 얻어 내어보내 주리라 마음먹었다. 그러나 그날따라 남편은 늦게 들어왔고 이튿날 아침엔 잊어버렸다. 오후가 되어서 남편과 어느 양식집으로 점심을 먹으러 나가던 길이었다. 상노아이가

"마님, 조곰 더 계시다 나가십시오, 지금 나가시단 숭한 것을 보십니다."

하였다.

"웨?"

하고 물은즉

"행랑것의 자식이 하나가 지난밤에 죽었는데 지금 들것으로 나갑니다."

하였다.

명옥은 가슴이 섬쩍하고 내려앉았다. 나중에 남편을 따라 양식집에 가기는 했으나 아무것도 입에 맞지 않았다. 남편도, 자동차도 다 보기 싫었다. 집에 돌아가기도 싫어졌다. 그 행랑어멈을 만날까봐 무서워졌다. 그 행랑어멈의 죽은 아들이 꿈에 보일까 봐도 무서워졌다.

'이 무서움을 지켜 줄 사람이 누구인가?'

명옥은 적막을 느끼었다. 자기를 볼 때 사람으로 보지 않고 한낱 향락을 위한 무슨 도구로 보듯 하는 남편이 도야지나 굼벵이처럼 징글징글해졌다.

'저 녀석은 내가 눈 하나만 멀어도 아마 헌신짝처럼 내던지려니.'

생각하니 좀 더 마음의 남편이 그리워지지 않을 수 없었다.

명옥이는 오래간만에 현홍구의 기억을 일으킨 것이다.

'지금 어디 있을까?'

'그는 반드시 훌륭한 인물이 되었을 것이다.'

'그는 반드시 행복스럽게 되었을 것이다.'

명옥은 자기 생활의 공허를 느끼면 느낄수록, 자기 남편을 멸시하면 멸시할수록 현홍구가 그리워졌다.

그러나 나래 없는 새였다. 지리한 대로 지긋지긋한 대로 그 남편과 사 년을 살았다. 남편은 그저 한결같이 명옥을 좋아하였다. 짜증을 내고 앙탈을 부릴수록 남편은 싱글거리며 명옥의 요염을 탐낼 뿐이었다.

'저 녀석이 죽기나 했으면…….'

명옥은 이렇게 무서운 말이 저도 모르게 나오도록 되었다.

'나도 사람으로 살고 싶다.'

명옥의 마음은 밥 먹다 말고, 자다 말고 무시로 이렇게 부르짖었다.

가을날이었다.

명옥은 꽃을 사랑하였다. 날마다 바라보고 앉았던 화단에 서리가 내린 아침이었다.

"저런! 코스모스는 꽃이 피기도 전에 서리가 벌써 왔구나!"

명옥이는 놀라서 하는 말에 상노아이는 예사롭게 대답하는 말이

"어디 서리가 일쩍 왔습니까? 코스모스가 꽃이 피지 못했지요. 저렇게 자란 것은 꽃이 못 펴요."

"왜 저렇게 싱싱하게 잘 자란 것이 꽃이 못 피냐?"

"거름을 너무 많이 주어서, 땅이 너무 좋아서 잎만 무성했지요, 저렇게 자란 것은 꽃이 못 펴요."

명옥은 가슴이 뭉클하였다. 그 꽃 못 피는 코스모스에 자기를 비추어 본 때문이다.

그는 종일 생각하였다.

'코스모스의 행복은 꽃이 피는 데 있으리라. 비옥한 땅에서 키만 자라고 죽는 데 있지 않고 거치른 땅에 나서라도 꽃이 피어 보는 데 코스모스의 행복이 있을 것이다. 사람도 그럴 것이다!'

명옥은 꽃이 못 피어보고 서리 맞아 죽어가는 쓸쓸한 코스모스의 모양을 며칠이나 내려다보았다.

세상 사람은 모두 명옥을 미친년이라 하였다.

명옥은 마침내 모든 것을 내버렸기 때문이다. 세상 사람들이 저마다 부러워하는 호강살이의 모든 것을 내버렸기 때문이다. 자기를 사람으로 살지 못하고 돈 있는 사람의 노리개로, 화초로, 도구로, 존재하게 하는 모든 것, 금, 은, 금강석, 비단, 하인들, 대궐 같은 집을 모두 내어버렸다. 그는 시집에서 달아난 것이다.

세상에선 명옥의 외모가 고운 값으로 음분한 계집이라고만 하였다.

『달밤』, 1934.7

[1] 친정집에서 슬퍼하는 것은 하늘이 무너 앉은 것 같았다. 그러나 명옥이는 나래를 얻은 새와 같았다. 날아갈 것 같은 경쾌와 천리 만일 같은 질펀한 앞길의 전망(展望)을 느끼었다.

명옥이는 어느 선배의 집에 가 있으면서 현홍구를 찾았다. 현홍구는 만나기가 어려워 쉽지 않았다. 그를 알 만한 몇몇 잡지사를 거치어 여러 날 만에 숨어 다니는 현홍구를 만나기는 했다. 그러나 현홍구를 만날 때 명옥은 의외에 슬퍼졌다. 세상에 모든 사나이가 다 불행하게 되어도 현홍구만은 훌륭하게 되리라고 믿어 왔건만 오늘 눈앞에 나타나는 현홍구는 너무나 의외였다. 그 전과 조금도 다름이 없었다. 학생복

---

1   이하 부분은 발표 원본(『이화(梨花)』 제4집, 1932.10.31)은 있었으나 『달밤』 단행본에서는 삭제된 부분이다. 후일에 나온 장편소설 『화관(花冠)』의 원형으로서도 그 의미가 크다는 점에서 수록해두었다..

은 아니지만 땀과 때에 절은 모자와 양복, 뒤축이 물러앉은 구두, 그에겐 사회적 아무런 명망도 지위도 없이 그저 가난한 현홍구, 불행한 현홍구 그뿐이었다. 명옥은 탄식하였다.

'이게 무슨 모순이냐, 사람에겐 정말 팔자라는 것이 있단 말인가. 현홍구 같은 사람에게 행복이 오지 않는다면 어떤 사람에게 갈 것인가!'

명옥은 현홍구의 남루한 모양을 보고 자기 오빠나 자기 남편의 신세처럼 슬퍼하였다. 현홍구에게 훌륭한 직업과 지위를 주지 않는 사회가 한없이 원망스러웠다.

그나마 현홍구는 그 다음 날 다시 만날 기회도 없이 경찰에 발견되어 잡혀갔다. 또 그나마 놓여나올 날의 희망조차 끊어지고 말았으니 몸이 약한 현홍구는 옥에 들어간 지 넉 달 만에 위병으로 죽고 말았다.

명옥의 슬픔은 컸다. 명옥의 눈앞은 캄캄하게 어두웠다. 그러나 빛은 어둠 속에서 나타나는 것이었다.

여기서, 이 암흑과 슬픔의 절정에서 명옥은 넘어지지 않았다. 오히려 멀리 서광을 느끼었다. 큰 용기를 얻고 손을 높이 들고 일어섰다.

'현홍구에게 훌륭한 직업과 지위를 주지 않은 것은 이 사회가 아니다. 이 사회 역시 현홍구와 똑같은 운명에 있다. 이 운명을 지배하는 자는 누구냐? 하느님이냐?'

명옥은 힘 있게 머리를 흔들었다.

'아니다! 하느님은 똑같이 복되게 살도록 마련해 주셨다. 현홍구의 운명, 이 사회의 운명을 지배할 자는 하나님의 자비까지 유린한 자다. 그는 무엇인가? 귀신인가?'

명옥은 한참 생각하였다. 그리고 소리쳤다.

'현홍구의 운명, 이 사회의 운명을 지배한 것은 사람이다! 사람의 짓이다. (四行略)'

명옥은 큰 용기를 얻었다. 시집을 벗어나서는 새와 같이 날아갈 듯한 경쾌를 느끼었으나 이번에는 바위를 들고 산을 떠들고 일어서는 기중기(起重機)와 같은 거대한 저력(底力)을 느낀 것이다.

명옥은 유쾌하였다. 새로운 정열에 꽃송이처럼 불타는 그의 아름다운 얼굴은 명랑한 가을바람에 깃발같이 빛나며 형무소로 임자 없는 시체를 맡으러 갔다.

슬픈 승리자

1

매다여!

너는 지금 내 앞에서 잔다. 꽃 위에 앉은 나비처럼 흔들리는 것도 모르고 그린 듯이 감은 눈으로 고요히 내 앞에 잠들어 있다.

매다! 네가 내 앞에서 잔다! 저렇게 익숙한 자리처럼 내 앞에서 마음 놓고 콜콜 잠을 잔다! 이 얼마나 꿈같은 일이냐. 내가 지은 일이로되 꿈인가 싶어 이따금 네 손을 잡아보면 네 보드라운 손은 이렇게 따스하고, 맥은 헤일 수 있게 또박또박 뛰는구나. 너는 지금 확실히 내 앞에 자고 있다.

매다! 너는 나에게 얼마나 찬 여자였느냐? 네 몸에 이만한 체온이 어느 구석에 있어 보였느냐. 새매와 같이 깔끔하여 곁을 줄 줄 모르던 너였었다. 총으로 쏘려 해도 총부리를 겨눠볼 틈이 없이 날아 버리는 실로 새매와 같은 너였었다. 그랬던 네가 지금 이 사내, 네 말대로 '진흙처럼 치근치근'한 이 사내 앞에서 고요히 머물러 잠을 잔다니 이것이 얼마나 꿈같은 일이랴.

아무튼 매다, 너는 지금 내 앞에 자고 있다. 좁은 침대차 침상에서나마 배부른 고양이 허리처럼 나른히 파묻힌 네 몸은 차가 쿵쿵거릴 때마다 물결 같은 흐늘거리는 선율을 젖가슴 위에 일으키며 깊이깊이 잠들어 누워 있는 것이다.

매다여! 깔끔하기 새매 같은 여자여! 네가 만일 이 자리에서 눈을 뜬다면 너의 놀라움은 얼마나 크랴. 어디로 가는지도 모르는 밤차 침대 안, 더구나 네 팔 길이만도 못한 주위 안에서 '진흙처럼 치근치근'한 사나이의 존재가 네 비단신같이 교만한 눈에 밟히어질 때 그때 너의 놀람 너의 분노는 어떠하랴. 그럼 너는 지금 깊은 잠 속에 들어 있다. 아마 귀를 베어도 모를 돌문과 같은 무거운 잠 속에 갇히어 있는 것이다.

너는 아무 것도 모르리다. 너는 왜 너에게 그렇게 무거운 잠이 내려 눌렀는지, 왜 네 몸이 병원으로 가지 않고 정거장으로 나와 차를 탔는지, 어디로 가는지, 그리고 나와 단둘이 된 것, 너는 모두 모를 것이다.

매다여…… 너는 이를테면 내 손아귀에 든 셈이다. 나는 너를 완전히 정복한 셈이다. 네 손등을 쓰다듬고 네 꼭 끼인 구두를 벗기고 네 얼굴을 숨이 마주치도록 가까이 들여다보되 너는 눈썹 한 오리 찡그리지 못하고 있다. 너는, 너의 운명은 완전히 나에게 지배되어 있는 것이다. 지금 내 가슴 속에는 승리의 기쁨으로 가득찬 것을 너는 모르리라.

침대차의 침침한 불빛, 그것은 네 얼굴이 가진 모든 아름다운 선(線)들을 고무로 지워 놓듯 하였다. 그래서 나는 남이 안 보는 틈틈이 손전등으로 네 얼굴을 비추고 있다. 너는 정말 아름다운 몸을 가진 계집이다. 언젠가 네 편지에 '어서 당신의 화필(畵筆)이 노련해져서 나오십시오. 저는 저의 젊음을 그때까지 꼭 간직하고 기다리겠습니다' 하던 그 어여쁜 젊음이 시방도 그대로 네 몸에 남아 있구나.

매다여!

지금은 새벽 다섯 시, 너와 함께 어젯저녁 경성역에서 이 차를 탄 지 꼭 열 시간, 차는 그저 어둠 속으로 달리고 있다. 그러나 오래지 않아 이 침침한 침대차 속에도 아침이 올 때다. 너를 정복한 내 세력도 이 어둠과 함께 사라지지 않으면 안 될 때가 가까웠다. 슬픈 일이다. 나는 네가 만일 영영 눈을 뜨지 못하리라고 믿는다면 결코 네 옆을 떠나지 않고 나의 행복된 시간을 끝까지 나의 것으로 지키리라. 그러나 네가 깨어난다면 너에게 나를 죽일 만한 아무런 무기도 없이 다만 눈총으로 미움의 절정에 올라서서 나를 내려다본다면, 오! 그것이 나의 가장 큰 무서움인 것이다. 네 얼굴 위에서 나를 위한 미움을 바라본다는 것은 나로서는 차라리 죽음을 바라보기보다 더 가슴 아픈 일일 것이다. 그러므로 나는 너를 여기 뉘어놓은 채 날이 밝기 전에 이 차에서 사라지려는 것이다.

　매다여! 네가 만일 영영 눈을 못 뜨고 만다 치자. 그러면 너는 저승에 가서 너를 죽인 원수를 갚을 길을 걱정하리라. 그러나 그것은 안심하여도 좋다. 위에서도 말하였거니와 네가 죽고 말 줄만 안다면 애초부터 네 옆을 떠나지 않을 나이다. 네가 만일 죽어져 세상에 소문이 퍼진다면 범행의 주인공 내가 모를 리가 없겠고 내가 너의 죽음을 들은 이상 단 일 분 동안이라도 비겁하게 입을 다물고 있을 내가 아니다. 그것만은 믿어다오. 나는 곧 네 주검 앞에 나타나 달게 내 죄를 받을 것이다.

　매다여! 어디선가 개 짖는 소리가 휙 지나친다. 아마 다음 정거장이 가까웠나 보다. 오! 매다! 너의 손은 아직도 따스한 피를 쥔 채 있다. 맥도 아직은 또박또박 뛰건만…… 날은 자꾸 밝아 오는구나!

2

여기서 나는 독자들의 궁금하실 것도 깨닫습니다. 그래서 대강으로 나마 여러분의 궁금증을 밝혀드릴 겸 또 나로서 세상에…… 그보다도 매다 같은 여성들에게 하소연도 할 겸 매다와 나의 과거를 필요한 데만 적어보려 합니다.

처음 매다를 만나기는 벌써 육칠 년 전 원산에섭니다. 그도 P학교에 교원으로 있었고 나도 같은 교원으로 일 년 동안을 그 직원도 많지 않은 조그만 사무실 속에서 같이 지냈습니다. 그 일 년이야말로 나에게 있어 다시 올 수도 없거니와 바랄 수도 없는 황금시대였습니다.

그때 어느 날 오후였습니다. 칠월 말이던가 봅니다. 그러기에 방학이 며칠 안 남아 매다와 나는 서로(그 후에 알았습니다만) 얼마 동안 만나지 못할 것을 서운해 하던 것이 생각납니다.

"선생님, 오늘 오후에도 낚시질 가서요?"

매다는 시험지를 끊다 말고 낮은 목소리로 나만 듣게 물었습니다. 나는 그날 다른 볼일이 있었으나 얼른

"가지요. 구경 오시겠습니까"

하고 그를 보았습니다. 그는 대답은 없었습니다. 그러나 그의 얼굴 위에는 '가리다' 하는 말대답보다도 더 또렷이 승낙하는 표정이 보였습니다. '몇 시에 가느냐'고는 왜 묻지 않나 하고 몇 번 곁눈으로 그를 보았으나 그의 천진한 심경은 다른 선생들 못 듣게 이만 말이라도 우리끼리만 주고받은 것이 크게 속으로 무안한 듯 수그린 붉은 얼굴에 땀을 씻을 뿐이었습니다.

그는 내가 즐기어 다니는 낚시터를 그전부터 알았습니다. 그러나 혼자 온 적은 없었습니다. 다른 선생들과 혹은 학생들과 두어 번 온 적이 있습니다. 그럴 때마다 나는 매다가 혼자 와 주었으면 하는 충동을 몰래 받곤 했습니다. 그렇던 나의 욕망이 이루어지는 날, 나는 바다 위에라도 껑충껑충 뛰어나가고 싶은 끓어오르는 청춘의 행복감을 가슴이 벅차게 안았더랬습니다.

나는 낚싯대를 메고 이내 주인집을 나섰습니다. 이내 떠나기는 했으나 점심 먹을 것을 사러 관거리까지 갔다오느라고 바다에 이르기는 더디었던 모양입니다. 그랬기에 나의 밀짚벙거지보다도 매다의 파라솔이 먼저 낚시터에 해를 가리고 앉아 있었지요. 나는 그를 놀래주려 가만가만 뜨거운 모래를 지려 밟으며 그의 곁으로 갔습니다. 그러나 길다란 나의 그림자가 성큼성큼 벌써 그의 앉은 앞을 지나쳤거늘 그가 몰라서 가만히 앉았던 것은 아니겠지요. 아니, 이런 자질구레한 이야기는 그만 두겠습니다. 아무튼 그날 우리는 출렁거리는 가슴을 안고 출렁거리는 푸른 바다에 가지런히 발을 담그고 앉아 긴긴 여름날의 반나절을 해가 지는 줄도 모르고 보내었습니다. 그때 우리는 '나는 당신을 사랑합니다' 하는 말 한마디 주고받지 않았지만 무엇으론지 마치 말을 모르는 짐승들이 서로 사랑하고 믿듯 서로 따지지 않고도 서로 사랑하는 것을 알고 믿었습니다.

그 다음날부터 매다와 나 사이는 사무실 안에서 남들이 보기엔 평소보다 오히려 의가 상한 듯, 말이 적어졌습니다. 그 대신 우리 둘의 눈의 속삭임은 사무실 안이로되 무인지경과 같았습니다. 매다는 그 후 이내 날더러 동경으로 가라고 권했습니다. 미술을 공부하고 와서 훌륭한 미술가가 되어 달라고 했습니다.

그도 나처럼 그림을 좋아했습니다. 그래서 나는 쓸 줄도 모르는 '와트만'을 펴놓고 능금을 그리고 달리아를 그리곤 하다가 가끔 매다의 얼굴도 그려 보았습니다. 이러다가 하루는 매다가 자진하여 내 빈약한 화가(畵架) 앞에서 그의 저고리 옷고름을 끌렀습니다. 그때 나는 들었던 화필을 나도 모르게 손에서 떨구고 말았습니다. 어찌 그의 상반신이 아름다웠던지요. '그리스' 조각이 아니요, 오늘 조선의 산 사람 속에서 그렇게 아름다운 어깨, 가슴, 팔을 구경할 수 있는 것은 정말 경이였습니다. 나는 그의 상반신뿐만 아니라 하반신까지도 구경할 수가 있었습니다. 그는 전신이 이렇게 아름다웠습니다. 그는 나에게 창작적 정열을 돋우어 주기 위해서는 사양하는 것이 없었습니다.

그러나 나는 무서웠습니다. 그의 '비너스' 같은 몸이 옷을 털어 던지고 나설 때마다 나는 손이 어느덧 슬그머니 붓을 놓아버리곤 했습니다.

'오냐 지금은 때가 아니다. 어서 옷을 입어라. 몇 해 동안만 더 옷 속에서 기다려다오. 나는 반드시 네 아름다움이 늙기 전에 내 캔버스 위에 옮겨놓을 날이 있을 것이다.'

이리하여 나는 매다가 석왕사까지 따라와 보내주는 동경길을 떠났습니다. 매다는 편지마다 나를 격려하였습니다. "어서 그리서요. 자꼬 그리서요. 잠시도 쉬지 말으서요." 또 "어서 당신의 화필이 노련해져서 나오십시오. 그때까지 저는 저의 젊음을 꼭 간직하고 기다리겠습니다." 이런 말들이 편지마다 있다시피 해왔습니다. 나는 하룻밤에도 항용 칠팔 시간 이상씩 붓씨름을 했습니다. 그리고 대가들이 전용하는 이름 있는 모델들을 틈틈이 다니며 구경하였고 그중에서 우리 매다의 몸만 한 것을 발견하지 못할 때, 또 화가마다 좋은 모델을 얻지 못해 애쓰는 것을 볼 때마다 나는 속으로 무한한 희망과 자랑을 품어 보곤 해 왔습니다.

그러나 무엇이라고 할까요. 세월이나 탓하는 수밖에 없겠지요. 세월과 같은 요술쟁이는 없을 것입니다. 삼 년이란 세월이 어찌 그다지도 사람의 마음을 바꿔 놓습니까!

매다는 원산에서 교원생활을 그만둔다 하고 서울 와서 단 두 번 편지가, 그것도 두 달만큼씩 새를 두고 있다가는 아주 그치고 말았습니다.

그 후 나는 두 번이나 매다를 찾기 위해 나왔으나 한 번도 그를 만나지 못한 채 돌아갔다가 졸업하는 해, 작년 봄입니다. 졸업반에서는 졸업제작만 출품하면 되니까 이내 서울로 나와 있으면서, 나는 매다를 찾기에 눈이 뒤집혔었습니다. 그러다가 매다를 만난 것은 봄도 아니요 여름도 아닌 오월 중순, 신록이 우거진 남산의 어느 산갈피에섭니다. 매다는 어찌 그리 배암이나 본 것처럼 나를 놀라겠습니까. 또 어찌 그리 배암처럼 시치미를 떼리까. 처음에 나는 그가 하도 모르는 체하기에 매다가 아닌가 의심했으나 그는 갈데없는 매다였습니다. 그는 나와의 과거는 까맣게 잊은 듯이 눈을 내리깔고 옆에 따르는 사나이가 나의 존재를 의심할까만 여겨 범 본 사람처럼 걸음을 재쳤습니다. 나는 멍―하니 서서 남의 일처럼 바라보는 수밖에 없었습니다.

그 뒤로는 가끔 매다가 내 눈에 띄었습니다. 어느 백화점 안에서, 어느 전람회장에서, 그러나 그는 새매와 같이 날랬습니다. '매다로구나!' 하고 다시 보려면 어느덧 없어졌습니다.

나는 그리 깔끔스럽게 구는 것이 굳이 미웠습니다. 사나이로서 넓지 못한 아량이라 하겠지만 어떡하든지 그의 숨은 행복을 끄집어내어 유리그릇처럼, 사기그릇처럼 산산조각에 깨뜨려 주고, 짓밟아 주고 싶었습니다. 그래서 한번은 번뜩 눈에 뜨이자 날쌔게 그의 꼬리를 놓치지 않고 따라갔습니다. 그래서 한적한 숭이동에서 새로 지은 이층양관인 매다의 집을 발견한 것입니다.

매다를 주부로 한 그 집은 집도 아름다웠습니다. 초가집들 사이에 혼자 오똑 솟아 있건만 회색 벽돌의 탁 가라앉은 빛이며 용마루 높은 새까만 돌지붕과 나무창살 덧문들까지 그리고 짙은 녹색의 홰나무까지 뒤에 서 있어 모두 무게 있고 조용해 보이는 영국풍의 주택이었습니다. 문에는 대리석 문패에 '김지국'이라 쓰여 있으니 호남의 일류 부호로 서울 와서 어느 은행의 중역으로 있는 김지국, 매다의 남편이 그인 것도 이래서 처음 알았습니다.

그러나 매다의 행복을 어떻게 깨뜨려 주나? 별 도리가 없었습니다. 그저 매다의 집을 안 김이라, 나는 자주 그의 집이라도 바라보러 갔습니다. 그의 집 앞에는 넓은 공지가 있어서 그림을 그리러 다니다가는 그릴 데가 없으면 그 공지로 가서 화가(畫架)를 받쳐놓고 매다의 집만 그리곤 했습니다. 그래서 스케치판으로 그린 것은 부지기수요, 이십 호, 삼십 호 풍경으로만 그린 것도 석 장이나 됩니다. 그중에 삼십 호짜리를 그릴 땝니다. 일요일 아침이라 매다의 남편이 열한 점이나 된 때인데 이제 일어나 나오는 듯 번질번질한 빼드롭을 입은 채 여송연을 피워 물고 어슬렁어슬렁 내 옆으로 왔습니다. 한참 바라보더니

"우리 집이 그리면 보기 좋겠소?"

했습니다.

"네 훌륭한 풍경이 됩니다."

하고 공손히 대답했습니다. 그러니까 그는 이런 말을 하면서 들어갔습니다.

"거 다 그리거든 나 좀 구경하게 알려주오."

알려달라는 것이 아니꼽기는 했습니다만 이리하여 그 그림이 매다 남편에게 팔리었고 또 그 다음 일요일엔 그의 초상화까지 그리러 가게 됐던 것입니다.

이런 관계로 나의 거친 신발은 알른알른하는 매다의 집 현관에 처음으로 놓여지기 시작했습니다.

새까만 비로드로 백을 친 앞에 검은 예복에 금테안경을 쓰고 나타나는 김지국의 사람 생김, 남들은 그의 작은 눈과 두터운 입술을 보고 도야지상이라 흉을 본답디다만 화가인 내 눈에는 매끈한 얼굴보다 평범하지 않은 그의 도야지상이 차라리 정답기도 하고 그리기도 쉬웠습니다.

그 이튿날은 그는 은행으로 가고 나는 혼자 그의 응접실에서 그의 사진을 놓고 그렸습니다. 사진은 그의 독사진이 아니요 최근에 박았다는, 매다를 옆에 앉힌 사진이었습니다. 그런데 매다가 그 전날부터 내 눈에 얼씬도 하지 않는 것은 물론입니다. 이층 제 방 속에서 기침도 크게 못하는 매다의 마음은 결코 평온하지 못했을 것입니다. 자기 남편이 은행에 간 동안은 아마 낮에도 방문을 잠그고 있었는지도 모르지요. 아무튼 나는 한참씩 붓을 놓고 사진 속에 매다를 바라보고 쉬면서 그의 남편 초상을 주인의 비위대로 그려 놓았습니다. 은행에서 돌아온 김지국은 대단히 만족해했습니다. 외투도 벗지 않고 이층으로 올라갔습니다. 그것은 물론 매다를 데리러 갔던 것이겠지요. 매다는 내려오

지 않았습니다. 남편은 이번에는 그림을 들고 올라가더니 한참 만에 벙긋거리며 내려와서

"여보 내일도 오시오. 우리 부인도 그려 주시오. 한 데 가즈런히 걸어놓게. 애초에 저 사진처럼 같이 앉은 것을 그릴 걸 그랬어."
했습니다. 나는 그 이튿날도 갔습니다. 매다는 우락스러운 남편에게 손목이 끌리어 억지로 제 방에서 내려왔습니다.

"요즘 시체 사람들이 내우는 무슨 내우람……." 그의 남편은 '내우'라 했습니다. 얼굴이 석류꽃처럼 핀 매다는 마지못하여 백 앞에 와 앉았습니다. 처음에는 나의 손도 몹시 흥분된 듯 붓이 이것저것 함부로 잡혔드랬습니다. 그의 남편은 이내 은행으로 가고 모델과 화가, 매다와 나뿐이었습니다. 나는 붓을 멈추고 물었습니다.

"그렇게 흥분되시오?"

그는 대답은 없이 눈을 적시어 보였습니다. 이슬 같은 가벼운 눈물이었습니다. 화가의 심리라 할까요. 좌우간 매다의 야릇한 표정을 한번 그려나 보리라 하고 다시 손에 충실하여 했습니다만 내 기억력은 결코 매다를 연인으로 잊으려 하지 않았습니다.

이럭저럭 점심때가 되었습니다. 이날은 어쩐 일인지 매다가 손수 간단은 하나마 조촐한 점심상을 가지고 나왔습니다. 그 점심상을 앞에 놓고 섭니다. 나는 매다더러 "나와 함께 달아나 주지 않으려느냐" 물었습니다. 매다는 외면을 하고 말이 없기에 다시 "대답을 해 달라" 하니 그는 휘파람 같은 소리로 "되운 치근치근하오, 진흙 같구려" 했습니다. 그가 부엌으로 간 새입니다. 나는 그가 먹을 음식 그릇에 잠약을 탄 것입니다. 내가 그를 잃어버리고 이것을 먹어야 잠을 이루어 보던 독일

제의 진짜 잠약입니다. 주머니에 있는 대로 다 탔으나 흥분된 매다의 미각은 맛도 모르는 듯 그 음식을 죄다 마셨습니다. 그렇지 않아도 모델로 앉으면 졸음이 오는데 그는 이내 졸기 시작했고 이내 의식을 잃어버린 것입니다.

나의 이야기는 여기까지입니다. 더 말씀하지 않아도 여러분은 일의 전말을 능히 짐작하시리다.

그런데 한 가지 남은 말은 매다가 깨어났느냐 못 깨어나겠느냐 그것입니다. 그것은 나도 모릅니다. 만일 그가 죽고 만다면, 그것은 참말 슬픈 일이외다. 나도 처음부터 그를 죽이는 데 욕망이 있은 것은 아닙니다. 다만 무리스럽게라도 아무도 모르게 매다와 함께 멀리 가는 밤차를 타 보는 것, 즉, 달아나는 형식만이라도 가져보고 싶었던 것입니다.

『구원의 여상』, 1937.6

꽃나무는 심어 놓고

"자꾸 돌아 봔 뭘 해, 어서 바람을 졌을 때 횡하니 걸어야지⋯⋯."
하면서 아내를 돌아보는 그도 말소리는 천연스러우나 눈에는 눈물이
다시 핑그르 돌았다. 이 고갯마루만 넘어서면 저 동리는 다시 보려야
안 보이려니 생각할 때 발도 천근이나 무거워지는 것 같았다.

이 고개, 집에서 오 리밖에 안 되는 고개, 나무를 해 지고 이 고개턱을
넘어설 때마다 제일 먼저 눈에 띄곤 하던 저 우리집, 집에서 연기가 떠오
르는 것을 볼 때마다 허리띠를 조르고 다시 나뭇짐을 지고 일어서곤 하
던 이 고개, 이 고개에선 넘어가는 햇볕에 우리집 울타리에 빨아 넌 아내
의 치마까지 빤히 보이곤 했다. 이젠 이 고개에서 저 집, 저 노랗게 갓 깐
병아리처럼 새로 영을 인 저 집을 바라보는 것도 마지막이로구나!

그는 고개 마루턱에 올라서더니 질빵을 치키며, 다시 한 번 돌아서
서 동네를 바라보았다.

아무 델 가도 저런 동네는 없을 것이다. 읍엘 갔다 와도 성황당 턱만
내려서면 바람 한 점 없이 아늑하고, 빨래하기 좋고 먹어도 좋은 앞 개
울물이며, 날이 추우면 뒷산에 올라 솔잎만 긁어도 며칠씩은 염려 없
이 때더니⋯⋯ 이젠 모두 남의 동네 이야기로구나!

"어서 갑시다."
하면서 이번에는 뒤에 떨어졌던 아내가 눈물 콧물을 풀어 던지며 앞을

섰다.

그들은 고개를 넘어서선 보잘 것 없이 달아났다. 사내는 이불보, 옷 꾸러미, 솥 부둥갱이, 바가지 쪽 해서 한 짐 꾸역꾸역 걸머지고, 여편네 는 어린애를 머리도 안 보이게 이불에 꿍쳐서 업은 데다 무슨 기름병 같은 것을 들고 앞서거니 뒤서거니 하여 도랑이면 건너뛰고 굽은 길이 면 논틀밭틀로 질러가면서 귀에서 바람이 씽씽 나게 달아났다.

장날이 아니라 길에는 만나는 사람도 별로 없었다. 이따금 발밑에서 모초리가 포드득 하고 날고 밭고랑에서 꿩이 놀라서 꺽꺽거리며 산으 로 달아나는 것밖에 아무 것도 없었다.

"길이나 잘못 들면 어째……."

"밤낮 나무 다니던 데를 모를까……."

조그만 갈랫길을 지날 때 이런 말을 주고받은 것뿐. 다시는 입이 붙 은 듯 묵묵히 걸어 그들은 점심때가 훨씬 지나서야 서울 가는 큰길에 들어섰다.

큰길에는 바람이 제법 세차게 불었다. 전봇줄이 앵앵 울었다. 동지 가 내일인가 모렌가 하는 때라 얼음같이 날카로운 바람결에 그들의 옷 깃은 다시금 떨리었다.

바람이 차서도 떨리었거니와 그보다도 길고 어마어마하게 넓은 길, 그리고 눈이 모자라게 아득하니 깔려 있는 긴 길, 그 길은 그들에게 눈 에도 설거니와 발에도, 마음에도 선 길이었다. 논틀과 밭둑으로 올 때 에는 그래도 그런 줄은 몰랐는데 척 신작로에 올라서니 그젠 정말 낯선 데로 가는 것 같고 허턱 살길을 찾아 떠나는 불안스러운 걱정이 와짝 치밀었던 것이다. 그래서 앵앵 하는 전봇줄 소리도 멧새나 꿩의 소리

보다는 엄청나게 무서웠다. 서로 말은 하지 않았어도 사내나 아내나 다 같이 그랬다.

그들은 그 길을 그저 십 리, 이십 리 걸어 나가는 수밖에 없었다. 자동차가 지날 때는 물론, 자전차만 때르릉 하고 와도 허둥거리고 한데 모여 길 아래로 내려서면서 서울을 향하고 타박타박 걸을 뿐이었다.

그들은 세 식구였다. 저희 내외, 방 서방과 김 씨와 김 씨의 등에 업혀 가는 두 돌 되는 딸애 정순이었다. 며칠 전까지는 방 서방의 아버지 한 분까지 네 식구로서 그가 나서 서른두 해 동안 살아온, 이번에 떠나는 그 동리에서 그리운 게 없이 살았었다. 남의 땅이나마 몇 대째 눌러 부쳐 오던 김진사네 땅은 내 땅이나 다름없이 알고 마음 놓고 부쳐 먹었다. 김진사 당대에는 온 동리가 텃세 한 푼도 물지 않고 지냈으며 김진사가 돌아간 후에도 다른 지방에 대면 그리 심한 지주는 아니었다. 김진사의 아들 김의관도 돌아간 아버지의 덕성을 본받아 작인네가 혼상 간에 큰일을 치르는 해면 으레 타작에서 두 섬 석 섬씩은 깎아 주었다. 이렇게 착한 김의관이 무엇에 써버리느라고 그 좋은 땅들을 잡혀 버렸는지, 작인들의 무딘 눈치로는 내용을 알 수가 없었다. 더러 읍엣 사람들이 지껄이는 소리에 무슨 일본 사람과 금광을 했느니 회사를 했느니 하는 것을 들은 사람은 있고, 또 아닌 게 아니라 한동안 일본 사람과 양복쟁이 몇이 김의관네 집을 드나들어 김의관네 큰 개 두 마리가 늘 컹컹거리고 짖던 것은 지금도 어저께 같은 일이었다.

아무튼 김의관네가 안성인가 어디로 떠나가고, 지주가 일본 사람의 회사로 갈린 다음부터는 제 땅마지기나 따로 가진 사람 전에는 배겨나기가 어려웠다. 텃세가 몇 갑절이나 올라가고 논에는 금비를 써라 하고, 그것을 대어주고는 가을에 비싼 이자를 쳐서 벼는 헐값으로 따져 가고 무슨 세납 무슨 요금 하고 이름도 모르던 것을 다 물리어 나중에 따지고 보면 농사 진 품값은커녕 도리어 빚을 지게 되었다. 그들이 지는 빚은 달리 도리가 없었다. 소가 있으면 소를 팔고 집이 있으면 집을 팔아 갚는 것밖에. 그래서 한 집 떠나고 두 집 떠나고 하는 것이 삼 년 안에 오륙 호가 떠난 것이었다.

군청에서는 이것을 매우 걱정하였다. 전에는 모범촌으로 치던 동리가 폐동이 될 징조를 보이는 것은 군으로서 마땅히 대책을 세워야 될 일이었다. 그래서 지난봄에는 군으로부터 이 동리에 사쿠라 나무 이백여 주가 나왔다. 집집마다 두 나무씩 나눠 주고 길에도 심고 언덕에도 심어 주었다. 그래서 그 사쿠라 나무들이 꽃이 구름처럼 피면 무지한 이 동리 사람들이라도 자기 동리를 사랑하는 마음이 깊어져서 함부로 타관으로 떠나가지 않으리라 생각했던 것이다.

사쿠라 나무들은 몇 나무 죽지 않고 모두 잘 살아났다. 방 서방네가 심은 것도 앞마당의 것 뒷동산의 것 모두 싱싱하게 잘 자랐다. 군에서 나와 보고 내년이면 모두 꽃이 피리라 했다.

그러나 떠날 사람은 자꾸 떠나고야 말았다.

방 서방네도 허턱 타관으로 떠나기는 처음부터 싫었다. 동리를 사랑하는 마음, 자연을 사랑하는 것이나 이웃을 사랑하는 것이나 모두 사쿠라를 심어 주는 그네들보다는 몇 배 더 간절한 뼛속에서 우러나는 것이었다. 사쿠라 나무를 심었을 때도 혹시 죽는 나무나 있을까 하여 조석으로 들여다보면서 애를 쓴 사람들이요, 그것들이 가지에 윤이 나고 싹이 트는 것을 볼 때는 자연 속에 묻혀 사는 그들로서도 그때처럼 자연의 신비, 봄의 희열을 느껴 본 적은 일찍 없었던 것이다.

"내년이면 꽃이 핀다지?"

"글쎄, 꽃이 어떤지 몰라?"

"아무튼 이눔의 꽃이 볼 만은 하다는데."

"글쎄 그렇대……."

그러나 떠날 사람은 자꾸 떠나고야 말았다. 올 겨울에 들어서도 방서방네가 두 집째다.

그들은 사흘 만에야 부르튼 다리를 절룩거리며 희끗희끗 나부끼는 눈발 속으로 저녁연기에 싸인 서울을 바라보았다. 그들은 날이 아주 어두워서야 서울 문안에 들어섰다.

서울에는 그들을 반가이 맞아 주는 사람이 없지도 않았다.

"어디서 오십니까? 어디로 가시는 길입니까? 우리 여관으로 가십시다."

그러나

"돈이 있나요, 어디……."

하면 그 친절하던 사람들은 벌에 쏘인 것처럼 달아나곤 했다.

돈이 아주 없지는 않았다. 집을 팔아 빚을 갚고 남은 것이 몇 원은 되었다. 그러나 그 돈이 편안히 여관에 들어 밥을 사먹을 돈은 아니었다.

고달픈 다리를 끌고 교통 순사들에게 핀잔을 맞으며 정처 없이 거리에서 거리로 헤매던 그들은 밤이 훨씬 늦어서야 한곳에 짐을 벗어 놓았다. 아무리 찾아 다니어도 그들을 위해서 눈발을 가려 주는 데는 무슨 다리인지 이름은 몰라도 이 다리 밑밖에는 없었다.

"그년을 젖을 좀 물리구려."

"그까짓 빈 젖을 물려선 뭘 하오."

아이가 하 우니까 지나던 사람들이 다리 아래를 기웃거려 보기 때문이었다.

그들은 어두움 속에서 짐을 끄르고 굳은 범벅과 삶은 달걀을 물도 없이 먹었다. 그리고 그 저리고 쑤시는 다리오금을 한번 펴볼 데도 없이 앉아서, 정 못 견디겠으면 일어서서 어정거리며 긴 밤을 밝히었다.

이튿날은 그래도 거기를 한데보다는 낫답시고, 거적을 사다 두르고 냄비를 걸고 쌀을 사들이고 물을 길어 들이고 나무도 사들였다. 그리고 세 식구가 우선 하루를 푹 쉬었다.

눈발은 이날도 멎지 않았다. 밤이 되어서는 함박송이로 쏟아지기 시작했다. 방 서방은 쏟아지는 눈을 바라보고 이 눈이 그치고는 무서운 추위가 오려니 생각했다. 그리고 또 싸리비를 한 자루 가져왔다면 하고도 생각했다.

그는 새벽같이 일어났다. 발등이 묻히는 눈 위로 한참 찾아다녀서 다람쥐 꽁지만한 싸리비 하나를, 그것도 오 전이나 주고 사기는 했다. 그리고 큰 밑천이나 잡은 듯이 집집마다 다니며 아직 열지도 않은 대문을 두드렸다.

"댁에 눈 쳐드릴까요?"

"우리 칠 사람 있소."

"댁에 눈 안 치시렵니까?"

"어련히 칠까 봐 걱정이오."

방 서방은 어이가 없어,

"허! 마당도 없는 녀석이 괜히 비만 샀군!"

하고 다리 밑으로 돌아오고 말았다.

그는 직업소개소도 가보았다. 행랑도 구해 보았다. 지게를 지고 삯짐도 져보려고 싸다녀 보았으나 지게를 부르는 사람은 없었다. 한 학생이 고리짝을 지고 정거장까지 가자고 했지만, 막상 닥뜨리고 보니 나중에 저 혼자 다리 밑으로 찾아올 수가 있을까가 걱정되었다. 그래서,

"거기 갔다가 제가 여기까지 혼자 찾어올까요!"

하고 어름거렸더니 그 학생은 무어라고 일본말로 핀잔을 주며 가버린 것이었다.

하루는 다리 밑으로 순사가 찾아왔다. 거기로 호구조사를 온 것은 아니었다.

"다리 밑에서 불을 때면 어떻게 할 테야, 응. 날마다 이 밑에서 연기가 났어…… 다시 불을 때다가는 이 밑에서 자지도 못하게 할 터이니 그리 알어……."

정말 그날 저녁부터는 연기가 나지 않았다. 끓일 것만 있으면 다리 밖에 나가서라도 못 끓일 바 아니었지만 그날은 아침부터 양식이 떨어진 것이다.

"어떡하우?"

아내는 맥이 풀려 울 기운도 없었다. 어린것만이 빈 젖을 물고 두어 번 빨아 보다가 울곤 울곤 하였다. 방 서방은 아무런 대답도 없이 앉았다가 이따금,

"정칠 놈의 세상!"

하고 입맛을 다실 뿐이었다.

이튿날 이른 아침, 어린것은 아범의 품에서 잘 때다. 초저녁엔 어멈이 품속에 넣고 자다가 오줌을 싸면 그 다음엔 아범이 새 품을 헤치고 안고 자는 것이었다. 밤새도록 궁리에 묻혀 잠을 이루지 못하던 아범이 새벽녘에야 잠이 들어 어린것과 함께 쿨쿨 잘 때였다.

김 씨는 남편이 한없이 불쌍해 보였다. 술 한잔 허투루 먹는 법 없고 담배도 일하는 날이나 일꾼들을 주려고만 살 줄 알던 남편이, 어쩌다 저 지경이 되었나 생각할 때 세상이 원망스러울 뿐이었다. 그리고 굶고 앉았더라도 그 집만 팔지 말고 그냥 두었던들 하고, 고향에만 돌아가고 싶은 생각뿐이었다.

김 씨는 생각다 못해 바가지를 집어 든 것이다. 고향을 떠날 때 이웃집에서,

"서울 가면 이런 것도 산다는데."

하고 짐에 달아 주던, 잘 굳고 커다란 새 바가지였다.

그는 서울 와서 다리 밑을 처음 나선 것이다. 그리고 바가지를 들고 나서기는 생전 처음이었다. 다리가 후들후들하였다. 꼭 일주야를 굶었고 어린것에게 시달린 그의 눈엔 다 밝은 하늘에서 뻔쩍뻔쩍하는 별이 보였다. 그러나 눈을 가다듬으면서 그는 부잣집을 찾았다. 보매 모두 부잣집 같았으나 모두 대문이 굳게 닫혀 있었다. 대문을 연 집, 그는 이 것을 찾고 헤매기에 그만 뒤를 돌아다보지 못하고 이 골목 저 골목으로 앞으로만 나간 것이었다. 다행히 문을 연 집이 있었고, 그런 집 중에도 다 주는 것이 아니었지만 열 집에 한 집으로 식은 밥, 더운밥 해서 한 바가지를 얻었을 때는 돌아올 길을 잃어버리고 만 것이다. 이 길로 나가 보아도 딴 거리, 저 길로 나가 보아도 딴 세상, 어디로 가야 그 개천 그

다리가 나올는지 알 재주가 없었다. 기가 막히었다. 물어 볼 행인은 많았으나, 개천 이름이나 다리 이름을 모르고는 헛일이었다. 해가 높아갈수록 길에는 사람이 들끓었고 그럴수록 김 씨는 마음과 다리가 더욱 갈팡질팡하고 있을 때 한 노파가 친절한 손길로 김 씨의 등을 두드렸다.

"어딜 찾소?"

김 씨는 울음부터 왈칵 나왔다.

"염려할 것 없소. 내 서울 장안엔 모르는 데가 없소, 내 찾아 주지……."

그 친절한 노파는 김 씨를 데리고 곧 그 앞에 있는 제 집으로 들어가 뜨끈한 숭늉에 조반까지 먹으라 했다.

"염려 말고 좀 자시우. 그새 내 부엌을 좀 치고 같이 나갑시다."

김 씨는 서울도 사람 사는 데라 인정이 있구나 하고, 그 노파만 하늘같이 믿고 감격한 눈물을 밥상에 떨구며 사양하지 않고 밥술을 들었다. 그러나 굶은 남편과 어린것을 두고 제 목에만 밥이 넘어가지 않았다. 숭늉만 두어 모금 마시고 이내 술을 놓고 노파를 따라 나섰다.

그러나 친절한 노파는 김 씨를 당치 않은 곳으로만 끌고 다녔다. 진고개로 백화점으로 개천이라도 당치 않은 개천으로만 한나절을 끌고 다니고는,

"오늘은 다리가 아프니 내일 찾읍시다."

하였다. 김 씨는 가슴이 찢어지는 것 같았으나, 그 친절한 노파의 힘을 버리고 혼자 나설 자신은 없었다. 밤을 꼬박 앉아 새우고 은근히 재촉을 하여 이튿날 아침에도 또 일찌거니 나섰으나 노파는 그저 당치 않은 데로만 끌고 다녔다.

노파는 애초부터 계획이 있었던 것이다. 김 씨의 멀끔한 얼굴과 살

의 젊음을 그는 삶이 살진 암탉을 본 격으로 보았던 것이다.

'어떻게 돈냥이나 만들어 써볼 거리가 되면……'

이것이 그 노파가 김 씨를 발견하자 세운 뜻이었다.

김 씨는 다시 다리 밑으로 돌아올 리가 없었다. 방 서방은 눈에서 불이 났다.

"쥑일 년이다! 이 어린것을 생각해선들 달아나다니! 고약한 년! 찢어 쥑일 년."

하고 이를 갈았다.

방 서방은 이틀이나 굶은 아이를 보다 못해 안고 나서서, 매운 것 짠 것 할 것 없이 얻는 대로 주워 먹였다. 날은 갑자기 추워졌다. 어린애는 감기가 들고 설사까지 났다.

밤새도록 어두움 속에서 오줌똥을 받은 이불과 아범의 저고리 섶, 바지자락은 얼어서 왈가닥거리고, 그 속에서도 어린애 몸은 들여다보는 눈이 뜨겁게 펄펄 달았다.

"어찌 하나! 하느님, 이렇게 무심합니까?"

하고 중얼거려도 보았으나 새벽 찬바람만 윙 하고 뺨을 갈길 뿐이었다.

날이 밝기를 기다려 아이를 꾸려 안고 병원을 물어서 찾아갔다.

"이애 좀 살려 주십시오."

"선생님이 아직 안 나오셨소. 그런데 왜 이렇게 되도록 두었소. 진작 데리고 오지?"

"돈이 있어야죠니까……"

"지금은 있소?"

"없습니다. 그저 살려만 주시면 그거야 제 벌어서 갚지요. 그걸 안 갚겠습니까!"

"다른 큰 병원에 가보시우……."

방 서방은 이렇게 병원집 문간으로만 한나절을 돌아다니다가 그냥 다리 밑으로 돌아오고 말았다.

방 서방은 또 배가 고팠다. 그러나 앓는 것을 혼자 두고 단 한 걸음이 나가지지 않았다. 그래도 저녁때가 되어서는 그냥 밤을 새울 수는 없어 보지 않으리라는 듯이, 눈을 딱 감고 일어서 나왔던 것이다.

방 서방이 얼마 만에 찬밥 몇 술을 얻어먹고 부랴부랴 돌아왔을 때는 날이 아주 어두웠다. 다리 밑은 캄캄한데 한참 들여다보니 아이는 자리에서 나와 언 맨땅에 목을 늘어뜨리고 흐득흐득 느끼었다. 끌어안고 다리 밖으로 나가 보니 경련이 일어나 눈을 뒤집어쓰고 있는 것이었다.

"죽을 테면 진작 죽어라! 고약한 넌! 네년이 이걸 버리고 가 얼마나 잘 되겠니……."

방 서방은 몇 번이나

"어서 죽어라!"

하고 아이를 밀어 던지었다가도 얼른 다시 끌어당겨 들여다보곤 했다. 그럴 때마다 아이의 숨소리는 자꾸 가빠만 갔다.

그러나 야속한 것은 잠, 어느 때쯤 되었을까 깜박 잠이 들었다가 놀라 깨었을 제는 그동안이 잠시 같았으나 주위에는 큰 변화가 생기었다. 날이 환하게 새고 아이에게서는 그 가쁘게 일어나던 숨소리가 뚝 그쳐 있었다. 겨우 겨드랑 밑에만 미온이 남았을 뿐, 그 불덩어리 같던 얼굴과 손발은 어느 틈에 언 생선처럼 싸늘하였다.

봄이 왔다. 그렇게 방 서방을 춥게 굴던 겨울은 다 지나가고 그 대신 방 서방을 슬프게는 더 구는 봄이 왔다. 진달래와 개나리 꽃가지들은 전차마다 자동차마다 젊은 새악시들처럼 오락가락하고, 남산과 창경원엔 사쿠라 꽃이 구름처럼 핀 때였다. 무딘 힘줄로만 얼기설기한 방 서방의 가슴에도 그 고향, 그 딸, 그 아내를 생각하기에는 너무나 슬픈 시인이 되게 하는 때였다.

하루 아침, 그날따라 재수는 있어 식전 바람에 일본 사람의 짐을 지고 남산정 막바지까지 가서 어렵지 않게 오십 전 한 닢이 들어왔다. 부리나케 술집을 찾아 내려오느라니 일본집 뜰 안마다 가지가 휘어지게 열린 사쿠라 꽃송이, 그는 그림을 구경하듯 멍하니 서서 바라보았다. 불현듯 고향 생각이 난 것이었다.

'우리가 심은 사쿠라 나무도 저렇게 피었으려니…… 동네가 온통 꽃 투성이려니…….'

그때 마침 일본 여자 하나가 꽃그늘에서 거닐다가 방 서방과 눈이 마주쳤다. 방 서방은 무슨 죄나 지은 듯이 움찔하고 돌아섰다. 꽃결 같이 빛나는 그 젊은 여자의 얼굴! 방 서방은 찌르르 하고 가슴을 진동시키는 무엇을 느끼며 내려왔다.

우선 단골집으로 가서 얼근한 술국에 곱빼기로 두어 잔 들이켰다. 그리고 늙수그레한 주모와 몇 마디 농담까지 주거니 받거니 하다 나서니, 세상은 슬프다면 온통 슬픈 것도 같고 즐겁다면 온통 즐거운 것 같기도 했다.

그러나 술만 깨면 역시 세상은 견딜 수 없이 슬픈 세상이었다.

"정칠 놈의 세상 같으니!"

하고 아무 데나 주저앉아 다리를 뻗고 울고 싶었다.

『달밤』, 1934.7

미어기

— 고운 아가씨와 한 배를 타고 가다 파선을 당한다. 모두 저만 살려 덤비는 판에 퀄은 한 팔을 남을 위해 남겨, 아도 못하는 그 아가씨를 구해 낸다. 육지에 나와 퀄의 팔에 안긴 채 가사(假死)에서 눈을 뜨는 아가씨, 처음에는

"누군데?……."

하고 분별이 없었으나 파도 소리에 바다를 한번 돌아보고는, 소스라쳐 퀄의 목을 끌어안는다.

나중에 알고 보니 그 고운 아가씨는 백만장자의 무남독녀! 그래서 퀄은 단번에 미인을 얻고 만금을 얻고…….

흔히 미국식 활동사진에 나오는 '해피 엔드'다

수영 선수로 유명한 우리 오 군은 이런 천우신조의 기연(奇緣) '해피 엔드'를 늘 현실에서 탐내었다. 그는 벌써 몇 해 여름째 보트철만 되면 만사를 제쳐놓고 한강에서 날을 보냈다. 그래, 경찰관의 경비선도 있지만 빠진 사람이 여자인 때엔 언제든지 경비선보다 먼저 오 군이 활동하여 구해내곤 했다.

그러나 유감인 것은 건진 사람 중에 미인이었던 한 명은 살아나지 못했고, 살아난 사람 중엔 미인이나 장자의 딸은 하나도 없었다. 다만

"고맙다"는 치하를 여러 번 받았고, 경찰서에서도 의협청년이란 표장을 받은 일은 있다. 그래서 집안에서 할머니들이,

"이 녀석아, 멀쩡한 아내를 쫓아버리고 그 원죄를 어쩌니?"

하면 그는 태연히,

"흥, 계집 하나 쫓은 걸…… 죽을 여자 살린 게 몇 명이게……."

하고 자기는 인간에 죄업보다도 선덕이 클 것을 늘 자긍하였다.

이날은 공일날인데다 길한 꿈을 얻은 날이었다. 한강 철교 밑으로 연꽃 한 송이가 둥실둥실 떠내려 오는 것을 덤뻑 건져 옷깃에 꽂고 깨니 꿈이었다. 속으로 '옳다! 오늘은 성원이 되나 보다' 하고 아침 일찍이 백화점에 들러 수영복을 새로 사가지고 한강으로 나갔다.

강에는 아침부터 보트가 세가 났다. 여자들만 탄 것도 헤일 수 없이 많이 떴는데, 뒤집힐 듯 뒤집힐 듯 노질이 위태스런 배도 적지 않았다. 오 군은 으쓱하여 기대가 가장 컸다. 한강이 자기 품안에 들 듯 실오리만하여 보였다.

그러나 긴긴 여름날 하루, 강에는 사고(事故)라고 신 한 짝 빠진 것 없이 해가 저물었다. 보트도 남자들이 탄 것만 몇 척 남은 듯 여자들의 것은 또박또박 선창에 들어 닿아 나비 같은 처녀들이 보송보송한 구두들을 털어 신고 우리 오 군 같은 것은 본체만체 뛰어나갔다.

"조런 것이 하나 빠지지 않구…… 하긴 밤에 사고가 많은 법이니까……."

오 군은 혼자 중얼거리며 강가 어느 음식점에 들어갔다. 그리고 비싼 우나기돔부리를 반도 못 먹은 때 어디선지 돌발하는 소리였다.

"사람 빠졌다! 여학생이!"

"뭐?"

"여학생이 뽀트에서 떨어졌다!"

그야말로 대기 중이었던 오 군은 나는 듯 자신 있는 응급 활동을 개시하였다.

"어디? 어디?"

"저기, 저기."

오 군은 살같이 물을 가르고 인도교 밑으로 들어갔다.

"저 사람이 달려들면 염려 없이 구하지."

"어떻게?"

"저 사람은 별명이 미어기요. 생긴 것도 미어기 같지만 물속에 들어가 십 분은 견디오. 사람 여럿 건졌소."

이것이 구경꾼들의 대화였다. 그러나 처음에는 오 군도 빈손으로 올라 떴으나, 다시 한 번 숨을 마시고 들어가더니 한참 만에 과연 여자 하나를 옆에 끼고 보아라 하는 듯이 여러 사람 쪽으로 헤어 나왔다. 경비선은 그제야 쫓아와 우리 오 군을 맞았다.

오 군은 가슴이 뛰는 기대로 배에 오르기가 바쁘게 엎드려 놓은 여자의 얼굴을 젖혀 보았다. 속으로, '밉지는 않은데……' 하였다.

그러나 무슨 생각엔지 급히 다시 한 번 들여다보고는 "뭐?" 소리를 치고 한걸음 물러섰다.

"아는 사람이오?"

순사가 물었다. 오 군은 부들부들 떨 뿐, "이것이 내 아내요" 소리는 얼른 나오지 않았다. 순사는 여자의 품에서 커다란 돌멩이 하나를 뽑아내더니,

"자살이로군!"

하였다. 또, 맥을 짚어 보더니

　"살겠군!"

하였다. 오 군은 저도 모르게 뜨거운 눈물을 아내의 젖은 얼굴에 떨구었다.

『달밤』, 1934.7

아담의 후예

지금은 원산(元山)서 성진(城津)으로 찻길이 들어 닿았으니까 배편에 내왕하는 사람이 별로 없겠지만 그전, 우리가 알기로도 차가 겨우 영흥(永興)까지밖에 못 통할 때에는 그 이북 사람들은 모두 수로로 다니는 수밖에 없었다.

청진서 오는 사람이면 입신환(立神丸) 같은 직행선을 탔고, 그 이남에서 오는 사람이면 온성환(穩城丸)이니 진주환(晋州丸)이니 하는 굽도리(항구마다 들르는 배)들을 탔었다. 그래서 원산의 그 넓은 관거리를 쓸어 올라가고 내려가고 하는 손님들은 모두가 배를 타러 가거나 배에서 내린 사람들이었었다.

배는 무시로 들어왔다. 저녁에도 뚜우 새벽에도 뚜우 소리가 났다. 그러면 객줏집 인객꾼들은 물론, 친지를 맞으러 갈 사람들도 저녁을 먹다 말고, 단잠을 자다 말고 허둥지둥 부두로 달음질치는 것이었다.

뚜우 소리가 날 때마다 안 영감도 그 숨찬 턱을 덜걱거리며 부두로 달음질치곤 했다. 어떤 때는 북어(北魚) 낟가리 밑에서나 배회사 창고 기슭에서 자다 말고, 어떤 때는 쓰레기통에서 무얼 주워 먹다 말고, 그렇게 달음질쳐서 가면 흔히 배는 아직 닻도 내리기 전이었다.

배가 부두에 매이면, 또 큰 배가 되어 부두에 들어오지 못하고 손님을 받아 신고 나오면 제가끔 앞으로 나서려는 인객꾼들 등쌀에 안 영감은 늘 뒤로 밀리었다. 뒤에서 남의 등 넘어로도 상륙하는 사람이 여자인 때는 흐린 눈을 돋우는 듯 더 자주 껌벅거리며, 고개가 더 돌아가지 않는 데까지 눈을 주어 살펴보는 것이었다. 맨 나중 사람까지 다 내리어 인객꾼들이 다시 지내 놓은 손님들을 쫓아갈 때면 안 영감도 설렁설렁, 남 보기에는 설렁설렁이지만 자기는 숨이 가쁘도록 뛰어 손님들을 쫓아갔다. 배에서 먹다 남은 실과나 과자 부스러기를 들고 가는 손님이 있으면 그 옆을 따라가며

"그거 나르 주오."

하는 것이다.

"무스게요?"

"그거 나르 주오."

"어째서요?"

"내 먹게스리……."

많은 것이 아니면 흔히는 거추장스러워서도 잘 주고 갔다. 그것을 받아 우물거리며 어시장 앞을 지나노라면 창고 앞에 늘어앉은 떡장사, 우동 장사, 돼지 고기 장사들의 할멈들이 어느 것이고 하나는 으레 안 영감을 아는 체하였다.

"이번 배에도 딸이 앙이 왔소?"

안 영감은 울 듯한 낯으로 도리질을 하였다.

"저놈의 영감 뱃고동 소리만 나면 눈이 뻘게 달아 오지만 딸이 와야지…… 요즘 자식들이 더구나 딸자식이 무슨 애비 생각을 하겠게."

"그렇지 않구…… 우리두 장사르 하오만 술장사르 한다는 년이 제

좋으면 고만이지 무슨 애비 생각을 하겠소."

이것은 안 영감을 지내 놓고 장사 할멈끼리 주고받는 말이었다.

안 영감은 성이 안가는 아니었다. 어느 떡장사 마누라가 한번은 쉰 떡을 그에게 먹이면서 그의 사정 이야기를 듣고, 안변(安邊)서 왔다고 해서 '안변 영감'이라 한 것이 귀하지 못한 사람의 이름이라 되는 대로 '안 영감'이라 불려진 것이었다.

안 영감은 동전이 두 푼만 모이어도 그 장사 할멈들에게 들고 와서 몇 번씩 되풀이하는 이야기거니와, 본래 자기는 그리 적빈하지는 않아 글자도 배워서 이름자는 적는 터이며 의식도 삼베중의에 조밥이나마 굶고 헐벗지는 않고 살았노라 하였다. 단지 남과 같이 아들자식을 두지 못해서 딸 하나 있는 것을 데릴사위를 들였더니 그것도 자기 팔자소관인지 딸이 사내를 따르지 않고 달아났다는 것이다. 달아난 지 며칠 뒤에 '청진 쪽으로 가서 술장사를 해서 돈을 모아 가지고 아버님을 모시러 나오겠다'는 편지가 한 번 있기는 했으나 그 후 삼사 년이 지나도록 소식이 없고, 의탁할 곳은 없어 떠날 때에는 걸어서라도 딸을 찾아 청진까지 가 보려던 것이었노라 한다. 그러나 원산까지 와서는 벌써 두 여름이 되는 동안 그저 떠나 보는 날이 없이 혹시 딸이 이 배에나 저 배에나 돌아오지나 않을까 하고, 망망한 바다에 뱃소리만 기다리고 사는 것이라 한다.

사는 것이라야 남 보기엔 죽지 못해 사는 것이었다. 그러나 그도 자기 마음엔 그렇지는 않은 듯 누가 자기의 목숨을 멸시하면 그것처럼 분한 건 없어하였다. 어떤 때 장사 마누라들이 먹을 것을 주어 놓고 저희끼린 동정하는 말로

"불쌍한 늙은이랑이……."

혹은

"늙어서 고생하긴 젊어서 죽는이만 못하당이……."

하고 지껄이면 안 영감은 화가 버럭 치밀어 가만히 놓을 그릇도 뎅그렁 소리가 나게 내어던지었다. 그러면 마누라들이라고 가만히 있지 않았다.

"앙이! 저놈이 첨지 뉘게다 골으 내오. 동전 한 푼에 오 전짜리 한 그릇으 멕이거든 고마운 줄 모르구서리……."

안 영감은 다시는 안 볼 것처럼 들이 내뺀다. 그러다가도 배가 고파 어찌 할 수 없을 때엔 어느 제숫댁들이나 찾아오듯, 다시 그 할멈들의 함지 앞으로 어슬렁어슬렁 나타났고 또 할멈들도

"저놈의 첨지, 공을 모르는 첨지, 빌어먹어 싼 첨지."

하고 욕을 퍼붓다가도 마수걸이만 아니면 우동 그릇, 인절미 개를 김 치국 해서 먹이곤 했다.

그중에서도 떡장사 할멈은 몇 해 전에 소장사를 나가 죽은 자기 영 감 생각을 하고 늘 고맙게 굴었고, 또 도야지고기 장사 할멈은 아들에 게서 온 편지 피봉을 내어 보이고 안 영감이 자기 아들의 이름과 사는 데를 알아맞히니까 글을 아는 사람이라 하여 가끔 도야지족과 순대 점 으로 우대하였다.

안 영감은 비나 몹시 쏟아지어 이 장사 할멈들이 하나도 나와 있지 않는 날이면 그날이 그야말로 사는가 싶지 못한 쓸쓸한 날이었다. 빗 물 뛰는 창고 처마 밑에 홀로 쭈크리고 앉아, 운무 속에 아득한 바다만 내어다볼 때는 종일 눈물이 멎지 않았다. 더구나 저녁때 두부 장사들 이 삐이 삐이 하고 지나가는 나팔 소리를 들을 때면 몸부림을 치고 싶

게 의탁할 곳이 없는 것이 서러웠다. 그러나 그런 날이라도 미리 주워 두었던 담배 깜부기만 넉넉하면 한결 그것이 벗이 되었다.

날이 들면 안 영감은 청천백일을 자기 혼자 보는 듯싶었다. 부리나케 관다리 위로 올라와서 대여섯 객줏집 부엌만 거쳐 나오면 하루쯤 굶었던 배는 이내 숨이 가쁘리만치 불러 올랐다. 배만 불러 오르면 기선 소리가 날 때까지는 딸의 생각도 그리 아쉬운 것은 아니었다. 어떤 때는 혹시 뉘 집 부엌에서 고깃국물이나 얻어 마시고 나서면서는 흐릿하게나마 '딸에게 얹혀살면 이런 부잣집처럼 고깃국이야 먹여 줄라구' 하는 생각, '뭇따래기 먹던 턱찌꺼기나마 남의 집 음식이니까 맛이 있지' 하는 생각이 좀처럼 그를 비관하게는 하지 않았다. 또 원산은 자기 고향 안변 따위에 대면 비길 수 없이 넓고 장한 곳이었다. 밤낮 돌아다니어도 구경거리가 끊이지 않았다. 무슨 광고가 돌면 그것도 다리가 아프도록 쫓아다녀 보고 싸움이 나면 싸움 구경, 불이 나면 불구경, 누가 오래 있다고 찾을 사람도 없고, 내 집이나 내 사람이 있는 곳이 아니니 불이 난들, 싸움이 난들 무서울 것이 없이 그저 구경거리였다.

이런 구경이 없을 때엔 정거장으로 가서 담배 깜부기를 주워 모으는 맛도 좋고, 그렇지 않으면 해변으로 나가 남들이 고기 잡는 것, 게 잡는 것을 구경하는 것도 한가한 소일거리였다. 어떤 때는 철롯길로도 오리씩, 십 리씩 가곤 하였다. 그것은 차에게 내어버린 찻주전자나 사이다병, 삐루병 같은 것을 줍는 재미였다. 사이다병이나 삐루병은 엿장사가 받았고 찻주전자 같은 것은 모양만 예쁘면 간장 주전자로 쓰느라고 장사 할멈들이 받아 주었다.

안 영감은 자기가 주운 것을 모조리 내어놓지는 않았다. 그중에 제

일 예쁘게 생긴 찻주전자 하나와 사기 뚜껑이 달린 정종병 하나는 늘 꽁무니에 차고 다니었다. 장사 할멈들이

"그건 뭘 할라고?"

하고 물으면 씩 웃으며

"딸 줄라고."

하였다.

안 영감은 구경 중에 말광대 구경과 낚시질 구경을 제일 즐기었다. 말광대가 오면 일주일이면 일주일, 이 주일이면 이 주일 동안 밥만 얻어먹으면 밤낮을 그 앞에 가서 살았다. 곡조를 알 리 없건만 또 무엇에서 나는 소린지 알 리 없건만 처량한 듯한 그 음악이 듣기 좋고, 밖에 섰는 사람들을 홀리느라고 이따금 한 번씩 휘장을 열어 보일 때 순간순간이나마 공구경을 하는 재미가 좋았다. 그러다가 말광대가 훌쩍 떠나가면 안 영감은 눈물이 날 듯 자기도 그들과 한패로 다니다가 저만 떨어진 것처럼 섭섭하기 한이 없었다.

그러나 말광대는 어쩌다 한때 있는 것, 낚시질은 봄부터 가을까지 언제든지 있는 것이었다. 어떤 때는 자기 자신이 낚시질이나 나오는 것처럼 여러 집 상에서 긁어모은 고추장을 그 딸 준다는 찻주전자에 넣어 가지고, 흰밥과 팥밥덩이를 한데 신문지에 싸 끼고 해변으로 어슬렁거리고 나왔다.

낚시질꾼들은 내지 사람이 많았다. 왜 그런지 내지 사람 곁에 앉아 구경하기에는 마음이 턱 놓이지가 않아 조선 사람 곁으로 간다. 조선 사람은 어른이 적고 늘 아이들이었다. 아이들은 어른보다 짐작이 서툴러 낚시를 적당한 기회에 채이지 못하기 때문에 빈 낚시가 자주 나왔

다. 보다가 딱하면 안 영감은 자기 자식이나 나무라듯 소리를 질렀다.

"어어째 저런 때 채지 않능야?…… 체! 고기가 너르 잡겠다."

이런 소리가 두어 번 거퍼지면 아이들은 안 영감을 흘겨보았다. 나중엔 안 영감이 일어서지 않으면 아이들이 다른 데로 낚시터를 옮기었다. 안 영감은 남이 헛낚시를 채일 때마다 낚시질을 자기가 한번 해 봤으면 싶었다. 자기가 하면 한 번도 헛낚시가 없이 번번이 고기가 나올 것 같았다.

그래 이 크지 않은 욕망을 이루어 보려던 것이 그만 어떤 내지 사람 가게 앞에서 낚싯대 도적으로 붙들린 것이었다. 그리고 그때 마침 안 영감이 뺨깨나 좋이 맞을 것을 면하느라고 원산서 자선가로 유명한 B 서양 부인의 눈이 이내 그 곳에 머무르게 되었고, 따라서 화전위복(禍轉爲福)이라 할까, 안 영감은 B부인의 계획 중인 장래 양로원(養老院)에 수용될 사람으로 따라가게 된 것이었다.

B부인집 과수원 옆에 임시로 지어 놓은 단간 함석집 안에는 안 영감 보다 먼저 들어 있는 두 늙은이가 있었다. 하나는 안 영감보다 칠 년이나 위인 해수병쟁이요, 하나는 나인 오십밖에 안 되었어도 청맹과니였다.

안 영감은 처음 B부인을 따라나설 때에는

"이제야 팔자를 고치나 보다."

했으나 이 두 동료를 발견할 때 이내 정이 떨어졌다. 더구나 여러 가지 규칙이 있었다. 몇 시에 자고 몇 시에 일어날 것, 방과 뜰을 차례로 소제할 것, 이를 닦을 것, 옷의 이를 잡을 것, B부인을 따라 예배당에 갔다 오는 외에는 일체 외출을 못할 것, 담배와 술을 먹지 못할 것, 실과 나무와 꽃나무에 손을 대지 못할 것, 동포 간에 서로 동정하고 더욱 눈먼 사람은 도와만 줄 것, 틈틈이 성경책을 볼 것 등 정신이 얼떨떨하리만치 기억해야 될 일이 많았다.

안 영감은 이내 이 규칙을 범하였다. 낮에는 청맹과니 영감과 반찬 그릇을 손으로 더듬는다고 소리를 지르며 싸웠고, 밤에는 해수병쟁이 영감더러

"밤새도록 기침을 당나귀처럼 하니 옆에서 언제 자고 제시간에 일어나느냐."

고 목침을 던지며 싸웠다. 게다가 어디서 주웠는지 담배 깜부기를 피다 두 번이나 들키었다. 그래서 안 영감은 자주 B부인에게 불려가 문책을 당하였다.

하루는 B부인이 같은 서양 부인 하나를 데리고 나와서 무어라고 한참 저희끼리 지껄이더니 나중에 조선말로

"이 부인은 상해에서 오셨는데 당신들 위해 돈 오십 원을 주셨소…… 고맙습니다 해야지."

하였다.

안 영감은 솔선하여 허리를 굽히고 고개를 꺼떡꺼떡하여 치하하는 뜻을 표하였다. 그리고 그날 종일 그 이튿날 종일 B부인이 그 돈 오십 원을 가지고 나와 자기네 세 사람에게 나눠 주려니 하고 기다렸다. 나중에는 기다리다 못해 B부인 집 하인에게 물어 봤더니 하인은 무릎을 치며 웃었다.

"당신 돈 가지면 무얼 하겠소."

"산 사람이 돈으 쓸 데 없을라구."

"글쎄, 이 안에서 어따 돈을 쓰오?"

안 영감은 한참 만에 대답이라기보다 혼잣말처럼 중얼거리었다.

"앙잉게 앙이라 이 안에사 죽은 목숨이지! 죽는 날이나 기다리고 있 능 게지!"

이날부터 안 영감은 더욱 바깥이 그리워졌다. 단념하려던 딸의 생각 도 불이 일 듯 몸을 달게 하였다.

"정으 칠 그동안에 딸이 배에서 내렸는지 뉘 아나!"

하고 B부인에게 와 있는 것이 생각할수록 후회되었다. 더구나 조석으 로 찬 없는 밥상을 마주 앉을 때마다 밥값이나 내고 먹는 것처럼 찔게[1] 투정이 나서 자기도 '이래 가지고는 못 견디겠다'는 각오를 했다.

"남의 신세로 얻어먹고 살 바엔 마음대로 이런 것 저런 것 골고루나 얻어먹어 봐야지! 또 사람이란 게 문견이 넓어야 쓰는 것인데 이 속에 서야 무얼 보고 들을 수가 있나 원!"

하고 다시금 한탄하였다. 그중에도 담배 피우고 싶은 것을 참을 때에 는 흰 머리털이 한 오리씩, 이마 주름이 한 금씩 느는 것처럼 속이 조이 었다. 그러나 어서 바깥 세상에 나가 그 어떤 객줏집에 가면 흔히 얻어 먹어 보던 대합 넣고 끓인 미역국과 그 어시장 앞에 늘어앉은 사람 좋 은 할멈들에게 가서 인절미에 우동에 순댓점을 얻어먹기만 하면 여기 와 늙은 것쯤은 곧 회복될 것만 같았다.

어느 날 저녁, B부인 집에 온 지 이럭저럭 달포가 지나 어느덧 가을 기운이 소슬한 달밤이었다. 안 영감은 자리에 누웠다가 문득 바람결에

---

1 '반찬'의 북한어.

흘러오는 무슨 음악 소리에 귀를 목침에서 들었다. 귀를 밝히니 옆의 사람들의 코고는 소리에 목침을 집어 내던지고 밖으로 나왔다. 나와 보니 불 밝은 거리에서 멀리 흘러오는 처량한 듯한 그 음악 소리는 언젠가 한때 귀에 배었던 말광대 노는 소리가 틀리지 않았다. 안 영감은 저도 모르게 어깨가 으쓱하였다.

"저기르 못 가나? 체! 나갔다 다시 앙이 오문 그망이지, 누그르 어쩔 테야……."

안 영감은 한참 서서 망설이다가 우수수하는 바람 소리에 사과나무 켠을 돌아다보았다. 사과 생각이 났다.

"사과르 따지 마라! 떨어진 것도 손으 대지 마라, 체……."

안 영감은 누구와 싸울 듯이 바쁜 걸음으로 사과나무 밑으로 갔다. 그리고 달빛에 주먹 같은 것이 주렁주렁 늘어진 것을 더듬더듬 만져 보고 굵은 놈으로만 먹히는 대로 땄다. 한참 만에 목을 길게 빼고 꺼르륵하고 트림을 하며 다시 방으로 들어오니 방윗사람들은 여전히 코만 골았다. 아직 초저녁이라 해수병쟁이 늙은이도 조용히 첫잠을 자고 있었다. 안 영감은 발소리를 조심하여 그래도 제 물건이랍시고, 시렁 위에 간직하였던 그 사기뚜껑 달린 정종병과 찻주전자를 내려 허리띠에 찼다. 그리고 방을 나서기 전에 다시 한 번 잠든 두 늙은이를 내려다볼 때 안 영감은 평소엔 밉기만 하던 그들에게 새삼스럽게 엷지 않은 정분을 느끼는 듯 섭섭하여 얼른 문고리가 잡히지 않았다.

'저것들이 송장이 앙이구 무스겐고?'

이렇게 속으로 측은해하며 그들을 위해 가장 큰 선심이나 쓰는 듯이 문 밖에 나서는 길로 다시 사과 밭으로 가서 굵은 것만 여남은 알 따다 그들의 방문 앞에 놓아 주었다. 그리고 다시 한 번 그들을 문틈으로 엿본 후 표연히 걸음을 옮기었다.

초가을이라 하여도 밤 옷깃을 치는 바람이 더구나 늙은 품에는 얼음쪽 같이 찬 것이었으나 안 영감은 흘러오는 곡마단 음악 소리에 신이 나는 듯 낮지 않은 B부인 집 담장을 힘들이지 않고 뛰어 넘었다.

『이태준단편선』, 1939.12

어떤 젊은 어미

    권 의학사(權醫學士)가 H도청 위생과로 취임되던 해 여름이었다. 그는 '디스토마'균을 연구하러 토질병으로 유명한 S고을 어느 강변촌에 가 묵고 있었다.

    여관이 없는 곳이라 사가에 들어 있는 탓으로 손 씻을 데 하나 마땅하지 않았다. 그래서 권 의사는 아침에 세수를 하려도 대야를 달래 들고 샘터로 찾아갔고 저녁 후에 손발을 씻으려도 샘터로 갔다.

    그날 저녁도 어슬어슬해서 샘터에 갔다가 돌아오는 길 수수밭머리를 지나 설 때였다.

    "저 좀 보시라우요."

    웬 젊은 부인이었다. 평안도라 얹은머리에 수건을 썼고 아래 위 흰옷을 입었으나 수건 위에 꽃송이처럼 붉은 댕기 끝이 드러나는 것을 보아 상복은 아니며 얼른 보아 좀 다혈질인 여자였다.

    "나 말이오?"

    "예…… 무슨 노릇을 해서나 갚을 것이니 돈 서른 냥만 취해 달라우요."

    "돈이오? 대관절 당신이 누구시오?"

    권 의사는 그 인물과 그의 주문이 너무나 돌발적임에 놀라지 않을 수 없었다.

    "나중에 찾아가 말하겠쇠다. 시재 쓸 일이 급하니 서른 냥만 취해주시면 무슨 짓을 해서나 갚아드릴 꺼시니요…….”

퀄녀의 얼굴은 당홍처럼 붉었다. 말이 떨어지면 굳게 다무는 입술과 잠시를 제대로 뜨고 있지 못하는 눈의 초조함을 보아 부끄러움만으로 붉어진 얼굴은 아니었다. 무슨 일엔지 극도의 흥분과 굳은 결심이 있어 보였다.

권이 얼른 대답을 못하고 얼떨떨해 섰으니까 그는 좌우를 한번 둘러보더니 더욱 애원하는 말이었다.

“시재 좀 돌려 주시라우요, 예?”

권은 힐끔힐끔 퀄녀의 얼굴 생김을 뜯어보면서 지갑을 꺼내었다. 출장비를 두둑히 타가지고 와서도 별로 쓸 데가 없던 차라 상대편이 젊은 여자인 만치 허황은 스러우나 돈 삼 원을 아끼지 않았다. 퀄녀는 돈을 받아들더니 희색이 만면해지며 이런 말을 남기고 어둠 속으로 사라졌다.

“함자[1] 누숙하시디오?”

“네.”

밤이었다. 권은 호젓한 시골의 객창이라 심란하던 끝에 그 믿을 수 없는 여인의 그림자가 자꾸 눈에 밟혀졌다. 시골서 보기에는 제법 희고 태 나는 그의 몸맵시가. 그래서 일쩍부터 촛불을 끄고 모기장과 발을 늘였을 뿐, 미닫이는 두 짝 다 열어놓은 채 누웠다가 나중에는 잠이 들고 말았다.

그러나 신발 소리를 기다리던 귀라 퀄녀가 정말 찾아와 방에 들어설 때에 권은 곧 잠을 깨었다.

---

1 ‘혼자’의 방언(경남, 평북, 황해).

"곤히 주마시는데⋯⋯."

궐녀의 속삭이는 목소리였다. 그는 잠자리에서 빠져나온 듯, 얼른 보아 겉옷이 아니었다. 별이 총총한 밤이라 상대편의 얼굴까지 희끄므레 나타났다.

권은 자리에서 몸을 일으키며,

"거기는 모기가 덤빌 텐데."

하니 궐녀는 두말없이 모기장 안으로 들어왔고, 또 모기장 안으로 들어와선 속곳 바람이어서 부끄럼을 타는 것처럼 이내 이불 속으로 기어들었다.

권은 자던 머리에도 어이가 없었으나 생각해 보면 그를 무례한 계집이라고 나무랄 용기는 없었다. 자기부터 어두움 속에서 그를 기다리던 군자는 아닌 사나이였다. 다만 '이 계집의 사내가 알면?' 하는 불안뿐이었다.

"집에서 알면?"

"알 사람도 없고, 알아야 덤빌 스나이도 없고⋯⋯."

하고 궐녀는 가느다란 한숨을 흘리면서 머리채를 베개 위로 넘기었다.

거의 동틀 머리가 되어서다. 여태 향락에만 취한 듯하던 궐녀가 의외에 어깨를 들먹거리며 울기를 시작했다. 자꾸 우는 바람에 권은 자꾸 캐어물었다. 궐녀의 사정이란 이러하였다.

궐녀의 어머니는 일찍 혼자되어 읍에서 술을 팔아 맏딸인 궐녀를 보통학교까지는 공부를 시키었다. 학비가 없어 고등학교에는 가지 못하고 집에 있는 사 년 동안 지체는 낮지만 궐녀의 복스러운 인물 하나로 상당한 통혼 처도 많이 있었으나 혼인하고도 공부시킨다는 바람에, 또 시골이 아니요 평양 성내라는 바람에, 어떤 치과의사에게로 출가하였던 것이다.

그런데 남편이란, 사람 된 품부터 상스러워 쓸데없이 욕지거리와 술 잘 먹고 계집질 잘하고 싸움 잘하고 어떤 때는 부모까지라도 치려 덤비는 성미였다. 궐녀가 공부 더 하기가 소원이라니까 혼인하고도 공부시킴네 하고 데려가고는 공부는커녕 신문 한 장 볼 새 없이 바쁜 시집살인데다 남편이 허랑하여 살림은 살아갈수록 어려웠다. 자식이라고 혼인해서 곧 가진 아들 하나가 있는데, 겨울이라도 술만 먹고 들어오면 자는 아이를 발길로 차기, 눈 구덩에 집어 내던지기, 아내의 머리채를 밟고 사매질하기, 도저히 그 꼴을 당하고 살아나갈 수가 없었다. 그래도 '계집된 죄거니' 하고 살기를 오 년째였다. 한데, 하루는 어디서 계집 하나를 달고 와서 방을 내라는 것이었다. 대동강 얼음이 여물어 트는 소리가 쩡, 쩡, 울려오는 밤인데 어디로고 방밖으로 나가라는 것이었다. 남편의 성미를 아는 그라 아랫목에서 자던 아이는 윗목으로 끌어다 누이고 저만 나오니 아이까지 끼고 나가라는 것이었다. 궐녀는 더 분을 누르지 못하고 발악을 한 죄로 이혼을 당하고 만 것이다.

그깟 놈, 그 따위 사내놈이야 백 번 헤어진들 눈썹 한 대 까딱하랴만 더럽도록 끈끈한 것이 모자의 정이었다. 새끼를 떼어놓고 발길이 돌아서지 않는 것을 억지로 남이 되어 오고 보니 자식의 모양은 자나 깨나 두 눈에 티처럼 걸리었다. 열흘을 견디지 못하고, 지금은 읍을 떠나와 벌이도 없는 늙은 홀어미의 주머니를 떨어 백 리나 되는 평양으로 왔다. 전날 시집엔 들어서도 못하고 가까이 지내던 이웃집에 들어가 몰래 자식을 불러왔다. 다섯 살 나는 아들 녀석은 어미를 보자 "으앙" 소리를 치고 달려들어 목을 끌어안고 부비며 울었다.

그러나 남의 집에서 여러 날 머무를 수도 없어 사흘 만에 비녀를 팔아 자식의 군것질을 시켜달라고 주인댁에 맡기고 자식이 못 보는 데서 떠나오고 말았다.

와서는 곧 그 집으로 편지를 했다. 답장엔 경일이가(그 애 이름) 몹시 어멈을 찾는다는 것인데 어떤 때 답장에는 경일이가 길에서나 남의 집에서나 예배당에서나 저의 어멈 비슷한 모양만 보면 쭈르르 달려가 얼굴을 들여다보고는 그만 낙망하여 혼나간 아이처럼 후들후들 떨고 섰다는 말도 씌어 왔다. 그런 편지를 받으면 궐녀는 더 견디지 못하고 저녁때거나 밤이거나 앉았던 그 모양대로 일어나 평양으로 달려가는 것이었다.

가서는 번번이 '왜 왔던가!' 후회되었다. 자식을 데리고 오자니 저희 할멈과 애비가 주려하지 않고 두고 오자니 걸음이 돌아서지 않았다. 더구나 경일의 옷주제가 사나운 것을 보고도 빨아 입히지 못하고 겨우 뚫어진 것만 기워주고 올 때에는 더욱 뼈가 저리었다.

친정에 와서는 밤을 새워 삯일을 하였다. 강변이라 사공들의 옷을 맡아다 빨기도 하고 새로 짓기도 하여 돈이 일 원만 모여도 지전으로 바꾸어 경일에게로 부치곤 하였다. 나중에 들으면 경일이는 한 푼 써도 못 보고 그 할미가 차지하는 줄도 알았지만 그래도 부치지 않고는 못 견디었다. 경일이 할미는 큰 수나 생긴 것처럼 "경일이 모에게" 하고 가끔 편지를 띄웠다. 경일이가 배를 앓는다는 둥, 골을 앓는다는 둥, 약을 얼마치를 먹여야 살리겠다는 것이었다. 그러면 궐녀는 온 동리를 헤매고 돌아다녀 돈을 모아 부치었다.

이번에도 경일이가 이질로 다 죽게 되었으나 돈 서른 냥이 없어 좋은 약이 있다는 것을 못 써 본다는 편지가 왔다. 궐녀는 허망지망 돌아다니었으나 또 일 원 한 장을 구할 길이 없었다. 웬만한 데는 다 댓 냥열 냥씩 묵은 빚 때문에 찾아가도 못하고 속만 졸이고 있는데 평양서 아는 달구지꾼(마차 부리는 사람)이 하나 왔다. 물으니 경일이가 정말 몹시 앓는다는 것이었다.

궐녀는 산다는 사람만 있으면 살이라도 깎아 팔고 싶었다. 달구지꾼은 이날 밤으로 돌아가는데 이 좋은 인편에 못 보내나 생각하니 기가바짝 올랐다. 경일의 앓아 자빠져 죽어가는 꼴이 자꾸 눈에 어른거리었다.

궐녀는 끝 간 마음으로, 와 있다는 소문만 듣고 본 적은 없는 권 의사를 만나려 한 것이다. 그 사람이면 돈 삼 원쯤은 주머니에 가졌을 것이니까 돌려만 주면 몸으로라도 갚지 하였다. 전에 경일의 애비를 보면 갈보나 기생들의 금니를 외상으로 박아 주고는 모두 오입질로 탕감하는 것을 보았다. 궐녀는 권 의사의 인격을 생각할 여지없이 거기 들어사내는 다 마찬가지겠지 하고 애초부터 끝 간 마음을 먹었던 것이다.

그러나 궐녀는 일이 지나고 보니 서러웠다. 생각만 하여도 치가 떨리는 원수 녀석의 종자로 인해 계집으론 마지막인 몸까지 파는 생각을 하면 가슴이 부르르 떨렸다. 차라리 이번에 경일이가 죽기나 했으면 저도 마음 편히 물에라도 빠져 죽고 싶었다.

"왜 그런 사정을 진작 말하지 않았소?"

권은 무색한 한편 동정을 누를 수가 없었다.

"이걸 가지고 평양 가 아들을 보고 오시오."

하고 권은 돈 십 원을 주었다.

며칠 뒤였다. 권 의사는 연구 상 필요로 다른 동리로 옮겨왔는데 궐녀가 어찌 알고 십 리나 되는 데를 찾아왔다.

"어떻게 왔소? 평양 다녀왔소?"

"네, 그 새끼를 몰래 다려다 집에 두고 왔쇠다."

궐녀는 저녁을 먹고도 돌아가려 하지 않았다. 권의 속적삼, 양말 같은 것을 주워들고 개울로 나갔다. 권은 구태여 '왜 어둡기 전에 가지 않느냐'고 묻지 않았다. 권은 궐녀가 경일의 어미로도 동정이 되었거니와 고독한 젊은 계집으로도 동정이 되었던 것이다.

궐녀는 새벽에야 권도 모르게 자리에서 빠져나와 집으로 내려왔다. 그리고 밤에는 또 길 험한 벌판을 건너 권에게 왔다. 궐녀는 '이렇게 점잖고 다정한 사나이도 세상에 있단 말인가!' 하고 권을 떨어지기가 싫었다.

한번은 경일이를 업고 왔다.

중한 병을 앓기도 했지마는 워낙 영양이 부족한 체질인데 어웅하니 까라 앉은 눈이 그래도 남의 눈치에는 예민하게 움직이는 보기 딱한 아이였다.

밤에는 오줌을 싸서 지린내를 피웠다. 게다가 식은땀이 자리를 흥건하게 적시었다. 그 사나운 애비 때문에 소위 정신적 외상(精神的外傷)을 크게 받은 아이였다.

아침엔 어미가 개울에 나간 새 눈을 떴다. 방안을 둘레둘레 둘러보더니 쭈르르 밖으로 나간다. 밖에도 어미가 보이지 않으니까 모르는 집이건만 부엌을 들어가 보고 뒷간까지 들여다보더니 그만 "으앗" 소리를 지르고 울었다.

"어머니를 찾니."

하고 물으니 울음을 뚝 그치며 권의 앞으로 왔다.

"너이 어멈 저— 산 너머로 달아났다."

하니 울음으로 붉어졌던 얼굴이 금세 입술까지 새하얗게 질린다.

"너 평양으로 데려다 줄 테니 너이 아버지하고 할머니하고 살련?"

아이는 머리를 도리질하였다.

"그럼 엄마 없더라도 나하고 살련?" 하니 아이는 그리하겠다는 듯이 앞으로 다가서며 권의 소매를 붙들었다.

권이 그만 도청으로 돌아와야 될 때도 되었지만 경일이 모자 때문에 더욱 일자를 줄이었다. 권은 시원섭섭하였으나 경일의 어미는 이 사나이에게 평생 처음으로 금슬의 정을 안 듯 권을 놓치고는 여러 날을 넋을 잃고 헤매었다.

이듬해 가을 권이 있는 도청에서 산파(産婆)들의 자격시험을 보는 날이었다. 권이 교관으로 강당에 들어서자 실색하고 놀라지 않을 수 없는 것은 만삭된 임부(姙婦)의 모델로 돈 이 원에 팔려와 누운 여자였다. 그는 측면으로 얼른 보아 경일의 어미였다. 권은 무엇보다 먼저 자기가 출장 가 있던 때부터 달수를 따져보았다. 그리고 일 년이 훨씬 넘으므로 우선 임신의 상대자가 자기가 아닌 것만은 안심하였다. 그러나 도저히 궐녀인 줄 알고는 그의 하체를 들쳐놓고 여기저기를 주물러가며 시험을 받기에는 너무나 용기가 없었다. 그렇다고 피할 길은 없었다.

"오, 모델이 내가 아는 부인이로군."

하고 권은 먼저 경일 어미의 입을 박아놓은 것이다.

시험이 끝난 후 권 의사는 경일 모의 뒤를 따라 바깥으로 나왔다. 바깥에는 양지쪽 담 밑에서 어미가 나오기를 기다리는 경일이가 몰라보게 살진 볼따구니로 사과를 움질거리며 앉아 있었다. 권은 잠깐 돌아서서 보는 사람이 없나 살피고 주머니에서 시재를 털어 종이쪽에 꿍치었다.

그러나 주려고 돌아서 보니 그들은 어미도 자식도 눈에 뜨이지 않았다. 큰길까지 나와 보아도 벌써 어디론지 사라졌다.

권은 한참만에야 궐녀의 심경을 짐작하였다.

"옳지, 다른 사내를 보아서 자식을 밴 것이 부끄러울 테지······."

『신가정』, 1933.10

어떤 화제(畫題)

윤 화백(尹畫伯)은 몇 번을 걸었다 뗴었다 하다가 기어이 붉은 백(背景)을 걸어 놓고 말았다.

그는 아내의 얼굴을 그려 보기도 처음이요, 이 붉은 백을 쳐보기도 처음이다.

아내의 붉은 코 때문이었다. 연독으론지 습증으론지 피부과엘 다니고, 온천엘 다니고 하여도 종시 더해 갈 뿐인 아내의 그 시뻘건 코 때문에 아내의 얼굴을 그리기도 이제야 처음이요, 또 코의 붉은 빛만이 혼자 드러나게 하지 않게 하려니까 평생 쳐보지 않던 붉은 백을 쳐보기도 처음이었다.

그는 땀을 뻘뻘 흘리면서도 난로에 불을 쳐 넣었다. 화실이 더울수록 아내의 얼굴이 붉어지고, 얼굴 전체가 붉어질수록 코만 혼자 붉은 것이 또 좀 감추었기 때문이다.

그러나 아내는 아내대로 "더워 못 앉었겠다"고 짜증을 내었다. 더운 것만이면 참았을 것이나 더우면 땀이 흘렀고, 땀이 흐르면 특히 주의하여 바른 콧등의 분가루가 씻기기 때문이었다.

아무튼 시작한 것이라 한참을 수굿하고 그리고 보니, 그림은 똑 피에 주린 미친 화가의 장난처럼 붉은 빛 이외에는 아무것도 아니었다.

'백을 다른 걸로 갈아 볼까? 그러면 뺨에나 턱에나 이마에 어디서 붉

은 빛이 나오나?'

그는 몇 번이나 화필을 던지려다가 아내가 더욱 무안해 할까봐 꿀꺽 참고 그리는데, 유치원에 갔던 아들 녀석이 껑충 뛰어들었다. 그리고 한참 아버지 옆에 서서 그림을 들여다보더니,

"아버지?"

"오."

"엄마 얼굴이 왜 저렇게 모두 뻘건가? 엄마는 코만 복숭아처럼 새빨간 게 이쁜데……."

"무어? 복숭아처럼?"

"그럼, 봐요, 엄마는 코만 복숭아처럼 새빨간 게 이쁘지 않우?"

"……."

윤 화백은 무릎을 탁 쳤다. 그리고 페인팅 나이프로 여태껏 그린 붉은 그림을 뻑뻑 문대기고 말았다.

"얘? 뭣처럼 이뻐?"

"복숭아처럼……."

그는 아들의 그 어떤 위대한 미술가보다도 광채 있는 순수한 안광(眼光)에 자기의 눈을 씻으며, 아내의 코를 바라볼 때 아닌 게 아니라 그 병신으로만 여기었던 코는 정말 맛있는, 속 붉은 복숭아처럼 향기도 일듯이 아름답다.

'왜 내 눈은 진작 저것을 못 느끼었든고!'

윤 화백은 부리나케 캔버스를 갖다 놓고 백을 마음에 드는 것으로 갈고 아내의 흰 얼굴을 그리고, 그 가운데다 천도복숭아를 그리듯 붉은 점 하나를 쿡 찍어 가지고 붓끝을 다스렸다.

"인제 엄마 같네."

하고 아들이 손뼉을 쳤다.

　윤 화백은 이 초상화의 이름을 '코가 복숭아처럼 붉은 여자'라 붙이었다.

『달밤』, 1934. 7

마부와 교수

하필 그 여학교 문 앞에서였다. 자갈을 실은 두 마차가 그 경사진 길을 올라가다, 앞엣 말이 쿵하고 나가동그라진 것은.

마부야 으레 하는 순서로 땀 배인 등허리에서 그 말가죽에 알른알른 닳은 물푸레 채찍을 뽑아드는 수밖에 없었다.

"이놈의 말이 그만 죽고 싶은가……."

암만 죄기어도 넘어진 동물은 입에 거품만 뿜을 뿐, 일어서기는커녕 가로 박힌 눈알이 주인을 바로 쳐다보지도 못한다. 나중에는 멍에를 부려 놓고도 족치어 보나 매가 떨어질 때마다 네 굽만 움죽움죽하여 보일 뿐, 그 이상 매도 타지 않는다.

마부는 화가 밀짚벙거지에까지 올려 뻗친 듯 그것을 벗어내 팽개치더니, 길 아래 남의 밭에 가서 울짱[1]을 하나 뽑아들고 달려들었다. 그래서 다른 마부는 고삐를 나꿔 채이기, 이 마부는 저도 거의 거품을 물다시피 악을 써 매를 때리기 한참인 때였다. 벌써 하학들을 하고 돌아가는 것인지 제복의 처녀 한 떼가 우르르 쇠문 안에서 쏟아진다.

"저런! 망측해……."

"아규머니나, 불쌍해……."

---

1 말뚝 따위를 죽 잇따라 박아 만든 울타리, 또는 잇따라 박은 말뚝. 목책.

"저런!"

"저런!"

선량한 그들의 가슴은 돌발적으로 의분에 떨리었다.

"저런 망할 녀석! 힘에 부쳐 넘어진 걸 왜 자꾸 때리기만 할까……."

"저런 무도한 녀석 같으니!"

"선생님, 저것 좀 말리서요."

"선생님, 가만두라고 좀 그리서요."

마침 교수 한 분이 나오다가 길도 막혔거니와, 이내 어여쁘고 선량한 제자들에게 둘러싸였다.

교수는 성큼 매질하는 마부 앞으로 나섰다.

"여보?"

마부는 소매로 이마를 씻으며 긴치 않게 쳐다본다.

"왜 그다지 때리오?"

교수는 말의 주인보다 더 가까운 말의 친구이나처럼 꽤 높은 소리로 탄했다. 학생들은 손뼉이라도 칠 뻔 속이 시원하였다.

그러나 마부는 '댁이 웬 걱정이냐?' 싶은 듯이 대꾸도 없이 다시 매를 드는 데는 교수도 말을 말리기보다, 제자들 앞에서 잃어지는 체면을 도로 찾기 위해서도 그냥 있을 수가 없는 듯, 다시 한걸음 나서며 마부를 나무란다.

"글쎄 여보? 아무리 동물이기로 당신 이익을 위해 저렇게 힘의 착취를 당하고 쓰러진 걸 왜 불쌍히 여길 줄 모르오? 한참 그냥 두어 좀 쉬게 하면 큰일 나오?"

교수의 말투로 보면 자본주 격인 마부는 이번에는 대꾸를 하되

"이를테면 댁이 나보다도 더 이 말을 중히 여겨 하는 말이오?"

하고 을러 센다. 교수도 화가 날밖에.

"그렇소. 동물을 불쌍히 여기는 마음은 당신보다 더하오."

학생들은 또 손뼉이라도 칠 뻔, 속이 시원하였다.

"모르면 모르나 보다 하고 어서 가슈, 허……."

이것이 대담하게도 마부의 대답인 데는 둘러섰던 다른 사람들도 마부를 괘씸히 던져 보는 한편, 교수의 톡톡한 닦달이 어서 내리기를 기다렸다. 교수는 얼굴에 투지 발발(鬪志勃勃)하여

"고약한 사람이로군……."

하고 안경 쓴 눈을 으르댄다.

그러나 마부는 의외에 교수의 노염은 타려 하지 않고 오히려 목소리를 낮추어 어린애에게 타이르듯,

"말이란 것은 쓰러졌을 때 이내 일으켜 세우지 못하면 죽고 마는 짐승이오. 그래서 병이 들어 약을 먹이고도 눕지 못하게 허리를 떠 복고개에 매달아 놓는 것이오, 허허……."

하고 다시 말을 족치기 시작한다.

교수는 그만 땀은 흐르되 입은 얼고 말았다.

모여 섰던 사람들도 모두 저 갈 데로 갔다. 흥분하였던 여학생들도 모두 무슨 운동 시합에서 저희 선수가 지는 것을 보고 돌아서듯 하나씩 둘씩 말없이 흩어졌다.

『달밤』, 1934.7

달밤

성북동(城北洞)으로 이사 나와서 한 대엿새 되었을까, 그날 밤 나는 보던 신문을 머리맡에 밀어 던지고 누워 새삼스럽게

"여기도 정말 시골이로군!"

하였다.

무어 바깥이 컴컴한 걸 처음 보고 시냇물 소리와 쏴— 하는 솔바람 소리를 처음 들어서가 아니라 황수건이라는 사람을 이날 저녁에 처음 보았기 때문이다.

그는 말 몇 마디 사귀지 않아서 곧 못난이란 것이 드러났다. 이 못난이는 성북동의 산들보다 물들보다, 조그만 지름길들보다 더 나에게 성북동이 시골이란 느낌을 풍겨 주었다.

서울이라고 못난이가 없을 리야 없겠지만 대처에서는 못난이들이 거리에 나와 행세를 하지 못하고, 시골에선 아무리 못난이라도 마음 놓고 나와 다니는 때문인지, 못난이는 시골에만 있는 것처럼 흔히 시골에서 잘 눈에 뜨인다. 그리고 또 흔히 그는 태고 때 사람처럼 그 우둔하면서도 천진스런 눈을 가지고, 자기 동리에 처음 들어서는 손에게 가장 순박한 시골의 정취를 돋워 주는 것이다.

그런데 그날 밤 황수건이는 열 시나 되어서 우리 집을 찾아왔다.

그는 어두운 마당에서 꽥 지르는 소리로,

"아, 이 댁이 문안서……."

하면서 들어섰다. 잡담 제하고 큰일이나 난 사람처럼 건넌방 문 앞으로 달려들더니,

"저, 저 문안 서대문 거리라나요, 어디선가 나오신 댁입쇼?"

한다.

보니 합비는 안 입었으되 신문을 들고 온 것이 신문 배달부다.

"그렇소, 신문이오?"

"아, 그런 걸 사흘이나 저, 저 건너 쪽에만 가 찾았습죠. 제기……."

하더니 신문을 방에 들이뜨리며,

"그런뎁쇼, 왜 이렇게 죄꼬만 집을 사구 와 곕쇼. 아, 내가 알았더면 이 아래 큰 개와집도 많은 걸입쇼……."

한다. 하 말이 황당스러워 유심히 그의 생김을 내다보니 눈에 얼른 두드러지는 것이 빡빡 깎은 머리로되 보통 크다는 정도 이상으로 골이 크다. 그런데다 옆으로 보니 장구 대가리다.

"그렇소? 아무튼 집 찾느라고 수고했소."

하니 그는 큰 눈과 큰 입이 일시에 히죽거리며,

"뭘입쇼, 이게 제 업인뎁쇼."

하고 날래 물러서지 않고 목을 길게 빼어 방 안을 살핀다. 그러더니 묻지도 않는데,

"저는입쇼, 이 동네 사는 황수건이라 합니다……."

하고 인사를 붙인다. 나도 깍듯이 내 성명을 대었다. 그는 또 싱글벙글하면서,

"댁엔 개가 없구먼입쇼."

한다.

"아직 없소."

하니

"개 그까짓 거 두지 마십쇼."

한다.

"왜 그렇소?"

물으니, 그는 얼른 대답하는 말이

"신문 보는 집엔입쇼, 개를 두지 말아야 합니다."

한다. 이것 재미있는 말이다 하고 나는

"왜 그렇소?"

하고 또 물었다.

"아, 이 뒷동네 은행소에 댕기는 집엔입쇼, 망아지만한 개가 있는뎁
쇼, 아, 신문을 배달할 수가 있어얍죠."

"왜?"

"막 깨물랴고 덤비는 걸입쇼."

한다. 말 같지 않아서 나는 웃기만 하니 그는 더욱 신을 낸다.

"그 늠의 개 그저, 한번, 양떡을 멕여 대야 할 텐데……."

하면서 주먹을 부르대는데 보니, 손과 팔목은 머리에 비기어 반비례로
작고 가느다랗다.

"어서 곤할 텐데 가 자시오."

하니 그는 마지못해 물러서며

"선생님, 참 이 선생님 편안히 주뭅쇼. 저이 집은 여기서 얼마 안 되
는 걸입쇼."

하더니 돌아갔다.

　그는 이튿날 저녁, 집을 알고 오는데도 아홉 시가 지나서야,

　"신문 배달해 왔습니다."

하고 소리를 치며 들어섰다.

　"오늘은 왜 늦었소?"

물으니,

　"자연 그럽죠."

하고 다른 이야기를 꺼냈다.

　자기는 워낙 이 아래 있는 삼산학교에서 일을 보다 어떤 선생하고 뜻이 덜 맞아 나왔다는 것, 지금은 신문 배달을 하나 원배달이 아니라 보조배달이라는 것, 저희 집엔 양친과 형님 내외와 조카 하나와 저희 내외까지 식구가 일곱이란 것, 저희 아버지와 저희 형님의 이름은 무엇 무엇이며, 자기 이름은 황가인데다가 목숨수(壽)자하고 세울건(建)자로 황수건이기 때문에, 아이들이 노랑수건이라고 놀리어서 성북동에서는 가가호호에서 노랑수건 하면, 다 자긴 줄 알리라고 자랑스럽게 이야기하다가 이 날도

　"어서 그만 다른 집에도 신문을 갖다 줘야 하지 않소?"

하니까 그때서야 마지못해 나갔다.

　우리 집에서는 그까짓 반편과 무얼 대꾸를 해가지고 그러느냐 하되, 나는 그와 지껄이기가 좋았다.

　그는 아무것도 아닌 것을 가지고 열심스럽게 이야기하는 것이 좋았고, 그와는 아무리 오래 지껄이어도 힘이 들지 않고, 또 아무리 오래 지껄이고 나도 웃음밖에는 남는 것이 없어 기분이 거뜬해지는 것도 좋았

다. 그래서 나는 무슨 일을 하는 중만 아니면 한참씩 그의 말을 받아 주었다.

어떤 날은 서로 말이 막히기도 했다. 대답이 막히는 것이 아니라 무슨 말을 해야 할까 하고 막히었다. 그러나 그는 늘 나보다 빠르게 이야깃거리를 잘 찾아냈다. 오뉴월인데도 '꿩고기를 잘 먹느냐?'고도 묻고, '양복은 저고리를 먼저 입느냐 바지를 먼저 입느냐?'고도 묻고 '소와 말과 싸움을 붙이면 어느 것이 이기겠느냐?'는 둥, 아무튼 그가 얘깃거리를 취재하는 방면은 기상천외로 여간 범위가 넓지 않은 데는 도저히 당할 수가 없었다. 하루는 나는 '평생소원이 무엇이냐?'고 그에게 물어 보았다. 그는 '그까짓 것쯤 얼른 대답하기는 누워서 떡먹기'라고 하면서 평생소원은 자기도 원배달이 한번 되었으면 좋겠다는 것이었다.

남이 혼자 배달하기 힘들어서 한 이십 부 떼어 주는 것을 배달하고, 월급이라고 원배달에게서 한 삼 원 받는 터이라 월급을 이십여 원을 받고, 신문사 옷을 입고, 방울을 차고 다니는 원배달이 제일 부럽노라 하였다. 그리고 방울만 차면 자기도 뛰어다니며 빨리 돌 뿐 아니라 그 은행소에 다니는 집 개도 조금도 무서울 것이 없겠노라 하였다.

그래서 나는 '그럴 것 없이 아주 신문사 사장쯤 되었으면 원배달도 바랄 것 없고 그 은행소에 다니는 집 개도 상관할 바 없지 않겠느냐?' 한즉 그는 뚱그레지는 눈알을 한참 굴리며 생각하더니 '딴은 그렇겠다'고 하면서, 자기는 경난[1]이 없어 거기까지는 바랄 생각도 못 하였다고 무릎을 치듯 가슴을 쳤다.

---

1   어려운 일을 겪음, 또는 그 어려움.

그러나 신문 사장은 이내 잊어버리고 원배달만 마음에 박혔던 듯, 하루는 바깥마당에서부터 무어라고 떠들어대며 들어왔다.

"이 선생님? 이 선생님 곕쇼? 아, 저도 내일부턴 원배달이올시다. 오늘 밤만 자면입쇼……."

한다. 자세히 물어 보니 성북동이 따로 한 구역이 되었는데, 자기가 맡게 되었으니까 내일은 배달복을 입고 방울을 막 떨렁거리면서 올 테니 보라고 한다. 그리고 '사람이란 게 그렇게 무어든지 끝을 바라고 붙들어야 한다'고 나에게 일러주면서 신이 나서 돌아갔다. 우리도 그가 원배달이 된 것이 좋은 친구가 큰 출세나 하는 것처럼 마음속으로 진실로 즐거웠다. 어서 내일 저녁에 그가 배달복을 입고 방울을 차고 와서 쩔렁거리는 것을 보리라 하였다.

그러나 이튿날 그는 오지 않았다. 밤이 늦도록 신문도 그도 오지 않았다. 그 다음날도 신문도 그도 오지 않다가 사흘째 되는 날에야, 이날은 해도 지기 전인데 방울 소리가 요란스럽게 우리 집으로 뛰어들었다.

'어디 보자!'

하고 나는 방에서 뛰어나갔다.

그러나 웬일일까, 정말 배달복에 방울을 차고 신문을 들고 들어서는 사람은 황수건이가 아니라 처음 보는 사람이다.

"왜 전엣사람은 어디 가고 당신이오?"

물으니 그는

"제가 성북동을 맡았습니다."

한다.

"그럼, 전엣사람은 어디를 맡았소?"

하니 그는 픽 웃으며

"그까짓 반편을 어딜 맡깁니까? 배달부로 쓸랴다가 똑똑치가 못하니까 안 쓰고 말았나 봅니다."

한다.

"그럼 보조배달도 떨어졌소?"

하니

"그럼요, 여기가 따루 한 구역이 된 걸이오."

하면서 방울을 울리며 나갔다.

이렇게 되었으니 황수건이가 우리 집에 올 길은 없어지고 말았다. 나도 가끔 문안엔 다니지만 그의 집은 내가 다니는 길 옆은 아닌 듯 길가에서도 잘 보이지 않았다.

나는 가까운 친구를 먼 곳에 보낸 것처럼, 아니 친구가 큰 사업에나 실패하는 것을 보는 것처럼, 못 만나는 섭섭뿐이 아니라 마음이 아프기도 하였다. 그 당자와 함께 세상의 야박함이 원망스럽기도 하였다.

한데 황수건은 그의 말대로 노랑수건이라면 온 동네에서 유명은 하였다. 노랑수건 하면 누구나 성북동에서 오래 산 사람이면 먼저 웃고 대답하는 것을 나는 차츰 알았다.

내가 잠깐씩 며칠 보기에도 그랬거니와 그에겐 우스운 일화도 한두 가지가 아니었다.

삼산학교에 급사로 있을 시대에 삼산학교에다 남겨 놓고 나온 일화도 여러 가지라는데, 그중에 두어 가지를 동네 사람들의 말대로 옮겨

보면, 역시 그때부터도 이야기하기를 대단 즐기어 선생들이 교실에 들어간 새 손님이 오면 으레 손님을 앉히고는 자기도 걸상을 갖다 떡 마주 놓고 앉는 것은 물론, 마주 앉아서는 곧 자기류의 만담 삼매로 빠지는 것인데, 한번은 도 학무국에서 시학관이 나온 것을 이 따위로 대접하였다. 일본말을 못 하니까 만담은 할 수 없고 마주 앉아서 자꾸 일본말을 연습하였다.

"센세이 히, 오하요 고자이마스카…… 히히 아메가 후리마스. 유키가 후리마스카² 히히……."

시학관도 인정이라 처음엔 웃었다. 그러나 열 번 스무 번을 되풀이하는 데는 성이 나고 말았다. 선생들은 아무리 기다려도 종소리가 나지 않으니까, 한 선생이 나와 보니 종 칠 것도 잊어버리고 손님과 마주 앉아서 '오하요 유키가 후리마스카……' 하는 판이다.

그날 수건이는 선생들에게 단단히 몰리고 다시는 안 그러겠노라고 했으나, 그 버릇을 고치지 못해서 그예 쫓겨 나오고 만 것이다.

그는,

"너의 색시 달아난다."

하는 말을 제일 무서워했다 한다. 한번은 어느 선생이 장난엣말로

"요즘 같은 따뜻한 봄날엔 옛날부터 색시들이 달아나기를 좋아하는데 어제도 저 아랫말에서 둘이나 달아났다니까 오늘은 이 동리에서 꼭 달아나는 색시가 있을 걸……."

했더니 수건이는 점심을 먹다 말고 눈이 휘둥그레졌다 한다. 그리고

---

2 선생님, 안녕하세요…… 비가 옵니다. 눈이 옵니까?

그날 오후에는 어서 바삐 하학을 시키고 집으로 갈 양으로 오십 분 만에 치는 종을 이십 분 만에, 삼십 분 만에 함부로 다가서 쳤다는 이야기도 있다.

하루는 나는 거의 그를 잊어버리고 있을 때

"이 선생님 곕쇼?"

하고 수건이가 찾아왔다. 반가웠다.

"선생님, 요즘 신문이 걸르지 않고 잘 옵쇼?"

하고 그는 배달 감독이나 되어 온 듯이 묻는다.

"잘 오, 왜 그류?"

한즉 또

"늦지도 않굽쇼, 일즉이 제때마다 꼭꼭 옵쇼?"

한다.

"당신이 돌 때보다 세 시간은 일즉이 오고 날마다 꼭꼭 잘 오."

하니 그는 머리를 벅적벅적 긁으면서

"하루라도 걸르기만 해라. 신문사에 가서 대뜸 일러바치지……."

하고 그 빈약한 주먹을 부르댄다.

"그런뎁쇼, 선생님?"

"왜 그류?"

"삼산학교에 말씀예요, 그 제 대신 들어온 급사가 저보다 근력이 세게 생겼습죠?"

"나는 그 사람을 보지 못해서 모르겠소."

하니 그는 은근한 말소리로 히죽거리며

"제가 거길 또 들어가 볼랴굽쇼, 운동을 합죠."

한다.

"어떻게 운동을 하오?"

"그까짓 거 날마당 사무실로 갑죠. 다시 써달라고 졸라 댑죠. 아, 그
랬더니 새 급사란 녀석이 저보다 크기도 무척 큰뎁쇼, 이 녀석이 막 불
근댑니다그려. 그래 한번 쌈을 해야 할 턴뎁쇼, 그 녀석이 근력이 얼마
나 센지 알아야 뎀벼들 턴뎁쇼…… 허."

"그렇지, 멋모르고 대들었다 매만 맞지."

하니 그는 한 걸음 다가서며 또 은근한 말을 한다.

"그래섭쇼, 엊저녁엔 큰 돌멩이 하나를 굴려다 삼산학교 대문에다
놨습죠. 그리구 오늘 아침에 가보니깐 없어졌는뎁쇼. 이 녀석이 나처
럼 억지루 굴려다 버렸는지, 뻔쩍 들어다 버렸는지 그만 못 봤거든입
쇼, 제-길……."

하고 머리를 긁는다. 그러더니 갑자기 무얼 생각한 듯 손뼉을 탁 치더니,

"그런뎁쇼, 제가 온 건입쇼, 댁에선 우두를 넣지 마시라구 왔습죠."

한다.

"우두를 왜 넣지 말란 말이오?"

한즉

"요즘 마마가 다닌다구 모두 우두들을 넣는뎁쇼, 우두를 넣으면 사
람이 근력이 없어지는 법인뎁쇼."

하고 자기 팔을 걷어 올려 우두 자리를 보이면서

"이걸 봅쇼. 저두 우두를 이렇게 넣기 때문에 근력이 줄었습죠."

한다.

"우두를 넣으면 근력이 준다고 누가 그립디까?"

물으니 그는 싱글거리며

"아, 제가 생각해 냈습죠."

한다.

"왜 그렇소?"

하고 캐니

"뭘…… 저 아래 윤금보라고 있는데 기운이 장산됩쇼. 아 삼산학교 그 녀석두 우두만 넣었다면 그까짓 것 무서울 것 없는뎁쇼, 그걸 모르겠거든입쇼……."

한다. 나는

"그렇게 용한 생각을 하고 일러주러 왔으니 아주 고맙소."

하였다. 그는 좋아서 벙긋거리며 머리를 긁었다.

"그래 삼산학교에 다시 들기만 기다리고 있소?"

물으니 그는

"돈만 있으면 그까짓 거 누가 고스카이³ 노릇을 합쇼. 밑천만 있으면 삼산학교 앞에 가서 뻐젓이 장사를 할 턴뎁쇼."

한다.

"무슨 장사?"

"아, 방학될 때까지 차미 장사도 하굽쇼, 가을부턴 군밤 장사, 왜떡 장사, 습자지, 도화지 장사 막 합죠. 삼산학교 학생들이 저를 어떻게 좋아하겝쇼. 저를 선생들보다 낫게 치는뎁쇼."

3　こづかい(小使). 사환.

한다.

나는 그날 그에게 돈 삼 원을 주었다. 그의 말대로 삼산학교 앞에 가서 뻐젓이 참외 장사라도 해보라고. 그리고 돈은 남지 못하면 돌려오지 않아도 좋다 하였다.

그는 삼 원 돈에 덩실덩실 춤을 추다시피 뛰어나갔다. 그리고 그 이튿날

"선생님 잡수시라굽쇼."

하고 나 없는 때 참외 세 개를 갖다 두고 갔다.

그리고는 온 여름 동안 그는 우리 집에 얼른하지 않았다.

들으니 참외 장사를 해보긴 했는데 이내 장마가 들어 밑천만 까먹었고, 또 그까짓 것보다 한 가지 놀라운 소식은 그의 아내가 달아났단 것이다. 저희끼리 금실은 괜찮았건만 동서가 못 견디게 굴어 달아난 것이라 한다. 남편만 남 같으면 따로 살림나는 날이나 기다리고 살 것이나 평생 동서 밑에 살아야 할 신세를 생각하고 달아난 것이라 한다.

그런데 요 며칠 전이었다. 밤인데 달포 만에 수건이가 우리 집을 찾아왔다. 웬 포도를 큰 것으로 대여섯 송이를 종이에 싸지도 않고 맨손에 들고 들어왔다. 그는 벙긋거리며

"선생님 잡수라고 사왔습죠."

하는 때였다. 웬 사람 하나가 날쌔게 그의 뒤를 따라 들어오더니 다짜고짜로 수건이의 멱살을 움켜쥐고 끌고 나갔다. 수건이는 그 우둔한 얼굴이 새하얗게 질리며 꼼짝 못하고 끌려 나갔다.

나는 수건이가 포도원에서 포도를 훔쳐 온 것을 직각하였다. 쫓아나가 매를 말리고 포도 값을 물어 주었다. 포도 값을 물어 주고 보니 수건

이는 어느 틈에 사라지고 보이지 않았다.

나는 그 다섯 송이의 포도를 탁자 위에 얹어 놓고 오래 바라보며 아껴 먹었다. 그의 은근한 순정의 열매를 먹듯 한 알을 가지고도 오래 입 안에 굴려 보며 먹었다.

어제다. 문안에 들어갔다 늦어서 나오는데 불빛 없는 성북동 길 위에는 밝은 달빛이 깁을 깐 듯하였다.

그런데 포도원께를 올라오노라니까 누가 맑지도 못한 목청으로

"사…… 케…… 와 나…… 미다카 다메이…… 키…… 카……."[4]

를 부르며 큰길이 좁다는 듯이 휘적거리며 내려왔다. 보니까 수건이 같았다. 나는

"수건인가?"

하고 아는 체하려다 그가 나를 보면 무안해할 일이 있는 것을 생각하고 휙 길 아래로 내려서 나무 그늘에 몸을 감추었다.

그는 길은 보지도 않고 달만 쳐다보며, 노래는 그 이상은 외우지도 못하는 듯 첫 줄 한 줄만 되풀이하면서 전에는 본 적이 없었는데 담배를 다 퍽퍽 빨면서 지나갔다.

달밤은 그에게도 유감한 듯하였다.

『달밤』, 1934.7

---

4   술은 눈물인가 한숨인가…….

빙점하의 우울

좀 풀리기는 했어도 석간에 보니, 오늘도 의연히 빙점 아래의 추위였다. 고래[1]가 막히어 바닥이 찬 데다가 석탄을 주로 때니까, 화롯불도 변변치 않다. 곤로에다 물을 끓이면, 좀 훈훈하긴 하나, 기름 냄새에 견디지 못한다.

건넌방엔 해도 들고 바닥도 따스하나, 요즘은 낮잠도 자지 않는 아이들이 나에게 조용한 구석을 주지 않는다.

나는 오늘 아침에도 예에 의해서 10퍼센트도 못 되는 볼일을 빙자하고 거리로 탈출하였다.

돌아오는 길이었다.

버스에서 내리니 웬 아이가 나를 아는 체하였다.

"뭐?"

"그거 제가 들어다 드릴게요."

한 열둬 살 나 보이는 소년이었다. 단풍 같은 새빨간 손을 쳐들고 무겁지도 않은 내 가이모노[2]를 받으려 함이었다.

나는 무뚝뚝하게 그에게 짐도 대답도 주지 않고, 그냥 나 올 길을 걸

---

1   방고래. 방의 구들장 밑으로 나 있는, 불길과 연기가 통하여 나가는 길.
2   かいもの(買い物). 산 물건.

어왔다. 주지 않음이 아니라 주지 못함이었다.

나는 그 소년의 모양을 생각하지 않을 수 없었다. 나는 장갑을 끼었는데, 그는 맨손인 모양, 나는 두루마기를 입었는데, 그는 동저고리 바람인 모양, 나는 삼십 장정인데, 그는 코를 흘리는 어린아인 모양, 그런 고로 나의 조그만 짐을 들어다 주겠노라 청하는 모양, 나는 그로 말미암아 그 짐보다 몇 곱 무거운 마음을 끌고 고개를 올라왔다.

고개에 올라서니, 웬 시꺼먼 외투 입은 사람이 마루턱에서 어정거리었다. 목도리로 눈만 내어놓고 소프트를 최대한도로 눌러 쓰고 어정거림은 아니라, 걷는 것이 그렇게 느리었다.

가까이 와 보니, K군이다. 며칠 전에 의사에게서 대소변까지라도 방에서 보라는 절대 안정의 선고를 받은 K군이다.

"어떻게 나왔나?"

"그럼, 아주 안 나오고 어떡허나?"

그는 자기가 강사로 다니는 P고보를 내려다보았다. 그리고,

"이렇게 조심해 걷는데도 나오기만 하면 열이 나네그려……."

하며 불그스름하게 상기된 얼굴을 찡그리었다.

"좀 빠지게나그려."

"빠지기도 여러 날 빠졌지…… 그렇지만 시간으로 먹는 놈이 무얼 먹고 자꾸 빠지나……."

집에 돌아오니, 편지 한 장이 놓여 있었다. 서울 와서 여러 달째 룸펜으로 지내는 H군이 병이 나서 누웠으니, 찾아와 달라는 사연이었다.

나는 그의 여관 이름도 기억해 둘 여념이 없이 불쏘시개를 찾는 부엌으로 묵은 신문지와 함께 떨어뜨리고 말았다.

『학등』, 1934.3

촌뜨기

장군이는 스무 날 동안 열아홉 밤을 유치장에서 잤다. 밤마다 잠들기 전에 먹은 마음, 열아홉 번 먹은 마음이언만 경찰서 문밖에 나서고 보니 그 결심은 꿈에 먹었던 마음처럼 어리둥절해지고 말았다.

"젠장, 한 이십 일 놀구 먹지 않았게……."

다리가 허청허청하였다. 그러나 그 허청거림은 속이 비었거나 기운이 탈진한 때문은 아니었다. 긴 장마를 방안에서 투전이나 낮잠으로 겪고 오래간만에 햇볕에 나서는 때처럼 운동 부족이 일으키는 현기였다.

장군이는 여러 날 만에 묶어 보는 허리띠를 다시 한 번 졸라매면서 서문거리로 올라섰다.

"허, 그새 멀구 다래가 들어와 한물 졌구나……."

하면서 면소 앞을 지나려니까, 벌써 풀 센 겹옷을 왈가닥거리면서 촌사람 서넛이 둘러 섰는 게 눈을 끌었다. 그리고

"댓 냥이면 엄청나게 싸죠니까, 그게 첫값만 해두 어디라구……."

하는 소리에 장군이는 발을 멈추고 건너다보다가 '무엇들을 그러나?' 하는 생각과 또 혹시 자기네 이웃 사람들이나 아닌가 하여 그리로 가보았다.

촌사람들은 모두 낯선 사람들이었다. 그리고 그들이 둘러서서 하나씩 손에 들고 손톱으로 긁어도 보고 손가락으로 퉁기어 소리도 내보는

것은 모두 부엌 때가 묻은 주발, 대접, 국자 같은 놋그릇들이었다.

면소의 사환인 듯한 아이는

"살랴거던 얼른 사구 돈이 없거던 물러서요. 딴 사람이나 사게……."
하고 퉁을 준다.

장군이는 얼른 보아 전에도 두어 번 구경한 적이 있지만 면소에서
내어놓은 경매 물건인 것을 짐작하였다.

"거 사실랴고 그러슈?"

장군이는 면소 사환애의 퉁에도 물러서지 않고, 주발을 그저 손에
받들고 들여다보는 갓쟁이에게 물었다.

"글쎄, 싸다니 한 벌 사볼까 하오만……."
하고 갓쟁이는 장군이를 힐끗힐끗 본다.

"사려거던 유기전에 가 새 걸 사슈. 새 걸 못 살 형편이거들랑 헌 것
두 살 생각 마슈."

"왜 그렇소? 새건 삼 곱은 줘야 사지 않겠소?"

"글쎄 삼 곱 아냐 오 곱을 주더라도 말요, 형세에 부치는 사람은 장만
할 때뿐이지 저런 건 다 남의 물건 되기가 쉬운 거요. 언제 집달리가 나
와 저렇게 집어다 놓는지 아오? 당신은 세납이 안 밀린 게로구려……."
하고 장군이가 이죽거리고 먼저 한 걸음 물러서니 그 갓쟁이도

"허긴 노 형 말도 옳소."
하고 들었던 주발을 슬며시 놓고 돌아섰다.

장군이는 자기의 말 한마디에 촌사람들이 흩어져 버리는 것이 몹시 통
쾌스러웠다. 우쭐렁하여 서문거리를 나서는 자기의 결심 열아홉 밤 동안
유치장에서 먹은 결심을 생각해 보면서 신작로를 터벅터벅 걸었다.

그의 결심이란 다른 것이 아니라 살림을 떠엎고 말리라는 것이었다.

살림이라야 가진 논밭이 없고, 몇 대쨋진 몰라도 하늘에서 떨어져서는 첫 동네라는 안악굴 꼭대기에서 그중에서도 제일 외따로 떨어져 있는 오막살이를 근거로 하고 화전이나 파 먹고 숯이나 구워 먹고 덫과 함정을 놓아 산짐승이나 잡아먹던 구차한 살림이었다.

그래도 자기 아버지 대에까지는 굶지는 않고 남에게 비럭질은 하지 않고 살아왔다. 그렇던 것이 언제 누구라 임자로 나서 팔아먹었는지 둘레가 백 리도 더 될 큰 산을 삼정회사에서 샀노라고 나서 가지고는 부대를 파지 못한다, 숯을 허가 없이 굽지 못한다, 또 경찰에서는 멧돼지 함정이나 여우 덫은 물론이요, 꿩 창애나 옥누 같은 것도 허가 없이는 못 놓는다 하고 금하였다.

요즘 와서 안악굴 동네는 산지기와 관청에서 이르는 대로만 지키자면 봄 여름에는 산나물이나 뜯어먹고, 가을에는 머루 다래나 하고 도토리나 주워다 먹고 겨울에는 곤충류와 같이 땅속에 들어가 동면(冬眠)이나 할 수 있으면 상책이게 되었다.

그러나 큰 산 속 안악굴서 사는 사람들이라고 해서 이 장군이네부터도 갑자기 멧돼지나 노루와 같이 초식만을 할 수가 없고 나비나 살무사처럼 삼동 한 철을 자고만 배길 수도 없었다. 배길 수가 없어서가 아니라 하고 싶어도 재주가 없어서였다.

그래서 안악굴 사람들은 관청의 눈이 동뜬 때문인지 엄밀하게 따지려면 늘 범죄의 생활자들이었다.

안악굴서 멧돼지와 노루의 함정을 파놓은 것이 이 장군이 한 사람만은 아니었다. 그날 하필 사냥을 나왔던 순사부장이 빠진다는 것이 알고 보니 여러 함정 중에 장군이가 파놓은 함정이었다.

그래서 장군이는 쩔름거리는 순사부장의 뒤를 따라 그의 묵직한 총을 메고 경찰서로 들어왔고 경찰서에 들어와선 처음엔 귀때기깨나 맞았으나 다음날로부터는 저희 집 관솔불이나 상사발에 대어서는 너무나 문화적인 전기등 밑에서 알미늄 벤또에다 쌀밥만 먹고 지내다가 스무 날 만에 집으로 나오는 길이었다.

"거 광셍이 아냐?"

조짚으로 친 섬에다 무언지 불룩하니 넣어 지고 꾸벅꾸벅 땅만 보고 걸어오던 광셍이가 이마를 찌푸리며 눈을 들었다.

"아, 오늘이야 나오나? 그래, 되겐 욕보지 않었어?"

"욕은커녕 서너 장도막 놀구 먹구 나오네. 거 뭔가?"

"뜬숯…… 경칠놈에거 경만 치지 않으면 그 속이 되려 편하지 이 짓을 해먹어."

"거 꽤 많이 맨들었네그려…… 뜬숯은 허가 없이두 괜찮은지…….”

"아, 그럼, 화릿불 꺼서 만드는 걸 뭐…….”

"어서 다녀나오게. 우리 집인 그새 호랭이나 안 물어갔나 원…….”

"징역을 간 줄 알고 자꾸 걱정이시데. 빨리 올라가 보게."

장군이는 광셍이를 지내쳐 놓고 속으로

'정칠 것! 정말 호랭이게나 물려갔으면 저두 좋구 나두 한시름 덜지…….'

하면서 걸었다.

장군이는 경찰서 문 앞을 나설 때와 달리 집이 가까워질수록 걸음이 무거웠다.

"빌어먹을! 먹을 게 넉넉지 않거든 예펜네나 맘에 들든지……."

혼잣소리를 가래침과 함께 길바닥에 뱉어 버리면서 장군이는 이제 만났던 광쌩이의 아내 생각을 했다.

나이도 자기 처보다는 일곱이나 젊고 얼굴이 토실토실한 것이 장날 읍에 가보아도 그런 인물은 쉽지 않았다.

처음에 자기가 장가를 들 제는 광쌩이는 자기보다 나이도 위면서 장가들 가망이 없어 동네 늙은이들이

"광쌩인 언제나 말을 타보누."

하고 소리가 듣기 싫어 그늘로만 피해 다니던 그였는데 작년 가을부터는 인물 좋고 나이 어린 색시를 얻었노라고 신이 나서 된 데 안 된 데 말참례를 하고 나서는 꼴이 다 보기 싫었다.

어쩌다 우물에서 자기 처와 광쌩이 처가 마주 섰는 것을 볼 양이면 광쌩이 처는 날아갈 듯한 주인아씨감이요, 자기 처는 그에게 짓밟힐 하님[1]짜리밖에 안 돼 보이었다. 그럴 때마다 장군이는 며칠씩 아내와 말이 없었고, 공연한 일에도 트집만 잡으려 들었다.

아무튼 광쌩이 처가 안악굴 동네에 들어온 뒤로는 장군이 내외는 점점 새가 버그러졌다. 그런데다 살림은 갈수록 꼬였다.

"정칠놈의 방아 같으니, 안 되는 놈은 자빠져도 코가 깨진다나……."

철둑을 넘어서 안악굴 올라가는 길섶에 들면 되다 만 방앗간이 하나 있다. 돌각담으로 담만 둘러쌓고 확도 아직 만들지 않았고 풍채도 없

---

1 여자 종을 대접하여 부르거나 여자 종들이 서로 높여 부르던 말.

다. 그러나 물 받을 자리와 물 빠질 보통은 다 째어 놓았고, 제법 주머니방아는 못 되더라도 한참 만에 한 번씩 됫박질하듯 하는 통방아채 하나만은 확만 파 놓으면 물을 대어 봐도 좋게 손이 떨어진 것이었다.

장군이는 가을에 들어 이것으로 쌀되나 얻어먹어 볼까 하고 여름내 보통을 낸다 돌각담을 쌓는다, 빚을 마흔 냥 가까이 내어가지고 방아채 재목을 사고 목수 품을 들이면서 거의 끝을 마쳐 가는데 소문이 나기를, 새 술막 장풍언네가 발동긴가 무슨 조화방안가 하는 걸 사온다고 떠들어들 대었다. 그리고 발동기는 하루 쌀을 몇 백 말도 찧으니까, 새 술막에 전에부터 있던 물방아도 세월이 없으리라 전하였다.

알고 보니 아닌 게 아니라 장풍언네는 아들이 서울 가서 발동기를 사오고 풍채를 사오고, 그리고는 미리부터 찧는 삯이 물방아보다 적다는 것, 아무리 멀어도 저희가 일꾼을 시켜 찧을 것을 가져가고 찧어서는 배달까지 해준다는 것을 광고하였다. 이렇게 되고 보니 벼 두어 섬만 찧으려도 밤늦도록 관솔불을 켜가지고 북새를 놀게 더디기도 하려니와, 까부름 새를 모두 곡식 임자가 가서 거들어 줘야 되는 물방아로 찾아올 사람이 있을 것 같지 않았다. 이래서 장군이는 여름 내 방아터를 잡느라고 세월만 허비하고, 게다가 빚까지 진 것을 중도에 손을 떼고 내어던지지 않을 수 없이 된 것이다.

장군이는 걸음을 멈추고 봇도랑 낸 데 물이 고인 것을 한참이나 서서 내려다보았다. 웅덩이라 바람 한 점 스치지 않는 수면(水面)은 거울같이 맑고 고요하여 내려다보는 장군이의 얼굴이 잔주름 하나 없이 비치었다.

누가 불러 보아도 듣지 못할 것처럼 꿈꾸듯 물만 내려다보고 섰던 장군이는 한참 만에 슬그머니 허리를 굽히었다. 그리고 손을 더듬더듬하여 커다란 뭉우리돌을 하나 집었다.

그리고는 다시 허리를 펴서 물을 내려다보았다.

물속에는 잠긴 자기 얼굴을 간지르는 듯 어찌 생각하면 자기를 비웃는 듯도 한 빤작빤작하는 송사리 떼가 알른거리고 몰려다니었다.

철버덩!

장군이 손에 잡히었던 뭉우리돌은 거울 같은 물을 깨뜨리고 가을 산기슭의 적막을 흔들어 놓았다. 그러나 그의 돌땅에 맞고 입이 광주리만큼씩 찢어지며 올려다보는 것은 제 얼굴의 그림자뿐, 송사리 떼는 한 마리도 뜨지 않았다.

한 이틀 뒤였다.

울어서 눈이 뻐꾸기 눈처럼 시뻘개진 장군이 처가 그래도 울음을 참느라고 그 장군이가 제일 보기 싫어하던 개발코를 벌룽거리면서 철둑을 올라섰다.

그 뒤에는 장군이, 그 뒤에는 배웅을 나오는 이웃 사람 서넛이 따라 철둑으로 올라섰다.

그러나 철둑을 넘어서 조밭머리로 해서 큰길로 나오는 건 장군이 양주뿐이었다. 그리고는 모두 높직한 철둑에 떨어져서들 가는 사람의 뒷모양만 봉우재에 가리어 안 보이도록 바라보았다.

장군이는 철둑 위에 섰는 만수 어머니서껀, 광쌩이서껀을 거의 산모롱이에 가려지려 할 때 마지막으로 한번 돌아다보면서 속으로

"내길래 그래도 떠나 본다!"

하였다. 그리고

"너이는 지냈니, 암만 기들을 써 볼럼. 몇 해나 더 견디나……."
하였다.

장군이는 안악굴서 영영 나와 버린 것이 며칠 전에 유치장에서 나올
때처럼 속이 시원하였다.

그러나 앞에 선 아내의 쿨쩍거리는 꼴을 보면, 썩은 팔이나 다리를
자르는 것처럼 시원은 하면서도 뼛속이 저려드는 데가 있었다.

'꾹 참자! 모진 놈이라야 산다!'

속으로 이렇게 마음을 다시 먹으면서 아내를 보지 않으려 앞을 서기
도 하였다.

얼마 안 가서 선왕댕이 언덕이 바라보였다. 장군이는 또 한번 아내
를 돌아다보았다. 보퉁이를 인 아내는 보퉁이에 눌리어 나오는 것처럼
그저 눈물이 줄줄 흘러내리었다.

선왕댕이 언덕만 올라서면 길이 갈라지는 데다. 그냥 큰길은 장군이
가 읍으로 들어갈 길이요, 바른편으로 갈라지는 지름길은 밤까시로 가
는 길인데, 그의 아내가 김화 땅인 친정으로 갈 길이다. 읍으로 해서도
가지마는 이렇게 질러가면 십 리 하나는 얻기 때문이요, 또 장군이는
이왕 손을 나누는 바엔 어서 아내를 떼어버리고 혼자 가뜬한 길을 훨훨
달아나고 싶었다. 그래서 장군이는 선왕댕이에 와선 괴나리봇짐을 짊
어진 채 바윗돌에 걸터앉았다. 아내도 지척지척 따라와 보퉁이를 내려
놓았다. 그리고 코를 풀더니 안악굴 쪽을 돌아다 보았다.

장군이는 곰방대에 담배를 붙여 물면서 곁눈으로 힐끔 아내를 보고
"가서 아뭇소리 말구 한 이태 견뎌…… 친정도 내 집이드랬지 남의

집인가. 농사 밑천이나 벌어가지면 내 어련히 찾아 안 가리……."

하고 담배를 뻑뻑 빨았다. 아내는 아무 대답은 없고 왈가닥거리는 치맛자락을 뒤집어 눈만 닦았다. 사방은 고요하였다. 담배 한 대가 다 타노라니까 벌에서 벼를 베어 싣고 나오는 소바리가 하나 지나갔고, 그리고는 까마귀가 어디선지 날아와 선왕댕이 가래나무 썩정귀에 앉더니 까악까악 짖었다.

장군이는 침을 배앝고 곰방대 통을 털었다.

"어서 가…… 밤까시 앞으로 질러서…… 그까짓 한 이태 잠깐이지, 안악굴 구석에서 굶주리는 데다 댈까……."

아내는 좀처럼 먼저 일어나지 않았다. 까마귀가 또 까악까악 짖었다. 장군이는 일어나 돌팔매를 쳐 까마귀를 날리었다. 그리고 다시 앉아서

"나는 읍길로 들어갈 테야, 어서 먼저 일어나…… 십 리도 못 걸어서 열나절씩 쉬기만 할까……."

아내는 그냥 앉아서 쿨쩍거리기만 하였다. 장군이는 지난밤 집에서 하듯 또 소리를 버럭 질렀다.

"되지 못하게시리…… 체…… 누군 하구 싶어 하는 노릇으로 아나 봬……."

장군이 처는 눈을 슴벅거리며 일어서고 말았다. 보퉁이를 다시 집어이고 입을 비죽거리며 돌아섰다. 한참 가다 두어 번 돌아보았으나 장군이는 마주 보지 않는 체하려 눈으론 보면서도 얼굴은 다른 데로 돌리었다. 그리고 장군이도 아내의 그림자가 언덕 너머로 사라지고 말 적에는 눈물이 펑 쏟아지면서 코허리가 시큰거리었다. 그리고 목줄대기

에선 울음을 참느라고 찌르륵하는 소리까지 났다. 그는 손등으로 눈을 닦고 다시 곰방대를 꺼내 물었다.

희연 한 대를 서너 모금에 다 태워 버리고, 저도 한 번 안악굴 쪽 큰 산을 바라보면서 일어났다. 힝하니 선왕댕이 언덕을 올라섰다.

벌에는 군데군데 사람들이 있었다. 그러나 장군이 눈에 제일 먼저 뜨이는 것은 이제 겨우 큰길에서 떨어져 방축머리를 돌아가고 있는 아내의 그림자였다. 장군이는 발을 멈추고 멍하니 서서 바라보았다. 바라보고 섰노라니까 아내도 남편이 저를 바라보고 섰는 것을 돌아다본 듯 아내의 그림자도 움직이지 않고 한자리에 박혀 있었다. 장군이는 또 성이 버럭 나서 옆에 있기나 한 것처럼

"가, 어서……."

하고 손짓을 하였다. 아내는 남편의 손짓을 알아채인 듯 그제사 다시 움직이었다.

읍길과 밤까싯길은 갈라져 가지고도 한 오 리 동안은 평행하는 길이다. 그래서 장군이 눈에는 아내의 그림자가 조밭에 가리었다가 혹은 수수밭에 가리었다가 가끔 다시 나타나곤 하였다. 어떤 때는 까맣게 멀리 보이었다가도 어떤 때는 뜻밖에 소리를 지르면 알아들을 만치 가까이서도 나타났다.

멀리서나 가까이서나 아내의 그림자가 보일 때마다 장군이는 걸음을 멈추고 바라보면서 생각하였다.

'읍에까지 같이 갈 걸!'

장군이는 아내에게 떡이나 사 먹여서 보내고 싶었다. 친정으로 가라

는 바람에 이틀이나 곡기를 하지 않은 아내가 시장도 하려니와, 작년 겨울에 별로 이차떡 말을 뇌이던 것이 생각났다.

큰 고개가 점점 바투 다가들었다. 큰 고개만 넘으면 읍이 보이는 데요, 밤까싯길과는 아주 산 하나가 막혀 버리는 데였다.

장군이는 발돋움을 하면서 밤까싯길을 바라보았다. 희끗 나부끼었던 아내의 그림자는 길이 낮은 때문인지 또 폭 가라앉았다. 장군이는 미리 우뚝한 돌각담 위로 뛰어올라가서 아내의 그림자가 다시 솟아오르기를 기다려 가지고

"여봐, 여봐……."

하고 소리를 질렀다. 아내도 남편의 그림자를 놓치지 않으려 건너다보며 가던 것이라 이내 걸음을 머물렀다. 장군이는 또 소리를 질렀다.

"이리 좀 와…… 이리 좀……."

하고 이번에는 오라는 손짓을 하였다. 그러나 거리가 멀어 잘 알아듣지 못하는 모양인데, 마침 논에서 벼 베던 사람이 일어서서 이 광경을 보더니 중간에서 소리를 질러 말을 전해 주었다. 그리고 어느 밭 살피[2]로 나오라고 길까지 가리켜 주는 모양이었다.

장군이는 아내가 오는 동안 돌각담에 앉아 또 곰방대를 내어 물었다. 그리고 안 호주머니에 든 지전 한 장과 각전으로 이 원이 채 못 되는 돈을 더듬어 보았다.

'떡은 고만두고 바루 돈으로 한 댓 냥 더 줄까? 열 냥이나 채 가지구 가게…….'

---

2   땅과 땅 사이의 경계선을 간단히 나타낸 표.

장군이 처는 혹시 친정으로 가는 것을 그만두고 어디로든지 같이 가자고나 할까 하여 붉은 눈이나마 새로운 광채에 번뜩이며 허위단심으로 논둑과 밭고랑을 달려왔다.

"점심이나 읍에서 사 먹구 가라구 불렀어……."

아내는 다시 낙망하는 듯 아무런 대꾸도 없이 그저 코만 벌룽거리었다.

장군이는 읍에 들어서자 떡전거리로 갔다. 이차떡을 두 냥어치를 사서 한 목판 수북이 담아놓고, 아내를 먹이면서 저도 몇 개 집어먹었다. 아내는 처음에는 눈만 슴벅거리면서 팥고물만 묻히고 주물럭거리기만 하더니 두 개째부터 김칫국을 마셔가면서 넙적넙적 베물었다.

장군이는 떡장사에게 떡값을 치르고는 또 십 전짜리 다섯 닢을 꺼내었다.

"이거 받어…… 열 냥이나 채 가지고 가……."

아내는 받지 않았다. 장군이는 자꾸 손을 내어미는데 아내는 받지 않고 돌아섰다. 장군이는 또 소리를 꽥 질렀다.

"받어……."

아내는 할 수 없이 받아서 또 치마끈에 옭쳐 매었다.

"이 길로만 사뭇 내려가, 그럼 큰길이 되니…… 큰길로만 자꾸 가면 알지 뭐……."

아내는 눈물에 흐린 눈으로 남편을 돌아보느라고 몇 번이나 남과 부딪히면서 아랫장거리로 타박타박 내려갔다. 장군이는 멍청하니 큰길 가운데 서서 아내의 뒷모양만 바라보았다. 아내의 그림자가 거의 이층집 모퉁이로 사라지려 할 때였다. 무엇인지 갑자기 허리가 다 시큰하도록 볼기짝 께를 들이받았다. 쓰러질 뻔하면서 두어 걸음 물러나 얼굴을 돌리니 얼굴에는 대뜸 불이 번쩍하는 따귀가 올라왔다. 그리고 뺨을 때린 손길과 같이 날카로운 소리가 났다.

"이 자식아, 왜 큰길에 떡 막아서서 종을 울려도 안 비켜나? 촌뜨기 녀석 같으니……."

무슨 관청의 급사인 듯 양복쟁이나 노상 어린애였다. 그는 자전차 앞바퀴를 들고 한번 굴려 보더니 장군이가 탄할 사이도 없이 남실 자전차 위에 올라앉아 달아났다.

장군이는 멀거니 한옆으로 나서서 눈으로만 그 뒤를 쫓아보는 수밖에 없었다. 내리막길이라 자전차는 번개같이 달아났거니와 걸어간 아내의 그림자도 벌써 사라진 지는 오래였다.

『이태준단편선』, 1939.12

점경(點景)

  불그스름한 황토는 미어진 고무신에만 묻은 것이 아니라 새까맣게
탄 종아리에도 더러 튀었던 자국이 있다. 바지는 어른이 입다가 무릎
이 나가니까 물려준 듯 아랫도리는 끊어져 달아난 고꾸라 양복인데 거
기 입은 저고리는 조선 적삼이다. 적삼은 거친 베것이라 벌써 날카로
워진 바람 서슬에 똘똘 말려 버렸다.

  이러한 옷매무새에 깎은 지 오랜 텁수룩한 머리를 쓴 것뿐인 한 사
내 아이, 그는 화신 백화점 진열창 앞에 서서 그 안을 들여다보는 데 골
독했다.

  "웬 자식야?"

  무슨 의장병(儀仗兵)처럼 차린 게이트보이가 내다보고 욕설을 던지되
그의 귀는 먹은 듯.

  "털 담뇨! 가방! 꿴 크이! 오라! 운석이 아버지가 서울 올 때면 아버지
가 정거장으로 지구 다니던 그 따위구나!"

  아이는 다 풀린 태엽처럼 다시 움직일 가망이 없던 눈알을 한번 힐
끗 굴리며 눈을 크게 열었다. 눈은 곧 쌍꺼풀이 되며 웃 눈꺼풀에 무엇
이 달라붙은 것처럼 켕기었다. 그래서 아이는 이내 눈을 감아 버린다.

  눈을 감자 귀는 또 앵- 소리를 낸다. 거리의 잡음은 다 어디로 가고
모깃소리 같은 앵- 소리만이 답답스럽게 귀에 박혀졌다. 한참 만에

그 소리가 빠져나갈 때에는 이마와 콧날에서 식은땀이 이슬처럼 숫치었고 아랫도리가 후들후들 떨리었다.

"이 자식아, 왜 가라는데 안 가?"

하는 소리가 났다. 그 소리를 무슨 소린가 하고 정신 차려 깨달으려 할 때 게이트보이는 발길로 저보다 어려 보이는 이 아이의 정강이를 찼다. 아이는 입을 딱 벌리고 채인 정강이를 들었으나 게이트보이의 찬란한 복장에 눌리어 한마디 대꾸도 못하고 이내 비실비실 피해 달아났다.

그러나 화려한 진열창은 또 이내 다른 것이 눈을 끌었다. 아직도 화신 백화점이언만 여긴 다른 상점이겠지 하고 서서 들여다보았다.

'저건 뭘까?'

아이의 눈은 또 쌍꺼풀이 졌다.

'과자! 과자 곽들!'

아이의 상큼한 턱 아래에서는 아직 여물지도 않은 거랭이 뼈가 몇 번이나 오르락내리락하였다.

'뭐! 사 원 이십 전! 저것 한 곽에!'

아이는 멍청하니 서서 지전 넉 장하고 십 전짜리 두 닢을 생각해 보았다. 그리고 그 돈을 생각해 보는 마음은 이내 꿈속같이 생기를 잃은 머리에서 지저분스러운 여러 가지 추억을 일으켰다. 한 달에 팔십 전 씩 석 달치 월사금 이 원 사십 전이 변통되지 않아서 우등으로 육 학년에 올라가긴 했으나 보통학교를 고만두고 만 것, 좁쌀 값 스무몇 냥 때문에 아버지가 장날 읍 바닥에서 상투를 끄들리고 뺨을 맞던 것, 그리고 어머니가 동생을 낳다가 후산을 못했는데 약값 외상이 많다고 의사가 와주지 않아서 멀쩡하게 돌아가신 것……. 아이는 눈물이 핑 어리고 말았다. 그래서 울긋불긋한 과자 곽들이 극락에 가 비단옷을 입고 있는 어머니로 보였다.

'엄마!'

아이는 마음속으로 불러 보았다.

'그래, 걱정 말아. 내가 네 옆에서 언제든지 봐줄게⋯⋯. 이 돈으로 어서 뭐든지 사 뭐'

하는 소리가 아이의 귀에는 또렷하게 들리는 것 같았다. 그래

"어디? 어머니?"

하고 둘러보면 어머니는 간데없고 요란한 전차 소리만 귀를 때린다.

아이는 저는 몰라도 남보기엔 한편 다리를 약간 절었다. 그건 발목을 삐인 때문은 아니요 힘에 부친 먼 길을 여러 날 계속해 걸어서 한편 발바당[1]이 부은 때문이다.

아이는 향방 없이 길 생긴 대로 따라 걸은 것이 탑동 공원까지 갔다. 그리고 가만히 보니까 팔각정이 조선어독본에서 본 기억이 났고 공원은 아무나 들어가 쉬는 데라는 생각은 나서 여기는 기웃거리지도 않고 들어갔다.

먼저 눈에 뜨이는 건 실과 장사들이다. 광주리마다 새로 따서 과분 (果粉)이 뽀얀 포도와 배와 사과들이 수북수북 담긴 것들이다.

아이는 '하나 먹었으면!' 하는 욕심은 미처 나지 못했다. '저게 그림이 아닌가? 진열창에 놓인 게 아닌가?' 하는 의심부터 났다. 그리고 웬

---

1 '발바닥'의 방언.

양복 한 사람이 그 옆에 돌아서서 기다랗게 껍질을 늘어뜨리며 사과를 벗기는 것과 그 밑에서 자기보다도 더 헐벗은 아이가 손을 벌리고 서서 그 껍질이 어서 떨어지기를, 그리고 땅에 떨어지기 전에 받으려 눈과 입을 뾰족하게 해가지고 섰는 것을 보고야 모두가 꿈도, 그림도, 진열창도 아닌 것을 깨달았다. 그리고 바투 가서 양복 신사가 어석어석 먹는 입과 껍질을 질겅질겅 씹는 아이의 입을 보고서야 그제는 바짝 말랐던 입안에 침기가 서리고 목젖이 혼자 몇 번이나 늘름거리었다.

'쟤처럼 껍질이라도 먹었으면!'

주위를 둘러보니 배를 사서 깎는 사람이 멀지 않은 곳에 있다.

아이는 뛰는 가슴을 진정하지 못하며 그리로 갔다. 한 걸음만 나서면 그 두껍게 벗겨지는 배 껍질에 손이 닿을 만한 데서 발을 멈추었다. 그러나 아이의 손은 저도 모르게 앞으로 나가는 반대로 뒷짐이 져졌다. 배 껍질은 거의 거의 칼에서 떨어지려 하는데 아이의 뒷짐져진 손은 좀처럼 떨어지지 않는다.

아이는 배를 깎는 사람을 쳐다보았다. 조선 두루마기에 빛 낡은 맥고모자를 쓴 어른인데 눈이 조그맣고 여덟팔자수염이 달린 얼굴이다.

'저이가 내가 이렇게 배가 고픈 걸 알아줬으면! 그래 그 껍질이라도 먹으라고 주었으면!'

하는데 그 여덟팔자수염이 한번 찡긋하면서 입이 열리더니 맑은 물방울이 뚝뚝 떨어지는 배의 한편 모서리를 덥석 물어 뗀다. 아이는 깜짝 놀래어 그 사람의 발 앞을 내려다보았다.

"저런!"

아이는 소리 지를 만치 낙망하였다. 그 두껍게 벗겨진 배 껍질이 그

새 흙에 떨어졌을 뿐 아니라 그 사람은 넓적한 구둣발로 그것을 짓이기었고 작은 두 눈을 해끗거리며 '요걸 바라구 섰어?' 하는 듯한 멸시를 아이에게 던지는 것이다. 아이는 얼굴이 화끈하여 그 자리에서 물러선다.

'무슨 까닭일까?'

아이는 낙엽이 떨어지는 백양나무 밑으로 가서 생각해 보았다. 암만 생각해도 모를 일이었다.

'자기가 먹지 않고 버리는 건데 남두 못 먹게 할 게 무언가?'

아이는 한참 만에 까부러지려는 정신을 이상한 소리에 다시 눈을 크게 뜨고 가다듬는다. 웬 키가 장승같은 서양사람 남녀가 섰는데 남편인 듯한 사람이 벤또 만한 새까만 가죽갑을 안고 거기 붙은 안경만한 유리알을 저한테 향하고 손잡이를 돌리는 소리였다. 아이는 얼른 일어서 옆을 보았다. 옆에는 아까 그 아이, 저보다도 헐벗은 아이가 역시 어디선지 사과껍질을 한 움큼 들고 와 질겅거린다. 가만히 보니 그 서양사람의 알지 못할 기계의 유리알은 자기와 그애를 번갈아 향하면서 소리를 낸다. 아이들은 그게 활동사진 기계인 줄은, 그리고 그 서양 사람들이 본국으로 돌아가 그들의 행복된 가족을 모여 앉히고 놀릴 것인 줄은 알 리가 없다. 그러나 이 아이는 그 알지 못할 기계의 눈알이 자기를 쏠 때마다 왜 그런지 무섭다. 그래서 일어나 달아나려 하니까 웃기만 하고 섰던 서양 여자가 얼른 손에 들었던 새빨간 지갑을 열더니 은전 한 닢을 내어던진다.

'돈!'

그때 아이는 비수 같은 의식이 머릿속을 스치자 나는 듯 굴러가는 돈으로 달려들었다. 그러나 오 전 한 닢에 달려든 것은 자기만은 아니었다. 그 사과껍질을 먹고 섰던 아이는 물론, 웬 시커멓게 생긴 어른도 하나가 달려들었고 그 어른의 지까다비 신은 발은 누구의 손보다도 먼저 그 백동전을 눌러 덮치었다. 두 아이는 힐끔하여 원망스럽게 그를 쳐다보았다. 쳐다보니 돈을 밟은 지까다비 발의 임자는 의외에도 돈은 얼른 집으려 하지 않고 그냥 기계만 틀고 섰던 서양 사람을 금세 달려들어 멱살이나 잡을 듯이 부릅뜬 눈을 노리는 것이었다. 그러니까 서양 사람 부부는 이내 기계를 안은 채 돌아서 다른 데로 갔고, 이 사람은 그제야 돈을 집더니 무어라고 중얼거리면서 한길 쪽으로 보이지도 않게 팔매를 쳐버렸다. 그리고 역시 흘긴 눈으로 두 아이와 모여선 사람들을 둘러보더니 그도 다른 데로 어청어청 가버렸다.

'웬일일까? 웬 사람인데 심사가 그 지경일까?'

아이는 이것도 모를 일이었다. 자기가 가지지 않으면서 남도 못 집어 갖게 하는 것이 이 아이로선 터득하기 어려운 의문이다.

그날 밤, 아이는 자정이나 된 때, 어느 벤치 위에서 곤히 자다가 공원지기에게 들키었다.

"이놈아, 나가!"

"여기서 좀 잘 테야요."

"뭐야? 이 자식 봐!"

하고 왁살스런 손은 아이의 등어리를 움키어 끌어내었다.

"그냥 뒤두는 데서 좀 자문 어때요?"

공원지기는 대답은 없이 아이의 머리를 한 번 더 쥐어박으며 팔을 질질 끌어다 한길로 밀어내고 무거운 쇠문을 닫았다.

"꼬라! 거기 왜 섰어?"

이번엔 칼 소리가 절그럭거리는 순사가 나타났다. 아이는 소름이 오싹하였다. 그러나 순사는 아이에게로 오는 것이 아니라 역시 이제 공원에서 자다가 쫓겨나온 듯, 그래도 공원 안을 넘싯이 들여다보고 섰는 한 어른에게로 오는 것이다. 어른은 힐끗 순사를 한번 마주 보더니 쏜살같이 돌아서서 전찻길을 건너가는데 그는 시커먼 지까다비까지, 낮에 그 돈을 집어 버리던 사나이가 틀리지 않았다.

아이는 '그 사람도 거지드랬나' 하고 이상한 느낌이 솟아 그의 뒤를 바라보는데 정신이 번쩍 나게 목덜미에서 철썩 소리가 난다.

"가라! 이놈의 자식아!"

아이는 질겁을 하였다. 순사를 한번 쳐다볼 사이도 없이 한편 발바당이 부은 다리로 끝없는 밤거리를 달음질쳤다.

『가마귀』, 1937.8

우암노인[1]

愚菴老人은 어렴풋이 意識이 돌자 소스라쳐 눈을 떴다. 그리고 얼른 손부터 입으로 가져가려 했으나 맥없이 던져졌던 손은 시든 호박잎 같아서 그렇게 날래게는 움직여지지 않았다.

老人은 손에 보냈던 마음을 혀끝으로 옮기었다. 혀도 침이 말라서 녹슨 나사 같은 것을 억지로 이끌어다 비로소 아래위 잇몸을 스치어 보았다. 그리고 듬성듬성 반도 못 되게나마 남은 어금니들이 그냥 붙어 있다는 것을 認識하면서 함께 '꿈이었구나!' 하는 認識도 얻었다.

"후—."

老人은 가쁘던 숨을 몰아내었다. 그래서 가슴은 약간의 시원함을 느낄 수 있었으나 마음은 도리어 그 숨소리에 눌린 듯 무거워졌다.

'이게 원, 무슨 언짢을 증졸꼬?'

돌아누우며 창에 붙은 유리쪽을 바라보았으나 거기에도 아직 광명은 그림자도 이르지 않은 밤중대로다.

'기용이가 늦도록 보채는 소리가 났는데……'

老人은 귀를 밝히었다. 귓속에는 무슨 버러지가 들어간 듯 버석거리

---

1 상허는 수필집 『무서록』의 「소설」이란 글에서 "나도 수년 전에 「愚菴老人」이란 小篇에서 한 자를 시험해 보았다. 사소설의 맛, 수필적인 풍미를 가하는 데는 가장 효과적이다"라고 밝힌 바 있다. 상허의 이 같은 의도를 살려 「우암노인」 한 편에 한해서만 한자를 그대로 노출하였음을 밝혀 둔다.

고 쑤군거리어서 다른 소리는 찾을 수가 없었다. 그래 고개를 길게 빼어들고도 한참만에야 밖에서는 아무 소리도 울려오는 것이 없는 것을 믿을 수가 있었다.

'이 녀석이 좀 자는 게로군! 에미두 좀 눈을 붙여보겠군…….'

하고 老人은 다행스러워 하였다.

그러나,

'그런데 그게 무슨 요망스런 꿈이람!'

꿈을 다시 생각할 때 老人의 마음은 다시 무거워졌다.

老人은 꿈에 아래윗니가 몽창 빠진 것이다. 윗니가 빠지면 웃어른이 돌아가고, 아랫니가 빠지면 아랫사람이 죽는다는 말이 있다. 그런데 분명히 윗니와 아랫니가 한꺼번에 빠지었다. 웃어른은 돌아가려야 돌아갈 웃어른이 없지만 아랫사람은 있다. 더구나 七十이 불원한데 이제 겨우 젖 떨어진 외아들 기용이가 장감²으로 몸져누운 끝이다. 아무래도 이 심상치 않은 꿈자리는 가냘픈 기용의 운명에 무슨 豫言을 주는 것으로는 지나치게 또렷한 것 같았다.

"허! 하필…… 원!"

老人은 머리맡을 더듬더듬하여 성냥갑부터 찾아가지고 자리에서 일어났다. 남포 걸린 데로 가서 불을 대려놓고는 다시 자리로 와 희연을 한 대 꾹꾹 눌러 담았다. 그리고 불을 붙이려 등피 꼭대기로 담배통을 가져가다가야 남폿불이 뿌연 무리가 서서 빙글빙글 도는 것을 처음 느

---

2 오래된 감기로 생기는 증상. 기침과 오한이 심하고 폐렴이 되기 쉽다.

끼었다.

老人은 두어 번 눈을 비비었다. 다시금 눈을 껌적거려 보아도 남폿불은 여전히 올빼미 눈깔처럼 붉고 누르고 푸른 무리가 빙글빙글 돌았다.

'저건 또 무슨 증조람?'

老人은 자기의 낡은 視力의 錯覺임을 깨닫기 전에 먼저 불안스러운 神秘感에 부딪힘이었다.

담배를 한참 만에 붙이어 뻐끔뻐끔 서너 모금 빨다가 허리띠를 묶고 버선을 신고 저고리 소매를 끼우면서 일어섰다. 그리고 있다가 안에서 알까봐 미리 헛기침을 두어 번 기치고 밖으로 나와 가만가만 안마당으로 들어섰다.

"젠―장, 남들은 메누리가 조심스러 해만 떨어져도 안 출입이 어렵다는데……."

새삼스럽게 슬하가 쓸쓸함을 탄식하면서 건넌방 미닫이 앞으로 들어섰다. 그리고 숨을 죽이느라고 기운 없는 턱을 흔덩거리면서 유리쪽으로 넌지시 방안을 들여다보았다.

기용이 모자는 생각했던 것처럼 잠들어 있었다. 기용이는 어미의 팔과 베개를 울러 베고 새빨갛게 단 입술을 붕어처럼 동그랗게 벌리고 가슴을 높이 들먹거리었다.

'내일은 김주부 약을 그만 끊어 버려? 양의를 믿어봐?……'

老人은 한참 생각하고 섰다가야 기용 어미의 자는 양도 살펴보았다. 방에 외풍이 없이 하라고 이른 자기 말대로 불을 많이 땐 듯, 이불은 내려놓지도 않고 속곳 바람으로 사지를 퍼드려뜨리고 있다. 윗도리도 반이나 드러났으되, 또 이제 서른넷밖에 안 난 젊은 少室이로되 老人의 神經은 淡淡한 채로 움직임이 없었다. 느낀다면 弱한 지게꾼이 무거운 짐을 쳐다보듯 一種의 壓力을 느낄 뿐이었다.

"저것두 불쌍한 것……."

하면서 역시 이 방 남폿불에서도 시퍼런 무리가 도는 것을 깨닫자 곧 사랑으로 나오고 말았다.

자식이 무엔지, 이 愚菴老人은 기용이 모가 두 번째의 小室이었다. 처음엔 팔자에 없는 걸 군이 욕되게 바라랴 하고 깨끗이 두 늙은이끼리 偕老나 할 작정이었으나 쉰이 되던 해 겨울 어느 날 밤인데 큰마누라가 자진하여 웬 젊은 것 하나를 데려다 사랑에 밀어 넣었다.

그게 처음 본 소위 小室이었으나 그 후 三年을 살아 보되 역시 딸도 아들도 소생이 없으므로 대수롭게 받들지 않았더니 흐지부지 남의 사람이 돼 버리고 말았고 그런 다음부터는 예서제서 찾아드는 것이 많아 나중엔 말막음으로 하나 붙든 것이 이 기용이 모였다.

허허실수로 아들을 하나 얻은 愚菴老人은 한 동안은 침침하던 눈까지 다시 밝아지는 듯 음식에까지 새 맛을 느끼었다.

"사람이 죽는 날 죽드라도 이렇게 사는가 싶은 날이 있어야……."

老人은 末年에 이르러 人間樂을 새로 한번 느끼었다.

그러나 이 한 가지의 밝은 事實은 여러 가지의 어두운 그늘을 가지고 왔다.

큰마누라는 자진하여 젊은 것 하나를 사랑방에다 밀어 넣어 주던 때와는 딴사람처럼 영감의 자리 옆을 떠나는 데 寬大하지 못하였다.

"그걸 글쎄 어느 세월에 길러 가지구 자식이라구 호살 맡겨 보누⋯⋯."
하고 기용의 存在를 헐기 시작하였다. 또

"조심해요, 괜히⋯⋯ 젊은것들이 늙은이 골는 걸 돌본답디까?"
하고 공연히 앙칼진 소리도 하였다.

달라진 것은 큰마누라뿐도 아니었다. 기침 한번을 크게 못하던 기용이 모도 기용을 낳아 놓고부터는 발을 구르는 듯 대청이 울리게 가래를 돋우는 것이었다.

老人은 一種의 幻滅을 느끼었다. 이들의 豹變하는 성미는 老人이 믿어온 婦德의 美를 虛無스럽게 하였고 家風을 어지럽히며 家長으로서의 자기의 치신³까지 깎이는 것 같았다.

"⋯⋯ 인제두 후년 봄에나 소학교, 소학교가 육년, 중학교가 오년, 그리구두 전문학교니 대학이니⋯⋯."

아닌 게 아니라 큰마누라의 말대로 기용에게 絶望이 안 되기도 어려웠다. 더욱, 작년 봄부터 현저하게 食慾이 減退되고 手足이 차지고 視力이 한층 더 침침해 감을 돌볼 때 자기는 앞으로 고작 견디어야 기용의 소학교 졸업이나 볼지 말지였다.

"그러니 그까짓 게 겨우 이까짓 집이나 한 채 물려 갖구 무얼 먹고 무얼 입구 무얼루 공부하구⋯⋯."

뿐만 아니라 자기가 죽은 뒤에 헐벗는 처자식이 남들에게 '저게 아무개 에펜네요 아무개 아들이오' 하는 말을 들어 자기 이름이 가장 불명예스럽게 굴러다닐 것을 생각하니 문득 '공연한 걱정거리를 샀군!' 하

---

3 채신. '처신'을 낮잡아 이르는 말. 세상을 살아가는 데 가져야 할 몸가짐이나 행동.

는 후회까지도 났다.

'어느 이십 안 자식이라니……'

그렇다고 기용이를 자식이 아니거니 돌릴 수도 없는 일이다.

愚菴老人은 다시 버선을 뽑고 저고리를 벗고 여전히 올빼미 눈처럼 시퍼렇고 싯누런 무리가 도는 남폿불을 무슨 殺生이나 하듯 다섯 번 여섯 번 숨이 차게 불어서야 끄고 자리에 누워 버렸다.

"풍전등화라구 해두 불도 끄려면 힘들어……."

혼자 이렇게 중얼거리고 사람의 목숨도 저런 것이거니도 생각해 보았다. 바람에 촛불 꺼지듯하는 목숨도 있겠지만 꺼질 듯 꺼질 듯하면서도 한없이 질기게 끌어 나중에는 제 진에 나가떨어지는 그런 떡심 같은 목숨도 있으려니 하였다. 그리고 행여 자기의 臨終이 그런 것일까봐 겁이 나기도 했다.

죽음!

老人은 다시 잠에 들기가 힘들었다. 될 수 있는 대로 安靜하려 깔그러운 눈은 감았으나 귀에서 사뭇 징을 치듯 소란스럽고 무시무시한 소리가 일어나기 시작했다. 다시 눈을 떠 천장을 바라보았다. 천장은 끝이 없다. 그냥 아무것도 아니 보이는 시커먼 어둠은 한이 없이 높은 것도 같고 한이 없이 깊은 것도 같았다. 그리고 죽음이란 아무것도 안 보이는 저런 빛의 것이려니도 생각하니 방 안이 갑자기 깊고 깊은 산 속이나 바다 속처럼 견딜 수 없이 쓸쓸스러웠다. 그리고 이 끝없이 깊은 어둠과 쓸쓸함이 이제부터는 큰마누라보다도 작은마누라보다도 기용이보다도 더 가깝게 사귀어 나가야만 할 그것임을 깨달을 때, 老人은 무서운 野獸와나 마주치는 듯 머리끝이 쭈뼛 곤두 솟았다.

'저 짐생!

시커멓게 생긴 무슨 그림자는 한걸음 덥석 앞으로 다가서는 것 같았다.

보숭보숭하던 이마에는 땀기까지 촉촉히 끼친다.

"후……."

愚菴老人은 머리맡을 더듬었다. 성냥갑을 찾음이다. 담배라도 다시
한 대 붙여 물고 싶었거니와 그보다는 불이, 한 점의 불티라도 불빛이
그리워서였다.

『가마귀』, 1937.8

색시

지금 생각하니 우리는 일 년이나 같이 있던 사람을 성도 이름도 모르고 말았다.

마구 나선 사람이 아닌데다 나이도 아직 젊어서 '어멈'이니 '식모'니 부르기엔 좀 야박스러웠다. 아내가 먼저 '색시'라 하였고 나중엔 아이들까지 '아주머니'라 하래도 '색시, 색시' 하였다. 나도 맞대고

"물 주."

라거나

"상 가져 가우."

할 때는 아무런 대명사도 쓰지 않았지만 남에게 그를 말할 때는 역시 '색시가 어쩌구……' 하였다.

그는 그렇게 '색시'로서 피차에 아무런 불편도 없는 듯, 그의 성이 무엇인지 이름이 무엇인지는 갈 때까지 드러나지 않고 말았다.

색시가 우리 집에 오기는 작년 늦은 봄이었다. 내가 저녁때 집에 들어서니까 웬 보지 않던 아낙네가 마당에 풍로를 내다 놓고 얼굴이 이글이글해서 불을 불고 있었다. 그 연기가 가주 모종낸 활련 밭에 서리는 것을 보고 나는 마침 사랑으로 나오는 아내더러

"거 누구유? 누군데 하필 화초밭에다 대구 연길 불어?"

물었다.

"저어……"

하다가 아내는 내 말이 퉁명스러운 뜻을 알았던지 다시 안마당으로 올라가

"색시이? 거기 화초 밭 아뉴? 연길 글루 불지 말구 저쪽으로 불문 좋지……"

하였다. 그러니까

"아유! 그까짓 활련인데 뭘 그렇게 위허시나요? 어쩌문이나……"

하고 그는 일어서는데 목소리뿐만 아니라 키와 허우대가 안사람 치고는 엄청나게 우람스러웠다.

그런데 그의 대답이 그렇게 호들갑스러운데다 이내 킬킬킬 웃어 그런지 나는 그것을 더 탄할 나위도 없었거니와 '웬만해선 성은 잘 내지 않겠군' 하는 인상을 그에게 가졌다.

남을 두어 보면 제일 성가신 것이 왜쭉 삐쭉해서 성 잘 내는 것이었다. 숟가락 하나를 다시 씻어 오래도 이내 얼굴빛이 달라지고 찌개 한 번 다시 데워 오래도 부젓가락 내던지는 소리가 이내 부엌에서 나오는, 그런 신경질인 식모에게 진절머리가 나서 일은 차라리 칠칠치 못하더라도 이번엔 제발 우리가 눈치 보지 않고 부릴 수 있는 사람을 바라던 김이라 아내는 물론이요 나도 속으로는 처음부터 탐탁해 했다. 그런데 그때 아내의 말이

"좀 너무 젊지? 과부래는구랴 저 나에……"

하고 소리를 듣고는 그의 불행도 불행이려니와 그런, 속에 슬픔이 있는 사람을 한 식구로 둔다는 것은 그리 유쾌하지는 못하였다.

"그런데 어디 사람인데 우리 집을 알구 왔수?"

"저 돈암리서 더 가문 무네미라구 있대나 거기가 친정집인데 왜 접 때 와 바느질하던 늙은이 있지? 그 늙은이 조카래."

"응! 그런데?"

"그런데 참한 데만 있으문 재가할 작정인데 어디 그렇게 쉬우? 친정 은 넉넉지도 못 하구 그래 바람두 쐴 겸 홧김에 저이 아주머니한테 우 리 집 얘길 듣구 왔다는구랴."

"거 잘 됐수."

"그런데 웃어 죽겠어."

"왜?"

"아까도 괜히 킬킬거리지 않습디까? 여간 잘 웃지 않어."

"웃는 집에 복이 온다는데 거 잘 됐군."

하고 우리도 웃었다.

"그래두 글쎄, 청춘에 과부가 돼서, 생각하면 좀 기맥힐 테유? 그런 데 얼굴서껀 어디 근심 있는 사람 같애? 괜히 킬킬대구 웃는 게."

"여태 철이 덜 나 그렇겠지."

나는 그가 철없어 그렇거니만 여겼다.

아무튼 색시는 웃기를 좋아하였다. 그가 와서부터는 조용하던 안에 서 가끔 웃음판이 벌어졌다. 가끔 아내가 허리를 가누지 못하고 뛰어 나와 이야기 하는 것을 들으면

"글쎄 색시가 즈이 시에미 됐던 늙은이 입낼 내는데……."

어떤 때는

"저번에 석쇠 팔러 왔던 청인 입낼 내서……."

또 어떤 때는

"무당 입낼……."

하고 번번이 입내를 잘 내어 웃기는 것이라 했다. 남을 잘 웃길 뿐 아니라 남을 웃겨 놓고는 자기도 그 서슬에 한바탕 숨이 막히도록 웃어대는 것인데 그렇게 하루 한두 차례씩 웃는 일이 없어서야 속이 답답해 어떻게 사느냐는 것이었다.

제 속에 불덩이가 있는 사람이라 그렇게 웃고 지내려는 것이 자기를 위해서도 좋겠지만 따라 웃는 사람들도 해로울 것은 없었다. 다만 일에 거칠은 것이 있어 갈수록 탈이었다.

그는 무엇이든지 가만히 놓는 일이 없었다. 부엌에서 그릇 잘 깨뜨리는 것은 말만 들었지만 세숫대야 같은 것도 허리를 굽히고 놓는 일이 별로 없었다. 뺏뺏이 선 채 내던지기가 일쑤여서 사기가 튀고 우그러들게 하는 것은 나도 여러 번 보았다. 아내가 왜 그렇게 선머슴처럼 구느냐고 그러면

"화가 치미는 걸 어떡해요."

하는 것이 제일 잘하는 대답이요,

"그까짓 걸 뭘 그리세요."

하는 것이 다음으로 잘하는 대답이었다.

그는 다른 경우에서도 그 '그까짓 걸'이란 말을 많이 썼다. 그에게는 아까운 게 없는 것 같았다. 밥도 시키는 대로 하기를 싫어하였다. 공연히 한 사람쯤은 더 먹을 것을 지어 가지고 이 그릇에 미루고 저 그릇에 굴리다가 쉬면 내다 버리기를 좋아하였고, 나무도 아궁이 미어지게 처

넣고야 땔 줄을 알았다. 모든 게 그의 손에선 물처럼 헤펐다. 내가 알기에도 기름이 떨어졌느니 초가 떨어졌느니 하고 아내가 사다 달라는 부탁이 다른 식모 때보다 갑절이나 잦았다. 아내가 잔소리를 해도 기름병이나 촛병을 막아 놓고 쓰는 일이 없다 한다.

"뭐 힘들어 그걸 못 막우?"

"쏠랴구 할 때 마개 막힌 것처럼 답답한 일이 세상에 어딨에요."

하고 남이 막아 놓는 것까지 화를 내는 성미였다. 하 어떤 때는 성이 가시어 아내가,

"그러구 어떻게 시집살일 했수?"

하면

"그래두 시아범 작잔 힘든 일 잘해 낸다구 칭찬만 했는데요."

하고 킬킬거리었고

"그건 그런 힘든 일을 며느리한테 시키는 집이니까 그렇지 인제 가지게 사는 집으루 가두?"

하면

"인제 내 살림이문 나두 잘 허구 싶답니다."

하는 뱃심이었다.

그는 별로 죽은 남편에 대해서는 말이 없었고 조용히 앉기만 하면 다시 시집갈 궁리였다. 월급이라고 몇 원 받으면 그날 저녁엔 해도 지기 전에 저녁을 해 치우고 문안으로 들어가서 분이니 크림이니 하는 화장품만 쓸데없이 여러 가지를 사들이고 우리가 무슨 접시나 찻잔 같은 것을 사오면 이건 얼만가요 저건 얼마가요 하고 가운데 나서 덤비다가 으레,

"나두 인제 살림허문 저런 거 사와야지…… 화신상회랬죠?"

하고 벼르는 것이었다. 벼를 뿐 아니라 전기다리미만은 하도 신기했던지 둘째 번 월급을 받아서는 그것부터 하나 사다 가지었다.

"색신 어떤 사람한테 가길 소원이우?"

하고 아내가 한번은 물어보니,

"인물 잘나구 먹을 거나 있으문 되죠 뭐……. 사내가 좀 시원시원허구……."

하다가 마침 웬 중학생 한 패가 하모니카를 불면서 우리 집 앞을 지나가는 것을 보더니

"참! 전요 저 하모니카 잘 부는 사람이 좋아요."

하고 킬킬거리고 또 한바탕 웃었다 한다. 하모니카를 불되 한 옆으로 뿅빠뿅빠 하고 군소리를 내어 가면서, 이를테면 베이스를 넣어 가면서 불어야 하고 모자는 '캡'이라고 이름은 모르되 형용을 가리키며 그것을 삐뚜름히 쓰는 청년이 자기 마음에 드는 사람이라고, 그 뒤에 다시 한번 이야기한 일도 있다 한다.

그가 우리 집에 살기 두어 달 되어서다. 삼복지경인데 어디 나갔다 들어오니 아내가 아이를 보고 아이 보는 아이가 저녁을 짓고 있었다.

"왜 색신 어디 갔수?"

물으니,

"신랑 선보러 갔다우……. 저이 큰어머니래나 늙은이가 와서 청량리 어딧사람인데 죽은 후취라구 서루 보구 합당험 한다구 데려갔다우."

하고 아내가 설명하였다.

"만일 안 되면?"

"제 맘에 안 맞음 오늘 밤으루라두 도루 온댔어."

우리는 갑자기 식모가 없어져 일시 불편하기는 하나 색시가 다시 돌아오기보다는 좋은 자국을 만나 아주 주저앉기를 바랄 뿐이었다.

그러나 색시는 그 이튿날 아침 아직 조반도 먹기 전인데 문밖에서부터 킬킬거리면서 다시 우리 집에 나타났다.

"저런! 왜? 합당치가 않습디까?"

아내가 물으니 대답도 없이 그냥 킬킬거리기만 하면서 안으로 뛰어들어갔다. 나중에 아내에게 들으니 사내라는 게 나이도 사십이 넘었거니와 눈이 바늘로 꼭 찔러 놓은 것처럼 답답스러웠고 전실 자식이 셋이나 되고 살림이라곤 부엌을 들여다보니 놋그릇 하나 눈에 뜨이지 않으며 말인즉 금붙이라고 해서 처음엔 정말 금비녀인가 보다 했으나 나중에 그 집안 꼴을 보고는 믿어지지가 않아 허리를 뚝 꺾어 보니 속이 멀쩡한 백통이라 그 사내 면전에다 집어 내동댕이를 치고 달려와 저희 집에서 자고 온다는 것이었다.

그 뒤에도 두 번이나 그 큰어머니라는 노인이 와서

"이번엔 네 맘에두 들라."

하면서 데리고 갔으나 색시는 번번이 그 이튿날 아침이면 킬킬거리고 다시 나타나곤 하였다.

우리도 나중엔 딱하였다. 시집갈 데가 있는 사람을 억지로 잡아 두는 것은 아니지만 새색시 놀음을 내일 하게 될지 모레 하게 될지 몰라, 서면 손을 닦달하고 앉으면 눈썹을 그리고 하는 그를 걸레 만지지 않는다고 잔소리하는 우리가 극성스러 보였고 왜 선머슴처럼 덤벙거리다

일을 저지르냐고 탄하는 우리만 심한 주인이 되는 것 같았다. 더구나 있어날수록 자기에게 직접 권한자인 내 아내에게 벗나가기 시작하였다. 무어든지 물어 보고 하기를 싫어하였다. 두부 장사가

"두부 두시랍쇼?"

하여도 주인 된 사람에게 물어 보는 것이 온당하련만 제 마음대로

"오늘은 한 모 두."

"오늘은 고만 두."

하는 것이었다. 게다가 내가 없는 때 혹 손님이 찾아오더라도 내 아내에게 전갈하는 것이 아니라 자기가 내 아내처럼 척 나서서 이러니저러니 하고 쓸데없는 대꾸를 하다가 나중엔 이름도 묻지 않고 보내기가 일쑤였다. 이런 것이 다 아내의 비위를 건드린 데다 한번은 이런 일이 있었다.

늘 그가 하는 말이

"한번 낮에 문안 좀 들어갔으믄…… 찾어볼 집이 있는데……."

하였다. 그래 하루는 날도 좋고 조반도 일찍 해먹은 날이어서 마음 놓고 나가 그 찾아봐야 할 집을 찾아보고 오라 하였다. 아내의 파라솔을 빌려 달래서 파라솔까지 빌려주고 월급에서 얼마를 먼저 달래서 그것도 달라는 대로 먼저 주었는데 이 색시만이 없어진 것이 아니라 아이보는 아이도 갓난이를 업은 채 어디로 갔는지 보이지 않았다. 색시가 데리고 나갔으려니는 생각되지 않는 일이어서 우리는 산으로 개천으로 평생 가보지 않던 집집으로 종일 찾아다니었다. 그러나 우리는 찾아내지 못하고 있는데 나중에 나타나는 것을 보니 문안에 들어갔던 색시가 앞세고 오는 것이었다. 갓난이는 어느 틈에 뒤져내어선지 새 양복

을 입히고 아이 보는 아이는 저고리만 갈아입혀서 제가 낳은 아이를 저희 집 아이 보는 아이에게 업혀 가지고 다니듯, 타박타박 앞 세고 갔다 오는 것이었다.

"아―니 걔들은 왜 모두 끌구 갔다오?"

"……."

색시는 대답이 없이 킬킬거리고 안으로 뛰어 들어갔다.

"아, 얼말 찾아다닌 줄 아우? 그게 무슨 짓유? 왜 제 맘대루 어린애꺼정 데리고 댕규?"

"……."

색시는 저도 어이없는 듯, 웃기는 그쳤으나 무어라고 이유를 설명하지는 않았다. 아내는 애꿎은 아이 보는 아이만 나무라고 말았으나 저녁이 되니 갓난이가 기침을 하고 몸이 달기 시작하였다. 나도 성이 났지만 아내는 나보다 더할 수밖에 없었다. 안으로 들어가더니 한참이나 음성을 높여 언짢은 소리를 퍼붓고 나왔고 나와서는 내일 아침엔 다시 식모 없이 살더라도 저희 집으로 보내 버릴 작정이었다.

그러나 그 이튿날 아침에 우리는 색시를 보고 가라는 말이 나올 수 없었다. 그는 두 눈이 모두 새빨갛게 충혈이 되었고 눈시울은 온통 벌에 쏘인 것처럼 부어 있었다. 같이 잔 아이 보는 아이에게 물어 보니 초저녁부터 아침까지 제가 잠이 깰 때마다 보았는데 볼 때마다 옷도 끄르지 않고 앉아서 울더라는 것이었다.

우리는 그 말을 듣고 남에게 너무 심하게 했나 보다 하고 가라는 말은커녕 그의 눈치만 보고 며칠을 지내다가 그의 마음이 아주 풀린 뒤에 아내가 그까짓 일에 밤을 새울 것이 무엇이냐고 물었다 한다. 그랬더

니 색시는 오래간만에 킬킬거리고 한바탕 웃고 나서

"내가 과분 줄 아세요? 정말?"

하고 이야기하기를, 자기 남편 되었던 사람은 지금 눈이 시퍼렇게 살아서 어느 은행에 급사로 다닌다는 것, 저희 내외간에는 의가 그리 나쁘지는 않은 것을 시어미가 이간질을 붙여 못 살고 나왔다는 것, 그새 그 녀석이 장가를 들었는지도 공연히 궁금하고 또 들었다면 어떤 년인지 그년이 자기만한가 못한가도 알고 싶고 그리고 이왕 그놈의 집에 자기의 얼굴을 비칠 바엔 거짓말로라도 자기는 그새 너희까짓 놈의 집보다도 몇 갑절 훌륭한 데로 시집을 가서 이렇게 아이를 낳고 아이 보는 아이까지 두고 깨가 쏟아지게 산다는 의기를 보여 주고 싶어서 우리 갓난이를 제 아이처럼 아이 보는 아이에게 척 업혀 가지고 갔더랬다는 것이었다.

아내는 그 말을 듣고 그의 면전에선 웃고 말았으나 그런 사정인 줄은 모르고 몹시 나무랐던 것을 뼈아프게 후회하였다. 그리고 언제부터는 동생처럼 타일러서 그의 결점을 고쳐 주고 상당한 자리만 있으면 우리라도 중매를 나서줄 작정이었다.

그러나 색시는 당사자가 되어 그런지 워낙 성질이 괄괄해 그런지 제 삼자인 우리가 보기에는 너무나 침착하지 못하였다. 아직 보이지도 않는 행복을 부득부득 움키려 덤비었다. 개울 건너 우리 집과 마주 떠는 집에 전문학교 학생 두엇이 주인을 정하고 왔다. 그들은 아침이면 이를 닦으며 저녁이면 담배를 피우며 가끔 우리 마당을 건너다보았다. 그들은 마주 뵈니까 무심코 건너다보는 것이되, 이쪽의 우리 집 색시는 첫 번부터 그들에게 과민하였다. 아침저녁으로 분세수를 하고 틈틈이 무색옷을 내어 입고 그들이 학교에서 돌아올 시간쯤 되면 으레 머리를 고쳐 빗고 그리고는 그들이 눈에 뜨이면 무슨 일이든지 하다 말고 내어 던지었다. 마당을 쓸다 그들이 보이면 비를 놓아 버리었고 물을 길러 가다 그들이 보이면 길바닥에 바께쓰를 놓고 와서는 아이 보는 아이더러 아이는 자기가 안을 터이니 대신 가서 물을 길러 오라 하였다. 아무리 동정을 하려 해도 너무 밉살머리스러웠다. 그런데다 우물에 가서 그 집 식모를 만나면 그 키 큰 학생은 성질이 어떠냐 키 작은 학생은 성질이 어떠냐 누가 더 부자냐 장가들을 갔는지 안 갔는지 아느냐, 별별 어림도 없는 것을 다 캐어물어서 나중엔 별별 구설이 다 우리 집으로 모여 들었다. 그러나 그를 집에서 나가 달라고는 얼른 할 수가 없다. 올라갈 나무든지 못 올라갈 나무든지 간에 유일한 희망이 그 건넛집 마당의 두 전문학교 학생인데 그들을 마주 바라볼 수 있는 유일한 전망대인 우리 집 마당에서 그를 떠나 달라는 것은 그의 유일한 희망을 빼앗는 것이 되기 때문이다.

그러나 그에게 올 냉정한 운명은 냉정한 채로 와 버리고 말았다. 하루는 일요일인데 점심때 좀 지나서 웬 말쑥한 두 여학생이 건넛집 마당에 나타났다. 그 두 남자 전문학교 학생과 하나씩 짝을 지어 희희낙락하게 놀았다. 풀밭에 둘씩 머리를 모으고 소곤소곤 앉았기도 했고 갑자기 뛰어 일어나 손뼉을 치며 흐하하거리기도 했다. 동네 사람이 다 보이게 미륵당 길에 산보도 하고 저녁까지 한데서 먹은 듯 밤에도 꽤 늦도록 그들의 웃음소리가 우리 마당으로 풍겨 왔다.

이날 우리 집 색시의 정신은 어디 가 있는지 알 수 없었다. 부엌에 들어가면 부엌에서 뎅그렁하고 무에 깨어졌고 장독대로 가면 장독대에서 철그렁하고 무에 금 가는 소리가 났다. 흐하하 하고 건넛마당에서 그 여학생들의 웃음소리가 건너올 때마다 색시는 자기가 잘 웃던 것은 잊어버린 듯

"정칠년 허파 줄이 끊어졌나 정칠년들……."

하였다.

다음 공일날 건넛집 마당에는 또 그 두 여학생이 나타났다. 우리 집 색시는 이날도 무얼 하나 깨뜨렸다 한다. 그리고

"정칠년들 허파 줄이 끊어졌나 정칠년들……."

소리를 종일 중얼거리었고 다시 그 다음 공일이 오기 전에 그 전기 다리미가 제일 무거운 것인 보따리를 꾸려 이고 그만 무네미라는 저희 집으로 가 버리고 말았다.

그 뒤 우리는 색시의 소식을 모른다. 어디 가서든지 자리 잡고 살게 되면 잊지 않고 편지하겠노라고 번지까지 적어 놓고 가더니 벌써 반년 이 되어도 소식이 없다. 어서 그 전기다리미에 녹이 슬기 전에, 그 캡을 비뚜름히 쓸 줄 알고 하모니카도 베이스를 넣어 볼 줄 아는 그런 신랑 을 만나야 할 터인데…….

『이태준단편집』, 1941.2

손거부

손 서방도 성북동에서는 꽤 인기 있는 사람이다. 무슨 일이 벌어지거나, 혼인이거나 초상이거나 집터 닦는 데거나 우물 파는 데거나 하다못해 뉘 집 아이가 넘어져 다쳐 가지고 떠들썩하는 데라도, 손 서방이 아니 나서는 데는 별로 없다. 일정한 직업도 없지만, 천성이 터벌터벌하여서 남의 말참례하기를 좋아하고 아무한테나 허튼소리를 잘 걸다가 때로는 당치않은 구설도 듣는 수가 더러 있지만 아무튼지 떠들썩하는 자리에는 누구보다도 잘 어울리는 사람이 손 서방이다. 그래 자기도 어디서 문소리 한 번만 크게 들려와도 이내 그리로 달려가는 버릇이거니와 저쪽에서들도 혼상 간에 마당이 좀 왁자해져야 될 일이 벌어진 집에서는 으레 손 서방을 찾아다니며 데려간다.

그래도 웬일인지 한 번도 술은 취해서 다니는 것을 보지 못하였고 또 아무리 입에 거품을 물고 여러 사람과 떠들다가도 안면이 있는 듯한 사람만 지나가면 으레 획 돌아서 깍듯이 인사하는 것도 그의 특성이다. 나더러도 그리 친하기 전부터 아침이면 으레

"지금 사진협쇼[1]?"

저녁이면 으레

1 　사진(仕進)하다. 벼슬아치가 규정된 시간에 근무지로 출근하다.

"이제 나오십쇼."

하는 것이다.

작년인데 그때가 봄인지 첫여름인지는 잊었지만 늘 지나다니기만
하던 손 서방이 하루는 우리 집으로 들어왔다.

"이 댁 선생님이 계신가, 원……."

혼잣말처럼 지껄이면서 들어서는데 책이면 아마 사륙배판(四六倍版)
이나 되리만한 널판때기 하나를 들고 왔다.

"어서 오시오."

"네, 계시군요 마침."

"그건 뭡니까?"

"네, 허……."

그는 눈을 슴벅거리고 잠깐 히죽히죽 웃기만 하더니

"문패 하나 써 줍시사구 왔습니다."

하였다.

"그류, 무슨 문팬데 그렇게 큰 데다 쓰우?"

"어디 제 이름만 씁니까? 벨 걸 다 쓸 걸입쇼 인제."

"벨 거라뇨?"

"거저 제가 써 달란 대루만 써 주십쇼."

나는 더 물을 것 없이 먹과 붓을 가지고 마루로 나와 그 판때기를 받
아 들었다.

"그럼 뭐라구 쓰라구 불루."

"가만 곕쇼……."

그는 힐긋 문간 쪽을 돌아보더니 손을 휙 둘러메면서 무슨 짐승을 내어 쫓듯

"가 요런…… 망할 것들이……."

하였다. 보니까 다른 때도 늘 그의 꽁무니에 줄줄 따라다니던 그의 두 아들이었다. 한 녀석이 얼굴이 쑥 나왔다가 코를 훌쩍하고 움츠리면 다른 한 녀석의 것이 또 쑥 나왔다가 그렇게 하고 움츠렸다.

"아이들이 온 게로구려."

"원, 망할 새끼들이 똥 누러 갈 새도 없이 쫓아 댕깁니다그려."

"가만 두, 그러문 어떠우. 어서 들어 오래우."

하니까 그는 점잖게

"그럼 들어들 와."

하고 혀를 찟찟 찼다.

들어오는 것을 자세히 보니 하나는 열 살쯤 되어 보이고 하나는 대여섯 살 돼 보이는데 눈썹이 적고 눈이 귀리눈이요 입만 메기처럼 넓적한 것이 히죽대는 것서껀 똑 저희 아버지의 얼굴이었다.

"그래 뭐라구 쓰라우?"

"첫번엔 성북동을 써야겠습죠?"

"글쎄요. 그러나 번지는 따루 써 붙이지 않우? 그리고 호주의 이름만 크게 쓰지…… 우리도 그렇게 했는데?"

"아놉시다. 거 따루따루 성가십죠. 모두 한데 쓰시구 아주 남자가 몇이요 여자가 몇이요 장자엔 누구요 차자엔 누구라구 다 써 주십쇼. 그래야 만약에 순포막서 호구 조살 와두 여러 말이 없이 간단 말씀야요."

"거 그럴듯하우……. 그래 이렇게 큼직한 걸 가져왔구려."

"그럼은요."

하고 그는 코를 벌룽거리며 그 귀리눈의 저희 작은 아들의 볼기짝을 투덕투덕거리었다.

나는 이런 문패를 처음 써 볼 뿐 아니라 호구 조사 오는 순사한테 방패막이로 한다는 그의 말이 우습기도 하고 또 그의 어리숙함에 일종의 취미도 느끼었다. 우선 첫머리엔 '고양군 숭인면 성북리'라 쓰고,

"거기가 몇 번지요?"

물었다.

"번지 그까짓 안 쓰면 어떻습니까?"

"왜 안 쓴단 말요? 아, 장자 차자 이름을 다 쓴다면서 정작 번질 안 쓰면 되우?"

"우린 아직 번지 없답니다."

"번지가 없다뇨?"

"그게 개천둑에다 진 집입죠. 이를테면 국유집죠. 알아들으시겠습니까? 그래 인제 면에서 나와 번질 매겨 주기 전엔 아직 모릅니다."

"글쎄, 그렇다면 몰라두……. 호준 당신요?"

"네. 호주라구 쓰시구 그 밑에단 손거부라고 쓰시는데 손나라 손자 클 거 부자 부 그렇습죠."

"이름이 아주 배부르구려."

"그래두 배가 고픈 때가 많어 걱정이랍니다."

해서 우리는 같이 웃었다. 나는 그가 하라는 대로 '호주'를 쓰고 '손거부'를 썼다.

"그럼 장자를 쓰기 전에 손 서방 부인부터 쓰는 게 옳지 않우?"

"그까짓 건 써 뭘 헙니까?"

"그까짓 거라뇨? 부인은 식구가 아뇨?"

"헤, 쓰실 것 없죠. 그까진…… 에펜네가 사람값에 갑니까, 어디……."

"예─ 여보, 그래두 부인이 있길래 저렇게 아들을 낳지 않았소? 부인 성씨가 뭐요, 이름서껀?"

"거 뭐, 쓰실 것 없대두요. 이름이 뭔지두 여태껏 이십 년을 살아야 모릅죠."

하고 저희 삼 부자가 다 히죽거리고 웃었다.

"그럼 부인은 빼구 장자앤 이름이 뭐요?"

"이 녀석인데 대성이랍니다."

"큰 대 허구 이룰 성자요?"

"네."

"또 차자앤? 쟤요?"

"네, 복성이랍니다."

"복 복자 이룰 성자?"

"네."

"거 이름이 모두 훌륭허우."

"저 아래 구장님이 지셨답니다."

"참 잘 지셨소."

"헤!"

하고 손 서방은 침을 뱉더니,

"어디 이름대루 갑니까? 저두 이름대루 됐다면 부럴 게 없게요."

하였다.

"인제 정말 거부 될 날이 있을지 알우."

"틀렸습니다. 싹이 노랬는 걸입쇼."

"왜요? 인제 벌문 되지…… 이담엔 남자가 몇이구 여자가 몇이라구 쓰랬죠?"

"네, 남이 우리 삼 부자 얼러 삼이요, 여가 일이라 하십쇼."

"딸은 없구려?"

"하나 있다 잃었답니다."

"거 고명딸이 될 걸 잃었구려."

"잘 죽었습죠. 딸자식이란 제 돈과 제 지체가 있구 말이지 좀 천헙니까? 어떤 녀석이 제 자식을 갈보나 창기루 아 팔구퍼 팔겠습니까? 돈과 지체 없다 보니 그리 되는 겁죠."

"그렇게 보면 참 딸자식이 천허긴 허우, 딴은……."

"아, 그럼요. 이런 사내자식들야 팔아먹으랴 팔아먹을 수가 있나 말씀야요? 그리게 예로부터 아들 아들 허는 거 아닙니까?"

하고 또 아들이 기특한 듯 두 녀석의 노랗다 못해 빨간 머리를 한 손으로 하나씩 쓰다듬었다.

"꽤 아이들을 귀애하는구려?"

"그럼입쇼. 내가 뭐 철량이 남과 같이 있습니까, 일가친척이 있길 헙니까. 그저 이 녀석들 기르는 재미죠."

"자 다 썼우. 한번 읽으리까?"

"네."

"고양군 숭인면 성북리, 호주 손거부, 장자 대성, 차자 복성, 남 삼, 여 일, 그러우. 됐수?"

"네, 좋습니다. 그런데 그 끝에 도합은 안 매기십니까?"

"도합이라뇨?"

"인구가 도합에 사 인이라구요."

나는 다시 붓에 먹을 찍었다.

"인구라구? 식구라는 게 좋지 않겠소?"

"인구가 도합 사 인이라 허십쇼."

그가 쓰라는 대로 '인구 도합 사 인'까지 마저 써 주었다.

그 다음부터 손 서방은 일이 있건 없건 우리 집에 자주 들렀다.

"이달 ××날이 쳉결입니다. 아십쇼?"

또

"이 달 ××날 요 아래 ××학교서 우두 넣는답니다. 아십니까?"

이런 소식을 그는 동네 소임보다도 더 빠르게 일러 주었고

"저 건너 살구나무 배기터가 매 평 팔 원씩에 팔렸답니다."

혹은

"요 너머 논꿀서 지난밤에 도적을 텼겼에요. 소문 들으셨에요."

이런 것도 일부러 찾아와 일러 주곤 하였다.

한번은 오더니

"오늘은 뭐 여쭤드릴 게 있어 온 게 아니라 좀 선생님과 의논할 게 있어 왔습니다."

하였다.

"의논할 게 있어요? 여기 와 앉으슈."

"네."

역시 꽁무니에 따라 들어오는 두 아들 중에 큰 녀석을 가리키면서

"아, 이녀석이 제법이란 말입니다. 아마 애비보단 날라는가 봅니다."

하였다.

"나야지 못해 쓰우."

"아, 학교에 자꾸 다니겠답니다그려. 거 보내야 옳겠습죠?"

"옳구 여부가 있수 늦었지요."

"허긴 이 세상에 괄셀 안 받구 살랴문 공부가 있어야겠드군요……
그래 요 아래 ××학교에 가 사정을 했더니 내일 학생 될 아일 데리구
오라구 허드군요."

"거, 잘됐수."

"공부 시키는 게 여불 없이 좋은 일입죠?"

"아, 글쎄 으레 시켜야 할 게죠. 여북한 사람이 자식을 가리키지 못허우."

"그럼 됐습니다…… 좀 어정쩡해서 선생님 말씀을 듣구 헐랴구 왔습죠."

그 이튿날 아침인데 손 서방은 동저고리 바람이나 깨끗이 빨아 다린
것을 입고 학교에 가는 길이라고 우리 집에 들렀다.

"선생님? 황송합니다만 헌 모자 있으시면 잠깐 좀 빌리십쇼."

"쓰구 가시게?"

"네."

"두루매기두 없이요?"

"없으면 대숩니까? 거저 맨머리 바람이 인사가 아닐 것 같구…… 또
맨머리 바람으로 애비 되는 게 학교에 드나들면 자식의 기를 꺾어 놓는
거란 말씀야요. 알아들으시겠습니까?"

"알었수. 내 모자 쓰구 갔다오."

그는 골이 커서 그런지 자리가 잡히지 않아 그런지 떠들썩하게 얹혀지는 내 소프트를 쓰고 기운이 나서 나갔다. 그러나 그 뒤에 따라가는 그의 두 아들 녀석들부터 쳐다보고 서로 꾹꾹 찌르며 웃었다.

그 뒤부터 대성이 녀석은 날마다 학교에 간답시고 책보를 끼고 지나갔고 손 서방은 전보다는 좀 뜸하게 보이었다.

"웬일유? 요즘은 잘 만날 수 없으니?"

한번은 물으니

"아, 공부 하나 시키는 게 전과 달습니다그려. 책 사 주, 월사금 주 허구 돈을 달랍죠. 또 다 굶어두 학교에 갈 놈야 어떻게 굶깁니까? 그래 진일 마른일 막 쫓아 댕깁니다."

하면서 힝−하니 달아났다. 한번은 손에 피를 뚝뚝 흘리면서 올라왔다.

"아 웬일유?"

"채석장서 일허다 돌에 짓쩠답니다."

"대단허우."

"엄지손가락 하내 아휴…… 아마 못쓰게 됐나 봅니다."

그 후 얼마 안 있어서다. 아침에 산보삼아 뒷산으로 올라갔더니 미륵당 쪽 골짜구니에서 웬 울음소리가 났다. 아이의 울음소리인데 엄살하는 것을 보아 매를 맞는 소리였다. 슬금슬금 그쪽으로 가까이 가보니 손 서방이 저희 큰아들 애를 끌고 올라와서 때리는 것이었다.

"이 이눔 새끼…… 애빈 먹을 걸 못 먹구 가리키…… 가리켜 보는데 이눔 새끼 뭐 학교엔 안 가구 진고개루만 싸댕겨……."

목에 핏대가 일어선 손 서방은 회초리라기보다 몽둥이에 가까운 나무로 아들이 못 달아나게 두 손을 묶어 쥐고 등덜미를 내려패었다. 그러는데 이내 어디선지 태중이라도 만삭에 가까운 듯한 그의 아내가 무거운 걸음을 비칠거리며 달려들었다.

"글쎄, 왜……아일 죽이려들우? 걔가 잘못했수, 어디? 학교서 오지 말랬단 걸 어떡허우 그럼……."

아들이 이내 어미에게 휩째자 손 서방은 더 때릴 수가 없어 침을 뱉고 매를 놓았다.

"학교서 왜 오지 말래? 아, 월사금을 안 냈나 후원회빌 안 냈나……그 눔의 새끼 핑계지……."

"핑계가 뭐야…… 마전집 아이가 와 그러는데 선생 말귈 못 알아듣는다구 오지 말랬다구 그러든 걸 그래…… 벨 눔의 학교 다 봤어…… 못 알아들으믄 알아듣도록 가리켜 주는 게 아니라……."

나는 그날 그 학교 사람 하나를 만나 이 대성의 이야기를 물어 보았더니

"저능아예요. 당최 것두 웬만해야 가리켜 먹지 않아요. 아주 쇠대가린 걸……."
하는 것이었다.

며칠 뒤에 손 서방이 그 문패, 그의 말대로 벨 걸 다 쓴 문패를 다시 떼어 들고 왔다. 역시 그의 뒤엔 대성이 복성이가 줄레줄레 따라 들어왔다.

"어서 오."

"네…… 저……. 그제 아침에 아들 또 하나 낳습니다."

"저런! 순산하셨소?"

"네, 국밥 잘 먹습니다."

"참 반가우."

"이름 하나 지어 주십쇼. 아주 문패에다두 써 주십사구 이렇게 떼 들구 왔습죠."

"이름요?"

"네…… 대성이 복성이허구 성자가 행렬자처럼 됐으니 무슨 성이루 하나 져 주십시오."

"구장님더러 마저 지시래지요?"

"요즘 안 계시답니다. 아, 아무 자나 좋은 자루 하나 지십쇼그려."

"아무 자나 좋은 자?…… 손 서방이 셋째 아들은 뭐 되길 바라우?"

"어디 이름대루 됩니까?"

"그래두……."

그는 잠깐 먼 산을 쳐다보더니

"이눔은 글을 잘해서 국록을 좀 먹게 됐으면 좋겠습니다."

하였다.

"국록? 그럼 녹자루 합시다. 복 녹자가 있으니, 손녹성이라 거 참 괜찮우."

"녹셍이…… 좋겠습죠. 손녹셍이라…… 부르기두 십상 좋은 뎁쇼……. 그럼 삼자에 녹성이라구 또 써 넣야겠습죠."

"그립시다, 인구 수도 하나 또 늘구."

나는 먹과 붓을 내어 그 문패에다 '삼자 녹성'을 더 써 넣고 '인구 도합 사 인'에는 '오 인'으로 고쳐 주었다. 그리고 먹 장난을 하려는 대성이더러,

"이놈, 왜 학교엔 안 댕겨?"

하였더니 손 서방이

"참!"

하고 놀래면서,

"말씀드리구 가쟈던 걸 잊을 뻔했군요……. 그 녀석 공부 안시키겠습니다."

하였다. 그리구 내가 '왜 안 시키느냐'고 묻기 전에 이내 말을 계속하였다.

"뭐, 대학교까지나 시켜야지, 그렇지 않군 무슨 회사나 상점 고씨가 이밖에 못 된대니 그걸 누가 시킵니까. 막벌이해 먹는 게 마음 편협죠. 안 그렇습니까? 그래 학교서두 자꾸 데릴러오구 저두 그냥 댕기겠단 걸 애저녁에 고만두라구 말렸습니다."

"글쎄요……."

나는 대성이가 산에서 매 맞던 것을 보았고 그 학교 선생에게서 들은 말도 있어서 손 서방의 말이 거짓인 것을 아나 그냥 곧이듣는 체 할 수밖에 없었다.

"녹셍이 녹셍이 자꾸 불러야 입에 오르지. 헤…… 고맙습니다."

손 서방은 아들 이름 하나가 더 는 문패를 들고 두 아들의 앞을 서서 우쭐렁거리며 나갔다. 나가다 말고 다시 돌아서더니

"참, 모레가 기 다는 날이랍죠. 그날은 기 달었나 안 달었나 조살 나온답니다. 기 꼭 다십쇼. 괜─히……."

하고 나갔다.

『이태준단편집』, 1941.2

순정

   현은 수긋하고 밥만 퍼먹다가 책상에 놓았던 박취제역의 쪽지에 다시 한 번 눈을 던지었다.

   "내 아홉 점 반까지 사랑에 있을 터이니 신문사에 가는 길에 좀 들르게."

   현은 마음이 뒤숭숭하였다. '설마 그 일이야 아닐 테지' 하면서도 어제 편집국 회의 때의 광경이 자꾸 머리에 떠올랐다.

   "그렇잖으면 그저께도 신문사서 만났드랬는데 오늘 갑자기 무슨 할 말이 있을까?"

   아무튼 현은 다른 날 아침보다 한 이십 분 이르게 주인집을 나섰다. 박취제역이 기별한 대로 그의 사랑으로 찾아간 것이다. 박취제역도 그때 마침 조반상을 물린 듯, 그 번지르르한 입술에 이쑤시개를 문 채 인사를 받으며

   "들어오게. 기다렸네."

하였다. 그리고 들어가 미처 앉기도 전에 그는 말을 꺼내었다.

   "뭐 어저께 편집회의가 있었다구?"

   현은 가슴이 섬찍하였다.

   "있었습니다."

   "건 한 달에 몇 번씩 하는 건구?"

   "정기로 하는 건 매월 한 번이구요 임시로 하는 때도 있습니다."

"어저께 한 건 정기 회의던가?"

"네."

"건 사원이 다 하나?"

"편집국은 전원이구 영업국에서도 부장급 이상은 다 참례합니다."

"그래……."

하고 박취제역은 그제야 이쑤시개를 뽑아 미닫이 밖으로 내어던지고 양치질을 다시 한 번 하더니

"그런 게 아니라 내 좀 자네헌테 일러줄 말이 있어 오랬네."

하였다. 현이 지금 다니는 신문사에 들어가기는 오로지 이 박취제역의 힘을 입음이었다.

"네."

현은 옷깃을 바로잡았다.

"내 전하는 말 듣군 다 믿질 않네만 작년에 도청에 취직됐을 때 자네 한 걸 보드래두 자네가 여태 너무 선머슴으로 군단 말일세. 너무 교제 속을 몰라……."

"……."

"혹여 신문사에 대한 불평이 있드라두 그런 데서 만인 좌석에서 말을 하면 간부들의 체면이나 감정이 어떻게 돌아갈 걸 좀 생각해 말해야지……. 안 그래?"

"이르시는 건 명심하겠습니다. 그러나 제가 그분들의 체면이 상할 말씀을 드린 건 없는데요."

"물론 제 속이야 그럴 테지……. 그걸 난 알기에 좋은 말로 일러 주는 거야……. 뭐 월급봉질 올려다 달랬다면서?"

"네, 그건 이렇습니다. 워낙 편집회의가 시작될 때도 누구는 회의하고 누구는 방청만 하는 게 아니라 전원이 다 발의하고 비평해서 좋은 결론을 얻자는 게 목적이라구 번번이 국장이 선언하는 거구요, 또 편집 이외의 거라두 신문사 발전에 관한 거면 무어든 비록 불평이라두 속에 두구 있지 말구 말을 해야 참고가 된다구 되려 요구한 겁니다. 그런데 월급봉투는 말씀하시니 말이지 저뿐인가요 어디? 월급날은 모두 한두 마디씩 으레 하는 말입니다. 회계부에서 회계할 건 다 해가지고 계산서까지 다 집어너서 주는 바엔 왜 전 사원이 모두 동해 가지구 노동자들이 삯전 타듯 줄을 져 서게 하느냐 말야요. 그건 체재루 봐두 숭허구, 사원에게 대한 대우두 아니구 또 일에두 능률 관계가 있는 거 아닙니까? 전 사원이 동하는 것보다 한 사람이 올라와 조용히 한 바퀴 돌아 내려가면 받는 사람도 기분이 좋지 않겠습니까?"

"글세……."

"지금 제도는 월급 받는 게 아니라 월급 타는 겁니다. 받는 거허구 기분부터 다르지 않습니까? 그리구 그런 것두 불평을 말하지 말랬으면 저두 나서지 않아요. 회의의 목적이 사업의 원만한 발전을 위한 거니 불평이라두 품고만 있지 말구 다 쏟아 놔야다구 하게 한 말이 아니겠습니까?"

"글쎄 난 그 사무 상 관겐 자센 모르겠네만……. 아무튼 그게 전 사원이 가진 불평이래면 왜 다른 사람들은 몇 해씩 잠자쿠 있어 오는데 자넨 인제 일 년두 못된 사람이 유독 맡아 가지구 나서느냔 말이지……. 다른 사람은 속없다대? 다 있어두 교제 속에 닳구 닳어서 웃사람 눈치 보게 말 않는 거 아닌가? 거기 그 사람들은 자네보다 속이 또 한 겹 있단 말일세."

"그건 그 사람들의 잘못인 줄 압니다. 전……."

"어째서?"

"그럼 아예 그런 불평을 입 밖에 내지 말아얄 것 아닙니까? 그런데 외려 저보다두 돌아서선 더 불평들이거든요. 그러면서 정작 그런 말할 기회엔 잠자쿠 있는 건 안팎이 있는 사람들 아닙니까?"

"원…… 딱허이……. 그게 글쎄 속이 두 겹이 생겨서 그렇다니까……. 자넨 지금 속이 한 겹야. 한 겹 속 가지군 처세 못하여, 이 세상에선."

"……."

"생각해 봐요, 남들은 왜 입이 없어 잠자쿠 있는 줄 아나?"

"그럼 대체 편집회원 왜 하는 겁니까……. 전 그까짓 대내적인 월급 주는 방법 같은 건 그리 문제 아닙니다. 그래 어제두 그건 말이 나온 김이니 한 거지만 전 광고에 대해서 더 의견을 말했습니다. 사실은 그걸 전 더 열렬하게 말했구 또 앞으루두 기회 있는 대루 이건 역설할 작정입니다."

"광고에 대해서?"

"네."

"광골 어쩌라구?"

"광고두 조선 민중에게 읽히는 거 아니겠습니까?"

"그렇지. 보지 않는대면 누가 돈 내구 광골 내누."

"그렇다면 다른 기사와 마찬가지루 양심이 있게 취급해얄 것 아닙니까?"

"양심이 있으락게?"

"독자가 그 광고를 보구 이로울 건가 해로울 건갈 생각하구 내얄 거 아닙니까?"

"……."

"수입이 느는 것만 생각하구 독자는 속아서 돈을 쓰든지 말든지 비열한 향락에 빠지든지 말든지 생각 않는 건 지금 조선 같은 데서 소위 민중을 지도한다는 기관으루서야 생각해 봐야 되지 않겠습니까?"

"광고에 그렇게 나쁜 게 있나?"

"얼마든지 있습니다. 협잡 광고루만 부정 이익을 보는 장사가 지금 조선두 굉장히 늘어갑니다. 더구나 갖은 음탕한 문귈 다 써가지구 청소년들의 야비한 호기심을 일으켜서 돈을 빼앗는 걸 그냥 묵인하는 건 전 큰 악덕이라구 봅니다. 사설 쓰는 지면과 광고 나는 지면이 다른 사람 명의로 따로 발행된다면 모르겠습니다. 한 사람의 것으론 그런 모순이 어딨습니까?"

"글세……. 그래두 수입이 있어야 사업을 지탱할 것 아닌가?"

"아닙니다. 그 수입의 자세한 숫잔 모르겠습니다만 광고 전부가 그런 게 아니니까요. 그런 협잡 광고나 추잡스런 광골 안 낸다구 그리 큰 타격이 있을 린 없습니다. 또 신문끼리 경쟁하는 것두 말입니다. 공연한 허장성세루 몇 천 원씩 들여 힘에 부치는 선전술로만 일삼는 것보담 실직적으로 조선 민중에게 남보다 더 유익한 기사를 많이 내구 남보다 해로운 기사는 광고부터 받지 않는 걸루 그런 걸루 경쟁의 수단을 삼는다면 그건 사정신에 모순이 안 되는 일이요 또 다른 신문이나 독자에게 대해서 얼마나 떳떳한 선전이 되구 자랑이 되겠습니까? 그런 걸 좀 말했는데 그 의견을 정당히 토의는 해보려지 않구 얼굴빛부터 달라져 가지구 변명에만 급급했구 심지어 이렇게 박 선생님을 통해서 절 탄압하려는 건 그게 다 무슨……."

하고 현은 목에 핏대를 세웠다.

"허 그게……. 자네 말두 옳으이. 허나 차소위[1] 책상물림의 말이야……. 신문두 상업 정책을 떠나선 그 자체가 견딜 도리가 없는 걸세. 그러게 광고주들한텐 간부들도 쩔쩔매는 거 아닌가? 그저 잠자쿠 수긋하구 시키는 일만 하게나……."

"……."

"전에 매관매직할 때 돈 있는 사람은 돈을 내구 벼슬을 샀지. 그렇지만 돈 없는 선비는 뭘로 벼슬헌 줄 아나? 양반집 사랑에 가 가래침 타굴 다 들이마셨어. 너 고을 한군데 시킬 테니 그 타구 들이마셔라 허니까 널름 타구를 들이마시구 원을 해먹은 사람도 있네. 그런 비위 그런 뱃심이라야 사는 걸세. 요즘은 뻴세상으루 아나?"

"그게 뱃심입니까 어디? 그렇게 비열하게 처세하란 말씀이십니까?"

"허……. 꼭 그러란 게 아니라 세상에 나설랴면 웃사람 섬길 줄두 알아야 된단 말이지……. 자넨 너무 고지식하게 사사물물에 선악을 비평해 나갈랴구 허니 그런 협량으룬 오늘 같은 수단으루 사는 사회선 못 견디네……. 아예 이번 편집회의 때부턴 잠자쿠 앉었게. 나두 주주룬 대주줄세. 그렇지만 내 사람이라군 자네 하나 아닌가? 잠자쿠 있으면 내 낯을 봐서두 자넬 늘 평기자루 두겠나? 어서 가보게……."

하고 박취제역은 자기도 옷을 갈아입으려 일어섰다. 현은 그저 "내 사람이라군 자네 하나 아닌가?" 하는 말에도 대뜸 귀가 거슬렸으나 저편에서 먼저 자리를 일어서니 어쩔 수 없이 따라 일어서 나오고 말았다.

---

[1] 此所謂. 이야말로. 바로 앞에서 이야기한 사실을 강조할 때 쓰는 말.

현은 신문사로 가지 않고 공연히 다른 길을 걸었다. 이 불쾌한 기분을 그냥 갖고는 신문사에 들어간댔자 잠자코 제자리에 앉아 일이 손에 집힐 것 같지 않았다. 또 잠자코 그 간부들을 보기만 할 것이 생각만 해도 괴로웠다. 그렇다고 들어가는 길로 그들을 만나 곡직을 캐기에는 더욱 불쾌한 일임을 알았다. 또 불쾌한 생각은 그들에게뿐 아니었다. 자기의 힘으로 입사를 시켰다고 해서 으레 자기의 병정이나 자기의 끄나풀로 여기는 박취제역도 다시는 만나고 싶지 않게 불쾌하였다. 자기의 실력으로라면 무슨 부장 아니라 국장이라도 되어서 떳떳할 바이지만 어떤 재력의 배경으로 올라앉아 가지고는 여러 부하들에게 '저건 아무개의 병정 아무개의 보발꾼'으로 지목을 받기는 생각만 해도 치사스러웠다.

현은 신문사에는 몸이 아파 결근하겠다고 전화를 걸고 그길로 저녁에나 만나기로 한 경옥에게로 갔다.

"왜 사엔 안 가셨어요? 지금 가시는 길이야요?"

"아니요."

"왜, 오늘 노실 날인가요?"

"아니오."

"그럼 왜 안 가세요?"

"그저 가기 싫어서요."

현은 경옥에게 신문사에 가지 않는 이유를 말하고 싶지 않았다. 다른 때 같으면 그런 일일수록 즐기어 이야기하고 애인 경옥의 비판을 청할 것이나 요즘 와 현은 경옥에게까지 그렇게 단순만 할 수가 없게 되었다. 또 경옥이도 그런 것은 캐어묻지 않고 저녁에 할 이야기를 지금 한다는 듯이 잠깐 침묵으로 기분을 바꾸어 갖고는 살며시 현의 눈치를 보더니

"저는요……."

하였다.

"……."

"전 어머니나 언니 말을 다 그냥 믿는 건 아니라두……."

"네……?"

"누구보다두 날 위해서 진정에서 내 결혼을 간섭한다는 것만은 믿겠어요."

"그럼 당신 어머니나 언니의 말을 좇는단 말이지요?"

"……."

"간단히 말허문 그리로 약혼한단 말입니까?"

"……."

경옥은 대답하기 어려운 대답 대신에 얼른 눈을 적시어 보인다.

"당신 어머니나 당신 언니가 당신을 위해 진정일 건 누가 몰루? 나두 언제부터 그런 말은 허지 않았소? 그러나 생활이나 행복에 대한 견해가 서루 다르지 않우? 당신의 교양이 그들만 못하거나 그들 정도에 불과한 거라면 모르겠소. 그래 당신의 교양이 그들의 행복관에 만족하겠소? 내가 자꾸 꾀는 것 같소만 그걸 생각하고 하는 말이오?"

"글쎄 난 뭐 어머니처럼 그이가 고문 패스를 해서 곧 군수루 나간다는 걸 그렇게 탐탁해 하는 건 아냐요……. 그래두 글쎄 육신으로 생활하는 이상 먹구 입을 건 있어야 안해요? 제가 어디 큰 재산을 바래요?"

"……."

현은 얼굴만 붉히었다.

"생활비 있고 생활이 되는 거 아냐요?"

"그리게 누가 지금 결혼허재우? 생활할 길이 열리도록 참아 달라는
거 아니오? 사랑하기만 한다면 그게 무슨 그리 급한 문제요?"

"글쎄 딱허시네……. 그렇게 언제까지든지 기분으루만 나가시면 어
떡해요. 딸자식을 밤낮 두구 멕이길 어느 부모가 좋아해요? 뻔히 자기
넨 허구 싶은 자릴 두구."

"그리게 당신이 취직하라니깐……."

"난 취직은 싫예요."

"아무튼지 저쪽에다 이번 월요일 날 확답을 헌다구 했대요. 그 안에
무슨 결말을 지시던지……."

"……."

"난 인전 가만히 인형 노릇만 하겠어요. 당신이 그 안에 무슨 구체안
이 있어 곧 혼인한대면 난 아주 이상적으로 되는 거구 당신이 뻴 도리
가 없다면 유감이지만 어떡해요!……."

하고 경옥은 또 손수건을 눈으로 가져갔다.

"그럼 당신은 사랑은 없어도 밥뎅이만 있으면 만족하겠단 말이구려?
그다지 당신이 타락했소?"

"그게 타락이라구 보는 게 난 너무 단순헌 생각인 것 같애요. 먹을 게
있는데 더 좋은 걸 탐낸다면 그건 허영이니 타락이니 허겠죠. 그렇지
만 유령이 아니구 창잘 가진 동물인데 먹을 걸 초월해서 살아요?"

"……."

현은 저쪽에 확답하는 날이라는 월요일이 며칠이나 남았나를 속으로 꼽아보면서 경옥과 우울한 채 헤어졌다.

그 월요일을 하루를 남기고 토요일 날 저녁이었다. 현은 평안북도 어느 광산에 가 있는 아버지에게 온 편지를 들고 경옥을 찾아갔다.

"경옥, 염려말우."

경옥은 현의 얼굴이 기쁜 표정으로 치는 것에 말이 안 나오게 놀라웠다.

"이 편지 보우. 아버지가 요즘 광산 뿌로커로 다니시드니……."

"무슨 기쁜 소식이야요?"

경옥은 가슴이 뛰었다. 편지 사연을 내어 보니, 이번에 큰 금광 하나를 매매시키고 한 사오만 원 생겼다는 것과, 자기는 아직 이것으로 만족하고 고향에 돌아가고 싶지는 않다는 것과, 네가 아직 독신으로 객지에서 고생하는 것을 보기 딱했다는 것과, 한 이만 원 주려 하니 그리 준비하고 있으라는 것과 일간 상경하리라는 것이었다.

"아버지더러 내가 곧 결혼할 테니 만 원만 더 달래 볼까?"

"그류, 참! 이만 원이라두 한 오륙천 원 들여 집이나 짓구 그 나머지룬 땅을 좀 사든지 저금하구 이자만 찾어 쓰던지 허문 살지 않겠수? 아이, 좋아!"

하고 경옥은 불길한 꿈자리에서 깨어나듯 어수선한 머리를 흔들어 버리고 오직 현에게의 사랑만으로 다시 경기구[2]와 같은 정열의 팽창을 느끼었다. 나중엔 한결같이 현만을 생각하고 있지 못했음을 혀를 깨물

---

2 輕氣球. 기구.

고 싶게 후회하면서 울기까지 하였다.

그러나 그 월요일 아침이었다. 경옥에게는 현에게로부터 속달편지 한 장이 배달되었다.

"경옥? 나는 진정으로 너를 사랑했었다. 너같이 아름다운 이성에게 핏방울이 번지는 내 순정을 바치게 될 때, 또 너의 그 맑은 아침의 한 송이 풀꽃과 같은 순결한 처녀의 사랑이 내 불타는 가슴에 마주 안길 때, 오! 나는 이 세계에서 행복의 왕자로 자긍하였었다. 누가 이 세상을 파사라 하였는가? 누가 왜 이 세상을 불구덩이라 하였는가? 나는 그들의 어리석음을 비웃으며 너와 나의 그 깨끗하고 또 뜨거운 순정만이면 어느 거리에 가서나 어느 사회에 들어가서나 오직 아름답게 낙원을 건설하며 천국의 백성으로 살아갈 것을 믿었다. 그런데 너는 어디서 그런 망령된 지식을 배웠느냐? 사랑보다는 밥덩이라는, 또 너는 어디서 그런 교활한 말재주를 배웠느냐? 인형 노릇만 하겠다는, 내가 기적과 같은 금력을 얻어 같이 살게 되면 그것은 이상적으로 되는 것이고 그렇지 못하면 유감이지만 어떻게 하느냐고 그러며 너는 눈물만은 그래도 흙물이 아닌 것을 흘리었다. 오! 더러운 눈물! 왜 하나님은 악마에게도 눈물을 주시었는가! 너는 확실히 악마였다. 나는 너에게 빠지어 생전 처음으로 마음에 없는 수단, 그것을 다 부려 보았다. 아버지의 편지라는 것은 내가 너를 속인 것이다. "이만 원! 아이 좋아라" 하고 너는 참새와 같이 기쁨에 발딱거리었지? 나는 그때처럼 인간의 표정이 미운 것을 본 적이 없었다. 하물며 그것이 내 애인 네 얼굴에서임을 깨달을 때에랴! 나는 와서 울고 나는 혼자 절망하였다. 세상에 만나고 싶은 사람이 하나도 남지 않고 없어져 버린 내 외로움! 나는 더 더럽히기 전에 내

가슴을 내 손으로 가르고 내 고독한 순정을 맑고 넓은 허공에 날려 버리려는 것이다."

　이런 사연이 있는 편지였다.

『가마귀』, 1937.8

삼월

창서는 하학하기 전에 미리 서무실에 가 기차 할인권을 얻었다. 그러나 할인권을 써도 전차비까지 일 원은 가져야 집에 갈 수 있다. 이 학기가 반이나 지나도록 이 학기치 수업료가 그저 말린 창서에겐 용돈 같은 것은 떨어졌다기보다 처음부터 없었다.

"너 돈 한 일 원 없니?"

"왜?"

"나 집에 좀 가게."

"흥! 벌써 색시 생각이 나는 게로구나?"

하고 동무는 딴청을 하였다.

"참 그래서 간다문 좋게…… 있거던 좀 꿰라."

"없는데……."

"너 있니? 일 원만……."

"일 원 못돼. 그렇지만 이 자식 바른 대로 자백해라. 색시 생각이 나지? 그렇다면 우리 반에서 걷어서라도 주마."

창서는 떠들썩하게 웃음판이 되는 동무들에게서 세 사람의 주머니를 털어 차비를 만들었다.

'이백 원!'

시골 가는 완행차는 전깃불도 아니다. 석탄을 때는 것처럼 그을음만 시꺼멓게 피어오르는 남포를 물끄러미 쳐다보면서 창서는 다시금 손가락을 꼽아 보았다. 수업료가 이제도 졸업까지는 두 학기 것이 육십 원 돈, 삼월까지 다섯 달치 하숙비가 일오는 오, 오오는 이십오 해서 칠십오 원, 동창회비니 사은회비니 무엇무엇 해서 십오 원은 될 것이요 졸업하고 나는 날은 제복 제모로 그냥 다닐 수 없을 것이니 양복 일습이 모자까지 오십 원은 들 것이다. 아무리 줄여 잡아도 꼭 이백 원이다.

'꼭 이백 원! 아버지 말씀대로 하면 알톨 같은 이천 냥이로구나!'

차는 유리창이 새뽀얘지며 몹시 쿵쿵거리었다. 굴속을 지나가는 것이다.

'굴!'

굴은 이미 끝이 났다. 그러나 창서의 마음은 어두운 굴속으로만 한없이 끌려들어가는 것 같았다.

정거장에서 오 리나 되는 집이지만 그리 늦지 않게 들어섰다. 거친 길바닥에 구두소리는 별로 저벅거리어서 안마당에 들어서기도 전에

"형님 온다!"

"오빠 오네!"

하고 구멍 뚫어진 문들이 열리었다. 창서는 봉당에 올려 쌓인 볏섬들이 다른 때와 달리 마음에 찔리어서 그것부터 둘러보면서 안방으로 들어갔다. 시어머니와 마주앉아 무슨 마름개질을 하던 아내는 반짇고리를 안고 윗방으로 올라가 버리고 어머니는

"어제부터 기다리구 저녁을 해뒀는데……."

하면서 아랫목 자리를 내어준다.

"어버진 어디 가셨수?"

"저 위 안협집이 가신가보다."

"마당질은 다 됐수?"

"뭐 헐거나 몇 알 되니. 날씨가 좋아 벌써 해쳤단다."

"짐장은?"

"짐장두 했지…… 짐장 걱정을 다 허는구나. 시장하겠다."

하고 어머니는 남폿불을 더 돋우고 벽장에서 삶은 밤을 한 목판 꺼내주고 대견스럽게 아들을 쳐다보고 들여다보고 하다가 며느리를 따라 부엌으로 나갔다.

"형님? 저, 아버지 어제 안협집 영감하구 쌈하섰어……."

어머니가 나가자 지금 보통학교 육 학년인 사내동생이 남포 밑으로 바투 나앉았으면서 은근스럽게 일렀다. 그러자 윗방에서 누이동생이 지금 겨우 걸음발 타는 창서의 아들을 안고 내려왔다. 창서는 아이를 받아 안으면서 물어 보나마나 빚 쓴 것 때문이려니는 하면서도

"왜 싸우섰어?"

하고 누이더러 물었다.

"뭐 괜히 그리섰지."

누이는 오빠가 속상해 할까봐 될 수 있는 대로 그런 이야기를 감추려는 눈치다. 창서는 더 묻지 않고 모르는 처녀를 바라보듯 물끄러미 누이의 몸매를 살펴보다가 화제를 돌리었다.

"너, 머리 틀구 있으렴?"

"뭘, 틀 줄두 모르는 걸."

누이는 밤 껍질을 까며 얼굴이 다홍빛이 되었다. 보통학교만 마치고 들어앉은 지가 여섯 해, 작년 가을에 정혼은 하여 놓고 올가을에는 성

례를 시키기로 하고 있었는데 그것도 예정대로 될 것 같지 않았다. 아버지가 창서를 왔다 가라 한 것 속에는 누이의 혼인 문제도 물론 들어 있는 것이다.

"영수 자식, 인제 내 학교서 막 패줄 테야."

사내 동생은 그저 자기의 화제를 계속한다. 영수란 자기와 한 반인 안협집의 막내아들이다. 창서와 누이는 웃고 말았으나 차라리 그렇게 분풀이가 용이하게 될 수 있는 동생의 처지와 계획이 부럽기도 하였다.

창서가 밤참 같은 저녁을 먹고도 한참이나 있으니까야 울타리 밖에서 아버지의 음성이 들리었다. 누구와 말다툼을 하고 난 듯, 거친 음성으로

"안 그런가? 제 자식은 공부합네 하고 중학교 하나 벤벤이 못 마치구 돈만 쓰구 다니잖나. 내 자식 대학교 마치는 게 그 눔이 역심이 나 그러는 게야, 그놈이…… 으뭉한 놈 같으니……."

하고 침을 퉤퉤 뱉는 소리다.

"누구허구 같은 오시는 게지?"

"우리 일꾼이 따라 올라가더니 같이 오시는 게로구나?"

창서는 밖으로 나가 아버지를 맞았다. 아버지는 아들을 보자 공연히 떠들며 왔다는 듯이 반이나 센 수염에서 침부터 닦았고 방에 들어와서는 성을 푸느라고 안 나오는 트림을 목을 길게 빼면서 담배를 피워 들었다. 그리고 아들이 저녁을 먹었느냐고 자기 마누라에게 넌지시 물어보고는 아들더러는

"어서 건너가 자거라, 늦었는데……."

하였다.

창서는 자기 방으로 건너왔다.

오래간만에 만날 때마다 남처럼 수줍어하는 아내, 그는 불을 죽이고야 소곤소곤 이야기를 하였다.

"아버님과 어머닌 당신 졸업만 하면 그날로 큰 수가 생길 줄 알구 계시다우."

"그리게 말유……."

창서는 그렇지 않아도 아까 울타리 밖에서 나던 아버지의 "내 자식 대학교 마치는 게 그놈이 역심이 나서……" 하던 소리가 잊혀지지 않았다.

"뭐, 요즘 새루 군수가 갈려 왔대나, 읍에……."

"그래?"

"그런데 퍽 젊대…… 대학교 마치구 이내 돼서 왔다구들 그러면서……."

"그래?"

"어머니서껀 저 아래 외삼춘서껀은 당신도 인제 이내 군수가 된다구 그런다우."

"……."

창서는 서글펐다.

"되기 어려우?"

"당신두 내가 군수나 됐으면 좋겠수?"

"……."

아내는 그 시누이와 같이 보통학교만 졸업한 여자라 소위 인텔리층의 시대적 번민을 충분히 이해할 만한 교양은 없었다. 그러나 남편에게서 가끔 들은 말이 있고 막연히 기분으로나마 남편의 이상(理想)이 시아버지나 시어머니나 외삼촌 같은 사람들과는 전혀 다르다는 것쯤은 어렴풋이 짐작해 온 아내라 그러나 반문에 얼른 '그럼'이라고는 대답이 나오지 않았다.

"참 딱한 일유."

"그러게 말유. 졸업하고 이내 아무데라도 취직이 안 되우?"

"……."

창서는 눈만 어둠 속에서 껌벅거리었다.

"대학 출신도 취직하기 그렇게 어려운가 뭐?"

"그럼…… 더구나 끈이 없는 사람은……."

"인제도 한 이백여 원이 있어야겠단다구 아버님이 그러시던데 또 그렇게 들우, 정말?"

"그럼……."

"그럼 시뉘 혼인 어떻게 허우? 시뉘는 내년에 해두 괜찮을 것처럼 말합디다만, 저쪽서 꼭 올루 해안다구 접대두 시삼춘댁 될 마누라가 다녀갔는데."

"아버닌 올해 곡가 시세가 좋다구 베하구 두태는 모두 팔면 한 이백 원 되긴 하겠다구 그리십디다만 다 팔면 뭘 먹나…… 참, 우리 논, 논 말유."

"응?"

"거 금능 조합엔 팔백 원에 잽혔다죠?"

"그렇지 아마."

"그걸 팔아 버릴랴구 당신하구 의논할랴구 오랜 거야……. 그러구 안협집 빚이 이자알러 천 원 돈이라는구려. 두 군데 빚이 모두 당신이 쓴 거 아뉴?"

"……."

“논은 거 하나 있는 걸 우리 일꾼이 다 판단 말을 듣군 몇 번이나 아깝댔는지……. 그러니깐 아버진 인제 서울 서방님이 대학교만 나오면 그까짓 논이 다 뭐냐구 인제 김 서방두 양복하구 자전거나 타구 편지 심부럼이나 다니게 된다구 그리셨다우.”

“흥……. 논을 팔아서라두 시원하게나 됐으면 좋겠는데.”

“그러게 말야…… 값을 기껏 받구 팔아두 두 군데 빚을 치르면 당신 쓸 이백 원이 남을지 말지 하대는구랴…… 어제 구장두 와 그러는데…….”

“…….”

“내년 사월이 또 어머니 한갑이시지……. 후년엔 아버님 한갑이시구……. 참…….”

“…….”

“아버님은 말끝마다 난 인전 모른다. 내년 삼월꺼정이지 하시면서 당신을 하눌처럼 믿는데……. 그리구 자랑이 여간 아니시라우. 안협 집 영감이 요즘 빚독촉을 성화하듯 하는 게 뭐 당신이 대학 졸업하는 걸 샘이 나 덤비는 거라구 그렇게 욕을 하셨다우. 그래 쌈을 다 하셨는데 아까두 올라가시더니 또 그런 소릴 하셨나 봐. 내려오시면서 내 자식이 대학교 어쩌구 안 그리십디까?”

“되련님두 내년 봄엔 중학교에 가야지……. 그건 당신이 으레 시킬 걸루 아시구들 걱정두 않구 게신데…….”

“…….”

창서는 잠든 체하고 잠자코 말았으나 잠이 올 리 없었다. ‘괜히 공불 했구나!’ 하는 생각 따위는 인제는 시들부들하였다.

‘차라리 차라리……. 삼월이 오기 전에 아버지와 어머닌 희망을 안

으신 채…….'

하는 생각을 다 하면서 닭 우는 소리를 들었다.

『가마귀』, 1937.8

중편

박물장사 늙은이

파랑대문집

"이 댁에선 풍금을 치시느면…… 잘두 치시는 게……."

"웬 사람이오?"

풍금 소리가 뚝 그치며 아씨는 피쓰에서 얼굴을 돌이켰다.

"네…… 지나가다 좀 들어왔죠. 호호…… 집두 얌전스레 채려놓신 게……."

하며 노파는 어느 결에 퇴에 올라 쿵하고 마루 분합을 울리며 왜포에 싼 행담[1]짝을 내려놓았다.

"웬 사람이오?"

"……네……호! 다리야……."

늙은이는 얼른 보아 쉰 대여섯이나 되었을까 머리는 아직 검으나 이마와 볼에 주름살은 거미줄 씨이듯 하였다. 게다가 윗입술을 떠들썩하게 받치고 나온 뻐드렁니 두 대가 그의 주머니 끈에 괴불과 함께 달린 호랑이 발톱처럼 싯누렇게 절어 버린 것을 보면 오래간만에 갠 오월 아침의 햇빛도 그에겐 빛나지 않는 인간이었다.

---

1   길 가는 데에 가지고 다니는 작은 상자.

"웬 늙은인데 무언데 이렇게 잡담 제하고 내려놓는단 말요?"

아씨는 그린 듯한 눈썹이 아니라 정말 시험 때 도화 그리듯 정성스레 그린 눈썹을 꾸불텅하는 송충이처럼 찡그리었다.

남편과도 무엇보다도 기분을 존중히 하는 아씨라 오래간만에 비가 개어 손수 풍금에 먼지를 털고 한 곡조 울리던 그 명랑한 기분이 깨어져 버림에 그만 누를 수 없는 짜증의 폭발이었다.

그러나 늙은이는 젊은이들의 그만 노염쯤이야 두어 마디 딴전을 울리면 봄바람에 눈 슬기라는 듯이 태연히

"집두 대체 화룡도 속처럼 꾸미셨군요! 주인아씨 인물두 밤떡 같으신 게 아씨를 어디서 뵌 듯해…… 친정댁이 어디슈? 호호호……."

"보긴 날 어디서 봤단 말요?"

"왜요 누가 압니까? 요즘은 늙어 빠져 가까운 근읍만 돌지만 전엔 팔도 천지에 안 간 데가 있는 줄 아슈? 호호…… 아래턱이 복스럽게도 그득 차신 게 처녀 때 어디서 뵌 듯해……."

아씨는 "복스럽게도……" 하는 말에 거의 본능적으로 얼굴에서 쌀쌀한 표정을 얼른 감추었다. 그리고

"우리 친정이 뭐 먼 덴 줄 아우? 같은 서울인데."

하니

"그렇지! 서울이게 저런 인물이 있지!"

하고 혀를 차고

"이렇게 하이칼라루 집을 짓구, 저런 꽃송이 같은 색시를 데리구, 이 댁 나리는 무슨 복력이실까…… 하늘 파충을 하실 복력이시지……."

하면서 보퉁이를 끄른다.

"그런데 그건 대체 무어요?"

아씨는 몸까지 이리로 돌려 앉으면서 깨어졌던 기분이 다시 들어맞은 듯 목소리가 명랑해졌다.

"박물입죠 아씨, 박물…… 분도 있고 향수도 있고 구리무도 있고 바늘, 실, 실에도 무명실, 색실, 여러 가지죠. 호호."

"그런 것 다 있다우."

"그럼요. 이런 댁에서야 어디 없어야만 사시나요. 미리 사두셔도 좋구 또 비누 같은 건 늘 쓰시지 않어요. 세숫비누, 빨랫비누, 왜밀, 빗치개 없는 것 없죠. 아씨? 좀 사슈."

"박물, 난 박물장사란 말만 들었지 첨이야, 그런데 맨 화장품이 많은 게로구려. 요즘 바르기 좋은 지방질이 적은 크림이 있소?"

"구리무요. 그럼 있구 말굽시오. 어서 좋은 걸로 사서 바르시구 향수도 좀 사서 뿌리슈. 서방님이 더 대견해 하시게 호호……."

아씨는 풍금 걸상에서 일어나 기둥에 걸린 거울을 한번 살짝 엿보고 이마에 떨어진 머리칼을 매만지면서 박물그릇으로 가까이 왔다. 그리고

"누가 서방님 위해서 분 바르는 줄 아우?"

는 하면서도 늙은이의 그 말에 모욕까지는 느끼지 않았다.

"그럼요. 아씨두! 서방님 눈이 상감 눈이죠. 호호……. 나두 요새처럼 화장품 흔한 세월에 색씨 노릇을 했더면 소박데기가 안 됐을는지도 모를 걸…… 호호."

하고는 늙은이는 거의 버릇이 된 것처럼 무게도 없는 한숨을 "호!" 하고 날리었다.

"왜 소박데기요?"

하고 아씨는 늙은이의 얼굴 바탕을 한번 뜯어보았다. 그 뻐드렁니에, 쑥 불거진 광대뼈에, 벌룽한 콧구멍에, 화장품은커녕 요새 '헐리웃' 같은 데서 귀신같은 미용사가 와 달려든대도 별수가 없을 얼굴 바탕이다.

"열다섯에 남과 같이 청홍실 늘이고 가서 조강지처로 일곱 해나 살았답니다. 그러다가 스물 둘 되던 해에 시앗을 봤답니다. 그래 이렇게 나섰죠……."

하고 크림병을 집어내기 시작하면서,

"나두 친정집은 남만치 산답니다. 그래도 홧김에 나서 이렇게 팔도 강산 떠돌면서 늙지요…… 이게 요즘 새루 났다나요. 아주 썩 좋은 구리무랍니다."

하고 종이 갑에도 들지 않은 것을 하나 집어내 보인다.

"이까짓 거! 조선서 맨든 거로군……."

"아이구! 이까짓 거라뇨. 이게 값두 제일 비싸구, 이제 저 아래서두 낼모레 혼인할 색시가 샀답니다."

"값이 얼만데 제일이란 말요?"

"사십 전요. 이건 사십 전을 받아도 사 전밖엔 못 남는다우. 이렇게 이구 다니구 아씨……."

"우린 이런 건 그냥 줘두 안 써요. 그래 이런 것밖엔 없수?"

"아규머니나! 이게 제일 좋은 건데 어쩌나!"

"폼피앤 없소?"

"뭣이요? 아씨?"

"폼피앤 데이 크림이라구 폼피앤……. 요만한 한 병에 일 원 오륙십 전 하는……."

늙은이는 입을 딱 벌렸다.

"그건 구리무가 아니라 무슨 불사약인가요? 원! 일 원 오륙십 전이 어디야!"

"겨울 같으면 이런 건 손등 터지는 데나 발르자구 하나 사겠는데…… 끌르라구 해서 끌른 건 아니라두 이왕 끌러놓았으니 아무거나 하나 사 긴 사야겠는데…… 저어 여보? 뻬이람 있소?"

"그게 무슨 소리야요? 뻬…… 호호호 난 이름두 옮길 수가 없네."

"뻬이람 왜 머리에 윤끼도 나고 향내도 나라고 뿌리는 물이 있지 안우?"

"오! 원 아씨두 있구 말구 화류수 말이로군! 화류수라고 해야 알아듣 지……."

"화류수요?"

"그럼, 그걸 화류수란답니다."

"화류수! 아이 이름두 치사하긴 허우."

"자 이런 거 말씀이죠. 머리에 뿌리는 향수물, 화류수."

하고 노파는 정말 뻬이람병 하나를 집어내었다. 아씨는 그것을 받아 들고 상표부터 들여다보았다.

"이것두 조선 거로군. 병은? 오―라 서양 것 빈 병을 갖다 넣었군……." 하고 아씨는 연지같이 붉은 물을 쫠락쫠락 흔들어 해에 비춰 보더니,

"아이 치사스러 뭬 저렇게 뜨물처럼 뿌―옇게 떠오를까."

"아니야요 아씨. 이건 정말 비싸구 또 삼오당이라구 조선서 제일가 는 화장품회사서 나온 거라우. 아씨가 모르시지 원!"

"그러우. 내가 몰루."

하고 아씨는 조소에 가까운 웃음으로 그 화류수라는 물병을 아무렇게

나 노파에게로 밀어놓았다. 그리고 결국 아씨가 산 것은 빨랫비누 두 장이다.

"그저 그래. 이런 하이칼라 댁에서들은 사느니 빨랫비누뿐이야……."

"물건을 좀 조촐한 걸 가지구 다니죠. 그거 어디 하나 살 것 있수? 그래 이런 크림두 얼굴에 사 바르는 사람이 있소?"

노파는 슬그머니 화가 나는 듯,

"장사하는 사람은 물건도 자식 같답니다. 내 눈엔 내 자식이 제일이 듯이……. 그런데 그런 말씀을 아씨두……."

하고는 얼른 아씨의 눈치를 살핀다. 그리고 이내 딴전을 울리었다.

"집두 참! 이 성북동엔 느느니 하이칼라집들이야. 그래 언제 이렇게 드셨나요?"

"든 지 한 달쯤 됐다우."

"그래 내가 요전에 이 앞을 지날 땐 기와 올리는 걸 봤으니까……. 이렇게 짓자니까 돈이 수태 들었겠죠, 아씨?"

"한 삼천 원 들었다우."

"삼천 원! 삼만 냥! 서울 돈풀이로는 몇백만 냥이겠군! 그렇게 흔한 돈을 이런 늙은이는 생전 이렇게 기를 쓰고 다녀도 백 원 하나를 못 만져보는구랴! 다 제 복 나름이지……."

"그래 백 원 한번 만져보기가 소원이오?"

"그럼요. 백 원이면 돈 천 냥 아니야요? 돈 천 냥 하나만 손에 넣어도 편안히 들어앉았지 이렇게 길 위에서 늙겠어요."

"제일 많이 생겼을 땐 얼마나 만져보우? 한 오십 원 만져 보?"

"기껀해야 돈 십 환이죠. 그것도 딸 놓을 집이나 두서너 집 있는 동리에 들어서서 짐을 한 번 부려놓게 돼야 한 십 환 넣어보죠니까."

"그럼 그 십 환이 여태 몇 십 년을 한다면서 열 번도 모이지 않았단 말요?"

"원! 원! 아씨두! 십 환이 들어오면 그 돈이 어디 다 내 돈입니까? 이것도 다 남의 물건이랍니다. 하두 여러 핼 하구 또 내 물건은 띄여두 남의 물건 값은 꼭 꼭 치르니까 모다 외상으로 줘서 팔아다 갚는답니다. 그러니까 십 환이 들어온 대야 그것두 인심 후한 댁이나 만나 밥이나 그냥 얻어먹고 다녀야 한 사 환 떨어지죠니까."

"글쎄 사 원씩이라도 몇 십 년을 모았으면 돈 백 원만 됐겠소?"

늙은이는 무슨 억울한 말이나 듣는 것처럼 어이가 없어 대꾸가 안 나오는 듯이 잠깐 입을 붙이었다가,

"구멍 뚫린 독이랍니다. 그만 것은 자꾸 부어도 새나가는 구멍이 있답니다."

"뭘하게 늙은이가 돈을 그렇게 쓰우?"

"속에서 빠진 게 하내 있답니다. 저 포천 솔모루서 사는 딸년이 하나 있죠니까."

"딸이?"

"네 그깟 녀석 해로하구 살지도 못하는 걸 자식새낀 왜 하나 생겨 가지구 이렇게 안달 박달을 시키는지 모르죠."

"시집은 보냈는데 그리오?"

"그럼요. 벌써 나이 삼십이랍니다. 저이두 저이 먹을 건 있었죠. 또 우리 사위가 살림이나 여북 알뜰히 하는 솜씬가요. 그런데두 못 살게 됐답니다."

"아—니 그런데 시골 사람들은 입 가진 사람은 모두 못 살겠다구만 하니 무슨 까닭이오 대체! 난 거 몰라⋯⋯."

"그렇답니다. 어디 살 수가 있나요. 참 여간 재물을 물려가진 사람이기 전엔 못 살구 배겨요니까."

"아—니 왜 그러우? 외래 서울서는 취직을 못하면 꼼짝수 없이 굶었지만 시골 같은 데서야 그 흔한 땅에 아무 걸 심어 먹기루 왜 굶기들이야 하겠수?"

"원! 아씨두! 아씬 태평이야 태평. 공부한 신식 아가씨들은 모두 저래. 허긴 시골 가보면 맨 밭이구, 맨 논이죠. 맨 낟가리, 맨 볏섬이죠. 그렇지만 다 임자가 있거던요. 또 농사지면 그 곡식이 어디 다 농사꾼의 입으로 들어오는 줄 아슈?"

"그럼 어딜루 들어가우?"

"제일 좋은 곡식은 모두 서울로 올라와서 이런 댁 광속으로 들어가죠니까, 아씨두, 다 시굴농사꾼들이 땀을 흘려 거둔 곡식으로 저렇게 살이 뿌—여시지 뭐, 호호 세상이 그렇답니다."

"그리게 우리는 돈을 내구 먹지 않우? 돈을! 그리게 농군들한테는 돈이 들어가지 않우? 또 자기네들 먹을 게 없으면 두고 안 팔면 고만 아니요?"

"저리게 태평이시지 태평. 어서 풍금이나 치슈⋯⋯ 돈을 내구 사 잡수신다 하시지만 그 돈이 농사꾼에겐 아랑곳이 있나요? 모두 땅 님자한테루 들어가서 은행으루 떡 떡 들어간답니다."

아씨는 그래도 늙은이 말에 날래 물러앉고 말려고는 하지 않았다. 학교에 다닐 때에도 토론하기를 좋아하였고 또 "사회를 위해서⋯⋯"니, "대중을 위해서⋯⋯"니 하는 말을 곧잘 지껄이던 그 기세만은 그저 안재해 있은 듯 저윽 도타운 홍미로 대어 들었다.

"글쎄 여보, 지주한테 들어가는 건 별 문제구 작인들도 반타작을 하더라도 반타작을 한 그 곡식은 가지고 있을 것 아뇨? 또 그 자기네 몫으로 간 곡식은 판다 치더라도 그 대금은 그 작인들의 해가 될 것 아뇨? 남더러만 딱하다구 하지 말구 그걸 대답을 해봐요?"

"대답하죠니까……. 우리 애네두 지난 가을에두 잡곡은 그만두구라도 알톨 같은 베를 열넉 섬이나 떨어서 일곱 섬을 차지했답니다. 그러니 일곱 섬을 어디 고냥 퇴장에 쌓어 두고 한 섬씩 찧어 먹으란 법이 있어야죠. 수세다, 호세다, 무슨 부가세다, 지세다 하구 면소로 들어가는 게 알벌이 두 섬이나 되죠. 무슨 금비다 암모니아 하는 게 이자까지 쳐서 받으니까 한 섬 팔아 가지군 어림도 없죠. 내가 이렇게 뼛골이 빠지게 벌어서 갖다 대여두 그래두 천자나 끊어 입구 신발짝이나 사 신은 외상이 있죠. 담배값이다 석유 기름값이다 품값이다 글쎄 나머지 넉 섬을 다 팔아도 손에 남는 게 돈 쉰 냥이 못 된답니다. 그것두 우리애넨 내가 어린애 월사금이니 약값이니 하는 자질구레한 용돈과 농사 때면 일군 먹이를 대이니까 말이지, 생판 농사만 짓는 사람네는 어디 일 년 내 피땀을 흘려 가지구 농살 지어서 타작이나 제법 떨어뜨려 보는 줄 아슈?" 하고 늙은이는 혀를 챘다.

"왜요? 나중엔 팔더라도 떨어드리기야 하지 그럼 내버류?"

"왜라니요? 빚쟁이들이 읍내서 나와서 뭣이라나 차압이라나 뭣이라나, 아무턴지 베가 물알도 들기 전에 와서 떡떡 말뚝을 박구 금줄을 치구……. 이를테면 집행이죠니까 집행을 해버린답니다. 그러니까 겨울에 먹구 살 건 없고 부잣집에서 장리쌀 갖다 먹은 건 그대로 빚이 되구

해서 밤을 타 타관으로 떠나죠니까."

"어디루?"

"그야 압니까. 연줄이 있는 사람네는 연줄이 닿은 데루 가구, 없는 사람네는 모르죠. 요즘들도 북간도로들 많이 가는지…… 호호 아씨야 상팔자죠니까 손이 저렇게 분길 같으신 게……. 글세 구리무 한 병에 일환 오륙십 전 하는 걸 찾으시니 말해 뭘해……."

"그게 뭬 그리 비싼 걸루 알우? 그 갑절 되는 것두 풀풀한데……."

노파는 혀를 쩟쩟 찼다. 아씨는 농사꾼 이야기엔 벌써 흥미가 다한 듯,

"이전 어서 다른 데로 가야 팔지 않소."

하고 다시 풍금 걸상으로 갔다.

"그러믄요. 가야 하죠니까."

하고 노파는 일어서 비누 값 받은 것을 넣으려고 주머니를 끄르는데 아씨가 다시 돌아앉았다.

"참 여보 늙은이?"

"네."

"늙은인 발이 넓으니까 쉽겠군. 우리 식모 하나 얻어주."

"그럽쇼. 참! 지금도 아주 참한 사람이 하나 있답니다. 내가 사람인 권이야 잘 하죠니까."

"정말 있소? 나이 몇이나 됐소? 우린 젊은 건 싫으니까."

"그러믄요. 이렇게 젊으신 내외만 소곤소곤—하구 사시는 댁엔 귀좀 어둡구 눈치도 좀 둔한 늙수그레한 사람이라야 쓰죠니까 호호호……. 그건 아시는 말씀이야……. 그래 여태 사람을 안 두셨습니까? 가주 혼인을 하시구 아마 첫 사람이신 게지?"

"그렇다우. 집부터 짓구 혼인하구 들었다우. 그래 마땅한 식모가 없어서 지금은 이웃집 사람이 와서 밥만 해주구 간다우."

"그럼 내외분끼리 오붓하시긴 해두 좀 귀찮으실 걸……. 이 사람은 한 사십 넘었어요. 우리 한 고향 사람인데 맘씨 착하구 진일을 황소처럼 잘 하구 그리구 두 손 끝이 여물어서 바느질두 하내 앞 치른답니다. 그래 아씨, 월급은 얼마씩이나 주시렵니까?"

"그야 남 다 주는 일체루 주지. 그래 지금 어디 있는 사람이오?"

"지금 남의 집 살죠니까. 그래두 주인 색씨년이 그 집두 이 댁처럼 단 내외 사시는 댁인데 색씨년이 어찌 더러운 년인지 진절머릴 대구 있으니까 참한 데만 있다면 오늘 밤으로라도 내 말이면 나올 사람이랍니다."

"주인아씨가 더럽다니 깍쟁인가 왜?"

"마음은 어떤지 몰라두 무슨 년의 예펜네가 오류이 멀쩡한 년이 사흘 돌이루 요강에다 똥을 싸서 내놓는답니다. 똥요강 부시기 싫어서 못 살겠다구 아주 도리머리를 흔들어요니까, 그리구 낯수건과 걸레 분간이 없구 도무지 밤낮 쓸구 닦어두 그식이 장식이구 아츰 잠을 오정때까지 자빠져 자기 때문에 주인 먼저 먹을 수는 없구 제일에 배가 고파 못살겠다느면요."

"참 벨년 다 있군…… 그래 사람이 정말 좋우? 내일이라도 한번 보게 데리구 오료?"

"사람은 글쎄 두말 마서요. 내일 꼭 데리구 오죠니까."

"그럼 어디 데리구 오. 우리 집 잘 봐두고 가우."

"원 집 못 찾을까베 아씨두 저렇게 대문에다 유달리 파랑칠을 해놓으시구……. 안녕히 곕쇼 아씨."

하고 노파는 행담을 이고 파랑대문을 나섰다.

　노파가 파랑대문을 나서서 얼마 걷지 않아서다. 파랑대문도 그저 빤히 쳐다보이고 풍금소리도 그저 똑똑히 들려오는 데서 노파는 한 사십객 된 양복한 신사를 만났다. 길이 좁아 마주쳐질 뿐 아니라 여간 넓고 복잡한 길에서라도 노파의 눈은 한번 그에게 머무른 이상 쓰러뜨리고 지나버릴 터수는 아니었다.

　"아규머니나! 이게 누구셔?"

　노파는 입을 딱 벌렸다. 어떤 백화점 종이로 싼 물건을 끼고, 들고 한 신사는 의외라는 듯이 눈이 마주 둥그레지더니 먼저 언덕 위에 파랑대문 켠부터 쳐다보았다. 그리고 무색한 웃음을 씩 터뜨리더니

　"저기 들어 갔드랬구랴?"

하였다. 노파는 바늘같이 날카로운 눈치로 신사의 좀 붉어지는 양미간을 한번 스치고는 무엇을 깨닫는 듯, 행담을 이기 때문에 고개 꼼짝 못하고 턱만 길게 떨구어 두어 번 끄덕이는 형용을 하였다. 그리고

　"들어가 보구 말굽쇼. 이제 거길 막 나서는 길이죠니까……. 그런데 또 여기다 딴살림을 채리셨군그래?"

　신사는 빙긋 웃고 얼굴을 더 붉히었다.

　"아무턴지 나리는 제갈량 재주셔 호호."

　"쉬— 참 아무턴지 늙은이 발도 넓긴 하군! 입을 꼭 다물어야 하오. 응? 누가 아나 또 노파 신세도 더 한번 질는지……."

하고 신사는 빙긋거렸다.

　"그건 밤낮…… 색시 탐두 내 저렇게 내시는 양반은 첨봐 첨……."

　"그래 관상이나 자세 했소?"

"하구 말굽쇼. 아주 밤떡 같은 게 노상 어리던 걸……. 대체 제갈량이셔…… 언제 시굴댁엔 가셨습데까?"

"얼마 전에 다녀왔소. 아무턴지 입을 꼭 다물고 다녀야 하오 응?"

노파는 좌우를 한번 휘 둘러보았다. 그리고

"그래 어쩌셨소? 그 집네는? 내가 이게 무슨 꼴이 될까! 만나면……원!"

"어쩌긴 어째. 그냥 다 제대로 있지. 아뭏든지 입만 꼭 다물어요 괜히 큰코 건드리지 말구……."

"흥! 참, 괜히 큰코 건드리지. 그리게 내 입을 잘 씻어놔요. 내 입이 어떤 입인데 그랴 호호호……. 내 식모 하나 구해 달래서 내일 데리구 온다고 그랬소. 내일 또 올 테니 점심이나 한 상 떠받들어놔요 괜－히"

"그류…… 허! 내일 와서두 나완 초면이오 응?"

"그럼 그만 눈치 모를가베……."

하면서,

"어서 들어가슈. 눈이 깜해 기다리구 있습디다. 이번엔 어디서 동져왔누 호호……."

하였다. 신사는 또 한번 씩 웃어보이고 돌아섰다. 늙은이는 그가 파랑 대문 안으로 사라지기까지 빤히 바라보고 섰다가야

"저 녀석은 갈아들이느니 여학생이야. 것두 재준지!"

하면서 제 길을 걸었다.

그 집네

    늙은이는 '그 집네' 생각에 한참이나 다른 정신 없이 내려오다 보니 파랑대문집이 다시 한 번 쳐다보고 싶었다. 그러나 무거운 박물 행담에 눌린 고개를 돌리느라고 목만 아팠을 뿐 벌써 그 파랑 대문집은 보이지 않았다.

    "흥! 저이가 제일인 체해두 공부한 년들은 더 잘 속아 떨어져……."

    늙은이는 중얼거리며 걸었다.

    "하긴 둘째 첩 셋째 첩인 줄 알구서도 기어드는지두 모르지. 공부한 것들이라 시집살이하는 덴 가기 싫구 또 호강살이 싫다는 년이 누구야……."

하면서 한숨도 쉬었다.

    그 한숨은 호강살이라는 천리만리로 인연이 먼 자기 일생을 돌아보아서 나는 것이요, 또 딸을 생각해서도 나는 것이었다. 딸의 인물이 웬만만 했어도 그까짓 명색으로 귀천을 따지는 세상은 아니니 저런 녀석이라도 주어 한때 호강살이나 시켰던들 하는 무지는 하나마 어미된 애틋한 애정에서도 나오는 한숨이었다.

    "그러나, 몹쓸 놈이지! 그렇게 참배처럼 연싹싹한 그 집네를 어떡하구……."

    늙은이는 그 집네를 생각하지 않을 수 없었다.

    재작년 이른 봄이었다.

    늙은이는 관철동 어느 여관집으로 들어갔다가 그 여관에 묵고 있는 낯익은 손님 하나를 만났다. 그가 파랑 대문집 바깥양반 권근효였다.

권근효는 포천읍 부자 권참사의 아들이요. 권참사는 이 늙은이 딸네의 땅 임자네였다. 늙은이는 달포만에 혹은 두어 달 만에 딸네 집으로 돌아올 때는 으레 읍을 거쳐 이 권참사네 집에서 먼저 딸네 집 소식을 알고도 나갔고, 또 어떤 때는 해가 모자라면 이 권참사네 집에서 먹고 자기도 하며 십여 년째 다니는 것이었다. 그래서 권참사네 안사람들과는 못하는 소리 없이 자별한 터수요, 또 바깥양반들과는 말은 없어도 얼굴은 흉허물 없이 익혀둔 사이였다.

그래서 권근효도 이 늙은이를 서울에서 보되 이내 우리집에 잘 오던 박물장사 늙은이, 또 우리집 작인의 장모되는 마누라로 알아보았기에 늙은이보다 먼저 아는 체한 것이었다.

그때 여관에서 권근효는 늙은이가 비누 한 장 팔지 못하고 나가는 것을 잘 가라고 인사까지 하여 놓고 뒤쫓아 나와 자기 방으로 불러 들였던 것이다.

"여보 나 중매 하나 해주."

"아규머니나! 아들딸 놓으신 아씨가 서슬이 시퍼렇게 계신데……." 하고 머릿짓을 하였다.

그러나 일 전을 열을 모아 십 전을 만들고 십 전을 열을 모아 일 원 한 장을 만져보는 이 늙은이에게 주머니에 시퍼런 지전이 함부로 뻐꺽거리는 권근효의 말은 설혹 무리와 모험이 있더라도 흘려버리기 어려운 강력의 매력이 담겨 있는 것이었다.

그래서 늙은이는 권근효가 연출시키는 대로 한 장 연극에 등장키로 허락한 것이었다.

권근효가 반한 여자는 그때 어떤 전문 정도의 학생이었다. 그 학교

바자회에 갔다가 처음 보고 그 다음날 다시 가서 손수건과 넥타이를 사면서 말을 좀 건네 보고 그리고 한참을 그 앞에서 어슬렁거리면서 다른 학생들이 그 학생을 부르는 걸 주의해 듣고 그의 이름이 형순인 것까지는 알았으나 그의 집이 어딘지 그의 성은 무엇인지 그는 몇 학년인지 도시 알 길은 없고 그렇다고 그 학생을 잊을 수는 더욱 없었다.

그중에도 제일 알고 싶은 것은 그의 집 지체였다. 지체라니까 가문의 귀천을 가리킴만이 아니라 먼저 살림 형편이니, 만일 문벌도 높거니와 재산가의 딸이라면 아예 단념하는 것이 상책이요, 그렇지가 못하여 문벌도 볼 것 없고 살림이 돈에 꿀리는 형편이라면 돈 천 원이나 눈치 보아 뿌려놓으면 문제없이 걸려들리라는 자신이 있기 때문이었다.

그러나 그 여학생의 집안 형편을 톺아보려야 톺아 볼 연줄이 없던 차에 이 늙은이를 주은 것이었다.

그때 늙은이는 권근효가 시키는 대로 옷을 반반하게 차리고 그 학교에서 하학될 때쯤 학교로 찾아갔다.

"저— 형순이란 학생 좀 보러 왔습니다."

"형순이요? 김형순이…… 지금 하학했으니까 기숙사로 올라갔을 테니요, 기숙사로 가서 찾으슈."

학교 사무실에서 이렇게 대답하는 것을 명심해 들은 늙은이는 속으로

"옳지! 성은 김가로군! 또 기숙생이로군!"

하고 기숙사라는 데를 찾아갔다. 현관 안에 들어서자 이내 복도를 지나가는 학생 하나가 있어 그를,

"날 좀 보슈."

하고 불러세웠다.

"나 김형순이 좀 보게 해주."

하니

"형순이 언니가 지금 있을까? 수원서 오셨어요?"

한다. 그래서 늙은이는 또 속으로 아마 그 학생(형순)의 집이 수원인 게로군 하였다. 그리고

"그렇소. 좀 만나보게 해주."

하니 그 학생이

"내 올라가 찾아볼께, 이 방에 들어가 앉아계서요."

하고 현관 가까이 있는 방문을 열어주었다. 거기는 면회실이었다. 한참 기다리고 앉았노라니까 그 찾아주러 갔던 학생만이 혼자 돌아와서

"형순이 언니 세브란스 병원에 이 고치러 갔대요."

하였다.

"이 고치러요? 왜 이를 앓아요?"

"네. 요즘 하학하군 며칠째 다닌대요."

"그래요! 그런데 학생은 형순이 학생을 잘 아슈?"

"그럼요. 우리 옆방인데요."

"네ㅡ 그럼 학생두 형순이 학생네 집 번지수를 아시겠구료?…… 나는 달래 온 게 아니라 비단장사를 하는데요 이 형순이 학생네 집에를 우연히 들어갔드니만 서울 가거든 딸도 좀 찾아가 보구 또 삼팔도 좋은 걸로 한 필 갔다 달라구 했는데 그래 형순이 학생을 좀 보러 왔으니까, 그런데 병원에 갔다니까 좀 기다려보다 그냥 가드라두요 그 학생네 집 번지수나 좀 알구 가야겠어요. 내가 눈이 어둬서 한 번 다녀온 집은 물어가기 전엔 찾기 어려울 것 같아서 그류."

"수원읍인데…… 나도…… 가만있어요. 내 알아다 드릴께."

그 학생은 다시 나갔다 들어오더니 종이쪽에 김형순의 시골집 주소를 적어다 주었다. 그리고 그 학생이 도로 나가려는 걸 또 늙은이는

"그런데 학생? 내가 장사하는 사람이니까 이런 걸 묻지……. 이번에 가 외상으로 물건을 맡겨두 좋을지 몰라서…… 이 형순이 학생네가 넉넉한가요? 학비는 넉넉히 갖다 쓰나요? 또 난 무관하게 묻는 게니, 뭐 형순이 학생더러 이런 말 마오 호호호……."

"글쎄 난 자센 몰라요. 아마 그리 넉넉지는 못한가 봐요. 그리게 일본 사람이 공부시키죠."

"네…… 일본 사람이요?"

"교장이래요. 그 언니가 다닌 중학교 교장이 대나봐요. 난 자센 몰라요." 하면서 그 학생은 뛰어나갔다.

늙은이는 혼자 의미심장한 고개를 끄덕이었다. 그리고 한참만에 한 번씩 복도에서 신발 소리가 날 적마다 문을 열고 나가

"나 김형순이 좀 보게 해주."

하고 졸라서 나중엔 정말 병원에서 돌아온 김형순이가 면회실에 나타났다.

"당신이 나를 만나랴고 오셨어요?"

"그럼요. 형순이 학생이죠? 벌써 얼굴이 어머니 모습인 걸! 호호……."

"내가 김형순이야요. 어디서 오셨게요?"

하는 형순의 얼굴은 몹시 싹싹하나 찬 표정의 얼굴이었다.

"그렇지. 학생이야 날 알 수 있겠소……. 난 장사 늙은이오. 그런데 수원을 갔다가 우연히 댁엘 들어갔더니 인심이 후하서서 댁에서 하룻

밤 묵고 왔죠니까. 그런데 어머니께서 요즘 꿈자리가 뒤숭숭하시다구 서울 가면 한번 가 찾아봐 달라고 그리셔서 이렇게 찾아왔더니, 글쎄 앓는 이를 고치러 다닌다니 집에서 아시면 얼마나 놀라실까?"

"네……. 어제 집에도 편지했어요. 그래 또 수원 가시나요?"

"오늘 밤차로 가요니까 그래 위정 찾아왔죠……. 어쩌나! 이러는 게 천해 못 알을 건데……."

하고 늙은이는 혀를 차고

"그래, 집에 뭐 기별하실 건 없슈? 편지라도 써주시면 내 전해드리지."

"뭐 어제 했으니까 별로……. 아모턴지 염려하실 것 없다구 그리슈. 내일까지나 다니면 이 고치는 것도 끝이 난다고 그리세요."

늙은이는 뭐 미진한 것이나 없나 하고 잠깐 생각하다가 도대체 수원으로 가서 그의 어머니를 만날 일이라고 하고

"그럼 난 만나봤으니 가리다. 어머니 뵙군 내 본대로 말씀드리지……."

하고 일어섰던 것이다.

늙은이는 이날 밤차로 수원 간다는 말도 물론 거짓말. 관철동 그 여관으로 돌아와서 우선 만나본 전말을 권근효에게 보고를 하고 그 이튿날 아침에 정말 수원으로 갔던 것이다.

그 뒤 두 달이 못다 되어 김형순은 권근효와 결혼하였다.

형순이를 일본 사람이 공부시켜 준다는 것을 알고 보니 중학교에서 통학생으로도 성적이 좋았으나 가정이 구차하여 상급학교에 못가는 것을 보고 교장이 경성부에서 관리하는 어떤 장학금을 타 쓰게 운동해 준 것이었다. 처음에 형순이는 이 돌연한 혼인을 항의하였으나 끝끝내 집에서는 장학금까지 물리치고 집으로 데려다가 수원서 결혼식을 이

루게 한 것이었다.

그 혼인식엔 시아버니도 오고 시어머니도 참석했었다. 그러나 그 시아비와 시어미는 모두 신부 쪽의 의심을 사지 않으려 신랑이 임시로 꾸며놓은 가짜들이었었다.

권근효는 이 새 아내에게 일 년간 참으면 취운정에다가 문화주택을 지어준다고 하고 우선 장사동 어디다가 조그만 전셋집을 하나 얻어 살림을 차리었었다.

그러나 상냥스런 형순이는 곧 남편이란 자의 비인격한 성격에서부터 그의 내심을 의심하게 되었고 나중엔 포천 본가에는 자기를 한 번도 데리고 가주지 않는 것을 보고 수소문을 하여 본처가 있는 사람인 것까지 알게 되었다.

한번은 이 박물장사 늙은이가 전례에 의해서 후한 대접이나 받을까 하고 장사동집에 발을 들여놓았다가 형순이에게 된불을 맞고 행담짝을 내려놔도 못보고 그냥 돌아섰던 것이다.

이런 그 집네 형순이 생각을 하면서 늙은이는 두어 집을 더 다녀 나왔다.

그리고 성북동에선 제일 친한 집 오리골 색씨네 집에다 행담짝을 맡기고 빈 몸으로 문 안으로 들어갔다. 그건 자기가 파랑 대문집에 인권하려는 식모에게 내통하려는 때문이었다.

이튿날 늙은이는 새로 한 점이나 되어서 참 마흔아믄 돼 뵈는 협수룩한 마누라를 하나 데리고 파랑 대문집에 나타났다.

"아씨 계십죠?"

"누구요? 응 정말 오는구려. 그래 같이 왔수?"

아씨는 방에서 나왔다.

"그러믄요…… 아 어서 이리 들어와요, 게 섰지 말구. 뭐 내우하나…….
어쩌문 한평생 살 댁인데."

따라온 마누라가 안으로 들어섰다. 그리자

"아니 저 마누라요?"

하고 주인아씨는 눈이 똥그레진다.

"네."

박물장사 늙은이는 웬일인가 해서 데리고 온 마누라를 돌아보니 그
마누라 역시 눈이 둥그래서 무안한 얼굴로

"이를 어쩌나 저 아씨네 댁인 줄은 모르구……."

한다.

그이 어머니네 집

"아—니 서로들 아슈?"

늙은이는 낭패하여 주인아씨와 데리고 온 마누라를 번갈아 보았다.

"아슈라니 저놈의 늙은이가……."

하고 아씨가 허리를 못 펴고 웃으니 방에서 권근효가 나왔다.

"뭣들을 그래? 웬 늙은이야……."

권근효와 박물장사 늙은이는 어제 약속한 대로 서로 초면인 체하였다.

"글쎄 좀 보—. 이 늙은이가 어제 뭘 팔러 들어 왔길래 비눌 한 장 사구
글쎄 식모를 하나 얻어다 달라구 하니까……. 아이 웃어 죽겠네…….

선뜻 그리마 하구는 글쎄 참한 사람이 하나 있는데 지금 있는 집은 주인 여펜네가 망해서 나오겠단다고 하면서 그 주인 여펜네 숭을 막 봤다우……아규 웃어…… 뭐 방안에서 똥을 눠 내 놓느니 낯수건과 걸레 분간이 없다느니 별별 숭을 다 보구 가더니 글쎄 동옥이 언니네 식모를 빼왔구랴 글쎄 동옥이 언니를 숭을 봤어. 저놈의 마누라가…….”

하고 아씨는 배를 움켜 안고 웃는다. 권근효도 껄껄대었다. 식모 마누라는 부엌 모퉁이에 얼굴이 뻘개서 섰고, 박물장사 늙은이는 눈이 때─꾼해서 마루에 걸터앉았다가

"원! 이를 어쩌나……. 그지만 아씨두 그댁 아씨를 잘 아시면 미친년처럼 개질치 않은 걸 다 아시겠군 그래 뭘!"

"예─ 여보 미친년처럼이 뭐야…… 아닌 게 아니라 좀 차근차근하진 못하지 그 언니가…….”

"아무턴지 잘했수. 남 잘 살구 있는 사람을 뽑아내 가지구 우리집엔 둘 수 없는 형편이구…….”

권근효가 탄했다. 그러니까 주인아씨는,

"도루 그 댁으로 가야지 뭐. 내가 같이 가서 잘 말해 줄께.”

하였다.

"흥, 다시 가긴. 삶은 개다리 틀리듯 했습니다.”

"왜?”

"갑자기 나가는 년이 어디 있느냐고 년자를 붙이기에 이쪽에서도 년자를 붙이고 대판으로 갈라서구 나온 걸 또 들어가요…… 뭐 염려 말우 내 다른 댁에 지세해 줄 게니.”

아무튼 겉으로는 모른 척하나 속으로는 어느 정도까지 호의를 보이

지 않을 수 없는 권근효는 "내 집 문전에 온 손님은 흔연히 대접해 보내는 것이 옳다"는 핑계로 아내에게 새 점심을 짓게 하여 두 늙은이를 후하게 대접해 보내었다.

"어디 마땅한 데가 얼른 있겠소?"

파랑 대문집을 나서며 식모 마누라가 걱정스럽게 물었다.

"그럼 내 속이 서울 장안보다 더 넓은 속이거던……."

늙은이는 우선 식모 마누라를 자기 행담짝을 맡겨 둔 오리골 색씨네 집에다 앉혀두고 혼자서 동소문 안을 들어서 경학원 근처로 왔다.

이 늙은이 혼자 처부에는 '시어미 몹시 부려먹는 집'이라고 하는 역시 신식 살림하는 집 하나를 찾아옴이었다.

오래간만에 오는 집이었다. 숭일동서부터 숭사동 일대를 가끔 헤매면서도 늙은이는 이 집 문앞만은 항용 그냥 지나치곤 하였다.

그 까닭은 이 집에선 물건을 잘 사주지 않기 때문이 아니라 팔긴 팔아도 남는 것이 없기 때문이었다. 주인아씨가 어찌 돈에 박한지 금새가 뻔한 빨랫비누 한 장을 사더라도 일 전 한푼이라도 깎아야 사지 그냥 제 값을 다 내고는 사는 법이 없었다. 그래서 까딱하면 밑지는 장사가 되는 것도 한 까닭이요, 또 한 가지 이유는 이 집 아씨가 돈에만 박한 것이 아니라 인정에도 그래서 자기는 젊은 것이 손끝 하나 까딱하지 않고 늙은 시어미를 종년 부리듯 하는 것을 잠시라도 보기 싫은 때문이었다.

한번은 그때도 그냥 지날까 하다가 문간에 나섰던 이 집 시어머니가

"마침 잘 오는구료, 빨랫비누를 한 장 사야 할 텐데……."

해서 들어갔더니 마루에는 주인아씨까지 트레머리짜리 서넛이 앉아

히히덕대고 있었다. 그중에서,

"안 사, 안 사, 가가."

하고 손등을 내젓는 것은 그중에서 제일 턱이 뾰족한 주인아씨였다.

"원 아씨두! 안 살 때 안 사시드라도 재수 바라고 다니는 사람을 그렇게까지 몰아내듯 하시랴우…… 마님이 빨랫비누가 떨어졌다구 그래서 들어왔쇠다. 원!"

하니 놀러온 다른 트레머리가 주인아씨더러

"주인마님이 누구야? 응"

하고 처음 눈치 채는 듯 쑤근거리었다. 그네들은 이 집 시어머니를 주제가 사나운 것을 보고 모다 식모로 알았던 것이다. 주인아씨는 얼굴이 새빨개지며 뒤에 따라 들어서는 시어머니더러

"뭘 해서 비누는 그렇게 헤피 써요. 새로 산 지가 그새 며칠이나 돼서……."

하고 눈살을 찌푸렸다.

"그새 빨래한 생각은 안 하냐? 내가 비눌 뭐 씹어 먹어 없애갔냐."

하기는 하면서도 시어머니는 며느리를 바로 쳐다보지도 못하고 도로 밖으로 나가버린다. 마루에 앉았던 색씨들은 모두 시시덕거리던 기분이 깨어져 식모로만 알았던 주인집 마님의 모양을 내려다보다가 밖으로 사라져 버리는 바람에 모두 눈을 주인아씨에게로 돌렸었다. 그리고 한 색씨가 물었다.

"어머니야?"

"어머닌 무슨 내다 버릴 어머니, 그이 어머니야."

"그이 어머니라니?"

“우리 집 양반 어머니란 말야.”

“그럼 시어머니 아냐?”

한즉 주인아씨는 무슨 망신이나 당하는 것처럼 다시 얼굴이 붉어지면서

“시어머닌 무슨…… 무슨 뭐나 바라고 와 사나 자기 아들한테 와 얻어먹구 있는 게지! 그리게 여자도 경제적으로 독립해야 돼. 저게 뭐야. 자기 아들은 자기가 낳기나 했지만 나야 어쨌단 말이야. 왜 날더러 받들란 말이야 흥!”

하고 도리머리를 쳤다. 그때 박물장사 늙은이는 남의 일이지만 참을 수 없이 속이 뒤집히었다. 자기는 아들이 없으니까 이렇게 박물짐이나 이구 늙거니 하고 남 아들 가진 것이 부럽기만 하다가 아들이 있어도 고생살이 하는 사람을 보매, 한편 자기의 팔자를 도리어 낙관하리만치 위로가 되는 것도 사실이었지만 그것보다도 주인아씨의 그 간특한 입 놀림이 모른 척할 수 없이 얄미웠다. 그래서

“그러니 시어머니더러 왜 어머니라길 마다슈, 원”

하고 혀를 차니

“이깟놈의 늙은이는 웬 게 와서 이래!”

하고 총을 쏘듯 하는 바람에 늙은이는

“말 못할 년이로군!”

하고 나와버렸다. 다시 들르지 않으려고 하던 집이었으나 이번엔 다른 용무가 생긴 때문이었다.

그러나 늙은이는 이 집 아씨를 만날 필요는 없으므로 집을 찾고도 집 안으로 들어가지는 않았다. 경학원을 그냥 지나쳐 큰 우물 앞으로 올라가니 상상한 것과 같이 이 집 시어머니가 물을 길어 이고 내려오는

것을 만났다.

"오래간만이로구료. 장사 재미 좋우?"

"그럼, 마누랄 좀 볼랴고 집으로 안 들어가구 이리로 오지."

"날 보려구? 뭐 좋은 일이나 있소?"

"그럼…… 마누라 고생하는 게 딱해 그래서 들렀어. 자식이문 뭘 하우 이렇게 고생하구……?"

"그럼……. 어떡하우? 내 팔자지."

"아니야 마누라가 주변머리가 없어 그렇지……."

"주변머리가 있으문 어떻게 하나, 메누리년이 그 따윈 걸."

"슬그머니 나가버려요, 그래야 아들 녀석도 개심을 하구 메누리년도 자식새끼나 낳구 하면 그땐 손포가 놀아서 제발 옵쇼 옵쇼할 테니 한 일 년만 나가 견뎌봐요 저렇게 세차게 일하구야 어딜 가선 못살우?……."

"예 여보, 그러니 아들 낮에 똥칠을 하지 어떻게 남의 집으로 돌아댕규?"

"저게 주변머리가 없는 소리야. 넓으나 넓은 장안에 어느 구석에 가 있는지 누가 알며, 남의 집에 살면 내 아들이 누구라고 외치며 다니나. 별놈의 소리 작작하고 내 말 들어요. 내 좋은 자리 한 군데 톺아놨으니 오늘로 갑시다. 가서 한 일 년만 꾹 참구 견데 봐와. 일 년이면 한 달에 삼 환씩이라두 삼십륙 환이야. 그걸 가지문 마누라 생전 입을 옷을 하구도 수십 환이 남을 것 아냐? 메누리가 그 따위 년이라두 새끼를 낳면 손주는 손주지? 할미라고 빈손으로 있을 테야. 무명것이라도 퍼대기 뙈기라도 해들고 들어가 봐 누가 마대나? 다 부모자식 간에라도 내 앞 치를 것을 치러 놓구야 말하는 거거든!"

"……."

이 딱한 시어머니는 갑자기 벙어리가 된 듯 입이 붙고 말았다. 그러나 여섯 동이나 드는 물독과 네 동이나 드는 큰 솥을 부지런히 드나들어다 채우고야 말았다.

"저놈의 마누라 그깟 놈의 물동이 내던지고 그냥 못 나와."

하고 박물장사 늙은이는 경학원 돌다리에 앉아 성화를 대었다.

물을 긷는 것은 끝이 있어 나중 한 번은 동이를 두고 빈 머리로 나왔으나 자식한테 대한 정의는 끝이 없는 것이었다.

"여보, 내 저녁이나 지어주고 나올 테니 여기 앉아 있수."

"아니 난 바쁜 사람 아닌 줄 아우. 원 사람이 염체도 없지⋯⋯. 저녁은 며느리년이 좀 못 짓나."

"내가 지려니 하고 있다가 밤중에나 먹게 되지."

"밤중에 좀 먹으면 어때?"

"우리 아들이 들어오는 길로 늘 저녁 재축인데⋯⋯."

하고 눈을 슴벅거렸다. 박물장사 늙은이도 이 마누라의 눈물을 보고는 더 통을 주지는 못하였다.

그날 저녁 박물장사 늙은이는 이 마누라를 데리고 그 똥싸 내놓는 다는 아씨네 집으로 갔다. 자기는 들어갈 수 없으므로 마누라만 들어가서 우연히 들어온 것처럼 하고 자식이 돌보지 않아 남의 집을 살려고 찾아나선 것이라고 하라 하였다. 아침에 식모가 나가 점심은 시켜다 먹고 저녁은 억지로 지어먹긴 했으나 설거지도 안한 채 밀어 놓았던 이 집 아씨는 첫마디에

"어서 부엌에 들어가 설거지부터 해 보오" 할 밖에 없었다.

이렇게 첫 계획을 이룬 박물장사 늙은이는 이튿날은 이내 그 파랑

대문집에 넣으려던 식모를, 시어미를 식모처럼 부리다 잃어버린 딱장떼 아씨네 집에다 똑같은 수단으로 어렵지 않게 집어넣었다. 이래서 이 박물장사 늙은이는 모든 것이 장난 같았다. 처자식이 시퍼렇게 있는 녀석을 숫신랑으로 알고 덤볐다가 몸만 망치고 물러나 앉는 '그 집네'나 똑같은 운명에서나마 '그 집네'보다는 영화가 길음직한 파랑 대문집네나 그리고 자기 마음대로 이리 빼 앉히고 저리 빼돌린 그 식모, 그 시어미, 모든 것이 장난하듯 하는 데서 그들의 팔자는 혹은 그늘이 지고 혹은 양지가 쪼이는 것 같았다.

"장난! 사람 사는 게 장난이야! 그런 걸 모르구 악을 쓰구 촌구석에서 일 바가지가 돼서 뒹구는 건 어리석어 그래…… 주변머리가 없어서……."

이래서 이 박물장사 늙은이에겐 차츰 때늦은 새 철학이 움직이기 시작했다.

"그깟 년의 한 세상 사는 걸 아무 짓을 해서나 잘 먹구 잘 입구 호강하다 죽으면 팔자지!"

하고 자기 딸네 내외를 생각하였다.

그 과수댁

"세상일이 다 장난야 장난……."

늙은이는 오리골 색씨네 집에서 박물짐을 찾아 이고 나오며 다시 한 번 이렇게 뇌었다. 그리고 힝—하니 배오개장으로 들어와서 몇 가지 자질구레한 물건을 더 흥정해 가지고 다시 돌아서 포천 길을 향하였다.

먼저 작정은 뚝섬나루를 건너 광주(廣州) 쪽으로 돌려는 것이었으나 갑자기 노정을 바꾸어 이렇게 포천 길로 머리를 돌리는 데는 한 가지 까닭이 있었다. 그 '세상은 다 장난이야 장난……' 하고 깨달은 데서 한 가지 함직한 장난거리가 포천에 있기 때문이었다.

'양짓말'이라고 솔모루까지 가지 않아서 있는 조그만 촌이나 산에는 석물이 늘어선 큰 무덤이 두어 자리나 있고, 길거리엔 쓰러져 가나마 새파랗게 돌옷에 덮인 비석개나 꽂힌 것을 보아 옛날부터 좀 행세하노라고 하던 집안이 살아온 동네임은 짐작할 수 있었다.

늙은이는 이 동네에 윤회양이란 전에 회양 고을을 산 노인을 찾아옴이었다.

작년 칠월이었다. 늙은이가 이 윤회양집에 들어서 실냥어치나 팔고 바깥마당으로 나가는데 축대가 한 길이나 되는 사랑마당에서

"이 늙은이! 나 좀 보!"

하는 장사 늙은이를 부르는 소리로는 너무나 부드럽고 낮은 소리가 났다. 쳐다보니 탕건을 쓰고 눈엔 검은 풍안을 걸친 윤회양이었다.

"저 말입쇼?"

"어……. 이리 올라오 좀…….""

하는 윤회양의 말소리는 매우 긴요해서 부르면서도 어덴지 똑똑지 못한 데가 있었다. 얼굴까지 불콰한 것을 보고 박물장사 늙은이는 속으로 '술이 좀 취했나 보군' 하였다. 그러나 점잖은 이가 부름에 그냥 돌쳐설 수는 없었다. 머뭇거리고 섰노라니까 윤회양은

"거 부시쌈지 같은 것도 있소? 좀 올러 와…….""

하고 뒷짐졌던 손에서 담뱃대를 내어 빈 대통을 담 위에다 터는 시늉을

하였다.

"있죠니까…… 담배쌈지 말이죠니까?"

늙은이는 돌 층층대를 올라가 사랑마루로 갔다. 몇 해 전에 큰 아들이 부족증에 죽고 지금은 읍의 보통학교에 다니는 아들밖에 없는 이 집은 안과 같이 사랑도 덩그러니 쓸쓸하였다.

"짐 끄를 것 없구…… 저기 좀 봐……."

하고 윤회양은 담뱃대로 채마전 아래로 빤히 내려다보이는 연자방앗간을 가리켰다. 방앗간에는 밀방아 찧는 부녀들이 어른거리고 돌매 돌아가는 삐걱소리가 한가하게 이따금 들려왔다.

"방앗간입쇼? 뭐 볼 게 있습니까? 밀방아들 찧는 겁쇼?"

"그 저 하인들 데리구 채질도 하구 저 나왔다 들어갔다 하는 몸 좀 부한 아낙네가 누군고?"

"원 한 동리서 모릅쇼? 저 지금 도루 체질하는 아낙네 말씀이죠니까?"

"그려 떠들지 말구……."

하면서 윤회양은 안마당 쪽을 힐끔 들여다보았다. 박물장사 늙은이는 벌써 짐작됨이 있었다. 그래서 속으로는 '뭘 다 알면서 능청스럽게 무슨 말을 하려고 그리슈?' 하려다가 그저 고지식한 체하고

"원 그 아낙네가 저 아래 참봉댁 제수 되시는 과수댁 아뇨니까? 소년 과수루 읍냇사람들도 다 아는 걸 이웃에서 모릅쇼?"

"그래…… 거 어디 나댕겨야 우리네가 보지…… 그래…… 거 멀리서 보게두 몸이 부한 게 인물이 출중하군 그래……."

"아 어느 자식이 속을 썩입니까? 어느 남편이 있어 속을 썩입니까? 있는 밥에 있는 옷에 마음대로 먹구 입구 마음대로 편안하니 몸이 부할

밖에 있습니까? 게다가 소년 수절이라구 시집에서 친정에서 좀 위해줍니까? 참 일구월심에 그리운 건 한 가지 뿐입죠 호호…….”

“……헤…….”

윤회양은 수염이 허－연 입술을 후들후들 떨면서 씩 웃었다.

“아마 영강님이 외양만 늙으신가봐…… 호호…….”

“거야 맘야 늙어 쓰겠소? 여보 늙은이? 그 무거운 것 이구 댕기지 말구 거뜬히 뎅기는 장사 좀 해보지…….”

늙은이는 윤회양의 말을 이내 알아차렸다.

“거 망령의 말씀 작작 합쇼. 소년 수절로 사십이 넘은 사람이 돌보다 모진 줄을 모르시구……. 누굴 괜히 이 장사도 못해 먹게 다리깽이 꺾어지는 구경을 하시구 싶은 게죠니까?”

하고 늙은이는 혀를 차고 박물짐을 이고 일어나 나왔었다. 윤회양은 얼굴이 씨뻘개서 담배통에 불을 붙이면서 아무 소리도 못하였다.

그러나 윤회양은 그 후로도 그 과수댁에게 일으킨 흥분은 가라앉지가 않았다. 아래 위가 꼭 막힌 조그만 연못 속에서 본 큰 붕어와 같이 그냥 두고는 견딜 수가 없게 잊혀지지가 않았던 것이다. 기회만 있으면 늘 낚아 볼 욕심에 불타고 있은 듯이 박물장사 늙은이가 지난 가을에 들어올 때도 윤회양은 역시 사랑마당에서 은근히 담배 설죽으로 손짓을 하였다. 박물장사 늙은이는 웬만한 자리만 같으면 한 번 전갈해 주고 돈환이나 얻어 써 볼 생각도 없진 않았으나 원체 그 과수댁의 시집이 몇 번 드나들며 보아도 가풍이 엄한 데다 벌써 양자까지 봉한 사십 줄에 든 수절부라 감히 운을 떼어 볼 서슬이 아니었다. 그래서 그 참봉댁에 들어가서 전에 무심히 보던 과수댁의 얼굴과 몸매를 다시 한 번씩 더 쳐다보기만 했을 뿐이었다.

참말 과수댁은 쪽만 틀었을 뿐 열일곱에 혼자되어 그늘에서만 피어 온 그의 청춘은 때는 이미 지나가 버렸으되 노처녀에게 느껴지는 것 같은, 어딘지 마음의 애티와 정지하지 않은 육신의 발육이 그저 무르익어 가는 듯하였다. 이런 느낌이 박물장사 늙은이 눈에도 '참말 아직 갓 스물 난 사람처럼 허우대가 흐들벅진한 게 좋긴 하군!' 하는 인식을 주었던 것이다.

"세상사가 모두 장난인 걸……"

하고 보니 이 늙은이는 그렇게 서슬이 무섭던 참봉댁 과수도 한 개 인형으로 생각되기 시작하였고 따라서 '한 번 장난해 보리라' 하는 용기가 솟았다.

"세상은 고지식하게 살다가 망해."

하고 하늘이 들어도 떳떳하다는 듯이 진리나처럼 큰소리로 중얼거리고 중간에 몇 동리를 거쳐 그 양짓말로 들어서기는 이튿날 해질머리였다.

늙은이는 물론 윤회양 집으로 들어다렸다. 순서로 안에부터 들어가서 물감 두어 냥어치를 팔고 연방 주인영감이 사랑에 있나 없나를 눈치채어 가지고 나온지라 윤회양 영감과 언약이나 한 듯이 바깥에서 만났다.

"영감님 안녕합쇼?"

"……"

윤회양은 물었던 담뱃대만 입에서 뽑을 뿐이었다.

"날이 저물어 참봉댁으로 좀 자러 가죠니까……"

하고 늙은이는 의미 깊은 곁눈으로 윤회양을 쏘았다.

"참봉댁으로……"

하고 윤회양은 얼굴빛이 달라지면서 툇돌에 털썩 앉는다. 그리고,

"여보?"

하는 은근한 입술을 실룽거리면서 점잖던 체모를 헐어버렸다.

"왜요니까?"

"저렇게 눈치 없는……."

하고 윤회양은 손짓을 하였다.

"흥, 물건이나 좀 덜어주시렵니까?"

늙은이는 앞뒤를 한번 살피고는 높은 사랑뜰로 올라섰다.

*

그날 밤이었다. 이 마녀의 입과 같이 달고 끈기 있는 유혹을 준비한 박물장사 늙은이는 기어이 그 과수댁의 정신을 뿌리째 흔들어 놓고 말았다.

과수댁은 이 늙은 마녀의 용의주도한 알선 밑에서 자정이 가까운 깊은 밤빛에 묻히어 우물길 다니는 동산문을 빠져 나섰고 닭이 두 홰째나 울어서야 다시 그 문으로 들어왔다.

물론 아는 사람은 두 당자와 박물장사 늙은이와 그리고는 뉘 집 개인지도 모르게 먼발치에서 두어 번 짖은 개뿐이었다.

이튿날 아침 늙은이는 눈을 뜨는 길로 윤회양에게로 와서 엷지 않은 일 원짜리 한 묶음을 받아 넣고는 그것이 몇 장이나 되나 헤어보기가 급해서 조반도 얻어먹지 않고 양짓말을 떠났다.

늙은이는 아직도 동네집들이 빤히 내려다 뵈는 선왕댕이까지 숨차게 올라와서는 이내 짐을 내려놓고 허리춤에 넣었던 지전을 내어 헤어

보았다.

"열 장! 십 환!"

늙은이는 몇 번이나 혹시 열한 장이나 아닐까 해서 헤어보고 헤어보고 하다가 단단히 싸서 이번에는 돈주머니에 넣고 끈을 옥매었다. 그리고 혼자,

"망할 것들! 이십 년이나 수절한 것이⋯⋯."

하고 서글픈 웃음과 함께 동리를 내려다보았다. 그리고

'세상은 다 장난야 장난⋯⋯.'

하는 그의 새 인생관이 다시 한 번 자신을 굳게 하였다.

'어떻게 하면 얼마 남지 않은 세상을 남과 같이 호강으로 마쳐보나? 아니 아니⋯⋯ 내야 이렇게 살고 보니 다 산 세상이지만 그거나(딸을 가리킴) 한때 호강이라도 시켜줘야 할 텐데⋯⋯.'

하고 늙은이는 생각이 천 갈래 만 갈래에서 길에 불거진 돌부리들이 보이지 않았다. 몇 번이나 돌부리를 차서 고무신짝이 벗겨져 달아났다.

"정칠년의 신 같으니⋯⋯ 어서 너따윈 벗어 내던지구 얄팍한 흰 고무신을 신게 돼야겠다. 이눔의 신아⋯⋯."

늙은이는 부리나케 솔모루장에를 들러서 고무신 가가로 갔다. 그러나 자기의 그 투박한 검정 고무신을 벗어 버리려는 때문은 아니요, 딸이 벼르기만 하고 아직 한 번도 못 신어보는 비단무늬를 그린 색 고무신을 한 켤레 사기 때문이었다.

늙은이는 공돈이 그의 돈풀이로 백 냥이나 생긴 김이라 딸을 생각하니 사위 생각도 났고 외손자 생각도 다른 때보다도 더 도탑지 않을 수 없었다.

사위가 제육을 좋아하므로 푸줏간에 가서 갓 잡은 도야지 뒷다리를 하나 사고 또 생전 석새베것밖에 모르는 사위를 단오 때 입히려고 모시 조끼도 하나 조끼전에 가 맞춰놓고 그리고 과자 부스러기와 미역 오리를 사서 적은 것은 행담에 쓸어 넣어 이고 큰 도야지 다리는 바른손에 들고 그래도 무거운 줄은 모르고 시오리 길을 얼마 쉬지도 않고 걸어 해가 있어 딸네 집을 대어 들어갔다.

딸네 집은 늙은이가 기대한 대로 아직 저녁 먹기 전이었다.

늙은이는 부엌부터 들여다보고,

"애, 이것부터 어서 삶어라."

하면서 들어섰다.

그러나 딸네 집은 뜻밖에 난가였다. 딸의 눈두덩이 시퍼렇게 멍이 들고 옷고름이 따지고 아랫방 문짝이 아랫도리는 반이나 부서진 것이 돌쩌귀까지 하나 빠져서 비스듬히 방문을 막고 가로걸려 있었다.

"웬일이냐?"

딸은 대답보다 울음이 먼저 터지었다.

인생은 외롭다

늙은이는 딸의 울음부터 쏟아지는 넋두리를 듣지 않고도 적지 않은 내외 싸움이 벌어진 걸 직각하였다.

사위가 다른 계집을 얻은 것이었다. 그동안 딸이 시앗을 본 것이었다.

늙은이는 뜻밖이었다. 어떻게 하든지 한 푼이라도 모아들이고 어떻게 하든지 한 알이라도 아끼어서 살림을 이룩하기에만 눈이 뻘개 덤비던 자기 사위 녀석이 어떻게 환장이 되어서 살림을 내어던지고 처자식을 치고 가장집물을 부숴 놓은 것인지 처음에는 당최 짐작도 할 수 없는 일이었다.

그러나 나중에 자세히 들은즉 사위놈의 심보도 그렇게 될 만도 한데는 늙은이는 더 속이 쓰리었다.

해마다 오월 단오를 전후하여 보릿고개라는 것은 비록 자농을 하는 집에라도 농가로서는 제일 군색한 때였다. 웬만한 집에는 이때에 다 양식이 떨어져서 아직 물 여물도 안든 밀(大麥)싹을 잘라다 볶아먹는 판인데 벼농사에는 이때가 제일 밑천이 많이 드는 때였다. 모를 내는 데는 일꾼들도 이밥을 먹어야 하는 것이요 품값이다 담배값이다 하는 것도 엄청난데 금비(金肥) 값이란 몇 달 양식값이 들어가는 것이었다. 그러므로 제일 군색한 때 제일 많이 드는 밑천이므로 대개 비료값은 돈으로든지 비료로든지 지주가 대어주고 가을에 가서 지주가 이자까지 쳐서 받아들이는 것이었다. 그래서 이 늙은이 딸네도 해마다 지주 권근효네 집에서 비료를 타다가 썼을 뿐 아니라 농량까지라도 장리를 내다 먹어 온 것이었다. 그런 것이 금년에 와서는 농량은커녕 비료값도 모두 대어줄 수 없다는 것이었다. 그 까닭은 농량이니 비료니 하고 자꾸 대어주어 놓고 가을에 가서 타작을 갈라놓고 장리 먹은 것 비료값 치를 죄다 제하고 나면 작인집 마당에 남는 것은 빈 깍쟁이뿐인 북데기뿐이었다. 그래서 지주만 심하다는 말을 듣게 된다는 것이 금년부터는 비료를 대어 주지 않기로 한 이유의 하나요, 또 한 가지 이유는 사실 살림

은 권근효가 하는 것이 아니라 그의 늙은 아버지가 하는 것인데 권근효
는 그렇게 서울에다 딴살림을 차리고 연해 빚만 얻어 쓰는 판이라 그의
아버지는 아들의 빚 뒤치개를 하느라고 용돈 한 푼을 제대로 써보지 못
하게 되어 작인들에게 비료를 대어주려도 자기마저 금융조합 돈이나
얻어야 되게 됐던 것이다. 그러므로 직접 원인은 권근효가 돈을 남용
한 것이 작인들에게 미친 것이었다.

　아무튼 박물장사 늙은이의 사위는 농량도 부족할 뿐 아니라 비료 변
통도 할 수가 없게 되자 두어 번이나 지주에게 찾아가서 사정을 해 보
았다.

　"허! 자네만 작인인가 괜―히 물이 못 나게 조르네그려…… 거 자네
장모님 아들도 없는 이가 돈 벌어다 뭘하나?"
하는 핀잔만 받고 읍에서 나와선 그날 저녁부터 밤낮 주막에 나가 파묻
혀 있더니 그 오십 원짜리도 못 되는 개똥밭 한 뙈기 있는 게 동티가 나
노라고 술장사년이 달게 받아준 것이었다.

　"제깟놈이 첩은 무슨 첩! 아니 제 처자식 하나 제법 못 거두는 주제가
첩꺼정, 거느려? 흥……."
　늙은이는 눈이 올롱하여서 주막으로 내달았다.

　주막에선 대드리로 싸움판이 벌어졌다. 사위놈은 장모늙은이의 목
소리를 듣자 뒷문으로 빠져버리고 술장사년만 악이 머리끝까지 치뻗
힌 늙은이의 손에 머리채가 감겨졌다.

　"이년! 요 요망한 년……."
　늙은이는 종일 길은 걸었으되 힘이 엄청나게 세었다.

　가만히 앉아서 술국이나 놀리고 밤을 새는 술장사 따위는 비록 젊은

것이로되 힘을 어떻게 써야 할지부터 몰라 소리소리 악만 썼다.

악은 늙은이가 먼저 난 악이었다. 늙은이가 치가 떨리는 것은 자기 일보다 더하였다. 생각하면 사주팔자에 역마직성으로 태어났다고도 하지마는, 자기신세가 이렇게 길 위에서 늙는 것도 젊어 시앗을 본 때문인데, 이제 하나밖에 없는 딸자식마저 시앗을 보다니 생각하니 매 맞는 술장사의 악 따위는 열 스물이 와도 못 당해 낼 악이었다. 늙은이는 물고 차고 찢고 나중에는 타기 요강까지 술장사의 머리에다 들어붓고도 그래도 시원치 않은 것을 여러 사람이 말리는 데 못 떨어 떨어지고 말았다.

늙은이는 딸네 집으로 들어와서 밤새도록 잠 한 잠 붙여보지 못했다. 술장사에게 역시 물리고 갈켜진 자리가 확확 달아오르고 입에 침조차 말라서 저녁을 굶었으되 배고픔 같은 건 깨달을 여지가 없었다.

새벽녘이었다.

늙은이는 사지가 후들후들 떨리던 흥분이 좀 가라앉아 회심한 생각이 일어났다.

'이년 팔자에 자식은 다 뭐냐!'

하는 슬픔이었다.

'차라리 걱정깜이지……'

하였다.

늙은이는 딸의 존재가 차라리 원망스러워졌다.

'네년도 네 팔자니라.'

하고,

'내게 왜 속을 썩이느냐?'

하고 소리를 지르고도 싶었다. 이런 생각이 떠돌자 늙은이에겐 희미하게나마,

'인생은 외롭다!'

하는 생각도 휙 지나갔다.

'다 제 갈길을 가는 거지…… 에미가 애쓴다고 어디 그대루 되나…….'

늙은이는 딸에게서 외손자에게서 차라리 정을 끊으려 하였다.

늙은이는 뜬눈으로 밤을 패었다.

사위 녀석은 이날도 그 다음 날도 들어서지 않았다. 늙은이는 진종일 서투른 담배만 필 뿐 딸과도 묻는 말이나 대답하고 말았다.

'네 년도 다 남이거니 하면 고만이지…….'

하며 속으로 늙은이는 딸을 잘 보지도 않으려 하였다.

그런데 더구나 이 늙은이의 심경에 커다란 돌멩이를 던져놓은 것은 그 양짓말 참봉댁 과수의 놀라운 소식이었다.

참말 놀라운 소식이었다. 뒷동산에 올라가 목을 매고 죽었다는 것이다. 전하는 사람의 말은,

'먹구 입을 것만 있다구 어디 낙이요. 살아가도록 적적하니까 죽은 게지…….'

하였으나 이 박물장사 늙은이와 양짓말 윤회양만은 그 과수댁의 죽은 원인이 무엇인지를 깨닫지 못할 리가 없었다.

늙은이는 큰 뭉어리 돌을 받는 것처럼 가슴이 철렁 내려앉았다.

'사람을 하나 죽였구나!'

하는 무서운 고백이 어서 세상에 자백하고 나서라는 듯이 입 속에서 뛰놀았다.

그날 밤이었다. 늙은이는 사위가 들어오기를 더 기다리지도 않고 딸네 집을 떠나 밤길을 걸었다.

늙은이는 어떤 절을 찾아갔다. 절에 가서 부처님 앞에서 진심으로 사죄하고 그 윤회양에게서 받은 돈 나머지 전부로 그 과수댁의 명복을 위하여 조그만 재를 올렸다. 그리고 다시 박물짐을 이고 나섰다.

늙은이는 절에서 동구 밖을 나서 산 아래로 아득히 사라진 세상길을 내려다 볼 때 새로운 눈물이 쭈르르 흘려 내렸다.

'인생은 외롭다!'

하는 생각 때문이었다.

『신가정』, 1934. 2~4·6~7

애욕의 금렵구(禁獵區)[1]

1. 모나리자

찌르릉…….

찌르릉…….

원고를 정리하려고 서랍 둘을 한꺼번에 뽑아놓고 필자들의 이름과 제목 적은 메모를 펼치는데 급사 테이블 밑에 달린 초인종이 두 번이나 울었다.

"네―."

우선 완호는 자기가 대답하여 놓고 서랍들을 다시 디밀고 일어나 급사를 찾았다. 급사는 복도에도, 물 먹는 데도 있지 않았다. 할 수 없이 다른 날 그런 경우와 마찬가지로 이번에도 완호는 급사 대신에 사장실 문을 열었다.

"급사가 지금 뵈지 않습니다."

하니 사장은 자기가 뿜어놓은 담배연기를 손으로 날려 버리면서

"심 군, 들어와요. 심 군한테 할 말이 있었어…….."

하였다.

---

1   사냥 금지 구역.

완호는 문을 공손히 닫고 박 사장의 테이블 앞으로 가까이 갔다.

"어 또…… 내가 무슨 말을…… 으……."

박 사장은 가끔 이런 투가 있었다.

무슨 양로원 원장이니, 무슨 자선회 고문이니, 하는 명예직함은 내어놓고라도 영천제약주식회사와 자기 이름 그대로인 박승권 피혁상회의 사장이며 한성직물주식회사의 전무취제역에다가 또 이 현대공론사의 사장까지를 겸한지라 그는 언제든지 여러 가지 방면을 생각해야 되고 여러 가지 일을 처결해 나가지 않으면 안 되었다. 그래서 사원이나 비서를 불러놓고도 곧 다른 방면의 일에 정신을 빼앗기는 수가 많았다.

"옳지! 저어 그게 전전달이든가?"

"무어 말씀입니까?"

"우리가 여기자 채용한단 광고를 신문에 낸 게?"

"네, 전전달 중순입니다."

"참, 채 양 아직 안 들어왔지오?"

"채남순 씨 아직 안 들어왔습니다."

"저어 내가 지금 그 광고 냈든 걸 볼샌 없구…… 여기자를 한 명 다시 뽑았으면 하는데 암만해두…… 그러니 한 명 또 채용한다구, 그리구 날자서껀 적당하도록 고쳐서 또 한번 신문에 내슈."

"여기잘 또 쓰시게요?"

하고 완호는 의외라는 듯이 자기로선 물어볼 권한이 아닌 것을 아는 체해 보았다.

"글쎄…… 어서 나가 찾아가지구 원골 맨들어 보내시지오."

완호는 얼굴이 화끈하였다. 사장은 다른 사람에게 하는 것을 보더라도 자기 비위에 좀 거슬려 보이면 갑자기 분수에 넘는 경어를 써서 이쪽의 말을 막아버리는 수단이 있었다. 이번에도 갑자기 '보내시지오' 하는 경어에 완호는 무안하지 않을 수 없었다.

"네. 그럼 오늘 석간으루 세 신문에 다 내겠습니다."

하고 완호는 허리를 꿈벅 하고 물러나왔다. 사장도 이내 모자를 집어쓰고 편집실로 따라나오더니

"나 오늘은 저− 오후 석 점까진 제약에 있을 거요. 내일은 한성직물이 총횟날이니깐 여긴 아마 못 들을는지두 모르는데, 그래 오늘은 원고가 다 들어가겠소?"

하고 담배를 꺼내 불을 붙였다.

"네. 몇 가지 미진한 건 있지만 추가로 들여보낼 셈 치구 우선 오늘 들여보내렵니다."

하는데 어디 나갔던 급사가 들어섰다. 사장은 급사를 보더니

"너 어딜 그렇게 나가?"

했다.

"저 아까 주신 편지 부치러요."

"참, 너 지금 곧 우리 집에 가서 이 외투보다 엷구 털 대지 않은 걸 달래서 요 위 중앙 이발관으루 가져온. 거기서 머리 깎을 테니……."

하고 나가버렸고 급사도 곧 뒤를 따르듯 다시 나갔다.

완호는 전전달 신문 축을 찾아가지고 자기 책상으로 갔다.

"여기자를 또? ……."

완호는 시계를 쳐다보고 벌써 열 시 반이나 됐는데 채남순 양이 출근하지 않는 것과 다른 날은 아침에 전화나 한 번 걸고는 백합원에 가

점심을 먹을 겸 열두 시나 되어야 다녀가던 사장이 이날은 열 시 전에 나타나서 여기자 뽑는 광고를 다시 내라는 것을 보면 아무래도 채남순 양이 면직을 당하려는 징조가 틀리지 않았다. 완호는 망연하여 손을 모으고 며칠 전의 그 한조각 광경을 머릿속에 떠올려 보았다.

×

마침 그때도 급사는 심부름 나가고 남순과 완호 단둘이만 있을 때였다.

"심 선생님? 보수라는 숫자 어떻게 썼나요?"

하고 남순이가 무얼 쓰다가 하얀 이마를 들고 눈을 깜박깜박하였다.

"보수라는 숫자요?"

완호는 벌써 보름이나 넘게 보는 얼굴이었지만 처음 보는 꽃이나처럼 남순의 이마에서 황홀을 느끼며 마주보았다.

"네에 보수라는 숫자 말예요."

"보수라는 숫자요? 보수라는 숫자라니까 가르쳐드리면 상당한 보수를 주셔얍니다."

"드리죠…… 호…….."

"무얼 주시겠습니까?"

"먼저 가르쳐 주시면…….."

"달기 유 변에 고을 주 했습니다."

"달기 유요?"

남순은 달기 유가 또 얼른 생각나지 않는 듯, 뺨에 오목스름하게 부끄러운 웃음을 파면서 완호의 책상으로 왔다.

"이렇게 썼죠 아마."

하고 완호는 귀 가까이 남순의 숨소리가 가냘픈 코티의 향기를 느끼면서 자기가 쓰던 원고지 여백에다 달기 유를 쓰고 고을 주까지 쓰려는 그 순간이었다. 도어가 갑자기 열리더니 무슨 비밀에나 부딪친 듯 들어서기를 주춤하고 화경같이 이쪽을 쏘기만 하던 것은 그 시울은 거무스름하면서도 정력의 광채가 이글이글 불붙는 박 사장의 눈이었다. 남순은 공연히 질겁을 해 놀래었다. 천연스레 서서 인사나 하고 '참 그렇게 썼나요' 하고 제자리로 갔으면 아무렇지도 않을 것을 뺨이나 서로 대었다가 들킨 듯이 당황하여 뒷걸음을 쳤고 완호마저 얼른 일어서 인사할 침착을 놓쳐버리고 말았다. 사장은 날카로운 시선으로 두 남녀의 얼굴을 스치면서 그조차 아무런 말 한마디도 던져주지 않고 자기 방으로 들어갔다.

남순은 장난하다 들킨 아이처럼 무안 본 얼굴로 닫혀진 사장실 도어를 바라보고 곧 그 눈을 옮겨 완호에게 미안스럽다는 듯 분명히는 알 수 없으되 우리는 단짝이라는 듯한 속삭임을 실어 이편의 눈을 찾아주었다.

이날도 사장은 전화 스위치를 틀어 달래서 전화만 몇 군데 걸고는 곧 나가버리었다. 사장이 나가자 남순과 완호는 무슨 말이고 얼른 시작될 것 같았으나 한 오 분 동안이나 잠잠하다가야 남순이가 먼저 입을 떼었다.

"심 선생님두 꽤 단순하세요."

"왜요?"

"글쎄말예요……."

"참 괜—히 무슨 죄나 진 것처럼 당황했던 게 우습군요."

"……."

남순은 방긋이 웃어 보일 뿐.

"난 그런 걸 봐두 너무 처세술이 없어요, 참."

"단순하신 게 좋죠 뭐."

"아뇨. 가만히 보문 단순한 사람들은 대개 처세선(處世線)이라구 할까요, 그 활동해 나가는 줄이 약해요. 잘 끊어지더군요."

하고 완호는 남순의 눈에서 그의 마음을 찾았다. 그러나 남순은 그런 말귀에는 아직 날카로운 감촉을 느끼지 못하는 듯, 그냥 단순하게 여학생스러운 유쾌와 재롱만이 눈에 하나 가득했다. 그래가지고

"전 정말 단순한 이가 좋아……."

하였다.

"……."

완호는 무어라 대답해야 좋을지 몰랐다. 자기더러 단순하다고 해놓고 '전 정말 단순한 이가 좋아' 하는 데는 무어라 대꾸를 해야 옳을지 몰랐다. 정말 완호는 단순하였다. 둘이 다 붉어진 얼굴을 숙이고 다시 펜들을 잡는데 급사가 들어왔던 것이다.

×

아무리 생각해도 사장의 눈에 자기와 남순의 그날 태도는 평범히 인상되지 않았고 따라서 남순을 그냥 두면 사무에 방해될 뿐 아니라 규율이 문란해질 염려로 단연 엄격한 처단을 내리는 것만 같았다.

'그러나 이왕이면 인물이 나은 편을 취한다고 자기가 남순을 뽑아놓군!'

완호는 불평이 일어났다. 신문 축을 한 번 더 옆으로 밀어 내놓고 담배를 꺼내 피워 물었다. 사실 사장이 그렇게만 할 심산이라면 그건 너무 가혹한 처리요, 또 자기로선 남순만 애매하게 면직이 되는 것을 그냥 보아버릴 것이 아니라 충분한 동정과 의리를 지켜주어야 할 각오와, 다시 한 걸음 더 나아가선 이런 때의 운명을 한가지로 함으로써 남순과 더불어 영원한 운명의 반려자가 되어졌으면 하는 기대와 정열조차 끓어올랐다.

'채 선생님?

채남순 씨?

남순?

여보?……'

완호는 눈을 감고 이렇게 경우를 달리하여 남순에게 대한 여러 가지의 대명사를 마음속에 불러보았다. 그리고 그중에 '남순?' 하는 거나 '여보?' 하는 대명사에서는 부르면 불러볼수록 황홀스런 정경이 눈앞에 떠오르는 것이다. '나에게 그런 대명사를 쓸 사람은 정말 당신예요, 당신뿐예요' 하는 듯한 남순의 얼굴이 곧 문을 열고 들어설 것도 같았다.

남순은 고왔다. 처음 얼른 보면 그냥 귀염성스런 얼굴인 데 그치지만 여러 번 만나보고 여러 번 그의 얼굴과 지껄여 보면 새 고움이 구석구석에서 자꾸 드러나는 얼굴이다. 하느님이 가장 마음 평화하신 날이 남순을 빚으신 듯 그 반듯한 이마와 그 총명이 가득 담긴 눈과 그리고 꼭 다물었으되 늘 무슨 속삭임이 있는 듯한 입은 얼른 그림의 모나리자를 생각게 하는 얼굴이다. 그러면서도 천진스러웠다. 모나리자 얼굴엔 무한히 비밀이 있되 이 남순의 얼굴에는 아실아실스런 비밀이란 조금도 없다. 아직도 아이같이 순박한, 선명한 표정뿐이다. 그래서 오후 서너 시 때가 되면

"아이 팔야. 선생님두 좀 쉬 쓰세요."

하고 곧잘 펜을 놓고 뒤로 의자에 기대는데 그럴 때 보면 그의 눈엔 복습하다 물러앉는 소학생과 같이 졸음조차 가물가물 물결치는 것이었다. 곧 끌어안아다가 무릎에 누이고 또닥또닥 재워주고 싶은 그런 남순이다.

'그러나 남순은 물론 아이는 아니다.'

완호는 다시금 이런 생각을 날리면서 담배를 빨았다.

2. 가깝다고 보면 멀어 뵈는 것

또박또박…… 묵직하나 경쾌스런 구두소리가 울려오더니 도어의 핸들이 잡히는 소리가 났다. 완호는 그제야 신문 축을 끌어당겨 놓고 무얼 찾는 체하였다. 코끝과 뺨이 아이처럼 새빨개 들어서는 건 남순이었다. 허리를 가벼이 굽히면서

"전 오늘 아주 대지각입니다."

했다.

"추으시죠. 참 웬일루 오늘은……."

완호는 신문장을 넘기면서 힐끗 곁눈으로만 남순을 살폈을 뿐

"참 바같은 춰요. 오늘…… 태연인 어디 나갔습니까?"

"사장댁에 갔습니다."

남순은 장갑을 뽑고 목도리를 끄르면서 완호에게로 다가왔다. 그리고 사장실 문을 살며시 던져보고는 속삭이었다.

"안 들어오셨나요?"

"벌써 다녀나가셨답니다."

"벌써요! 저 늦도록 안 들어온다구 뭐래지 않았어요?"

"뭐 그런 말씀은 없구요……."

"그럼 무슨 다른 얘긴 있었예요?"

"……."

완호는 얼른 대답하지 못했다. 목도리를 걸어놓고 자기 책상으로 가려던 남순은 다시 완호에게로 왔다.

"네에? 선생님?"

"채 선생님? 그런데 제가 먼저 여쭤보구 싶은 게 있습니다."

"무어예요?"

"여기 취직하신 감상이 어떠십니까? 벌써 달포나 지내보셨으니?"

"좋죠, 뭐. 다행히 심 선생님 같으신 분이 계시기두 하구……."

"괜―히 그러시지 말구…… 왜 학곤 그만두셨습니까? 이런 데보담 힘이 더 들가요?"

"그럼요. 아이들 더구나 촌애들하구 시골서 한심스러 못견디겠어요. 것두 성당이나 있는 데 같어두 좀 낫겠어요."

"성당이라뇨?"

"우리 천주교회당 모르세요?"

"네. 그처럼 독실하신 신자십니까?"

"믿을 바엔 독실해야죠."

"그럼 서울루 전근해 보시죠, 왜."

"그렇게 제 맘대로 되나요. 사범연습관 꼭 지령이 내리는 대로 어디든지 가얀답니다. 우리 동무에 저어 산수갑산가는 데라나요, 혜산진 어느 공보루다 간 애가 있는데요."

"그래두 내 생각엔 채 선생님 같으신 인 교육계가 나실 것 같은데."

"아녜요. 전 학생 때부터 잡지 같은 걸 좋아했어요. 그래 인제 내 손으루 조선서 제일가는 여성잡지를 하나 해 볼 생각이랍니다. 호호…… 그러건 심 선생님 인제 편집고문이 돼주세요. 네?"

완호도 따라 웃었다. 그리고 여기자 모집광고 내었던 것이 드러나자 곧 가위를 찾아 오려내기 시작했다.

"건 뭘 오리세요, 선생님?"

"이게 채 선생님 불러들인 겁니다. 허……."

하면서 완호는 남순의 눈치를 보지 않을 수 없었다.

"거 또 낼려구요?"

남순의 말이다. 완호는 속으로 저윽 놀람을 마지못하였다. "그건 왜 오립니까?" 할 남순이가 어느 정도로는 알고 있은 듯한 말이기 때문에.

"어떻게 아시구 계십니까?"

"그럼요. 심 선생님이 안 가르쳐 주셔두 다 알죠. 뭐……."

완호는 잠깐 멍청하여 남순의 눈치만 바라보다가

"왜, 채 선생님 그만두신다구 그리셨나요?"

하니

"아ー뇨. 제가 그만두는 게 아니라 며꿈이랍니다. 호호……."

"아—니 정말루 말씀하세요. 웬 영문인지 모르겠군요. 사장은 그냥 잠자쿠 여기잘 한 명 다시 뽑을 테니 광골 또 내라구 하던데……."

남순은 한 걸음 더 완호의 책상머리로 왔다.

"저어, 어제요 저녁땐데 사장이 저이 주인집으루 오셨예요."

"네에—?"

"저 뭐 자기가 사회 측으로 관계되는 사무두 많은데 그런 건 인제부턴 모두 이 사무실루 몬다나요. 상업계 이외 사교 방면엣건 전부……."

"그런 말은 있었죠. 전부터…… 소위 명사란 사람들이 자길 영업처소로 찾아오는 게 창피하다구. 사실은 잡지사를 그래서 내기두 했지만, 그래서요?"

"그래 날더러 잡지일보담 자기 사무를 전문으로 정리하라구요. 그리구 회계꺼정……."

"네— 그래 뭐라구 그리셨어요?"

이렇게 물으면서 완호는 공연히 상기가 되는 것을 감추기에 곤란하였다.

"어떡해요. 묻는 게 아니라 아주 명령인걸요. 그래서 여기잔 다시 한 명 뽑을 줄 알았죠."

"허! 그럼 한턱 내셔야겠군요, 영전이신데."

하고 완호는 남순의 눈치를 살폈다. 남순도 어느덧 발그레해진 얼굴로 좀 침착을 잃은 듯,

"아유 막 놀리서. 남 속상하는 줄 모르시구. 어쩌문……."

하면서 자기 자리로 갔다.

"아, 사장 비서신데 어쩐 말씀입니까? 우리 같은 보통 사원에다 대

요. 축하합니다."

하고 완호는 평범한 표정을 지키려 했으나 얼굴이 공연히 긴장해짐을 어쩔 수가 없다. 자기 때문에 남순이가 면직이 되는 줄 알고 공연한 동정과 의분에 긴장해 온 것을 생각해 보면 스스로 부끄럽기도 하다.

"전 그래두 기자가 돼서 잡지일을 좀 배울려구 여기 왔으니간요."

"기자로보담야 직접 잡지 경영자의 비서로면 더 여러 가질 아실 텐데. 이 방에선 알지도 못하는 것까지……."

"참, 방을 따루 있으랠까요?"

"그렇겠죠. 으레 사장실에 가시게 되겠죠. 다 그러니깐 영전이란 말씀이죠."

"아이 망측해. 난 그럼 싫달 테야. 누가 그 씩 — 씩 하구 담배만 피는 이 방에 단둘이 있담……."

그러나 당해놓으니 남순은 일언반구의 불평도 나타내지 않았다. 편집실에 놓인 책상보담은 나무도 좋고 서랍도 많고 모양도 얌전한 새로 사들이는 책상과 함께 사장실로 들어가서는 자기 손으로 찰그렁 소리가 나게 야무지게 문을 닫지 않을 수 없었고, 그리고 무슨 소린지 편집실에서는 알아들을 수 없게 수군수군거리는 사장에게 소곤소곤 대답해 올리지 않을 수 없었다.

남순이 사장실로 자리를 옮긴 이튿날 아침이다. 완호는 급사 책상 위에 놓인 출근부에 도장을 찍고 다른 날과 달리 다음 장에 있는 남순의 페이지를 넘겨보았다. 남순은 벌써 출근되어 있었다. 완호는 유리도 없는 사장실 문을 한번 힐끗 살피고 자기 책상으로 왔을 때 거기에는 보지 못하던 날씬한 유리 화병 하나가 필통 옆에 서 있었고 그 위에는 아스파라가스에 싸인 카네이션 두 송이가 꽂혀 있었다.

"웬거냐?"

하고 말을 내려다 완호는 움칠하고 그 눈으로 급사를 보니 급사는 빙긋이 웃으며 사장실 문과 남순이가 앉았던 테이블을 가리키는 것이다.

'남순이가!'

속으로 이렇게 인식하자 완호의 눈엔 그 붉은 카네이션 두 송이는 꽃이 아니라 불인 듯한 광명을 느끼었다. '전 저 방으로 갔어도 마음은 여기 있예요. 사장께 아니라 당신께예요' 하는 소근거림조차 그 고요한 꽃송이에서 들리는 것 같았다.

완호는 유쾌하게 일하려 하였다. 이런 변동이 있음으로 말미암아 도리어 남순이가 자기에게 숨기었던 감정의 일면을 드러내 보이는 것이 다행스럽게까지 생각하면서.

그러나 애욕이란 감정만은 어떤 침착한 사람의 가슴속에서라도 가장 적극적 활동성을 가진 열병과 같은 것인 듯, 남순이가 사장실로 들어가는 것, 사장이 남순이가 혼자 있는 방으로 들어가는 것을 여러 번 보면 여러 번 볼수록 평범하게 눈에 익어지는 것이 아니라 그와 반대로 눈이 화끈 달아오르고 손이 후들후들 떨리기까지 하였다. 남순이 자신은 전과 조금도 달라짐이 없건만 완호의 눈엔 점점 모양을 내는 것 같았고 자기에겐 인사하는 것, 말을 던지는 것, 모든 태도가 차차 차갑고 가벼워 가는 것만 같았다. 그리고 그 언제 보든지 술이 반취는 된 얼굴처럼 정력적인 사장이 들어와서 남순이가 있되 잠든 듯 조용한 그의 방으로 들어가는 것을 볼 때는 남순의 침실로나 들어감을 보듯 가슴이 철렁 내려앉았고 '사장이 들어서면 남순은 빙긋이 웃으며 일어서리라. 모자를 받아 걸어주리라. 외투까지…… 사장은 기특히 여기어 킹구지를 문채 빙그레 웃음을 흘리렸다…….' 이렇게 과민한 추측까지 일으켜 보았다. 그럴 때면 카네이션을 보고 손에 잡힐 듯 가까이 느껴지던 남순의 애정은 그만 천리만리로 날아가는 것처럼 까마득하고 서글펐다.

3. 오래간만에 만난 친구

새 여기자가 뽑히었다.

그러나 이번에 처음으로 이 현대공론사에 나타난 여자는 아니다.

사장은 무슨 생각이었던지,

"이번에 여기자 뽑는 건 심 군이 모다 알아허슈. 심 군께 일임이오. 내 눈에보다는 같이 일할 사람 눈이 제일일테니…… 또 대체를 요전대루만 하면 될거니까."

하고 일체를 완호에게 맡겼다. 그런데 지난번 남순을 뽑을 때에 사실인즉 남순보다 학력이 나은 김정매라는 여자가 있어 완호는 그 여자를 뽑는 게 원칙이란 의견을 보였으나 사장은 '이왕이면 인물도 봐얀다'고 남순을 취한 것이었다. 그렇게 되어 떨어졌던 김정매가 이번에도 광고를 보고 다시 온 것은 아니었으나 새로 모여드는 여자들에 역시 김정매만한 실력을 가진 사람이 없으므로 완호는 사장의 이의가 없으매 김정매에게 통지한 것이었다. 이외에 완호가 정매에게 더 사적으로 무슨 호의가 있었음은 애초부터 아니었다. 처음번에도 인물에는 무관심했고 다반 번역 한 가지를 해놓더라도 다시 손질이 안 가고 그냥 인쇄소로 갈 수 있는 문장의 실력부터 보았기 때문에 정매를 취하자 함이었고 또 그렇다고 해서 문장은 그만 못한 남순이가 뽑힌 데 대해 무슨 실망이나 불평이 있는 바도 아니었다. 차라리 하루 이틀 지나는 동안 남순의 얼굴에서 그 아름다운 눈과 이마를 발견할 때, 그리고 무얼로나 서로 조심하면서 그러면서 무얼로나 서로 접근하려는 그 이상한 감정이 솟아오르고 그 이상한 감정이 무한한 행복감을 일으켜 줄 때, 완호는 김정매보다 채남순이가 채용된 것을 얼마나 다행하게 알게 되었는지 모른다. 다만 다시 한 명을 뽑게 된 자리에선 실력 본위로 하지 않을 수 없었고 이번엔 전번에 왔던 김정매만한 실력자가 없으니 사무상 필요에서 김정매를 불러온 데 불과하였다.

그런데 이 김정매가 입사한 지 며칠 뒤 급사도 정매도 다 나간 때인데 남순이가 자기방에서 나와 이런 말을 뾰루퉁한 입으로 건네었다.

"인전 일이 절루 척척 되시겠예요."

"왜요?"

"아 그렇게 맘에 드시든 분을 그예 모셔오셨으니……."

"……."

완호는 죄없이 가슴이 뜨끔하였다.

"난 멍텅구리였어……."

한번 더 싸릿드리는 눈길로 완호의 눈을 어이고 지나가는 남순의 말이었다.

"아니 채 선생님? 게 무슨 말씀이십니까?"

완호는 가슴만 답답하고 적당한 변명은 얼른 되지 않아서 당황히 일어섰다.

"무슨 말은 무슨 말예요……."

하고는 뒤도 돌아다보지 않고 튀어나가 버렸다.

"흥!"

완호는 털썩 의자에 주저앉아 껌벅이는 눈과 함께 주먹만 쥐었다 폈다 하였다. 오래 생각할 것 없이 사장의 농간이었다. "이번에 여기자 뽑는 건 심 군께 일임이오" 한 것부터 그로서는 계획이 있은 일인데 게다가 뽑힌 여자가 완호가 첫번째부터 주장하던 그 김정매라 한 수 더 떠서 남순의 귀를 울려놓았을 것이 틀리지 않았다. 완호는 이것을 생각하자 놀라는 짐승처럼 날쌔게 일어났다. 모자를 벗겨들었으나 급사가 올 생각하자 놀라는 짐승처럼 날쌔게 일어났다. 모자를 벗겨들었으나 급사가 올 때까지는 사무실을 비일 수도 없다. 그래, 한참이나 우두커니 서서 망설이다가 사장실 문을 덥썩 열었다. 물론 방안은 비어 있었다. 다만 유난히 광채나는 두 테이블 위에서 필통 잉크병 같은 것들만이,

"우린 이 방의 비밀을 다 알지…… 나두 나두……."

하고 소곤거리는 것 같았다.

완호는 급사가 들어오자 곧 한길로 나왔다. 번지만 알 뿐 아직 한 번도 가본 적은 없는 낙원동인 남순의 주인집을 찾아나섰다. 번지를 알뿐 아니라 어느 병원 골목이라는 것까지 말을 들은 완호는 이내 남순의 주인집을 발견하였다.

"아직 안 들어오셨는뎁쇼."

주인의 말이었다.

"그래요. 나 같이 일보는 사람입니다. 나보다 먼저 나오셨는데요."

"아마 다른 델 다녀오시나 봅죠. 가끔 성당에두 잘 가시니까요."

완호는 명함만 남기고 자기 주인으로 돌아왔다. 입맛도 없어진 저녁을 먹고나니, 속조차 거북스러웠다. 산보삼아 다시 낙원동으로 갔으나

"웬일일까요. 여태 안 들어오셨습니다."

했다. 할 수 없이 완호는 쓸쓸히 집으로 돌아오고 말았다.

이튿날 아침, 완호와 남순은 으레 사무실에서 만났다. 그러나 김정매가 아직 들어오기 전인데도 남순은 전과 같이 가벼운 고개인사를 보이고 들어갈 뿐, 두 번씩이나 허행하시게 해서 미안하단 말도, 무슨 일로 그렇게 왔더냔 말도 도무지 아는 체 해주지 않는다.

'아마 여태 주인집에 안 들어갔나 보다. 그럼 어디서 잤을까?'

완호는 여러 가지 괴로운 공상에 시달리지 않으면 안 되었다.

점심때 조금 전, 전화가 왔는데 완호가 와서 처음 받아 보는 시외전화였다. 목소리는 사장인 듯한데 어디냐고 물으니까 그쪽 이름은 대이지 않고,

"얼른 채남순 씨를 좀 대주."

하였다. 남순을 불러대이니 그가 받는 대답은 이러하였다.

"네…… 저예요. 네 왼편 서랍에요? 네…… 누런 봉투엣 것만 가지구요. 네……."

하다가 남순은 시계를 쳐다보고 나더니 다시,

"네. 그럽죠"

하고 전화를 끊었다. 그리고 전화 받노라고 굽히었던 허리를 들기 전에 반짝하는 눈을 완호에게 치뜨고 그제야,

"어젠 동물 만나 좀 돌아다녔예요."

하였다. 그리고는 완호가 대답할 새도 없이 자기방으로 들어가더니 얼마 안 되어서 목도리를 감고 장갑을 끼면서 나왔다.

"저 사장 심부름 어디 좀 가요."

"네!"

완호는 어디냐고 묻진 않았다. 그래서 시외전화인 것이 자꾸 마음에 걸렸다. 그리고 이제 이 번호로 시외전화가 왔었는데 어디서 온 거냐고 교환수에게 물었다.

"천안이에요."

완호는 소리를 잘못 들었을까 봐 다시 한 번 물으니,

"게이후센노 뎅안데스요."[2]

하는 대답이었다.

"천안!"

완호는 혼자 중얼거리고 곧 차 시간표를 꺼내보았다. 한 사십 분 뒤이면 대전까지 가는 차가 있는 때다. 완호는 곧 정거장으로 뛰어나가고 싶었다. 틀림없이 남순은 천안으로 가는 것 같았고 천안까지 간다면 거기선 이십 분이면 가는 온양온천으로 갈 것만 같았다. 그렇다면 사장, 아니 항간에 떠돌아다니는 소문대로 들으면 한때는 기생의 머리를 얹히되 남보다 격을 깨트려 둘씩 쌍으로 얹히고 놀았다는 세도오입쟁이 박승권이가 현대공론사를 세운 오늘이라고 해서 그 돈과 정력의 힘을 이미 자기 그물 안에 든 채남순에게 삼갈 리가 있을 것 같지 않다.

완호는 다른 날과 같이 떡국이나 설렁탕 같은 비감정적인 음식은 먹

---

2 경부선 천안이에요.

기가 싫었다. 가까이 있는 찻집 '멕시코'로 나와서 새로 끓인 진한 커피를 두어 잔 거퍼 마시면서 세레나데 레코드 소리에 묵묵히 입을 다물고 앉아 있었다.

"요! 심 군 아냐? 허! 이런 수두 있더람⋯⋯."

새로 들어서는 손님 하나이다. 굽실굽실해 늘어진 머리엔 모자도 없이 파리한 얼굴 아래엔 텁석부리처럼 한 묶음 달린 보헤미안 넥타이가 유난스러워 뵈는 삼십대의 청년이다.

"난⋯⋯ 누구라구 역시 이런 델 와야 시인 방 군을 만나겠군 그래."

완호는 일어서 싸늘한 방협의 손을 잡았다.

"동경서 보군 여기서 만나네그려."

방협은 앉아서도 그저 완호의 손을 흔들며 말했다.

"그렇지 아마⋯⋯ 그동안 잡지나 신문에서 자네 이름은 늘 보네, 그렇지 않어두 좀 자넬 찾아낼 작정이었는데"

"그렇겠지. 내 알지. 자네 그 박돈 씨 총애의 사원이 되었단 말 들었지. 그리구 원고가 궁하면 나같은 사람두 찾을 때가 있으려니 했네."

"박돈 씨라니?"

"허! 이사람 자기네 사장을 모른담. 가만히 보면 그 친구가 좀 돈족에 가깝게 생겼으니 비계두 상당할 걸⋯⋯ 아주 모범종 빽샤에 가까운 스타일이야. 내 도야지엔 상당한 연구가 있는 사람야⋯⋯."

하고 역시 커피를 시키며 웃었다.

"참 만나자 너무 직업적일 것 같네만 자네 다음호엔 한 편 줘야네."

"그거야 염려 없지. 그런데 요즘 그렇지 않어두 거길 좀 가려던 판야. 내가 요즘 좀 긴장해졌네. 생활이⋯⋯."

"긴장해지다니? 그런데 자네 풍경이 그럴듯하이그려."

"이 넥타이 말인가?"

"글쎄 거 너무 클라식한데."

하고 완호는 방협의 새까만 보헤미안 넥타이를 만져까지 보았다.

"이게…… 허! 자네 인제 알구나면 놀랠 게 한두 가지가 아니지……
그런데 자네두 무슨 긴장이 있는 모양이지?"

"왜?"

"인제 내가 들어서면서 보니까 자네 얼굴이 매우 비장한 표정였어.
아주 출가하기 직전의 돈키호테야. 허허."

"이사람 또 사람 놀리는군…… 어서 차나 마시게. 난 뭐 그리 긴장한
생활두 없네."

"아직 독신이었다, 내 알지…… 요즘 또 긴장할 만두 하지 자네두."

완호는 가슴이 뜨끔하였다.

"왜?"

"인제 차츰 얘기하지."

하고 방협은 보이를 부르더니,

"애, 거 샤랴핀의 돈 키호테 있지? 맨 나중장 하나 걸어라…… 오랜
만에 만난 친구헌테서 돈 키호테를 느꼈단 건 비범한 사건야…… 암만
해두."

하면서 뒤로 의자를 기댄다.

돈 키호테의 죽는 장면의 노래를 듣고나서다. 방협은 완호에게 물었다.

"자네 쥐인은 어딘가?"

"청진동 태양여관."

"응…… 거기 여름엔 좋아두 요즘은 좀 치울걸."

"자넨 참 발두 넓네. 거긴 또 어떻게 하나?"

"그것쯤야…… 사실 지문이구 인문이구 간에 나두 서울학에 들어선 상당한 권월세. 괜―히."

하고 다시 그는 허튼 웃음을 지었다. 그리고 그는 이내 정색을 하더니

"자네네 사무실에 가면 조용한 면회실이나 있나?"

물었다.

"있지. 그런데 우리끼리 그리 조용한 자리라야 맛인가?"

하니

"이사람 내가 현대공론사에 가면 찾을 사람이 자네만 아닐세. 허! 노여하리만 자네 같은 총각보다두 처녀아가씨가 더 만나구 싶어 갈걸세 아마……."

하면서 아직껏은 예사롭던 그의 얼굴에도 약간의 혈조가 비끼인다. 그러자 웬 사람 하나가 또 들어서더니 방협과 자별히 인사하는 바람에 완호와의 이야기는 끊어졌고 또 완호는 오후에 인쇄소로 가야할 시간도 되었으므로 방협과 나뉘고 말았다.

4. 세상일은 모두가 승패

아쉬운 사람은 한 사람이로되 생각하는 괴로움은 낮보다 더한 밤이 되었다. 완호는 어디로 가리라 정함이 없이 여관을 나섰다. 정거장으로 나왔다. 경부선에서 오는 차 시간을 보았다. 조금 있으면 급행차가

하나 오고 서너 시간 뒤면 완행차가 다시 하나 있다. 완호는 급행차를 기다려서 멀찍거니 뒤에 서서 내리는 사람들을 살폈으나 그 속에는 남순도 사장도 보이지 않았다.

완호는 전차를 타고 들어와 낙원동으로 갔다. 남순의 주인집을 찾은 것이나 남순의 주인집 사람은 또 어제와 같은 말대답을 하였다. 그리고,

"이렇게 이틀이나 안 계실 때만 오실까!"

하고 딱해 하였다.

완호는 돌아오는 길에 낮에 방협을 만났던 '멕시코'로 들어갔다. '방 군이나 또 만났으면!' 했는데 방 군은 있지 않았다.

완호는 차를 마시며 생각할수록 방협이가 만나고 싶었다. 그가 "요즘 또 긴장할 만두 하지 자네두" 하던 말과 "내가 현대공론사에 가면 찾을 사람이 자네만 아닐세. 노여하리만 자네 같은 총각보다두 처녀아가씨가 더……" 하던 말이 자꾸 귀에 걸리었다. 방협은 처음 만났는데도 자기의 지금 한 여자에게 대한 비밀스런 감정을 모조리 들여다보고 있는 듯, 그리고 만나러 오리라는 처녀아가씨란 아무래도 채남순이만 같았다. 김정 매일 것 같지는 않았다. 완호는 일종의 전율을 느끼었다. 자기는 자기 마음속과 자기 눈앞밖에는 모르고 사는데 방협은 아니 세상 사람들은 남의 마음속까지 남의 눈앞까지 모조리 알고 있는 것 같았다. 그래서 자기가 채남순을 사랑하는 것은 세상의 날고 기고 하는 사람들의 눈독이 다 그리로 쏠린 줄을 모르고 단순하기 아이처럼 옆을 보지 못하고 달려들다가 세상의 놀림감만 되어질 것 같은 불안이 결코 희미하지 않게 떠올랐다. 완호는 더욱 방협을 만나서 시원하게 그의 마음속을 알고 싶었다.

완호는 차 나르는 아이를 붙들고,

"여기 아까 낮에 왔던 방협 씨라고 너 짐작하겠니?"

물었다.

"네, 여기 밤낮 오시는 손님인뎁쇼."

"오늘밤에두 그럼 오실까?"

하니,

"글쎄요. 그분은 여기 없으면 저— 낙랑이라구 부청 앞에 있읍죠? 거기 있다구 늘 친구들과 약조하시더군요."

했다.

완호는 곧 일어나 '낙랑'으로 갔다. 그러나 거기도 방협의 풍경은 보이지 않는다. 들어선 길이라 차를 주문하고 피죤 한 개를 거의 다 태일 때인데 아닌게 아니라 낮에 '멕시코'에서와 같이 터부룩한 맨머리에 단추 떨어진 외투를 걸친 보헤미안 넥타이의 주인공이 나타났다.

"방 군?"

완호는 얼른 아는 체하였다.

"요! 오늘 웬일루 여기서 또…… 이거 참 약간의 긴장만이 아닌걸……."

"글쎄."

완호는 실상은 찾아다녔다는 눈치는 보이지 않았다. 차를 마시다가 될 수 있는 대로 자연스럽게 나오는 말처럼,

"자넨 오늘 긴장이란 말을 많이 쓰니 대체 어떤 게 긴장인가?"

하였다.

"긴장? 그거 좋은 화제야……

하고 방협은 완호의 담배갑에서 담배 한 개를 꺼내 피워물었다.

"긴장이란 난 언제든지 전투를 의미한 건 줄 아네. 재차일전(在此一戰)을 앞에 놓은 때가 긴장이야. 그렇다구 뭐 일본해전인 줄 알진 말게."

"그럼 자넨 무슨 전투가 앞에 있나?"

"있지……."

하고 방협은 담배는 놓고 커피를 한 모금 마시더니,

"자네네 사장 그 호한 박빽샤하구 한번 결전을 해야겠네."

하였다.

"우리 사장하구? 무슨 일루?"

"무슨 일? 전리품이 무언가 말이지? 포리날세. 포리나를 탈환해야겠네……."

"뭐, 포리나?"

"응. 포리나, 포리날 모르겠나? 모를 법두 하지…… 거 채남순의 본명일세. 그가 아주 자기 어머니대부터 독실한 천주교도지."

"채남순? 포리나……."

완호는 하필 아픈 자리에 매가 떨어지는 듯 머리 속에 아찔한 순간이 지나갔다. 찻잔에 뜬 레몬쪽을 사시로 지긋이 눌러 한 모금 마시고,

"탈환이락게? 채남순일?"

하고 태연자약스런 방협의 얼굴을 살피었다.

"나는 포리나를 위해 이미 삼대 결전을 했어…… 앞으로도 수없이 싸울 각오지."

"삼대 결전을 했다? 아니 채를 안 지가 오랜가? 참 의왼걸 이건……."

"세 번을 싸웠지…… 피녀를 위해선 혁혁한 무용전이 있는 내야. 허허……."

"왜 결전은? 그런데 안 지가 오래?"

"벌써 한 오륙 년 됐지…… 우리가 동경서 나넌 지가 그렇게 되지 않었나?"

"그렇게 됐지……."

"그때 내가 바루 피녀네 집, 지금은 피녀네 집이 황해도로 나려갔네만 그때는 공평동에 있었지…… 그 뜰 아랫방에 있었지. 그때 한방에 있던 친구하구 소위 에이삐씨각이란 게 돼서 싸웠구. 그 뒤엔 어떤 신사하굴세. 지금두 서울서 명성이 쟁쟁한 친구지. 그 친구하군 그야말루 악전고투였어……."

"그리군?"

"그리군 가장 최근 일이지. 채가 현대공론사에 나타난 것두 실은 나 때문이지……."

"어떻게? 이거 참……."

"시골서 훈도루 있었다는 건 자네두 들었겠지?"

"응……."

"사내 훈도들이 더구나 객지에 있는 것들이 석가여래나 공맹자 같을 수는 없지…… 약간치 않은 문제가 얽힌 걸 알구 내가 가 끌어올린 걸세."

"……."

완호는 고개만 한참 끄덕이다가,

"그래서?"

하였다.

"그래서 글쎄 이번꺼지 세 번을 싸웠어……."

"그럼 자네가 늘 승리한 셈 아닌가?"

"그렇지. 물론 거야."

"그럼 왜 저렇게 아는 체 않구 내버려둬?"

"허!"

하고 방협은 거뭇거뭇한 수염자리를 여윈 손바닥으로 부빗거리더니,

"거기 내라는 인간의 띄렘마가 있지."

하는 것이다.

"……."

완호는 차를 한 잔 더 주문하였을 뿐, 방협에게 더 묻고도 싶지 않았다. 겉으로는 천연스럽게 방협과 대화를 하는 동안에도 속으로는 벌써부터 남순을 단념해야 될 고통을 맛보고 있었던 것이다.

"자네 내가 중학 때 일 학년 때 첫학기서 첫째 한번 한 걸 기억하겠나?"

방협이가 유성기 소리에서 귀를 돌리며 물었다. 완호는 잠깐 생각해 가지고

"그래……."

하였다.

"그때 내가 평균 구십이드랬네. 둘째한 친구가 팔십삼인가드랬구…… 난 그담 시험부턴 정해놓구 평균 칠십 점으로만 놀았어."

"왜, 계획적으로 그랬나?"

"그게 매사에 내 버릇야. 만일 그때 둘째한 친구가 나와 일이점의 차이랬드면 난 최대의 마력을 내 공부했을 걸세. 경쟁자 없이는 난 매사에 무긴장이야……."

"건 참 범부로는 이해할 수 없는 성질이군."

하고 완호는 약간의 냉정한 웃음을 보이었다. 그리고 다시 물었다.

"그럼 채에게두 삼각이 돼 싸울 때뿐이란 말이지?"

"암 내가 이길 때까지지 이겨만 놓으면 고만야…… 이번에 자네네 사장은 상당한 강적이지. 뭐 자기 비서루 자기방으로 끌어들였다지? 흥!"

"건 또 어떻게 아나?"

"이사람! 라디오 안테나에만 전파가 걸리는 줄 아나?"

하고 방협은 다시 담배를 빨았다. 완호는 다시금 등살이 오싹하였다. 말은 하지 않아도 자기가 채남순에게 불타는 애정을 품은 것도 방협의 날카로운 눈과 귀는 진작부터 알고 있는 것만 같았다.

"나두 잡지살 하나 공작중일세. 오야지가 근근 승락이 나릴 모양이야. 그러면 그 박빽샤하구 사랑으루 사업으루 쌍방으로 선전포고를 하구 일대 결전을 일으켜 볼 작정일세. 그자가 무슨 양심적 사업욕에서 현대공론을 내는 줄 아나? 화류병 약장사를 해 나리낑[3]이 됐으니 이번엔 명사가 한번 돼보려구 엉뚱스럽게 무슨 구제사업이니 언론사업이니 하구 망뎅이 놀음을 채리는 걸세 그게."

"건 나두 아네."

"내게 박승권이 재벌을 무너뜨릴 금력은 없네. 그렇지만 주제에 제법 인텔리 여성에다 손을 대기 시작하는 맹랑한 애욕이나 그 함부루 지사연하려는 야심만은 납작하게 유린해 버릴 자신이 있지."

"아닌게아니라 나두 아니꼬운 걸 억지루 참구 있네…… 언론이 무언지 잡지가 무언지 알지두 못하는 게…… 막 저이 약광고지 써돌리듯

---

3 なりきん(成金). 졸부. 벼락부자.

할 작정인가봐…… 그런데 여보게?"

완호는 새삼스런 목소리로 방협의 주의를 일으켰다.

"응?"

"자네가 잡지루 현대공론을 이길 수는 있을까 모르지만 그 포리나를 뺏을 수가 있을까?"

"있지 포리나기 때문에."

"우선 채가 오늘 저녁 지금 말일세. 어디 가 있는지 아나 자네?"

"……."

방협은 좀 놀래는 듯 눈만 커질 뿐.

"지금 아마 온양온천 신정관쯤서 우리 박 사장하구 버젓이 가족탕에 들어가 있을 지두 모르네."

"뭐?"

완호는 낮에 남순에게 사장의 목소리로 천안서 전화가 온 것, 남순이가 대전 가는 차 시간에 알맞춰 사장 심부름 간다고 나가던 것, 아까 그의 여관에 들러보니 그저 와 있지 않은 것을 말하였다. 그러나 방협은 고개를 흔들며,

"글쎄 온양으로 간 게 사실일지두 모르지, 그렇지만 문제는 없지."
하였다.

"어째?"

"상대자가 다른 남자라면 몰라. 박뻭샤에겐…… 더구나 가슴에다 성호를 놀 줄 아는 포리나가…… 안 되지 박 사장 실패지. 내가 채의 마음이 어떤 경우엔 어떻게 나가리란 것쯤은 자신이 있지…… 결코 그러나 놀라지 않을 수 없는걸…… 그렇게 속히 버릇을 내리라군 생각 못

했지…… 나두 곧 계획이 있어얀는 걸…….”

“가슴에 성호를 놓는다니?”

“천주교도들이 천주께 맹세할 때 가슴에 십자가를 그리는 것 왜 모르나?”

하고 가벼운 웃음을 내었으나 방협은 저윽 불안과 초조함을 표정에서 감추지 못하였다.

5. 동심일체라는 것

남순이가 간 데는 완호의 추측과 틀리지 않았다. 사장이 그중요문서라는 하도롱 대형봉투에 든 서류를 책보에 싸서 간직하고 오후 거의 네 시나 돼서 차를 내린 곳은 온양온천 방면을 갈아타라고 외이는 천안정거장이 틀리지 않았다.

“천안꺼지두 꽤 지리합넨다.”

차를 내리자 홈에 들어와 기다리고 섰던 박 사장이 나타나 하는 말이었다.

“뭐 별루 지리한 줄 모르고 왔예요.”

사장과 함께 거리로 나와 어느 대서소로 갔다. 대서소엔 촌사람인 듯 상투쟁이 중노인이 두 사람이나 있어 모두 남순이가 가지고 오는 서류를 기다린 듯하였다.

사장은 서류를 펴놓더니 이 장 저 장에 그 촌사람들의 때꼽재기 도장을 받았다. 그러더니 조끼 안 포켓에서 씨근씨근하면서 십 원짜리와 백 원짜리가 한데 섞인 지전뭉치를 꺼내었다. 땅을 사는 모양이었다.
나중엔 대서료인 듯 대서인에게까지 셈을 치르고는,

"우리 요 앞으루들 좀 나갑시다."

하고 앞장을 서 정거장 앞 청요릿집으로 들어갔다. 남순은

"전 싫예요. 정거장에 가 있을 테예요."

했으나 사장은 기어이 남순이까지 청요릿집 이층으로 끌어들였다. 그
러나 남순은 딴 방에 앉히기는 했다.

사람이 들어가니까야 화롯불을 하나 갖다 놓는 이층의 다다미방은
어따 자리를 잡고 앉아야 할지 몰랐다. 남순은 우두커니 서서 망설이
다가 벽에 붙은 차 시간표를 발견하였다. '갈 때는 급행을 탔으면!' 하
는 충동을 느끼며 바로 가서 북행차를 찾아 보니 이제 한 이십 분만 있
으면 서울 가는 급행차 시간이다.

'인제 언제 뭘 시켜 먹구……'

남순은 조바심이 되었다. 배도 고프지만 차에서 사먹을 셈 치고 그
냥 나가서 혼자 먼저 급행차로 가고 싶었다. 더구나 잠깐도 아니요 두
시간 이상이나 사장과 마주앉아 가기에는 생각만 하여도 거북스러웠
다. 그래서 살그머니 옆방으로 가 문을 열고

"선생님? 전 이 차에 먼저 가겠어요."

해 보았다.

"왜 그렇게 급히 가실랴구? 음식을 시켰는데 그리구"

"점심은 먹구 왔예요. 급행으루 가구 싶은데요."

"아뇨. 또 좀 봐줘야 할 일두 있구 허니 어서 좀 유꾸리⁴……."

하고 사장은 당황하게 남순의 말을 막았다. 남순은 공연히 낯만 붉히

고 문을 닫고 말았다.

다시 딴 방으로 들어온 남순은 할수없이 화로 옆에 쪼크리고 앉았다. 옆방에서 지껄이는 소리가 모두 한방처럼 울려왔다. 누군지 "게 누굽니까?" 하고 남순을 물어본 듯 사장의,

"우리 여사원 중에 한 사람이올시다."

하는 소리가 났다.

"영감 밑에는 참 여자사원두 많겠읍죠?"

"네, 서너 군데 사무소에 한 십이삼 명 되죠."

하니 이번엔 또 다른 목소리가 역시 남순을 가리키고 하는 말인 듯,

"매우 총명해 뵈는뎁시오."

했다. 그러니까 사장의 목소리는 좀 움칠해지면서,

"그렇습니다. 그중……."

하였다.

남순은 혼자 픽 웃었다. 유쾌할 것도 없고 그렇다구 불쾌할 것도 아니었다.

남순은 음식이 들어오는 대로 자기의 습관으로 꿇어앉아 성호를 놓고 먹기 시작하였다.

"이런 촌요리 더러 잡숴보셨오"

사장이 손수 와서 넌지시 문을 열고 아는 체하는 것이다.

"그럼요. 맛나게 먹습니다."

하고 남순은 일어서려 하니 그는 곧

---

4   ゆっくり. 천천히.

"어서 앉어 잡수슈. 유꾸리······."

하면서 물러갔다.

남순은 사장이 벌써 두 번이나 '유꾸리' 소리를 쓰는 것이 우스웠다. 생각해 보면 웃어 버리기만 할 게 아니라 좀 귀에 거슬리기도 하는 말이다.

'대체 그렇게 꼭 있어야 할 서류면 왜 자기가 지니고 오지 않구 날더러······ 잊어버린 게지······ 그런데 내가 가지구 온 서류는 일이 끝난 모양인데 또 무슨 일루? 유꾸리 유꾸리······?'

날은 벌써 어스름했다. 방 안엔 불이라도 켰으면 할 시각이다. 술잔이 돌아간 때문일까. 워낙 맑지도 못하거니와 박 사장의 목소리는 점점 둔하고 탁해졌다. 남순은 여자다운 날카로운 예감에서 불안이 솟아오르지 않을 수 없다.

정말 전등불이 들어와서야 옆방의 술상은 끝이 났다.

"좀 자셨오?"

얼큰해서 나오는 사장이 남순의 방문을 열고 이젠 나가자는 듯한 소리다.

"많이 먹었예요."

하면서 남순은 장갑을 집어들며 일어서니까,

"아니, 내 손님들을 보내구 대서소엘 다녀올테니 잠깐 더 앉어계슈."

하였다.

중국 사람이 올라와서,

"나려와라 말이 해."

하기는 한 이십 분 뒤이다. 내려가 보니 자동차가 문 앞에 있었고 뒷자

리에서 박 사장이 내어다 보며

"어서 이리루 타슈."

하는 것이다. 모여선 아이들 어른들 그리고 지나가던 순사까지 모두 시선은 남순에게로 쏠리었다.

"어딜 가시나요?"

남순은 차에 오르기 전에 먼저 날카로운 목소리를 내었다.

"토지 산 델 좀 가 둘러봅시다."

는 하면서도 박 사장은 좀 우물쭈물스러 보였다. 남순은 여기서 무슨 앙탈을 할 경우는 아니었다.

자동차는 시가를 벗어나자 서남쪽으로 길을 택하더니 웅퉁둥퉁한 데도 막 속력을 내어 달아났다. 박 사장은 그 우람스런 몸집과 후끈거리는 술내를 될 수 있는 대로 남순에게 부딪쳐 주지 않으려 조심은 하는 것 같았으나 될 수 있는 대로 남순에게 부딪쳐 주지 않으려 조심은 하는 것 같았으나 워낙 길이 망한 데 가서는 어쩔 수 없는 듯 한번은 그 투박스런 손으로 남순의 무릎을 덮쳐 누르기까지 하였다.

자동차가 들어서는 거리는 온양온천장이었다. 운전수에게 미리 부탁을 한 듯 묻지도 않고 정거하는 데는 신정관 호텔의 현관이다.

어느 틈에 내달은 하녀들은 자동차가 완전히 정지하기도 전에 남순의 앉은 편 문을 열었다.

"다 왔습니까? 토지 있는 데로 가신다구 하시드뇨?"

남순은 똑바로 눈을 뜨고 사장에게 물었다.

"지금 어뒈서…… 어서 내립시다."

남순은 자동차를 내렸다. 치마를 터는데 따라내린 사장이,

"여기 좀 들어가 뭣 좀 정리합시다."

하고 어색하나 권위를 보이며 말했다.

우선 남순은 하녀가 인도하는 대로 이층으로 올라가 사장과 한방으로 들어갔다.

사장은 외투를 벗어걸더니 그 외투 속에서 무슨 서류를 꺼내가지고 급한 일이나 있는 것처럼 방 한가운데 놓여 있는 책상으로 갔다. 하녀는 그의 육중한 궁둥이가 다다미에 닿기 전에 방석을 가져다 디밀었고 그와 맞은편에 남순을 앉으라는 듯 다른 방석을 갖다 놓았다.

"좀 이리오슈."

남순은 목도리와 장갑만 벗어서 사장과는 반대로 이내 이 방을 나가버릴 사람처럼 드나드는 문 앞에다 놓고 책상 앞으로 나가앉았다. 하녀는 어쩔 줄 몰라 그냥 섰으니까 사장은 익숙하진 못한 발음으로,

"아도데 요부까라[5]……."

하여 나가라는 눈치를 주고

"에…… 또…… 매평에 팔십이 전씩 일만 칠천삼백이십육 평이면 거 좀 종이쪽에……."

하고 천연스레 남순을 건너다 본다. 남순은 얼른 종이와 연필을 내었다.

사장은 이미 돈까지 치르고 온 토지대금을 다시 계산해 보고 대서료 등기비용 따위를 다시 적어두는 것이 그리 큰일처럼 서두른 것이다.

"이 일뿐예요?"

"일야 벨 게 없지만 이왕 여기까지 왔구 하니 온천이나 하구 가십시

---

5 나중에 부를 테니까.

다그려."

"언제 그리구 갈 차가 있나요?"

"차야 있을 테죠…… 그리구 내 좀 사업에 관해 남순 씨 의견을 듣구 싶은 일두 있었구 또 그런 얘길 허려면 여기가 조용하기두 할 것 같구…… 어서 목욕이나 하구 나와 유꾸리 저녁 먹으면서 우리……."
하고 사장은 초인종을 눌렀다.

남순은 얼굴만 발그레해서 서있었다. 미리 어떤 장면을 짐작해 가지고 사장의 인격을 허는 태도를 가질 수는 없었다. 그래서 하녀가 안내하는 대로 따로따로 독탕에 들어가서 목욕을 하였고 그리고 나와서는 사장과 같이 저녁을 먹었다.

밥상이 나가고 하녀가 나가고 사장과 남순은 무슨 말이고 나와야 할 때였다. 아래층 어느 방에선지 유행가를 트는 유성기 소리가 흘러왔다.

"남순 씨?"

"네?"

"우리두 여성잡지두 하나 해보렵니까?"

"……."

"왜, 남순 씨 소원이라면서?"

"허문 좋겠읍죠."

"응 참 남순 씬 자기가 독립해서 하날 해 볼 소원이라구."

"……."

"남순 씨?"

"네?"

"내가…… 좀 주제넘은 말일지 몰라두 용서허구 들으실려우?"

"무슨 말씀이신데요?"

"내가 남순 씨의 파트론이 돼 드릴까요?"

하고 사장은 담배갑을 집는다.

"⋯⋯."

"따루 나가 외면으룬 나와 관계를 끊구 혼자 사업하세요. 내가 물자는 비밀히 조달해 드리지."

"⋯⋯."

"네? 나한테 우정을 좀 허락하시지?"

"감사합니다. 그렇지만 갑자기 뭐라 대답해 드려얄지⋯⋯."

"뭐 오래 생각하실 것 없지 않소? 사업을 실현하려는 덴 오래 생각할 필요가 있겠지만 내게 우정을 주시고 안 주시는 거야 뭐⋯⋯."

"⋯⋯."

"사회에 나서 활동하려면 그야말루 소위 예전말루 심복이랄지 뒤에 동심일체루 서루 비밀리에 상조해 나가는 사람이 필요한 거랍니다."

"글쎄요⋯⋯."

"글쎄요가 아니지. 지금 사회에서 모모하는 여성들두 저 혼자 저렇게 출세되는 줄 아슈? 그렇게 세상 일을 단순히 아셨단 실패지⋯⋯ 다 뒤엔 참 동심일체 같은 파트론들이 숨어 있는 거요."

하고 사장은 심지어 누구와 누구라고 이름까지 지적하여 가며 부부와 같은 비밀이 있다는 것까지 말하였다.

"설마 그럴까요. 원⋯⋯."

"헤! 남순은 아직 여학생야. 여학생두 요즘 여학생은 어떻다구⋯⋯ 우리같은 사십객들의 상댓수가 제법 되지⋯⋯ 실상은 우리네 정리가 요새 모보[6]들 신경질보다야…… 헤……."

남순은 귀밑까지 따가웠다.

"선생님이 절 그렇게 도와주시겠단 건 감사합니다. 앞으로 저두 생각해서 대답드리겠어요. 그런데 몇시 차가 있나요?"

"허, 차는 인전 연락이 없으리다. 따로 방을 치라고 했으니 유구리 주무시구."

"네?"

"흐……."

하고 사장은 떨어진 자기 장갑짝이나 줍듯이 목욕뒤에 복사꽃처럼 피어난 남순의 손 하나를 조금도 주저함이 없이 덥석 집었다.

남순은 질겁을 하여 뿌리치고 물러앉았다.

6. 다만 추억에서

딴 방이라야 벽도 아니요 얄릉얄릉한 장지를 밀어막은 옆방이다. 가만히 귀를 밝히면 박 사장의 씨─근 쎄─근하는 숨소리까지 그냥 울려오는 방이다. 박 사장이 어느 순간에 저 장지를 부스스 밀고 나타날지 그걸 생각하면 자리에 누울 용기가 나지 않았고 눕는다 해도 마음 놓고 눈을 붙일 수가 없을 것이다.

그러나 밤이 깊어갈수록 피곤한 사지엔 어렴풋한 졸림이 마디마디

---

6 모던 보이.

숨어들었다. 남순은 도저히 앉아서만 밝힐 수 없음을 깨닫고 또 자기가 지금 영혼으로 육신으로 큰 시험에 들었음을 깨달았다. 그래서 곧 무릎을 꿇고 성호를 놓았고 두 손을 가슴 위에 모으고는 눈앞에 떠오르는 성모의 거룩한 자태를 우러러 성호경을 외었다.

"성부와 성자와 성신의 이름을 인하야 하나이다. 아—멘."

그리고 속으로 성신의 권능이 이밤의 자기를 안호해 주시기를 애원하였다. 그리고도 속옷을 매듭마다 옥매놓고야 자리 속에 누워버렸다.

잠은 곧 왔고 또 그 잠은 곧 놀래 깨었다.

"왜 이러세요?"

"……."

자리옷 바람의 박 사장은 어느덧 남순의 이불 속으로 하반신을 감추었으나 남순은 그와 반대로 나는 듯 이불 밖에 뛰어나온 때다.

"전 소리지를 테예요."

"왜 왜 저리 흥분할까?"

"누가 흥분한 셈예요?"

"글쎄…… 글쎄…… 그럼 내 가면 고만 아뇨…… 여태 철부지 같으니……."

박 사장은 남순의 태도가 너무나 강경한데 더 어떻게 회유할 수가 없었다. 무인지경이 아니니 폭력으로 어쩔 수도 없었다.

"남순? 난…… 내가 말요, 정말루 사랑해 남순을……."

우스울만치 떠듬거려 이런 고백을 보였으나

"저 방으로 안 가시면 전 소리질러요. 여기 초인종 누를 테예요."

하고 정말 남순의 음성이 높아감을 보자 박 사장은 더 주저하지 않고 곧 자기 방으로 물러나고 말았다.

　이런 무례한 침입자로 말미암아 잠을 튕겨버린 남순은 새벽녘까지 꼬박 뜬눈으로 누워 있었다. 사장의 하반신이 구렁이처럼 사리었던 이불 속에 다시는 발가락 하나 디밀고 싶지 않았으나 흥분이 식어갈수록 음습하는 추위는 그냥 앉아 밝힐 수가 없었다. 남순은 요를 뒤집어 깔고 이불까지 뒤집어 덮고 눕기는 하였다. 그러나 잠은 안심하고 들 수가 없었다.

　범인 박 사장도 잠은 올 리 없었다. 처음엔 그 야수의 식욕 같은 흥분을 식힐 길이 없어 괴로웠었고 어찌어찌 그 흥분을 가라앉힌 다음에는 어떻게 해야 우선 남순에게 잃어버린 체면을 회수하며 또는 자기가 아직껏 다뤄 온 계집들 중에는 처음 망신해 보는 이 방자한 계집을 어떻게 해야 깩소리 못하게 주물러 놓나 하는, 제이단적 계획으로 잠을 섭사리 못 얻었다.

　날이 밝자 박 사장은 부리나케 일어나 세수를 하고 옷깃을 바로잡고 남순의 방으로 들어갔다. 그리고 처음부터 곱다라니 사과하였다. 그때가 어느 땐데 그저 천안서 먹은 술 핑계만 대어가지고 술 먹으면 개라는 둥, 환장을 한다는 둥, 지절떠벌려가지고 그예 남순이가 여전히 자기 일을 보아준다는 승낙을 받고야 말았다. 그리고 조반 뒤에는 여관 사람을 시켜 이등차표를 사서 남순을 먼저 올려보내었다.

　남순은 집에 와 생각할수록 불유쾌하였다. 사장과는 아무런 눈치도 뵈지 않고 여전히 현대공론사에 나오기로 약속했지만 다시는 박승권이 눈앞에 뜨이기가 싫어졌다. 그래서 이틀이나 꼼짝하지 않고 주인집에 있는데 사흘째 되는 날 아침에 박 사장이 찾아왔다.

"왜 편치 않으십니까? 어디?"

"아녜요. 아무데두……."

"오늘부터 종전대루 나오세요. 이렇게 박승권이를 짓밟어 버리시렵니까? 나두 그래두 사회서 그리 득인심을 못했어두 그렇다구 악한 노릇은 하지 않는 놈인데 한 번 취중에 실수가 됐기루서……."

"거기 있는 이들이 첫째 부끄러워요."

"누가 아 거기 오셨던 줄 안답딥까? 벨……."

"다 눈치 챘죠뭐…… 더구나 그날 전화를 먼저 받은 이가 완호 씬데요."

"벨, 그 사람들이 귀신인가 원 원…… 그리구 그 사람들이 아는 눈치거든 건…… 염네 없지……."

하고 말끝도 맺지 않고 또 다른 이야기도 없이 한참 앉었다 일어서 가 버린 사장은 이날 저녁에 다시 찾아온 것이다.

"내가 남순 씨를 입사시킨 건 내 사업을 같이할 사람으로 택한 거구 그외 사람들은 그야말루 고용인으루 뽑았든 거니까……."

"그건 무슨 뜻으로 말씀이세요?"

"남순 씨를 위해서 한 사람 해고를 시켰습니다."

"해고를요? 누굴요?"

"그 전화를 먼저 받았다는 사람."

"저런, 완호 씰요? 그이가 무슨 죄예요?"

"죄구 죄 아니구가 문제 아니라 이제 말했지만 남순 씨와 그 사람과 지위가 다르니까…… 내일부터라두 남순 씨가 추호두 께림직한 게 없이 사루 나오시라구……."

"원!"

"……."

남순은 사장이 돌아간 뒤 곧 옷을 갈아입고 역시 말만 듣고 한 번도 가본 적이 없는 청진동 태양여관을 찾아갔다. 물으니 과연 심완호가 하숙하고 있는 건 사실이나

"오후에 다시 나가셔선 여태 안 들어오셨습니다."

하는 것이었다. 할 수 없이 남순은 화신상회로 와서 한참 시간을 보내 가지고 아홉점이 되는 것을 보고 다시 태양여관으로 갔다.

"그저 안 들어오셨는데요."

남순은 울고 싶었다. 귀와 발도 떨어지게 시려웠다.

"여보, 난 심 선생님과 한테서 일보는 사람인데요. 오늘루 전해드릴 말씀이 있어 왔예요."

"네에, 그럼 적어 놓구 가시든지 말루 일르구 가시든죠."

하고 사환은 좀처럼 들어가 기다리란 말은 해주지 않는다.

"그렇게 간단친 않구…… 어느 방예요?"

하고 물으니까야

"저기 둘째방입니다. 그럼 들어가서서 좀 기대리시죠."

하구 방을 가리켜 주었다.

주인 없는 방은 바닥만 매지근할 뿐 입김이 보이게 싸늘하였다. 그러나 책장서껀 그림들서껀 한참은 마음을 붙여 들여다보고 싶게 깨끗이 정돈되어 있다. 그런데 책상 위에서 남순의 이름이나 부르는 듯 남순의 눈을 놀래어 주는 것은 그 유리 화병이었다. 자기가 진고개에 가서 카네이션 두 송이와 함께 사다 편집실 완호의 책상에 놓아주었던 그 노란 무늬 있는 유리화병이다.

남순은 덥썩 그것을 집어다 뺨에 대어보았다. 칼날처럼 어이는 듯 차가운 감촉이다. 남순은 왜 그런지 눈물이 났다. 그리고 심완호란 단순하고 그래서 순정적이고 또 채견채견한 믿음성스런 남자거니 하는 생각도 새삼스럽게 도타워졌다. 그래서 또 채견채견과는 늘 반대로 나서는 방협을 머릿속에서 끌어내 가지고 심완호와 비교해도 보았다.

방협은 남순에게 있어서도 최초의 남성이었다. 그러나 그는 처음부터 자기를 속인 사나이였다. 기혼자이면서 미혼자라 속이었다. 그러나 속았기 때문인지 처음엔 지극하게 방협을 사랑했다. 그러나 딱한 것이, 방협은 아무런 형식으로라도 귀정을 지어주지 않았다. 그러다가도 다른 남자와 혼담만 일어나면 그는 어디서 알았는지 왕버리처럼 들어덤벼 저쪽 남자를 그예 물리치곤 하였다. 그럴 때마다 이번에는 무슨 결말을 지으려나 보다 하고 보면 방협은 또 네가 누구냐는 태도로 만나려야 만날 길이 없이 어느 구석으로 사라지고 마는 것이었다. 그래서 남순은 괄세할 수 없는 옛날의 아름다운 추억에서 때로는 방협을 생각도 하였고 또 그가 문득 나타나 어떤 사나이와 대립할 경우에는 새 남자에게보단 방협에게 호의를 보였을 뿐, 그와 결혼생활이 가능하리란 건 단념한 지가 이미 오랜 것이었다. 다만 매사에 질서가 있고 정돈이 있이 나가는 남자를 발견할 때면 대조본능이라 할까 그와 반대되는 방협의 기억이 저도 모르게 솟아나곤 하는 것이었다.

완호가 돌아오기는 거의 열 시나 되어서다.

7. 애욕이 죄악일까

"아!"

어두운 툇마루 아래에 놓인 남순의 구두를 미처 보지 못한 듯 문을 연 완호는 아연하여 잠깐 부동의 자세로 남순을 보았다.

"어떻게 이런 델 다 오시구……."

방에 들어선 완호가 모자와 외투를 벗어 걸며 말했다.

"……."

남순은 고개를 소긋하고 완호가 앉기를 기다렸다.

"거긴 찬 덴데 이리 앉지 않으시구."

"괜찮습니다. 안 계신데 막 들어왔예요."

"그런 거야 상관있습니까……."

"……."

안마루에서 열 시 치는 소리가 났다. 그 시계 소리는 완호의 입을 대신하여 무슨 말이든 얼른 해 보라고 재촉하는 것 같았으나 남순은 무슨 말부터 시작해야 할지 앞이 캄캄하였다.

"기다리신 지 오래십니까?"

"아녜요."

"그간 사에두 안 나오시구 어디 편찮으셨습니까?"

"아녜요……."

"그럼?"

"저어…… 오늘 심 선생 그만두셨다죠?"

"……."

"네?"

"거야 아시면서 물어보실 것 뭐 있습니까? 어디 고만뒀습니까, 쫓겨나왔죠."

하고 완호는 원망스러운 눈초리를 빛내며 다시 일어서더니 외투에서 담배갑을 집어내었다. 남순은 가슴이 선뜻 찔리었다.

"심 선생님? 그건 저를……."

"……."

완호는 잠자코 담배에 불을 붙였다.

"선생님?"

"……."

완호는 그저 대답하지 않았다. 남순은 발끈하여 장갑과 목도리를 들고 일어섰다. 그러는 걸 보고서야 완호도 어느 결에 담배를 놓고 일어섰고 미닫이 앞을 막았다.

"비키세요."

하고 쳐다보는 남순의 눈, 거기는 진작부터 머금어진 듯 눈물이 굵은 방울로 맺혀 떨어지려 하였다.

"앉으십쇼."

"……."

"네?"

"갈 테예요……."

"내가 잘못했습니다. 남순…… 씨……."

남순은 다시 앉았다. 그리고 다소 마음이 진정되도록 울었다. 울고 싶은 마음은 차라리 며칠 전부터 완호에게 있었으나 완호는 남순을 만나매 도리어 반동적으로 울음이 나오지도 않았고 또 생각하면 이미 사장과 부동이 되어 자기를 면직까지 당하게 하는 계집이라 믿으매 고운만치 얄미웠다. 얄미운만치 그에게 슬픔을 보이기가 싫었다. 그러나 웬일일까. 자기방에서 남순을 발견함은 결코 불유쾌한 일이 아니요, 또 그가 자기방에서 돌연 사라지려 할 때 결코 쉽게 견디지 못할 적막이 음습하는 것은……. 그래서 자기도 모르게 뛰어 일어서 문을 막았고 곧 '내가 잘못했습니다'까지 하게 된 것은.

"남순 씨? 저도 남순 씨를 오해하구 싶진 않습니다. 박 사장이 고약한 줄 압니다."

"참…… 나쁜 녀석예요, 인제 말씀드리겠지만."

"나보담두 박 사장과 더 정면으루 나서 싸울 사람이 있지만 나두 그런 위선자를 위해선 이척보척으루 싸워볼 작정입니다."

"건 누구예요? 정면으루 나선단 인?"

"포리나 씨가 그가 누굴지 모르시겠습니까?"

"네? 포리난 줄…… 어떻게 아세요?"

하고 젖었던 남순의 눈은 한층 빛났다.

"방협한테 들었죠. 방협 군과 중학동창입니다."

"어쩌문! 심 선생님은 단순하신 줄 알았는데요……."

"네?"

"그런 걸 어쩌문 인제야 말씀하셔……."

"인제야가 아니죠. 내가 오래간만에 방 군을 만난 거나 또 방 군한테서 포리나 씨 얘길 들은 건 바루 채 선생이 그 전화 받으시구요 사장 심부름 간다구 나가시던 날 바루 그날 저녁이니까요. 그러니 어디 이런 말씀을 드릴랴 드릴 기회가 있었어요?"

"제 말 별것 다 들으셨겠군요?"

"뭘요. 대강 자기허구 알아온 걸 얘기하면서 박 사장이 포리나 씨께 냉정하진 않을 거니까 단단히 한번 결전을 해얀다구 그리면서 목숨이라두 바칠 것처럼 덤비둔요."

"참 내!"

하고 남순은 양미간이 붉어진다.

"아무튼 방 군은 여간 열렬하지 않게 포리나 씰 사랑하더군요."

"그렇게 뵈여요?"

"네, 과거에두 포리나 씰 위해 여러 번 싸워왔다구 하던데요."

"그럼 그런 남자가 무서우세요?"

"……"

"만일에 말예요. 그런 분과 삼각관계가 된다면 심 선생님은 승리하실 자신이나 용기가 없으세요?"

하고 남순은 싸릿드린 눈으로 완호의 눈을 건너다 보았다.

"없긴 왜요. 단지……."

"단지 뭐예요?"

"친구간엔 의리란 게 있어야니까요."

"그런 사람은 반은 미친 인데요 뭐……."

"왜요?"

"……"

남순은 더 말하지 않았다. 한 십오 분 동안이나 침묵을 보내고 새 기분으로 남순은 자기가 하려고 찾아온 말을 시작하였다. 그날 천안 가서 본 일, 온양 가서 당한 일, 서울 와서 사장이 두 번 찾아왔던 것, 처음 찾아와선 "…… 그 사람들이 아는 눈치거든 건…… 염려 없지" 하고 가더니 아까 초저녁인데 두번째 찾아와선 "…… 한 사람 해고를 시켰습니다" 하고 가던 것, 그래서 면직된 걸 알았고 달려와 보니 짜장 편집실에 있던 물건이 모다 저렇게 와 있다는 것을 말하고 그리고는

"전 으레 그만둘려구 작정한 거지만 괜히 저 때문에 심 선생만…… 여간 참 미안하지 않어요."

하고 얼굴을 숙이었다.

"뭘요, 잘된 셈이죠. 저두 들어가선 이내 후회했습니다. 그자 하는 꼴을 보니 잡지가 뭡니까 문화사업이 뭐구…… 자기 광고술이야요, 모두…… 다른 노동을 해먹지 그런 작자 수족이 돼요? 저두 곧 나올려고 했으니까 창간호를 내놓기 전에 나온 것만 다행이지요."

"그래두 전 심 선생님께 죄 아니구 뭐예요."

하고 남순은 다시 울 듯이 가벼운 한숨을 쉬었다. 그리고,

"참! 나…… 그게 그래 옳은 말예요?"

하고 화제를 다른 데로 돌렸다.

"뭐요?"

"여자는 으레 어떤 유력한 남자한테다 모—든 비밀을 바쳐야 그 댓가루 출세할 수 있다뇨?"

"허! 저두 첨 듣습니다. 그렇지만 글쎄 소위 사회의 유력자란 게 역시 요즘은 경제적으루 유력해야 유력자구요, 그런 자 치구 대개는 그 인격이란 거나 문화사업에 대한 태도가 박승권이 따위니까요. 그러니까 사실 말이지 포리나 씬 안 넘어갔지만 십중팔군 그런 수단에 넘어가

거든요…… 그런 자가 그걸 진리루 믿는 것두 일리가 있겠죠."

"아니 그럼 그렇게 구구하구 천덕스럽게 출셀 해 뭘합니까. 그건 매음 아니구 뭐예요. 매음으루 출셀하다니…… 원…… 벨 참…… 난 정말 낙망했어요. 미약하지만 뭘 좀 진정으루 해보구싶어두 모두 남의 약점을 노리구 저이 야심부터 챌려구 들어요…… 사회가 대뜸 싫어지구 말었예요."

"……."

완호는 무어라 남순을 위로해야 좋을지 또 자기부터 사회의 한 분자인 남자로서 무어라 변명을 해야 옳을지 몰랐다. 사실 완호 자신부터도 남순을 어떻게 대해 왔는가 반성해 보면 스스로 낯을 붉히지 않을 수 없다. 같은 남자사원들끼리처럼 필요한 데선 도와주고 필요한 데선 또 서로 냉정히 비판하면서 뚜렷한 개성과 개성, 인격과 인격의 대립으로 나가려는 것이 아니라 공연한 호의와 과도한 친밀을 꾀하여 애욕의 대상으로만 평가하고 기대한 것은 박 사장과 정도의 강약은 있을지언정 여성에 대한 태도만은 같은 것이 아닐 수 없었다.

"남순 씨?"

"네?"

"그렇게 말씀하시니 저 역시 남순 씨께 죄인입니다."

"왜요, 그건 무슨?"

"저 역(亦) 박 사장처럼 적극적이 아녔을 뿐이지…… 이건 진정한 고백입니다…… 저 역 남순 씨헌테 애욕으루…… 지금두……."

"……."

"그렇지만 반드시 애욕이 죄악일까요? 남순 씨 같은 이가 사회에 나와 발전하지 못하구 이내 피해 들어가야 되두룩 그렇게 고약한 질병일까요?"

"뭐 전 심 선생님을 두구 헌 말이 아녜요. 그건 지나쳐 탄하시는 거예요. 전 뭐 심 선생님의 무슨 말씀에나 행동에서 눈꼽만치라두 불쾌한 걸 느낀 일은 없예요. 정말…… 외려 심 선생님 같은 분만 있는 사회라문 전 반대루 사회에서 활동할 용기를 더 얻구 나가겠어요. 괜―히 심 선생님 과민이세요, 건."

여기까지 이야기하는데 또 안마루에서 시계소리가 났다.

"벌써 열한 점이네…… 저 그만 가겠예요. 저두 인전 룸펜예요. 호호…… 또 와 뵙죠."

하고 남순은 일어섰다. 완호도 더 붙들 수가 없었다. 골목 밖까지 따라 나가 그가 안 보일 때까지 섰다 들어왔다.

8. 정면 충돌

이튿날 완호는 아침부터 남순에게 찾아가고 싶은 것을 밤까지 참았다. "또 와 뵙죠" 한 그를 이내 찾아가기보다는 그가 오기를 하루쯤은 기다려 보는 것이 체면일 듯해서 밤까지 아무 데도 나가지 않고 기다려 보았으나 남순은 오지 않았다.

그 다음날은 조반을 먹고 이내 나섰다. 그러나 나서고 보니 너무 이른 때라 너무 덤비는 것 같아서 길을 돌려 진고개로 가 책사를 한 바퀴 돌아서야 갔다. 그랬더니 마침 이 날이 일요일이라 남순은, 아니, 포리나는 성당에 미사참례하러 가고 집에는 있지 않았다. 혹시 오후에는 성당에서 돌아오는 길에 들려주지나 않을까 하고 완호는 곧 집으로 돌아왔으나 남순은 나타나지 않고 방협이가 들어섰던 것이다.

그는 어제 저녁에 남순을 만났다 하였다. 그래서 모든 것을 들었노라 먼저 말하며 남순을 찾았다고 해서 그냥 있을 게 아니라 박승권이 따위 추물은 재계에 들어서는 역불급이지만 문화전선상에 있어서 온전히 축출을 하지 않으면 안 된다 하였다.

"어떻게?"

"내가 군자금은 대지. 하자는 대로만 하세그려."

이들은 이날로 그 박승권의 현대공론사가 들어 있는 탑동빌딩을 찾아가서 바로 이층에 있는 현대공론사 옆엣방을 꼭 현대공론사만큼 얻었다. 그리고 곧 잡지 이름을 '필봉(筆鋒)'이라 하였고 '필봉사'라 간판을 현대공론사보다 더 크고 더 권위 있어 뵈게 우선 당일로 써다 붙이었다. 그리고 완호는 복도에서 박승권을 만났으되 결코 인사를 하지 않았을뿐 아니라 담배를 피워물고도 결코 얼굴을 돌리거나 담배를 입에서 뽑거나 하지 않았다. '너는 너요, 나는 나다. 아장피장이니 누가 넘어지구 누가 서서 뺃히나 한번 해보자!' 하는 투로 박승권의 눈을 마주 쏘았다. 그리고 '더구나 내일부터 채남순이가 우리 필봉사 기자로 드나드는 걸 네 누깔로 본다면 네 죄가 있으니 네 가슴이 좀 뜨끔하리라' 하는 쾌감에 사무쳐서 약간 우울해 내려가는 박승권의 우람스런 목덜미를 내려 깔아보았다.

이들의 필봉사 계획은 착착 진행되었다. 이튿날부터 대뜸 채남순이가 여기자로 들어섰고 급사도 뽑히었고 책상과 걸상만 사들이고는 곧 편집회의부터 열었다. 그리고 사십여 제목을 예정하였는데 그 속에 '문화사업의 의의'니 '가면지사를 타도함'이니 '사회여성과 파트론론'이니 또 '부정매약을 철저히 취조하라' 등은 직접 박승권의 인격과 이익에 정면으로 도전하는 제목이었다. 남순과 완호는 안에서 쓸 것을 맡고 문필가들과 상종이 많은 방협은 바깥 원고를 맡기러 동분서주하여서 완호가 나오기 때문에 창간호의 발행이 다시 한 달은 드디게 되고만 『현대공론』보다 『필봉』 창간호를 도리어 하루라도 먼저 낼 작정이었다. 그리고 겉으로는 박승권의 주목을 피하려 오후 네 시만 되면 이들도 다 퇴근하는 형식을 보였으나 사실은 태양여관으로 가서 밤 열 시 열한 시까지 일을 몰아치어 『필봉』 창간호는 필봉사의 간판이 붙은 지 이십 일도 못되어 시장에 나타났다. 몇 달 전부터 광고만 내어논 『현대공론』은 그제야 새 편집자가 들어서 가지고 완호가 시작하다 만 교정을 그거나마 인쇄소의 재촉에 못 이겨 겨우 재교정이 시작되는 때였다. 이것만으로도 박 사장의 눈엔 필봉사를 노리는 핏빛과 불같은 뜨거움이 어른거리지 않을 수 없었는데, 더구나 '걸교환'이란 도장을 찍어 건네보낸 『필봉』 창간호의 내용이란 자기와 같은 재벌을 가진 명사는 계획적으로 비행을 들쑤셔낼 태도인 것이 일견에 느끼어졌고, 내용을 내려읽으니 예감하였던 이상으로 자기에게 대한 인신공격이 있는지라 박 사장은 입에 거품이 부걱부걱 고이게 분이 치밀었다. 책을 든 채 옆방으로 달려왔다. 그 코끼리발 같은 우람한 주먹으로 필봉사 문을 두드렸다.

"네에, 들어오십쇼."

하는 목소리는 하필 채남순의 것이었다. 그러나 박승권은 손으로 열었다기보다 발로 차듯 하고 들어섰다. 방협과 급사는 없었고 남순과 완호만이 맞쳐다 보았다.

"고—약한 놈들 같으니……."

박승권은 호통을 내렸다.

"이게 무슨 난폭한 말씀입니까? 신사 박승권 씨가?"

완호는 맞받았다.

"버르쟁머리 없이 이눔덜 메칠이나 꺼떡거리나 봐라. 네……."

하더니 박 사장은 하필 주간인 방협은 있지 않고 남순과 완호뿐인 데 어색하여 곧 물러나왔다. 다시 자기 사무실로 가서 모자와 외투를 들고는 곧 자가용이다시피 자기의 심복으로 있는 어떤 변호사에게로 달려갔다.

"이놈들을 그냥 둘 순 없는데?"

"글쎄 영감, 제가 오늘 저녁에 읽어봐야겠습니다."

이튿날 아침 박승권은 부리나케 다시 변호사를 방문하였다.

"읽어 봤어?"

"네, 그런데 모두 가명으로 해놔서 추측은 꼭 누구나 영감으로 알게 됐으면서두…… 원."

"아니 명예훼손이 안 돼?"

"글쎄요, 추측만 가지구는 내라고 나설 수 없으니까요. 교묘하게 고소성립이 안 되두룩 썼는데요."

"허! 쥐새끼 같은 놈들……."

"영감두 더구나 같은 언론잡지를 경영하시면서 더구나 체면상 고소하기가 어렵습니다."

"……."

박승권은 애꿎은 해태만 서너 개를 거푸 태우다가 물러오고 말았다. 그러나 고소도 할 수 없는 경우에선 그의 복수욕은 더욱 불붙었다.

박승권은 우선 전술을 달리하여 자기네 잡지값을 예정보다 십 전을 떨구었다. 그래서 같은 국판에 같은 페이지로 정가 이십 전을 매기었고 또 신문광고를 내되 꼭 『필봉』 광고가 나는 페이지를 쫓아다니면서 그보다 삼사 배나 되게 큰 광고를 내어 우선 대금과 광고전선에서 『필봉』을 여지없이 압도하였다.

이렇게 금력으로 대항하는 데는 방협도 어쩔 수가 없었다. 더구나 방협은 다음 호부터 우선 밑천이 달리었다. 한 달에 일백오십 원씩 일 년만 대어주면 그 다음부터는 수지뿐 아니라 이익이 남겠다는 장담으로 그것두 일 년 동안이나 싸워서 겨우 아버지의 승낙을 받은 것인데 두 달치 삼백 원을 미리 타다가 창간호만을 위해서 다 써버린 것이었다. 그러나 우선 박승권을 골리는 수단으로 다음 호부터는 체재와 내용은 똑같되 정가 삼십 전은 대뜸 삼 분지 이를 떨궈 단 십 전으로 한다는 소문을 퍼뜨렸다. 이 소문을 들은 박승권은 곧 상업흥신소에 의탁하여 방협의 집 재산을 조사하게 하였고 그 재산이 육칠만 원 정도란 답을 듣고는 필봉사에도 상당한 지구전의 실력이 있는 걸로 추측되었다. 그리고 자기의 전술이란 돈을 쓰는 것밖에 없는데 자기네 책값이 『필봉』보다 배나 비싸게 된다는 것은 곤란한 일이었다. 그래서 심술대로 하자면 『현대공론』은 십 전보다 다시 반이나 싸게 오 전으로라도 해보고 싶었지만 단 몇 전이란 것은 책값으로 너무 권위를 떨어뜨릴 염려가 있어 자기네도 같은 십 전으로만 떨구고 그 대신 페이지를 늘려볼 심사를 세웠다. 그러고 보니 이왕 정가를 떨굴 바엔 『필봉』에 뒤질 바아니라 하고 급히 서둘러 일부러 '다음 호부터는 정가를 십 전으로 떨굴 뿐 아니라 페이지도 단연 삼십 페이지 이상을 증쇄한다. 이로써 만천하 독자에게 봉사한다"는 광고를 내어 버렸다.

이 현대공론사의 광고에 누구보다도 손뼉을 치고 반긴 것은 필봉사 사람들이었다. 『필봉』이 제이호부터 단 십 전으로 떨군다는 건 물론 『현대공론』의 정가를 폭락시키기 위한 거짓선전이었던 때문이다.

9. 살베도미네

그러나 비운은 필봉사에 먼저 찾아오고 말았다.

완호의 속을 모르는 방협은 사 안에서도 남순을 자기의 애인이었던 여자로 또 박승권에게서 탈환한 현재의 애인으로 다루기를 조금도 꺼릴 줄 몰랐다. 반말을 하는 것, 웬만한 것은 은근히 눈짓으로 의사를 표하는 것, 점심을 시켜다 먹고도 남순의 것까지 흔히 자기가 맡아 회계하였고 어떤 때는 반대로 '내해꺼지 좀 내우' 하고 남순에게 물리는 것, 모든 것에 완호만 따로 두드러지는 것이 마치 그들의 가정에 손님으로 온 사람 같았다.

그러나 그럴 때마다 괴로운 것은 완호의 마음뿐은 아니었다. 남순도 괴로웠을 것이요, 또 괴로워하는 눈치를 확실히 완호에게 보였다.

제이호인 삼월호의 원호가 거의 끝나는 날 아침이다.

"살베도미네."

하고 이날도 남순이가 둘째로 들어섰다.

"에─멘."

완호가 받았다. 이들은 남순이가 자기네 교회식으로 라틴말 인사하는 버릇을 내어 아침마다 먼저 보는 사람이 '살베도미네' 하면 '아─멘' 혹은 '에─멘' 하고 받는 것이 이 필봉사의 인사투가 되어버린 것이다.

"전 이 집이 싫어졌에요."

곧 다시 나가려는 사람처럼 핸드백을 낀 채 완호의 옆으로 와서 남순이가 하는 말이다.

"왜요? 갑자기……."

"갑자기가 아녜요…… 이웃집 박 사장허구 마주칠 때문 무슨 죄나 진 것처럼 가슴이 다 떨려요. 그이 보구 인사두 않는 게 죄 같아요. 여간 괴론 일이 아녜요."

"그럼 인살 하십쇼그려."

"안하다가 어떻게요. 또 생각하문 더러운 녀석을."

"그래서 이 집이 싫어지셨어요?"

"이 방두 싫어졌에요. 전…… 두 분은 열심히 일만 하셔두 전 일에만 쏠려지지 않아요."

"……."

완호는 물끄러미 남순의 눈을 쳐다보았다. 남순의 눈은 곧 젖을 듯이 슬퍼보였다.

"전 어딜루 멀─리 가보구 싶어요, 요샌……."

"어떤 데루요?"

"……."

"왜 그렇게 센치해지셨습니까?"

"도야지가 아니니까요, 호……."

하고 남순은 웃음 반 한숨 반 같은 것을 날리었다. 그러자 복도에서 방협이 같은 걸음소리가 울려왔다.

"아무 말씀 마세요, 네?"

방협이가 들어서기 전에 날쌔게 자기 자리로 뛰어가는 남순의 말이었다.

그 후 한 사흘 지나서다. 원고를 인쇄에 붙이던 날 방협은 돈 운동을 하러 자기 아버지에게로 내려갔는데 아침에 바로 인쇄소로 오마한 남순이가 오지 않았다. 사로 자꾸 전화를 걸어보나 오후가 되도록 사에도 나오지 않았다. 완호는 공연히 기다려지고 공연히 궁금해져서 그의 주인집으로 찾아갔다. 집에도 그는 있지 않았고 주인의 말이,

"한 이틀 가까운 시골 좀 다녀오신다구 아침에 나가셨습니다."

하는 것이었다. 완호는 주먹이 부르르 떨렸다. 자기와 단둘이 되는 것을 시기하여 방협이가 데리고 간 것으로밖에 추측할 수 없었기 때문이다. 남순에게서 어디로고 멀―리 가고 싶다는 말을 듣기는 했지만 공교히 방협과 한날 떠난다는 것이 완호의 의심은 방협에게만 쏠릴 수밖에 없었다.

완호는 그 길로 인쇄소에도 가지 않았다. 찻집 많은 장곡천정으로 가서 울고 싶은 마음을 쓴 커피와 담배와 유성기 소리에 마비시키며 돌아다니었다.

그러나 완호는 다시 한번 냉정에 돌아오지 않으면 안 되었으니 이튿날 저녁 방협에게서 엽서를 받았는데 "내려와 보니 아버님이 숙환이신

풍증이 도지어 대단하신 모양이요, 온 일이 당분간은 여의치 못할 것 같으니 남순 씨와 상의하여 좋도록 힘써 주시오" 하는 사연이었다. 그리고 끝에다 "이 편지를 남순 씨에게도 보여주시오"라고 쓴 것이었다.

"그럼 남순은 어딜 갔을까?"

완호는 곧 그 길로 다시 낙원동으로 달려갔다. 그러나 남순은 그저 주인집에 돌아와 있지 않았다.

남순은 삼월호가 다 인쇄되도록 나타나지 않았고 방협에게도 다시는 소식도 돈도 오지 않았다. 완호는 인쇄소와 외상교섭을 하다못해 책은 받아놓고도 시장으로 끌어내지 못하였다. 그뿐만 아니라 이런 소식은 어떻겐지 당일로 이웃방의 사장 박승권의 귀에 번개같이 들어갔고 와신상담격이던 박승권은 이게 웬 천재일기냐 하고 나서지 않을 수가 없게 되었다.

박승권은 무엇보다 방협이가 애초에 겨우 한 달치 방세만 내고 자기네 이웃방을 얻은 것을 알았다. 그래서 곧 빌딩의 관리자를 만나고 벌써 외상으로 반 달이나 들어있는 필봉사 방을 석달치나 선금을 내고 자기네가 모두 차지해 버리는 데 성공하였다.

"이 방 내놓시오."

"뭐요?"

완호는 놀라지 않을 수가 없었다. 박승권은 빌딩사무원보다도 더 먼저 와서 한 번 뻐겨보는 것이었다.

"우리 현대공론사 창고루 여길 얻었어. 어서 내노란 말야."

"……"

완호는 곧 빌딩사무실로 올라가 보았다. 박승권의 말은 거짓말이 아니었다. 완호는 곧 방협에게 전보를 쳤으나 답장이 없었다. 편지도 써 붙였으나 편지답도 오지 않는다. 방을 내놓고 나가라는 그 뱉아버리는 가래침처럼 아니꼽기 한이 없는 박승권의 투덜대는 소리는 시각을 견디기가 어려웠다. 더구나 남순의 실종으로 말미암아 마음이 허공에 뜬 완호는 더 뻗혀 볼 뱃심이 없이 사흘만엔 구루마를 얻어 약간의 필봉사 세간을 태양여관으로 날라오지 않으면 안 되었다.

며칠 뒤 방협에게서 답장이 왔으나 속시원한 내용은 아니었다. 자기 아버지의 병환이 조금도 차도가 없다는 것, 당분간은 도리가 없으니 깨끗이 박뺙사에게 참패당한 채 침묵하고 있으라는 것, 남순은 시골이라면 아마 황해도 자기 어빠에게 갔을 것이 틀리지 않으리라는 것들이었다.

그 뒤에는 이십여 일이 지나도록 다시는 편지도 오지 않았다. 남순은 남순이대로 나타나지 않았다. 처음에는 날마다 저녁이면 남순의 주인집을 한 차례씩 다녀왔다. 그러다가 너무나 그것도 헛걸음만 되는데 지쳐서 이제는 사흘만에 한 번씩 가다가 그것도 이번엔 껑충 뛰어한 일주일만에 찾아간 날 저녁이다.

"원 참 딱하기두 해라!"

벌써 주인의 말이 불길스러웠다.

"왜요?"

"그저껜덥쇼. 시골 갔다 왔다면서 들어와선 이번엔 아주 먼— 시골루 가게 됐다구 하면서 그날 밤으루 떠나버렸는뎁쇼."

하는 것이었다.

"내가 여러 번 왔드랬다구 그리셨우?"

"그럼요."

"그러니까 뭐래요?"

하고 수치스러운 것을 참고 물었다.

"벨루 뭐래진 않어요."

완호는 이날 저녁처럼 불야성의 서울거리를 어둡게 걸어 본 적은 없었다.

10. 해충 구제

벌써 라일락 나무는 가지마다 눈마다 버들개지만큼씩 꽃망울이가 부르터 올랐다. 완호는 이날 아침에도 종현(鍾峴) 성당 마당에 올라가 이슬 머금은 라일락의 꽃망울을 한참이나 서서 들여다보았다.

"봄!"

그에게 더 다른 생각이 일어날 새 없이 면류관처럼 아침 햇발을 이마에 인 성당 첨탑에서 아침 '앤절러스'가 울리기 시작했다. 완호는 이날도 남보다 가장 황급히 층계를 뛰어올라 간 것이다. 제일 먼저 제일 앞 자리로 나아가야 남순 아니 포리나를 볼 수 있기 때문이었다.

포리나는 아직 수련시대였다. 아직 수녀의 제복을 입지 못하였고 그냥 검은 저고리 검은 긴 치마에 흑호접과 같은 검은 수건을 쓰고 제대를 향하고 제일 앞줄에 나와 앉는 것이었다.

다른 수녀들도 모두 그랬거니와 포리나도 오직 엄숙의 황홀경인 제대를 향하여만 얼굴을 들고 얼굴을 숙이고 할 뿐 조금도 한눈을 팔거나 고개를 돌리는 일이 없다. 한번 꼭 한번 성당 안으로 들어서는 길에서 마주치는 곳에 완호가 섰었으니 무심코 눈을 들었다가 한 번 시선이 부딪쳤을 뿐, 그러나 그 시선은 섬광과 같이 보이던 순간에 사라진 것이요, 결코 안색을 붉히거나 다시 고개를 돌리는 일이 없었다.

그러나 완호는 어떤 독실한 신자보다도 더 정성스럽게 매일 여섯 시 미사마다 참례하는 것이었다. 이날 아침도 미사가 끝난 뒤 그림자의 무리처럼 수녀들의 고요한 걸음이 다 사라진 뒤 다감한 서정시인의 눈으로 성당마당을 나설 때였다. 누가 어깨를 툭 치며,

"살베도미네."

하였다. 완호는 휙 돌아다 보았으나 입과 눈을 딱 벌리었을 뿐 '에–멘' 소리는 나오지 않았다. 방협이었다.

"웬일인가?"

"웬일인가?"

같은 말이 오고 갔으되 묻는 말뜻은 서로 달랐다.

"난 밤차루 왔네. 지금 태양여관루 가서 자네가 아침마다 이리루 온단 말을 듣구⋯⋯."

"아니 웬일야. 자네 상제가 됐네그려!"

"그렇데 됐네. 나두 이전 고애자야. 허허⋯⋯ 그리구 헐말이 많지. 내 그간 침묵한 건 계획적이드랬구."

"계획적이라니? 그런데 언제 돌아가셨나?"

"차츰 얘기함세. 우선 계획적이란 건 자넬 좀 단번에 놀래주고 싶었단 건데. 좀 놀래보려나?"

"⋯⋯."

완호는 남순과 관련된 생각만으로 얼굴이 달아올랐다.

"우리가 이번엔 탑동빌딩 주인이야. 우리가 『현대공론』을 길거리루 내몰 차례야. 이제두 안 놀랄 텐가?"

"뭐? 정ㅡ말?"

"탑동빌딩 소유자가 우리겟 사람이란 걸 내가 발견했고. 그 자가 지금 금광에 눈이 뻘개서 돈이 궁한 판인 걸 내가 발견을 했구. 자……." 하면서 포켓에서 무슨 서류조각을 꺼내었다.

"자, 삼천 원 없는 오만 원에 귀정을 져가지구 이렇게 계약금 일금 오천 원야를 지불한 거야."

"뭐?…… 그 나머진?"

"우리집 토지를 집에서 먹을 것만 넘겨 놓군 큰 덩어리 서너 자리가 처리되기루 그게 먼저 계약이 된 거야. 그런 건 안심을 하구 빌딩 수입으루 『필봉』을 좀 거들어거려 해보세. 이놈 박뻑샤가 인전 꼼짝할 수 없이 내몰릴 판이럿다…… 요전엔 그 자가 막 나가라구 호통을 했다구? 이번엔 자네가 좀 호령을 하게."

"아니 정말인가? 모두 어쩨?"

"어쩨라니. 꿈같은가? 자네가 여기루 포리날 보러오는 거야 말루 꿈이지. 여기가 어디라구."

하면서 방협은 성당의 첨탑을 한번 쳐다보았다.

"방 군? 자넨 여기 남순 씨가 와 있는 걸 알구 있나?"

"거야 자네보단 내가 아마 시골서라두 먼저 알았을 걸세. 저이 어빠 되는 사람이 와서 넣구 간 걸 알았으니까."

"그런 걸 다 알구 왜 가만 있었나?"

"그럼 어떡하나? 여긴 내가 대적할 데가 못 돼……또 포리날 위해선

지극히 안전지댈 걸세. 여긴 금렵구야, 이 사람."

"금렵구라니?"

층계를 앞서 내려오기 시작하던 완호는 잠깐 멈칫하며 방협을 돌아보았다.

"금렵구 모르나? 총을 못 놓는 델세. 아무리 고운 새가 날러두 보기만 할 뿐이지 쏘진 못하는 데가 금렵구야…… 허! 그런데 아니 놀랄 순 없는 일야."

"무에?"

"자네두 포리나를 사랑했단 사실은."

"……."

"아닌게아니라 샤랴핀의 엘레지라두 듣구 싶은 아침이군……."

"흥……."

"여보게?"

"……."

"여보게 나와 여기서 맹세하세. 우리"

층계가 끝나자 방협이가 손을 내밀며 말했다.

"무얼?"

"자네나 나나 쓸데없는 애상에서 자유가 되기 위한"

"어떻게?"

"포리날 서루 단념하기루."

"……."

"그리구 『필봉』을 위해, 또 박뻑샤따위 해충구제를 위해."

"……."

완호는 성당 쪽으로 섰던 얼굴을 돌려 자동차 소리, 전차 소리, 모—
든 사람과 기계의 소리가 웅성거리기 시작하는 아침의 서울을 내려다
보았다. 그리고 벌써부터 들고 있던 방협의 손을 놀라는 듯 힘껏 마주
잡았다.

『구원의 여상』, 1937.6

부록

五夢女[1]

　서수라(西水羅)라 하면 저 - 함경북도에도 아주 북단 - 원산, 성진, 청진, 웅기를 다 지나 제일 끝으로 있는 항구이다.

　이 서수라에서 십 리쯤 북으로 나가면 바로 두만강가요 동해변인 곳에 삼거리(三街里)라는 작은 거리 하나가 놓였다. 호수(戶數)는 40여에 불과하나 주재소가 있고, 객줏집이 4, 5처나 있고, 이발소가 하나 있고, 권연, 술, 과자, 우편절수 등을 파는 일인의 잡화점이 하나 있고, 그리고는 색주가 비슷한 영업을 하는 집 외에는 모두 농가들이다.

　그런데 이 4, 5처나 되는 객줏집에 하나인 제일 웃머리에 사는 지참봉(池參奉)네라고 있것다.

　이 지참봉은 벼슬을 해서 참봉이 아니라, 젊었을 때부터 실명이 되어서 어느 때부턴지 참봉참봉 하고 불러 내려온다. 그는 부업으로 점도 치고, 푸닥거리도 하고, 하지만 워낙 작은 곳이라, 점과 푸닥거리가 많지 못하고, 객주를 한대야 철도 연변도 아닌 두멧국경이라, 보행객이 많아야 한 달에 5, 6인에 지나지 못한다. 그러니, 눈먼 지참봉이 알 가난뱅이로 살 것은 사실이다. 식구는 단둘인데 그는 40이 넘은 이 지

1　「五夢女」는 상허의 데뷔작으로 『시대일보』(1925.7.13)에 발표되었고, 그 후 『이태준단편선』(1939)에 많은 부분을 고쳐서 수록하였다. 『시대일보』본에서는 주인공 오몽녀의 이름이 본문에서도 한자로만 표기되어 있는데, 1939년에 출간된 『이태준단편선』에서는 제목은 한자 표기, 본문에서는 '오몽내'라는 한글 표기를 하고 있는 점이 특징적이다.

참봉과, 갓 스물에 나는 오몽녀(五夢女)라는 계집이다.

누구나 오몽녀는 지참봉의 딸인 줄 안다. 그러나 기실은 총각으로 늙어온 지참봉이 아홉 살 난 오몽녀를 35원에 사다가 처를 삼으려 길러 온 것이다. 그래서 벌써 5, 6년 전부터 혼례는 했는지 안 했는지 이웃 사람들도, 모르건만 지참봉과 오몽녀는 부부와 같은 생활을 하여온다.

이렇게 단둘이 살아오므로 지참봉은 오몽녀를 끔찍이 사랑해오건만 오몽녀는 육체로나 35원어치를 지참봉에게 허락했을는지 정의로는 단 35전어치가 없었다. 그도 그러할 것이, 어째서 팔려 왔든, 자기는 앞길이 꽃 같은 젊은 계집이요, 같이 살아갈 남편이 아버지 같은 늙은 소경이니, 물론 불만할 것도 무리가 아니다.

오몽녀는 어쩌다, 좋은 반찬이 생기더라도 자기 남편을 먹이는 법이 없다. 한자리에 마주 앉아서 먹건만 보지 못하는 남편은 먹든 못 먹든, 저만 집어먹으면서도 조금도 미안해 하지 않는 성미 유한 계집이다. 그 까닭이라고 할는지는 모르지만 지참봉은 마른 북어처럼 말랐다. 두 눈이 퀭하게 붙은 얼굴에는 개기름이 쭈르르 흐르고 있다. 풋고추만한 상투 끝에는 먼지가 하얗게 앉고, 그래도 망건은 늘 쓰고 앉았다. 그러나 오몽녀는 그와 정반대로 낫살이 차갈수록 살이 오르고, 둥그스름한 그의 얼굴은 허여멀젖고도 두 뺨은 늘 혈색이 배어 있었다. 그래서 미인이라는 것보다, 그저 투실투실하고, 푸근푸근한 복스러운 계집이라고 할지? 그러나 이 조그마한 두멧거리에선, 제가 일색인 체하고 꼬리를 치기에는 넉넉하였다. 이렇게 인물은 훤하게 잘난 오몽녀건만 자라나기를 빈한하게 자라났고, 눈먼 남편을 돈으로 음식으로 늘 속여 오는 터이라, 남을 속이는 마음이 평범해지고 말았다. 남의 것이라도 자기 마음에 가지고 싶은 것이면 훔치고 숨기기를 상습(常習)하여 왔다. 혹시 손님이 들 때나 자기가 입덧이 날 때는, 돈 들이지 않고, 늘 맛있는 반찬을 장만하였다.

*

때는 8월 중순인데 어느 날인지는 모르나 내일이 오몽녀의 생일이다. 그래서 오몽녀는 입쌀되나 사고, 미역 오리나 뜯어오고, 이제는 어두웠으므로 생선 장만하러 나오는 길이다. 으스름한 달밤에 바구니를 끼고 맨발로 보드러운 모래를 사뿐사뿐 밟으며 바닷가로 나왔다. 오몽녀는 뭍에 대어 있는 배 앞에 가서는 우뚝 서더니, 기침을 한번 하고는 뒤를 획 돌아보고, 아무도 없음을 살핀 다음에 고기잡이 뱃속으로 들어갔다.

오몽녀는 생선이나 백합(白蛤)이 먹고 싶은 때마다 늘 이 배에 나와서 훔치어갔다. 이 배 주인은 한 2년 전에 웅기(雄基)서 들어온 금돌(金乭)이라는 총각인데 본래 어부의 자식이라 바다에 익숙하여서 혼자 이 거리에 와서도 어업을 하고 있었다. 금돌이는 종일 잡은 생선과 백합을 그날 저녁과 이튿날 아침과 두 번에 별러서 파는 까닭에 그가 저녁에 팔것을 지고 거리로 들어오면, 그 배에는 이튿날 아침에 팔 생선과 백합이 남아 있고, 금돌이는 다 팔고, 나오느라면 늘 밤이 깊어서야 배로 돌아온다. 오몽녀는 늘 이 틈을 타서 생선과 백합을 훔쳐 들였다.

오늘 밤에도 마음을 턱 놓고 배 안에 들어와 생선을 바구니에 주워담을 때, 아차! 배가 갑자기 움직이었다. 오몽녀는 화닥닥 뛰어나와 본즉 벌써 배는 내리지 못할 만큼 뭍을 떠났다.

이것은 여러 번이나 도적을 맞은 금돌이가 하필 그날은 고기도 한 번 팔 것밖에 더 잡지 못하여, 해서 고기도 누가 훔치나 볼 겸, 오늘 저녁은 그만두고 내일 아침에나 팔 겸해서 지키고 있었다가, 이 거리에선 화초로 보는 오몽녀임을 알고, 큰 보패(寶貝)나 얻은 듯이 좋았다. 그래서 위선 배를 띄우는 것이 상책이라 하고, 그는 배를 밀어놓고 노를 젓기 시작한 것이다. 오몽녀는 눈이 똥그레 어쩔 줄을 몰랐다. 소리도 못 칠 형편, 뛰지도 못할 형편, 그물에 걸린 고기는 오히려 쉬웠으리라.

어스름한 달밤에 금돌이와 오몽녀를 실은 이 배는 뭍에서 보이지 않으리만큼 바다에 나와 닻을 내렸다.

금. "앙이 아즈망이시덤둥?"

오. "……."

금. "놀래쥐 마십겅이. 어찌할 쉬 있음둥?"

오몽녀는 얼른 안색을 고치고 생긋 웃어 주었다. 그리고

오. "생원(生員)에 — 어찌겠음둥 배르 대랑이."

금돌이는 싱글싱글 웃으면서 오몽녀의 곁으로 다가서더니, 부르르 떨리는 손을 오몽녀의 어깨 위에 올려놓더니, 한 손으로는 얇은 구름 속에 있는 달을 가리킨다. 그러나 오몽녀는 피하려 하지도 않고 오히려 약속이나 한 애인(愛人)을 만난 것같이 그가 하라는 대로 머리를 들어 흐릿한 해상 월색(月色)을 살펴보았다. 그리고는, 나직한 목소리로,

오. "배르 대랑이, 배르 대구는 무슨 노릇이 못될 게 있음둥. 이왱지 새에……."

그러나, 그 배는 움직이지 않았다.

두어 시간 뒤에야 슬핏이 움직여 뭍에 와 닿았다.

오몽녀는 바구니 안에 생선과 백합을 가뜩 얻어 이고, 밤이 훨씬 늦어서야 집에 돌아왔다.

그 이튿날 아침에는, 생선을 끓이고 굽고, 백합회에 늘어지게 차리고, 그날은 지참봉도 잘 먹였다. 오몽녀가 세상에 나서 생일을 이렇게 잘 차려 먹기도 처음이었다.

*

오몽녀는 금돌이를 만나고 온 뒤로부터 지참봉에게 대한 불만이 점점 강해졌다. 그리고 무슨 영문인지 저도 모르게 늘, 금돌이와 지참봉을 비교해 본다. 지참봉은 눈이 멀고, 나이 많고, 기력이 없고, 있대야 이까짓 초가집 하나, 금돌이는 눈이 안 멀어, 나이 젊어 기력이 건장해, 집보다는 못하나 그래도 둘이서는 넉넉히 살 배가 있어…….

그는 금돌이가 만나고 싶었다. 생선과 백합이 또 먹고 싶었다. 그리고 생일 전날 밤에 금돌이 배에서 내려올 때 금돌이가 자기 어깨 위에 얹었던 손을 내리며

"아즈망이, 또 오시랑이, 뉘 알겠슴둥? 낼 나주(내일 밤)에두 고대하겠으꼬마, 꼭 오랑이."

이러던 말을 생각하였다. 필경 또 가더라도 금돌이는 생선보다 더한 것이라도 주며 환영할 것을 생각하니까 자꾸 가고 싶었다.

오몽녀는 생일이 지난 지 10여 일 후에 기어이 바구니를 끼고 나가고야 말았다. 이번에는 오몽녀가 배 안에 들어갔어도, 배는 뭍에 닿은

채로 있었다. 초저녁에 나간 오몽녀는 밤중이 훨씬 지나서야 역시 바구니 안에 생선과 백합을 가득히 얻어 이고 집으로 돌아왔다.

두 번째 금돌이를 만나고 온 오몽녀는 그 뒤로부터는 심심하면 이웃집 말 다니듯하였다. 지참봉이 점이나 쳐서 잔돈푼이나 생기면 오몽녀는 그 돈을 훔치어 가지고, 병을 들고 주점으로 간다. 그러면 그날 밤에는 지참봉은 술 냄새도 못 맡아 보건만 금돌이는 술이 얼근하게 취해서 자기 뱃전을 장구 삼아 치면서 첫사랑에 느글어진 오몽녀를 시달리고 있었다.

*

이곳은 국경이라 무장단과 아편, 호주(胡酒), 담배 밀수입자들 까닭에 경관의 객주집 단속이 엄밀(嚴密)한 곳이므로 객이 들면 그 밤으로 주재소에 객보(客報)를 해야 한다. 만일 한 번이라도 잊어?² 그러면 영업 중지는 물론이요, 주인은 구금이나 벌금을 물어야 한다.

지참봉네 집에도 객이 들면 그날 저녁으로 객보 책을 내어 객에게 씌어 가지고 오몽녀가 늘 주재소에 드나들었다. 그 주재소엔 일인(日人) 소장 한 명과 이 순사(李巡査), 남 순사(南巡査) 모두 세 명이 있다. 그런데 그중에 남 순사란 자는 늘 오몽녀를 볼 때마다 남다른 생각을 품어왔다. 아이를 둘이나 낳고, 이제는 살이 내리고, 얼굴에 주름이 잡히기 시작하여 점점 쪼그라져 들어갈 뿐인 자기 처를 생각하고, 지금 한창 바

---

2 『시대일보』 원문에 이렇게 되어 있음.

람인 저 투실투실한 오몽녀를 볼 때 그는 한없이 흥분되어 왔다. 그리
고, 그의 남편이 연로한 장님이라 기회만 있으면 오몽녀에게 대한 뜻
을 염려 없이 달하리라고까지 믿어왔다.

*

8월은 다 지나고 9월에 들어서서 어느 날 저녁때다. 어떤 보행객 하
나가 지참봉네 집에 들어 자고 갈 양으로 저녁을 시켜 먹고, 누웠다가,
서수라에 들어오는 뱃고동 소리를 듣고, 내일 아침에 떠날 그 배를 놓
칠까봐, 자지는 않고, 바로 서수라로 간 일이 있다. 그렇게 되니까 객보
는 할 새도 없었고, 할 필요도 없었다.

그때는 마침 주재소에 소장은 경절(慶節)과 일요일이 낀 3일간을 어
느 촌으로 총사냥을 가고, 이 순사는 청진으로 넘기는 투전꾼 두 명을
데리고 청진에 갔었다. 그래서 혼자 남은 남 순사는 이런 좋은 기회를
오몽녀에게 이용하려고, 여러 가지로 구체안을 생각하다가 지참봉네
집에서 저녁 사 먹은 객이 있었으나 객보가 없음을 알았다. 그리고는
그날 저녁으로 오몽녀를 잡아다 유치장에 넣었다. 그리고 지참봉에게
가서 하는 수작은 이러하였다.

"참봉 아즈방이, 무쉴에 객보르 앙이 함둥? 쇠쟁(所長)이 뇌했습데, 아
무렇거나, 내 쇠쟁에게 좋을 대루 말하겠스고마. 쉬얼히 뇌히겠습지,
과히 글탄으 마십겅이."

영문도 모르는 지참봉은 백배(百拜)로 사죄를 했다. 소장에게 잘 말하
여서 속히 나오도록 해달라고 애걸했다. 이 남 순사놈은 가장 권력이

나 가진 것처럼 아무 염려 없다고, 호언을 하고 돌아왔다.

밤은 아홉 시가 지나고, 열 시가 가까워, 거리의 집들은 켰던 등불이 하나 둘 꺼져갈 때, 남 순사는 슬그머니 나와 유치장 문을 열어놓았다. 그리고, 고르지 못한 어조로

"오몽녀? 내가 소장 모르게 특별히 너를 숙직실에 재우능기…… 나오랑."

이렇게 자기 숙직실에 넣고는 자기는 집으로 가니 너 혼자 그 이불을 덮고 자라고 하였다. 그리고 덧문을 닫고, 못 나오게 쇠를 잠그고, 완연히 밖으로 나가는 소리가 난다.

산산한 유치장에서 쪼크리고 앉았던 오몽녀는 남 순사의 친절함을 픽 감사하였다. 조그마한 단간방에 새로 도배를 하고, 불을 덥도 춥도 않게 알맞치 때어서 방안이 봄날과 같이 훈훈하였다. 그리고 산동주로 꾸민 두둑한 일본 이부자리가 방바닥을 거의 다 휘덮고 있었다.

무명이불도 제대로 덮지 못하던 오몽녀는 허영같은 호기심이 일어났다. 그리고 손을 이불과 요 사이에 집어넣고 그 보드라움과 따뜻한 맛을 느끼는 그는, 그 어느 땐가, 화끈화끈하는 금돌이 입김이 자기 얼굴 위에 스러지던 그때보다도, 더 가슴이 울렁거리고, 마음이 급하였었다. 그러다가 남 순사가 왜 나를 이렇게 동정해주나 하고, 생각하니까 작년 겨울의 무슨 일이 언뜻 생각킨다. 오몽녀는 눈을 한번 찌푸리고, 내가 이 방이 두 번째나 하는 생각도 일어났다.

이 남 순사가 오기 전에는 방(方)가라는 순사가 있었다. 그는 술만 먹으면 유무죄간(有無罪間)에 백성을 함부로 치던 이다. 지금 이 남 순사도 사람을 잘 치고, 제 부모 같은 노인을 욕 잘하고, 이 거리를 제 세상으

로 알고 돌아다니지마는, 그래도 방가보다는 낫다는 평판을 듣는다. 그래 그 방가가 있을 때 작년 겨울이었었다. 그때도 주재소에 방가 하나밖에 없은 며칠 동안, 그는 오몽녀의 집을 일없이 자주 다녔다. 그러다가 지참봉이 어느 촌으로 푸닥거리를 하러 간 줄을 알고, 오몽녀를 잡아다가 이 방에서 욕뵌 일이었다. 그 뒤에 그는 늘 오몽녀를 못 견디게 굴다가, 올 3월에 두만강 건너로 갔다가 죽었다. 이 남가는 그 방가 대신으로 청진서 온 이다.

오몽녀는 눈을 감고, 그 일을 생각하니까, 이 남 순사도 틀림없이 객보 안했다는 죄가 아니라, 그런 생각으로 불려온 줄을 짐작하였다. 그러나 오몽녀는 조금도 두려워하지 않고, 오직 자기에게만 있는 영광으로 알았다. 그리고 그는, 푸근푸근한 산동주 이불 위에 옷 입은 채로 자빠져서 남 순사 오기를 기다렸다. 그러나 열두 시 치는 소리가 사무실에서 울려올 때까지도 남 순사는 오지 않는다. 오몽녀는 생각하기를, 이틀에 한 번씩 들어와 자는 남편이므로, 나가지 못하게 그의 마누라가 바가지를 긁는가 보다 하고, 꿈꾸던 모든 생각을 풀어 던진 후 불을 끄고, 아주 저고리, 치마를 벗고, 이불 속으로 들어갔다.

그 보드랍고 푹신푹신한 맛, 따스한 맛이 벗은 살 위에 배어들 때, 강성적(强性的)인 오몽녀의 육체는 부들부들 떨리도록 흥분되었다. "오늘 나중엔 금돌이레 고대할게구마⋯⋯" 속으로 혼자 중얼거리다가, 뻣뻣한 속곳까지 다 벗어 내팽개치고, 잠이 들었다.

오몽녀가 옷을 다 벗고 자기나, 제법 산동주 이부자리에 늘어져 보기도 처음이다.

오몽녀가 잠이 든 지 30분이 못 되어서다. 자는 오몽녀의 입술에는 무엇이 선뜻하고 닿았다. 경험있는 오몽녀는 잠김에라도, 그것이 수염 난 사나이의 입술임을 의식하였다. 그리고 눈을 번쩍 떴다. 그러나 불은 꺼진 채로 있는데, 옆에서 누가, 옷 벗는 소리가 난다. 오몽녀는 놀라면서도 은근히 하는 듯이 방 밖에서는 들리지 않으리만큼 낮은 소리로

"앙이, 어느 나그네심둥?"

"내꼬마…… 쉬쉬……."

이것은 완연히 남 순사의 목소리였다.

*

이튿날 아침에 다 밝아서야 오몽녀는 그 방에서 나왔다. 그는 부리나케 주재소 대문 밖을 나서자말자 자기 바른손에 쥐어진 것을 펼쳐보았다. 그것은 일 원짜리 지전 두 장이었다. 오몽녀는 만족하여서 뒤를 한번 휘 돌아보고는 이렇게 속으로 생각하면서 집으로 돌아왔다. '사람이란 생긴 것을 보면 알아, 아이, 고 방가 녀석, 고 녀석은, 돈이 다 뭐야, 밤중에야 유치장에서 불러내선 제 볼일 다 보군, 도루 유치장에 집어넣던 걸! 그 녀석 잘 죽었지, 잘 죽었어, 남 순사는 그래두 '오몽녀', '아즈망이' 하는데, 그 녀석은 '이 간나' '저 간나'…… 그리구 이불이 그게 뭐야. 남 순사 건 그렇게 좋은데, 늘 그런 이불을 덮구 잤으문…….'

그 후 어느 날 밤에는 남 순사가 술이 얼근하게 취해서 오몽녀네 부엌간으로 들어섰다 보니까 사랑방에서는 여러 사람의 소리가 난다. 그리고 정지간(부엌과 안방이 한데 된 방)에는 아무도 없었다. 남 순사는 사랑방 문 옆에서 엿들어 보니까, 그 거리의 청년들이 꿩사냥을 하다가 매

를 놓쳤는데 매가 동으로 갔느냐 서로 갔느냐 점 치러온 꾼들이었다. 남 순사는 됐구나 하고 골방문을 살그머니 여니까 오몽녀의 팔이 나오 더니 남 순사의 팔을 이끌어 들이고 문을 닫는다.

매는 북으로 갔다는 점괘가 얼른 나왔다. 이 말을 듣는 청년들은 "매 는 못 찾을 패꾸마" 하고 섭섭히 흩어졌다. 왜 북으로 가면 못 찾느냐 하면, 여기서 북이면 두만강 건넛산인데, 그 산에 가서 돌아다니다가 는 총에 맞아 죽기 알맞은 까닭이다. 청년들을 보낸 지참봉은 뜨뜻한 정지간으로 누우러 내려와서 두 손을 더듬거리며 목침을 찾다가, 웬 구두 한 짝을 잡게 되었다. 의사(意思)가 넓은 장님이오 오몽녀의 행실 을 잘 아는 터이라, 구두 한 짝을 단단히 잡고 골방문 밑에 가 엿들었 다. 그러나 아무 말소리도 들리지 않고, 두 사람의 단조(單調)로 나오는 숨소리만 들렸다. 눈이 멀어 보지는 못할망정, 그 대신 귀는 밝아, 눈치 는 챌 대로 다 챘다. 다른 사람이면 모르리만큼 그들은 숨소리까지 조 심하였건만, 지참봉은 잘 알았다. 이 거리에서 구두일 제는 어떤 놈이 든지 순사일 것도 깨달았다. 당장에 칼을 들고 들어가 연놈을 발기고 싶었으나, 눈먼 자기가 섣불리 하다가는, 누군지도 모르고 놓칠 것 같 아서 구두 한 짝만 단단히 쥐고 나오기만 기다렸다.

얼마 뒤에야 "히히" 하고 오몽녀의 웃는 소리가 나더니 조금 있다가 골방문이 열린다. 남 순사와 오몽녀는 정지간에 앉은 지참봉을 보았 다. 그래서 오몽녀는 도로 골방으로 들어가고, 남 순사는 지참봉의 앞 을 멀리 성큼성큼 돌아서, 구두만 들면 삼십육계를 부를 작정이었으나, 구두 한 짝이 없다. 이때에 지참봉이 "기게 뉘귀요?" 소리를 쳤다. 곧 이어서 "귀뒤 있어사 뛰지비. 뉘귀야? 뉘귀……이 거리에 사람 없소……" 하고 소리를 지른다. 남 순사가 아무리 생각하여도 바빴다. 이 모양으로 하다간 거리의 사람이 다 모여들겠고, 망신보다도 밥줄이 끊어질 것이다. 그는 곧 지참봉의 앞에 가서 그의 손에 지전 몇 장을 쥐여주고, 만약 듣지 않으면 객보 안한 죄로 벌금 백 원을 물린다는 둥, 말을 들으면 이 거리에 다른 객주집은 소장과 논의 후에 어떻게 하든지 영업을 폐지시키고, 지참봉 너 혼자만 하게 해준다는둥 꾀이고 달래고 협박하고 해서, 일이 무사하게 하였다.

그 후에도 오몽녀가 금돌이 배에 갔어도 없기만 하면 지참봉은 으레이 남 순사에게 간 줄 알아왔다. 그러나 과연 남 순사의 말대로 며칠이 안 돼서 객줏집 하나가 객실 불결이란 조건으로 영업 폐지를 당했다. 지참봉이 가만히 생각해 보니 몇달 아니면 그 거리에 객줏집이라곤 자기네만 남을 것 같았다. 그래서 오몽녀가 나갔다 늘 밤중에, 새벽에 들어와도 별로 말하지 않았다.

*

금돌이의 마음은 점점 달았다. 열흘에 여드레는 나오던 오몽녀가 이틀도 거르고, 사흘도 항용 거른다. 하루는 아침에 생선을 팔러 소장네 집에 갔다오다가 오몽녀가 순사 숙직실에서 나오는 것을 보았다. 그리고 곧, 요즈음에 자기에게 드물게 나오는 원인도 알았다. 금돌이는 무슨 생각을 했던지 그날은 입쌀을 대엿 말 팔고, 간장·장작·먹을 물·쟁개비 해서, 오몽녀 모르게 배 안에 실었다. 그리고 오몽녀 나오기를 기다렸다. 기다리는 오몽녀는 그 이튿날 밤에 역시 바구니를 끼고 금돌의 배에 나왔다. 그는 전과 같이 금돌이가 자는 기직 깔아놓은 뱃간에 들어갔을 때 금돌이는 밖에 나와 배를 띄웠다. 그리고 노를 젓기 시작하였다. 그래서 그 배는 그 밤으로, 10여 리 밖에 있는 조그마한 무인도(無人島)에 닿았다.

*

지참봉은 아무리 기다려야 오몽녀는 들어오지 않는다. 하루, 이틀, 사흘, 오몽녀는 안 들어왔다. 지참봉은 이것이 남 순사의 농간이라 하였다.

그래서 오몽녀가 나간 지 나흗날 밤에는 남 순사를 불러다 놓고 최후의 담판으로 달라붙었다. 이놈 네가 빼돌리지 않았으면 누가 한 짓이냐? 이놈아, 나를 죽여라, 눈먼 내가 어떻게 혼자 살란 말이냐, 객보 안한 죄로 징역을 가더래도 너를 걸어 고소를 하겠다. 지참봉은 악이 올라서 붙은 눈을 껌벅거리며 들이 덤빈다. 남 순사는 아무리 생각하여도 피치 못할 그물을 썼다. 도망간 오몽녀가 들어올 리가 없고…… 그래서 그는 필경 무슨 계책을 생각하였다. 그리고 자기가 한 듯이 자백하는 듯한 말을 했다.

"참봉 아즈망이, 내 앙이 한 노릇이건만, 이제사 별쥐 있음둥? 내 이 댁 아즈망이를 3일 내루 찾아 놓겠으고마. 아즈망이 혼자서 여북 고생이 되시겠음둥. 내 오늘 월급을 받았으고마 내 방금 집에 가 돈 가방으 가주구 오겠으고마. 그리구 염네 마십꼬마. 3일 내루 찾겠으고마……."

지참봉이 남 순사의 짓이 옳구나 하였다. 그리고 3일 내로 찾겠다고 장담을 하고, 월급 이야기를 할 때는, 오몽녀는 다 찾은 사람이나 다름 없고, 오늘 밤으로 돈 냥도 생길 것 같다.

지참봉은 성난 얼굴을 탁 풀어던지고,

"어서 갔다 오랑이 그러무……" 하였다.

남 순사는 자기 집으로 가지 않고 주재소로 돌아갔다. 그리고 소장도 가고, 아무도 없을 때 사무실에 들어가 밀수범에게서 압수한 호주(胡酒)를 반 병 따라내고 역시 밀수범에게서 압수해둔 아편(阿片)을 얼마 떼어 가졌다. 그리고 거리 집에 불이 다 꺼지고, 잠이 들었을 때, 그는 지참봉네 집으로 돌아왔다.

남. "아즈망이 늦었으고마. 내 아즈망이 드리자구, 호주르 한 병 개 가주구 오다봉이 그리됐으고마."

지. "앙이, 호주 어디메 있읍데? 아무렇거나 남순새 재쥐 있음넝이 내 서강(龍井)으 갔을 때 먹어보구능……."

남. "뉘 알문 대탈이 납꾸마. 골방으로 가시장이?"

지. "아무러나……."

지참봉은 호주란 맛에 골방으로 끌리어 갔었다.

남. "이 술이 모질이 독합네. 내 어제 아첨에두 두 잔으 마시구 자구사 배겼낭이."

지. "술으 마시군 자서, 술으마시구. 자지 않구. 취정으 하는 나그네 는 사람가투 하지 안터랑이, 쥐후(酒後)엔 자사 군잼(君子)넝이……."

남 순사는 보지 못하는 지참봉 앞에서 슬그머니 아편을 내어놓고 탔다. 이런 특별 호주를 마신 지참봉은 석 잔이 못 넘어가서 쓰러지고 말았다.

사체(死體)의 자, 타살(自他殺)을 조사하는 상식을 가진 남 순사는 식칼을 들고 들어와 지참봉의 목에 여러 군데를 서투르게 찔렀다. 그래서 누가 보든지 자살자로 알게 만들었다. 그러고도 남 순사놈은 또 무엇을 생각하였다. 그는 곧 지참봉의 주머니에서 그의 인장(印章)을 꺼내서 차용증서를 하나 만들었다. 일금(一金)에 40원을 쓰고, 채무자에 지참봉, 채권자에 자기를 썼다. 일자는 두어 달 전의 것으로 만들어 가졌다.

지참봉의 시체는 이튿날 오후에 어떤 점치러 왔던 사람이 발견하고 주재소에 고하였다. 소장 이하 이, 남 순사가 현장에 와서 사체를 검사한 후 처도 자기를 버리고 달아났고, 양식도 없고, 눈도 멀고, 모든 것을 비관하고 죽은 자살자로 조금도 의심없이 인정하고, 그날 밤으로 구장(區長)을 시켜서 공동묘지에 묻어 버렸다.

남 순사는 40원짜리 가차용증서(假借用證書)를 소장에게 보이고 힘들이지 않고 지참봉의 집을 자기 소유로 만들어 가졌다.

*

오몽녀는 금돌이와 아무도 없는 외딴 섬에서 20여 일이나 유쾌한 생활을 하였다. 나는 새밖에는 아무도 보는 이 없는 이 섬 안이 윤락된 탕녀(蕩女) 오몽녀에게는 다시 없는 이상촌(理想村)이요 낙원이었었다.

그러나 날도 추워 오고, 쌀도 떨어지고 해서, 낙원인 그 섬도 떠나지 않으면 안되게 되었다.

오몽녀는 금돌이가 남편으로 만족하였고, 금돌이는 물론이었으므로, 그들은 다시 거리로 들어가 양식도 장만하고, 지참봉 모르게 세간도 빼어내 신고, 해삼위(海蔘威)로 들어가 살기로 언약하였다. 그래서 오몽녀와 금돌이는 20여일 만에 삼거리에 들어왔다.

오몽녀가 와보니까, 지참봉이 죽었다. 그는 하늘에나 오른 것같이 기뻐하였다.

남 순사는 오몽녀가 왔다는 말을 듣고, 무엇보다 집 문제가 일어날까 봐 부리나케 오몽녀를 찾아왔다.

남. "앙이! 어디메 갔습데! 영갬이 상새난 줄두 모르구. 앙이 기가 차지!"

오. "잘 죽었지비! 방진(地名)으 갔다가 잃구 왔당이."

남 "방진으 무쉴에? 영감상으 구하레 갔덤둥? 히히…….."

오. "그 나그네 셀쓰지 않음둥? 남순새 있는데, 무쉴에 영감쟁이 또 일이 있음둥? 흥! 이제는 나두 순사댁(巡査宅)이꼬마."

남 순사는 그렇다는 듯이 빙글빙글 웃으며

남. "이 집은 내 샀으꼬마!"

오. "앙이! 뉘 팔았음둥?"

남. "지참봉의 상비(喪費)랑 뉘 내갔음둥? 어찌할 쉬 있어사지. 그래 소장이 이 집은 내게 팔아서 상비를 쓰구, 나머지는 공금이 되구 말랑스경이."

오. "그래 그 나머지는 못 찾습둥?"

남. "앙이 정신이 있음둥? 없음둥? 지참봉이 죽은 원인이 당신이 없기 때믕이라구, 당신으 찾아서 재판소루 보내갔다는 거 내 기르 쓰구 말렸당이 그런 말은 하지두 말낭이. 소장이 약차(若此)하문 재판소 감녕이……."

오. "…… 그까지꺼으……."

이렇게 집 문제도 남 순사의 뜻대로 덮어지고 말았다.

오몽녀와 남 순사는 입은 다문 채 눈으로만 무슨 정담(情談)을 한참 하다가 오몽녀는 산동주 이부자리를 생각하였다. 그리고 속으론 딴 배포를 차려놓고는 입을 한번 벙그려 남 순사의 귀에다 대고, 무어라고 한참 속살거리고 깔깔 웃었다.

남 순사도 웃어 주었다. 바로 자기 딴은 집이나 하나 장만하고, 첩을 데려다 딴 살림이나 차리는 것같이 기뻤다. 그래서 산동주 이부자리는 그날 저녁으로 지참봉네 골방 안에 놓여졌다.

그러나 밤이 깊어도 남 순사는 오지 않는다. 들으니까, 남 순사의 처가 해산을 했다고 한다. 오몽녀, 금돌이는 이 틈을 타서 산동주 이부자리, 가마솥, 의복가지 등 동산(動産)이라고는 전부를 배에 갖다 실었다.

그리고 신부부(新夫婦) 금돌이와 오몽녀는 그 밤으로 해삼위를 향하여 영원히 떠났다.

『시대일보』, 1925.7.13

이태준의 단편소설과 문학 장

박진숙

　이태준 전집 1권에는 이태준의 등단작인 「오몽녀」(1925.7), 최근에 발굴된 「구장의 처」를 위시하여 「삼월」(1936.1)까지 단편소설 36편과 중편소설 2편을 수록하였다. 첫 창작집인 『달밤』에 수록된 작품이 모두 포함되어 있으며, 다른 작품들은 이태준 자신이 퇴고를 매우 중요시한 작가였다는 점을 감안하여 잡지에 발표한 원본보다는 단행본에 수록된 작품을 텍스트로 삼아서 실어 두었다. 다만 「오몽녀」의 경우는 『이태준단편선』에 실린 것을 수록하다 보니 1925년 원작과 대조해보는 것이 나름대로 필요할 것 같아 『시대일보』에 발표되었던 「오몽녀」를 부록으로 처리해서 함께 수록했다.

　이태준은 첫 창작집 『달밤』(한성도서, 1934)을 통해 새로운 문예도를 개척한 작가로 공인받게 된다. 『달밤』은 당시 여러 모로 주목을 받은 바 있다. 『동아일보』 1934년 7월 18일 자 보도에 의하면 『달밤』 출판기념회가 1934년 7월 16일 청량사에서 있었다고 한다. 문단인 30여 명 출석으로 성대한 축하회가 열렸는가 하면 『개벽』지(1934.11)에는 다음과 같은 광고가 실리기도 한다.

> 상허 이태준 씨는 세상이 다 아는바 조선문단의 독특한 존재이다. 작가 생활 십수 년에 그의 천분은 확실히 조선문단에 새 생명을 주었고 새로운 문예도를 개척한 이다. 언제나 유행사조에 흔들리지 않고 늘 독립 독보하는 것이 그의 특징이다. 그의 작품을 나위어 보면 문장에 특히 관심한 것이라든지 간명직절주의로 예술의 본연성을 존중한 것이라든지 작품 중 인물이 유모어가 많은 것이라든지 어떤 인물은 반대로 순정인 것이라든지 이 모든 것이 씨의 독특한 필치에 얹히어 일찍이 다른 작가에게서 도저히 찾아볼 수 없는 역작을 한 권에 모은 것이다.

김우철은 「신춘문단에 대한 잡감」(『예술』, 1935.4)이라는 글에서 이태준의 단편집 『달밤』 출간을 두고 "대가들의 상찬의 적(的)이 되었다"고 적고 있는데, 이기영의 『고향』, 『서화』가 적막하던 리얼리즘 문학에 파문을 일으킨 것과 같은 선상에서 언급하고 있는 것이 흥미롭다. 또한 "이광수 씨나 이기영 씨나 이태준 씨만 한 문단적 지위를 얻기 위하여 신진문사는 얼마나 심혈을 경주하여 창작할 것입니까?"라는 지적에서 이태준의 당시 문단적 지위를 확인할 수 있다. 뿐만 아니라 「내가 존경하는 현대 조선의 작가와 외국인에게 자랑할 작품」(『중앙』, 1935.6)

중 '내가 존경하는 조선의 작가와 그의 작품'이라는 설문에서 심훈, 정래동, 이서해, 김진섭, 김태오 등이 이태준의 『달밤』을 들고 있는 것이 눈에 띈다. 이는 출판계에서도 확인할 수 있거니와, "이태준 씨의 『달밤』 등의 문예작품 등도 모두 2, 3천 부가 매진되는 중으로 재판 인쇄에 들어갔다"(『서적시장조사기』, 『삼천리』, 1935.10)에서 보듯이 1935년이라는 시기가 작가들의 문단적 지위와 판매전략 등이 이미 작동하고 있는 문학 장의 역동성까지 감안해볼 수도 있을 것이다.

　이번 전집에는 발굴작인 「구장의 처」가 새로 실렸음을 밝혀둔다. 「구장의 처」는 '어떤 여자의 편지'라는 부제가 보여주는 것처럼 고명숙이라는 여학생이 윤마리아 선생님에게 보내는 한 통의 편지로 쓰여진 소설이다. 연애를 하다가 상대를 버리고 다른 남자와 사귀기를 반복하던 그녀가 참회하며 선생님의 도움으로 미국 신학 공부를 위해 유학 가려다가 자신이 버렸던 남자에 대한 그리움을 이기지 못해 유학을 포기하고 그 남자와 다시 만나 구장의 처가 되었다는 내용이다. 자신이 좋아했던 남자는 민중운동자였다. 그 스스로 부르짖고 다니던 "일하지 않고는 먹지 못한다"는 말을 아버지에게서 들으며 자신의 처지를 깨달아 농촌운동을 시도했는데, 제대로 되지 않자 구장이 되어 구장운동을 하게 되었다는 것이다. 이상촌 건설이 그의 목표여서 학교를 설립하여 구장은 남자들을, 구장의 처인 자신은 여자들을 가르치면서 행복하게 살고 있다는 내용이다. 1년만 지내다가 이 같은 미향을 건설하기 위해 다른 촌으로 갈 계획이라고도 써놓았다. 이태준 소설에서 공동체 추구에 대한 의식이 이태준 문학세계의 출발점에서 이미 싹트고 있었음을 확인할 수 있는 작품이다. 이상적 공동체에 대한 추구가 장편소설『청춘무성』등에서 드러나고 있는데 이태준의 두 번째 작품인「구장의 처」는 일제 말기 이태준 장편소설의 지향성이 이미 이태준에게 내재되어 있던 것임을 확인시켜 준다는 점에서 매우 흥미로운 작품이라고 할 수 있다.

또 하나 눈에 띄는 것은「구장의 처」에 나오는 "구장이 되었다고 보통 관속으로 해석치는 않으시겠지요" 하는 대목이다. 이제까지 이태준 소설은 일제치하의 현실과는 거리가 먼 작품으로 치부되어 왔는데, 이 소설들을 자세히 들여다보면 식민정책의 면모나 당대 정황을 추정케 하는 장면들이 있다.「구장의 처」가 소품에 불과하긴 하지만, "구장이 되었다고 보통 관속으로 해석치는 않으시겠지요" 하는 언급을 통해 이 태준이 품고 있는 일제에 대한 태도를 파악할 수 있다. 일을 진행하기 위해 일제의 행정 속으로 편입되긴 하지만, 자신은 이상촌을 건설하는 일을 한다는 것이다. 물론 현실성을 따진다면 불가능에 가까운 일이겠지만, 이태준이 당시 식민지 치하의 현실에 대처하는 자세가 드러나 있다는 점에서 의미가 있다고 할 수 있다.

이는「달밤」과「손거부」등에서도 확인할 수 있거니와「달밤」의 황수건의 입을 통하여 우두를 넣으면 안 된다는 말을 하게 함으로써 일제의 위생체제 관리라는 정책의 허위성을 비판하고 있는 것이나,「손거부」에서 나를 찾아온 손거부가 명패에 '식구'가 아니라 '인구 도합 사인'이라고 써 달라고 하는 대화를 통해 일제의 국세 조사사업의 한 단면을 포착하고 있는 것에서도 이를 알 수 있다. 호적에 의해 질서 있게 배열된 개인을 만들어내기 위한 식민지화 전략이 이 소설 속에 들어 있는 것이다. 또한 조선총독부의 구장 역할을 대신하는 '나'라는 지식인의 설정은 앞서 「구장의 처」에서 "구장이 되었다고 보통 관속으로 해석치는 않으시겠지요"라고 했던 부분을 떠오르게 한다.

　이태준 연구는 오랫동안 소설 일반론적 접근으로 분석해서 아이러니를 설명하거나 단편소설의 미학적인 면모를 강조하는 등으로 이루어져 왔는데, 최근의 연구들은 소설에 숨어 있는 의미들을 찾아 이태준 소설이 당대의 현실에 기반하고 있음을 설명해내고 있다. 사상성이 결여되어 있다고 하는 당대의 평가들은 이러한 점에서 이태준 소설을 제대로 읽어내지 못한 결과일 수도 있다. 이태준 스스로 이러한 공격에 대해 소설이 당대 현실을 기반으로 하는 것은 당연한 전제라고 하기도 했다.

　하지만 이러한 평가의 빌미는 아마도 이태준의 언어 운용방식에서 비롯되었을 가능성이 크다. 이 점은 당대에 안회남에 의해 이미 지적된 바 있다. 이태준 소설에 대해 긍정적인 평가가 일반적이었던 당대에 안회남은 이태준 소설을 비판한 바 있다. 물론 "작가의 태도와 취재의 태도에 있어서 불만이 있는데도 불구하고 기교와 문장이 몹시 세련되어 그 작품이 상당히 높은 수준에 처하여 있다"고 하며 우수한 작품임에는 틀림없고 어떻든 성공한 작품만 보여주면 평자로서는 감사할 뿐이라고 비판의 칼날을 거두어들이긴 했다. 안회남은 「문예시평-최근 창작개평」(『조선일보』, 1933.5.30~31), 「9월 창작평 하」(『조선일보』, 1933.9.28) 두 편의 비평에서 김유정과 비교하여 이태준을 비판한 바 있다. 김유정의 「총각과 맹꽁이」는 '한 개의 실물의 묘사'라면 이태준의 「아담의 후예」는 '한 개의 이야기를 만들려는 서술'로 되어 있다는 것이다. 「꽃나무는 심어 놓고」 역시 당대 현실 속에서 볼 수 있는 실제 모습의 재현과는 거리가 멀다는 것이 안회남의 설명이다. 안회남은 이태준의 소설이 읽는 내내 실감을 주지 못하는데 다 읽고 나면 감흥이 생기는 어떤 지점이 있음을 말한다. 이태준이 그려내는 이향민의 모습은 실제로 존재할 법한 것이 아니고 당대 조선 농민 속에서 추상되는 보편적인 형상이 건조한 문체에 담겨 감흥을 자아낸다는 것이다. 이는 '악취미를 가진 문장의 세련'이라는 특징과 미문이 보여주는 효과일 것이며 언어를 통한 정서의 환기가 이루는 실감이다.

이태준은 소설에서 인물이 가장 중요하다고 말한 바 있는데, 1권에 실려 있는 소설들 역시 이를 증명하고 있다. 정래동은 「문예시평 3— 최근의 창작계」(『동아일보』, 1933.12.23)에서 "이태준의 「아담의 후예」와 「달밤」 등을 인간본능 개성을 주제로 한 작품으로 분류한 후, 과거의 수단 방법의 작품에 권태를 느낀 우리 문단에 인류 사회의 기초를 이루는 본능 개성을 주제로 하는 작품이 나타난 것이 퍽 좋은 경향"이라고 하였다. 중편소설 「박물장사 늙은이」는 서사를 통해 알레고리적으로 소설 속 인물의 중요성을 강조하고 있다. 이 소설은 박물장사 늙은이가 이집 저집을 다니며 인간관계에 참견을 하기 시작한다. 돈을 받고 일을 꾸며 성사시킨 일이 있었는데, 과수댁이 자살하고 말자 놀라며 인생이 뜻대로 되지 않음을 깨닫는 서사로 구성되어 있다. "사건보다 인물을 쓰는 데 더 노력한다"고 한 이태준은 박물장사 늙은이를 소설가에 비유하고 있다. 소설가가 인물을 창조하지만 그 삶을 좌지우지하는 것은 소설가 자신이라기보다는 인물의 성격이라는 것이다. 이태준의 등단작 또한 인물 이름이 소설 제목이다. 이태준은 「오몽녀」가 『조선문단』 1925년 7월호에 당선되면서 등단한다.

이태준은 언어에 대한 자의식이 강했는데 이는 작품 제목에서의 한자 사용에서도 드러난다. 발표되던 당시에도 1939년 『이태준단편선』에 수록될 때도 소설 제목은 「五夢女」이다. 그런데 소설 본문 속에서는 차이가 생기는데, 소설 본문 속에서도 五夢女라는 한자가 반복적으로 사용되던 1925년과 달리 1939년에는 본문 속 이름 표기가 '오몽내'로 바뀌어 출판되었다. 1939년이면 이태준이 『문장강화』의 내용을 연재하고 있을 때이다. 한자 이름 표기를 한글 '오몽내'로 바꾸어 단행본에 수록한 것은 자의식의 산물임은 두말할 것 없는 사실이다.

이태준에 대한 연구가 어느 정도 진척이 되어 이태준이 언어에 대해 얼마나 자의식을 가진 작가인지는 이미 알려진 바 있다. 「우암노인」의 경우도 그러한데, 깊은샘 전집판에서도 이를 살려두었지만 이 전집에서도 「우암노인」만은 한자를 실험적으로 쓴 경우라 한자 표기를 그대로 노출해두었다. 일본어 표기의 경우도 문제가 된다. 소설 속에 일본어가 노출되는 경우가 있는데 깊은샘 전집판에서는 일본어를 해석해서 한글로 표기해둔 것을 이번 전집에서는 일본어 발음이든 일본어 표기이든 원문 그대로 살려 쓰고 각주 처리하여 그 뜻을 설명해두었다. 이는 모두 이태준 소설의 특징을 제대로 전달하고자 하는 의도에서 선택한 방법이다.

이운곡은 『동아일보』(1937.6.26)의 북레뷰에서 이태준이 "불란서 작가 모파상을 연상케 하는 단편작가"이며 "단편집 『달밤』을 읽은 작가라면 누구나 이렇게 생각할 것"이라고 하며 "우리 문단에서 단편작가로서의 유니크한 지위를 차지"하고 있다고 한 바 있다. 그는 덧붙여

"씨의 예술은 심산유곡에서 졸졸졸 흐르는 시냇물같이 맑고 깨끗하고 고요하고 향기롭다. 씨의 높은 생각은 명랑하여 글을 통하여 읽는 사람으로 하여금 마음을 정화하는 힘을 가졌다"고 평했다.

홍효민은 『동아일보』(1938.9.11)의 북레뷰에서 이태준이 "조선문단에서 순문학의 길을 가장 건전히 운전하고 가는 자타가 공인하는 사람"이며 "스타일리스트", "이상주의자"가 그를 수반하는 대명사라고 한다. "문장이 간결, 조리가 있으며 내포하고 있는 사상이 이상주의이면서도 어딘지 모르게 신시대의 기원이 태동"하는 것, "상허의 문학은 마치 석류를 입에 넣고 씹어보는 맛과 달밤에 '리베'와 산보하는 야릇한 감정을 느끼지 않을 수 없는 것이 독자의 심경"으로 표현되고 있다.

박태원은 자청하여 「이태준 단편집 달밤을 읽고—독후감」(『조선일보』, 1934.7.26~27)을 쓰며 이태준을 두고 "예술로서 마땅히 가져야 할 천품과 교양이 이 작가에게 있는 것은 물론이어니와 그 밖에 작가로서의 예민하고 또 적확한 관찰력, 파악력을 그는 갖추고 있다", "그는 벌써 막연히 일가를 이룬 그 자신의 독특한 예술혼을 가진 극히 존중을 받아 마땅한 작가다"라고 한 바 있다. 1933년에 이태준은 좌장이 되어 구인회 활동을 하는데 위 글을 쓰던 시기라면 박태원도 구인회 활동을 하고 있을 무렵일 것이다.

당대의 이 같은 평가에서도 볼 수 있는 것처럼 이태준은 조선어에 대한 자각과 근대적인 문장 정립뿐만 아니라 한국 근대 단편소설 미학의 확립에 기여한 바 큰 작가이다.

작품명	발표지	발표연도	분류
五夢女	시대일보	1925.7.13	단편
구장의 처	반도산업	1926.1.1	단편
모던걸의 만찬(晩餐)	조선일보	1929.3.19	콩트
행복	학생	1929.3	단편
그림자	근우	1929.5	단편
온실화초	조선일보	1929.5.10~12	단편
누이	문예공론	1929.6	단편
백과전서의 신의의	신소설	1930.1	단편
기생 山月이	별건곤	1930.1	단편
은희부처(恩姬夫妻)	신소설	1930.5	단편
어떤날 새벽	신소설	1930.9	단편
구원의 여상(久遠의 女像)	신여성	1931.1~8	장편
결혼의 악마성	혜성	1931.4·6(2회)	단편
고향	동아일보	1931.4.21~29	단편
불도나지 안엇소 도적도 나지 안엇소 아무일도 업소	동광	1931.7	단편
봄	동방평론	1932.4	단편
불우선생(不遇先生)	삼천리	1932.4	단편
천사의 분노	신동아	1932.5	콩트
실낙원 이야기	동방평론	1932.7	단편
서글픈 이야기	신동아	1932.9	단편
코스모스 이야기	이화	1932.10	단편
슬픈 승리자	신가정	1933.1	단편
꽃나무는 심어놓고	신동아	1933.3	단편
法은 그러치만	신여성	1933.3~1934.4	장편

* 이태준의 전체 작품 수는 콩트 6편, 단편 63편, 중편 4편, 장편 14편이다.

작품명	발표지	발표연도	분류
미어기	동아일보	1933.7.23	콩트
제2의 운명	조선중앙일보	1933.8.25〜1934.3.23	장편
아담의 후예	신동아	1933.9	단편
어떤 젊은 어미	신가정	1933.10	단편
코가 복숭아처럼 붉은 여자	조선문학	1933.10	콩트
馬夫와 教授	학등(學燈)	1933.10	콩트
달밤	중앙	1933.11	단편
박물장사 늙은이	신가정	1934.2〜7	중편
氷點下의 우울	학등	1934.3	콩트
촌떠기	농민순보	1934.3	단편
불멸의 함성	조선중앙일보	1934.5.15〜1935.3.30	장편
점경	중앙	1934.9	단편
어둠(우암노인)	개벽	1934.9	단편
애욕의 금렵구	중앙	1935.3	중편
성모(聖母)	조선중앙일보	1935.5.26〜1936.1.20	장편
색시	조광	1935.11	단편
손거부(孫巨富)	신동아	1935.11	단편
순정	사해공론	1935.11	단편
三月	사해공론	1936.1	단편
가마귀	조광	1936.1	단편
황진이	조선중앙일보	1936.6.2〜9.4(연재중단)	장편
바다	사해공론	1936.7	단편
장마	조광	1936.10	단편
철로(鐵路)	여성	1936.10	단편
복덕방	조광	1937.3	단편
코스모스 피는 정원	여성	1937.3〜7	중편
사막의 화원	조선일보	1937.7.2	단편
화관(花冠)	조선일보	1937.7.29〜12.22	장편
패강냉(浿江冷)	삼천리	1938.1	단편
영월영감(寧越令監)	문장	1939.2·3월호	단편
딸삼형제	동아일보	1939.2.5〜7.17	장편
아련(阿蓮)	문장	1939.6	단편
농군(農軍)	문장	1939.7	단편

작품명	발표지	발표연도	분류
청춘무성(靑春茂盛)	조선일보	1940.3.12~8.10	장편
밤길	문장	1940.5~6·7 합병호(2회)	단편
토끼이야기	문장	1941.2	단편
사상의 월야(思想의 月夜)	매일신보	1941.3.4~7.5	장편
별은 창마다	신시대	1942.1~1943.6	장편
행복에의 흰손들	조광	1942.1~1943.1	장편
사냥	춘추	1942.2	단편
석양(夕陽)	국민문학	1942.2	단편
무연(無緣)	춘추	1942.6	단편
왕자호동(王子好童)	매일신보	1942.12.22~1943.6.16	장편
석교(石橋)	국민문학	1943.1	단편
뒷방마님	『돌다리』에 수록	1943.12	단편
제1호선박의 삽화(일문소설)	국민총력	1944.9	단편
즐거운 기억	한성일보	1945.10	단편
너	시대일보	1946.2	단편
해방 전후(解放前後)	문학	1946.8	단편
불사조(不死鳥)	현대일보	1946.3.27~7.19(연재중단)	장편
농토	삼성문화사	1948.8	장편
첫 전투	문화예술(4권)	1948.12	단편
아버지의 모시옷		1949	단편
호랑이 할머니	『첫전투』(문화전선사, 1949.11)에 수록	1949	단편
삼팔선 어느 지구에서		1949	단편
먼지	문학예술	1950.3	단편
백배천배로		1952	단편
누가 굴복하는가 보자		1952	단편
미국 대사관	『고향길』(재일본 조선인교육자동맹 문화부, 1952.12)에 수록	1952	단편
고귀한 사람들		1952	단편
네거리에 선 전신주		1952	단편
고향길		1952	단편
두 죽음	미확인	1952	단편

작가 연보[*]

1904   11월 4일 강원도 철원군 묘장면 진명리 출생. 부친 이창하(李昌夏), 모친 순
       흥 안씨의 1남 2녀 중 장남. 집안은 장기 이씨(長鬐 李氏) 용담파(龍潭派). (「장
       기 이씨 가승(家乘)」에 의하면 상허의 본명은 규태(奎泰). 부친의 정실은 한양 조씨이
       고 적자로 규덕(奎悳)이 있음). 호는 상허(尙虛)·상허당주인(尙虛堂主人). 부(父)
       이창하(1876~1909)의 자(字)는 문규(文奎), 호는 매헌(梅軒). 철원공립보통
       학교 교원, 덕원감리서 주사를 역임한 개화파적 지식인.

1909   망명하는 아버지를 따라 러시아 땅 해삼위(블라디보스톡)로 이주. 8월 부친
       의 사망으로 귀국하던 중 함경북도 배기미(梨津)에 정착. 서당에서 한문
       수학.

1912   어머니 별세로 고아가 됨. 외조모 손에 이끌려 고향 철원 용담으로 귀향
       하여 친척집에 맡겨짐.

1915   안협의 오촌집에 입양. 다시 용담으로 돌아와 오촌 이용하(李龍夏)의 집에
       기거함. 철원 사립봉명학교에 입학.

1918   3월에 봉명학교를 우등으로 졸업. 철원 읍내 간이농업학교에 입학하나
       한 달 후 가출하여 여러 곳을 방랑하다 원산 등지에서 2년간 객주집 사환
       등의 일을 하며 2년여를 보냄. 외조모가 찾아와 보살핌. 이때 문학서적
       탐독. 이후 중국 안동현까지 인척 아저씨를 찾아갔다가 뜻을 이루지 못하
       고 경성으로 옴.

---

[*] 이 연보는 상허학회의 민충환·이병렬 교수 등을 비롯하여 그간 축적되어 있던 연보에, 박
   성란·박수현이 작성한 이태준 연보와 연구사를 참고하였고, 최종적으로 박진숙 교수가 오
   류를 바로잡고 일부를 추가하여 만들었다.

1920	4월 배재학당 보결생 모집에 응시하여 합격하나 입학금 마련이 어려워 등록하지 못함. 낮에는 상점 점원으로 일하며 밤에는 야학에 나가 공부함.
1921	4월 휘문고등보통학교에 입학. 고학생으로 비교적 우수한 성적을 받음. 이때 상급반에 정지용·박종화, 하급반에 박노갑, 스승으로 가람 이병기가 있었음. 습작을 시작함.
1924	『휘문』의 학예부장으로 활동. 동화 「물고기 이약이」 등 6편의 글을 『휘문』 제2호에 발표함.
	6월 13일에 동맹휴교의 주모자로 지적되어 5년제 과정 중 4학년 1학기에 퇴학. 이해 가을 휘문고보 친구인 김연만의 도움으로 유학길에 오름.
1925	일본에서 단편소설 「오몽녀(五夢女)」를 『조선문단』에 투고하여 입선, 『시대일보』(7월 13일)에 발표하며 등단함.
1926	4월 동경 상지대학(上智大學) 예과에 입학. 신문·우유 배달 등을 하며 '공기만을 먹고사는' 매우 궁핍한 생활을 함. 동경에서 『반도산업』 발행. 이때 나도향, 화가 김용준·김지원 등과 교유.
1927	11월 학교를 중퇴하고 귀국함. 각 신문사와 모교를 방문하여 일자리를 구하나 취업난에 직면함.
1929	개벽사에 기자로 입사. 『학생』(1929.3~10) 창간 때부터 책임자. 『신생』 등의 잡지 편집에 관여함. 『어린이』지에 소년물과 장편(掌篇)을 다수 발표함. 9월 백산 안희제의 사장 취임에 맞춰 『중외일보』로 자리를 옮김. 사회부에서 3개월 근무 후 학예부로 옮김.
1930	이화여전 음악과를 갓 졸업한 이순옥(李順玉)과 결혼.
1931	『중외일보』(6월 19일 종간) 기자로 있다가, 신문 폐간과 함께 개제된 『중앙일보』(사장 여운형) 학예부 기자가 됨. 장녀 소명(小明) 태어남. 경성부 서대문정 2정목 7의 3 다호에 거주.
1932	이화여전(梨專, 1932~1937)·이화보육학교(梨保)·경성보육학교(京保) 등

학교에 출강하며 작문을 가르침. 장남 유백(有白) 태어남.

1933   박태원·이효석 등과 함께 '구인회(九人會)'를 조직. 1933년 3월 7일 『중앙 일보』에서 개제된 『조선중앙일보』 학예부장에 임명됨.

경성부 성북정 248번지로 이사. 이후 월북 전까지 이곳에서 거주함.

1934   차녀 소남(小楠) 태어남.

1935   1월, 8월 2회에 걸쳐 표준어사정위원회 전형위원, 기록 담당. 조선중앙일 보를 퇴사, 창작에 몰두함.

1936   차남 유진(有進) 태어남.

1937   「오몽녀(五夢女)」가 나운규에 의해 영화화됨(주연 윤봉춘, 노재신. 이 작품이 춘사(春史)의 마지막 작품임).

1938   만주 지방 여행.

1939   『문장(文章)』지 편집자 겸 신인 작품의 심사를 맡음(임옥인·최태응·곽하신 등이 추천됨). 이후 황군위문작가단, 조선문인협회 등의 단체에서 활동.

1940   삼녀 소현(小賢) 태어남.

1941   제2회 조선예술상 받음(1회는 춘원(春園)이 수상).

1943   강원도 철원 안협으로 낙향. 해방 전까지 이곳에서 칩거함.

1945   문화건설중앙협의회, 문학가동맹, 남조선민전 등의 조직에 참여. 문학가 동맹 부위원장, 『현대일보』 주간 등을 역임.

1946   2월부터 민주주의 민족전선 문화부장으로 활동. 남조선 조소문화협회 이사. 7~8월 상순 사이에 월북. 「해방전후」로 제1회 해방문학상 수상. 장남 휘문중학 입학. 8월 10일부터 10월 17일까지 '방소문화사절단'의 일 원으로 소련의 모스크바, 레닌그라드 등지를 여행.

1947   5월 소련 여행기인 『쏘련기행』이 남쪽에서 출간됨.

1948   8·15 북조선최고인민회의 표창장을 받음.

1949   북조선문학예술총동맹 부위원장, 국가학위수여위원회 문학분과 심사위

원이 됨. 단편 「호랑이 할머니」 발표. 이 작품은 해방 후 북한에서 발표된 '최고의 걸작'으로 평가됨.

1950 6·25동란 중 낙동강 전선까지 종군갔다가 돌아오는 길에 서울에 들러 문학동맹 사람들을 모아놓고 전과 보고 연설을 함. 10월 중순 평양수복 때 '문예총'은 강계로 소개(疏開)하였는데 이태준은 따라가지 않고 평양 시외에 숨어 있으면서 은밀히 귀순을 모색하였다고 함. 12월 국방군의 북진을 따라 문화계 인사들이 이태준을 구출하려 했으나 실패함.

1952 남로당과 함께 숙청될 위기에서 소련파 기석복(奇石福)의 후원으로 제외됨.

1954 3개월간의 사상검토 작업 중 과거를 추궁당함.

1956 소련파의 몰락과 더불어 과거 '구인회' 활동과 사상성을 이유로 1월 조선노동당 중앙위원회 상무회의 결의로 임화, 김남천과 함께 가혹한 비판을 받음. 2월 '평양시당 관할 문학예술부 열성자대회'에서 한설야에 의해 비판, 숙청당함.

1957 함흥노동신문사 교정원으로 배치됨.

1958 함흥 콘크리트 블록 공장의 파고철 수집 노동자로 배치됨.

1964 중앙당 문화부 창작 제1실 전속작가로 복귀함.

1969 김진계의 구술기록(『조국』, 현장문학사, 1991(재판))에 의하면, 1월경 강원도 장동탄광 노동자 지구에서 사회보장으로 부부가 함께 살고 있었다고 함. 이후 연도 미상이나 사망한 것으로 알려짐(북한의 원로 문학평론가 장현준과의 인터뷰 기사, 『한겨레』, 1991.12.19). 일설에는 1953년 남로당과의 숙청이 끝난 가을 자강도 산간 협동농장에서 막노동을 하다가 1960년대 초 산간 협동농장에서 병사한 것으로 알려짐(강상호, 「내가 치른 북한 숙청」, 『중앙일보』, 1993.6.7).